DÉSIRS

Édition du Club France Loisirs, Paris,
avec l'autorisation des éditions Jean-Claude Lattès

© Éditions Jean-Claude Lattès
ISBN : 2-7242-3230-5

Irène FRAIN

DÉSIRS

roman

FRANCE LOISIRS
123, boulevard de Grenelle, Paris

A mon ange gardien.
A mon démon familier.

Ce que j'ai contre toi, c'est que tu as renié ton premier amour...

Apocalypse de Jean.

CHAPITRE I

Pourquoi Trendy, à son arrivée, se trompa-t-il de villa? Des années et des années après, quand lui revinrent, par bribes, les souvenirs de ce temps-là, il se heurta toujours à cette étrangeté initiale. Son aventure débuta par une anomalie. Malgré sa mémoire brouillée, il lui resta une certitude : ce fut à cet instant, pour la première fois, qu'il eut l'impression que rien n'allait son train.

D'autres s'en étaient aperçus plus tôt. Quelques-uns ne le ressentirent qu'après des semaines et des mois, la plupart ne l'apprirent qu'une fois le danger passé ; si bien qu'on eut du mal à croire que le péril avait été si grand, et l'on préféra penser à la naissance d'une nouvelle légende, cadeau inespéré d'une époque qui n'en enfantait plus. De fait, les chroniques se font rares sur ce temps où l'on crut les choses suspendues entre le visible et l'invisible, où l'on ne parla plus que de doubles lunes, d'imprécations, de pestes, de prophéties universelles, de dragons marins cracheurs d'apocalypse, où l'on prétendit voir, au ciel, le soleil donner des signes de faiblesse, et du fond des océans resurgir le Maître des Enfers.

Dans la villégiature tranquille que traversait la moto de Trendy, rien n'annonçait qu'on pût à nouveau songer au Gouvernement de la nuit. Rien n'évoquait non plus les fantasmagories anciennes, le tourbillon des siècles, les grimoires enfouis au plus profond des âges. D'ailleurs il en ignorait tout, comme il ne savait rien encore du sel que le péché donne à l'amour. A Paris, il menait double vie. Le jour, on le connaissait comme Mathieu Florimont, biologiste de son état, vingt-huit ans, chercheur passionné dans un domaine peu courant, les déformations vertébrales des os des poissons, qui se multipliaient de façon inquiétante depuis une dizaine d'années. La nuit, il devenait Trendy, ainsi nommé par ses amis pour la légendaire élégance de sa mise : il était toujours habillé à la dernière mode, à un détail près, une écharpe de soie grège dont il ne se séparait jamais. Avec la même rigueur, il avait voulu pour amis des musiciens encore inconnus, des peintres d'avant-garde, des créateurs qui cherchaient à percer : personne qui, de près ou de loin, approchât le milieu de la science. Mais pareilles accointances, pour le distraire de l'aridité de ses vertèbres de poissons, écourtaient ses nuits et menaçaient ses recherches. A bout de patience, celui qui les dirigeait, le célèbre Drogon, venait de lui adresser une sorte d'ultimatum : il n'avait plus que six mois pour achever son travail. Avec la même autorité, il lui avait enjoint de se retirer au calme, chez une personne de sa connaissance, une veuve, avait-il précisé, qui saurait l'entourer de la sérénité nécessaire à ce moment crucial de la vie d'un chercheur. «Sa villa est magnifique, avait ajouté Drogon. Loin de tout et au bord de la mer. Là-bas, si vous ne concluez pas, vous n'aurez aucune excuse. L'Ouest, l'Océan, la paix. Je vous donne six mois. » On ne répliquait jamais à Drogon, on ne le contredisait pas. Trendy était son étudiant préféré ; il s'était exécuté.

23 *bis*, allée du Phare, telle était l'adresse que cherchait le motocycliste nerveux qui venait de s'engager sur cette route étroite et poussiéreuse. Il faisait encore chaud en cette mi-septembre. Il était pressé d'arriver, de s'installer. Les villas se succédaient sans porter de numéros. On ne pouvait les identifier qu'à des plaques aux noms prétentieux. Des parcs les entouraient, avec des vieux cèdres, derrière des murs très hauts souvent hérissés de barbelés ou de tessons de bouteilles. Trendy ignorait comment Mme Van Braack, sa future hôtesse, avait baptisé sa maison. L'allée du Phare était interminable. On était ici aux confins de ce qui n'était ni une ville ni un village, mais un séjour de vacances déserté d'un seul coup aux approches de l'automne. Volets repoussés sur des tourelles faux gothique, grilles verrouillées, jardins en début d'abandon : tous ceux qui s'entêtaient encore à passer leur été dans cette

villégiature désuète avaient quitté les lieux dès la fin du mois d'août. Entre deux cèdres, Trendy vit soudain briller la mer. *Allée du Phare*, répéta une plaque à l'angle d'un mur. Les constructions se raréfiaient. Il n'était plus loin du but : Drogon lui avait affirmé que la villa de la veuve était isolée et qu'elle donnait sur l'Océan. Il chercha encore en vain une indication de numéro. Son exaspération grandit. Le moindre trou perdu en bordure de mer devait posséder son allée du Phare, ces mêmes cèdres, ces mêmes villas aux noms grotesques à force de se vouloir maritimes, la *Rose des Vents*, *l'Astrolabe*, *Marie-Morgane*, et jusqu'à un *Whisky du Matelot*. Il commençait à se croire perdu lorsqu'une grille imposante attira son attention. Elle portait enfin une plaque chiffrée. C'était le 23. Il coupa son moteur, sauta à terre, cala sa machine.

Il n'y avait pas de sonnette, la serrure était entourée d'une énorme chaîne. Ce détail acheva de l'excéder. L'impatience était alors, avec son goût de l'exactitude et une extrême pénétration d'esprit, l'un des traits marquants de son caractère. Il s'empara de la grille et se mit à la secouer. En quelques secondes, ses efforts lui apparurent dans toute leur vanité. Son écharpe avait roulé dans la poussière. Comme il la ramassait, ses yeux revinrent au numéro. 23. Lui, on l'attendait au 23 *bis*. Il s'était trompé. Il avait horreur de se tromper. Il était toujours précis, dans son travail de biologiste comme dans ses choix vestimentaires. En temps ordinaire, sa colère aurait redoublé. Il n'en fut rien. Il resta cloué devant la grille. Il ne pouvait plus se détacher de la villa.

Comme les autres, elle semblait déserte. Son nom était inscrit en caractères gothiques sur une plaque de faïence, juste au-dessous du numéro. *Désirada*. Elle n'avait tout au plus qu'une cinquantaine d'années et son architecture n'était pas spectaculaire : une lointaine inspiration médiévale ou renaissante, une longue galerie percée de vitraux violets et jaunes dans le goût 1900. Pourtant elle retenait. C'était d'abord son matériau, une pierre roussâtre, inusitée dans la région, avec de larges taches de topaze brûlée, comme d'origine volcanique. Une tourelle portait sur toute sa hauteur de larges traînées noires, souvenir évident d'un incendie. Au-dessus de la porte d'entrée sculptée dans un bois massif se déroulait une frise de carreaux décorés de signes, où Trendy reconnut, entre des caractères indéchiffrables, les emblèmes des cartes à jouer. Une odeur puissante s'élevait du parc ; sous la note acide de la fougère et d'un buisson d'asters, l'arôme insistant des tubéreuses.

Malgré la chaleur, Trendy n'avait pas la force de se débarrasser de son blouson. Comme échappée d'un rêve, cette façade le paralysait. La villa devait être fermée depuis des années, mais on continuait d'entretenir le parc. A côté d'un bouquet de peupliers s'arrondissait un étang. Il crut reconnaître, sur son bord, une pierre tombale. Ensuite tout se perdait dans la confusion des verdures. Son regard revint vers la maison. S'il n'y avait eu un reste de vent, la rumeur affaiblie des vagues, on aurait éprouvé l'illusion de se trouver au plus profond des terres, tant la bâtisse était solide et protégée de tout. Il eut aussi l'impression que les pierres de la demeure dévoraient peu à peu la pelouse, il y sentait comme une puissance tentaculaire poussant peu à peu son empire sur la végétation qui l'entourait ; et, il ne savait pas davantage pourquoi, il imaginait derrière les vitraux, les fenêtres oblongues aux espagnolettes de bronze, des tentures épaisses, des cheminées sans fond, des dizaines de chambres secrètes.

Voit-on la mer, d'ici ? se demanda-t-il. Au moment précis où il la cherchait par-delà la ligne des cèdres, il distingua, comme suspendue dans les airs, une verrière très lumineuse. C'était la maison voisine. C'était là qu'on l'attendait.

Il s'arracha à la grille et enfourcha sa moto. La route décrivit un coude et s'arrêta sur un petit promontoire, sans autres édifices qu'un phare en ruine et une villa très blanche, toute en colombages et verrières. Un rang d'arbres et de tamaris l'abritait du vent. Derrière leurs branchages, c'était enfin la mer. Il était arrivé. Ainsi que la précédente, la villa portait une plaque. Elle s'appelait *Hauteclaire*. Malgré le peu de goût qu'il avait pour les intuitions, Trendy ne put chasser l'évidence irraisonnée qui s'imposa alors à lui : depuis des années, le moment peut-être de leur construction, ces deux maisons ne s'aimaient pas ; et, avec l'acharnement des vagues qui mangeaient les criques et les falaises du petit promontoire, le temps avait creusé entre elles des fissures, des ravines, une sorte de fossé peut-être, qui de ces deux voisines faisaient des ennemies.

CHAPITRE II

Il n'y avait pas plus de sonnette à la barrière blanche d'*Hauteclaire*. Mais c'était le bon numéro. Trendy se demandait par quel moyen s'annoncer quand il vit, assise à même les marches du perron, une femme blonde qui brodait. Au seul ronronnement de la moto, elle avait levé la tête. Trendy coupa son moteur. Elle était déjà debout, abandonnait son ouvrage, une grande nappe à motifs vivement colorés, et traversait le bout de jardin qui la séparait de la barrière.

— Vous voilà, dit-elle.

Elle n'avait pas ajouté « enfin », mais c'était tout comme. Elle avait une voix très fraîche, presque juvénile, avec une pointe d'accent difficile à reconnaître. Elle souriait. Elle devait approcher la quarantaine et elle était encore belle, avec ses cheveux roulés en un lourd chignon d'où s'échappaient des dizaines de minuscules mèches rebelles qui frisottaient ; à contre-jour, elles formaient autour de son visage une auréole de soleil. C'était bien là Ruth Van Braack, telle que son professeur la lui avait décrite.

— Je viens de la part du docteur Drogon, bredouilla-t-il.

Il ne savait pourquoi, il perdait d'un seul coup son aisance.

— Je vous attendais, répondit-elle. Je suis ravie...

Elle lui tendit la main puis ajouta :

— Il fait très chaud. Vous devez avoir une soif horrible.

Elle le fixait avec une expression curieuse, où il crut lire de l'ironie. Et cependant elle ne riait pas, c'étaient seulement ses yeux qui se moquaient, des yeux gris-bleu, cernés de rides à peine perceptibles.

Il se retourna vers sa moto, d'où il détacha un sac.

— C'est lourd ?

Elle ne riait plus. Elle se penchait vers lui, attentive, presque tendre. Elle était belle, décidément. Avec sa chemise blanche échancrée sur une poitrine opulente et son pantalon noir qui moulait des jambes élancées, Ruth Van Braack ne ressemblait guère à l'image que Trendy se faisait des veuves. Il fallait reconnaître qu'il n'en avait jamais fréquenté. Il avait connu quelques femmes mariées, des divorcées, d'innombrables célibataires, des solitaires, des femmes tout juste abandonnées, mais jamais de veuves. Cela conférait à Mme Van Braack un charme supplémentaire.

Alors qu'elle l'introduisait dans la villa, il lui rendit une ombre de sourire.

— Vos bagages, vos malles, dit-elle. Je les ai comptés et recomptés. Tout est arrivé avant-hier. Tout est là. Judith et moi, nous les avons montés là-haut...

Ils pénétrèrent dans la maison. Le vestibule, très large, s'ouvrait sur un grand escalier de marbre.

— Comme convenu avec le docteur Drogon, je vous ai réservé le dernier étage. Cela vous fera une sorte d'appartement. Il est très lumineux. Vous l'aimerez, je pense...

Il avait posé son sac sur le carreau de l'entrée et ne l'écoutait pas. Il n'avait entendu qu'un seul nom, Judith. A aucun moment Drogon n'avait évoqué cette tierce personne. Il lui avait juré qu'il vivrait ici dans la solitude, déchargé de tout souci matériel par cette veuve dont il lui avait garanti l'extrême discrétion. Pour commencer, Mme Van Braack ne ressemblait pas à une veuve, ce qui menaçait déjà sa tranquillité d'âme. Drogon pourtant devait le savoir, qui avait prétendu qu'elle était de ses relations. Et pourquoi lui avoir caché l'existence de cette Judith ? A moins que ce ne soit une bonne ? Ce n'était pas plus rassurant. Depuis son enfance, les domestiques étaient la phobie de Trendy, pour leur opiniâtreté à ranger ce qu'ils nommaient son désordre. Chez ses amis des Halles, au moins, on ne rangeait rien, et c'était là une partie de son bonheur. Il fallait savoir dès maintenant qui était cette inconnue, — il pensait déjà cette intruse —. Il fallait la

16

rencontrer au plus vite. Et, se disait-il avec l'excès caractéristique de ses colères intérieures, si les conditions de ma tranquillité ne sont pas remplies, je repars aussitôt. Ce ne serait pas difficile de persuader Drogon que le bruit et l'agitation de son appartement valaient mieux pour ses études qu'un exil au bord de la mer perturbé par la première venue.

Ruth Van Braack l'avait entraîné au salon et lui offrait des boissons fraîches. Tandis qu'il se désaltérait, une seule idée le préoccupait : allait-on le laisser en paix ? Il ne voyait rien d'*Hauteclaire,* ne sentait rien du poids de son passé. Son hôtesse s'était assise en face de lui et se répandait en civilités. Au bout d'un moment, n'y tenant plus, Trendy l'interrogea :

— Le docteur Drogon m'a dit que vous viviez seule...

— Ma fille est ici, coupa-t-elle.

Elle désigna du doigt l'étage au-dessus :

— Judith. Elle a vingt ans. Elle peint.

Ruth Van Braack avait répondu avec hauteur. Et, comme si elle n'avait attendu que cette déclaration, une créature tout échevelée débola dans l'escalier et fit irruption au salon. Elle était vêtue exactement comme sa mère.

— Ah ! le voilà ! s'exclama-t-elle sans autre préambule. Tu vois bien, il a fini par venir !

Elle était moins blonde que Mme Van Braack et, au grand regret de Trendy, ses cheveux étaient coupés à la hauteur des épaules. De surcroît, elle était décoiffée.

Elle ne lui laissa pas le temps de se lever pour la saluer. Elle enchaînait déjà :

— Tes malles ! Ce qu'elles étaient lourdes ! Tu vas me montrer ce qu'elles cachent ! Quel travail, pour les monter !

— Nous les avons montées ensemble, intervint sa mère.

— Tu m'as seulement aidée.

Elle se retourna vers Trendy :

— Tu vas les ouvrir, insista-t-elle. Viens. Monte avec moi.

Elle l'avait saisi par la manche, elle l'entraînait vers l'escalier. Ruth Van Braack n'esquissa pas le moindre geste. Elle observait la scène, impassible, comme devant un déchaînement qu'il serait vain de chercher à calmer.

Judith avait le ton d'une petite fille, et sa désarmante autorité. Trendy se laissa faire. Pourtant, entre autres et violentes aversions, il avait toujours détesté qu'on le tutoyât.

Cela lui venait d'une éducation peu commune. Il avait été élevé par des grands-parents britanniques. Ils avaient consacré ce qui leur restait d'énergie et d'une fortune autrefois gigantesque à lui offrir les nurses, gouvernantes et professeurs particuliers les mieux choisis. De cette enfance dorée sur les bords de la Riviera, Trendy n'avait rien retenu, sinon une bonne connaissance des usages du monde — lesquels commençaient à se perdre — et une extrême distance à l'égard des inconnus, surtout des femmes, à moins qu'elles n'aient, bien sûr, le charme et la classe de Mme Van Braack. Ses maîtresses traversaient sa vie une ou deux nuits, quelquefois une semaine, jamais plus. Dans l'ombre de ses amis artistes, Trendy menait une vie sage et sans tapage. Sa famille, notamment sa mère, ne se l'expliquait pas. S'il avait tourné au fils de famille désargenté, un peu voyou et vaguement truqueur, ses grands-parents, qui l'adoraient, s'en seraient réjouis ouvertement : voilà qui aurait comblé la passion de l'excentricité qui travaillait les Spencer depuis cinquante ans, date à laquelle leur fortune, chèrement acquise dans le commerce de la noisette pilée, du clou de girofle et de la marmelade d'oranges, était devenue si considérable qu'il n'était plus resté à ses héritiers qu'une seule issue, la convertir dans le bien le plus rare et le plus coûteux qui fût : la pure et simple extravagance.

Iris Spencer, la mère de Trendy, s'y était fort bien entendue. Actrice depuis l'âge de seize ans, elle avait été de tous les films scandaleux, de toutes les pièces d'avant-garde. Dresser un catalogue du nombre et de la variété de ses amants était une tâche aussi saugrenue que désespérée. On avait rempli pour elle des fontaines de champagne rosé, elle avait piétiné dans les festivals des tapis d'orchidées semés sous ses pas par des soupirants beaux et riches à se damner, elle avait eu ses nuits de Capri dans des décapotables jaune citron, cinq maris à quarante-cinq ans, quelques réveils nauséeux dans des cliniques de New York ou d'Acapulco. Elle manifestait dans l'ensemble une belle ardeur à vivre, pour autant qu'il lui restait des diamants à croquer. L'un des malheureux promus au titre d'époux avait été Jean Florimont. Il était jeune premier dans un film de cape et d'épée, elle le trouvait stupide, c'est-à-dire trop rangé, mais voulut de lui un enfant. A six mois de grossesse, elle organisa un mariage fracassant. D'abord enchanté de cette rapide ascension, Florimont s'éclipsa à la première dispute, un bris de glace place Vendôme. Pour un collier de perles que son mari lui avait refusé, Iris Spencer avait mitraillé la vitrine du joaillier d'un petit revolver dont elle ne se séparait jamais. Les vitres avaient bien résisté mais Florimont avait écopé d'une balle. Il n'avait pas le sentiment qu'elle fût exactement perdue. Il avait préféré filer. On ne l'avait plus revu. Dès sa naissance, Iris avait confié l'enfant à ses parents, trop heureux d'égayer d'un bébé leur morne séjour des bords de l'Esterel. Sur un point cependant Trendy les avait déçus : c'était un enfant sérieux. Sans aucun doute, c'était un Florimont davantage qu'un Spencer, à moins qu'après un saut de plusieurs générations le gène opiniâtre de l'épicerie n'eût brusquement réapparu pour investir sa personne. Aucune folie ne le tourmentait, sinon celle de la mer ; mais, loin d'armer un yacht, de s'en aller, comme il aurait dû, mener la grande vie entre Marbella et Bora-Bora, il s'était contenté d'être un besogneux. Il passait des examens, des concours qu'il réussissait. Pire encore, il s'était mis en tête de soutenir une thèse, personne ne savait au juste sur quoi, les crabes, peut-être, les algues, ou les dents de baleine. Bien fidèlement, depuis qu'il les avait quittés, Trendy continuait de rendre visite à ses grands-parents. De loin en loin il voyait aussi sa mère, quand ses caprices, ou ses amants, la ramenaient en Europe. Mais rien ne le rattachait plus à eux que le soin extrême qu'il avait de sa mise et, davantage encore, cette quasi-impossibilité de tutoyer qui que ce fût, à moins de s'y trouver autorisé par de très puissantes raisons. A ce jour, il n'en voyait que deux : l'amitié ou l'amour. Pour la première, il la connaissait bien ; quant au second, il doutait qu'il existât.

Aussi, malgré l'intérêt que suscitaient en lui les invites de Judith, et tandis qu'il la suivait d'étage en étage, Trendy ne laissait pas d'être heurté par ses manières.

— Je te conduis à ta chambre, poursuivait-elle. J'habite juste en dessous. Moi aussi, j'ai mon étage. Tu vois, quelle organisation !

Elle sauta sur le dernier palier. Son enthousiasme laissa Trendy de glace. Elle s'entêta :

— Il y a deux grandes pièces qui communiquent. Et regarde les fenêtres ! Toute cette lumière... C'est moi qui aurais dû m'installer ici.

Elle colla son nez à un carreau :

— Pour ma peinture. Mais je préfère travailler ailleurs, loin d'ici.

Elle s'était assombrie. Elle se mit dos à la fenêtre, étendit les bras :

— Tu vois, tu as toute la mer pour toi.

Puis elle traversa la pièce. Elle continuait :

— La salle de bains, au fond. Ici, ta chambre. Elle est très grande. Elle donne sur le jardin.

A présent qu'elle s'était adoucie, Judith avait les mêmes intonations que sa mère, très tendres, fraîches, mais sans le moindre accent. Trendy jeta un œil dehors. La chambre donnait sur une longue pelouse plantée de cèdres. Elle s'arrêtait sur un mur derrière lequel il aperçut d'autres cèdres, puis des peupliers. C'était le parc de la maison voisine, la villa qui l'avait arrêté si longtemps tout à l'heure, il ne savait plus pourquoi.

Judith le tira à nouveau par la manche :

— Viens.

Elle le repoussait dans la première pièce, celle qui donnait sur la mer, le bureau, comme elle disait. Pourquoi l'écoutait-il, la suivait-il ? Elle était jeune, belle, c'était une affaire entendue, grande, mince, plus grande et plus mince que sa mère, mais moins distinguée qu'elle et presque négligée.

— Voici tes malles, dit-elle. On les a bien rangées, on n'a rien touché, comme tu l'avais demandé. Il y en a quatre, plus trois caisses. C'est bien le compte ? Tu les ouvres, maintenant ? Je voudrais voir...

— Rien d'intéressant, coupa Trendy. Rien à voir.

— Si. Il paraît que tu travailles sur des squelettes de poissons. Que tu en as apporté une vraie collection. Que tu es ici pour six mois. Tu vois, je sais tout ! Ouvre une malle, juste une !

Elle s'assit sur une caisse. Le soleil tomba sur son visage. Il avait bien vu, tout à l'heure, elle était moins blonde que sa mère. Elle avait pourtant le même rayonnement. Mais pour qui se prenait-elle, cette gamine, de quel droit l'envahissait-elle ? Et sa mère qui la laissait faire...

Il n'avait pas encore osé enlever son blouson, son écharpe. Il avait chaud, très chaud, il avait envie d'une douche. Il décida de jouer l'autorité :

— Levez-vous de cette caisse. C'est très fragile.

— Je sais, c'est marqué dessus. Ouvre-m'en une.

Il ne bougea pas. Elle eut un air dépité, se leva, se baissa sur l'une des malles et se mit à secouer sa serrure.

— Laissez ! hurla Trendy, et il sortit un trousseau de clefs de la poche de son blouson. Vous allez être déçue, reprit-il plus calmement, et il déballa avec précaution un petit squelette jauni.

— Ah ! fit-elle, comme prévu, avec une petite moue.

Elle ne va pas tarder à filer, pensa Trendy, elle va retourner à ses barbouillages et à sa pâte à modeler. En effet, elle haussa les épaules et se dirigea vers le palier.

Trendy feignit de l'ignorer et se retourna pour enlever son blouson. Il se croyait seul quand il entendit un petit sifflement. C'était toujours Judith, adossée à la porte. Elle s'était emparée du squelette, le tenait devant ses yeux comme un face-à-main et jouait à l'examiner comme un invité dans un salon d'autrefois.

— Echarpe de soie sauvage en plein jour, blouson de cuir à petits revers d'astrakan, le cheveu tiré au cordeau, le grand chic, monsieur, pour notre pauvre trou... C'est pour ça qu'on t'appelle Trendy !

Elle minauda quelques instants, puis éclata de rire. Trendy jeta son blouson sur le bureau. Ainsi, Drogon l'avait trahi, il avait tout raconté à ces deux femmes des raisons pour lesquelles il l'exilait ici. Ce n'était pas le pire : quand il releva les yeux sur Judith, il reconnut avec horreur que le squelette qu'elle tenait entre ses doigts était un spécimen rarissime, un exemplaire presque unique de callionyme lyre scoliosé ; et elle s'inclinait à nouveau sur la malle, déballait un second paquet, comme par hasard encore plus rare, un minuscule opithoproctus grimaldii venu tout droit de la fosse des Mariannes. Bien entendu, il n'eut ni le temps ni le courage de l'arrêter. Dans la seconde qui suivit, le callionyme déformé s'écrasa, non sur le tapis, c'eût été trop beau, mais sur le carrelage du bureau, où la colonne vertébrale de la bête, objet de tous ses soins depuis plus de sept ans, se disloqua sur-le-champ.

— Maintenant, sortez ! éclata Trendy. J'ai du travail.

Elle ne s'excusa pas, elle lui fit front. Elle le fixait de ses yeux gris-bleu, d'une très belle eau, avec des reflets verts. C'était encore une sorte de chantage, car elle continuait de serrer entre ses doigts l'infortuné grimaldii.

Trendy se passa les doigts dans son épaisse chevelure brune, signe chez lui de grande résolution. Pour que cette sombre idiote le laisse définitivement en paix, il était décidé à payer le prix qu'il fallait, fût-il celui d'un poisson abyssal. Il lui décocha donc une énorme gifle.

On la lui rendit aussitôt, assortie d'une injure non moins sentie. Puis, comme il fallait s'y attendre, on jeta le squelette dans la malle avec la plus entière désinvolture. Par une chance inouïe, il en réchappa. Enfin on sortit en claquant la porte. D'autres fracas suivirent, d'autres portes qu'on malmenait avec une égale énergie. Puis ce fut le plus complet silence.

CHAPITRE III

Rien ne dérangea plus Trendy jusqu'à l'arrivée du soir. C'est alors seulement qu'il découvrit *Hauteclaire*. Du reste, durant les semaines de son étrange séjour, cette maison lui apprit d'abord la force de la nuit, ses révélations insidieuses, l'empire qu'elle exerçait sur les êtres et les choses. La magie commença avec ce premier soir. Il ne l'avait pas vu venir. Malgré l'intruse, malgré son moment de colère, il n'était pas parti. Il s'était installé. Il avait vidé ses malles, rangé ses paquets de dossiers, ses fiches, ses squelettes. Il était même parvenu à retrouver les os de son callionyme brisé et avait reconstitué sa colonne vertébrale scoliosée d'une façon qui finit par lui paraître convaincante. Il n'avait pas senti le temps passer. C'était peut-être le soleil qui l'avait étourdi, l'immense lumière qui, avec l'après-midi, s'était répandue dans la pièce à la façon d'une marée montante. A mesure que s'écoulaient les heures, il oubliait la gamine, comme il l'appelait, il ne pensait plus qu'au travail qui l'attendait. Ici allaient se conclure des années de recherche, des milliers et des milliers d'heures passées à tourner et retourner des vertèbres sous son microscope, à dévorer des métrages de livres au fond des bibliothèques, à engranger des myriades d'observations lors de ses séjours dans des stations lointaines, Kerguelen ou Touamotou. Au-delà, c'était aussi son enfance la plus secrète qui allait se conclure, des années qu'il avait vécues avec la même passion, quand, au scandale général, il restait des éternités à sonder les moindres remous d'une flaque d'eau de mer. De curiosité en curiosité, il en était arrivé à des études de géologie marine puis à ces très bizarres déformations osseuses des poissons, qu'il était presque le seul à étudier. Caprice momentané de la nature, qui en offrait parfois de pires, ou prélude à une mutation générale de l'espèce ? Quoiqu'elle fût effrayante, Trendy penchait pour cette dernière solution. Drogon était du même avis, ce qui était le plus important. Voilà pourquoi il le pressait de terminer ses travaux. Son professeur avait raison, comme toujours, et qu'aurait-il été sans lui ? Il était à la fois sa conscience, son maître, le père qu'il n'avait pas connu.

D'admirateur inconditionnel, Trendy avait réussi à devenir son assistant. Depuis deux ans, il lui écrivait ses conférences, ses articles, dirigeait son laboratoire quand ses activités mondaines le retenaient ailleurs, ce qui était de plus en plus fréquent. En échange, Drogon lui offrait les services de ses secrétaires et le bénéfice de ses relations. Il environnait ses amitiés de mystère, mais Trendy s'en moquait, qui ne s'attachait qu'à leur résultat : des séjours dans les centres de recherches les plus réputés, l'accès à des travaux souvent confidentiels, des échantillons de poissons introuvables expédiés sitôt pêchés par avion spécial. Le découvreur était en général quelque milliardaire passionné d'océanographie dont Drogon aimait à s'entourer.

Certes, des bruits bizarres couraient à son sujet. Sa vanité, disait-on, ne connaissait pas de bornes ; on rappelait qu'au Muséum il avait tapissé les murs de son bureau de ses innombrables diplômes *honoris causa*. Le plus souvent, on ne comprenait pas qu'il sacrifiât la science et un exceptionnel talent de chercheur pour des activités qu'on jugeait frivoles. Trendy ne voulait pas entendre ces critiques. Il refusait de s'interroger sur leur amitié. Drogon allait de soi. Il avait toujours existé, il existerait toujours. Un jour, il avait eu pour lui cette phrase bouleversante : « Vous serez mon successeur. » Trendy ne pouvait imaginer qu'il prît un jour sa retraite ou qu'il disparût. Drogon serait toujours là pour le guider. Quand il lui avait donné six mois pour conclure ses recherches et conseillé de quitter Paris, il avait obéi sans discuter. C'était un ordre. D'ailleurs tout était déjà prévu ; et qu'opposer à cet homme d'une intelligence hors du commun qui relevait ses lunettes sur son crâne oblong et chauve et le fixait d'un œil

24

impitoyable ? A cinquante ans passés, malgré sa calvitie, il n'avait rien perdu de sa séduction. La rumeur le voulait sportif ; de fait, il était encore mince et fin. On ne résistait pas à Drogon. A des kilomètres de lui, Trendy sentait encore son emprise. Il laissait retomber sa colère, oubliait la gifle qu'il avait reçue, aussi bien que celle qu'il avait donnée, et s'installait dans une maison où une jeune fille claquait les portes et cassait les squelettes de poissons. Sans chercher à démêler si c'était là son goût ou une obéissance aveugle à son professeur, il découvrait peu à peu les charmes de son appartement — son étage, comme avait dit la gamine. Il se croyait suspendu dans les airs. De l'extérieur, il avait éprouvé une illusion identique lorsqu'il avait découvert *Hauteclaire* derrière les arbres de la villa voisine. En s'y reflétant, les rayons du plein midi l'avaient trompé, il avait cru à une verrière, une sorte de véranda miraculeusement perchée au sommet d'une villa soumise à tous les vents. En réalité, il s'agissait de fenêtres immenses et très rapprochées. Un double vitrage et de lourds volets les assuraient contre les tempêtes. Néanmoins, de l'intérieur, l'illusion persistait. Et le grisait. Quand la lumière faiblit, il s'en aperçut à peine. Tandis qu'il achevait de ranger ses dossiers et de déballer ses squelettes, une idée effleura son esprit : cette maison avait été construite pour des rêveurs, par des rêveurs. Il la chassa aussitôt. Lui, il ne rêvait pas. Ou en tout cas il n'en avait pas le droit. Six mois pour conclure, avait dit Drogon. Et il se remit à ses classements.

Il se surprit à tourner le bouton d'une lampe. Il ressentit d'un seul coup toute la fatigue du voyage. Il commençait aussi à avoir faim. Alors il se changea, remit en ordre ses mèches noires et drues, jeta son écharpe sur son cou et descendit au rez-de-chaussée le plus vaillamment qu'il put. La pensée de retrouver Mme Van Braack lui était agréable ; mais il eût donné volontiers quelques-uns de ses squelettes pour ne plus jamais rencontrer sa fille.

Son hôtesse était au salon. Il la vit de dos, devant la cheminée, où elle se penchait pour attiser le feu. Du coup, il ne remarqua rien des objets qui décoraient la pièce et qui auraient pu, dès ce moment, l'éclairer sur ses secrets. Il ne voyait qu'elle, Ruth, sa haute silhouette inclinée au-dessus des braises. Son chignon tressé prenait dans la pénombre des reflets cuivrés. En dehors des crépitements du feu, le silence était tel qu'il craignit de lui faire peur. Il ne savait comment s'annoncer. Il fut très vite tiré d'embarras. Elle avait dû l'entendre venir, car elle se retourna d'un mouvement tranquille et lui déclara sur le même ton moqueur qu'elle avait eu à l'instant de leur rencontre :

— Vous avez vu ma fille. Ne vous inquiétez pas. Elle est très lunatique.

On aurait dit qu'elle reprenait leur conversation là où Judith l'avait interrompue. Trendy crut alors comprendre pourquoi Drogon l'avait envoyé ici : à *Hauteclaire,* le temps n'existait pas. Ou pour le moins les heures y étaient paresseuses, aussi lentes qu'il le fallait pour bien réfléchir.

— Judith est capricieuse, reprit Ruth. Surtout avec les hommes. Je la connais bien, vous ne la reverrez pas de sitôt. Vous aurez la paix. Comme convenu avec le docteur.

Elle appelait Drogon *le docteur.* Elle devait le connaître de longue date.

— Bien sûr.

Ce fut tout ce qu'il parvint à dire. Elle devina son malaise, car elle enchaîna :

— Ma fille n'a pas eu la vie facile.

Elle avait dit *ma fille*, mais il eut la certitude qu'elle parlait d'elle-même.

— Elle est née en mer, poursuivit-elle. C'est très rare de nos jours, vous savez. D'après la tradition, les filles qui naissent en mer sont très primesautières.

Ses yeux continuaient à pétiller. A l'évidence, elle ne croyait pas un mot de cette superstition. Elle invita Trendy à s'asseoir et lui offrit un verre de porto. L'alcool était vieux, corsé, le cuir du fauteuil, sous la main, ancien et doux. Le bien-être l'envahissait. Il oubliait pourquoi il était venu ici, et jusqu'au souvenir de la gamine qui l'avait giflé. Ruth s'était assise en face de lui et buvait de la même façon que lui, à petites lampées, sans un mot. Il osait à peine la regarder. Une veuve, avait dit Drogon ; et il avait ajouté, cela lui revenait maintenant : « Une femme d'un autre temps ». Sur le moment, cette définition lui avait paru superflue. Il en découvrait à présent toute l'importance : si Mme Van Braack était belle encore, et presque jeune, on voyait bien aussi qu'elle avait l'esprit ailleurs. L'impression était difficile à éclaircir, mais il semblait qu'une partie d'elle-même ne cessait de regarder en arrière, de remuer un passé tourmenté, de penser, en effet, à un autre temps.

Comme il n'osait toujours pas reprendre la parole, il entreprit d'examiner la pièce. Ses yeux s'attardèrent sur une bibliothèque. Ruth en profita pour renouer la conversation :

— Je relie des livres, dit-elle. J'ai quelques clients très réguliers. On me connaît, certains viennent d'assez loin. Je les vois surtout l'été, au moment des vacances. Bien sûr, cela ne suffit pas à nous faire vivre. Judith veut reprendre ses cours de peinture, à Paris. Si elle ne change pas d'avis...

Elle hésita un instant :

— Par bonheur, nous avons un héritage.

Elle avait accompagné ces derniers mots d'un geste large et fiévreux qui paraissait désigner la maison.

— Et vous, notre pensionnaire ! ajouta-t-elle avec un rire.

Il sourit à son tour. La situation était en effet si désuète qu'elle prenait un tour amusant. Le vent qui se levait agita légèrement les rideaux et fit ployer d'un coup les flammes dans la cheminée. Il se sentait vraiment bien dans la compagnie de cette femme. Et sa maison existait, elle vivait.

— Le vent, dit-elle. C'est souvent à cette heure-ci. Je vais...

Elle ne termina pas sa phrase et se dirigea vers la porte pour fermer les volets. Ses gestes avaient la justesse et la sérénité d'un rituel. Son visage passa dans le halo d'une lampe. L'ironie l'avait quitté.

— Je peux vous aider ? demanda Trendy, et il voulut la suivre.

— Non. Ce soir vous devez être fatigué.

Il insista. Pour l'arrêter, elle posa la main sur son poignet. Sa peau était ferme et très douce.

— Mais promettez-moi que demain...

— Oui, demain, c'est juré. Et tous les autres soirs, tant pis pour vous !

Elle riait à nouveau, elle était déjà dehors, et rabattait avec force sur la maison les lourds battants des persiennes blanches.

Elle partit s'affairer à la cuisine. Trendy à nouveau proposa son aide. Une seconde fois, il fut gentiment rabroué. Il resta donc seul un long moment et déambula du salon au vestibule puis à la salle à manger. Ainsi qu'à l'étage, les murs étaient percés de très larges fenêtres. Maintenant que Ruth avait fermé les volets et, de l'intérieur, rabattu sur les carreaux d'épais rideaux doublés de chintz, une image s'imposait à Trendy : celle du carré d'un navire. Pourtant les pièces étaient très vastes et la décoration d'*Hauteclaire* n'était pas copiée sur celle d'un yacht. On était ici à l'intérieur d'une vraie maison, avec des armoires, des coffres, des fauteuils, de la vaisselle, des tableaux. La sensation de Trendy était confuse, il avait l'impression de se trouver dans un bateau qui a beaucoup roulé, essuyé des tempêtes sans nombre, doublé de terribles récifs, cinglé d'archipel en archipel, pour venir enfin toucher terre, mais sans vraiment connaître le repos. C'était un faux répit, qui durait peut-être depuis des années, et pourtant tout était conçu pour le confort de la halte. Un curieux tableau, placé au-dessus de la cheminée du salon, le laissait d'ailleurs entendre. Il était très coloré, et placé bien en évidence. Trendy se demanda comment il avait pu l'ignorer. Il représentait un navire attaqué par un gigantesque poulpe. Les tentacules du monstre s'entouraient aux mâts, le bateau donnait de la gîte et menaçait de sombrer. C'était une grande peinture dans le genre naïf ; à en juger par l'architecture du navire, la pièce devait être ancienne. Sur son cadre doré, dans une calligraphie moderne qui jurait avec la facture du tableau, une main avait gravé une inscription : *Heureux celui qui touche au port.* Ces mots en grosses lettres avaient été rajoutés avec une application surprenante. Pour y avoir mis tant d'acharnement, on pouvait soupçonner que celui qui avait si ouvertement vanté les bonheurs de l'escale ne les avait jamais goûtés.

Il n'eut pas de mal à en découvrir l'auteur. Sur le mur voisin, tout à côté de la bibliothèque, se trouvait le portrait d'un capitaine. Sa ressemblance avec Ruth était criante. Mais c'était Ruth en homme triste, Ruth sans sourire, une Ruth usée par les nuits blanches. Son père ou un oncle, un proche parent, en tout cas. Derrière sa silhouette raidie contre on ne savait quelle adversité, le peintre avait représenté le plan d'Amsterdam ; et Trendy, encore subjugué par l'expression torturée du capitaine, ne put s'empêcher de comparer ses canaux concentriques aux sept cercles de la damnation, tels qu'ils enserrent, dit-on, le territoire des Enfers.

Dehors, le vent forçait. Il crut entendre le fracas des vagues sur les rochers tout proches. Ce n'était peut-être qu'une illusion. Il ne connaissait encore rien d'*Hauteclaire*, il était à l'affût de ses bruits, de ses odeurs secrètes. Il sursautait au premier crépitement du feu, sur les bois luisants des meubles, il guettait de fraîches senteurs de cire, caressait des porcelaines bleues et blanches au bord du vaisselier, s'arrêtait pour jouer avec un télescope ou un vieil astrolabe. Tout respirait ici une ancienne opulence. Une idée le traversa d'un coup : cette maison n'avait pas de racines, voilà pourquoi il avait pensé au carré d'un navire. Ou bien ses racines étaient ailleurs, en Hollande, comme semblaient l'indiquer des carreaux de Delft qui décoraient l'entrée et les fauteuils flamands placés au coin des fenêtres.

— J'arrive, cria Ruth du fond de la cuisine. J'arrive bientôt, ne bougez pas !

Il n'était pas impatient. Il goûtait un plaisir neuf, celui de s'attarder, la simple volupté d'aller de pièce en pièce. Dans les cercles des lampes rigoureusement réparties, et parfois posées à même le sol, il découvrait les objets les plus inattendus. Il s'étonna de n'avoir pas remarqué la figure de pierre déposée au pied de l'escalier, deux gros tritons dont la queue écailleuse et puissamment retournée avait dû soutenir, sur un fronton d'Amsterdam, quelque Neptune en majesté. Ailleurs, c'était un sabre d'abordage, un éperon de mât chantourné, toute une accumulation de souvenirs d'amirauté qui ne tournait jamais au désordre. Chaque objet, semblait-il, possédait une place assignée de toute éternité. Jamais il n'en écrasait un autre, il était là, tout bonnement, sans un grain de poussière. De vigoureuses plantes vertes, entretenues avec soin, atténuaient ce que cet ensemble maritime aurait eu de lassant ; et l'extrême rigueur domestique qui en assurait la beauté expliquait que l'étranger se sentît, à *Hauteclaire*, parfaitement protégé.

Enfin il y avait les tableaux. Eux surtout parlaient du passé. De pastel en grisaille, de gravure au burin en esquisse aux couleurs franches, on traversait la gamme entière des humeurs de la mer, les orages, les calmes, les marées basses, les menaces indécises des grands embarquements. On revivait les voyages lointains et les colonies d'autrefois, légendées dans des langues diverses, le plus souvent l'anglais ou le néerlandais. « Clipper sous voiles dans la mer Rouge », « Poulo Zapata et son rocher par gros temps », « Fête des lampes à Nagasaki », « Palais du Gouvernement à Batavia »... On y distinguait des frégates fragiles lancées au péril des flots, ou parfois des vaisseaux plus anciens, pansus, la coque si renflée qu'on leur aurait bien prêté, sous la mer, comme des ouïes cachées, ou des flancs regorgeant de frai. Un navire était drossé sur une côte d'horreur, un autre échouait au Mozambique, un troisième sombrait au Spitzberg, au milieu des icebergs et des baleines.

D'un seul coup, Trendy sentit qu'on l'observait. Il se retourna. A son grand soulagement, ce n'était pas Judith, mais sa mère.

— Toutes nos gloires sont derrière nous, dit-elle.

Elle n'avait plus la même voix que tout à l'heure. Il comprit qu'elle parlait de sa famille. Elle se saisit d'un châle et s'y enveloppa. Il ne faisait pas froid, pourtant. Puis elle désigna le portrait de l'homme triste :

— C'est lui qui a fait bâtir cette maison. Le capitaine. Mon père. Il faudrait que je vous raconte, un jour... Il était encore jeune, en ce temps-là. Plus jeune que sur le portrait. Je n'étais pas née. Tout nous vient de lui.

A mesure qu'elle parlait, elle reprenait de l'assurance.

— Il a passionnément aimé la mer. Comme vous, sans doute, mais pas de la même façon. Il a beaucoup navigué. Les gens l'appelaient le Capitaine. Il avait pourtant un titre plus ronflant, il avait été gouverneur, loin d'ici, dans les colonies. Il parlait très peu, sauf quelquefois de ses voyages. « Le monde, m'a-t-il dit un jour, ne se connaît que par la mer. Par la solitude, la peur, l'immensité. Là est notre début et notre fin, la mer nous fait, la mer nous perd. A bord d'un navire, la brute la plus épaisse le sait. » Il parlait bien, quand il voulait parler.

Elle soupira, comme si elle s'en voulait d'en avoir trop dit.

30

— C'était un vieux fou, mais il avait raison. Plus tard, moi aussi, j'ai un peu navigué, et j'ai su qu'il disait vrai. Pour le reste, c'était un homme difficile. Il avait ses excuses. C'était juste après...

Elle s'interrompit et se serra davantage dans les plis de son châle. D'un seul coup, elle accusait la fatigue.

— Allons, dit-elle. Passons à table.

— Et Judith ? bredouilla Trendy.

— Laissons-la mener sa vie. Elle s'y entend, croyez-moi.

La phrase était définitive. De toute la soirée il ne fut plus question de Judith. Avec brio, Ruth réussit à conserver le ton mondain et faussement enjoué de leurs premières conversations. Plus une confidence ne passa ses lèvres. Qu'elle voulût si soigneusement préserver un mystère redoublait son charme, s'il en était besoin. Il doutait de plus en plus qu'elle fût veuve. D'ailleurs, devant le portrait de l'homme triste, ne lui avait-elle pas glissé le nom de son père, et n'était-ce pas le même que le sien ? La questionner aurait été d'une inconvenance majeure. Aussi pendant des semaines, à cause de son excellente éducation, Trendy n'en sut pas plus long sur l'énigmatique figure du capitaine Van Braack.

CHAPITRE IV

Une dizaine de jours s'écoulèrent, dans ce qui plus tard ressembla au bonheur : une brève période sans mystère et sans artifice. Trendy travaillait. Personne ne le dérangeait, pas même la vieille Josepha qui venait tous les matins aider Ruth à tenir la maison. Elle était d'une discrétion exemplaire et ne touchait pas au désordre de son bureau. Au bout de quelques jours, il eut rédigé une introduction incisive dont il était assez fier. Il ne rencontrait son hôtesse qu'à l'heure des repas, et il l'aidait alors dans ses tâches domestiques, espérant vaguement retrouver le moment où des bribes de confidences avaient passé ses lèvres. Mais Ruth ne parlait plus de sa famille. Dans leurs conversations de table, elle évoquait surtout la région, qu'elle connaissait à la perfection. Elle indiquait à Trendy quelque chapelle de l'arrière-pays, des châteaux peu connus qui, disait-elle, méritaient une visite. Ou bien elle évoquait les cités englouties au large de la côte, des Babylones païennes dont on savait fort peu de chose. Elle ne dissertait jamais sur les nouvelles du monde. Du reste, pas une gazette ne passait le seuil d'*Hauteclaire* ; et, comme si elle avait tenu à garder sa maison dans un territoire d'où l'Histoire était exclue, on n'y voyait, n'y entendait jamais les images et les sons qui agitaient l'univers.

Judith était invisible. D'un accord tacite, ni Trendy ni Ruth ne prononçaient son nom. Pourtant elle était là, à l'étage en dessous du sien. A plusieurs reprises, alors qu'il descendait pour déjeuner, Trendy l'avait aperçue qui filait sur la route,

33

juchée sur une vieille mobylette. Où allait-elle, à quoi passait-elle ses journées ? A peindre, mais où ? Et peignait-elle seulement ? A la vérité, autant qu'il le pouvait, il tâchait d'éviter la question. Plusieurs fois aussi, alors qu'il était arrivé au salon plus tôt que de coutume, pour mieux goûter, dans la solitude, le charme nocturne d'*Hauteclaire* — son côté Rembrandt, comme il l'appelait, et qu'il aimait à opposer à son versant diurne, qu'il nommait son côté Vermeer — il avait éprouvé la sensation d'une présence impalpable, ou, plus exactement, d'une présence qui venait de s'évanouir. Le salon, le vestibule étaient encore tout remplis de Judith. De cette Judith seulement croisée, et avec quelle violence, il se surprenait à chercher une trace. Il découvrait parfois un napperon, un tisonnier qui n'étaient plus à leur place, un coussin déformé au bord d'un canapé. Parfois aussi il voulut débusquer, sous les odeurs de cire et de braise consumée, le reste de parfum — mais quel était-il, déjà ? — qui lui en eût offert la preuve indiscutable. Il ne le trouva pas. C'était peut-être aussi bien. Son travail avançait avec régularité. Mme Van Braack était une hôtesse agréable et ses silences, en définitive, lui convenaient. Elle ressemblait à ce qu'il avait pressenti d'elle au premier jour : une femme un peu distante, mais chaleureuse, sauf à de très brefs moments, lorsqu'une expression subitement apeurée, on ne savait pourquoi, venait assombrir son regard. Trendy remarqua aussi ses mains : longues et charnues à la fois, elles s'attachaient à toutes choses avec une égale générosité, qu'il s'agît, à la cuisine, de pétrir une pâte à tarte, d'un cuivre à polir au salon, d'un rosier à tailler au fond de son jardin. Elle entretenait ce petit parc avec une minutie surprenante. Lui aussi, il avait deux côtés : une pelouse sage entre la villa et la route, et par-derrière, des murs de la maison voisine jusqu'aux rochers et à la mer, un terrain plus désordonné, en pente douce, qui se terminait sur une rangée de cyprès.

Assuré désormais de mener son travail à bien, Trendy s'octroya, au bout de quelques jours, de courtes promenades. Il choisissait de s'éclipser juste avant l'heure où, de loin en loin, Ruth recevait des visites, des hommes âgés et distingués, pour la plupart, qui s'annonçaient le matin, en général, par un appel téléphonique. C'étaient des bibliophiles, selon toute

vraisemblance. Ils n'étaient guère nombreux. Plus régulièrement, et toujours à cinq heures, arrivait une femme brune,
belle et très élégante. A ce que Trendy pouvait en juger du
haut de son perchoir, ainsi qu'il nommait maintenant son
étage, elle devait avoir le même âge que Ruth. Elle garait sa
voiture, un coupé sport un peu voyant, au bout de l'allée du
Phare et traversait d'un pas nerveux le jardin d'*Hauteclaire*.
Ce devait être une amie de Mme Van Braack. Pour ne jamais
rencontrer ni les uns ni les autres, Trendy fixa ses escapades
au tout début de l'après-midi. Elles étaient encore modestes.
Il n'avait pas envie de sortir sa moto. Il partait à pied jusqu'à
l'endroit où finissait la route, puis empruntait un sentier qui
suivait la clôture de la villa. La ligne de rochers s'incurvait
jusqu'à une anse sablonneuse bien protégée des vents domi-
nants, où l'on avait bâti une cale. Un yacht très fin y était
amarré, dont le nom original, autant que la facture ancienne,
retint l'attention de Trendy. Il était baptisé *Le Roi-des-Poissons*.
Trendy s'était toujours demandé d'où pouvait bien venir la
légende qui voulait que, comme pour les autres créatures
terrestres, le peuple des poissons, si nombreux, si divers, dût
posséder un souverain. C'était d'ailleurs cette fable, découverte
au hasard d'une lecture de sa première enfance, qui était
l'origine, en partie, de sa passion pour la mer. Mais, dans ces
brèves excursions de l'après-midi, c'était toujours *Hauteclaire*,
et non les poissons, qui le préoccupait, *Hauteclaire* et ses deux
habitantes. De son sentier à flanc de rocher, il ne voyait pas
la villa, dissimulée par la ligne des cyprès. Alors il se demandait
si Ruth et Judith sortaient ce yacht, si soigneusement calfaté
et verni, si elles fréquentaient cette plage. S'y baignaient-elles,
l'été venu ? Et pourquoi ces deux femmes aux noms tirés des
Ecritures avaient-elles échoué ici, comment y vivaient-elles à
longueur d'année, qui étaient leurs amis, leurs amants, à quoi,
à qui rêvaient-elles ? Le premier soir, parlant de Judith, Ruth
avait dit : « Elle est capricieuse, surtout avec les hommes. »
Quels hommes ? Qui, en dehors des clients de Ruth, venait
donc visiter ces fausses solitaires ? Jusqu'à maintenant, à
Hauteclaire, il y avait eu si peu d'allées et venues...
    Alors Trendy se rappelait la mobylette de Judith, jetait
avec humeur un paquet d'algues sèches sur les rochers mangés
de lichens, froissait entre ses doigts une giroflée, une armérie,

un liseron de mer ; et il se demandait aussi pourquoi ces plantes de rocaille étaient encore en fleur, alors que la saison était si avancée. Cette année, les tempêtes d'équinoxe n'étaient pas venues, les grandes marées de septembre s'étaient régulièrement enflées, mais sans le déchaînement cosmique qui d'habitude les accompagne. Le vent, qui forçait le soir, retombait dès le milieu de la nuit, la chaleur persistait, et cet été indéfini, aux premiers jours d'octobre, prenait quelque chose d'oppressant. Mais les poissons de Trendy, avec leurs scolioses, soulevaient des questions beaucoup plus impérieuses. Alors, un peu honteux, il chassait toutes ses interrogations, il revoyait le visage impitoyable du docteur Drogon, son crâne chauve et ses lunettes d'acier, et il rentrait vite à son perchoir où, jusqu'à la nuit tombée, il se penchait avec ardeur sur ses dossiers, et les vertèbres déformées de ses précieux squelettes.

Enfin arriva le jour de la grande marée. Dès le moment où il ouvrit ses volets, à l'air brusquement plus salé qui lui fouetta le visage et chassa à l'instant ses restes de sommeil, Trendy devina que le temps changeait. Ce fut le seul présage de la tempête. Les nuages s'amoncelèrent très vite, et très vite aussi se leva une clameur qui balaya la mer, la corniche, les cyprès. *Hauteclaire* se mit à vibrer de toutes ses membrures. Gonflées par la marée, nourries à l'énergie d'autres vents, d'autres orages, les lames frappaient la terre de leur pulsation régulière. Des odeurs de varech s'insinuaient dans les pièces, auxquelles se mêlaient, réveillées par la pluie battante, celles du jardin saccagé, des dahlias, des pivoines tardives, des roses d'automne effeuillées. Entre chaque vague, qu'il voyait arriver de loin, couronnée de brume et d'une écume grise, la terre, comme *Hauteclaire,* tâchait de reprendre souffle.

Trendy, ce matin-là, comprit que la maison, outre son versant diurne et son versant nocturne, possédait deux autres faces, plus opposées encore : son côté de la mer et son côté des terres. Aujourd'hui, c'était jour de colère, les eaux salées se déchaînaient, l'Océan, pour un temps, croyait tenir la victoire. Les arbres n'étaient plus que de vagues fantômes, les goélands effarés s'égaraient dans le ciel bleu-noir et sous ces assauts grondants, la maison elle-même semblait un navire en fuite. Marée de vive-eau, songea Trendy. La lune et le soleil, en se rapprochant, tiraient trop fort sur les eaux de la mer.

Du plus profond des criques au sommet des rochers, la vie profuse et grouillante de l'Océan s'abandonnait à cette fureur ; et, sentant monter en lui une tension inhabituelle, il se demanda si les hommes, parfois, n'étaient pas gagnés des mêmes folies.

Au déjeuner, Ruth fut soucieuse. Une lettre était arrivée pour Trendy, une épaisse missive comme sa mère lui en écrivait tous les quatre ou cinq mois, où elle lui racontait par le menu ses dernières fantaisies, sa dernière rupture, ses acquisitions de bijoux, de teckels, ses projets de théâtre ou de cinéma. D'Amérique où elle résidait depuis quelques années, elle lui avait envoyé, à son habitude, une enveloppe de vélin mauve à frises d'iris, allusion spectaculaire à son prénom, dont elle raffolait. Quand Ruth lui donna son courrier, Trendy se sentit mal à l'aise. C'était la simplicité de son hôtesse, sans doute, son naturel, qui tranchaient tellement avec ce papier tapageur.

— Ma mère s'appelle Iris, dit-il comme pour s'excuser.

La remarque était d'autant plus inutile que, par la bouche de Drogon, la réputation de sa mère avait dû le précéder chez Ruth.

— C'est un très beau prénom, fit-elle. Et une belle fleur. En mai, notre jardin en est plein...

Ainsi qu'au premier soir, lorsqu'elle avait parlé de son père, sa voix s'était assourdie. Puis elle s'arrêta net. La confidence, comme l'autre jour, se mourut sur ses lèvres. Une rafale secoua les murs, plus forte que les précédentes. Trendy sursauta. Ruth, pour sa part, n'avait pas frémi. Elle luttait contre une force bien plus impétueuse que celle de la tempête contre sa maison. C'était son passé qui à nouveau refluait, tandis que ses yeux erraient sur les objets, les cloisons vibrantes d'*Hauteclaire* et ses fenêtres battues de pluie. Trendy enfouit la lettre dans sa poche.

De tout le déjeuner, elle eut toutes les peines du monde à soutenir leur conversation ordinaire. Au salon, au moment du café, Trendy perçut sous les rafales le ronflement éraillé de la mobylette de Judith, et il la vit, enveloppée d'un grand ciré, qui franchissait bravement la barrière du jardin.

— Il faut qu'elle sorte par tous les temps, dit Ruth.

Trendy ne sut que répondre. C'était la première fois qu'elle reparlait de sa fille. Elle fixait la fenêtre qu'envahissait la buée, du côté où elle avait vu, elle aussi, Judith qui s'en allait. Etait-ce le jour affaibli ? Ses yeux, ce jour-là, grisaillaient plus que de coutume, et ses cheveux aussi, comme un vieil or qui se ternit. Trendy reposa sa tasse. Il ne savait plus s'il devait craindre ou redouter de nouvelles confidences. La sonnerie du téléphone le délivra de ses appréhensions. Ruth se précipita pour répondre dans une partie de la maison inconnue de lui, par-derrière la salle à manger. Il supposait qu'elle y avait sa chambre et son atelier de reliure. Il en profita pour s'éclipser. La conversation de Ruth fut très brève. Lorqu'il fut en haut de l'escalier, il jeta un œil par-dessus la rampe et la surprit qui revenait au salon, se souriant à elle-même et le teint animé. Elle ne l'avait pas vu. Il préféra disparaître.

Cet après-midi-là, peut-être en raison de la pluie, la femme brune ne vint pas. Judith rentra vers cinq heures, ruisselante, avec un gros paquet à l'arrière de sa mobylette. Elle avait négligé de refermer la barrière qui n'arrêtait plus de grincer dans la tempête, puis elle avait claqué la porte d'entrée, et Trendy l'avait très distinctement entendue qui s'ébrouait au pied de l'escalier. Il n'arrivait plus à se concentrer sur ses fiches. Il dut s'avouer qu'il l'épiait. La nuit tomba très tôt. Un moment, le vent faiblit. A l'affût comme il l'était, Trendy distingua des allées et venues à l'étage inférieur, comme si Judith s'apprêtait à un grand départ. Puis la tourmente reprit de plus belle, les bourrasques, les battements puissants des vagues contre les rochers. Il n'avait plus qu'une envie : planter là ses écritures et descendre au salon, s'abandonner à la quiétude d'un fauteuil près de la cheminée, non qu'il eût froid, mais, sans qu'il sût pourquoi, il lui fallait un réconfort. Il pensait sans arrêt aux mains, aux traits limpides et aux cheveux de Ruth. Selon ses recommandations, il avait tiré depuis longtemps les persiennes sur les doubles fenêtres. Il avait mis à cette tâche une lenteur inhabituelle ; cependant, il était encore beaucoup trop tôt pour descendre.

A l'étage en dessous, le remue-ménage continuait. Trendy rassembla toutes ses forces et se replongea dans ses fiches. Il s'acharnait sur une classification compliquée quand, d'un seul coup, toutes les lampes s'éteignirent. Une panne d'électricité, voilà qui était providentiel. Il n'était pas dans le noir depuis dix secondes qu'il avait découvert un prétexte pour aller au salon : il lui fallait des bougies pour continuer à travailler. Il les demanderait à Ruth, il commencerait à bavarder, et il s'arrangerait pour rester avec elle jusqu'à l'heure du dîner.

Il s'engagea à tâtons dans l'escalier. Rien ne bougeait plus à l'étage de Judith. Trendy était parvenu à la dernière volée de marches lorsqu'il entendit un bruit de moteur assourdi par le vent. Il s'éteignit presque aussitôt. On avançait d'un pas pressé dans le vestibule, comme pour accueillir un visiteur. Eclairés par un grand chandelier qu'elle tenait à la main, les traits de Ruth se découpèrent devant les tritons de pierre. Il n'avait pas souvenir de l'avoir vue si rayonnante. Elle ouvrit la porte, éleva les bougies. Le vent s'engouffra dans l'entrée. Les flammes vacillèrent. Dans le très bref intervalle qui précéda le moment où les bougies s'éteignirent, Trendy eut le temps de voir, penché sur elle, le visage fatigué d'un homme qui n'était plus très jeune. Il s'approcha de sa bouche et l'embrassa. Il n'y avait pas eu un mot.

Qui a prétendu qu'il ne se passait jamais rien en province ? Dans les campagnes les plus reculées, dans les villégiatures comme celles-ci, désertées aux premiers vents d'automne, se tramaient et s'épanouissaient les plus violentes passions. Lors de cette soirée mémorable, ce fut la première découverte de Trendy. D'autres devaient suivre ; lorsqu'il y réfléchit, plus tard, lorsqu'il fit la revue des folies dans lesquelles, spectateur ou acteur, il fut irrémédiablement entraîné, une seule image, marine encore, revint à son esprit : celle du maelström. Il se croyait en eau calme, et d'un seul coup un gouffre le happait, dont il ignorait la nature. Il ne résista pas, il s'abandonna au tourbillon ; si bien que, très vite, il ne s'étonna plus de rien.

Il resta un moment sans bouger, le pas suspendu dans l'escalier et ne sachant quel parti prendre. S'il remontait, on risquait de l'entendre ; s'il descendait, il manquait à la discrétion. Les événements décidèrent pour lui : l'électricité se ralluma d'un coup.

Ruth marqua à peine un moment de surprise. Dès que la lumière fut revenue, elle et l'inconnu levèrent les yeux vers l'escalier. La première, elle aperçut Trendy.

— J'aurais dû vous prévenir, dit-elle après un petit silence, et elle s'avança vers les marches. C'est un ami, Malcolm Cornell.

Par pudeur, sans doute, elle n'avait pas dit *mon ami*. Elle avait rosi, tout de même. Et elle faisait les présentations à l'envers.

— ... Malcolm enseigne dans une université américaine. Depuis quelques années, il vient passer l'hiver ici.

Elle se retourna vers le professeur :

— C'est mon jeune hôte, mon chercheur... Tu te souviens, dans ma lettre...

Le dénommé Cornell lui serra la main et posa sur lui un regard perplexe. Puis il hocha la tête :

— Un jeune chercheur... Très jeune. Je vous envie.

Le ton n'était pas amer. Il avait une belle voix grave.

— J'aurais dû vous prévenir, reprit Ruth. Mais tout à l'heure, après le déjeuner, quand je vous ai cherché, vous étiez déjà parti. Enfin, laissons. Nous allons dîner ensemble. En attendant, passez donc au salon.

Comme avec Trendy, le premier soir, elle disparut à la cuisine, et comme ce soir-là aussi elle déclina son aide. Les deux hommes se retrouvèrent seul à seul.

— La maison de Ruth, dit lentement Cornell. On dirait l'intérieur d'un bateau...

Il avait parlé d'*Hauteclaire* comme Trendy lui-même aurait souhaité le faire, il avait répété tout haut les mots qu'il s'était répétés en secret dès son arrivée, sans pouvoir les confier, sans doute parce qu'il les jugeait trop élémentaires. Et surtout, il avait prononcé ces syllabes devenues presque magiques avec le fil des jours : *la maison de Ruth*. Qu'il dût rester ici deux heures ou six mois, Trendy sut alors que Cornell deviendrait un ami.

On dîna. Cornell n'avait pas sorti ses bagages. Il ne semblait pas qu'il dût s'installer à *Hauteclaire*. Au détour d'une phrase, il évoqua une maison qu'il avait achetée non loin de là. Depuis quelques années, dit-il, il s'y retirait l'hiver pour rédiger ses livres. L'homme rassurait Trendy. C'était un chercheur, comme lui, mais un historien. Quand il avait entendu Ruth appeler son jeune hôte par son surnom, au lieu de s'en moquer, il l'avait adopté avec le plus grand naturel. De Ruth, on le devinait, Malcolm Cornell aurait accepté n'importe quelle fantaisie, et pourtant il n'était pas un homme de fantaisie, cela se sentait aussi ; voilà pourquoi, sans doute, il ne tenait pas à vivre sous son toit.

Judith, bien sûr, ne descendit pas. Personne ne la réclama. Cornell ne manifesta aucun étonnement. Selon la coutume, il n'y avait pas de couvert pour elle. Judith demeurait donc pour Trendy ce qu'elle avait été jusqu'à ce jour : une fille de l'air, quelqu'un qui était là, sans l'être, une sorte de fantôme qui s'agitait parfois, traversait les murs et ne connaissait rien des nourritures terrestres.

Comme on repassait au salon, Ruth fut parcourue d'un frisson. Elle se blottit près du feu :

— Cette pluie, soupira-t-elle, cette pluie qui n'arrête pas...

Dehors en effet l'averse redoublait.

Cornell sortit une pipe et se mit à la bourrer.

— Temps de saison. Et quand on a choisi de vivre ici...

Elle feignit de ne pas l'entendre :

— Hier encore je pensais que l'été ne finirait jamais. Et ce soir j'ai l'impression que la maison va disparaître sous les eaux.

— Toujours l'obsession des villes englouties...

Cornell avait eu une petite moue ironique. Elle ne fut pas du goût de Ruth :

— Il n'a jamais voulu me croire, dit-elle à l'adresse de Trendy. Mais c'est vrai, la nuit, en mer, on entend parfois des cloches. Ou bien, dans le silence, le bruit de plusieurs voix. Des voix qui viennent du dessous des vagues. Des trompes de navires que personne ne voit.

— Tu les as entendues ? coupa Cornell.

— Non. Mais mon père...

Une fois de plus, elle se ferma d'un seul coup. Elle se releva et continua sur un ton léger, un peu faux, tout en attisant le feu qui commençait à faiblir :

— Les pêcheurs le disent. Enfin, ils le disaient. Ils racontaient qu'ils avaient vu des villes entières sous la mer, avec des centaines de fenêtres, des toits ruisselants d'écume, quelquefois même des flèches de cathédrale. Des histoires de villes maudites englouties en même temps que leurs dieux...

— On en trouve dans le monde entier, intervint à nouveau Cornell. Partout où il y a la mer. Les mêmes histoires d'empires anciens vivant au fond des eaux, de cités dont les clefs sont cachées au ventre des baleines, de monstres, là-dessous, de pierres vivantes dans le calme des grands fonds.

— Je sais, tu me l'as dit mille fois. Les villes englouties n'existent que dans notre tête.

Elle parlait à présent sur un mode un peu tendre, presque puéril, comme pour adoucir les choses graves qu'elle disait, mais il y avait dans sa voix un reste d'insolence, et elle jetait à Cornell des petits regards de bravade :

— ... Tous ces gens que nous avons croisés, aimés, perdus. Engloutis au fond de notre tête.

— Et il faut continuer à vivre.

Le ton, cette fois, était sévère.

— C'est vrai, répondit Ruth. Comme il fait froid, ce soir ! Cela donne des idées sinistres. Je vais préparer du café.

Elle partit à la cuisine comme on s'enfuit. Ces deux-là se donnent la réplique, pensa Trendy. Ils jouent sans moi.

Il brûlait d'être du jeu. Il brûlait surtout d'en savoir plus. Mais où trouver l'audace des questions ? Il fut pris de court. Ruth n'avait pas disparu que Cornell l'interrogea :

— Vous travaillez sur les poissons, m'a dit Ruth. Mais que cherchez-vous donc dans le ventre de ces bêtes ?

Cornell, ainsi que Ruth, avait le regard clair, mais ses yeux fouillaient davantage. Il était impossible de leur échapper. Trendy eut un moment d'embarras. Il n'aimait pas parler de ses recherches. De surcroît, comme sa journée n'avait pas été fructueuse — à cause de Judith ou de la tempête, il ne savait plus au juste — il se sentait vaguement coupable.

— Les vertèbres, bredouilla-t-il au bout d'un moment. Elles sont de plus en plus souvent déformées. Je cherche pourquoi.

Cornell hocha la tête et se retourna vers le feu. Il le tisonnait avec l'aisance d'un habitué des lieux.

— Et cette maison vous plaît ? Vous travaillez bien ?

Les flammes éclairaient ses traits creusés de ravines, ses cheveux argentés, encore très fournis. Il avait un air détaché, mais sans mépris ; c'était plutôt l'expression d'un homme qui commençait à se retirer du monde. Ses gestes ralentis, comme appesantis par l'approche de l'âge, accentuaient cette distance bienveillante.

— Mme Van Braack est une hôtesse délicieuse. Elle sait me faire oublier mes vertèbres tordues. Elle est tout sauf déformée.

La réponse parut plaire à Cornell. Il eut un rire bref et enchaîna :

— Et sa fille ?

— Je l'ai à peine vue.

— Bien sûr.

Puis il ajouta en reposant le tisonnier :

— Elle n'est vraiment pas facile. Je me demande quand elle arrêtera ses caprices. Il faut s'y faire, sans doute. C'est une fille unique. Et une artiste.

A l'évidence, il avait eu droit aux provocations et aux bouderies de Judith. Etait-ce l'année précédente ? « C'est le troisième hiver que Malcolm passe ici », avait dit Ruth pendant le dîner.

— D'où les connaissez-vous ? risqua alors Trendy.

Il regretta aussitôt sa question. La panne d'électricité, la rencontre avec cet inconnu, tout lui était prétexte, aujourd'hui, à abandonner ses poissons.

L'autre revint à son fauteuil. Trendy remarqua que, pour un Américain, il était habillé avec un certain chic. Son costume n'avait pas souffert du voyage et il paraissait presque trop élégant pour cette villa perdue dans la tempête.

— Je suis mythologue, dit-il. Je n'enseigne plus guère. J'écris toujours un peu.

Il soupira. Sa pipe s'était éteinte. Il se leva pour la vider dans le feu.

— J'en suis arrivé au temps des nostalgies. Il y a quelque temps, je suis revenu dans la région. C'est ici, il y aura bientôt quarante ans, que j'ai commencé mes enquêtes. Je travaillais sur les légendes océaniques, les démons, les monstres marins. J'interrogeais des pêcheurs, des capitaines au long cours. J'ai voulu revoir le pays. Un jour que je me promenais sur une plage, c'était un début d'automne, comme en ce moment, j'ai rencontré Mme Van Braack. Elle ramassait des algues sur une plage et je me demandais bien pourquoi. Je l'ai abordée. Nous avons d'abord parlé jardinage. Elle m'a expliqué que les algues permettent de faire pousser des fleurs superbes sur les terrains du bord de mer. De fil en aiguille, elle m'a appris qu'elle habitait cette maison. Je me souvenais très bien de l'homme qui l'avait construite. C'était son père, le capitaine Van Braack.

Trendy avait du mal à le suivre. Son accent était assez prononcé, il parlait de plus en plus bas, il avait peur, sans doute, que Ruth ne revînt à l'improviste. Il désigna le portrait du capitaine :

— Un mélange d'aristocrate et de vieux forban. Un homme un peu inquiétant. Je n'avais gardé aucune mémoire de sa fille. J'ai été très étonné d'apprendre qu'elle habitait toujours ici. Puis... puis nous sommes devenus amis.

Encouragé par ses confidences, Trendy allait lui demander pourquoi, malgré son veuvage, Ruth portait toujours le nom de son père, quand elle fit son entrée avec le plateau du café. Cornell ne voyait plus que Ruth. Il l'observait de son œil précis, perçant, comme s'il ne voulait rien perdre d'elle, pas un seul de ses gestes, pas un frémissement, une ombre de sourire. Puis il prit un air lointain et rêva devant le feu. Pourtant, quelle présence, à son arrivée, quand il avait embrassé Ruth sitôt franchi le seuil ! Tant de fougue étonnait encore Trendy. C'était peut-être une passion qui le prenait sur le tard, où il craignait de manquer de force, de manquer de temps. Mais qui d'autre, sinon sa fille, Ruth Van Braack aurait bien pu aimer ?

CHAPITRE V

La tempête dura plusieurs jours. Il y eut quelques accalmies. Chaque fois, elle reprit son souffle pour repartir de plus belle, comme si elle se vengeait de n'être pas arrivée plus tôt. Malgré la pluie, Cornell venait tous les soirs. Il dînait, puis rentrait seul, vers onze heures. « Il aime la nuit, expliqua Ruth, il ne peut travailler que la nuit. » Elle apprit aussi à Trendy qu'il avait cédé à Judith une partie de l'ancienne maison de pêcheurs où il logeait. C'est là-bas que sa fille allait peindre.

De ces trois ou quatre jours, on ne vit pas Judith sortir. Elle se terrait, semblait-il. De loin en loin, Trendy entendait encore du remue-ménage à l'étage inférieur. Le plus souvent, le vacarme de la tempête couvrait tout, avec les rafales sans fin contre les murs d'*Hauteclaire*, les coups de boutoir des vagues contre les rochers du rivage. C'en devenait épuisant. Cependant, il ne se voyait plus travailler ailleurs. Il s'aperçut brusquement qu'il n'avait pas encore appelé un seul de ses amis des Halles, contrairement à ses promesses ; et, en dépit aussi de ce qu'il s'était juré, il n'avait plus la moindre envie de retourner, à la fin du mois, passer à Paris une petite semaine. A la fin de chaque après-midi, il se mettait à attendre l'arrivée de Cornell. Il prenait un plaisir croissant à leurs conversations du soir. Il devait en aller de même pour le professeur, car il partait de plus en plus tard. Trendy avait beaucoup de mal à imaginer sa liaison avec Ruth. Il ne restait jamais dormir à *Hauteclaire*. Etait-ce elle qui le rejoignait, au matin, lorsqu'il était parvenu au bout de sa nuit de travail, et

45

qu'elle sortait sa voiture pour aller, disait-elle, aux provisions ? Chaque fois que Trendy voyait son automobile disparaître sous la pluie, tout au bout de l'allée du Phare, il ne pouvait réprimer un petit pincement de cœur. Ruth revenait, très gaie, sur le coup de onze heures. Cornell ne déjeunait jamais à *Hauteclaire*. « C'est un homme de la nuit, répétait-elle à Trendy en lui servant son café, un vrai hibou, je vous le dis ! » Et elle repartait, un peu brusque, travailler à ses reliures. À ces moments-là, elle ressemblait beaucoup à sa fille.

Le troisième soir de la tempête, il y eut une nouvelle panne d'électricité. C'était à la fin du dîner. Toujours prévoyante, Ruth avait préparé un chandelier sur une console de l'entrée. Elle se leva pour le chercher. Elle s'avançait dans l'obscurité avec l'assurance d'une femme qui connaît par cœur le moindre pouce de sa maison.

Quand elle revint pour faire passer ses amis au salon, sous la lumière incertaine des bougies, les nuages hauts et lourds des marines parurent un instant s'agiter, eux aussi, sous un début d'ouragan.

Comme chaque soir, ils restèrent un moment près du feu, à parler de tout et de rien. Ruth évoquait son jardin, ses reliures, ses récoltes d'algues, les tableaux qu'elle confectionnait parfois à partir d'échantillons qu'elle avait fait sécher. Cornell l'écoutait avec intensité, mieux encore, une vigilance extrême. Il s'appropriait le moindre souffle de Ruth, il prévenait ses plus minuscules frissons.

Elle s'éloigna quelques instants. Elle voulait, annonça-t-elle, leur faire goûter une eau-de-vie de cerise qu'elle faisait vieillir depuis plus de trois ans. Trendy n'attendait que cette occasion pour questionner à nouveau Cornell. Il fut direct :

— Pourquoi êtes-vous fasciné par le capitaine Van Braack ?

L'autre commença par éluder :

— C'est difficile à expliquer. La nostalgie, je vous l'ai dit l'autre jour.

Puis il soupira et reprit :

— Le souvenir du temps de mes recherches. Et j'aime ce lieu, cette maison. Elle n'a pas changé depuis le jour où je l'ai vue. En ce temps-là, je n'y suis venu que deux fois, mais elle m'a tellement frappé que je ne l'ai jamais oubliée. Sans doute à cause du capitaine. C'était un homme d'une espèce rare. De

46

ces marins qui construisent des maisons. C'était une folie de bâtir ici. Il a réussi. Vous entendez la tempête, ce soir ? Et la maison tient. Elle tient depuis des années.

— Ce n'est pas la seule villa construite en bordure de mer. Les autres maisons tiennent aussi. Ici même, sur le cap, au bout du jardin...

— Non, coupa Cornell. Je connais bien l'histoire de la région. Le terrain était nu avant l'arrivée de Van Braack. Nu et désolé. Il y avait seulement un vieux phare. C'est après lui que les autres ont construit. D'ailleurs, il n'a pas conçu *Hauteclaire* comme une maison. C'était encore un bateau, pour lui. Ou un port.

Il désigna l'ex-voto et sa devise :

— Un curieux homme. Taciturne, impossible. Une des plus belles déceptions de ma carrière. Je n'ai rien pu en tirer.

Et, comme l'autre soir, Cornell bourra une pipe et se retira dans ses pensées.

Depuis son arrivée, Trendy n'avait plus levé les yeux sur l'ex-voto. Il l'examina à nouveau. Etait-ce l'éclairage capricieux des chandelles, le poulpe géant, ce soir, prenait des allures effrayantes. Les tentacules échappés de l'abîme s'enroulaient avec plus de force à la mâture du navire et le tiraient vers le gouffre avec une ardeur décuplée. Ruth était revenue. Elle disposait sur la table un plateau chargé de verres. Elle non plus ne disait mot. Devinait-elle de qui Cornell et lui venaient de parler ? Il y eut un long moment de silence où l'on n'entendit plus que le fracas des vagues. On aurait pu se croire en mer, en effet. Tout en haut des fenêtres, par de petits carreaux que ne couvraient pas les volets, on voyait la lune en fuite au milieu des nuages. Un air très doux filtrait par un battant mal joint ; et cette sourde inquiétude d'une croisière nocturne aurait pu s'éterniser si, au moment où Ruth allait remplir les verres, n'avait surgi dans le hall, éperdue et tragique comme elle n'allait plus cesser d'être, la figure échevelée de la belle Anna Louvois.

Trendy reconnut la belle visiteuse qui, tous les après-midi ou presque, venait sonner à la maison de Ruth. Il apprit plus tard qu'elle dirigeait une agence de location de villas. Elle vivait seule, en fidélité à on ne disait quel amour, et s'obstinait à rester ici, même au plus creux des affaires. Ce soir-là, il ne vit en elle qu'une magnifique provinciale écrasée d'ennui. Le premier moment de surprise passé, puisqu'on ne l'avait pas entendue venir, couper le moteur de sa voiture, ni même frapper aux carreaux de la porte, Cornell s'avança vers Anna et la salua avec son immense courtoisie. Combien seraient-ils donc à se rassembler ainsi, se demanda Trendy, les habitants de ce rivage qu'il avait cru désert, enfoui pour des mois dans la morte-saison ? Davantage qu'un petit clan, dont les provinces au demeurant offraient des variétés infinies, ces amis qui se retrouvaient commençaient d'évoquer pour lui la complicité d'une société secrète. Il se croyait perdu dans quelque principauté oubliée, un repaire d'excentriques, aux foucades, aux amours singulières. Quelque chose les retenait ici, quelque chose qui venait du passé. Quelque chose qui ressemblait à un drame ou à une menace : il suffisait de voir le désarroi de la nouvelle venue et l'inquiétude inhabituelle qui s'emparait de Ruth.

Une première fois, Trendy songea à se retirer. Ruth s'était avancée vers son amie et les deux femmes se faisaient face dans l'entrée, devant la statue aux tritons. Anna, les yeux baissés, essuyait une larme. Ruth la regardait, pressentant une nouvelle qu'elle ne voulait pas entendre. Elle prit le bras d'Anna et balbutia des mots désordonnés : « Enfin, Anna, toi, à cette heure, d'où viens-tu, tu as l'air d'une folle, la tempête, je sais, mais tu pleures... » L'autre, comme pour s'excuser, passa ses doigts dans ses cheveux défaits. Entre deux sanglots, elle chuchota une phrase. Puis, sans plus se soucier de Cornell et Trendy — mais les avait-elle seulement vus ? — elle alla s'effondrer dans un fauteuil du salon.

Un long moment, Ruth demeura figée, les yeux fermés, les mains crispées sur la statue. Elle se reprit, saisit un second chandelier, l'alluma et gagna le salon à son tour. Elle était blême. Du fauteuil où elle s'était affalée, Anna l'observait avec une expression curieuse, de fatigue et de satisfaction mêlées, comme si elle venait de se décharger d'un malheur. Alors Ruth lui tourna le dos, rassembla toutes ses forces et, oubliant elle aussi la présence de Trendy, elle répéta les mots d'Anna :

— Le Commandeur, Malcolm... On va rouvrir la *Désirade*. Le Commandeur revient.

CHAPITRE VI

Chaque fois qu'il repensa à cette terrible soirée, qu'il essaya, pour mieux comprendre son histoire, d'en reconstituer les souvenirs épars, Trendy buta sur une difficulté identique : il se rappelait seulement Judith, et, un peu moins nettement, il revoyait Anna Louvois. Pendant des années, il ne put retrouver les termes exacts de la phrase que Ruth avait prononcée. A bien y réfléchir, ce fut pourtant la première fois qu'il entendit parler du Commandeur. Par la suite, quand il eut définitivement basculé dans l'aventure, il s'habitua aux traîtrises de la mémoire, historienne constamment faussaire, imagière toujours en mal de mensonge, surtout lorsque l'amour, ainsi que ce soir-là, vint se mêler de la partie.

Trendy fut d'abord frappé par la beauté d'Anna Louvois. Elle était très différente de Ruth. Elle se déplaçait avec légèreté, comme ignorante des objets et de la pesanteur des choses, on aurait dit qu'elle ne se nourrissait que d'absences et de rêves. Elle avait jeté son imperméable sur le bras de son fauteuil, découvrant une silhouette élancée, pleine là où il le fallait et sanglée dans un tailleur d'un rouge profond, presque violet. Sur sa veste retombaient des mèches noires et ondulées, assourdies, çà et là, de quelques filets blancs. Elle se pencha sur un verre d'eau-de-vie, le but d'un trait et remit de l'ordre dans ses boucles. Son égarement s'effaçait peu à peu. Ruth s'était retournée vers la cheminée et attisait le feu d'un mouvement trop lent, trop soigné. D'un seul coup, comme

49

prise d'une rage subite, elle jeta le soufflet à terre et fit volte-face :

— D'où le sais-tu, Anna ? Qui te l'a dit ?

— Me Léonard. Il a reçu des ordres pour rouvrir la villa. Les domestiques arrivent après-demain.

— Alors tout va recommencer, dit Ruth.

La voix, les mots lui manquaient. Elle prit les pincettes et fouilla le brasier.

— Nous étions trop tranquilles, parvint-elle à articuler.

Jusqu'à cet instant, elle avait parlé comme si Trendy n'était pas là. C'était juste, d'une certaine façon. Il ne voyait plus qu'Anna, ses très longues jambes, sa somptueuse chevelure en désordre, son visage inquiet, sa bouche entrouverte vers on savait quel désir. Qu'elle fût un peu griffée de rides la rendait encore plus tentante. Enfin il y avait ses yeux : noirs et immenses, ils fixaient un point dans le feu. Sous cet éclairage, leurs cernes profonds s'allongeaient encore, et l'on devinait qu'elle usait ses nuits à imaginer des folies qu'elle n'avait jamais la force d'accomplir.

Ruth revint s'asseoir aux côtés de Cornell. Elle avait recouvré une apparence de calme, que démentaient ses mains : elle ne cessait de les ouvrir et de les refermer sur son verre. Alors seulement elle se souvint de la présence de Trendy.

— Pardonnez-moi, dit-elle. Un jour, il faudrait que je vous raconte...

Pour la seconde fois il voulut s'en aller, prendre congé, les saluer un à un, même Anna Louvois qui ne l'avait pas vu. Contre toute sa curiosité, il aurait dû les fuir, eux et leurs drames inexplicables. Il n'en eut pas le temps. Comme prévenue par un signe invisible, Judith se profila dans l'embrasure de la porte. La seconde d'après elle embrassait Anna.

Elle s'accroupit devant son fauteuil, lança aux autres, Trendy compris, un petit salut désinvolte, et s'empara des mains de la nouvelle venue :

— Allons, Anna... Raconte-moi ce qui t'arrive. Tu viens le soir, à l'improviste, en pleine tempête...

Anna secoua la tête et repoussa Judith. Les larmes à nouveau lui venaient.

— Le Commandeur, fit Ruth. Il est de retour.

50

Judith pâlit. Elle abandonna les épaules d'Anna, alla s'asseoir sur le rebord du foyer et il y eut — malgré le passage des années, Trendy ne put jamais en oublier le poids — un très long moment de silence. Dehors, la tempête retenait son souffle. Avec un soin dont la vanité disait son désespoir, Ruth rectifiait au millimètre près l'ordonnance des verres sur le plateau de service. Cornell s'était figé. Il tirait sur sa pipe et contemplait d'un œil vide le portrait de Van Braack. Ils s'étaient chacun retirés dans leur passé, mais, à n'en pas douter, ils agitaient dans leur esprit les mêmes séquences fantomatiques ; et ce silence aurait pu s'étirer indéfiniment si Judith, la première, ne s'était cabrée. Elle donna brusquement un coup de pied dans les chenets et s'exclama :

— Encore vos histoires !

Personne n'osa lui répondre. Dans la cheminée, une bûche s'écroula en brasillant. Elle eut alors un rire faux :

— Toujours la même chose ! Vous allez encore vous raconter vos vieux souvenirs... Allons ! C'est grotesque.

Elle se leva d'un bond et saisit le bras de Trendy.

— Viens, dit-elle comme au premier jour. Laisse-les.

C'était la même autorité enfantine. Il se laissa prendre de la même façon. Il vit qu'il oubliait son écharpe au dos d'une chaise, ne chercha pas à la reprendre, bafouilla un bonsoir confus. Ils lui répondirent à peine, les yeux absents, la tête ailleurs. Judith avait raison, ils se racontaient leurs souvenirs, il ne fallait pas rester. Il fallait la sauver, peut-être, en partant avec elle. « Viens, viens », répétait-elle en le poussant vers l'escalier. Elle serrait son bras avec une force inouïe, elle le poussait, c'était vrai, mais son *Viens* ressemblait à un sauve-qui-peut. Tout à l'heure, il était descendu dîner comme tous les soirs, curieux de sa mère, presque jaloux, et c'était maintenant la fille qui l'entraînait, qui l'attirait, de toute son insolence, de toute sa jeunesse, loin du secret de la vie des autres.

Dès la première marche, elle voulut l'embrasser. Il n'arriva pas à savoir si c'était le baiser d'une femme à bout de désir ou la bravade d'une petite fille éperdue. Puis ils montèrent main dans la main jusqu'à l'étage de Trendy. Ils poussèrent ensemble la porte. Ils étaient épuisés, ils n'étaient encore que des complices en fuite. Ils s'effondrèrent sur le lit et se blottirent l'un contre l'autre. Elle n'osait plus rien, lui non plus. Ils finirent par s'endormir. Ce ne fut qu'au matin qu'ils devinrent amants.

Ils s'étaient réveillés tard. La tempête, les vagues les avaient bercés. Judith voulut aussitôt ouvrir tous les volets. Le vent soufflait toujours, il faisait grand soleil. C'était une embellie comme on en voit au milieu des pires ouragans, de ces brèves heures qui donnent l'illusion du répit. La marée était basse, la lumière étonnamment nette découpait au bout du jardin les plus infimes contours des cyprès et des rochers, et sur la mer, au loin, des récifs que Trendy n'avait jamais remarqués. Le corps translucide des rouleaux était affaibli par le reflux, mais on les entendait toujours qui martelaient la plage.

Il se pencha vers les fenêtres qui donnaient sur la villa voisine. *Désirada...* Son nom étrange lui revenait, avec ses sonorités exotiques, presque aussi incongrues que son architecture. Devant des traînées de nuages transparents, dont les filaments, en s'enroulant puis se déroulant, transformaient le dessin de seconde en seconde, il vit se dresser les tourelles de la maison, toutes neuves de la pluie dont elles ruisselaient encore. Judith avait quitté le lit. Comme lui, elle avait dormi tout habillée. Alors qu'il n'attendait plus rien d'elle et tâchait d'oublier son désir, elle s'adossa à une fenêtre, bien en face de lui, et laissa tomber le peu dont elle était vêtue, son pull, son pantalon collant, ses petites socquettes qui accentuaient son air d'enfance. Comme sur les arbres et la maison d'en face, la lumière tombait nette sur sa peau, il en découvrait les plus menus détails, de minuscules taches de rousseur qu'elle avait à la naissance des seins, comme un reste de sable qui s'y serait logé et qu'elle aurait négligé d'essuyer. Elle continuait pourtant d'avoir l'air habillée. Elle est vêtue de soleil, pensa Trendy lorsque, très lentement, Judith quitta la fenêtre et s'avança vers lui. Il vint à sa rencontre. Il ne voyait plus que son visage lisse et rieur. Une source vive. Il s'y jeta. Il eut tôt fait de s'y perdre.

Le soleil de midi tapait plus fort sur la verrière, plus fort aussi les vagues sur la plage. Midi, Trendy le comprit trop tard, était une heure fatale ; il ignorait encore le moment où le monde, tout en surface, retrouve le chemin de ses profondeurs inconnues. Cependant, sans rien en savoir, sur le corps lumineux de Judith, il en avait pris la route. Il ne la posséda pas, il se laissa conquérir par elle, il se laissa prendre à son gouffre. Elle était presque maigre, avec, ainsi que sa mère, une poitrine opulente. Sur ses épaules nues, ses courtes mèches éparses prenaient tantôt l'éclat métallique de l'or, tantôt les teintes endormies de la cendre et de l'ambre gris. A ses lèvres, il but ce désir qu'il craignait d'étancher trop vite. A son autre bouche, il fut encore plus avide. Elle laissa passer alors des cris étranges, d'une musique qu'il n'avait jamais entendue. Elle avait aussi des gestes d'une impudeur extrême ; mais cette impudeur, la lui eût-elle refusée, il l'aurait exigée dans l'instant. Il la voulait comme il n'avait jamais voulu une femme, mais elle le voulait plus encore, et sa surprise redoublait son envie. Pour s'exhiber ainsi, pour réclamer si ouvertement son plaisir, cette fille était d'une espèce rare ; mais qui donc avait pu lui apprendre ? Et il l'avait capturée presque par hasard, elle s'était jetée dans ses bras. Capturée, non, c'était lui qui était tombé dans son piège. Et quel bonheur c'était d'avoir été chassé...

Elle eut un mouvement qui, autant qu'il en sût, n'était guère dans le goût des jeunes filles. Pris une nouvelle fois par surprise, il ne se déroba pas. Elle réveilla sous sa peau des plaisirs inconnus, maléfiques autant que brûlants. Elle le dévasta, le ravagea dans la lumière. Alors Judith elle-même devint le soleil qui rend fou, l'apparition du grand midi, funeste et merveilleuse ensemble. Il s'arracha de sa bouche, la saisit par la taille, la renversa et s'empara d'elle. Il le crut, en tout cas. Elle eut un air effarouché, elle lui parut soudain fragile, ce qui décupla sa rage. Une à une, il voulut réveiller dans leurs moindres replis les plus intimes sinuosités de sa chair féminine. Il y parvint fort bien. Mais à peine lui en furent offerts les signes les plus éclatants qu'insensiblement Judith s'éloigna. Elle était toujours allongée devant lui, animale à force d'impudeur. Ses yeux étaient limpides, ses petites boucles retombaient en désordre sur ses épaules menues, rien n'avait changé en apparence, sauf sa façon lointaine, son air de converser en silence à des choses inconnues de lui. Enfin elle se mit debout, et il ne la vit plus que de dos. Elle s'était collée à la fenêtre. Comme lui, à son réveil, elle regardait *Désirada*.

— Tu la connais, cette maison ? hasarda Trendy.

— La *Désirade* ?

Elle n'avait pas dit Désirada, elle lui avait répondu comme on corrige un enfant. Ce devait être une habitude de sa mère, ou la coutume du pays. Elle remit le nez au carreau. Elle avait l'air buté.

— C'est la villa du Commandeur, reprit-elle. On va la rouvrir.

Fallait-il se taire ou poursuivre les questions ? Il n'avait pas appris à apprivoiser les femmes. D'ordinaire, c'était lui, le sauvage. Comment la ramener à ses côtés, au fond des draps ?

Il la rejoignit près de la fenêtre. La tempête avait saccagé le jardin. Tout était piétiné, les campanules tardifs, les dahlias, les plants de rosier. Auprès du mur qui séparait les deux maisons, des branches entières avaient été arrachées : voilà pourquoi, à son réveil, il avait vu *Désirada* se lever devant lui avec la fraîcheur d'une apparition de conte. Comme au moment de son arrivée, sa bizarre architecture le troublait, sa pierre grenue et calcinée, ses frises de faïence brillante, ses vitraux ; et il essayait d'imaginer ce que découvriraient ses volets tirés, ses fenêtres ouvertes sur le déferlement du jour.

— Comment est-elle, à l'intérieur, cette maison ? s'entendit-il demander à Judith.

— Je ne sais plus. Je ne sais pas.

Elle avait eu sa petite moue insolente. Puis elle poursuivit plus tranquillement :

— Il faudrait demander à Anna Louvois. Elle connaît presque toutes les villas. C'est son métier. Elle les loue, elle les vend.

— Mais toi...

— Tu as vu notre pauvre jardin ?

Elle regardait maintenant du côté de la mer, vers les fenêtres du bureau de Trendy. Les nuages revenaient par l'ouest, leurs ombres de plus en plus pressées envahissaient la pièce.

— Quels dégâts ! reprit-elle. C'est la première fois que j'en vois autant.

Il se pencha par-dessus son épaule et effleura ses cheveux. La barrière d'*Hauteclaire*, en effet, était à moitié arrachée,

54

des dizaines d'ardoises jonchaient la pelouse. Trendy observa à nouveau la *Désirade,* comme elle disait. L'ombre qui courait sur la mer ne l'avait pas atteinte encore, son toit et ses faïences continuaient d'étinceler, ses cèdres ployaient à peine malgré l'assaut des nouvelles bourrasques.

— Mais notre maison a tenu, fit Judith.

Pourquoi ce *mais,* si elle ne devinait pas ses moindres pensées ? Elle se retourna vers lui, l'entoura de ses bras.

— Allons jusqu'au bout, dit-elle.

Au bout de quoi ? Au bout du plaisir, au bout de l'amour ? Il croyait déjà les avoir atteints. Il ne chercha pas à comprendre. Cette fois encore, il se soumit. Il s'abattit sur ses hanches frêles, ses seins presque trop lourds pour son torse fluet. Le corps de Judith avait quelque chose de l'anguille ; et son esprit aussi, qui glissait un instant à la rencontre du sien, l'atteignait, le frôlait, puis s'enfuyait si vite, si loin, qu'il n'avait pas la force de lui demander, comme à une autre femme, où es-tu, à quoi penses-tu, dis-moi, Judith, où es-tu partie ?

Pour cette seconde fois, au milieu des draps repoussés, autre plage à marée basse, ruisselante encore du plaisir qu'elle avait donné, de celui qu'elle venait de prendre, Judith eut pourtant la saveur, la souplesse d'une femme heureuse. « Tu ressembles à une sœur », se hasarda-t-il à dire dans sa joie, et elle éclata de rire. Son allégresse redoubla. A la vérité, il avait dit n'importe quoi, et il se trouvait que ce n'importe quoi sonnait juste. Elle le désarmait. Ce n'était pas seulement sa jeunesse, c'était surtout qu'elle lisait en lui. L'expression était commune, mais il n'en voyait pas d'autre. Il ignorait d'où elle tenait ce don. Etait-ce de l'avoir touché, caressé, d'avoir pris de lui son plaisir ? Etait-ce un début d'amour, ou simplement sa manière d'être ? C'était ainsi, en tout cas, et il se laissait faire.

Elle s'assoupit quelques instants. Il se lova contre elle, approcha sa bouche de la sienne. Il respirait sa respiration. A ce moment-là, s'il avait cru aux esprits, il aurait pu croire qu'il buvait son âme. Confusément, il l'espérait peut-être. Il savait déjà qu'à leur jeu il serait le plus faible.

Elle se réveilla. Ils s'embrassèrent encore puis, en belle anguille qu'elle était, elle lui échappa des doigts. En quelques minutes elle fut douchée, rhabillée, coiffée.

55

— C'est l'heure où tu déjeunes avec ma mère, dit-elle en jetant un œil à la montre de Trendy.

— Alors tu descends avec moi...

Ce n'était pas une réponse. Il quémandait.

— J'ai dit *ton* déjeuner. Je déteste toutes ces cérémonies de table.

— Tu ne vis pas de l'air du temps.

— Non. Si... Si, je vis de l'air du temps. Et puis j'ai tellement à faire, aujourd'hui.

Une autre question aurait été de trop. Le regard de Judith s'était assombri. Elle fila dans l'autre pièce, contempla un moment la mer. Sur le bureau de Trendy, elle souleva un squelette de poisson, puis claqua la porte et dévala l'escalier.

Dehors, le vent recommençait à siffler. Trendy se leva, alla jusqu'à la fenêtre où Judith s'était appuyée, et, à son tour, y demeura un instant. C'était l'heure étrange où la mer s'apprête à remonter. Les vagues ne tarderaient plus à repartir à l'assaut des rochers, avec des gerbes d'embruns dont il pressentait l'amertume. Mais dans sa bouche c'était encore le goût de la peau de Judith, Judith à nouveau disparue, qui reprenait à l'étage au-dessous ses fébriles allées et venues. Il était libre d'aller chez elle, libre même de forcer sa porte, et, pourquoi pas, de la forcer, elle aussi, Judith. Mais voilà, elle était partie la première, et il était pris au piège, condamné à la soumission ou à la paralysie ; et il souffrait déjà.

Il ne descendit pas déjeuner. Il se coucha, comme on fuit. Un peu confus, le soir venu, il parut au salon un quart d'heure avant le dîner. Ruth était là, devant la cheminée, et qui semblait l'attendre. Sans émotion apparente, elle apprit à Trendy que Judith était partie. « A Paris », ajouta-t-elle. « Elle va sans doute reprendre ses cours aux Beaux-Arts. » A ce *sans doute* il la maudit, elle, sa fille, *Hauteclaire*, la tempête. Il fut certain qu'il avait été joué. Il tâcha néanmoins de faire bonne figure. Avant de remonter, il chercha son écharpe. Ni lui ni Ruth ne parvinrent à la retrouver. Peut-être quelqu'un l'avait-il emportée, dit Ruth sur le ton le plus détaché qu'elle put, quelqu'un qui s'était trompé, qui l'avait confondue avec une autre.

L'écharpe de Trendy était inimitable, elle le savait bien, et rien jamais ne disparaissait de chez elle. C'était une bien mauvaise journée. Mais pour ce qui était de son apparence, Trendy n'était jamais pris de court : il avait apporté deux écharpes identiques. Quant à celle qui avait disparu, il se refusa à penser qu'avant son départ Judith l'eût volée. Cette fille, il fallait l'oublier, la ravaler au rang de toutes les autres — on pouvait même estimer qu'elle avait été la pire — et retourner aux déformations vertébrales. Le monde, décidément, était trop faible pour l'amour.

CHAPITRE VII

Du jour où l'on rouvrit la *Désirade,* ce ne fut pas du retour du Commandeur que se mit à frémir le pays, mais de l'installation dans la villa d'une femme qu'on prétendait son amie, la fameuse diva Constance von Cruzenburg. D'Europe en Amérique, d'Australie au Japon, en Afrique même il n'était pas un magazine qui, un jour ou l'autre, n'eût consacré sa une à son visage lisse, à sa silhouette magnifique presque toujours vêtue de noir, à son sourire enfin, dont la calme ironie troublait tous les esprits. Depuis plus de quinze ans, la Cruzenburg, comme on disait, régnait sur l'opéra. Comme telle, on ne la désignait plus que par les sonorités de son patronyme germanique, aussi belles, énigmatiques et dures que la curieuse image qu'elle était parvenue à imposer au monde. Par on ne sait quel choix ou quelle fatalité — elle refusa sur ce point toute explication — elle n'avait interprété à ce jour que des grands rôles tragiques. Elle ne prêtait sa voix de soprano qu'à des héroïnes meurtrières ou ravagées de passion, princesses maudites ou Reines de la Nuit. Lady Macbeth, Médée, Salomé n'avaient plus de secrets pour elle. D'une façon déroutante, en dépit des outrances des livrets et des exigences baroques des metteurs en scène, elle possédait un jeu d'une grande sobriété. Du reste, il lui suffisait de paraître pour jeter les foules en délire. C'était l'effet de sa rare blondeur, celui de son maintien, une prestance élégante et hautaine, une présence qui fascinait dès l'instant où on l'avait aperçue. Enfin il y avait son regard, ses illustrissimes yeux gris, auxquels les musicologues du monde entier, fussent-ils les plus froids techniciens, consacraient immanquablement quelques lignes bouleversées.

C'était peu d'affirmer que la Cruzenburg avait un regard d'acier. « Si la mort possède une couleur, s'était un jour laissé aller à dire un chroniqueur américain, c'est à coup sûr l'indéfinissable gris des yeux de la grande Constance. » Une semaine plus tard, le critique, encore jeune et en bonne santé, passa brusquement de vie à trépas. Il put vérifier au plus vite l'excellence de son propos. Au nom de la Cruzenburg s'attachait donc une rumeur inquiète ; mais au fond de ces temps troubles et incertains, dans cette civilisation fatiguée qui se cherchait une âme et ne savait plus à quel dieu, à quelle déesse se vouer, la chanteuse apportait un cadeau inespéré, celui d'une peur inédite. Que parût sur scène Constance von Cruzenburg, et la passion, la folie, l'horreur, le sang, les ténèbres, le Mal même, tout devenait beauté. Beauté indispensable à la multitude qui l'adulait. Des mois avant sa venue, on se battait pour elle aux guichets des Opéras. Mais ceux qui étaient piétinés dans ces échauffourées n'étaient pas tous, et de loin, des esthètes décadents en mal d'émotions inconnues. Les adorateurs de la Cruzenburg se découvraient partout. Sa voix, son visage, sa prestance inimitable, vite répandus dans le monde par de grands opéras filmés, avaient transporté les foules du monde entier.

Elle réveillait — rencontre opportune de son art et de l'esprit du temps, qui pourrait à ce jour l'affirmer avec certitude ? — les plus fortes passions de cette époque étrange. Des salles surchauffées d'Europe centrale aux théâtres monumentaux du continent américain, Constance von Cruzenburg remportait triomphe sur triomphe avec une régularité impitoyable. Elle possédait la même tranquille assurance devant le public si mêlé des chorégies à l'antique, fébriles nuits estivales où plus d'un chanteur perdait tous ses moyens, et face aux riches mécènes qui la conviaient à chanter dans le parc de quelque ville d'eaux ou l'intimité lumineuse d'un jardin de Florence. Comme elle se refusait à la moindre déclaration, on ne racontait sur elle que des légendes. Pour une diva, toutefois, ses caprices restaient dans la mesure. Elle affichait un goût prononcé pour les toques de fourrure à la russe qui soulignaient l'arc très pur de ses pommettes et le dessin de ses yeux effilés, elle ne s'était jamais mariée, on ne lui connaissait pas de liaison, hors de scène, elle ne portait jamais qu'un seul bijou, une perle noire, en général, à son annulaire gauche. Elle avait toujours le même parfum, *Chrysopée*, très capiteux, fabriqué d'abord à son usage exclusif, et auquel elle imposa ce nom difficile et fort peu marchand. Elle consentit un jour à le livrer au public, provoquant ainsi une mode qui fit fureur. Malgré sa quarantaine, elle ne paraissait jamais qu'en compagnie de très jeunes hommes, jamais les mêmes, et les tenait à bonne distance, à moins qu'elle ne se montrât au bras de Dräken, son chef d'orchestre favori. Mais le plus souvent c'était aux côtés de l'homme qui semblait son ami le plus cher, sans qu'on pût savoir quels liens les unissaient, celui précisément qu'on nommait le Commandeur.

Périodiquement, les bruits les plus extravagants se répandaient sur la diva. On prétendit un jour qu'elle était un castrat, rumeur que son imprésario ne prit même pas la peine de démentir, tant la qualité de son contre-ut, à quarante ans passés, demeurait sans faille ; si évidente aussi, et si magnifique, était sa féminité. D'autres voulurent alors qu'elle entretînt, dans un château bavarois qu'elle avait eu en héritage, un petit harem de très jeunes filles, de toutes races et nationalités, qu'elle renouvelait de temps à autre pour en conserver la fraîcheur. La chose ne fut jamais prouvée. On insinua encore que, pareille à la comtesse Bathory dans la Hongrie des siècles précédents, elle saignait régulièrement ses jeunes prisonnières aux seules fins de préserver, avec sa grande beauté, la pureté de sa voix. Le plumitif jeune et vigoureux lui aussi, qui avait risqué ces lignes, mourut peu après de façon inexpliquée. De fait, il en allait de la Cruzenburg comme, en d'autres temps, des impératrices ou des reines : on ne concevait pas souveraineté si absolue sans imaginer un pacte obscur avec des forces mal connues. On ignorait qui lui avait appris le chant, elle ne laissait jamais rien soupçonner de son travail. Quoi qu'il en soit, la Cruzenburg devait d'abord son immense popularité à la qualité de sa présence. Tout lui était donné comme par miracle. Ses longues mains très soignées, sa peau si pâle, ses demi-sourires, ses regards de glace, ses épais cheveux coupés court, sa chair qui ne paraissait pas chair, tout cela faisait d'elle un être venu d'un autre monde, diva, au sens propre, créature blonde mais vouée à l'ombre, entièrement désincarnée par le brio de ses vocalises, envoûtement perpétuel, femme toute musique : déesse-voix.

Dans ces conditions, on comprend quelle émotion agita le pays lorsqu'on annonça que la cantatrice passerait quelques jours à la *Désirade*, que l'on nommait aussi la villa du Commandeur. Pour les gens du lieu, cette propriété avait toujours gardé une aura un peu trouble. On la connaissait d'abord comme l'une des bâtisses les plus singulières de la côte. On la savait inhabitée. On aurait pu l'oublier si deux événements au moins n'étaient restés dans les mémoires. On les évoquait le plus souvent à voix basse et, pour un empire, on ne les eût confiés aux estivants de passage. L'épisode le plus ancien était la construction de la villa, il y avait de cela une cinquantaine d'années, par une jeune et ardente créole. On ignorait au juste d'où elle arrivait, d'une ancienne colonie espagnole, disait-on, à cause de son teint mat, de ses cheveux noirs et de son prénom, Léonor, tout ce qu'on avait retenu d'elle. Personne ne s'était lié avec l'étrangère. Dès qu'elle arriva dans le pays et fit bâtir la *Désirade*, sa seule compagnie fut celle de ses domestiques. Elle était riche ; on la disait folle. Cette rumeur fut accréditée du jour où l'on apprit qu'elle n'était pas mariée.

La construction de sa maison suscita des interrogations sans nombre. On ignorait quel architecte lui en avait fourni les plans, d'où elle faisait venir ses matériaux et les ouvriers qui la bâtissaient. Les maçons, peintres, charpentiers vécurent sur le chantier dans des cahutes inconfortables. Elle leur interdisait avec la dernière énergie de se mêler aux gens du pays. Dès l'achèvement de la villa, elle s'y enferma et n'en sortit plus. Elle y mourut, à peine cinq ans plus tard. Elle n'avait pas trente ans, et pas de famille connue en dehors de son jeune fils. Selon ses volontés, elle fut inhumée dans le parc, sous une dalle proche de l'étang, en la seule présence de ses domestiques. L'enfant fut confié à un jeune secrétaire, qu'elle avait eu le temps de nommer comme tuteur. *Désirada*, ou plutôt la *Désirade*, comme on l'appela dès lors pour plus de commodité, fut fermée pendant une dizaine d'années, jusqu'au matin d'été où réapparut son fils.

On l'avait oublié, on ne le reconnut pas. Il avait vingt-deux ou vingt-trois ans, il n'était pas très beau, mais il avait beaucoup d'allure. Il était *flamboyant*, ainsi que le définirent hardiment les beaux esprits de la province. Les autres approuvèrent sans plus de commentaires. A la vérité, dès cette époque, le Commandeur fit peur. Le surnom que lui avait donné, on ne savait pourquoi, la bande d'amis qui l'entourait n'était pas pour peu dans cette sourde appréhension. On n'aimait guère évoquer cette époque où, pendant trois étés successifs, la *Désirade* connut sa première vie de fêtes et de plaisirs, elle qui avait ressemblé, jusque-là, à une sorte de mausolée. Au questionneur impénitent, on fit sur ce temps-là des réponses évasives. Comment s'était terminée cette belle époque, on n'en disait jamais rien, sinon pour suggérer que s'était nouée une intrigue avec les occupants de la maison voisine, « oui, vous savez, marmonnait-on, l'autre villa, la première, celle qui se trouve à la pointe, la maison du capitaine hollandais, l'espèce de grand fou avec ses deux filles ». Baissant la voix, on ajoutait qu'on n'avait jamais rien compris à cette affaire, et que c'était sans doute, comme toujours, une sordide histoire de femmes. Et le silence s'installait ; il était inutile d'interroger plus avant.

Sur le dernier épisode, en revanche, celui qui s'était déroulé il y avait sept ans, la population locale était plus prolixe. Comment dissimuler un fait divers qui, une semaine durant, avait fait la une des journaux de la province ? Il fut vite étouffé, et les quelques journalistes accourus de la capitale en furent pour leurs frais. Ils se désintéressèrent de la *Désirade* aussi vite qu'elle les avait passionnés. Pourtant l'histoire offrait son content de mystère : une seconde fois, le Commandeur, qu'on n'avait pas revu depuis des années, était revenu dans sa villa, un début d'automne comme celui-ci, et l'on avait rouvert la propriété. Ses amis étaient plus brillants et nombreux, sa fortune, son prestige semblaient s'être encore accrus. Plus que jamais, on le nommait le Commandeur, qu'il fût convenu de taire son véritable nom ou qu'il fût établi qu'il était à jamais riche et puissant. Ceux, très rares, qui se souvenaient de l'histoire ancienne virent qu'il avait vieilli. Néanmoins, il flamboyait encore. Il donna quelques fêtes, on vit des limousines bourrées de gloires internationales franchir les grilles de la *Désirade*. Aux notables du pays qui brûlaient d'être conviés à sa villa, le Commandeur fit envoyer un matin de superbes invitations. Anna Louvois fut du nombre des heureux élus ; la rumeur lui prêtait une passion mal éteinte pour le Commandeur. Il y eut aussi E. Alex, un coiffeur de talent qui venait de s'installer dans la ville voisine, d'autres bourgeois qui avaient pignon sur rue, enfin, à la stupeur générale, on vit venir Ruth Van Braack, accompagnée de sa très jeune fille. Elle s'éclipsa au bout d'une petite heure. Le lendemain, le Commandeur repartit précipitamment. Il avait été précédé, dans la nuit, par toutes les stars qu'il avait hébergées. Il n'avait pas séjourné dix jours dans sa villa et son départ étonna beaucoup. Une semaine plus tard, on apprit que deux convives de la dernière fête, la pharmacienne Rolande Duvernoy et l'esthéticienne Louise Pinter — Loulou la Masseuse, pour certains — avaient disparu depuis leur visite à la villa du Commandeur. Les deux femmes possédaient en commun la jeunesse, la beauté, un goût prononcé pour le sexe opposé, et elles se prétendaient médiums. La pharmacienne, toutefois, se distinguait de sa malheureuse compagne par une extrême vélocité à reconnaître les champignons vénéneux de ceux qui ne l'étaient pas.

On ordonna une enquête. Au grand désespoir des amants des deux femmes, et pour la satisfaction du mari de la pharmacienne, on ne les retrouva pas. Un bruit insistant voulait que la fête n'eût pas été des plus calmes ; certains osèrent le mot de drogue, d'autres celui d'orgie. Me Léonard, déjà compromis par deux fois dans des affaires de mœurs (toujours conclues par un non-lieu), fut un moment inquiété. Il se défendit avec vigueur et le parquet, d'une circonspection étonnante en cette affaire, finit par se résoudre à faire venir le Commandeur. Il se présenta de bonne grâce, offrit de visiter sa maison, où l'on ne constata rien de suspect, sinon, dans une tourelle, les traces d'un incendie récent. Ce malheureux incident avait gâché la fête, expliqua le Commandeur, plusieurs invités avaient été incommodés, certains même s'étaient trouvés mal, et l'on s'était séparé à la hâte. Pour lui, il avait préféré retourner au plus tôt à ses affaires, et fuir ce séjour qui ne lui réussissait pas. Peut-être Mmes Duvernoy et Pinter, égarées par les émanations délétères provoquées par l'incendie, s'étaient-elles jetées dans le parc et avaient-elles commis quelque irréparable folie ? La mer était si proche...

Me Léonard et le Commandeur furent aussitôt mis hors de cause. Les amants des deux disparues se consolèrent ailleurs, comme le mari de la pharmacienne. Une semaine plus tard, l'affaire était classée. On n'avait même pas interrogé Ruth Van Braack.

Alors la mauvaise réputation qui depuis longtemps s'attachait à la *Désirade* prit un tour un peu plus consistant. Mais on ne se souvenait plus, ou presque, que de la figure du Commandeur, dont on voyait souvent les photographies dans les gazettes à la mode. Sans qu'on cherchât vraiment à savoir d'où il tirait prestige et fortune, on l'attachait à tout ce que le monde comptait de riche et de brillant. L'incohérence de ses retours continuait d'imprégner les mémoires, sa munificence, l'extravagance de ses fêtes et de sa compagnie. N'en va-t-il pas toujours ainsi de qui possède à la fois l'argent et la puissance ? concluaient les audacieux qui répondaient aux rares questionneurs. Quelle était cette puissance, d'où venait cet argent, personne au juste ne le savait, pas plus qu'on n'avait su qui était sa mère ; ou bien chacun feignait de l'ignorer. Pourtant, lorsque se répandit dans le pays la nouvelle du troisième retour du Commandeur, accompagné cette fois de la plus grande diva du temps, celle-ci n'eut aucune peine à lui ravir la vedette : si peu de chose était l'étrangeté du Commandeur en regard des immenses mystères qui traînaient, où qu'elle parût, dans le sillage chypré de Constance von Cruzenburg.

CHAPITRE VIII

Les allées et venues qui précédèrent l'arrivée du Commandeur laissèrent présager une installation qui allait durer. Dans une première et somptueuse limousine, on vit venir son fidèle valet ; il avait vieilli en même temps que son maître et lui aussi, de jeune et flambant, s'était un peu tassé. Cependant, il n'avait rien perdu de son maintien à l'anglaise, et, en dépit des immenses tâches ménagères qui l'attendaient à la villa, il semblait tout ragaillardi à l'idée de la rouvrir. Pour le seconder, il emmenait un couple d'Asiatiques, des jumeaux, prétendait-on, un homme et une femme sans âge arrachés autrefois à une île lointaine des parages de la Sonde. Eux aussi, par le passé, on les avait aperçus à la *Désirade* ; mais ils étaient si effacés — presque autant qu'efficaces — qu'on s'en souvenait à peine. Puis, comme toujours, arriva Sirius, le secrétaire du Commandeur.

Il n'avait pas changé. Toujours aussi long, maigre, un peu voûté. Et la même claudication, le même regard passionné et mélancolique. Autour de la villa, quelques bourgeois de la province firent guetter par des subalternes l'arrivée de la Cruzenburg. L'arrivée de Sirius dissipa tous leurs doutes. Si le boiteux était là, c'était bien que le Commandeur venait, et qu'il se préparait de grandes choses. De quoi, en tout cas, oublier l'automne qui venait et le début de peur qui s'emparait des temps.

La réalité de l'époque, en vérité, se prête mal à la chronique et le mot de *peur*, pour s'y appliquer, paraît à la réflexion légèrement excessif. Tout était alors trop diffus, en sa naissance encore, et rempli de confusion. On murmurait. Le calme de l'équinoxe avait troublé les esprits. Au ciel, on avait cru découvrir quelques signes, des comètes qui s'annonçaient avant leur date, des aurores boréales en trop grand nombre, des astres tourmentés d'éclipses au mépris de toute prévision. En plusieurs points du globe, des peuplades avaient affirmé qu'elles avaient vu la lune en larmes et le soleil se dédoubler. Partout, on s'inquiétait des errements de la mer. De fait, rien qu'aux alentours d'*Hauteclaire* et de la *Désirade* des loutres d'Hudson s'étaient mises à pulluler au fond d'estuaires où elles étaient inconnues, des tortues-luth, égarées loin de leurs îles, venaient mourir dans les mers froides, des dauphins de taille gigantesque remontaient les fleuves et mouraient en haute rivière, sans qu'on pût les arrêter dans leur course fatale. C'en fut assez pour réveiller les prophètes professionnels. Après avoir sollicité les vieux livres, saint Malachie, Nostradamus ou Bernard de Thuringe, ils annoncèrent au monde diverses calamités, une éternité glacée ou un futur brûlant. On reparla de l'Apocalypse, de sa Bête, du Léviathan tapi au plus profond des océans, on recommença à spéculer sur la Kabbale, on évoqua à nouveau le diable et les incubes. Un célèbre marchand d'avenir, spécialisé jusque-là dans l'art de gagner au loto et les prophéties des stigmatisés, fit état d'une prédiction du pape Honorius, retrouvée dans un grimoire exhumé des catacombes, selon laquelle quatre grands magiciens, nés des œuvres infatigables du Diable avec de belles mortelles, n'allaient pas tarder à s'emparer de l'univers. Au prix des plus abominables forfaits, chacun, dans une partie du monde, retrouverait l'objet de son plus violent désir. Pour le premier ce serait l'or perdu, le second la gloire perdue, le troisième reconquerrait le pouvoir perdu. Enfin au quatrième allait échoir de retrouver l'amour perdu : à celui-là, bien sûr, de commettre les plus affreux des crimes. Le prophète laissait toutefois une lueur d'espoir à l'humanité souffrante, puisqu'il affirmait aussi que si l'un des quatre magiciens, emporté par la tendresse héritée de sa mère humaine, venait à échouer, il périrait dans l'instant et les trois autres à sa suite. Il reculerait ainsi pour des siècles l'avènement du Malin.

68

Cette annonce fit sensation et jeta les hommes politiques du monde entier dans les officines des voyants. Se sentaient-ils menacés ? Se connaissaient-ils de longue date des penchants diaboliques ? Quoi qu'il en soit, les liseurs de marc de café, les mireurs de sueurs froides, ceux qui prédisaient par les viscères de chauve-souris et la poudre d'ornithorynque firent de magnifiques affaires. Rien ne calma pour autant les appréhensions des chefs d'Etat et les espoirs insensés de leurs nombreux opposants. Le pape lui-même fut gagné de cette fièvre naissante. Il déclara *urbi et orbi* qu'une punition amère menaçait le monde et lui ferait boire la coupe de la colère de Dieu, à moins que les hommes ne fassent pénitence et, en gage de bonne volonté, n'offrent à l'Eglise catholique et romaine cela seul qui pouvait attester de leur regret sincère, à savoir beaucoup d'argent. Signe des temps, en moins de trois semaines, les finances vaticanes commencèrent à se renflouer. La peur cependant ne diminua pas. Aussi sourde, mais plus insistante qu'avant, l'idée s'insinua partout qu'on était entré dans les jours condamnés.

CHAPITRE IX

Ruth se réveilla à l'aube. Etait-ce le battement plus sonore des vagues, la fin subite d'une averse ? A l'infime jour qui passait les rideaux, elle vit qu'il était tôt, trop tôt. Elle repoussa les draps. C'était ainsi depuis plusieurs semaines : dès les petites heures, le sommeil la quittait. Alors, comme aujourd'hui, pour fuir les pensées tournées et retournées à l'infini sous la chaleur des couvertures, elle s'obligeait à se lever, tirait les rideaux, entrouvrait la baie vitrée qui donnait sur le jardin et, un très long moment, elle contemplait la mer.

Il y avait dans cette pièce d'*Hauteclaire* — la chambre et le bureau qu'occupait autrefois son père — un petit secret qu'elle pensait être seule à connaître. Judith elle-même, elle en était certaine, ne l'avait jamais découvert. En se plaçant dans l'encoignure de la chambre, face à l'est, par un effet de perspective qu'offrait ce seul endroit de la villa, et d'autant plus inattendu qu'on se trouvait au rez-de-chaussée, on apercevait un morceau de la plage où se balançait, calfaté, verni, fin prêt pour le départ, le *Roi-des-Poissons*, l'ancien yacht de Van Braack. A la dernière tempête, le cyclone, comme on appelait l'effroyable ouragan qui avait dévasté la région avant le départ de sa fille, Ruth avait pensé que le yacht serait drossé sur les rochers, disloqué, toutes amarres rompues, abandonné à la mer en furie. De toute la tourmente, l'idée du naufrage ne l'avait pas quittée. Elle l'avait même souhaité. Qu'on ne voie plus jamais ce bateau, que c'en soit fini, qu'on n'en parle plus. Ce n'était pas l'argent qu'il coûtait, c'était sa présence.

Dans ses dernières volontés, Van Braack avait exigé qu'on l'entretienne ou qu'on le coule. Ruth l'avait gardé, entretenu, et pourtant elle le détestait. Elle ne l'avait jamais sorti depuis la disparition de son père. Elle haïssait jusqu'à son nom. Enfant, déjà, elle avait deviné que le capitaine ne l'avait pas choisi au hasard. Elle ignorait à quoi il faisait allusion, mais elle savait qu'avant sa naissance, il avait eu un passé tourmenté. Dans les rares moments où il parlait, il se complaisait à de très noirs récits, peuplés d'un terrifiant bestiaire marin ; l'ombre des mêmes démons qui, elle le pressentait aussi, agitaient continuellement son esprit et devaient le mener à sa perte.

Elle avait tout respecté de ses volontés dernières, elle avait conservé *Hauteclaire,* elle avait gardé le bateau. Béchard, un vieux marin du port voisin, l'entretenait avec un zèle étonnant. Jusqu'à ces derniers temps, Ruth était parvenue à le payer. Pour la maison, c'était une autre affaire. Jamais elle n'avait réussi à couvrir les énormes dettes abandonnées par Van Braack. A ce jour, l'unique créancier ne s'était pas manifesté. Un jour ou l'autre, il resurgirait, c'était inéluctable. Il réclamerait son dû, ou, plus vraisemblablement, il proposerait un arrangement qui ressemblerait à un chantage. A plusieurs reprises, Malcolm avait offert son secours. Elle avait toujours refusé. «Il faut partir, Ruth, disait-il alors, il faut renoncer à cette maison. Et Judith ? répondait-elle. Judith aussi aime *Hauteclaire* ! «Elle est jeune, elle fera sa vie, loin d'ici», lui opposait le professeur. «Toi aussi, tu ferais bien de partir. Je t'emmène, si tu veux. Tourne le dos aux souvenirs... » Elle s'était entêtée. La partie contre les souvenirs, elle voulait la gagner ici, sur place... Et contre le maître de la maison voisine. Contre le créancier. Contre le Commandeur. Et contre tant d'autres choses encore.

Elle posa sa tête sur la vitre. Il était à peine six heures, il faisait un peu froid. Elle jeta un peignoir sur ses épaules et fit coulisser la baie vitrée. L'air était doux, le jardin mouillé. Le matin venait. D'orange la mer virait au gris, puis à un bleu très doux qui gagnait la plage. Un reste de vent s'infiltra entre les branches des cyprès, agita les cimes jaunies des peupliers de la *Désirade,* fit voltiger jusqu'à l'intérieur de la chambre des parcelles de lichens gris et ocre arrachés aux rochers. Elle respira du plus profond qu'elle put. L'odeur, l'odeur seule d'*Hauteclaire* avait pouvoir de l'apaiser. L'arôme des aiguilles de cyprès détrempés par l'averse montait dans l'air salé, et, plus vif encore, celui de la mousse agrippée aux ardoises du seuil. Elle rouvrit lentement les yeux. Un jour de soleil se préparait. Plus blanche à chaque minute, la lumière envahissait le jardin. Derrière les arbres, l'eau devenait joyeuse, avec, à l'approche des rochers, de grandes laisses d'écume, des taches de mauve et de vert profond. Ce serait un matin radieux. Avec le jour se précisaient aussi les mille et un détails de ce jardin qu'elle aimait : l'herbe couchée par la pluie, les plantes bulbeuses qu'il faudrait arracher avant les premiers froids, l'ultime floraison d'un rosier épargné par la tempête, le squelette d'un arbre arraché, blanchi déjà, dont les racines torses montaient jusqu'au ciel dans ce qui semblait un dernier désespoir. Il faudrait s'occuper de le faire débiter en bûches. Quinze jours déjà que Ruth se le répétait, quinze jours aussi qu'elle n'en trouvait pas la force. C'était nouveau. La nuit ne la reposait plus, ni personne. Pas même Malcolm.

Elle referma la vitre, s'assit devant sa coiffeuse, défit nerveusement sa tresse. Elle évitait avec soin le reflet du miroir. Elle s'en voulait un peu, pour Malcolm. Depuis la tempête, depuis le départ de Judith, elle avait trouvé tous les prétextes pour espacer ses visites matinales à sa maison de pêcheur. « Il y a tant à faire à *Hauteclaire* depuis l'ouragan, Malcolm, mais toi, viens ce soir, oui, bien sûr, je sais, tu préfères le matin, alors demain, Malcolm, ou bien après-demain... » Il ne protestait pas. Il ne protestait jamais. Il attendrait, disait-il. Un soir, pourtant, il avait ajouté que depuis le départ de Judith il n'attendait plus que le jour où elle se déciderait à quitter ce maudit pays. Il était en colère, pour une fois. « Au printemps, avait-elle répondu, au printemps je te suivrai. Quand Trendy sera parti. » Elle n'en pensait pas un mot. Elle voulait rester ici, dans sa maison, envers et contre tout. Et même si le danger, comme maintenant, se précisait.

Par bonheur, Judith s'était éloignée. Sa fille lui manquait, mais elle l'approuvait. Elle avait flairé le danger, comme elle-même autrefois, lors du premier retour du Commandeur. Judith ne lui avait rien confié de sa peur, comme elle aussi, lorsqu'elle était enfant. Et elle avait eu le courage du départ, malgré Trendy.

Alors qu'elle repensait à son pensionnaire, la lassitude de Ruth s'estompa un moment. Il l'attendrissait. Depuis le départ de sa fille, il redescendait plus souvent, prolongeait le déjeuner, le dîner, les conversations du soir en compagnie de Cornell. Les deux hommes s'étaient pris d'amitié. Travaillait-il toujours à ses poissons ? Josepha le prétendait. Ruth ne lui parlait jamais de ses recherches, pas plus qu'elle n'évoquait Judith. Tout ce qu'elle remarquait, c'est qu'il oubliait très souvent son écharpe au salon. Chaque fois, c'était un prétexte pour redescendre, pour s'asseoir, l'air de rien, sur le bord d'un fauteuil, pour l'attendre devant le feu si elle était absente, parler, dès qu'elle entrait, de la pluie et du beau temps. Elle savait qu'il souffrait et ne pouvait rien pour lui. Au lieu des questions qui lui brûlaient les lèvres — où était Judith, allait-elle bien, quand donc reviendrait-elle — il lui assenait des banalités sans fin. Elle voyait bien qu'il se forçait, qu'il s'étourdissait de mots, qu'il espérait, sans doute, qu'elle l'interrompe. Elle aurait pu. Elle aurait pu lui dire : allons, mon petit Trendy, cessez de me regarder avec ces yeux-là, Judith est capricieuse, je vous l'ai dit dès le premier jour, mais, que voulez-vous, elle est jeune encore, difficile, imprévisible, c'est une artiste, et puis ne vous inquiétez pas, elle est à Paris, elle va bien, elle a repris ses cours aux Beaux-Arts, soyez patient, elle reviendra bientôt...

Elle n'avait pas la force de ces mots-là. Elle ne souhaitait pas le retour de Judith, et elle ne voulait pas mentir. Une seule et malheureuse parole sur sa fille, et il aurait fallu tout expliquer à Trendy, lui raconter sa vie, remonter plus haut, à l'histoire de sa sœur, à l'histoire de son père — ce que Malcolm, pour en atténuer le tragique, appelait avec ironie le *Récit des Origines*. Alors elle se taisait. La gorge nouée, elle l'écoutait devant le feu, qui continuait à lui parler de tout et de rien. A ces moments-là, elle aimait le regard qu'il posait sur elle, où elle voyait bien qu'il cherchait une ressemblance avec sa fille et, dès qu'il en trouvait une — certaines expressions, peut-être, cette même façon qu'elles avaient, disait-on, de sourire ou de froncer les sourcils — il s'illuminait, et elle à sa suite. Cela ne durait pas. Il s'assombrissait très vite. Fallait-il qu'il ait peu vécu, malgré ses vingt-huit ans ! Pareille tristesse pour une seule nuit, une seule nuit et un jour dans les bras de sa fille ! Elle aussi, quand elle avait fui cette maison pour suivre le père de Judith, elle avait cru que certains gestes sont irrémédiables. C'était cela d'ailleurs qu'elle cherchait en ce temps-là, couper les ponts, partir sans espoir de retour. Elle aussi avait eu ses nuits, ses nuits et ses jours d'amour, dont elle avait pensé, comme il en va pour certains voyages lointains, qu'elle ne reviendrait jamais. Elle en était revenue. Elle avait pris sa part de plaisir et d'aubes passionnées, elle avait eu son content de fantaisie, d'îles chaudes et d'archipels à cocotiers avec ce yachtman un peu fou qui l'avait emmenée faire le tour du monde. Elle avait eu enfin Judith, deux ans plus tard, au large des îles Sous-le-Vent. Lui, il commençait à aimer ailleurs ; elle, elle n'aimait déjà plus que sa fille. Il la lui avait laissée sans difficultés. A son retour en Europe, elle avait erré de capitale en capitale, de métier en métier, ne se fixant jamais, changeant souvent d'amant et se croyant, comme le capitaine Van Braack une bonne partie de sa vie, la destinée d'une éternelle nomade.

Jusqu'au jour où, un automne comme celui-ci, il y avait eu sur la côte un énorme ouragan. La tempête avait emporté une partie du toit d'*Hauteclaire*. A contrecœur, elle était revenue. Elle pensait confier le soin des travaux à Me Léonard, le notaire de son père, et repartir aussitôt. Elle était restée. Elle qui s'était juré de ne plus revivre ici, elle avait tout quitté, de son dernier amant, de son dernier travail, et s'était installée à *Hauteclaire* avec Judith. Sa fille n'avait pas dix ans. A la ville voisine, elle avait retrouvé Josepha. Ensemble elles avaient rouvert les persiennes, chassé la poussière et l'odeur de vieux. Dans les semaines qui suivirent, *Hauteclaire* redevint elle-même, et davantage sans doute qu'elle n'avait jamais été. Judith à son tour adora la maison. Plus jamais d'errance, se promit Ruth, pas d'homme dans cette maison, plus jamais que Judith, *Hauteclaire* et moi. La paix pour longtemps, pour toujours peut-être. Judith qui jouait, grandissait, peignait. Quelques relations, Me Léonard, Rolande Duvernoy, d'Argens, un nobliau voisin qui jouait les mondains. Une amie, Anna Louvois. Un jour, sa rencontre avec Malcolm. Il attendait beaucoup, elle un peu moins. Sa vie à *Hauteclaire* la comblait : les seules saisons de la mer, calme ou colère ; et ses gestes à elle, Ruth, appliqués inlassablement sur toutes choses. La

Désirade était fermée, resterait fermée. Et s'il suffisait de croire au bonheur pour qu'il vienne ?

Mais, depuis quelque temps, elle n'y croyait plus. C'était venu avec la fin de l'été, avant l'annonce du retour du Commandeur, bien avant même l'arrivée de Malcolm. Un matin comme celui-ci, elle s'était réveillée trop tôt, et elle avait eu peur de la journée qui venait. Peur d'elle-même, aussi, dans le reflet du miroir. Ce n'était pas seulement de voir sa beauté se défaire. Elle en souffrait, bien sûr, elle se demandait par quel travail souterrain, quelle sournoise fatalité cachée s'évanouissait ainsi, jour après jour, l'apparence harmonieuse de son corps et de ses traits. Mais elle craignait surtout de n'être plus assez forte pour être du côté de la vie ; plus assez courageuse, plus assez têtue pour continuer de braver les souvenirs, les morts et le malheur.

Alors ce matin, comme tous les autres matins depuis maintenant deux mois, Ruth chercha au fond de sa coiffeuse le portrait d'Iris. C'était un petit cadre un peu désuet, avec une vieille photo en noir et blanc dans le goût de l'époque, un visage pris à l'oblique devant une brassée de fleurs, sous une lumière artificielle. Iris était sa sœur, son aînée de dix ans, la femme du premier malheur, la fiancée du Commandeur. Ruth n'avait que douze ans, en ce temps-là, personne ne la regardait, on ne voyait qu'Iris, rayonnante, ravissante, qui allait se marier. Elle aimait le Commandeur et le Commandeur l'aimait. Cela durait depuis plusieurs étés ; et comme ils étaient chauds, les étés, en ce temps-là, tellement plus purs, tellement plus bleus. Et elle, Ruth, elle était la seule à se dire : il ne faut pas qu'Iris se marie, il ne faut pas, tout va finir...

Elle n'avait rien dit à personne. Elle avait toujours été silencieuse. Sa mère était morte à sa naissance et elle ne s'était jamais confiée qu'à Iris. Elle allait la perdre, pourtant, elle en était sûre. Mais pourquoi prédire le malheur quand tout le monde est dans la joie ? On aurait dit qu'elle était jalouse, qu'elle était méchante ; son père, c'était sûr, l'aurait punie, privée de ces innombrables et somptueux cadeaux que le Commandeur, quand il venait chercher Iris, ne manquait jamais de lui apporter. Comme s'il avait voulu l'amadouer, comme s'il ne venait que pour la perte de sa sœur, comme s'il avait deviné, déjà, que Ruth ne l'aimait pas.

Plus tard, quand l'irréparable se fut produit, Ruth garda encore le silence. A quoi bon parler ? La mort d'Iris avait rendu son père demi-fou, et le Commandeur lui-même, prétendait-on, n'avait pas été loin d'en mourir. Elle n'avait jamais su le détail de ce qui s'était passé. Elle n'avait jamais cherché à en apprendre plus que ce qui s'était dit. Un moment, elle avait soupçonné un enchaînement de malheurs depuis la construction de la *Désirade*, une fatalité, peut-être, qui s'attachait à l'obscur passé du capitaine, ou à celui de Léonor, l'étrange femme qui avait construit la maison d'en face. Autant qu'elle avait pu, elle avait préféré l'ignorer. Il fallait vivre. Ruth n'avait songé qu'à fuir, à vaincre le malheur. Elle avait grandi, mûri très vite. Elle n'avait plus jamais eu de prémonitions. Ou plus exactement, chaque fois qu'elle avait eu un pressentiment, elle l'avait enfoui au plus profond d'elle-même. Comme une faute, un penchant inavouable. Par un mystère qu'elle ne s'expliquait pas, ils s'étaient arrêtés à la naissance de Judith. Ainsi, elle n'avait pas prévu la disparition de son père. Une seule chose, depuis ce temps, n'avait pas changé : elle détestait le Commandeur.

Le soleil s'avançait dans la chambre, réveillait lentement le poli des meubles et, dans l'atelier qui prolongeait la pièce, le parfum un peu âcre des cuirs. Un long moment, Ruth regarda ses doigts refermés sur le petit portrait. Ses mains d'où étaient sorties tant de choses à *Hauteclaire*, l'éclat des cuivres, la force des plantes vertes, les dahlias, les rosiers du jardin, les reliures qui les faisaient vivre, elle et Judith, tout ce bonheur dont elle commençait à douter. Que sa fille fût partie n'était pas le pire. Elle reviendrait, une fois le danger passé ; car elle avait certainement pressenti le danger. Elle téléphonait tous les deux jours, d'une voix inquiète, un peu cassée, sa voix de petite fille quand elle allait pleurer, et elle demandait : « Tout va bien, tout va vraiment bien ? » « Tout va bien, répondait Ruth sur le ton le plus assuré qu'elle pouvait, travaille bien, reste à Paris » ; et Judith raccrochait très vite, comme si elle craignait d'apprendre quelque mauvaise nouvelle.

Il ne faut pas qu'elle rentre, se répéta Ruth en enfouissant le portrait au fond de sa coiffeuse. Et, tandis qu'elle s'emparait de ses brosses et tressait son chignon, elle tenta d'oublier ce qui l'inquiétait depuis la fin de l'été. Elle n'y parvint pas. Comment ignorer que Judith ressemblait de plus en plus à la morte du portrait ? Qui, ayant vécu ce temps-là, ces années, si intenses, tout illuminées de la souveraine beauté d'Iris, aurait pu jamais l'oublier ? Qui surtout, ayant aimé Iris...

Ruth demeura triste de toute la journée. Ainsi qu'à l'habitude, Trendy resta un moment au salon après le café. Cet après-midi-là, elle eut de la peine à dissimuler son impatience. Plus que tout autre jour, elle avait besoin de silence, et elle craignait que sa mélancolie ne finît par percer. Trendy fixait le feu, y remettait des bûches, ne savait plus que dire. Il devait penser à Judith ou à ses poissons. Vers trois heures, il se décida à remonter travailler, oubliant, comme à l'ordinaire, son écharpe derrière lui. Malcolm arriverait rituellement à sept heures. D'ici là, il faudrait essayer de tuer le temps et de ne pas trop penser. Par chance, Ruth attendait une visite, celle d'Argens, un de ses meilleurs clients. Elle le fréquentait assez assidûment. Elle ne l'aimait guère, mais il l'amusait. A soixante ans passés, il continuait de s'entourer de très jeunes amis. Déjà, du temps d'Iris, elle n'avait pas souvenir qu'il eût le goût des femmes. C'était un de ces nobliaux de province dont la famille, quelques générations plus tôt, avait été très riche. Unique héritier d'une fortune amoindrie, il s'était employé à l'écorner davantage, mais il lui restait encore de belles rentes et, dans les terres, comme on disait ici, c'est-à-dire à une dizaine de kilomètres de la mer, un assez gros domaine où il les invitait parfois, elle et Judith. A la vérité, il l'agaçait beaucoup. Il s'acharnait à vouloir copier le Commandeur, sans jamais pouvoir approcher son brillant. Ses relations se limitaient à des notabilités régionales, comme Anna Louvois, Me Léonard ou les deux malheureuses qu'il avait traînées à la fête à la *Désirade*. Pour le reste, les jeunes compagnons d'Argens, très fréquemment renouvelés aux fins de leur éviter la tentation de le spolier de sa fortune, épataient sans difficulté les gens du pays, à l'exception de Ruth, et surtout de Judith, qui ne lui en avait rien caché. Pareille insolence, venant d'une très jeune fille, l'avait enchanté ; et il n'avait plus eu de cesse que de la rencontrer et de la fêter.

Ce n'était pas sans malice, ni un brin de perversité. Avec une constance qui ne s'était jamais démentie, les jeunes amis du vicomte étaient tombés amoureux de Judith. Elle n'arrêtait pas de les provoquer ; puis, avec la même régularité, et une violence inouïe de la part d'une jeune fille, de les rabrouer dès qu'ils s'étaient déclarés. Le premier — elle n'avait pas quatorze ans — eut droit à un croc-en-jambe, puis les représailles se firent moins puériles. Elle apprit à raffiner. Pour se venger un jour d'un candidat séducteur, à qui le vicomte avait confié la garde des trois chatons de race dont il venait de faire l'acquisition, elle s'empara de l'une des bêtes, qu'elle tint une bonne minute sous un robinet d'eau froide. Le félin ne cessa plus d'éternuer et contracta un rhumatisme précoce, avec une aversion prononcée pour les femmes et tout ustensile de plomberie. Loin d'en vouloir à Judith pour sa férocité, Amy d'Argens l'en félicita. Il chassa le jeune homme et le remplaça aussitôt. Le nouveau venu s'appelait Peter Wall, il était anglais, opiniâtre et roux. A son tour, il s'enticha de Judith. Le vicomte brûlait de connaître quel châtiment elle lui réservait. Mais Peter Wall était délicat et stratège. Judith n'était pas loin de lui succomber quand, un jour de jalousie, il commit l'erreur de lui reprocher, devant sa mère et le vicomte, ses sorties nocturnes avec des jeunes gens de son âge, qu'elle attirait, prétendait-il, dans l'atelier prêté par Cornell. Cette indiscrétion, vraie ou fausse, ne lui fut pas pardonnée. Elle lui cingla le visage de sa serviette de table, puis, selon son habitude, se sauva en claquant la porte, tandis que résonnait, au coin de la cheminée, le grand rire sec du vieil Amy d'Argens.

Aujourd'hui, il s'était annoncé pour quatre heures. Ruth avait terminé ses reliures le matin même et elle brodait en l'attendant. De temps à autre, elle levait l'œil sur un petit miroir bombé installé par son père au-dessus de la cheminée. Il reflétait, en la déformant et la concentrant à la fois, l'image du salon et celle du vestibule ; et, si on avait bonne vue, on pouvait y voir aussi un morceau de jardin. C'était bien une idée du capitaine, d'avoir voulu contenir *Hauteclaire* en un seul reflet, de la renfermer presque en un unique objet, tel un monde en miniature. Trendy, elle en était certaine, ne l'avait pas remarqué : il ne comprenait pas qu'elle le vît arriver sans surprise. Mais que remarquait-il à présent ? Il devenait hagard, à un point qui parfois lui faisait peur. Il y avait de la violence en lui, une force plus profonde, plus dissimulée qu'en Judith.

Ainsi, le jour où Cornell lui avait parlé d'une prédiction qui bouleversait les grands de ce monde, Ruth, pour une fois, avait acheté les journaux. Elle les dévorait avec avidité, et, comme Trendy s'en étonnait, elle avait parlé de ces présidents, de ces rois, qui couraient sans vergogne chez les voyants pour une fable sur l'or perdu, le pouvoir perdu, l'amour perdu. Elle ne savait pas encore si elle devait en rire. « Et s'ils avaient raison... » Trendy avait sèchement coupé court à ses doutes : « Et qu'on nous rende aussi la mer perdue, avec des poissons un peu moins tordus que ceux qu'on ramasse tous les jours... »

Ruth soupira, s'appliqua davantage à sa broderie. Dehors, c'était à nouveau marée haute, mais pas un souffle de vent, pas un cri de goéland. La lumière déferlait par toutes les fenêtres. *Hauteclaire* l'aspirait, buvait le ciel et l'Océan mêlés. Son silence même était fait d'une rumeur qui n'arrêtait pas, la succion jamais lasse des vagues, le combat acharné de la mer sur le corps patient de la terre. Mais, avec les minutes qui passaient, sa patience à elle, Ruth, la désertait. Ses points sur la toile perdaient de leur précision, ses fils s'emmêlaient, se cassaient. Elle reposa l'ouvrage et, comme au matin, contempla ses mains : fallait-il à présent y lire l'usure, l'usure à force de donner ?

Cette pensée lui fut insupportable. Elle se força à reprendre sa broderie, mais, comme elle recommençait à tirer son fil, elle ne put s'empêcher de jeter un coup d'œil au petit miroir bombé.

Très précisément découpé sur son rebord droit, là où la surface polie reflétait un bout de barrière et du jardin d'*Hauteclaire*, se profilait un homme qu'elle eût reconnu entre tous, fût-il arrivé de la nuit des temps. Autant qu'elle pouvait en voir, il n'avait pas changé depuis sept ans. On frappa à la porte. Ruth se souvenait bien aussi de ce bruit, de ce geste, de sa froide et sourde détermination. La nappe qu'elle brodait glissa à terre, puis sa corbeille à ouvrage. Elle n'eut pas la force de les ramasser, et ce ne fut qu'au troisième coup sur le vitrail de l'entrée qu'elle réunit assez de forces pour ouvrir à Sirius.

CHAPITRE X

Ruth n'eut alors qu'une pensée : au moins, il ne restera pas. D'Argens doit passer, Sirius a toujours été d'une discrétion exemplaire. Dès qu'il le verra, il s'éclipsera. Elle lui ouvrit et l'introduisit au salon. C'était comme dans un mauvais rêve : ses gestes étaient lourds, soudain ankylosés, elle ne voulait pas le regarder en face, mais Sirius était là, qui s'avançait de sa démarche claudicante, s'approchait, la suivait. Elle lui offrit un siège face à la cheminée et s'assit bien en face de lui. Pour dissimuler qu'elle tremblait, elle referma la main sur le bois lisse et chaud de son fauteuil. Peu à peu elle reprit confiance. Il n'avait pas changé, ou si peu. Il paraissait arriver tout droit de son enfance. Elle l'avait beaucoup vu, en ce temps-là, et elle le détestait davantage encore que le Commandeur. Elle ne savait pas si c'était son nom ou sa personne qu'elle avait d'abord haï. Tout en lui la révulsait. A l'époque, il devait avoir une quarantaine d'années. Il était le seul qui s'intéressât à elle ; il la questionnait souvent, il la retrouvait toujours où qu'elle partît se cacher, on aurait dit qu'il la traquait. Elle ne voulait jamais répondre et elle se souvenait qu'il en était excédé. Il avait ce même petit rictus qu'à présent, cette crispation soudaine de la lèvre inférieure. Qu'il eût si peu changé tenait du prodige. Il ne vieillissait pas. Ou peut-être n'avait-il jamais été jeune.

Le regard de Sirius s'attardait sur la boîte à ouvrage qui s'était renversée, les aiguilles, les sachées de fil que Ruth n'avait pas eu le temps de remettre en ordre.

— Comme vous semblez fragile, à présent, dit-il.

Elle trouva la force de faire front :

— Une femme n'est jamais fragile. Elle se sait transitoire, c'est tout. Contrairement aux hommes. Un jour ou l'autre, on finit par le voir.

— La femme fait l'homme, madame Van Braack.

— Elle en fait quelques-uns. Puis elle se défait.

Il eut son petit rictus. Il était agacé, comme autrefois. Malgré son immense culture, l'homme de confiance du Commandeur avait la réputation d'avoir en horreur les considérations générales. Il changea de conversation et se fit direct :

— La *Désirade* est rouverte.

— Comment l'ignorer ?

— Vous avez vieilli, madame Van Braack. Autrefois, vous n'étiez pas si amère.

— Autrefois quand ? J'avais douze ans ! Depuis...

Elle allait parler de la mort d'Iris, de la disparition de son père, elle allait l'accuser, lui, Sirius, et le Commandeur. Elle se reprit à temps :

— Combien de fois nous sommes-nous revus ? Que savez-vous de moi, à part ce que disent les papiers du notaire ? Vous croyez que la vie s'arrête tout le temps que vous n'êtes pas à la *Désirade* ? Mais nous vivons, figurez-vous, vous ne venez pas réveiller le château de la Belle au bois dormant.

Il eut un geste curieux, qui semblait indiquer que la chose n'était pas sûre, et enchaîna :

— Dans deux soirs, le Commandeur donne une fête à la *Désirade*. Son invitée, Mme von Cruzenburg, chantera. Il serait souhaitable que vous veniez.

Il déposa un carton sur la table.

— ... Avec votre fille.

— Judith n'est pas là.

— La fête n'a lieu qu'après-demain soir. Elle peut rentrer. Elle en a le temps.

— Non.

Sa lèvre à nouveau se crispa. Il marqua un petit silence et ajouta :

— Vous avez un pensionnaire, m'a-t-on dit ?

— Les temps sont difficiles.

— Le Commandeur ne demanderait qu'à vous aider.

— Et à quel prix ?

Il ne releva pas. Il s'approcha d'elle :

— Venez écouter la Cruzenburg. Avec ce jeune homme qui habite chez vous. Avec votre ami le professeur Cornell.

— On ne peut rien vous cacher.

— La province, madame...

Il était maintenant tout près d'elle.

— Nous aurons Constance von Cruzenburg, poursuivit-il d'une voix presque tendre. Et Dräken, le chef d'orchestre. Venez, madame Van Braack, venez, même sans Judith. Emmenez vos amis. Ce sera magnifique. Magnifique, comme jamais...

Le feu, d'un seul coup, se mit à ronfler. Elle ne sursauta pas. La voix, insinuante, insidieuse, s'enroulait autour d'elle. Elle revoyait les somptueuses fêtes d'autrefois, du temps d'Iris et du jeune Commandeur, les quelques étés si chauds où tout le monde avait cru au bonheur.

— Nous viendrons, dit-elle.

Elle avait cédé sans difficulté. Sirius s'inclina devant elle et lui prit la main. Leurs regards se croisèrent. Etait-ce le reflet du feu, elle eut l'impression que ses prunelles étaient rouges ; mais ses lèvres, sur ses doigts, étaient d'une froideur mortelle.

— Tenue de soirée, bien sûr, souffla-t-il avant de disparaître.

Combien de temps s'écoula-t-il entre le départ de Sirius et l'arrivée du vicomte, Ruth ne put jamais s'en souvenir. C'était étrange, c'était comme dans son enfance. Depuis qu'il était ouvertement question du Commandeur, le temps n'était plus le même, semblait-il. Il s'étirait dans des attentes infinies, puis, d'un seul coup, tout devenait rapide, violent, intense ; on en restait abasourdi. A l'instant où elle avait revu Sirius, elle avait senti revenir le passé. Il y a sept ans pourtant, lorsqu'on avait cru, pour la deuxième fois, que la *Désirade* allait être rouverte, qu'elle avait accepté, comme aujourd'hui, une invitation du même genre, elle n'avait éprouvé que de l'indifférence. Elle s'y était rendue par simple convenance, par curiosité aussi, l'envie de revoir les lieux, de les confronter à l'image qu'elle en avait gardée ; et elle était partie très vite. Elle se rappelait mal le visage du Commandeur. Lui aussi ce soir-là semblait lointain, absent, tourmenté d'autres soucis que l'argent qu'elle lui devait, très éloigné du souvenir d'Iris. A peine avait-il eu pour Judith un regard plus attentif. Le lendemain, il était parti. Cette fois, Ruth le pressentait, tout serait différent. A cause de la Cruzenburg, sans doute. Qui résisterait à l'idée d'entendre la diva dans un concert privé, loin des bousculades et de la folie des capitales ? Malcolm accourrait : c'était l'un de ses plus anciens adorateurs. Quant à Trendy, on ne pouvait pas imaginer non plus qu'il laissât échapper pareille occasion.

Pareille tentation. Sirius n'avait pas dit trois phrases qu'elle savait qu'elle accepterait. Il avait presque aussitôt prononcé le nom de Judith. Quelle importance, puisque sa fille était au loin ? Le seul ennui, c'était Trendy. Avant d'évoquer l'invitation, il faudrait tout lui dire de la *Désirade*, lui raconter, pour Iris, revenir sur cette vieille histoire. En aurait-elle la force ? Comment commencer ? Et fallait-il tout dire ? Avec Malcolm, tout avait été facile. Mais ce jeune homme un peu sauvage, et qu'elle connaissait mal...

Un bon moment, Ruth resta immobile devant sa théière, les mains repliées sur les flancs de porcelaine d'où s'enfuyait la chaleur. Elle cherchait en vain une première phrase, un mot d'introduction, un de ces mots insignifiants qui amènent en douceur les pires révélations. Rien ne venait. Les circonstances la sauvèrent de l'embarras où elle était. Au même instant où elle entendit s'arrêter devant la villa la grosse limousine d'Amy d'Argens, Trendy fit son entrée au salon. Après la visite de Sirius, le malheureux prétexte qu'il trouva, une fois de plus, pour abandonner ses squelettes, la fit sourire :

— J'avais oublié mon écharpe...

Et, comme il découvrait la lueur narquoise de son regard, il faillit se prendre les pieds dans le premier tapis.

La visite d'Argens fut assez rapide. Ruth avait demandé à Trendy de rester et elle abrégea les présentations. Il observa avec stupeur cet homme encore vif malgré sa soixantaine, suivi de son jeune ami roux qui portait deux de ses chats, des bêtes insupportables au pelage entièrement noir ; pour cette raison sans doute il les avait baptisés Styx et Moloch.

— Vos chatons ont bien grandi, observa Ruth en lui tendant ses reliures. Vous devriez les laisser chez vous quand vous sortez. Un jour ou l'autre, ils vont se sauver.

— Ces animaux ont besoin d'air, repartit le vicomte. D'air et de variété. Il leur faut rencontrer d'autres créatures que Peter et moi-même. Il n'y a que Léthé qui soit dispensé de me suivre. Vous savez pourquoi, chère amie. L'étendue de la stupidité humaine le rend malade. Ses rhumatismes, ses allergies diverses...

— Et ces noms que vous leur avez donnés... Vous n'auriez pas pu trouver quelque chose de plus simple ?

— Le chat est l'ami du Diable, ma chère Ruth. Il est son représentant ici-bas. Ou plutôt ici-haut, si nous nous mettons du point de vue de Satan. J'ai donc voulu des noms infernaux. D'autant que ces bêtes sont noires, chère enfant. Absolument noires. Savez-vous que c'est très rare ?

— Je le sais. Mais rien de tout cela n'est très original. Depuis quelque temps, toutes ces diableries sont furieusement à la mode.

D'Argens prit le parti de n'avoir rien entendu et se pencha sur une des bêtes que portait Peter Wall.

— Ah ! Styx, mon joli Styx...

Trendy n'y comprenait rien. Il s'étonnait aussi que Ruth parlât avec un tel sérieux. Tout était apprêté chez son visiteur, le costume, le vocabulaire, les intonations, on aurait dit qu'il singeait quelqu'un. Il sortit d'un sac d'autres volumes à relier, un dictionnaire portatif en quatre tomes, pour lesquels une fois de plus il voulait un cuir noir, seulement frappé de ses armes à l'or fin.

— Ah ! cette fête, fit-il au moment de prendre congé. Cela va être magnifique. Vous en serez, bien sûr, ma chère Ruth ?

Elle ne répondit pas. Il jeta alors un regard à la ronde :

— Mais où est Judith ?

Trendy frémit et tâcha de s'absorber dans la contemplation du portrait de Van Braack.

— Judith est partie.

— Partie ? Mais où ?

— A Paris. Ses études.

— C'est de la folie. Vous allez nous la gâcher. Judith est une herbe folle.

— Les herbes folles courent le monde, vous savez. Il y en a beaucoup-là où elle est partie vivre. Et puis elle est jeune, elle est libre.

— Mais Judith vit en dehors du monde, en dehors du temps, s'entêta d'Argens. Il fallait nous la laisser...

Les deux chats s'étaient encore sauvés des bras de Peter Wall. Ils se pendaient aux rideaux des fenêtres et leur malheureux gardien ne savait plus comment les en arracher.

— Enfin ! soupira-t-il. Tant pis pour elle. Nous, d'ici trois jours, nous entendrons la Cruzenburg. Prévenez Judith, au moins. Voilà de quoi la faire rentrer dans la journée.

Il lança une œillade ironique à Peter Wall qui le rejoignait dans l'entrée, chargé des deux bêtes enlevées non sans mal aux rideaux, et qu'il empêchait de se débattre en les serrant sous ses coudes. Au seul nom de Judith, Trendy avait levé la tête, blêmi peut-être, ce qui n'avait pas échappé à Peter Wall. Au moment de s'éloigner derrière le vicomte, il se retourna vers Trendy et le fixa longuement. Fut-ce l'effet du couchant dans les vitres de l'entrée, un reflet trompeur dans ses cheveux roux ? N'importe quelle explication, ce soir-là, eût contenté Trendy. Car il avait bien vu, les yeux de Peter Wall, oui, ses yeux même, devait-il raconter plus tard, ses yeux, sa pupille, sa bouche aussi peut-être, ses mains aux ongles longs repliés sur les chats, tout en lui à cet instant rougeoya du plus beau feu.

Dans la minute qui suivit, cependant, il l'oublia.Car Ruth était devant lui, qui semblait, pour une fois, avoir à lui parler. Dès ses premiers mots, elle comprit qu'elle n'aurait pas à convaincre Trendy de l'accompagner à la *Désirade*. Son embarras se dissipa très vite. S'il en était besoin encore, la scène qu'il venait de voir avait excité sa curiosité ; et déjà aussi il devait espérer que Judith reviendrait. Il accepta dans l'instant et partit aussitôt, dispensant Ruth de tout éclaircissement. Elle en fut soulagée. Le soir, au dîner, elle fit part à Cornell de l'invitation du Commandeur. A l'annonce que la Cruzenburg allait chanter, le professeur eut un moment de surprise, puis il se laissa gagner par la joie. De la soirée, il ne parla plus qu'opéra. Peu après le dessert, Ruth demanda à Trendy de « garder la maison ». Malcolm et elle, expliqua-t-elle, avaient envie de « marcher dans la nuit ». Il accepta de bonne grâce. Il se coucha peu après leur départ et dormit d'un sommeil de plomb. La tentation, comme pour eux, avait fait son oeuvre. Il ne songeait plus qu'à la *Désirade*, à la fête, à la diva. Le retour de Ruth, avec l'aube, ne le réveilla même pas. Au bout de la route d'où elle arrivait de chez Cornell, personne ne la vit revenir, personne d'autre que Sirius, derrière les vitraux de la *Désirade*, veilleur impénitent que les petites heures, ainsi qu'elle jusqu'à ce jour, poursuivaient de leurs terribles tourments.

CHAPITRE XI

Au jour dit, les habitants d'*Hauteclaire* se rendirent à la *Désirade*. La nuit était venue depuis longtemps déjà et avec elle un extraordinaire silence. C'était marée basse ; à peine si, de temps à autre, une bouffée de vent s'infiltrait entre les arbres, un faible souffle, comme exténué par de trop longs voyages. Seules guettaient encore les vagues dans le noir, avec leur bruit de succion indéfiniment répété. La mer toujours veillait, même en ses basses eaux. Dans leur marche vers la *Désirade*, Ruth, Cornell et Trendy ne l'écoutaient pas, ne l'entendaient plus. Ils s'avançaient d'une façon presque solennelle et se taisaient. Comme leur corps, leurs pensées se tendaient vers la villa dont les fenêtres brillaient au-delà des ramures d'automne, vers la grille grande ouverte, la cour encombrée de limousines, les vitraux derrière lesquels, déjà, s'agitaient des formes. Comme pour signifier que cette visite à l'ennemi relevait de sa seule décision, Ruth marchait la première. De dos, on aurait pu la prendre pour sa fille. Ou, plus exactement, Trendy se plaisait à la prendre pour elle. L'obscurité faisait le reste. Elle a la même manière d'être absente que Judith, se disait-il, cette façon identique de s'éloigner, de se perdre en elle-même, d'être là sans être là ; et il souffrait. Judith n'était pas venue. Sa mère, sans doute, ne l'avait pas avertie de la fête. A lui-même, Trendy, elle l'avait d'ailleurs annoncée sans plus d'explications. Elle ne lui avait rien appris. Il avait tout su la veille d'un coiffeur de la ville voisine, E. Alex. Il fallait que Trendy fût bien désespéré

89

pour s'en aller confier sa précieuse chevelure à un inconnu, provincial de surcroît. L'homme était élégant, observateur et disert. Il le coiffa divinement et, à quelque signe qui lui échappait, comprit chez qui vivait Trendy. Avec un plaisir non dissimulé, il lui chuchota à l'oreille la nouvelle du séjour de Constance von Cruzenburg à la *Désirade*, et celle de la fête qu'on allait y donner. A l'instant, Trendy comprit que Ruth serait invitée, et Cornell, et sans doute lui-même. Tout allait de soi, comme allaient de soi désormais le départ de Judith et sa passion pour elle. La nuit suivante, il rêva qu'il se trouvait dans un jardin d'Orient, égaré au milieu des sables, près d'une fontaine ombragée de palmes. La mer n'existait pas, n'avait peut-être jamais existé. Pourtant il relevait d'un naufrage, il le savait bien, et Judith était en face de lui, presque à sa portée, plus neuve que toutes les fontaines, source fraîche vers laquelle il ouvrait ses lèvres. A son réveil, il n'était pas désaltéré.

Quelques heures durant, il souffrit les mille morts qui avaient suivi son départ. Il guetta la route, les bruits. La passion, presque inconnue de lui, sinon pour l'attachement singulier qu'il avait pour ses squelettes, l'avait recouvert, emporté, marée de vive-eau dont le déferlement ne cessait plus, où il s'engouffrait, où il sombrait, et il ne luttait pas, il consentait à cette perte. Jour après jour, la réalité perdait de son goût, de sa force. La vie avait changé de lieu, rien n'avait plus de saveur que les rêves et les inextricables détours de son imagination enfiévrée. Sans vouloir se l'expliquer, il associait le départ de Judith à l'arrivée du Commandeur. Rien ne justifiait ce lien ; mais, avec l'amour, c'était aussi le dégoût de la raison qui s'emparait de Trendy.

Puis il se résigna. La fête à la *Désirade*, pour un court moment, mettrait un terme à ses questions. Ou plutôt elle les étoufferait, les remplacerait par d'autres interrogations, moins pénibles mais tout aussi insistantes : d'où sortait ce sinistre boiteux qu'il avait vu pousser la barrière d'*Hauteclaire*, qui était le roux Peter Wall, à quoi rimaient les chats d'Amy d'Argens, où diable s'était évanouie la belle brune de la nuit d'ouragan, la somptueuse Anna Louvois ? Allait-il les retrouver dans cette villa rouverte en plein automne ? Il le savait bien, ce ne serait qu'une distraction d'un soir, car rien d'autre ne le touchait plus qui ne fût de Judith. Arrivées de la ville, rappelées une ou deux fois par une Ruth un peu déconcertée, les rumeurs inquiétantes sur l'état du monde ne l'avaient pas atteint. Il ne s'intéressait même plus aux liens dissimulés qui unissaient les deux maisons, il se souvenait à peine du Commandeur, comment l'appelait-on, déjà, le Commandeur, le Commodore, il ne savait plus, il n'était plus que le feu qu'il avait reçu de Judith. Il ne l'avait pas possédée, elle l'avait dévasté en plein soleil, et tous les midis rayonnants qui s'étaient succédé depuis lui avaient été une insupportable morsure, toute lumière même, le premier rayon dans la nuit, telles à cet instant les fenêtres de la *Désirade*, une blessure qui se réveillait, Judith sa canicule, un sirocco de mal, Judith l'insolation, la brûlure et la mort.

Fut-il le seul à ralentir le pas ? Ils n'étaient pas à la grille que la voix s'éleva. La voix, car de pareille il n'en était nulle autre au monde, un son qui montait, coulait, descendait en volutes, qui semblait fait de miel et d'or, et de lait, quand elle s'en allait vers les graves, et dans l'aigu soudain approchait le diamant. Elle jaillissait de la nuit, venait jusqu'à eux, les entourait, les étourdissait, les happait vers la *Désirade*. Le concert avait commencé. Il n'y avait pas dix minutes pourtant qu'ils avaient quitté *Hauteclaire*. La voix montait encore. Ils pénétrèrent dans le parc. Derrière les voitures soigneusement alignées, il vit les eaux mortes de l'étang, les peupliers, le petit pont, enfin le tombeau, devant lequel Ruth détourna la tête. On était arrivé. A quelques pas du seuil, l'odeur de végétation humide se dissipa brusquement. Toutes les fenêtres étaient allumées, et la *Désirade* paraissait démesurément haute et vaste, brasillante, combustible, prête à prendre feu dans la minute. Ruth se retourna vers ses compagnons :

— Je n'y comprends rien, chuchota-t-elle. Nous sommes partis à l'heure, et nous sommes en retard.

— Une erreur sur le carton, suggéra Cornell.

Elle eut un geste d'exaspération puis franchit les sept marches inégales qui menaient à la porte d'entrée. Comme elle était fermée, elle secoua violemment le heurtoir. On entendit un long bruit de verrou. Trendy eut un mouvement de surprise : on était jour de fête, les portes auraient dû rester ouvertes. « Nous sommes en retard, répéta Ruth, nous sommes en retard et je n'y comprends rien. » La porte s'entrebâilla. Contrairement à l'attente de Trendy, les gonds ne grinçaient pas. Un couple de domestiques asiatiques apparurent, un homme et une femme sans âge et qui semblaient jumeaux. Ruth tendit son carton, bredouilla une excuse. La femme s'effaça devant elle sans un mot, puis lui désigna du doigt l'escalier qui menait à la salle du concert. Comme tout à l'heure, Ruth marcha la première ; Cornell et Trendy lui emboîtèrent le pas dans un silence recueilli. La voix de la diva enflait, se hissait jusqu'à des aigus d'où l'on croyait qu'elle ne reviendrait pas, et d'un seul coup, en cascades rapides, redescendait jusqu'à des graves chauds, presque rauques. Trendy finit par reconnaître le morceau qu'elle chantait, un de ses plus grands succès, une mélodie Renaissance très mélancolique ; ses phrases italiennes racontaient l'histoire d'une nymphe qui, ayant reçu le don de l'éternelle jeunesse, avait failli, par simple étourderie, le perdre pour toujours.

A mesure aussi qu'il pénétrait la *Désirade*, Trendy s'étonnait que rien n'y fût comme il avait pensé. Pas d'armures, point de hallebardes, de hiboux empaillés ou de suaires déchirés, aucun des oripeaux de l'étrange dont l'imagerie courante peuplait les châteaux hantés de l'Ecosse, les manoirs slaves ou bavarois. Tout ici demeurait humain, d'une beauté construite, sinon pour le bonheur, du moins pour le plaisir des sens. Ainsi cet escalier au plafond caissonné qui menait à une longue galerie dans le style florentin. Entre chaque vitrail, on avait disposé des miroirs, au-dessus de commodes marquetées ou de consoles baroques, avec des vasques de jaspe et des carafes de Bohême. De temps à autre, une bizarrerie s'y logeait : une petite porte qu'on n'attendait pas, ouverte sur un cabinet sombre, des curiosités diverses qui, en d'autres circonstances, auraient à coup sûr arrêté Trendy. Mais au bout de tous ces couloirs il y avait toujours la voix, la voix qui le tenait sous son charme, et Ruth et Malcolm avec lui, et les écrasait sous sa force. Du coup, au pied de l'escalier, Trendy avait seulement aperçu les deux fausses cornes de licorne qui ornaient l'entrée, croisées à la manière de piques médiévales ; à peine aussi, dans la galerie, jeta-t-il un œil sur une collection de cannes, un masque emplumé sur une console, au milieu de flacons à parfums qui s'y trouvaient comme par

92

hasard. Il n'entendait plus que la Cruzenburg, il marchait de plus en plus vite, comme Cornell, qui s'essoufflait. Seule Ruth conservait son sang-froid :

— Attention, fit-elle à ses compagnons avant d'entrer dans la salle de concert, et elle leur montra une forme gigantesque qui s'agitait dans l'ombre.

C'était un automate. Animé sans doute au signal des domestiques, il leva le bras gauche, ses yeux vides s'allumèrent et il étendit l'une de ses mains d'acier vers les battants de la porte.

— Il a toujours été là, fit Ruth avec désinvolture, et elle pénétra dans la pièce, suivie de Cornell, qui en tremblait encore.

Trendy hésita un instant. Lui aussi, il avait eu peur. Il contempla la machine immobile dans la pénombre, figée entre les plis des tentures. Ces orbites creuses, ce sourire cruel, c'était ainsi qu'il imaginait le Commandeur. Peut-être n'était-il que cette mécanique, peut-être le personnage n'avait-il jamais existé ailleurs que dans les songes de cette province maritime, épuisée à force d'ennui. Il fit quelques pas en arrière, erra un moment entre les consoles et les portes qui donnaient sur on ne savait quoi, d'autres corridors, d'autres objets bizarres dont l'existence, il le sentait sans pouvoir l'expliquer, avait partie liée avec le maître des lieux. C'était donc cela, l'intérieur de la *Désirade*, des cabinets secrets, des couloirs sans fin, des miroirs incrustés de cabochons d'opale, des candélabres aux flammes vacillantes, ces couleurs enfin, ors passés, pourpre, topaze brûlée, ocre orangé, toutes les teintes de l'or et du feu, avec parfois les verts et les bleus troublants que prennent les bois rares au contact de la flamme. Mais rien ici ne disait l'horreur et la noirceur, encore moins la fin des temps, c'était tout juste une étrange opulence, dont l'origine, comme le terme, étaient inconcevables.

Un vitrail était ouvert. Il s'y pencha. Il se souvint que d'*Hauteclaire* il avait pensé que ces fenêtres étaient vivantes, comme des oiseaux de nuit, aux aguets dans l'obscurité. Il était à présent de l'autre côté des choses. Il respira l'air du parc. On ne sentait pas la mer, on ne l'entendait plus, on aurait dit qu'elle s'était retirée très loin.

Quelques instants plus tard, Trendy passa hardiment sous le regard de l'automate. Il avait retrouvé tout son calme. Ce n'était pas si difficile : la Cruzenburg continuait son chant, et il suffisait de s'abandonner à la tentation de sa voix.

Il pénétra dans la salle de concert. Les sièges n'étaient pas assez nombreux pour toute l'assistance et une dizaine d'invités étaient restés debout, appuyés à des consoles ou au dossier des fauteuils, perdus dans la contemplation de la célèbre diva. D'elle, Trendy ne vit d'abord que ses cheveux cendrés, épais et courts, avec des mèches plus sombres et des reflets d'argent. Pour ses quarante ans, elle paraissait très jeune. Sous sa robe de faille noire on devinait un corps délié, une poitrine généreuse. Elle chantait, selon sa coutume, d'une manière déconcertante, presque sans effort, avec un sourire qui n'en était pas un, mais une manière gourmande de soupeser ses proies. C'était peu dire qu'on l'écoutait, on buvait sa voix, ses trilles, la moindre de ses inflexions. Sans jamais se départir de son expression ironique, elle passait sans difficulté des déchaînements sauvages de la passion aux plus subtiles mélancolies. Certaines notes parfois étaient si inattendues, si aiguës, qu'il en passait un frémissement dans les cheveux des assistants. A ses côtés, assis sur un tabouret de velours grenat, Dräken tenait le luth. On aurait dit un animal soumis, plus docile encore que toute l'assistance, et Trendy se souvint que la rumeur publique, glosant sur le dos voûté du chef d'orchestre, sa silhouette efflanquée qui flottait dans ses smokings, assurait que la cantatrice l'avait choisi pour son souffre-douleur.

Trendy retint son souffle. Personne n'avait remarqué son entrée. Ruth et Cornell s'étaient placés dans l'encoignure d'une fenêtre. Ils n'avaient plus d'yeux que pour la chanteuse. Elle chantait devant une toile monumentale qui représentait la construction, ou la destruction, on n'aurait su dire, du grand escalier de l'Opéra de Paris ; des marches manquaient, d'autres étaient renversées, des colonnes gisaient au milieu des torchères.

La pièce était surchauffée. La mélodie tirait à sa fin. La Cruzenburg ne cessait plus de moduler des graves, ce qui accrut le trouble de Trendy. Il tenta de se ressaisir et voulut repartir dans la galerie ; quand il était entré, il en venait un air très frais, presque froid. Il ne s'était pas retourné qu'il s'aperçut que les battants de la porte avaient été rabattus. Un Noir superbe s'y était adossé. Il écoutait la chanteuse les yeux mi-clos, avec une expression d'une tristesse rare. Il avait la nuque rase et des mains très longues, une bague en forme de cigogne. On aurait cru un jeune guerrier tombé du ciel, égaré, portant comme par hasard les vêtements des Blancs, un léger costume d'alpaga et une écharpe de soie grise. Quand la mélodie fut finie et qu'il releva les yeux, Trendy le reconnut aussitôt : c'était l'architecte Halphas, l'homme qui bâtissait les palais des derniers grands du monde, le constructeur des mausolées offerts aux ultimes dieux du temps, ces idoles de la musique ou de l'image, à l'existence aussi brève que le talent fulgurant, et pour lesquelles, depuis une époque récente, les peuples des cinq continents exigeaient des monuments pharaoniques, sur les lieux de leur naissance et parfois de leur mort. Trendy était cloué de stupeur : Halphas, le grand Halphas, jamais aperçu que sur les photos des gazettes, était là, à sa portée, il entendait ses soupirs, il voyait l'étendue de sa mélancolie. Mais déjà s'élevaient des vivats, on se pressait autour de la Cruzenburg, on se bousculait, et il reconnaissait d'autres figures célèbres : le peintre Effroy, aux traits ravinés, au ventre proéminent, qui, manifestement, avait peint le décor ; il se pencha avec ostentation sur la main blanche de Constance. Puis vinrent les chanteurs du dernier groupe en vogue, les *Clavicules de Salomon*. Trendy les avait en adoration autant pour leur musique que pour leurs costumes excentriques. Ils s'effacèrent devant l'énorme Aurore Millenium, voyante dont les prédictions sévissaient dans l'Europe entière, et même, murmurait-on, jusqu'aux antichambres reculées du Kremlin et des gouvernants de la Chine. Enfin, onctueux à souhait, débordant d'enthousiasme, la bouche pleine de superlatifs, le cardinal Barberini s'inclina devant la diva.

Que de pareilles célébrités fussent ainsi attachées aux pas du Commandeur n'étonnait pas Trendy au-delà de la mesure. A elle seule, l'extraordinaire aura de la Cruzenburg justifiait leur présence à la *Désirade*. Mais que le nonce Barberini s'y mêlât, lui que tous voyaient comme le prochain successeur de saint Pierre, voilà qui laissait songeur. Les sources les plus assurées affirmaient qu'il avait pénétré les mystères les mieux gardés des archives vaticanes, on savait que dès sa jeunesse il avait mené les tractations les plus retorses entre les pays de foi chrétienne et les innombrables régimes sans Dieu. Ce bruit était conforté par son entêtement à se vêtir à l'ancienne, avec la calotte et la soutane violette en vigueur des lustres plus tôt. Mais sa prudence, son habileté politique étaient légendaires, et, quoiqu'il fût contraint par sa charge à quelques mondanités, on ne l'avait jamais vu se commettre dans pareille assistance, où se côtoyaient la bourgeoisie de province, des célébrités internationales, des troupes de jeunes gens arrivés tout droit des nuits des capitales, tous vigoureux et conquérants, le cheveu dru, bottés de cuir, portant des culottes bouffantes et, sur leurs chemises sombres, d'énormes croix inversées. A leurs côtés, E. Alex, Peter Wall, Amy d'Argens lui-même prenaient un air gourmé, lorsque à leur tour ils se penchaient devant la silhouette hautaine de Constance von Cruzenburg. Seule Anna Louvois, dans une longue robe de crêpe et de strass, donnait un peu d'allure à cette terne province, dont Me Léonard, qui se pendait à son bras, offrait l'illustration la mieux accomplie : un costume voyant, mal coupé, qui accusait ses rondeurs et son teint terreux.

Anna affronta hardiment le regard de la cantatrice et, dans un mouvement d'une impertinence appuyée, lui tourna le dos pour se diriger vers le buffet. Des domestiques en livrée commençaient à y déboucher des magnums. Trendy se sentit d'un seul coup très gauche. Une seconde fois, il eut envie de partir. Etait-ce parce qu'elles lui avaient enlevé sa mère, il avait toujours fui les mondanités. Après tout, il avait vu, il avait entendu la Cruzenburg. La plus élémentaire sagesse ne lui ordonnait-elle pas de retourner à ses poissons ? Dans son désarroi, il chercha le visage de Ruth. Elle n'avait pas quitté son encoignure, pas plus que Cornell. Elle attendait, semblait-il, plongée dans une sorte de songe. Etait-ce la musique ? Le souvenir du Commandeur ? La curiosité, à nouveau, reprit Trendy. Il avait oublié le Commandeur. Il ne l'avait même pas cherché dans la foule. Où pouvait-il bien être ? Un costume, une couleur particulière le signalait-il à l'attention de ses hôtes, ou bien, pour mieux les observer, se cachait-il derrière une tenture, les colonnades du décor ? Il parcourut la salle du regard. Tout le monde ou presque était vêtu de noir, d'un noir qui pour la première fois lui paraissait une vraie couleur, avec des nuances sans nombre, de la matité du velours au brillant gelé des satins et des failles. C'était le tour des jeunes filles de se bousculer autour de la chanteuse, de rougir sous son œil froid qui examinait sans indulgence leurs seins enserrés dans les corselets à busc dont elles s'étaient toutes affublées, selon la mode en vigueur le temps de cet automne. Au désespoir de découvrir le Commandeur, Trendy s'apprêtait à sortir quand il distingua un homme de haute taille. Il fendait le groupe des jeunes filles et baisait lentement la main de la diva. Il était de dos. Le silence se fit, puis il disparut au bras de la Cruzenburg par une petite porte que le peintre avait ménagée dans le fond du décor. De l'homme, Trendy n'avait vu que sa canne et sa chevelure argentée.

Alors le caquetage ordinaire des salons prit son essor et l'on se bouscula auprès du buffet, où l'on servait à présent des monceaux de gibier. Trendy se dirigea à nouveau vers la porte. L'architecte noir y demeurait adossé, perdu dans ses pensées. Trendy n'osait l'aborder. Plus que jamais, l'embarras le paralysait. Il s'en voulait mortellement d'être venu. Il se sentait pris à un piège. Son désagrément aurait pu s'éterniser si, tout d'un coup, une main inconnue ne s'était posée sur son épaule :

— Venez, fit une voix sourde. Cette demeure est un peu curieuse, n'est-ce pas ? Mais on s'y habitue.

C'était l'homme qu'il avait vu venir chez Ruth, celui qui avait porté l'invitation et qu'elle avait appelé Sirius. Il accompagnait ses paroles d'un sourire un peu forcé. Il attira Trendy dans un coin de la salle où il s'effondra dans un fauteuil, près d'une console surmontée, comme cela semblait être une manie à la *Désirade*, d'un grand miroir dans le genre florentin. Trendy y chercha furtivement son reflet pour remettre de l'ordre dans ses cheveux collés de sueur.

— Attention, dit Sirius.

Trendy le regarda sans comprendre et revint au miroir. Une légère buée le recouvrait. Sous le piquetage grisâtre qu'y avait laissé le passage du temps, il n'y découvrait que l'image inversée du décor, les colonnades renversées de l'Opéra de Paris, ses fausses perspectives qui se terminaient sur la porte où s'était évanoui le reflet blond des cheveux de la Cruzenburg.

L'autre eut un petit rire.

— Cette glace est un almuchefi, dit-il. Ne vous y regardez pas, vous ne vous y trouveriez pas. Ou plutôt vous y liriez votre avenir. C'est souvent très désagréable.

Trendy chercha à éluder :

— Je ne pourrai pas rester très longtemps ce soir. J'ai des obligations qui...

— Vous avez peur ? Comme c'est stupide. Vous n'y verrez rien, dans ce miroir. Pour y lire l'avenir, il faut avoir trempé son âme dans l'alchimie. Et l'alchimie, en ce bas monde... Venez plutôt. Il faut que je vous présente à quelques-uns de nos invités.

Il s'était levé et l'avait saisi par le bras. Trendy ne s'attendait pas à une telle autorité dans les gestes de l'infirme. La fuite était désormais impossible. Sirius était long et frêle, il paraissait sans âge, et pourtant il respirait le danger. Pour l'avoir souvent éprouvée, dans les rues nocturnes de son quartier, Trendy connaissait bien cette sensation d'alerte instinctive, animale ; presque chaque semaine, on s'y battait au rasoir, au couteau, au revolver, pour le corps trop aimé d'un garçon, la beauté ravageuse d'une enchanteresse des caves, quelques grammes de poudre à oublier la vie. Intrépidité ou inconscience, Trendy s'en était toujours sorti, par la fuite, le plus souvent, et, à deux ou trois reprises, au prix de quelques cicatrices. Et avec ce boiteux, au lieu de décamper au plus vite, il se laissait mener, il faisait la bête à l'abattoir... Une seconde fois, il chercha Ruth et Cornell. Ils s'étaient confondus dans la foule des invités. Tous se pressaient autour du buffet, les hobereaux inconnus comme les célébrités. Avec application, Sirius présentait Trendy à chacun. Trendy les saluait docilement et sans un mot, les jeunes filles rosissantes étranglées dans leur busc, les chanteurs bottés, Dräken, plus accablé que jamais, un maharajah de service, deux archiduchesses slaves dont il avait autrefois entendu le nom dans la bouche de sa mère, des milliardaires levantins et même un roi de Bornéo qui venait d'être chassé de son île par un coup d'État, et ne cessait de se désoler sur la dureté des temps. Aurore Millenium s'efforçait de le rassurer, assistée de Barberini, qui renchérissait avec volubilité sur chacune de ses prédictions.

— Il fait chaud, dit alors Sirius, et il offrit à Trendy un grand verre d'alcool. Voulez-vous de quoi vous restaurer ?

— Je déteste le gibier.

— Vous avez tort. Ce soir, pour aller avec la musique et les robes de ces dames, on ne sert que des viandes noires : chevreuil, cerf, sanglier. Elles sont exquises. Enfin, à votre aise.

Il avisa un fauteuil près d'une grande cheminée où crépitait un feu et s'y effondra à nouveau. Dans le foyer, les flammes étaient claires, avec des reflets verts, comme les dizaines de candélabres qui éclairaient la salle. Sirius fit signe à Trendy de s'asseoir en face de lui.

— Comme on se sent bien... Venez. On ne le dit plus assez, la chaleur d'un feu est un immense plaisir.

Il renversa la tête sur le dossier de velours et ferma les yeux. Trendy ne songeait plus qu'aux moyens de s'éclipser. Parmi les invités, il chercha encore Cornell et Ruth, en vain. Il se résigna à s'asseoir. L'entracte s'éternisait. Tout près de la cheminée se dressait une énorme statue taillée dans l'obsidienne. Elle représentait un géant porteur d'une massue, un dieu de Mésopotamie, peut-être, ou de lointaine Asie. C'était une figure monumentale ; il s'étonna de ne l'avoir pas remarquée en entrant. Elle ruisselait de gouttelettes d'eau, comme un athlète en plein effort. Il avait beau se dire que, dans cette pièce surchauffée, c'était le simple effet de la condensation, il ne pouvait s'empêcher de penser que la statue transpirait. En face de lui, Sirius ne dormait pas, il avait les yeux mi-clos, il paraissait fixer un point invisible, le monde secret, sans doute, qui s'agitait en lui. Le feu ronflait, d'une façon qui dérangeait Trendy. C'était une constatation qui se refusait à toute analyse : ce feu n'était pas de la même nature que les autres feux, celui de chez Ruth, par exemple ; et, sans que personne vînt l'entretenir, il semblait brûler avec une ardeur constante.

Autour de lui, les mots aussi flambaient haut et clair. Un groupe s'était formé, on parlait avec véhémence. Trendy dressa l'oreille. A sa grande stupeur, il reconnut Anna Louvois. C'était un de ces échanges mondains comme on en entendait dans tous les salons élégants, mais Anna paraissait en colère et elle faisait face à Cornell avec une expression butée :

— ... Vous vous trompez. Vous êtes certainement un grand professeur, mais comme nous tous vous êtes capable d'erreur. Souvenez-vous de la dernière pluie d'étoiles filantes, il y a six mois. Depuis ce jour, nulle part au monde, je dis bien nulle part, personne n'a plus revu une seule de ces étoiles. Comme si le ciel était mort.

— Comment pouvez-vous répéter ces fadaises, repartit Cornell. Laissez-les à ceux qui ont pour métier de fabriquer les nouvelles. Ils ne passent pas leurs nuits à interroger les astres. Et vous non plus, Anna.

— Il y a six mois, les étoiles vinrent en pluie. La dernière pluie, celle qui annonce la fin.

— Qui vous a jamais prouvé cette théorie ? Un astronome ? Il y a un an, on ne la connaissait même pas. On laissait ces sottises où elles étaient, dans les vieux grimoires du Moyen Age, au milieu de centaines d'autres balivernes. Et d'un seul coup, on ne sait pourquoi, on a commencé à les exhumer. Pour cacher autre chose, sans doute. D'autres calamités, bien vraies celles-là. Croyez-moi, Anna, avant l'an mil, aussi, on a raconté...

Elle ne l'écoutait pas. Elle rejeta ses cheveux en arrière et ne cessa plus de l'interrompre. La conversation s'échauffa. Anna, tous le savaient, ne faisait que répéter les propos quotidiens des salons et des gazettes, mais elle parlait avec une telle exaltation qu'on aurait cru une pythonisse. A chaque phrase elle s'enflammait encore, prenait des expressions d'une beauté sauvage, pareille à ces femmes échevelées que l'Empire romain, les jours aussi où il se crut près de la fin, peignit en épouvante sur ses fresques de pourpre et d'or. Cornell voulut la calmer d'un geste désinvolte :

— Oui, je sais, dit-il. Une prédiction de plus. Le commencement de la fin, le grand renversement des choses, le cheval de l'Apocalypse semant la famine et la peste, le ciel qui se retirera comme un livre qu'on roule... Deux mille ans qu'on nous en rebat les oreilles !

Cette fois, elle ne répondit pas. Barberini s'était approché d'elle. Il passa légèrement sa main dans ses cheveux. Elle parut un instant désarmée puis sourit.

— Arrêtez, dit le cardinal. Si jamais vous proclamiez les prédictions de saint Malachie sur les papes, je serais contraint de vous organiser la fin du monde au pied levé. Or une opération d'une telle envergure ne s'improvise pas, chère enfant...

Anna éclata de rire puis accepta le bras que lui tendait Barberini. Ruth avait depuis longtemps disparu dans la foule. D'un seul coup, Cornell s'en aperçut. Il partit la rejoindre. Puis il se ravisa, se retourna et lança à Anna une ultime apostrophe :

— Et le Diable ? Que faites-vous du Diable, dans toutes vos histoires ?

— Le Diable est semblable à Dieu, répondit-elle sans se troubler. Ses desseins sont impénétrables !

Elle minaudait et serrait le bras du cardinal sans la moindre réserve. Cornell dut se sentir ridicule, les mots lui manquèrent.

C'est alors qu'on entendit s'exclamer une voix élégante :

— Non, madame. Vous avez tort. Ou vous avez mal lu. Le Diable a toujours un défaut.

— Et lequel ? rétorqua Anna.

Au seul son de cette voix, elle avait cessé de sourire.

— Dans le meilleur des cas, le Diable a besoin des hommes. Et dans le pire...

— Dans le pire..., répéta Anna.

Ce n'était plus une question, elle avait blêmi, tout perdu de sa belle assurance.

— Il a besoin des femmes, poursuivit-on. Ou d'une femme, une seule. Mais la bonne.

Il y eut à nouveau un silence de mort. Les invités s'écartèrent. Anna Louvois se précipita au buffet, où elle réclama une coupe, qu'elle but d'un trait, sans vouloir jeter un seul regard à celui qui l'avait si magistralement contredite. L'écharpe de Trendy avait glissé de sa veste. Il se baissa pour la ramasser. Quand il se releva, il était face au Commandeur.

L'homme se tenait très droit, avec ce qu'il est convenu de nommer de l'allure. Ce soir-là, Trendy ne fut pas frappé par sa beauté. Et d'ailleurs, était-il vraiment beau ? Le Commandeur n'était pas jeune. Il devait avoir la cinquantaine, sa chevelure était uniformément argentée, ondulée, assez fournie ; il la portait plus longue que ne le voulait l'usage. La Cruzenburg était à son bras. Dès qu'il l'eut aperçue, Trendy ne vit plus qu'elle, sa peau si pâle, ses cheveux cendrés, et surtout ses yeux gris qui semblaient couper l'âme. Il balbutia un salut.

101

Du coin de la salle où elle s'était réfugiée, Ruth dut le sentir en difficulté, car elle accourut. Et puis il fallait bien aussi qu'elle se décide à affronter le Commandeur. Il la salua avec une courtoisie, une délicatesse presque effusive qui surprit Trendy. Cornell les rejoignit à son tour. Les deux hommes se serrèrent la main froidement, comme si, du premier regard, ils s'étaient détestés. Il est vrai que l'atmosphère de la fête, toute faite de connivences, de complicités anciennes, avait de quoi irriter l'étranger. Trendy lui-même se sentait lointain. Il ne cessait plus de se faire des reproches. Il commençait à se dire qu'il s'était laissé prendre, par faiblesse ou mégarde, au piège d'une de ces sectes que l'inquiétude des temps faisait désormais pulluler, quand le Commandeur lui adressa la parole :

— Vous êtes l'hôte de Mme Van Braack.

Ce n'était pas une question. Il énonçait une évidence. Il s'exprimait avec hauteur et n'attendait pas de réponse. Il se tourna aussitôt vers Ruth :

— Depuis le temps... Mais vous êtes toujours aussi belle. On m'a dit que votre fille...

— Judith est absente.

— Ne vous méprenez pas. Je vous fais part de la rumeur publique, qui veut que votre fille soit très belle, comme vous. Elle a dû beaucoup grandir, depuis la dernière fois... Je suis sûr qu'elle est très belle.

— Ce n'est pas à une mère de le dire.

— Certes...

Il serra plus fermement la canne qu'il tenait à la main gauche, réfléchit un moment puis ajouta avec sécheresse :

— On dit aussi que Judith ne vous ressemble guère.

— A qui voulez-vous qu'elle ressemble ?

— Au reste de sa famille.

— Comment faut-il le prendre ?

— Nous verrons cela quand Judith sera rentrée.

— Il n'y a pas de chances qu'elle rentre de sitôt.

Il choisit d'éluder et reprit le bras de la Cruzenburg. Tout le temps que le Commandeur avait parlé, la cantatrice n'avait pas cessé d'examiner Cornell et Trendy.

— Constance, lui dit-il alors en souriant, ce sont là ces chers, très chers amis dont je vous ai parfois parlé...

Et il fit les présentations comme s'il les avait quittés de la veille. La main de la Cruzenburg était glacée. Quand, très maladroitement, Trendy l'effleura de ses lèvres, il sentit ses oreilles bourdonner. Il se dit que c'était l'effet du baisemain, le premier qu'il eût jamais risqué. Lorsqu'il releva la tête, le Commandeur l'observait avec ironie.

— Venez vous asseoir, lui dit-il en le poussant vers un fauteuil du premier rang. Constance va encore nous chanter quelque chose.

Il cita le nom d'un opéra ancien, où il était question, comme tout à l'heure, des désespoirs d'une magicienne.

— Ruth, venez à ma droite. A ma gauche, jeune homme. Ici, monsieur le professeur. Enfin, Ruth, qu'attendez-vous... Nos retrouvailles... Cela se fête ! Il est vrai que, de temps à autre, je me prends à penser que nous ne nous sommes jamais quittés...

Elle pâlit mais s'exécuta. La Cruzenburg reprit sa place devant le décor et Dräken, du coin de la salle où il s'étourdissait de champagne, bondit à sa suite et s'installa au clavecin que les domestiques avaient apporté pendant l'intermède. Avec une rapidité surprenante, tout le monde regagna son fauteuil, Anna Louvois, le teint encore animé, mais plus attirante que jamais avec ce reste de passion, Sirius, les lèvres pincées, surveillant l'assistance avec son habituellle attention, Barberini, qui caressait son crucifix, Amy d'Argens, Peter Wall, Aurore Millenium, le pas flottant d'avoir bu à l'excès. Seul Halphas, de tout l'entracte, n'avait pas bougé, il était resté adossé aux battants de la porte, toujours perdu dans ses sombres rêveries. A moins qu'il n'eût gardé l'issue de la salle de concert ? Trendy n'eut pas le temps de s'interroger. Dräken préluda quelques instants, puis le chant commença. Cette fois, il ne voulait pas se laisser envoûter. L'idée d'une secte ne le quittait plus. Pourtant la raison s'y opposait : c'était ici une compagnie trop mêlée, des dissemblances trop nombreuses séparaient les invités de marque du Commandeur et ceux qu'il avait conviés ici comme par charité, ces notables empruntés arrachés à la routine de leur automne provincial. Les jeunes musiciens fringants et bottés, Halphas, Barberini, Dräken, Sirius, en dépit de son tourment, avaient tous dans l'allure un tel détachement qu'on se disait : ces gens viennent d'un autre monde, ils ne sont ici qu'en visite, ils vont repartir sitôt le chant fini, s'évanouir dans la nature, retourner à leurs raffinements exotiques ; mais quel était-il au juste, ce monde d'où ils venaient ? Et de quel ailleurs arrivait le Commandeur ?

Trendy ne parvenait pas à effacer l'image de son apparition, celle d'un portrait qui marche, une figure patricienne, impériale, ainsi qu'il ne s'en trouve que sur les tableaux. Il sentait son parfum de jardin chaud et nocturne, il entendait sa respiration, il tentait de suivre ses yeux à l'affût de ses invités, les femmes surtout, poitrines soulevées et lèvres frémissantes, toutes suspendues à d'autres lèvres, d'autres seins, ceux de la Cruzenburg qui modulait son air. Le Commandeur les examinait une à une, s'attardait au lobe de leurs oreilles, à leurs aisselles, au creux de leurs coudes, à tous les endroits où logent les sensations les plus subtiles, comme s'il s'amusait déjà à les leur faire goûter ; et Trendy se souvint que c'était de la même façon que, tout à l'heure, il avait regardé Ruth.

Cependant, il craignait qu'il ne le surprît à le guetter, il redoutait de croiser son regard, où il avait bien vu qu'un des yeux était plus clair que l'autre, gris et coupant comme l'iris de la Cruzenburg. Alors, de temps à autre, il jetait sur lui un coup d'œil furtif, découvrait, en un éclair, un détail qui le déconcertait davantage, les cernes profonds qui enténébraient son visage, les perles noires retenant ses manchettes, une cicatrice ancienne qui couturait sa joue droite, et dont la trivialité s'accordait mal avec sa mise recherchée. Etait-ce sa distance, sa puissance musculaire qui affleurait sous son smoking, l'homme était inclassable, jeune, vieux, on n'aurait su dire, et qu'affirmer sur la foi de quelques petits regards lancés comme il aurait volé ? Il y avait quelque chose de tiraillé en cet homme, d'incertain, en tout cas, d'indéfinissable, quelque chose d'insolite qui rappelait l'animal amphibie. En désespoir de cause, et peut-être pour oublier qu'il tombait sous son charme, Trendy s'arrêta à un jugement qu'il voulut définitif : le Commandeur ressemblait à un sultan sur le déclin. C'était un séducteur tourmenté, riche et décadent, qui ne savait plus quoi inventer afin de se distraire. Fort de cette pensée, il résolut qu'il quitterait la *Désirade* dès la fin du concert, quelque obstacle qu'on pût y mettre. Le moment n'allait plus tarder. La Cruzenburg roula ses derniers trilles, des variations d'un aigu presque insoutenable, et se tut. Les vivats retentirent pour la seconde fois. La Cruzenburg les reçut avec la plus parfaite sérénité. Elle semblait à peine essoufflée. Autour d'elle, il y eut à nouveau un début de bousculade. Trendy voulut profiter de la confusion pour se sauver. C'était le moment ou jamais : Halphas avait quitté la porte et les battants étaient rouverts sur la galerie aux vitraux. Devant le décor, l'orchestre des *Clavicules de Salomon* s'était réuni à la hâte et il entamait des airs suaves, des sortes de tangos mis au goût du jour. Les domestiques repoussaient les fauteuils, des couples se formaient. Trendy se fraya un chemin entre les danseurs. Il était parvenu à la porte quand il se retrouva face à Sirius.

— Non, fit celui-ci avec autorité. Le Commandeur vous attend pour le jeu.

Trendy décida de passer outre. Au prix de ce qui parut un énorme effort, Sirius se redressa devant la porte et en retint les battants.

— Vous avez été choisi, ajouta-t-il. Vous plaisez au Commandeur. C'est un immense privilège. Comme Mlle Louvois. Comme M. le professeur Cornell. Comme...

Il marqua un temps d'arrêt et sa voix devint rauque :

— Comme Mme Van Braack. Elle est très belle, n'est-ce pas ?

Et il pointa l'index sur la petite porte noire au fond du décor, devant laquelle, un peu dissimulé par l'orchestre des *Clavicules*, le Commandeur attendait ceux de ses invités qu'il avait retenus pour le jeu.

CHAPITRE XII

La petite porte débouchait sur un étroit couloir, puis sur une pièce ornée de glaces à l'ancienne. Venait ensuite un autre couloir, plus large, un boudoir, encore un corridor ; et partout des miroirs. Dernier de ceux que le Commandeur avait conviés à la Chambre des Cartes, Trendy les suivait de pièce en pièce, à la file, tels des explorateurs sur une piste dangereuse. Il s'étonnait de ces innombrables reflets et il repensait à l'avertissement de Sirius. Etaient-ce là des almuchefi, où il dût lire son avenir ? Il ne s'amusait qu'à moitié de cette curieuse hypothèse. La peur se glissait en lui. Au détour d'une galerie, il osa enfin affronter son image. Au fond du miroir, il ne vit rien d'autre que lui-même, son expression inquiète, et combien il avait maigri depuis le départ de Judith.

On arrivait. Au bout d'un dernier couloir s'ouvrait un panneau coulissant. Par-dessus la tête de ceux qui le précédaient, Trendy distingua une pièce carrée, sans glaces celle-là, mais décorée de tableaux. Comme toutes les pièces de la *Désirade*, de longs candélabres à bougies vertes et bleues l'éclairaient. Les convives retenus par le Commandeur se pressaient pour entrer, même Ruth et Cornell, et les autres davantage encore, Dräken, Halphas, Barberini et son inséparable voyante, Peter Wall, Amy d'Argens avec ses chats, très calmes pour une fois, Anna Louvois enfin, plus nerveuse que jamais. Seule la Cruzenburg demeurait impavide. Elle avait offert son bras à Mᵉ Léonard, que tant d'honneur gonflait d'importance. De l'autre, elle serrait le peintre Effroy, suivi d'E. Alex, qui n'en revenait pas d'avoir été élu pour ces réjouissances inattendues. Le Commandeur s'effaça devant ses hôtes. Ne voyant pas arriver Trendy, il dut penser qu'il s'était perdu, car il revint un moment sur ses pas. Dans la pénombre, il buta sur lui. Un très court instant, il perdit contenance, et, dans ce bref embarras, il copia mécaniquement le geste de Trendy, qui rectifiait devant une glace l'arrangement de sa coiffure. Le Commandeur ne s'était pas vu dans le miroir qu'il détourna les yeux. Lui aussi, il fuyait son reflet, mais il avait eu ce geste comme par mégarde, comme si c'était un mouvement malheureux, pire encore, dangereux : il baissa les paupières et se dirigea en aveugle jusqu'à la Chambre des Cartes. Alors seulement il se retourna vers Trendy.

— Vous jouerez avec Madame, lui dit-il, et il lui désigna, au milieu des invités, la silhouette impérieuse de la cantatrice.

Il l'introduisit dans la pièce. Tous s'écartaient autour de la diva, qui s'installait déjà à la table de jeu.

— Venez ici, ajouta le Commandeur, et il fit signe à Trendy de s'asseoir en face d'elle. Et vous, Anna, de ce côté. Vous jouerez avec Sirius, contre Constance et notre jeune ami. Vous avez toujours adoré le jeu.

Anna s'assit sans se faire prier à la droite de Trendy. Le Commandeur se pencha sur un meuble pour y chercher des cartes. Des dizaines de boîtiers s'y alignaient, rangés avec un soin impeccable. Il devait les collectionner.

— J'ai toujours eu l'habitude de jouer, c'est vrai, lança Anna. Mais j'engage toujours de l'argent. Sans argent, le jeu n'a pas le moindre intérêt.

— Vous en avez ? rétorqua le Commandeur. Je croyais que vous aviez dilapidé la fortune de vos parents dans les casinos de cette malheureuse province. Il vous en reste donc ?

— Plus guère. Mais j'ai mes bijoux.

Et elle se défit dans l'instant d'un solitaire qu'elle portait à la main gauche.

— Nous jouons de l'argent, ajouta-t-elle. De l'argent ou nos bijoux.

— Fort bien, fit le Commandeur sans se départir de son calme. Par l'intermédiaire de Constance, je jouerai contre vous, Anna. Mais vous êtes présomptueuse. Constance est redoutable aux cartes, comme au chant. Comme en tout, d'ailleurs. Il est vrai que les cartes sont le miroir de ce que nous sommes. Voici mon enjeu.

A son tour, il se défit d'un bijou, une épingle de cravate en or. Les assistants se taisaient, ils ne songeaient plus qu'à prendre leur place derrière les chaises des joueurs. Trendy sentit sur lui le regard de la Cruzenburg. Il feignit d'observer les murs de la pièce. Chacun d'entre eux était orné d'un tableau représentant une figure du jeu de cartes : sur la porte coulissante, l'as de trèfle, puis le valet de pique, le roi de carreau, enfin, au-dessus de la commode où le Commandeur choisissait un jeu, venait la dame de cœur. Mais, au lieu d'être stylisée, elle avait le visage d'une femme bien réelle, peint avec une application appuyée, comme la représentation minutieuse d'une photographie ancienne. L'artiste s'était acharné à reproduire de minuscules détails, la ligne artificielle de ses longs sourcils, les petits crans réguliers de sa coiffure désuète. Autour de ses yeux, son maquillage un peu lourd soulignait son expression ardente, un air de sauvageonne mal apprivoisée qui rappelait, quoique d'assez loin, la sombre beauté d'Anna Louvois. L'intérêt de Trendy n'avait pas échappé à Sirius. Avant de prendre sa place, il se pencha vers lui :

— Léonor, souffla-t-il. Celle qui fit bâtir cette maison.

Et, comme Trendy ne comprenait pas, il ajouta, encore plus bas :

— La mère du Commandeur.

Trendy demeura sans voix. Il eût volontiers approfondi son examen du portrait si le Commandeur, des tiroirs de la commode, n'avait enfin extrait un boîtier de laque, qu'il tendit à la Cruzenburg :

— Celui-ci sera parfait, dit-il. C'est mon préféré.

La cantatrice ouvrit la boîte et étala quelques figures sur la table. Ainsi qu'il fallait s'y attendre, c'était un jeu de tarots. Depuis quelques mois, comme à la Renaissance, on se servait pour le jeu des tarots divinatoires. La vogue s'en était répandue dans toutes les classes de la société, on y jouait partout avec fureur, ce qui n'était pas la moindre singularité de cette époque étrange. Selon le cercle que l'on fréquentait, les règles du jeu pouvaient considérablement varier, notamment la hiérarchie des atouts : chacun, selon sa richesse, ses goûts en matière de plaisir et d'amour, ses fréquentations, ses ambitions, y projetait ses fantasmes et ses normes sociales. Il était prudent de s'en aviser avant le début des levées. Le Commandeur prévint les inquiétudes de Trendy.

— Voici nos règles, dit-il, et il les commenta.

Elles étaient assez simples, à mi-chemin entre les usages du bridge et le tarot traditionnel. Anna donna quelques signes d'impatience. Elle devait les connaître par cœur. Elle ne cessait plus de rejeter ses mèches brunes sur le boléro de fourrure qu'elle avait passé sur sa robe et pianotait sans retenue sur le tapis vert. Sirius demeurait impassible, tout comme la Cruzenburg, qui étalait les cartes à mesure que le Commandeur en expliquait les valeurs. Trendy, ainsi que sa mère, avait le goût des cartes. La passion de l'étude, néanmoins, l'en avait le plus souvent détourné. Il ne s'était autorisé ces écarts qu'à une époque très récente, quand la fièvre du jeu avait gagné à leur tour ses amis des Halles. Avec eux, il eut alors de ces soirées bizarres où tous aimaient à croire que, dans l'attente d'une aube qui changerait le monde, il n'était pas de plaisir plus intense que de brûler les heures de la nuit en agitant les mêmes images que la Cruzenburg sortait à présent du boîtier, l'Amoureux, le Fou, le Diable, la Mort, l'Etoile, la Lune et le Soleil, la Maison-Dieu, la Chasteté, le Temps. Cependant il n'avait jamais vu de cartes qui fussent aussi raffinées, à tranche dorée, comme autrefois les missels, et les figures elles-mêmes étaient peintes à la main, avec un soin extrême, celui des enlumineurs, dans un style maniéré et léché qui évoquait aussi les premiers artistes de la Renaissance. A l'évidence, ce jeu n'avait jamais servi. Les invités se rapprochèrent de la table. Trendy n'osait plus lever les yeux. Rien qu'à voir les mains longues et blanches de la diva sur les tarots, ses doigts si fins, si adroits, il était mort de peur. Serait-il à la hauteur de sa partenaire ? Quel jeu allait se jouer ici, dont il pouvait sortir battu, humilié, mortifié ? Par bonheur, se dit-il, cette femme est mon alliée. Elle est très forte. Je dois apprendre à le devenir autant qu'elle. Et qu'étaient ces cartes, au juste, sinon des morceaux de carton, matière vile et périssable, songerie et leurre à la surface des choses ? Sa seule terreur fondée, c'était l'absence de Judith. Elle n'avait rien à voir avec ce jeu.

Un court instant, au moment où il soulevait sa donne, il en douta. Il interrogea, en face de lui, le visage de Ruth.

Comme les autres, elle avait un air distant, détaché, elle avait basculé dans le jeu, dans l'univers du Commandeur. Sa frayeur le reprit. Il se força à se concentrer sur ses cartes. Le Commandeur lui fit signe de commencer.

Il abattit une première figure et respira. D'un seul coup, d'avoir cédé à l'attirance et à la fatalité de ces morceaux de carton peint, il se sentait délivré. C'était mal, sans doute, et il consentait à ce mal ; mais ce péché était un délice qui transfigurait tout.

Dès les premiers échanges, personne ne bougea plus. La partie dut être assez longue. Absorbé par le jeu, tenaillé aussi par le désir de vaincre, Trendy ne sentit rien du temps qui s'écoulait. Rien ne comptait plus, ni la moue accablée de Sirius, ni la beauté d'Anna Louvois dont le parfum, exalté par sa fourrure, s'exagérait de minute en minute, jusqu'à menacer les effluves puissants qui se répandaient autour de la Cruzenburg. De temps à autre, Trendy se risquait à scruter l'œil gris de la diva, tentait de deviner les indications de son regard froid. Peu à peu, il y parvint. Cette complicité inespérée l'enflamma. Il y eut plusieurs manches, qu'ils gagnèrent. Anna Louvois s'acharnait, aveugle aux mines consternées de l'assistance. Après son solitaire, elle s'était défaite d'un anneau d'or en forme de serpent, puis de sa montre et d'un bracelet de platine. Sans l'ombre d'un frémissement, le Commandeur s'était départi à son tour des perles qui fermaient ses manchettes, de sa montre lui aussi, enfin de sa tabatière. A chaque fois, la Cruzenburg et Trendy remportèrent la manche. Indifférente, la cantatrice se contentait de repousser les enjeux dans un coin de la table. Les pertes d'Anna Louvois n'étaient pas l'effet seul d'une malchance ordinaire. Elle calculait très mal. A plusieurs reprises, ses erreurs furent si flagrantes qu'un murmure de réprobation parcourut l'assistance. Lorsqu'on aborda la dernière manche, il fut évident qu'elle avait perdu. Le valet du Commandeur passa entre les convives, proposant des cigares et du café. Tandis que Sirius battait les cartes, le Commandeur se rapprocha d'Anna.

— On me l'avait dit, déclara-t-il, mais je n'avais pas voulu le croire. Votre passion du jeu n'a pas faibli, Anna.

Son mantelet de fourrure avait glissé et ses épaules étaient nues. Elle frémit, sans qu'on pût savoir si c'était d'avoir entendu son prénom énoncé par cette voix qui le faisait sonner, ou du contact sur ses épaules des doigts bagués du Commandeur. Elle ne le repoussa pas.

— Ne jouez plus, poursuivit-il. Vous avez la folie des grandeurs. Cela vous perd.

— La perdition ! Vous n'avez jamais eu que ce mot à la bouche. Je vis comme il me plaît.

— Je vous laisserai cette illusion.

Il détacha brusquement ses mains de ses épaules. Elle eut le rictus d'un enfant qu'on abandonne et qui s'empêche de pleurer.

— Reprenons les enjeux au début, poursuivit-il. Considérons que vous n'avez rien perdu et que seul ce dernier jeu sera décisif.

— Je n'ai pas besoin de vos bontés !

Elle se forçait, et savait qu'on ne le voyait que trop.

— Ne les refusez pas, je vous prie. Pour l'amour de moi, Anna...

Il avait fait sonner à nouveau les syllabes de son nom. Sans attendre sa réponse, il se défit de sa chevalière.

— Fort bien, dit Anna, subitement apaisée. Jouons. Je vous suis sur le même chemin.

Elle détacha avec désinvolture le seul bijou qui lui restât, la tresse d'or et de saphirs qui entourait son cou. La partie reprit. Anna jouait mieux, infiniment mieux. Trendy se crispait. En face de lui, la main soignée de la Cruzenburg continuait d'abattre les cartes avec une régularité implacable. Maintenant qu'il avait pénétré les moindres détours de sa tactique, Trendy la suivait sans difficulté. Une sorte d'exaltation le gagnait, il aurait joué des heures tant il était grisé. Sans posséder beaucoup d'atouts, la diva calculait à la perfection, mais Anna Louvois et Sirius dominaient toujours. A un moment crucial, la Cruzenburg hésita. Sa main resta suspendue au-dessus de la table. Elle reprit sa carte à temps. Derrière elle, Halphas tressaillit, son air mélancolique s'effaça d'un coup et fit place à l'expression d'un très vif intérêt. La Cruzenburg continuait à réfléchir, sa main endiamantée hésitait encore entre deux cartes. Anna se redressa et secoua sa chevelure. Halphas la regarda avec un sourire. Elle crut la victoire à sa portée, d'autant que la diva, qui s'était enfin décidée, abattait une très faible carte. Sans consulter Sirius, et persuadée que la cantatrice et Trendy n'avaient plus de jeu, elle déposa triomphalement son plus fort atout. C'était le Temps. Trendy joua, puis Sirius, l'un et l'autre très circonspects. Quand vint son tour, la Cruzenburg n'avait plus qu'une seule carte. Avec la plus grande sérénité, elle déposa sur les trois précédentes la figure du Jugement Dernier, qui consacrait la défaite d'Anna. Au même instant, Halphas quitta la pièce. Le jeu était fini. Trendy comprit alors que la diva avait joué de bout en bout à la perfection, et qu'à l'ultime instant, tremblant devant Anna, elle n'avait fait qu'hésiter sur les moyens de la perdre.

— Encore une manche ? demanda le Commandeur.

Anna repoussa sa chaise avec violence.

— Vous voulez m'humilier ! Vous n'avez pas changé ! Vous avez pipé le jeu et maintenant vous voulez m'abaisser ! Gardez mes bijoux, je m'en moque. Je vous méprise. Je m'en vais.

Le Commandeur revint près d'elle et la reprit par les épaules. Elle se laissa faire.

— Comme vous voulez, dit-il. Mais vous vous emportez. Il y a toujours eu trop de désir en vous. Trop de passion mal employée. Le jeu est un miroir, je vous l'ai toujours dit. Calmez-vous. Nous pouvons reprendre la partie. Vous pouvez regagner vos bijoux. Vous n'êtes pas ruinée.

Elle se laissait convaincre, regagnait sa chaise, fixait sur le tapis vert les figures du dernier jeu.

— Un jour, poursuivit le Commandeur, les figures du jeu sortiront de leur carton et nous regarderont en face. Ce jour-là, nous ne pourrons pas éviter de contempler nos erreurs. Et vous, Anna, vous verrez enfin vos vrais désirs, votre vie si mal employée...

Elle recommençait à battre les cartes, mais ce fut plus qu'elle ne put supporter. Elle se leva d'un bond et fit face au Commandeur :

— Tu dis n'importe quoi, siffla-t-elle. N'importe quoi pour torturer les femmes. Mais tu as tort. Tu n'es plus irrésistible.

La Cruzenburg, qui jusque-là n'avait pas bougé, se leva à son tour. Sous le chandelier où elle avait rejoint le Commandeur, il sembla à Trendy les voir s'assombrir.

— Tu ne m'auras pas cette fois-ci à ton jeu pipé, répéta Anna Louvois. Maintenant, je sais d'où tu sors.

— Personne ne vous comprend, intervint la chanteuse. Vous n'êtes qu'une mauvaise joueuse.

Les yeux de la Cruzenburg eux aussi avaient foncé. Anna ne se contenait plus. Elle haletait, la rage l'envahissait, de vieilles rancunes lui revenaient, des rancœurs accumulées, une haine irrépressible qui ressemblait trop à l'amour. Elle s'immobilisa un long moment devant le Commandeur, soutint son regard, et, comme il allait se détourner, elle s'empara d'une carte sur la table, qu'elle lui déchira au nez.

Nul ne voulut savoir quelle figure Anna Louvois avait détruite, et Trendy pas plus que les autres. A cet instant, il eut le pressentiment qu'elle était condamnée. Il n'eut pas le temps de s'attarder à cette considération. Anna avait déjà ramassé sa fourrure, elle s'enfuyait, elle disparaissait au bout d'un corridor. Alors, n'écoutant plus que les forces inconnues qui remontaient en lui depuis qu'il était arrivé ici, il s'enfuit à sa suite par les couloirs compliqués qui parcouraient la *Désirade*.

Il la rattrapa dans le second couloir. Elle était éperdue. Il la prit par le cou, elle se dégagea, il la rattrapa encore et cette fois la saisit par la taille. Alors seulement elle consentit à s'arrêter.

— Toi, fit-elle. Toi, le petit qui vit chez Ruth...

— Le petit ?

— Non. C'est vrai, tu n'es pas si jeune. Mais je me sens tellement vieille...

Elle ne bougeait plus. On aurait dit qu'elle sortait d'un rêve.

— Vite, chuchota Trendy. Sortons. Allons à l'air.

Il ne se reconnaissait plus. Quelque chose le poussait, qu'il ne voulait pas s'expliquer. On les cherchait. Des bruits de pas, des exclamations étouffées lui parvenaient déjà du bout du couloir.

— Oui, vite, reprit Anna, et elle lui montra une porte qu'il n'avait pas remarquée.

Elle connaissait admirablement la maison. Il la suivit. Ils furent bientôt essoufflés. Ils dévalèrent un escalier, traversèrent des enfilades de pièces, tour à tour immenses ou minuscules, des salons à peine meublés, mais toujours décorés de glaces. Pareil au Commandeur, il fuyait à présent son reflet. Partout brûlaient les mêmes bougies de cire verte et bleue, et ils tombaient parfois sur des objets insolites, tout un bric-à-brac dont le sens lui échappait. Enfin ils furent dehors. Par une fenêtre fusèrent quelques cris, le rire de la Cruzenburg, lui sembla-t-il. Des flammes vacillèrent sur un chandelier qu'on tendait. Elles s'éteignirent presque aussitôt. Ils coururent à travers le parc, dans les odeurs d'eaux mortes et des arbres d'automne.

Anna se précipita vers son coupé. Ses formes sportives et sa couleur rutilante tranchaient sur la sobriété de la plupart des limousines. Trendy s'y engouffra. Elle dégagea son automobile et franchit les grilles. Tout s'était passé très vite. Il était hébété, il n'eut pas la force de demander à Anna où elle se dirigeait. Il ne comprit que bien plus tard qu'elle avait pris le chemin des terres.

Elle conduisait vite, trop vite, elle avait dû boire, ou c'était un reste de l'excitation du jeu. Elle menait son automobile comme elle avait joué, impulsive, risquant leur vie à chaque seconde, l'air buté, se mordant les lèvres, avec une expression de désespoir intense. C'était une détresse bien singulière que celle d'Anna Louvois ; car, si la grâce de la jeunesse l'avait abandonnée, il demeurait dans ses gestes la même innocence qu'à Judith, une façon inconsciente d'être belle. Elle possédait par surcroît les charmes de la maturité, des formes épanouies, une recherche dans la mise, cela même que, d'emblée, Trendy avait aimé chez Ruth. Cependant, elle avait une manière bien à elle de provoquer les regards : le profond décolleté de sa robe de crêpe noir, son ourlet haut fendu sur ses jambes. A chaque freinage, il voyait ses cuisses apparaître entre les plis souples du tissu, leurs muscles se crisper, et malgré la vitesse, sa frayeur que la route ne révélât soudain une fondrière, une rangée d'arbres, un virage inattendu, il souhaitait un autre freinage, l'obstacle plus surprenant que les précédents qui soulèverait tout le bas de la robe et lui offrirait dans leur entier les longues jambes d'Anna. Le coupé, quoique rapide, était très confortable. Trendy aurait pu s'abandonner à la souplesse des sièges de cuir, s'assoupir, la laisser rouler jusqu'à la fin des temps. Mais il ne parvenait plus à se détacher d'Anna, de sa silhouette dans la pénombre. Elle se taisait. De temps à autre, elle soupirait, haussait vaguement les épaules, et c'était alors une joie de plus, car sa poitrine frémissait, le peu qui lui en était caché tremblait entre tissu et fourrure. Sur son cou s'était creusée la marque des pierres qu'elle avait jouées, et perdues. Trendy ne cherchait pas à comprendre ce qui s'était passé à la *Désirade*, et pourquoi il l'avait suivie. A cet instant, il n'était plus qu'à la violente présence de cette femme mûre, belle et désespérée qui l'emmenait il ignorait où — le savait-elle elle-même ? — et l'arrachait miraculeusement, par ses extravagances, aux démons qui le dévoraient depuis le départ de Judith.

Le moment arriva où il fallait tenter quelque chose. Le regard d'Anna s'était voilé, ses gestes se brouillaient, elle devenait hagarde. Il posa son bras sur le sien.

— Arrête, dit-il. Ralentis.

Il l'avait tutoyée. Décidément, il ne se contrôlait plus. Anna s'exécuta. Les phares éclairèrent sur la gauche une allée cavalière.

— Prends ce chemin.

Il se rapprocha d'elle et lui enleva le volant. Elle était la docilité même. Ils roulèrent ainsi quelques minutes sur les cahots du chemin de terre, il respirait l'odeur un peu forte de sa peau, mêlée à son parfum de fourrure. Il coupa le moteur et s'abattit sur sa bouche. Elle ne portait rien sous sa robe, sauf des bas retenus très haut. Le désir d'Anna Louvois fut aussi irréfléchi que le sien. Elle avait, comme il le présumait, un corps magnifique. La lumière affaiblie du plafonnier y estompait les premiers signes de l'âge. Il réserva pour une autre fois un examen plus précis de ses formes. Leur abri ne s'y prêtait guère et Anna se montrait ardente. Elle fut, sembla-t-il, comblée. Ils s'assoupirent quelques instants, puis elle s'ébroua.

— Il faut dormir, dit-elle. Trouver un meilleur endroit.

Elle avait retrouvé toute sa tête. Il allait lui proposer de se rendre à la ville la plus proche, d'entrer dans le premier hôtel venu, quand il s'aperçut qu'elle savait avec exactitude dans quel endroit ils se trouvaient.

— Au bout du chemin, sur la droite, poursuivit-elle. Il y a une maison. Une maison que je dois vendre... J'ai les clefs.

Il pensa qu'elle affabulait. Elle agita alors devant lui un trousseau. Elle l'avait pris parmi une série de clefs dont sa boîte à gants était pleine. Elle paraissait gaie, tout d'un coup, toute fraîche, comme si la *Désirade*, le Commandeur, rien n'avait existé, ni même les bijoux de prix qu'elle venait de perdre au jeu.

— Une maison ? balbutia Trendy. Une maison à vendre ?

— C'est mon métier. Je vends, je loue des maisons, des villas. Ici, c'est celle de Mordoré. Un vieux fou. Il a fait fortune, autrefois, au Mexique. Il possédait là-bas une chaîne de bordels. Il est rentré richissime. Tu ne l'as pas vu, tout à l'heure, au concert ? C'est le genre de personnage que le Commandeur aime inviter.

De la rage à nouveau passait dans sa voix. Elle se pelotonna sous sa fourrure.

— ... Mordoré n'avait jamais aimé que les femmes. A son retour, il en était dégoûté, il n'aimait plus que les paons. Il les élevait dans ce parc. Il en a possédé jusqu'à cinquante. Sa femme, une ancienne protégée, en a eu un jour assez. La veille d'une réception, en pleine nuit, elle les a tous étranglés. Au petit matin, Mordoré les a retrouvés morts, bien rangés côte à côte sur les marches de son perron. On n'a plus revu sa femme. De toute façon, depuis quelque temps, il se passe dans le monde tellement de choses bizarres !

Elle avait remis l'automobile en marche. Les phares éclairèrent une grille.

— Mordoré ne veut plus vivre ici. Il ne regrette pas sa femme, il veut oublier ses paons. Il m'a chargée de vendre sa maison. Tu vas voir, c'est une drôle de chose. Il y a même un aquarium. Quelqu'un vient nourrir les poissons tous les deux jours. Les poissons... C'est bien ton domaine ?

Elle n'attendit pas sa réponse et enchaîna :

— Il faut dormir. Il y a aussi un très bon lit.

D'où le savait-elle ? L'avait-elle essayé avec son client, ce Mordoré qui venait du Mexique ? Trendy sentit redoubler l'envie qu'il avait d'elle. L'automobile avait atteint la grille. Elle descendit l'ouvrir. Quand elle revint, il voulut profiter de son humeur bavarde et tenta une question :

— Pourquoi, chez le Commandeur... Ces bijoux que tu as perdus...

— Tais-toi, dit-elle. Il y a trop de passé entre lui et moi.

— Trop de passé ?

— Oui, autrefois, beaucoup de fêtes, de folies... Dans ce temps-là, on ne menait pas la même vie que maintenant. J'étais jeune. Un jour j'ai cru pouvoir le consoler. C'était faux. On ne console jamais personne. Trop de passé, et tellement de folie...

Elle redevenait incohérente. Il n'insista pas. Ils n'étaient pas rentrés dans la maison que ses ardeurs la reprirent. D'autorité, elle poussa Trendy dans la pièce à l'aquarium. Il n'eut pas le cœur d'examiner les poissons. Il remarqua seulement un très gros congre qui s'agitait au milieu de spécimens plus discrets. Du reste, Anna l'entraînait vers un immense canapé. Elle avait allumé un radiateur électrique et s'était dépouillée du peu qu'elle portait. Il put enfin détailler tous ses charmes.

Quand elle eut rendu grâce, contrairement à son habitude, Trendy l'abandonna. Elle ne lui en voulut pas, elle s'endormit presque aussitôt. Lui n'avait pas sommeil. Il n'était pas triste non plus. Anna s'était montrée experte et très douce, rare assemblage de qualités qu'il jugeait à son juste prix. Il devinait aussi que sa tendresse était le signe de son âge, cela même que, très confusément, il avait espéré de Ruth. A la réflexion, il valait mieux l'avoir goûtée dans les bras d'une presque étrangère, plutôt que dans ceux de sa logeuse, et la mère de Judith. Mais ce bonheur ne l'avait pas repu. Dans l'aquarium, sous un éclairage vert qui accentuait les reflets troubles de l'eau où ils s'ébattaient, les poissons poursuivaient leurs rondes capricieuses, aussi méprisants dans leurs glissades que quelques minutes plus tôt, lorsqu'il était arrivé et qu'il avait pris Anna. Pour la première fois de sa vie, Trendy leur renvoyait une indifférence égale. Etait-ce la décoration rustique de ce pavillon de chasse, où cet aquarium détonnait tellement ? Au bout d'un quart d'heure passé à tourner et retourner autour de ses parois, Trendy dut s'avouer que sa passion de chercheur avait fini par s'éteindre. La mer n'existait plus, Drogon était mort depuis des siècles, rien ne comptait que ces femmes entre lesquelles il errait. C'étaient elles, les vrais poissons, les rôdeuses, les insaisissables, toutes à l'affût de lui, et surtout la

118

Cruzenburg. Le temps du jeu, de son œil gris et froid, elle n'avait pas cessé de lui déshabiller l'âme.

Anna dormait au fond du canapé, ses longs cheveux épars sur ses seins un peu lourds. Même au fond du sommeil elle n'était pas sereine. De temps à autre, un soupir lui échappait, ses sourcils frémissaient, une ride profonde se creusait sur son front. Leur plaisir commun, par deux fois, avait été immense, mais elle avait dû sentir qu'elle ne l'avait pas apaisé. A son tour, il soupira. Quelle femme à présent pourrait le combler ? Anna Louvois, dans l'amour, était un vrai délice, mais, comment dire, elle ne brûlait pas, comme Judith. Oui, c'était le mot, elle ne brûlait pas. Il lui fallait ce désir qui ressemblait au supplice, au suicide, il voulait le ravage de Judith, et son incendie ; et de cette brûlure, dût-il en mourir, il n'arrêterait plus d'avoir soif.

Le lendemain, vers midi, Anna le déposa, à moitié hagard, à la barrière d'*Hauteclaire*. Depuis son réveil elle n'avait pas dit un mot. Elle repartit à grande vitesse, ainsi qu'elle était venue. Elle ne l'embrassa pas, ne se retourna pas. Le souhaitait-il ? Il n'en savait rien. Il était épuisé, il ne désirait plus que sa chambre et son lit. Quand il entra dans la maison, il vit Ruth au salon, devant le feu, selon son habitude. Elle parlait avec Cornell. Celui-ci paraissait inquiet. Elle se tut dès qu'elle aperçut Trendy. Elle portait la même tenue qu'au jour de leur rencontre. Apparemment, tout en elle était redevenu lisse et sans tourment ; et la journée aussi était belle, comme un reste d'été.

— Je suis fatigué, fit Trendy avec une assurance qui l'étonna lui-même. J'ai mal dormi.

Ruth ne dit rien et reprit son ouvrage, la nappe qu'elle brodait depuis le jour de son arrivée, et dont il semblait qu'elle ne dût jamais la finir. Une fois de plus, elle se réfugiait dans la patience de ses mains, elle se repliait sur son passé, ses secrets. Mais pouvaient-ils encore demeurer des secrets, maintenant que Trendy était entré à la Désirade ? Et ce qui l'inquiétait, n'était-ce pas d'abord ce qu'avait dit Anna, le monde entier qui allait mal, et personne pour y comprendre rien, sauf à repérer, de loin en loin, de vagues signes de détresse ?

Ils déjeunèrent. Tout continua comme en un songe. Le soleil caressait les vitres d'*Hauteclaire*, Trendy n'arrivait pas à chasser ses souvenirs de la nuit. Il répondait mécaniquement à ses compagnons de table. Par une sorte de pacte tacite, personne n'évoquait ce qui s'était passé la veille, ni la Cruzenburg, ni le Commandeur, encore moins sa fuite avec Anna Louvois. Un moment, alors qu'ils étaient revenus au salon et que Ruth servait le café, Trendy vit sa main trembler sur le rebord d'une soucoupe, quelques gouttes de liquide se répandirent sur le plateau ; et, comme elle se penchait vers la cheminée pour attiser le feu, il remarqua qu'elle s'était maquillée à la hâte et que la tresse de son chignon était nouée de travers. Cette négligence était inattendue. Sa dérisoire comédie de la sérénité commençait-elle à lui peser ? Ou bien était-ce lui, Trendy, qui voyait partout des intrigues, des mensonges ? Et qui, la veille, avait rêvé...

Il prit congé. « Venez me voir demain, avait dit Cornell. Vous avez besoin d'air, il faut vous détendre un peu. Vos recherches vous fatiguent. » Trendy n'eut pas la force d'éclaircir ce que Cornell avait entendu par *recherches*, s'il avait évoqué les scolioses de ses poissons ou son vif intérêt pour les hôtes de la *Désirade*. Il était exténué. Pendant tout l'après-midi, il erra de ses fiches à son lit, sans parvenir à se fixer. Le soir venu, il prévint Ruth qu'il ne dînerait pas, puis se coucha. Il dormit beaucoup, rêva presque autant. Ce furent des visions violentes, répétées, fugitives, les souvenirs désordonnés de sa visite à la maison d'en face. Il revoyait le feu qui brûlait sans qu'on l'entretienne, il repensait à l'arrivée du Commandeur, à son apparition semblable à celle d'un traître d'opérette ou d'un dieu providentiel d'une machinerie d'opéra. Des détails qui ne l'avaient pas frappé sur le moment lui revenaient avec une précision étonnante : la scabieuse bleue qu'il portait à la boutonnière, la façon si sèche dont il avait prononcé le nom de Judith. Sous sa langue, il avait claqué comme un fouet. Puis se mêlaient les invités, aux visages également sombres, Halphas, Sirius, et même la Cruzenburg. Le noir des vêtements, ses innombrables reflets sous les candélabres, le rouge des tentures, les vitraux, les colonnades, les cornes de licorne, tout se bousculait sans suite et finissait par se perdre dans le puits sans fond des miroirs, comme le chant de la diva ou le rire de Barberini. Qui était le plus vrai, des figures du jeu de tarots ou des jeunes gens bottés aux mines conquérantes ? Qui, d'Anna Louvois ou de la femme peinte au mur de la Chambre des Cartes ? Au réveil, il tenta de se persuader qu'il fallait se résigner au banal.

Il n'y parvint pas. Vers la fin de la journée, l'heure de partir chez Cornell apparut comme une délivrance. Il s'y rendit par le rivage, afin d'éviter la *Désirade*. Ruth l'avait prévenu, il en avait pour une bonne heure. La marche l'apaisa peu à peu. Pendant qu'il sautait de rocher en rocher, évitait des flaques, des tresses d'algues abandonnées par le flot, les souvenirs — ou les rêves — commençaient à se dissoudre. Il ne lui resta bientôt qu'une seule image en tête. C'était le regard du Commandeur, et plus exactement celui qu'il posait sur les femmes. Trendy chercha longtemps comment le définir. Il ne trouva rien. Puis, comme il était en vue de la maison de Cornell, il eut une inspiration subite. Le Commandeur observait les femmes du même œil souverain et distant que le grand poisson noir de l'aquarium, l'autre soir, au pavillon de chasse. Car il se trouvait au moins une chose, dans cette folle soirée, dont Trendy fût certain, c'était de ce sinistre serpent. Le temps de leur plaisir, sa prunelle froide et précise n'avait pas quitté le corps entrouvert de la belle et brune Anna.

CHAPITRE XIII

La maison de Cornell était basse, isolée au fond d'une baie immense, une longue plage en croissant qui s'étirait jusqu'à l'horizon. Une île rocailleuse, accessible à marée basse, se dressait au bout des sables, avec des habitations anciennes laissées à l'abandon. L'endroit était grandiose. Sa solitude étonnait, après le nombre de villas accrochées à la côte sitôt qu'on s'éloignait du promontoire d'*Hauteclaire* ; quelque loi devait protéger le site, à cause de l'île, sans doute, et de ses vieilles pierres. Il faisait encore grand soleil. Trendy dévala les dunes. Il marchait, il courait vers la maison de Cornell, il s'amusait, tel un gamin, à voir son reflet bouger à la même vitesse que lui sur le miroir un peu flou du sable, encore luisant de la dernière marée. L'air était vif, fouettait le corps, lavait l'esprit des pensées importunes. Etait-ce la pureté du paysage, l'idée de sa visite au professeur, ces retrouvailles avec la sensation enfantine, primitive, qu'il avait de la mer, Trendy reprenait force et espoir. Il était ranimé, joyeux, presque étourdi de ce retour à la lumière ; et il croyait Judith à nouveau possible.

Cornell l'attendait en tirant sur sa pipe, adossé au muret de pierre qui ceinturait sa maison. Il désigna le ciel sans nuages :

— Dans deux jours la Toussaint... On ne dirait pas.

— La Toussaint ? interrogea Trendy, puis il se reprit :

— C'est vrai, la Toussaint. L'automne. Et il continue à faire beau.

Depuis la tempête, il avait oublié les dates, les saisons,depuis Judith, surtout, depuis la *Désirade* et cette folie avec Anna. Il s'en voulait un peu des banalités qu'il disait, mais il se sentait bien aux côtés de Cornell, devant sa façade chaulée qui éclatait dans le soleil. La maison était longue et trapue, solide, avec un jardin pour la séparer de la dune, comme le voulait l'usage de la région. Quelques dernières fleurs, de minuscules roses rouge feu, s'y épanouissaient en désordre.

— Vous revenez au monde, dit Cornell.

— Il faut bien.

Il avait répondu sans réfléchir. Il n'eut pas le temps de se le reprocher : Cornell, déjà, le poussait vers la maison :

— Un petit vin de Samos, ça vous dit ? Ça nous changera du thé de Ruth. Attention, baissez la tête, la porte est un peu basse.

Trendy pénétra dans une longue pièce tapissée de livres et très peu meublée : une table rustique chargée de dossiers et de fiches, quelques chaises, un lit recouvert d'une courtepointe dorée, où il reconnut la main de Ruth. Dans une cheminée de pierre fruste somnolait un feu.

— Maison de besogneux, commenta Cornell tandis qu'il vidait sa pipe. On commence par lire quelques livres, puis on a envie d'en écrire un. Pour y arriver, il faut en lire des milliers. Alors à soixante-cinq ans, comme moi, où qu'on aille, on se retrouve entouré de bibliothèques. Dans mes histoires d'amour, j'ai toujours rompu à cause des livres. Je les ai toujours préférés à mes épouses ou à mes maîtresses. Excellente technique pour écrire en paix. Bon moyen, aussi, de se retrouver à vieillir seul.

A demi-mot, déjà, il parlait de Ruth, si souvent distante. Trendy en fut embarrassé. Pour se donner une contenance, il s'approcha des rayons et souleva quelques volumes. Comme il fallait s'y attendre, c'étaient des traités d'histoire des religions, des dictionnaires de mythologie, des ouvrages savants, avec une prédominance de légendes océaniques et d'essais sur les créatures fantastiques engendrées par le Moyen Age. Il remarqua aussi les ouvrages dont Cornell était l'auteur, *Sphinx et Dragons, Paraphrase de l'Astrolabe, Gnomes et génies, Babylone sur mer,* enfin ses deux maîtres livres, connus dans le monde entier, *le Grand Poisson Dormant* et *la Nuit des Sorciers.*

— Laissez tout cela, dit Cornell. Les ondines, les sylphes, les diables, les vaisseaux fantômes, le grand poisson carnassier qui dort en nous depuis la nuit des temps et nous poursuit quand nous dormons de ses images incohérentes... Je répète toujours la même chose.

Il eut un petit rire, ouvrit un placard, sortit deux verres et une bouteille de samos.

— *Le Grand Poisson Dormant,* fit Trendy sans l'entendre. Je connais votre livre. Je l'ai lu il y a quelques années, pour me distraire de la biologie. Il m'a beaucoup amusé. Savez-vous qu'un groupe de poissons a été baptisé les chimères ? Il y a aussi le diable de mer, le poisson-lune... Ils existent bel et bien, malgré leurs noms poétiques. Et il existe un vrai grand poisson dormant. Le cœlacanthe, le dernier survivant des poissons de l'ère primaire. A ce jour, on n'en a capturé qu'une quinzaine de specimen. Ils ont dans leur ventre une poche mystérieuse, ils vivent dans des failles étroites des grands fonds. Ils ne sortent que très rarement. Les voilà, les vrais Léviathan, les grands poissons dormants...

— Ne jouez pas trop les réalistes, coupa Cornell. Vous aussi, vous rêvez. Et même vous n'arrêtez pas.

— Je m'occupe de squelettes tordus de poissons. Bizarrement tordus depuis quelque temps. C'est très concret. C'est de la science. De la science pure.

Cornell ne répondit pas. Il buvait son samos à petites gorgées, comme quelqu'un qui a décidé de déployer des trésors de patience. Au bout d'un moment de silence, il désigna à Trendy une porte au fond de la pièce :

— Je suppose que vous aimeriez voir l'atelier de Judith ?

Trendy déposa son verre sur-le-champ. Cornell avait parlé avec une timidité soudaine, comme si Judith était près de revenir. Il poussa la porte. Elle s'ouvrait sur une pièce nue et très claire, grâce à une grande fenêtre percée dans le mur d'angle.

— C'était il y a deux ans, commenta Cornell. Judith m'avait rendu visite en compagnie de sa mère. Elle est revenue le lendemain, seule. Elle m'a demandé de lui prêter cette pièce. « Je ne vous ennuierai pas, m'a-t-elle dit, je ne viendrai que l'après-midi. J'en ai assez d'*Hauteclaire*, elle est trop haute et trop claire, et puis je voudrais plus d'ouest... » Elle est persuasive, vous savez. J'ai fait percer cette fenêtre.

De l'ouest, en effet, Judith en avait ici à satiété : la vue donnait sur la plage, là où les sables filaient à la rencontre de l'horizon, là où commençaient à baisser les rayons du soleil.

— J'ai eu peur, je l'avoue, poursuivit Cornell, mais elle ne m'a jamais dérangé. Elle peint, comment dire..., religieusement. Avec silence, dévotion. Elle arrive ici et s'enferme jusqu'au soir. Alors elle s'en va, aussi silencieuse qu'elle est venue. C'est l'heure où je commence à travailler. J'aime la nuit. J'ai besoin d'elle. J'aime son chaos d'où resurgissent les fantômes. Les plus vieux fantômes de l'humanité. La nuit, on retrouve les vraies sources, celles qui sont cachées, ensevelies, obscures. C'est un temps suspendu, infini, sans saisons. En se laissant porter par la nuit, on peut remonter très loin, à Jésus-Christ, aux druides, aux premiers sorciers, au Déluge même, à Babylone et ses démons. Toute une fantasmagorie que j'aime et à laquelle je n'ai jamais cru. Je l'étudie aussi froidement que vous examinez vos arêtes de poissons.

Trendy l'écoutait à peine. Il s'était arrêté devant le chevalet de Judith. Un grand chiffon le recouvrait. Il ne le quittait plus des yeux.

— Venez, fit alors Cornell. Quand Judith travaille, je vais marcher. Le rivage est magnifique. Et si changeant. Venez.

Pour toute réponse, Trendy s'approcha du chevalet.

— Venez, insista le professeur. Je ne regarde jamais ce qu'elle est en train de peindre. C'est une convention entre elle et moi. Je lui ai juré...

— Il n'y a aucun serment entre Judith et moi.

— Mais...

— Judith et moi nous sommes si peu vus !

Il s'était forcé à parler avec sécheresse. Il souleva le chiffon. Il demeura stupéfait. Il s'attendait à un paysage de mer, un peu maladroit, brouillon, vaguement impressionniste, comme en font souvent les débutants. Il découvrait une Annonciation bleue et dorée, extrêmement soignée, fignolée, un peu dans la manière des préraphaélites.

— Vous n'auriez pas dû, lâcha Cornell.

126

Mais lui non plus ne parvenait pas à se détacher du tableau. Le plus étrange n'était pas que la toile fût inachevée et qu'il y manquât les visages. C'était plutôt l'anachronisme de certains détails. Sous son voile, la Vierge avait les mêmes cheveux courts que Judith. Devant elle se tenait un ange aux ailes noires, vêtu d'un costume de flanelle grise coupé à la façon des meilleurs tailleurs britanniques. Il portait à la boutonnière une scabieuse d'un bleu mourant. Au-dessus de la jeune fille, il étendait une longue et fine épée : pour la tuer, ou l'élever à son rang de nouvelle mère divine ? Trendy laissa retomber le chiffon. Un long moment, son regard erra dans la pièce, à la recherche d'un signe, davantage même, en quête d'un indice quasiment policier qui lui donnerait la clef de ce curieux portrait. Il ne vit que l'attirail ordinaire des ateliers, des pinceaux, des tubes, des esquisses au fusain. Seuls les visages auraient pu lui éclaircir l'énigme, mais ils étaient restés en blanc.

— Venez, répéta Cornell. Le vin de Samos...

— Pourquoi ne peint-elle pas la mer ? coupa Trendy avec humeur. Vous avez fait percer cette fenêtre. La mer est là, juste en face d'elle.

— Je n'en sais rien. Ce n'est pas son univers, sans doute. Ou bien l'Océan lui fait peur.

— Et l'épée, juste au-dessus d'elle ? Elle n'en a pas peur ? Car c'est bien Judith, sur le tableau...

— De purs fantasmes.

Cornell s'apprêtait à sortir. Trendy allait le suivre, quand il avisa le seul meuble de l'atelier, une commode sur laquelle s'empilaient de vieux magazines, des numéros anciens de revues mondaines. Des signets soigneusement découpés marquaient certaines pages. Trendy s'en empara.

— Voilà son modèle ! s'exclama-t-il presque aussitôt. Personne d'autre ne l'intéresse.

Cornell se pencha sur les pages que lui montrait Trendy. C'étaient des clichés comme on en trouve à foison dans les magazines de luxe, des photos de cocktails, de premières, d'inaugurations, d'après-midi aux courses. Le plus souvent, on y reconnaissait Constance von Cruzenburg, Dräken, le peintre Effroy, ou des vedettes de cinéma, des chanteurs aux succès internationaux ; et sur chacune des photos marquées du signet de Judith se trouvait en retrait, mais immuablement présente, la haute stature du Commandeur. Dans la marge de l'un des clichés, Trendy remarqua une esquisse du tableau qu'il venait de découvrir. Il referma la revue et caressa un instant sa couverture de papier glacé.

— Venez, dit encore Cornell. Vous savez bien qu'elle est partie pour ses études...

— J'ai vu le Commandeur. Cette fête folle... Je n'ai pas rêvé ! Il existe. Et c'est lui qu'elle peint. Lui, avec une épée, qu'elle attend...

— Les artistes se nourrissent de rêves. Ils vivent d'images.

— Je l'ai vu, s'obstina Trendy. Le Commandeur n'est pas une créature sortie d'un conte, comme vos gnomes ou vos génies. C'est lui, sur le tableau. Cette façon de s'habiller, cette allure, ces épaules...

Cette fois, Cornell fit preuve d'autorité. Il le prit par le bras :

— Le soir va tomber. Sortons. Allons marcher sur la plage.

Trendy se laissa faire. Quand ils se retrouvèrent dehors, la mer avait encore baissé.

— Les choses sont beaucoup plus simples, reprit Cornell comme ils descendaient de la dune. Vous rêvez trop.

Trendy n'avait plus le cœur à répondre. Ils marchèrent un moment en silence. Au loin, au bout de la laisse de mer, derrière les striures brillantes des eaux qui se retiraient, les vagues retombaient lentement, petites et lasses, avec un infime liséré d'écume.

— Regardez l'Océan à marée basse, dit alors Cornell. Tout y est brouillé, flou, incertain. Au premier jour du monde, qui aurait parié sur le retour de la mer ? Un gonflement bien improbable, n'est-ce pas ? Et pourtant la vie continue à bouillonner sous ces pauvres vagues. La mer ne connaît pas la trêve. Nos rêves non plus.

— Je vous répète que je suis un scientifique. Je m'occupe des déformations vertébrales des poissons. Et ce que j'ai vu, l'autre soir, à la *Désirade*, de mes yeux vu...

— En dépit de toute notre science, en dépit aussi de tous les dommages que nous infligeons à la nature, nous continuons de vivre dans un réservoir à légendes. Le Commandeur en

128

est une. La *Désirade* aussi. Des légendes modernes. Des légendes locales.

— Mais Ruth... Et ces gens, dans la maison ? Et la statue qui suait...

— Moi qui y suis entré comme vous pour la première fois, je n'ai vu qu'une maison soigneusement organisée pour l'étrange, avec des gens scrupuleusement costumés à cet effet, et jouant leur rôle à la perfection.

Cornell ponctuait ses paroles en claquant les talons de ses bottes dans une petite flaque qu'il s'amusait à traverser. Il poursuivit plus sereinement :

— C'est pourquoi d'ailleurs je vous approuve de vous être sauvé en compagnie d'Anna. C'était insupportable. Pauvre Anna ! Elle est beaucoup plus fragile que vous.

— Vous vous êtes pourtant disputé avec elle ! Au beau milieu de la fête... Je ne me suis pas trompé cette fois-là, j'ai bien vu !

— Enfin, Trendy, tous ces gens-là s'amusent ! Ils jouent à la fin du monde. Anna Louvois est tombée dans le panneau, comme toute cette belle province invitée chez le Commandeur. Mais pas vous, Trendy, pas vous...

— Je ne comprends pas.

— C'est la nouvelle mode. Le monde est mûr pour les sectes, les religions, les magies en tous genres. Maintenant qu'on a franchi toutes les barrières, il ne reste plus qu'une limite ultime, un seul secret, la mort. On s'est mis à en jouer. On a déterré Satan, Lucifer, toutes les vieilles lunes. Et parmi elles la fin du monde. Jusqu'à maintenant, il n'y avait qu'un vieux professeur comme moi pour s'y intéresser. Mais pensez donc, s'amuser à la mort de l'univers, aux pluies de feu, à l'Ange exterminateur... Le dernier grand jeu. Quel divertissement grandiose !

— Mais le Commandeur existe ! Il a eu des histoires avec Ruth, avec Anna. Avec Van Braack aussi, non ? Cette montagne de rumeurs...

— Il n'y a pas de secrets dans ces histoires, comme vous les appelez. Bien sûr, j'ignore bien des détails. Elle seule, Ruth, pourrait vous les raconter. A moi-même elle n'a pas tout dit. C'est tellement douloureux ! Des années qu'elle essaie d'oublier.

— Si j'ai rêvé, l'autre soir, alors expliquez-moi.

Ils étaient arrivés en vue de l'île, près d'un grand rocher qui, même à marée haute, devait rester à sec. Ils l'escaladèrent et s'assirent à son sommet. D'une tabatière qu'il gardait toujours en poche, Cornell tira de quoi bourrer une nouvelle pipe. Il y mit tant de précision et de soin que Trendy comprit qu'il reculait le moment de parler.

— Tout commence avec Van Braack, dit-il enfin. Et vous parler de Van Braack, c'est un peu vous parler de moi.

Un long moment, il tritura sa pipe, à la recherche d'un préambule. Puis il se fit violence :

— Cela remonte à une quarantaine d'années, quand je commençais mes recherches sur les légendes de la mer. Je travaillais sur les monstres marins. Ou plus précisément sur la permanence dans les légendes océaniques des démons inventés par la vieille Babylone. Sérieux, n'est-ce pas ? Déjà le Grand Poisson dormant... J'étais arrivé d'Amérique avec un immense projet : de l'Islande à la Scandinavie, de la Bretagne à la Hollande, sonder la mer européenne, son fourmillement de sirènes, de capitaines maudits, de vaisseaux fantômes. Et les comparer avec les diables de la Mésopotamie, les plus anciens démons de la Bible. J'interrogeais beaucoup de pêcheurs, d'anciens navigateurs. Je connaissais bien l'histoire de la région. Un jour, j'étais ici depuis déjà trois mois, on m'a parlé de Van Braack. Par la rumeur, j'avais entendu parler de sa maison et de son passé de capitaine. Le personnage m'intriguait. J'ai voulu le rencontrer. On ne m'a pas laissé beaucoup d'espoir. « C'est un fou, un étranger, il ne vous recevra pas, il n'en a que pour sa fille aînée... » Je me suis entêté. A ma grande stupeur, Van Braack m'a reçu. Ce jour-là, je n'ai même pas remarqué Ruth. Elle devait avoir dix, douze ans. Quand je l'ai retrouvée, il y a quelques années, sur cette plage, ramassant des algues, je n'aurais jamais imaginé que je l'avais déjà vue. J'avais appris qu'elle vivait dans la région, mais j'étais comme tout le monde, je ne me souvenais que du capitaine. Et de sa fille aînée. Iris... Elle était si belle. Le jour où Van Braack m'a reçu, elle est entrée quelques instants dans le salon. C'était l'été. Elle portait un bouquet de fleurs. Une fille superbe, brune, vingt ans à peine, et d'une telle élégance ! L'élégance de ce temps-là, la taille fine, la poitrine plantureuse, les cheveux ondulés et de tout petits escarpins. Je la revois encore ouvrir la porte. Elle était radieuse. C'était l'époque de ses fiançailles.

— Avec le Commandeur ?

— Tout juste. C'était l'événement du pays. Je m'en souciais comme d'une guigne, j'étais de passage, comme vous, avec une thèse à écrire. Il fallait que je fasse parler ce vieux fou qui, à ce qu'on disait, avait tellement bourlingué. Je lui ai à peine tiré quatre phrases. Il avait une voix très rauque, cassée, on aurait dit qu'il l'économisait. Et ce visage tourmenté, toujours crispé. Avec l'âge, il était devenu encore plus effrayant que sur son portrait. Et sa façon de marcher... J'avais l'impression qu'il traînait derrière lui un énorme filet. Il a été d'abord amusé que je m'intéresse à lui, il a eu un rire bizarre, une sorte de hoquet, puis, brusquement, il a changé de figure : « Des histoires, vos démons et vos monstres, des histoires à dormir debout. Tout ce qu'on rencontre sur les mers, ce sont des tempêtes et des fièvres. Les terriens n'y comprendront jamais rien. » Je n'ai pas pu en tirer davantage. Il a changé de conversation. Il m'a montré ses tableaux, il m'a parlé en bougonnant des anciennes colonies hollandaises, de son yacht, qu'il venait d'étrenner. On aurait dit...

D'un seul coup, Cornell cherchait ses mots. Trendy dissipa son embarras :

— Qu'il voulait se protéger de quelque chose.

— Exactement. Mais je n'ai pas pu l'oublier. Il avait l'air... C'est difficile à expliquer, c'est une pensée un peu folle, mais je vous jure qu'il ressemblait à quelqu'un qui avait fait sur mer des rencontres dont il ne s'était pas remis. Je savais bien que ce n'étaient pas des démons. Cet homme-là avait affronté toutes les terreurs et fortunes de mer, celles-là même qui ont donné naissance aux légendes des monstres et des diables tentateurs. En ce temps-là, j'étais trop jeune pour le faire parler. Trop inexpérimenté. Et je n'y avais encore rien compris, à mes monstres. Je cherchais à l'aveuglette.

Il marqua un temps d'arrêt et reprit :

— J'ai su plus tard, en naviguant moi-même, qu'on ne rencontre pas grand-chose sur les océans. Des tempêtes, des fièvres, comme l'avait dit Van Braack. Mais on a assez peur pour s'en trouver changé. Alors on se raconte des histoires. On invente des créatures d'épouvante, quand on n'a rien vu d'autre que des vagues, quand on n'a rien senti que le mal de mer.

— Mais le Commandeur ? Vous l'avez rencontré à cette époque-là ? L'autre soir, j'aurais juré que vous ne l'aviez jamais vu.

— C'est exact. Cet homme-là ne m'intéresse pas. Pas plus que sa maison, ni tous les bruits qui courent sur son compte. Je vous l'ai dit, c'est une légende locale. Il a suffi que sa mère, une créole sans mari, demi-folle, enceinte et propriétaire de mines d'or, vienne construire une maison sur le cap au moment où la région commençait à devenir à la mode pour que les habitants se mettent à jaser. A rêver. Les hommes préfèrent rêver ensemble que tout seuls.

Le vent s'était levé. Des nuées d'oiseaux tourbillonnaient autour d'une quille renversée sur le sable d'une anse.

— Pourtant Ruth et le Commandeur...

— Une simple histoire de voisinage. Puis une histoire de famille.

— Pourtant...

— Je vous raconte ce que je sais, coupa Cornell, tout ce que je sais par Ruth.

Trendy n'osa pas répliquer. A cet instant, Cornell ressemblait à Drogon. Ce n'était pas moins irritant. Quand donc arriverait-il à se passer de professeur ?

— Pour bien comprendre, il faudrait savoir d'où arrivait Van Braack, enchaîna Cornell. Il semble qu'il ait été une sorte de renégat. Il était fils unique. A vingt ans, Ruth elle-même ignore pourquoi, il a quitté les siens, une très riche famille d'Amsterdam. Il a couru les mers pendant quelques années, puis, à la mort de ses parents, il est rentré pour empocher l'héritage. Il a atterri ici. L'endroit était désert. Une lubie, sans doute. Il s'est fait construire une villa. Il y a très peu vécu. Il l'a abandonnée presque aussitôt pour ce poste invraisemblable de gouverneur d'une île perdue, au fond des Indes néerlandaises. Il s'est marié avec une Européenne qu'il avait ramassée entre Calcutta et Saigon, une de ces vagues demi-mondaines qui intriguaient encore entre les paquebots et les villes coloniales. Elle aussi, elle devait avoir des choses à oublier. Elle est morte à la naissance de Ruth. Le capitaine a obtenu très vite de rentrer en Europe. Il s'est installé à Londres. Il ne travaillait pas. Il menait grand train sur ce qu'il restait de son héritage. Ils passaient tous trois leurs vacances ici. Van Braack était fou d'Iris, m'a raconté Ruth. Quand on a découvert son talent pour le chant, il lui a payé les meilleurs professeurs. Un jour, à Londres, alors qu'on voyait en elle une future diva, elle a rencontré le Commandeur.

— Quel est son vrai nom ?

— Je n'ai jamais cherché à le savoir. Il ne m'intéresse pas, je vous l'ai déjà dit. Il faudrait le demander à Ruth. Toujours est-il qu'Iris et lui sont devenus fous amoureux. Pour épouser sa fille, le Commandeur a payé toutes les dettes de Van Braack. Il lui a même offert le yacht dont il rêvait, oui, vous savez bien, le *Roi-des-Poissons*, le bateau dans l'anse au bout du jardin d'*Hauteclaire*, que Ruth entretient à prix d'or et qu'on ne sort jamais. C'est un cadeau du Commandeur à son futur beau-père. Et puis il y a eu le drame.

— Le drame ?

— Comment l'appeler autrement ? Après les fêtes extravagantes, les folies que le Commandeur avait offertes à Iris, il a voulu un mariage très simple, presque à la sauvette. Il faut dire que les imaginations s'étaient enflammées : ce jeune homme pas très beau, mais si riche, si connu dans le monde, qui s'éprenait à la folie d'une cantatrice de vingt ans... On les épiait, on les suivait, ils n'étaient jamais tranquilles. Ruth se souvient qu'elle avait peur parfois du jeune Commandeur, à cause de ses airs excédés et de ses regards sombres. Seule Iris restait la même, radieuse, toujours gaie. Ruth m'a montré des photos d'eux. Un couple superbe. Un air de jeunes fauves. Elle surtout. Racée, gourmande. On aurait dit qu'elle voulait se repaître de la vie. Qu'elle s'apprêtait à un gigantesque festin. Alors le Commandeur a dû être jaloux, il a dû penser à la couper du monde. Iris avait obtenu du Commandeur une croisière dans les mers du Sud. Il avait accepté, peut-être comme on consent à un dernier caprice. Elle avait exigé aussi un détour dans l'île où elle était née et où elle avait passé une partie de son enfance. Cela aussi, il l'avait accepté. Et pourtant il détestait la chaleur, tous les sports balnéaires ; même ici, personne ne l'a jamais vu en maillot de bain. Tout s'est bien passé, jusqu'à l'île. A peine débarquée, Iris a voulu se baigner, comme autrefois, disait-elle. Les indigènes l'ont prévenue que la mer était mauvaise. Elle a répondu qu'elle connaissait la côte depuis sa naissance et qu'elle n'avait de leçon à recevoir de personne — c'est du moins la version des faits qu'a donnée le Commandeur. Elle s'est baignée. Il y avait d'énormes rouleaux. Elle s'est noyée. Quelques heures plus tard, la mer a rejeté son corps. Mais ce n'est pas le plus curieux de l'histoire.

La pipe de Cornell s'était éteinte depuis longtemps. Il la vida contre le rocher, avec de petites tapes régulières et minutieuses. Le soleil avait beaucoup baissé. On entendait contre les pierres un léger clapot, qui annonçait la marée montante. La vie bouillonnante des eaux, un moment recueillie, revenait à l'assaut des pierres, s'infiltrait dans leurs plus minces anfractuosités, soulevait partout, avec de minuscules courants, des éclosions de bulles, les nappes d'algues qui pendaient sur le sable.

— Venez, dit Cornell. Remontons chez moi.

Ils sautèrent du rocher et regagnèrent la plage.

— Le Commandeur a mis des mois avant de revenir, dit enfin Cornell d'une voix un peu plus sourde. Pendant des jours et des jours on n'a pas su ce qu'il devenait. L'endroit était isolé, les indigènes peu bavards. On n'a appris la nouvelle qu'un mois et demi plus tard. Il a fait incinérer le corps d'Iris, puis, des semaines entières, il a erré dans l'île, sans jamais se séparer de l'urne funéraire. On l'a retrouvé dans un village éloigné de tout. Il était en loques, méconnaissable. Il est revenu sans difficultés. Il a expliqué qu'il avait perdu la tête, qu'il avait fait une chute, qu'il avait erré dans les rizières et sur les pentes du volcan, mais que c'était fini, il avait vidé son chagrin, il rentrerait en Europe, il referait sa vie. Il est rentré, en effet. Il a voulu restituer les cendres d'Iris au capitaine, qui n'en a pas voulu. Il les aurait alors enterrées dans sa propriété, près du tombeau de sa mère. Ensuite... Ruth ne sait pas. Son père a très durement accusé le coup. Elle est retournée en pension, en Angleterre. Elle a vécu en orpheline. Elle voyait très rarement son père. Elle a voulu, très tôt, faire sa vie. Elle a suivi un yachtman, je crois, un original assez riche dont elle a eu Judith. Elle n'avait pas eu de mère, elle avait perdu sa sœur, et son père ne l'aimait pas.

134

Je me demande comment elle a pu résister. Mais Ruth est une force de la nature.

— Je sais.

Trendy devinait qu'à cet instant Cornell pensait au profil de Ruth près du feu ou devant les fenêtres ensoleillées d'*Hauteclaire*, qu'il revoyait ses mains s'acharner sur les choses avec la sourde et dérisoire volonté de contraindre le monde, dans ses plus infimes détails, à devenir beau et bon ; et ce qu'il savait aussi, c'est que pour ces deux seules images Cornell s'était mis à l'aimer comme un fou. Il se crispait chaque fois qu'il devait parler d'elle.

— ... Un jour, je ne sais plus si elle avait déjà rompu avec son yachtman, elle a appris la disparition de son père. Je dis bien la disparition, pas la mort. Le vieux était de plus en plus étrange. Il n'avait plus revu le Commandeur mais à plusieurs reprises, par l'intermédiaire de Mᵉ Léonard, son gendre avait couvert ses dettes. Le Commandeur se sentait-il coupable, pour Iris ? Et pourquoi Van Braack lui demandait-il de l'argent, à lui, plutôt qu'à un autre ? Ruth ne m'a jamais éclairé là-dessus. Elle déteste parler d'argent. Et pourtant je suppose que ces dettes courent toujours... En tout cas, Van Braack était devenu à moitié fou. Il n'y avait que deux choses pour lesquelles il semblait recouvrer la raison : l'entretien de son bateau et celui d'*Hauteclaire*. Il était alors d'une exigence maniaque. En ce temps-là, j'étais revenu en Europe pour un autre livre. J'étais déjà assez connu, j'ai voulu le rencontrer à nouveau. C'était par simple curiosité. J'ai découvert un homme halluciné. J'y ai vu un effet de la vieillesse, je n'ai pas insisté. De loin en loin, il partait en mer, toujours seul, sur son *Roi-des-Poissons*. Un jour, par temps calme, on a découvert le bateau qui dérivait. C'était au large de cette île. Il n'y avait personne à bord, le bateau était intact. Il faisait un temps superbe. Van Braack avait appareillé le matin même. On l'a cherché pendant quelques jours. Peine perdue. Les gens d'ici n'aiment pas parler de ce genre de disparitions. Ils ont dit qu'il était parti avec la marée. On ne l'a jamais retrouvé.

— Cela arrive, observa Trendy.

— C'est exact. Mais, dans le cas de Van Braack, l'aventure ressemblait tellement au personnage ! Un suicide, sans doute. Il avait envie de faire une belle sortie.

135

— Vous êtes sûr qu'il s'est suicidé ?

— Presque certain. Van Braack voulait une sortie conforme à son personnage : devenir le Hollandais errant, vous connaissez l'histoire, ce capitaine maudit que le Diable vient chercher un jour pour lui donner le commandement du vaisseau fantôme, celui qui naviguera jusqu'à la fin des temps...

Il eut un petit rire. Encore une fois, il s'efforçait de jouer les désinvoltes. Il y parvenait mal. Le capitaine l'avait fasciné, le fascinait encore, c'était la figure d'un conte trop véridique pour qu'il arrive à le prendre à ses filets de mythologue. Alors il se réfugiait dans une sorte de sarcasme, ce rire étouffé qui sonnait faux.

— ... En tout cas, son fantôme n'est jamais revenu ! Il n'est jamais réapparu pour demander asile pendant les tempêtes, comme les autres le font en pareille circonstance...

— Qu'en pense Ruth ?

— Sur le moment, elle n'a vu qu'une chose : elle héritait d'*Hauteclaire*, du yacht et des dettes. Elle a fini par s'installer ici. Vingt ans après, elle refuse toujours de chercher des explications. Je ne lui donne pas tort. Josepha, la vieille bonne, lui a dit que le capitaine écrivait beaucoup dans les derniers temps. Des cahiers entiers. Ruth ne les a jamais retrouvés. Mais laisse-t-on un signe avant de se détruire ? La vie a repris son cours. Rien n'a changé depuis la disparition de Van Braack : Ruth a des dettes, un bateau qu'on ne sort jamais, une maison qu'elle adore, une fille un peu sauvage. Plus un voisin occasionnel et excentrique qui fut son beau-frère et demeure son créancier. Quand il le veut, il peut ordonner la vente de la maison. Ruth ne veut pas un sou de moi. Elle attend... je ne sais quoi. La fin du monde, elle aussi. Vous voyez, Trendy, il n'y a pas de secrets là-dessous. Dans une semaine, un mois, Ruth elle-même, au coin de son feu, vous aurait tout raconté.

— Il n'y a pas de secrets, comme vous dites. Mais tant de choses inexpliquées !

Cornell tira sur sa pipe. Elle siffla. Il avait oublié qu'il l'avait vidée.

— Bien entendu. Seulement, à toujours vouloir chercher les moindres origines des choses, on finit par perdre de vue les évidences les plus simples. Moi le premier. Ma vie entière,

136

j'ai sacrifié mes amours à mes livres, ceux que je lisais ou ceux que j'écrivais. J'avais des maîtresses beaucoup plus jeunes que moi, des étudiantes, pour la plupart. J'en ai même épousé deux. Deux échecs fracassants... Au bout de quinze jours, elles devenaient jalouses de ma bibliothèque. L'une d'entre elles a même précipité ma machine à écrire au fond d'un bain d'acide ! Je lis parfaitement toutes les langues anciennes, sanskrit, tokarien, gothique, gaélique, et j'en passe, je suis un professeur couvert d'honneurs, et me voilà, depuis bientôt trois ans, à revenir chaque hiver ici, à attendre une femme qui ne me suivra peut-être jamais, la première pour qui je sois prêt à sacrifier mes livres... Et c'est elle qui ne veut pas de moi !

Il se baissa sur le sable, ramassa un galet qui s'y était enlisé.

— Ruth est ailleurs, ajouta-t-il. Dans un monde où je ne suis pas. Sa maison, sa fille, je n'en sais rien.

Il pétrissait son galet dans un geste qui disait toute son impuissance. Il était face au soleil couchant, et Trendy remarqua pour la première fois les profondes rides qui sillonnaient ses joues et son front, ses cheveux blancs, ébouriffés par le vent, qui commençaient à s'éclaircir. Ses confidences devaient lui coûter, mais, à présent qu'il avait commencé, il ne pouvait plus les retenir :

— J'attends les événements. D'une certaine façon, moi aussi j'attends la fin du monde. J'attends la décision de Ruth. Je lui ai donné jusqu'au printemps. Dans le pire des cas, je continuerai à vivre en concubinage avec mes bibliothèques. A écrire des livres. Ou j'irai jouer, comme Van Braack, au Hollandais volant. Si ce n'est que moi, je n'ai rien à me faire pardonner.

— Le capitaine n'avait rien fait de mal. C'est le Commandeur, en lui prenant sa fille...

— Non, je parle bien de Van Braack. Dans sa jeunesse, j'en suis sûr, c'était une belle crapule. Son air torturé... Il avait fait des horreurs, quelque part, autrefois. De ces types inquiétants comme on en rencontre quelquefois au hasard des croisières, dans des petits mouillages isolés du Pacifique ou des mers du Sud...

— Maintenant, c'est vous qui rêvez.

— Non. Je suis sûr qu'il a voulu faire une sortie de capitaine maudit.

— A notre époque...

— Ne soyez pas sceptique. On n'arrête jamais les légendes.

— Alors vous ne croyez à aucun de ces contes sur lesquels vous avez travaillé toute votre vie !

Il médita un bref instant.

— Si. A une seule. Ou plutôt je voudrais bien y croire. La fin des amants. Vous savez, Tristan et Iseut. Prendre ensemble la barque pour l'autre monde, au lieu... Au lieu de s'en aller bêtement mourir chacun dans son coin. Hélas... Comme les navires dans la tempête, nous n'avons le plus souvent le choix qu'entre la fuite et la perdition.

Le vent, à nouveau, s'était suspendu. Le crépuscule était proche. Sur le sable stagnaient de grandes flaques d'or liquide. Trendy pensait à Van Braack. Il s'interrogeait sur son départ, si jeune, loin de sa famille, loin d'Amsterdam. Ce soir, au bout de l'Océan si calme, comment imaginer les terres chaudes où il avait vécu, leurs jungles, les mers du Sud comme une lave, cette île qui fut aussi la damnation d'Iris et du Commandeur ? Comment croire aux typhons, aux tempêtes, à la mer qui renvoyait ou gardait, à son gré, les cadavres défigurés des noyés ou des bateaux glorieux, la panse repue de marchandises, de rêves et de terreurs ? Partir ensemble, avait dit Cornell, et non pas s'en aller mourir chacun dans son coin. La mer le promettait, en effet, un serment qui pouvait paraître plus fort que la mort. Ou une illusion de plus.

— Ne vous inquiétez pas, pour Judith, dit Cornell comme ils parvenaient tout en haut de la plage.

— Mais le Commandeur...

— L'illusion des temps, Trendy, votre fatigue, les traîtrises de la mémoire. Et eux, le Commandeur, la Cruzenburg, Sirius, ils s'amusent à nous troubler. C'est la mode. Souvenez-vous de ce groupe de musiciens, l'autre soir, avec son nom bizarre, les *Clavicules de Salomon*. Il ne paraît étrange que si l'on ignore que c'est le titre d'un ouvrage de magie médiéval, une espèce de fatras sur les effets de la poudre de crapaud et autres billevesées. Pourquoi pas le *Petit Albert*, tant que nous y sommes ! Et les noms des morceaux qu'ils jouaient, décadents en diable... *Capharnaüm originel, Mortels Arômes, Souvenirs occultes*... Ne tombez pas dans leur panneau, Trendy. Je vous répète que tout a commencé avec l'installation de la mère du Commandeur. D'elle, on prétendait déjà qu'elle était sorcière, qu'elle était initiée à je ne sais quelle secte. C'était peut-être vrai. Sirius, son secrétaire, était autrefois un jeune homme bizarre. Et Léonor était à moitié folle lorsqu'elle est arrivée ici. Son fils a repris le flambeau. Mais lui, le Commandeur, il joue. Enfin des baroques, des bizarres, il y en a toujours eu.

— Et ces femmes, lors de la dernière fête, celles qui ont disparu ?

— Des Bovary de province. Elles en auront profité pour s'enfuir sous de meilleurs climats. Mais qui vous a raconté ces histoires ?

— Le coiffeur.

— Evidemment ! s'exclama Cornell. Tous les mêmes, dans ce pays. Ils s'ennuient à mourir. Et il a bien sûr ajouté que le Commandeur dirige une société secrète...

On n'était plus très loin de la maison. Les dunes commençaient. Le sable s'affaissait sous les pas, ce qui accrut l'agacement de Trendy.

— Il n'y a pas de société secrète, lui assenait Cornell. Moi aussi, j'ai voulu savoir, je me suis renseigné. Le Commandeur est producteur de cinéma. Il a financé les opéras filmés de Constance von Cruzenburg. Accessoirement, il conseille une firme internationale de cosmétiques et parfums. Il aime l'ombre, c'est vrai, mais il est archi-connu. Rentrez à Paris, vous retrouverez sa trace sans difficulté. Il voyage, il se montre dans des soirées mondaines, il possède ici et là quelques villégiatures. Votre mère doit certainement le connaître.

Une idée traversa brusquement Trendy. Il s'immobilisa au beau milieu de la dune :

— Et son nom ? Il n'a pas de nom ?

— Si. Atteggi, Hadji, un nom dans ce genre-là, un peu exotique et qui se retient mal. Vous ne le trouverez pas dans les journaux parce qu'il n'y tient pas et qu'il est assez puissant pour qu'on lui obéisse. Il soigne son étrangeté comme d'autres leurs muscles ou leurs moustaches. L'ennui, c'est qu'avec l'âge qui vient le Commandeur commence à apparaître pour ce qu'il est, un manipulateur, un dandy sur le retour, qui vit dans la terreur de ne pas être à la hauteur de sa somptueuse jeunesse. Je concède que sa comédie conserve de l'allure. Il nous aura au moins offert la Cruzenburg. Tenez, si nous l'écoutions, pendant que le soleil se couche, en buvant un peu de samos...

Le soir était là, en effet, la nuit venait, salée et douce. Ils escaladèrent en silence ce qu'il restait de dune. Pendant que Cornell rentrait dans sa maison, Trendy s'attarda dans le petit jardin pour contempler la plage, ses longues striures rose et or, les oiseaux rassemblés dans l'île, la mer toujours sereine et fatiguée. D'un seul coup, par la fenêtre, il entendit monter la voix de la Cruzenburg. Il revint à la porte. A la lueur des lampes, la maison de Cornell paraissait plus dépouillée encore. L'autre lui tendit un verre :

— Défendez-vous de l'irrationnel, Trendy. Il n'y a qu'une seule magie, la musique. Souvenez-vous du Grand Poisson Dormant. Le monstrueux poisson, écailleux, avec ses yeux glauques, ses branchies qui palpitent et crachent de l'illusion. Il ne nous parle pas du temps de l'innocence, mais de nos instincts les plus aveugles et les plus destructeurs. Les visions glissantes et maléfiques du rêve endormi... Il arrive aussi qu'on dorme debout ! Gardez votre sang-froid.

Les verres s'entrechoquèrent. Le goût du samos était chaud, sucré, rassurant. La Cruzenburg continuait ses vocalises. Une pluie de sons si aériens, si allègres qu'ils rendaient légers ceux qui l'entendaient. Trendy reprenait force. Cornell était un peu trop professeur, mais il voyait juste. Cette nuit, enfin, il dormirait tranquille.

La voix de la diva se tut un instant, puis elle entama le grand air de *Salomé*. Trendy se rapprocha pour mieux l'entendre.

— Voyez-vous, conclut alors Cornell, je ne crois pas que le Commandeur puisse vraiment menacer Judith.

Trendy oublia aussitôt la Cruzenburg et lui fit face :

— Qui vous de parle de menace ? Qui vous parle de Judith ?

— Vous. Sans jamais le dire.

Trendy accusa le coup, puis il répliqua :

— Et quelle condition, pour cette supposée menace ?

Cornell éclata de rire :

140

— Il faudrait vraiment qu'il fasse partie du monde d'en bas, celui des créatures diaboliques. Lesquelles n'ont pas plus de réalité que tous les autres monstres dont je m'occupe dans mes livres !

CHAPITRE XIV

Trendy revint très perplexe de chez Cornell. Le professeur l'avait rassuré, mais pas ainsi qu'il l'espérait. Il était prêt à reconnaître que, sous l'effet de l'étude prolongée et solitaire de ses os de poissons, son imagination enfiévrée ait pu remplir son cerveau des divagations les plus échevelées. Mais quel labyrinthe portait-il donc en lui, qu'il voulût à tout prix projeter sur le monde ? Quel cœlacanthe tapi au plus profond de lui, pour venir ainsi le bercer d'illusions ? Judith ? C'était une histoire simple, juste un amour d'absence. Anna Louvois ? Cette aventure devait se résoudre à une explication élémentaire : privé de la fille de Ruth, il s'était jeté sur la première venue. Elle l'avait d'ailleurs provoqué. Comme Judith. Comme peut-être la Cruzenburg, avec ses yeux qui s'effilaient et sa bouche avide. Mais sur quoi débouchait ce parcours jalonné de tentatrices ? Et pourquoi Cornell avait-il dit *Pauvre Anna*, avec une grimace de pitié qui n'était pas dans sa manière ?

La nuit était noire. Trendy avait pensé revenir par la plage. Dès la première crique, il avait changé d'avis. Dans les longues grappes de goémons soulevés par le flot montant, il avait cru sentir toute une population grouillante et obscure, prête à assaillir les sables puis les terres. Il tâcha de se raisonner : il connaissait parfaitement la mer, il n'avait pas passé des années dans des laboratoires et des stations marines pour se laisser impressionner par les légendes de Cornell, qui du reste clamait très haut qu'il n'y croyait pas. Mais plus il raisonnait, plus Trendy devait convenir qu'il n'avait pas le détachement du vieux professeur. Il avait faim d'inexpliqué. Une fois rangés ses squelettes, ses fiches, son microscope, il lui fallait de l'imaginaire, de la fantaisie, de l'injustifié. Cela même qui, malgré les objurgations de Drogon, l'avait amené à vivre au milieu des folies du quartier des Halles. Il ne comprenait pas non plus l'obstination de Cornell à combattre l'idée de la fin des temps. Pourquoi le monde n'irait-il pas à sa perte ? Les vertèbres des sélaciens, des agnathes, des placodermes étaient de plus en plus déformées. Et Judith, qui était partie...

Et si elle revenait ? rêva-t-il tandis qu'il regagnait la route. D'elle, il accepterait tout, même ses « fantasmes », selon le mot de Cornell. Il se soumettrait à ses terrifiants voyages d'imagière. Mais il avait beau s'étourdir de sages résolutions, il restait sous le coup de la révélation du tableau. Elle le bouleversait davantage qu'une infidélité. Judith n'était pas à lui, elle n'était qu'à elle-même : jalousie majeure. Lors de leur rencontre, il l'avait brièvement soupçonné. Comme on chaparde un fruit, il avait passé sa main sur ses yeux, l'arête de son nez, son front enfin, tout alourdi de rêverie. Elle n'avait pas frémi, pas protesté. Elle lui avait offert son absence. Puis, très vite, elle avait secoué la tête, éparpillé ses cheveux sur les draps. Tout en elle était devenu flou, comme l'eau d'un lac qu'un galet a troublée. Que dissimulait son profil, sur quel mystère se refermaient ses paupières ? Jamais il n'aurait pensé que ce fût cette Annonciation, cette épée, cet ange en costume de ville. Et quelles autres visions, qu'il ignorait encore...

Il marchait de plus en plus vite et finit par retrouver la route. Au moment où elle s'incurvait dans la direction de la *Désirade*, une idée incongrue le traversa : seule la maternité pourrait ramener Judith de son voyage au pays des chimères. Un enfant l'ancrerait, comme elle-même, Judith, avait ancré Ruth. Mais peut-être y perdrait-elle toute son inspiration ; et serait-elle à jamais perdue pour lui. C'était une absurdité, de toute façon. Les jeunes femmes ne voulaient plus d'enfants. C'était cela aussi, la folie des temps. Quelques instants, Trendy la regretta. Il dépassa rapidement la *Désirade*, non sans y avoir jeté un coup d'œil. La grille était fermée, la cour vidée de ses limousines. Deux fenêtres seulement demeuraient

allumées, d'une lumière qui semblait électrique. Il crut entendre, sur un fond d'orgue positif, les vocalises de la Cruzenburg.
Il pressa le pas. La lune s'était levée. Après les arbres et les
longs murs de *Désirade*, il vit se dresser *Hauteclaire*. L'étage
de Judith était entièrement éclairé. Cette fois, il courut.

Dès qu'il fut dans l'entrée, il eut un mouvement de recul.
Il croyait trouver Judith, et il buta sur Ruth, penchée sur le
carrelage. Elle portait une robe de chambre à grands ramages
et ramassait les débris d'une assiette de Delft. Elle sursauta à
son tour, replia les pans de son vêtement et se releva à la
hâte.

— Tout est de ma faute, dit-elle.

Puis elle se corrigea :

— Ce n'est pas grave.

Elle s'empourpra et se baissa à nouveau sur les morceaux
de faïence. Elle les rassemblait patiemment dans une feuille
de papier sans oublier un seul des minuscules éclats. Trendy
reconnut l'objet : c'était l'un des plats anciens accrochés au
mur de l'entrée. Il ne s'était pas écrasé à terre sans l'interven-
tion d'une main irascible. Ruth l'interrompit dans ses conjectu-
res :

— Le Commandeur nous invite chez lui. Demain. C'est un
dîner.

— Encore une fête ?

— Un dîner intime, a-t-il dit. Une petite chose. Judith tient
à venir.

Elle soupira. Tout était dit : l'arrivée de Judith, l'invitation
immédiate du Commandeur, la dispute entre mère et fille,
l'assiette brisée. A moins que ce ne fût Judith qui, ayant eu
vent de la fête à la *Désirade*, n'eût sur-le-champ décidé de
rentrer. Trendy enragea. Tout ce temps-là, où il aurait pu
maîtriser les événements, il l'avait passé à philosopher avec
Cornell. Ruth elle-même semblait prise de court. Elle était
accablée. Elle ne se relevait pas. Avec une minutie appuyée,
elle tassait au fond du papier les morceaux de faïence. Enfin
elle se redressa, secoua la tête dans un mouvement de
découragement. Ses épingles ne retenaient plus son chignon,
qui s'écroula. Il restait sur ses joues comme des traces de
larmes. Il aurait voulu la consoler, mais comment ? Les mots
lui manquaient. Elle haussa les épaules puis, comme chaque

fois qu'elle cherchait à se dominer, passa lentement la main sur le rebord d'un cuivre, à la recherche d'une poussière invisible.

— Vous entendez ? finit-elle par dire en montrant l'escalier.

Trendy dressa l'oreille et distingua un ronronnement irrégulier.

— Elle se coud une robe ! éclata Ruth, et elle partit d'un rire où se mêlaient des larmes.

Trendy soupira à son tour. Le bruit capricieux continuait. En effet, c'était celui d'une vieille machine à coudre.

— Elle traverse un âge difficile, hasarda-t-il.

La phrase était ridicule, impuissante, il le savait. Il l'avait pourtant dite, et cherchait à présent comment la corriger. Mais Ruth s'était déjà reprise :

— Vous viendrez avec nous ? demanda-t-elle en remettant de l'ordre dans ses cheveux.

Sa voix s'était raffermie. Il ne restait que l'eau de ses yeux qui fût encore un peu trouble. Ils dînèrent. Cornell, ce soir-là, ne vint pas. Il avait prévenu qu'il resterait avec ses livres. Ils parlèrent, se jouèrent leur jeu habituel et faussement détaché, leur comédie d'insignifiance. On n'évoqua pas une seule fois la *Désirade*, ni le nom de Judith. La nuit de Trendy fut mauvaise : jusqu'aux premières heures du jour, il entendit la machine à coudre.

Le Commandeur avait dit qu'il souhaitait dîner tôt. Il s'agissait seulement, avait-il fait savoir par la bouche de Sirius, d'une petite réception intime. Constance von Cruzenburg se reposait, elle ne chanterait pas. Elle refusait d'ailleurs qu'on parlât de musique. C'en fut assez pour que Malcolm Cornell y trouvât prétexte à décliner l'invitation. « En vérité expliqua Ruth à Trendy alors qu'ils attendaient sa fille devant le feu du salon, je ne pense pas que Malcolm apprécie le Commandeur. Leurs nuits..., comment vous dire, leurs nuits sont ennemies. Malcolm aime l'étude, notre voisin préfère les fêtes... » Elle continuait avec brio à jouer les détachées. Trendy l'écoutait à peine. Ruth lui avait appris qu'Anna Louvois assisterait au dîner et il se demandait comment affronter ces quatre femmes ensemble, Ruth, Anna, Judith et la Cruzenburg. Il fallait le reconnaître, chacune d'entre elles l'attirait. Au-dessus de toutes

146

il mettait Judith, mais elle était si imprévisible, et voudrait-elle encore de lui ? Ce qui l'inquiétait davantage, c'était que ce face à face se déroulerait sous l'œil inquisiteur de Sirius et le regard non moins impitoyable du Commandeur, lequel pourrait lui demander les raisons de son départ précipité, l'autre soir, avec Anna. Que lui répondre ? La sagesse, une fois de plus, dictait de ne pas se rendre à la *Désirade*. Mais il y avait Judith. Il voulait la voir, la suivre, se jeter, au prix des pires affronts, dans les mêmes aventures qu'elle.

Elle ne venait toujours pas. Pour éviter de tendre l'oreille, de guetter son pas dans l'escalier, Trendy s'efforçait de se souvenir de son dernier chapitre. Il était consacré à une déformation vertébrale particulièrement ardue, celle de la quatrième dorsale du lépadogaster. Ses efforts furent vains. Pas un moment il n'arriva à oublier que d'un instant à l'autre Judith pousserait la porte, s'avancerait dans le salon dans la robe qu'elle s'était cousue — quelle robe, et qui jamais l'avait vue en robe ? — qu'elle viendrait jusqu'ici, près de la cheminée, lui dirait — ou ne lui dirait pas — Trendy, depuis le temps ! et se jetterait dans ses bras. Ou bien elle ne viendrait pas. Elle ferait un caprice. Jetterait sa robe dans un coin de sa chambre. La lacérerait à grands coups de ciseaux. Enfilerait n'importe quel vêtement, disparaîtrait dans la nuit sur sa mobylette. Pour peindre. Ou pour Dieu sait quoi de pire. Elle reprendrait le train pour Paris. Pour ailleurs. Pour mourir. Et pourquoi ne mourrait-elle pas, après tout ? Il en serait malade, soulagé aussi. Il finirait par se dire qu'elle n'avait jamais existé. Qu'elle n'avait été qu'un rêve, un cauchemar épuisant, qu'on ne court pas après des rêves.

D'impatience, de rage ou de jalousie, Trendy s'empara de la pince à feu et se mit à marteler une bûche. Qu'elle meure, Judith. Qu'elle disparaisse dans les flammes. Le feu consumé par un autre feu. Les étincelles jaillissaient, les braises roulaient dans le foyer, rougeoyaient quelques secondes encore, puis prenaient une couleur morte. Le cuivre de la pince à feu noircissait ses mains, les cendres gâchaient son pantalon de shantung. Trendy ne voyait plus rien, n'entendait plus rien. Si Judith ne s'était parfumée, il n'aurait jamais su qu'elle était à deux pas.

Elle était entrée sur la pointe des pieds, sûre de son effet, avec un sourire presque méchant. Sa mère était derrière elle, mais Trendy ne la vit pas. Quand il se retourna, il n'eut qu'une pensée : elle était tellement plus jolie en robe ! Elle s'était cousu, selon la mode, un corselet noir avec une jupe à gros plis et leur avait rajouté une touche bien à elle : de fausses perles rebrodées et une ganse de tissu broché, comme sur le costume de la femme à l'Annonciation. Ses cheveux étaient retenus à l'intérieur d'une résille noire. Un bref instant, elle parut s'attendrir. Il voulut lui tourner un salut, un compliment, s'empêtra aussitôt, rougit. Cet embarras dut déplaire à Judith, qui se retourna vers sa mère et lui lança, sur un ton brutal qui jurait avec le raffinement de sa mise :

— On y va ?

Ruth était pâle. Elle avait passé un tailleur d'ottoman rouge qui seyait mal à son teint. D'un seul coup, aux côtés de Judith, elle accusa son âge. Elle saisit sa cape sans répondre et se dirigea vers le vestibule. A mesure qu'elle avançait, elle éteignait les lumières une à une. Elle sortit la première. Il restait encore la lampe de l'entrée à éteindre. Judith s'en chargea et referma la porte. Avant de rendre la clef à sa mère, elle s'empara de la main de Trendy et la serra très longuement dans le noir. Sa paume était brûlante.

— Tu as la fièvre, lui glissa-t-il.

Il devina dans la nuit son regard obstiné. Ils franchirent la barrière. Ruth marchait déjà loin devant eux.

— Tu as regardé mes tableaux, fit Judith. Je sais que tu es allé là-bas.

— Tu ne m'as rien interdit.

— C'était interdit. De toute façon, tu as perdu ton temps. Il n'y avait pas les têtes.

Elle parlait d'une manière enfantine mais d'un ton si dur que Trendy en fut glacé. Elle ne dit plus un mot jusqu'à la grille de la *Désirade*. Alors seulement elle déclara, comme à l'issue d'une mûre réflexion :

— Les têtes, je les trouverai ce soir.

Et elle l'abandonna pour rejoindre sa mère, qui les attendait au bas du perron.

Trendy se retint de hausser les épaules. Elle avait déjà fait son choix, il en était persuadé. L'ange aux ailes noires ne

148

pouvait être que le Commandeur. Mais les églises d'autrefois, se dit-il aussi pour se donner du courage, n'étaient-elles pas remplies de créatures ténébreuses toutes semblables à cet homme, et terrassées sous les pieds de jeunes gens victorieux ?

A présent que la demeure était silencieuse, sa cour vide d'automobiles, ses fenêtres, comme n'importe où, éclairées à l'électricité, presque rien dans la *Désirade* ne déconcertait plus Trendy. Le même couple asiatique répondit aux coups de heurtoir. Le petit groupe s'engagea derrière eux dans l'escalier caissonné aux cornes de licorne, traversa la galerie aux vitraux et miroirs. Rien n'avait changé, sinon que, sur les consoles, les fioles à parfum avaient été ouvertes. De très rares arômes s'en échappaient, qui se mêlaient de façon curieuse. Trendy se répéta les mots de Cornell : l'organisation de l'étrange. Derrière lui, Judith traînait le pas, s'arrêtait parfois, ce qui l'agaçait. Mais comment lui expliquer ? Il n'y avait pas la place ici pour une discussion, et la commenceraient-ils qu'elle l'arrêterait aussitôt, comme tout à l'heure, d'un mot puéril et définitif.

Ils parvinrent à la porte de la salle de concert. Elle était fermée. L'automate la gardait toujours, mais ses yeux étaient morts et son corps immobile. Les domestiques leur désignèrent sur la gauche une porte basse. Ils s'engouffrèrent dans un petit escalier qui donnait sur une bibliothèque. Trendy crut le reconnaître pour l'avoir traversé lors de sa fuite avec Anna. Lorsqu'ils entrèrent, il ne vit d'abord que la Cruzenburg, assise sous une torchère au fond d'un fauteuil crapaud. Elle feuilletait distraitement un ouvrage ancien. Puis, quand il eut enfin arraché son regard à son visage lisse et pâle, il découvrit, debout devant la cheminée, une flûte à champagne à la main, le Commandeur qui souriait.

Il les salua comme la dernière fois, avec ce mélange de distance, d'autorité et d'ironie qui faisait tout son charme. Contrairement aux usages, il se dirigea d'abord vers Trendy. Voulait-il dissimuler son attirance pour Judith ? Trendy réunit tout son courage et s'obligea à l'observer le plus froidement qu'il put. C'était au-dessus de ses forces. L'œil du Commandeur, son œil gauche, plus sombre que l'autre, se rivait sur l'interlocuteur à la façon d'un objectif photographique. Il s'immobilisait, s'assombrissait encore, enregistrait tout, fouillait l'âme jusqu'au tréfonds. Trendy baissa aussitôt les yeux et se tourna vers la diva. Le regard du Commandeur continuait à le poursuivre, avec son air de régner sur un empire lointain.

Trendy s'inclina sur la main de Constance. Ses doigts étaient froids. Après la brûlure qu'il avait sentie dans la paume de Judith, ils lui parurent encore plus glacés. Le valet, immense et solennel, passait entre les convives avec un plateau chargé de flûtes. Constance en prit une, qu'elle offrit à Trendy. Une telle prévenance le fit rougir. Ses doigts rencontrèrent à nouveau ceux de la Cruzenburg et il réprima avec peine le frémissement de son bras.

— Ne vous inquiétez pas, dit le Commandeur avant de s'avancer vers le seuil de la bibliothèque, où demeuraient Judith et Ruth. Je ne rosis pas mon champagne des âmes que j'ai tuées !

Et il eut ce rire un peu sourd qui terrifiait davantage que tout l'attirail du mystère.

— Je ne suis pas inquiet, parvint à souffler Trendy.

— Cette maison vous intrigue. Nous vous intriguons. Cela passera.

Il parlait sans le voir, son œil à présent s'était fixé sur Judith.

— Rien que son nom tourne les têtes, poursuivit-il. *Désirada*. Une femme, un continent, une île, on ne sait pas. Et ces syllabes... Les sonorités redoublées du désir.

Il s'inclina devant Ruth puis saisit la main de Judith. Elle soutint sans faiblir l'inquisition de son regard. C'était elle qui lui buvait l'âme. Ruth, à cet instant, ne put retenir un sourire, le premier de la soirée. Le Commandeur, aussitôt, fit volte-face. Il revint à Trendy :

— Vous êtes un homme d'étude, paraît-il. Vous devez aimer les livres. Venez. Je possède des pièces rares.

Il l'entraîna dans un coin de la bibliothèque, prit sur les rayons, avec une précaution extrême, quelques ouvrages qui semblaient très anciens et les feuilleta devant son invité. Trendy s'efforçait d'écouter ses commentaires, mais il continuait d'épier Judith. Qu'y avait-il au juste à guetter ? Elle s'était assise aux côtés de la Cruzenburg avec le plus grand naturel. Les deux femmes commençaient à bavarder à mi-voix. Judith tutoyait-elle la grande Cruzenburg ? Elle se tenait bien droite au fond de son fauteuil, rien ne semblait pouvoir l'atteindre, pas même le regard gris de la cantatrice, qui la détaillait d'un air intéressé, presque gourmand. A l'autre bout de la pièce, Ruth examinait des reliures avec une indifférence appuyée. On entendit bientôt des pas dans l'escalier. Tout le monde leva la tête. C'étaient Sirius, Me Léonard et Dräken. Lorsqu'il aperçut Judith, le musicien eut un mouvement de recul. Puis, sentant que la Cruzenburg l'observait, il vint s'accouder à une console toute proche de son fauteuil et prit un air absent.

— Nous voici donc au complet, déclara le Commandeur. Nous allons pouvoir dîner. Il est encore tôt, mais Constance est si lasse, ce soir...

— Non, fit alors une voix sourde. Il nous manque Mlle Louvois.

C'était Sirius. Il avait une expression plus sinistre que jamais et Trendy eut l'impression que sa claudication s'était aggravée.

— C'est juste, repartit le Commandeur. Attendons encore quelques minutes.

— Elle est toujours en retard, insista Sirius.

— C'est vrai, renchérit Léonard. Elle n'est jamais à l'heure. C'est exaspérant.

— Ne prenez pas ce ton aigre, intervint le Commandeur, sans lever les yeux des ouvrages qu'il feuilletait devant Trendy. Anna Louvois a bien le temps de vivre.

— Mais le dîner..., s'entêta Sirius.

— Les murs périront à l'heure dite.

Aussitôt, comme si ce mot lui avait échappé, il ajouta avec la plus parfaite urbanité :

— Ces temps de fin du monde ! Nous finissons tous par y croire.

Avait-il noirci, cette fois-ci, comme le soir de la fête ? Trendy en eut l'impression, mais il n'en aurait pas juré. Peut-être était-ce un effet de l'éclairage, ou le symptôme insolite de quelque maladie secrète. Devant la porte où ils s'apprêtaient à saluer les habitants d'*Hauteclaire*, il lui sembla pourtant que Dräken, Léonard, Sirius s'étaient enténébrés d'une façon identique. Et la Cruzenburg aussi, dont le bras s'était arrêté sur celui de Judith. Trendy chercha instinctivement le reflet d'un miroir. La pièce en était complètement dépourvue. D'un mur à l'autre, ce n'étaient que des rayonnages qui n'en finissaient plus.

— Regardez ces exemplaires, reprit le Commandeur. Ce sont des pièces très recherchées, je dois vous avouer que j'en suis assez fier.

Trendy les feuilleta quelques instants. C'étaient des ouvrages étranges et rares, en effet, comme tout ce qu'on trouvait chez lui : un Pic de la Mirandole, la *Philosophie secrète* d'Agrippa Trimégiste, le *Millier d'années* d'Almubazar, plusieurs éditions du *Grand Grimoire* et du *Dragon rouge*, enfin un *Traité de la poule aux oeufs d'or* qui lui arracha un sourire.

— Je savais bien que vous n'étiez pas un cuistre, dit le Commandeur. Chez vous la gravité est un accident. Vous êtes fait pour la fantaisie et le bonheur. A moins qu'une tragédie, bien sûr...

— Il a l'âge du bonheur, lança alors Ruth de l'autre bout de la pièce. Il gagnera son bonheur.

Le Commandeur se raidit d'un seul coup. A nouveau, il posa l'œil sur Judith, qui l'affronta avec la même sérénité. Il claqua sèchement la reliure du traité, s'empara de sa canne et l'agita en direction de la pièce voisine :

— Passons à table.

— Mais Anna ? intervint Ruth.

— Tant pis pour elle.

On dîna. Insensiblement, l'atmosphère se tendait, aggravant la confusion de Trendy et contrariant ses volontés d'examen détaché. De ce moment, il ne retint que le visage des femmes, Judith surtout, magnifique sous sa résille et la gorge enserrée dans son corselet noir. Seul de l'assemblée, le Commandeur parlait. Ou plutôt il discourait, et si brillamment qu'il semblait n'avoir plus de corps. Il n'était plus que cette voix qui ordonnait à son domestique de resservir des vins vieux, évoquait la beauté du cinéma d'autrefois, de ses actrices aux décolletés profonds, les grandes fêtes qu'on leur offrait, leurs immenses malheurs et leur goût du scandale. Au grand soulagement de Trendy, il ne prononça pas le nom de sa mère. De temps à autre, Sirius se hasardait à lui donner la réplique, en s'appliquant, avec un soin qui étonnait, à ne jamais briller à ses dépens ; et pourtant, on le sentait, il aurait pu constamment s'offrir ce plaisir, cette revanche peut-être.

152

Dräken, comme toujours, se taisait. Il hochait la tête et, de loin en loin, sortait furtivement un calepin, où il griffonnait à la hâte des notes de musique. Trendy fut vite fatigué d'observer et de s'interroger. Il s'abandonna à la chaleur de la pièce, à la torpeur de l'alcool, à la voix du Commandeur. Judith était là, en face de lui, qui, de temps à autre, lui accordait un battement de cils, une ombre de sourire ; et cela lui suffisait.

Lorsqu'on repassa pour le café dans la bibliothèque, Anna Louvois n'était toujours pas arrivée. Le Commandeur proposa une partie de cartes. Judith accepta avec enthousiasme.

— Anna ne vient pas, lâcha Ruth avec un soupir. Je ne comprends pas. Elle m'a pourtant appelée, juste avant de partir.

Ces mots s'adressaient à Trendy. Il ne répondit pas. A la vérité, il était plutôt soulagé de n'avoir pas dû affronter Anna. Judith aurait tout deviné. Et de quoi, alors, eût-elle été capable...

— Elle a dû oublier, fit une voix très douce. Cela arrive. Un client, à l'improviste. Quand les gens ont envie d'une maison... C'est un désir fou, vous savez, l'envie d'une maison. Un coup de foudre. Il faut l'assouvir tout de suite.

C'était la Cruzenburg. Elle avait si peu parlé que Trendy sursauta. Ses accents ressemblaient à son chant, ils en avaient la mélodie, mais tant d'exquise suavité étonnait sur ses lèvres cruelles.

Tous avaient, sembla-t-il, partagé sa surprise. Tous sauf Judith. Elle se leva de son fauteuil et s'adossa à un rayonnage :

— Elle ne viendra jamais, laissa-t-elle tomber. Je veux dire : plus jamais.

— Tu as bu, dit Ruth. Il est temps de rentrer.

— Non. Je n'ai pas bu. Pas davantage que vous. Et je n'ai pas envie de rentrer.

Ses joues s'étaient échauffées, mais elle était parfaitement maîtresse d'elle-même.

— Anna Louvois ne viendra pas, reprit-elle. Elle est morte. Elle s'est tuée en voiture. Sur la route, tout à l'heure. Sur la route, en venant ici.

Elle parlait comme on énonce de tranquilles évidences.

— Rentre avec moi, ordonna Ruth.

Le refus fut aussi sec :

153

— Non. Je reste.

— Je m'en vais, fit alors Ruth en se tournant vers le Commandeur. Vos comédies m'ennuient.

Elle s'efforçait de parler avec froideur, mais sa voix s'était brisée. Trendy voulut intervenir :

— Judith, je t'en prie... Rentrons.

— Non. Raccompagne ma mère. Je reste. Il paraît qu'on joue, ici. J'ai envie de jouer. Laisse-moi.

Comment résister aux volontés de Judith ? Comment contrecarrer ses caprices, ses désirs, ses plaisirs ? Il s'exécuta. Il n'était pas dehors qu'il se maudit. Arrivés à *Hauteclaire*, ni lui ni Ruth ne purent se coucher. Ils restèrent un long moment silencieux devant la cheminée du salon, attendant vaguement un événement. Quelque chose, c'était sûr, devait arriver. Le vent s'était levé, un très grand vent qui annonçait la tempête. On entendit soudain une cloche.

— Le *Roi—des—Poissons*, souffla Ruth. Il va y avoir du gros temps. Nous arrivons à la Toussaint.

— Je n'ai jamais entendu cette cloche.

— On l'entend toujours, par gros temps.

— A l'équinoxe...

— Cette année, l'équinoxe n'était pas à sa date. Et vous aviez la tête ailleurs. De toute façon, on entend plutôt la cloche en hiver. Surtout à la Toussaint. C'est toujours un très mauvais moment, par ici. Les navires coulés viennent demander justice. Si on pêche, on remonte des crânes.

Elle enleva une à une les épingles de son chignon. Ses cheveux ruisselèrent sur son dos.

— Je ne crois pas à ces histoires.

— Cornell vous a convaincue...

— Je n'y ai jamais cru. La mer est une chose simple. Et comme toutes les choses simples, très éloignée de nous. Et très méchante. Mais il vaudrait mieux que nous allions dormir. Il est trop tard, maintenant.

Il comprit ce qu'elle voulait dire : trop tard pour cet événement qui ne se décidait pas à venir. Ils se dirigèrent vers le vestibule. Ils allaient se séparer quand retentit la sonnerie du téléphone.

— Restez, s'écria-t-elle dans un mouvement instinctif, et elle courut jusqu'à sa chambre.

154

Elle avait peur. La même terreur gagna Trendy. Elle revint presque aussitôt.

— Allez prendre l'appareil, dit-elle. C'est Mᵉ Léonard. Je n'ai pas pu l'écouter plus longtemps. Je lui ai dit d'attendre. Allez. Le téléphone est dans mon atelier.

Il se précipita dans le couloir qui menait à la pièce où travaillait Ruth. Et c'est là, entre ces murs inconnus, au milieu des cuirs et des odeurs de colle, qu'il entendit de Léonard ce qui n'était plus tout à fait une nouvelle. Anna Louvois était bel et bien morte. Sa voiture avait manqué un virage et s'était écrasée contre un mur. Trendy voulut se rendre sur-le-champ sur les lieux de l'accident. Ruth refusa de l'accompagner. Il sortit sa moto et, malgré la nuit et la tempête, il y fut moins d'une heure plus tard. C'était à l'orée de la forêt, un endroit qu'il était certain d'avoir traversé avec Anna lors de leur folle équipée. Parmi le petit groupe qui, malgré l'heure, ne se résignait pas à quitter l'épave calcinée de l'automobile, un homme donna à Trendy les détails de l'accident. Anna était la septième victime de ce virage dangereux. Toutes s'étaient écrasées sur la façade aveugle de la construction qui l'encombrait, une sorte de ferme abandonnée depuis longtemps, et qu'ornait une gigantesque publicité peinte, délavée par les années. Elle représentait une double lune en larmes, emblème d'une marque de cirage oubliée. Anna Louvois avait été brûlée vive. Quand les secours étaient arrivés, tout était consommé. On n'avait touché à rien. Près de l'automobile, Trendy retrouva intacts l'un de ses gants du soir et la ganse de strass qui ourlait son bustier.

Au matin, lorsqu'il se résigna à rentrer à *Hauteclaire*, la tempête avait forci. Ruth était occupée à arrimer les volets de la maison. Il lui prêta main-forte. Il n'eut pas besoin de l'interroger sur Judith. Ils n'étaient pas dans le vestibule qu'elle lui tendit une lettre que sa fille avait déposée durant les quelques heures où, recrue de fatigue et de désespoir, elle était allée s'écrouler sur son lit. *Je reste là-bas*, avait écrit Judith. *J'y serai mieux pour peindre. J'ai des centaines d'idées. Préviens Trendy.* Sous le nom de Trendy, sa plume avait faibli, et elle n'avait pas trouvé la force de signer. Pas plus qu'elle n'avait osé écrire en toutes lettres le nom de la *Désirade*.

— Un jour ou l'autre, commenta Ruth. Cela devait arriver. Cornell m'avait prévenue. La séduction du mystère. La force du secret.

Elle trouva encore le courage de lui apprendre que le professeur venait de l'appeler : Sirius, à l'aube, était passé prendre chez lui les pinceaux, les esquisses, les toiles de Judith, tout le matériel dont elle avait besoin pour peindre. Cornell n'avait pas protesté : Sirius lui avait présenté un mot de la main de Judith. Il avait tout emporté sauf les revues et leurs photos marquées de ses signets.

— Une folie, conclut Ruth. Un caprice de plus.

A mesure qu'elle parlait, la tempête avait grossi. On entendait le fracas des vagues, de plus en plus sauvage, et, de temps à autre, la cloche du *Roi-des-Poissons*. Plus féroce que jamais, le combat reprenait entre la terre et la mer, et elles se repaissaient de leurs mutuelles haines. Dans l'après-midi qui suivit, malgré la pluie et le vent, Trendy reprit sa moto et repartit pour Paris. Ruth ne chercha pas à le retenir. Il laissait derrière lui ses fiches et ses squelettes. « Nous n'avons le choix qu'entre la fuite ou la perdition », avait dit Cornell lors de leur marche sur la plage. Il avait bien compris. Il choisissait la fuite. Ce faisant, il se demandait aussi s'il ne courait pas à sa perte.

CHAPITRE XV

Trendy fut à Paris au milieu de la nuit. La tempête s'était calmée. Il faisait froid, un froid soudain, presque aussi inhabituel que l'avait été la chaleur à la fin de l'été. La ville se figeait dans un début de gel. C'était déjà, et trop tôt, l'hiver. Le plus étonnant n'était pas là. D'ordinaire, par ce temps, les rues étaient vides. On se calfeutrait chez soi, on se distrayait douillettement au fond des appartements. Les moins bourgeois, les moins casaniers n'échappaient pas à la règle. Etait-ce que le froid fût venu par surprise ? On aurait cru que tout le monde était dehors. Derrière les vitres des restaurants — par une mode curieuse, on s'était mis, à peu près partout, à les éclairer à la bougie — Trendy voyait des clients fébriles qui attendaient leur tour. Dans les immeubles, et ce n'était pas seulement l'heure tardive, très peu de fenêtres étaient illuminées. Il semblait qu'on se fût mis à vivre au ras du sol, ou même, pire, qu'on recherchât les profondeurs de la terre. Ici ou là, à un carrefour, ou au détour d'une rue obscure, le regard de Trendy était attiré par des soupiraux violemment éclairés, d'où lui arrivaient les musiques les plus diverses, d'acides tangos mis au goût du jour, des rythmes primitifs, monotones et assourdissants, ou des morceaux classiques : la plupart du temps, des mélodies hiératiques et glacées, comme celle qu'avait chantée la Cruzenburg au premier soir de la *Désirade*.

La *Désirade*... Depuis qu'il avait pris la route du retour, Trendy s'était contraint à ne plus y penser. Chaque fois que son souvenir, les sonorités mêmes de son nom lui étaient revenues, il s'était fait violence. J'ai rêvé, se disait-il, il faut fuir, c'est encore un tour du monstre de Cornell, le Grand Poisson Dormant rêveur et maléfique, vite chez moi, tout va s'arrêter là-bas, je vais dormir, dormir des heures et des jours, et tout oublier. Il n'oubliait rien. Malgré l'attention que réclamait la conduite de sa moto sur des routes humides, malgré le froid, qui s'accentuait à mesure qu'il s'en allait vers l'est, le nom de la *Désirade* le tourmentait sans cesse. Il le repoussait, il revenait, insistait, s'incrustait, et finissait, tout bas, par passer ses lèvres serrées. Ensuite, inévitablement, venaient tous ces autres noms qui n'arrêtaient plus d'approfondir sa douleur, Ruth, Anna, *Hauteclaire* ; enfin Judith.

Aussi, cette nuit-là, il fut à peine désorienté par les changements de la ville. Deux mois plus tôt, malgré la fatigue, il aurait voulu connaître le fin mot de cette nouvelle folie, il s'y serait jeté, il s'en serait grisé. Aujourd'hui, il y restait indifférent. A l'approche des Halles, le tumulte souterrain grandit. Les musiques venues d'en dessous se mêlaient jusqu'à la cacophonie. Sur la grande place qui formait le cœur du quartier, il ne vit que l'immeuble où il avait son appartement. Comme toutes les autres, ses fenêtres étaient éteintes. Il s'en réjouit. Il lui fallait la solitude. Et le sommeil. Et l'oubli.

A mesure qu'il gravissait les escaliers qui menaient à l'appartement, l'écho des musiques souterraines faiblissait. Arrivé devant la porte, au moment de tourner ses clefs, il vacilla. Il se reprit, pénétra dans le vestibule. Ses oreilles bourdonnaient. Un très bref instant, il crut que c'était d'avoir roulé trop longtemps, de s'être soûlé de route et du bruit de son moteur. Pourtant sa moto n'avait jamais murmuré avec cette pulsation rythmée, ni, de temps à autre, cette sorte de sourd grondement. Il tituba à nouveau. Ce qu'il entendait, c'était le bruit de la mer, ou plutôt, comme dans les conques que l'on place sur l'oreille des enfants ou des terriens crédules, le souvenir du bruit de la mer. Des semaines durant, il l'avait entendu jour et nuit, il était devenu sa propre pulsation. Il avait fini par ne plus y penser. Et voilà que le bruit le poursuivait, tel le nom de la *Désirade,* s'emparait de lui, l'anéantissait comme justement l'avait anéanti, trop brièvement écouté contre ses seins, le battement un peu rapide du cœur de Judith.

Quelques instants encore, il voulut se débattre contre l'hallucination. Sa chambre était située au fond du couloir, autant dire au bout du monde. Il chercha à allumer une lampe. D'un seul coup, les gestes les plus élémentaires devenaient des efforts. Il eut seulement le temps de remarquer que l'appartement était propre et en ordre, anormalement propre et en ordre, et il s'écroula sur le parquet ciré.

Lorsque Trendy revint à lui — combien de temps plus tard, il n'aurait su le dire — il ne ressentit que cette seule impression, celle d'une intense propreté. Il était bien dans son appartement, mais ce n'était pas sa chambre. Au papier des murs, à la cheminée de marbre blanc, il reconnut la pièce où Ralph, un de ses amis musiciens, avait élu domicile ; c'était un tel capharnaüm de partitions, d'instruments, de cendriers et de revues qu'elle avait découragé toutes les tentatives de rangement. A présent la pièce était vide, nette, presque nue. Il se redressa sur le lit. Les draps sentaient le frais, avec un léger parfum exotique. Le bruit dans ses oreilles avait cessé. Il se demandait comment il avait pu se retrouver là, quand, dans le cercle de lumière d'une lampe déposée à terre, il vit se déplier une forme longue et noire. Presque aussitôt, des mains extrêmement douces s'emparèrent de ses poignets.

— Vous m'avez fait peur, lui dit-on. Vous auriez dû prévenir.

Trendy voulut encore se redresser. Les mains noires, cette fois, se posèrent sur ses épaules.

— Ne bougez pas. Vous êtes fatigué. Très fatigué.

Trendy se laissa faire, ferma les yeux. La peau qui effleurait la sienne était tendre, mais ses gestes n'étaient pas d'une femme. Il s'abandonna à la douceur parfumée de l'oreiller, puis rouvrit les yeux. La forme longue et noire était toujours penchée sur lui.

— Vous êtes celui des arêtes de poisson ?

L'incongruité de la question ne surprit pas Trendy. Il acquiesça d'un signe, puis trouva la force de corriger, comme par réflexe :

— Non, pas les arêtes. Les squelettes. Où sont les autres ?

159

— La nuit. La nuit et la musique. Les caves, les boîtes. Ils veulent tous la terre, le dessous de la terre. Tout le monde s'y met. C'est la dernière folie.

La voix roucoulait un peu. Elle était suave et virile en même temps, elle donnait la même impression de douceur que les mains, tout à l'heure, quand elles avaient pressé les siennes. Elle apaisait, elle aussi. Il y eut un long moment de silence. Le bourdonnement, le bruit de mer s'étaient éteints. Il n'y avait plus que la tranquillité de cette chambre, la lueur atténuée de la lampe d'où émergeait peu à peu le visage de celui qui lui parlait.

C'était un Noir, ou plutôt un métis, un jeune et mince métis. Il était vêtu d'une longue robe à la manière africaine. Son tissu brillant crissait légèrement à chacun de ses mouvements.

— Vous auriez dû prévenir, répéta-t-il. J'aurais pu vous attendre.

Trendy sentit monter en lui un début de colère. Qui était-il, pour lui parler ainsi, et de quel droit était-il ici, et pourquoi avait-on rangé le capharnaüm de Ralph ?

— Vous êtes Trendy, fit l'autre. Celui des arêtes de poisson.

Cette fois, il n'eut pas le cœur de corriger. Décidément, tout lui échappait. Même ici, à Paris, il ne comprenait plus rien. Il devait être pris d'une folie subite, pire encore, il s'y voyait sombrer. Un seul point le rasséréna : l'autre était poli, il le vouvoyait. Il continuait de sa voix chantante :

— Les autres vivent en dessous. La nuit, les souterrains... Pour faire de la musique, pour danser, ou même pour peindre. Le jour, ils ne remontent pas. Tout le monde dit que la vie est plus forte sous terre. Ils ont emporté leurs affaires. Ils m'ont proposé l'appartement.

Puis il ajouta, plus sourdement :

— Moi, je n'aime pas la terre. Je n'aime pas la nuit. Ou plutôt je préfère ma nuit. Celle de mon île, avec la mer. Dès que j'aurai l'argent, je repartirai.

— Mais qui êtes-vous ?

Le métis se redressa devant le lit. Les plis de sa robe retombèrent avec leur bruit de glace qui se fendille.

— Je suis Numance. Alexis Numance. Je travaille à la Bibliothèque nationale. Je lis énormément.

— Ah ! fit Trendy. Un bibliothécaire...

Son irritation retomba. Il n'y avait rien à comprendre en ce monde. Rien qui mérite l'étonnement. Ni le départ de ses amis vers des habitats souterrains, ni ce Noir installé à leur place, ni le bruit de la mer à son arrivée, ni la mort d'Anna. La mort d'Anna... Un bref instant, il revit le gant bordé de strass près de l'automobile calcinée, il crut sentir son trop lourd parfum, et il eut un haut-le-cœur.

— Je cherche simplement les livres et je les apporte aux lecteurs, fit le Noir en serrant à nouveau son poignet. Je pousse les chariots dans la bibliothèque...

La suite se perdit dans un nouveau bourdonnement. C'était la tempête, cette fois, le fracas d'une terrible tourmente. Mais que les mains du métis étaient douces ! Trendy ne sut pas s'il s'évanouissait ou s'il s'endormait. Il l'entendit simplement chuchoter :

— Il faudrait que j'appelle Bérénice.

Quand Trendy reprit connaissance, ou se réveilla, il ne sut jamais, il entendit encore la voix de Numance. Une autre voix, plus mélodieuse et plus traînante encore, lui répondait.

— C'est le moment, dit la première voix. Va faire réchauffer les herbes.

Une seconde forme noire, bien plus noire que la précédente, s'inclina vers son oreiller. Elle bougeait lentement, presque avec paresse. C'était une jeune femme. Elle ressemblait étonnamment à Numance. On aurait cru sa sœur. D'emblée, Trendy sentit entre eux une immense complicité, et il les envia.

— Bérénice va te donner un remède, fit l'homme dans son français un peu suranné. Des herbes de chez nous. Bérénice sait soigner. Bérénice est merveilleuse.

Il n'en douta pas une seconde. Il avait parfaitement retrouvé ses esprits. Quelques instants plus tard, la femme revint, et lui tendit un bol d'une tisane très odorante. Elle portait une robe de lamé argent, ce même lamé argent dont il devait apprendre, plus tard, que la Cruzenburg l'avait mis à la mode. Elle avait un décolleté arrondi ; il voyait parfaitement la naissance de ses seins, les longs muscles sombres de ses bras et de ses épaules. Comme Numance, elle était gracile et royale.

— Il faut boire, dit-elle.

On ne résistait pas à sa douceur. Il obéit. Le liquide était très chaud, un peu vert, avec une odeur d'herbe qui laissait dans la bouche un goût amer. Il s'efforça de maîtriser sa nausée. Il ne demanda pas ce qu'était le remède. Les deux inconnus voulaient peut-être le droguer, ou le tuer. A la vérité, qu'avait-il à perdre ? Il était rescapé de dangers bien plus terribles, un dédale de passions meurtrières où il désespérait de jamais se retrouver.

La femme s'était mise à chantonner. Numance la couvait de son regard immense et noir.

— C'est Bérénice, mon amie, finit-il par dire. Elle aussi, elle veut retourner dans l'île. Elle est danseuse, ici, la nuit.

La femme se releva brusquement :

— Dis la vérité, Numance.

— Tu crois ?

— Dis la vérité.

L'homme eut un regard inquiet, puis il prit un air désinvolte :

— Elle danse nue, chez *Nepthali's*.

— Nephtali's ?

— Le cabaret, dit la jeune femme. Oui, je danse nue. Il n'y a pas de honte à ça. Il n'y a pas non plus de honte à le dire.

— Quand nous aurons assez d'argent, nous retournerons chez nous, coupa Numance.

Il eut un geste vague vers la fenêtre, vers l'ouest.

— ... Nous aurons des enfants, une maison. En attendant, il nous faut de l'argent. Bérénice gagne très bien sa vie. *Nephtali's Follies*, c'est la plus grande boîte de Paris. On l'a ouverte il y a trois mois. Avant, Bérénice dansait aux *Délices*.

Numance paraissait très fier de sa compagne. Trendy estima qu'il avait raison. Il connaissait les *Délices de Macao*, où il était allé souvent avec ses amis avant que Drogon ne l'expédie chez Ruth. Une éternité, lui semblait-il. Les souvenirs qu'il avait de cet endroit lui revinrent comme des images de l'enfance. Que de nuits consumées dans cette pagode transformée en gigantesque boîte, où l'on jouait, l'on dînait, l'on dansait, à sa convenance, tandis que les plus belles filles de la capitale se dénudaient sur une gigantesque plate-forme rouge et vert, au milieu des vapeurs d'encens et sous le regard

162

narquois des dieux obèses de l'ancienne Chine. On murmurait qu'il s'y mêlait parfois, pour de rares élus qui en payaient très cher l'insigne privilège, l'odeur insinuante des calumets d'opium.

— Les *Délices* ont fermé ? demanda-t-il.

— Non. Ils se sont vidés. Personne n'y va plus.

— Je n'aurais jamais cru.

— Tout arrive, à présent, soupira Bérénice.

— Tout arrive.

Il se laissa retomber sur l'oreiller. Il avait sommeil. Tandis qu'elle reprenait son bol de tisane, il observa son visage délicat, ses muscles fins qui jouaient sous sa peau très noire. Il effleura sans le vouloir le haut de son bras, vit encore le sourire de Numance, derrière elle, puis une léthargie bizarre l'envahit. Il n'y résista pas. Il fallait se laisser aller. Il fallait consentir à la douceur.

Il dut dormir longtemps, très longtemps, d'un sommeil sans rêves. A son réveil, il n'était pas reposé. Il avait un début de migraine, les lèvres sèches et la bouche amère. Etait-ce la potion de la danseuse nue, comment s'appelait-elle déjà, Bérénice, oui, Bérénice. Il n'avait pas rêvé cette fois, il se souvenait parfaitement d'elle. La très noire Bérénice et ses magnifiques épaules qui s'était penchée sur lui avec le bol qui sentait l'herbe chaude... Le soir était là. Il avait dû dormir des heures et des heures, peut-être un jour entier. Il erra un peu dans l'appartement. Toutes les pièces étaient dans un ordre sinistre. Ses amis avaient bel et bien décampé. Deux mois plus tôt, il aurait pris ce départ pour une catastrophe, une désertion. A présent, il en était soulagé. Il avait besoin d'être seul. Anna... Il se rappela encore un infime détail, un petit mouchoir rose avec de longues traînées de rouge à lèvres, qui avait été projeté sans doute avant l'incendie de son coupé. Le mouchoir s'était échoué parmi les herbes, dérisoire, un peu voyant, comme la beauté même d'Anna. Alors Trendy comprit ce que dissimulaient sa migraine et l'amertume de sa bouche. S'il avait mal à la tête et ce goût âpre sur la langue, c'est qu'il avait besoin de pleurer.

Il s'abandonna aux larmes. Etait-ce vraiment un abandon ? Les larmes étaient là, c'était tout, c'était ainsi. Lorsque revint

163

Numance, lorsqu'il entra, comme la veille, de son pas de chat, Trendy ne prit même pas la peine de se sécher les joues.

— Tu as une cigarette ? lui demanda-t-il simplement.

Il avait confiance en cet homme. Il était fatigué de se surveiller, de spéculer, de se méfier. Assez de politesses, de vouvoiements, de salamalecs. Sa voix était cassée encore par les sanglots, mais les larmes l'avaient soulagé d'une partie de sa peine. Petite part de douleur, la plus apparente, sans doute, la plus mince, celle qui se lit sur le visage. Assez pourtant pour se redresser sur son lit. Et pour avoir envie de fumer.

L'autre secoua la tête :

— Pas de cigarettes. Des cigares seulement. Ils viennent de mon île.

— Donne.

Numance devait arriver de sa bibliothèque. Dans son costume à l'européenne, il demeurait aussi princier que la veille. Il revint de sa chambre avec une boîte de cigarillos. Ils se mirent à fumer en silence. Trendy se calmait peu à peu. Numance était accroupi sur le plancher. Ses yeux se perdaient dans le vague, du côté de la fenêtre, du côté d'un morceau de ciel où se levait la lune, et il se taisait. Il était beau, indiscutablement beau et tranquille. C'était Halphas sans le tourment. Son silence à lui seul était un apaisement. Alors, tout aussi brusquement qu'il avait pleuré, Trendy fut pris du désir de parler. Il ne chercha pas à justifier ses larmes. Il reprit un second cigare, s'assit comme le Noir sur le plancher, remit de l'ordre dans ses cheveux.

— Si tu savais d'où je reviens...

— Tout le monde est fou, en ce moment. Le monde ne va pas bien. Tu entends les musiques ?

Il entrouvrit la fenêtre. Les premiers airs de la nuit, échappés des caves, montèrent jusqu'à eux. Ils étaient triomphants, comme si les musiciens, et ceux qui, çà et là, se pressaient vers les escaliers qui descendaient sous terre, avaient été pris, à l'approche du soir, d'une ferveur insolite.

— J'ai vu bien pire, commenta Trendy.

Numance hocha la tête et tira sur son cigare.

— Il n'y a rien de pire que la mort. Et encore, ce n'est pas sûr. Il faudrait savoir ce qu'il y a après.

Trendy l'interrompit.

164

— Deux femmes, coupa-t-il. Deux femmes que j'ai perdues.

— Deux ? fit le Noir. Deux d'un coup ?

Une lueur de curiosité s'était allumée dans son regard.

— Deux d'un coup. L'une morte, l'autre partie. Le même jour.

Numance parut réfléchir. Ou peut-être n'osait-il pas questionner. Trendy prit les devants :

— Il y en avait une que j'aimais plus que l'autre.

— On a toujours des préférences.

— Je préférais celle qui est partie.

Numance baissa les yeux. Son silence, à nouveau, fut un encouragement à poursuivre.

— C'est pire que la mort, continua Trendy. Qu'est-ce qu'il y a, après un amour mort...

Numance se leva avec solennité. Son extrême sérieux et le ton pénétré qu'il prit détonnaient avec sa jeunesse.

— Ton amour n'est pas mort. Elle est partie, mais tu l'aimes. Tu peux toujours gagner.

— Elle est partie, si tu savais où... Avec qui !

— Tu peux toujours gagner.

Trendy sentait les sanglots revenir. Cependant les paroles graves de Numance s'élevaient dans la pièce, elles le touchaient avec la même tendresse que ses mains, la veille, quand elles s'étaient posées sur les siennes.

— Tu l'aimes et tu gagneras. Tu iras la chercher où qu'elle soit. Tu l'arracheras des mains des plus puissants. Elle te suivra, tu ne la perdras plus.

— Si tu savais. Mais si tu savais...

— Il ne tient qu'à toi que je sache.

Trendy leva un regard étonné. Numance parlait comme un livre, avec l'autorité et la gravité d'un livre.

— Il ne tient qu'à toi, martela-t-il.

Trendy se laissa faire. Au début, pourtant, ce fut difficile. Il lâchait seulement des bribes de phrases, des mots incohérents. Il le sentit bien, Numance dissimulait le mal qu'il éprouvait à le suivre. Tous ces noms inconnus, ces mots bizarres, ce labyrinthe sans fin de raisons et de causes. Fausses raisons, mauvaises causes, Trendy s'en aperçut à mesure qu'il parlait. Alors, peu à peu, tout commença à s'éclaircir. Il n'y eut plus que ce regard sombre et doux posé sur lui. Numance avait-il jamais connu l'angoisse ? Parfois il avait un mouvement d'étonnement ; un vague sourire, un rictus d'inquiétude passaient sur ses traits. Il écoutait. Il entendait tout, il comprenait, il pressentait ce que Trendy allait dire, mais il ne le précédait, ne l'interrompait jamais. Cela dura peut-être la moitié de la nuit.

— Anna est morte, Judith est partie, conclut Trendy. Tout est fini.

Numance ne répondit pas.

— J'ai laissé là-bas mes squelettes de poissons, reprit-il. Je n'ai plus envie de travailler.

— Par les temps qui courent, qui a envie de travailler ?

— Toi. Et Bérénice.

— A cause de l'île. Seulement à cause d'elle. Il faut que tu trouves ton île, toi aussi.

Il eut un soupir excédé.

— Mon île !

— C'était Judith, mais tu ne le savais pas. Maintenant tu le sais. Tu as avancé. Tu vas la gagner. Je t'aiderai.

— On ne gagne pas une fille comme elle. Elle se donne. Elle se refuse. Elle part.

Numance secoua la tête :

— Tu fais fausse route. Ce qui t'arrive n'est qu'une chose étrange parmi d'autres. Mais si tu veux cette fille...

— Je n'ai pas couru après elle ! C'est elle qui est venue...

— Tu l'attendais sans le savoir.

— Non. Personne n'attend personne. On m'a voulu du mal. Judith m'a voulu du mal. Je ne lui avais rien fait.

— Ce n'est pas elle, ton ennemi. C'est l'autre. Le Commandeur.

— Je ne l'avais jamais vu !

— Tu lui as fait peur. C'est la pire des fautes.

— Mais pourquoi ? J'étais là, bien tranquille, avec mes squelettes...

Dans la boîte de Numance, il ne restait plus qu'un seul cigarillo.

— Finissons-en, fit le Noir, et Trendy ne sut pas s'il parlait des cigares ou de son histoire. Ton ennemi, c'est le Commandeur. Il faut le vaincre pour revoir Judith.

— Le vaincre... C'est ridicule. Tu ne le connais pas !

— Et toi, tu le connais ? Il faut l'écraser. Pour vaincre, il faut connaître l'ennemi. Tu n'as même pas cherché à le connaître.

— Je n'ai pas eu le temps !

Le métis ne perdit rien de sa belle assurance :

— Tu vas le trouver. D'abord il faut savoir qui il est, ce qu'il cherche, ce qu'il aime. Et aussi ce qu'il hait. Je t'aiderai.

Numance était jeune, bien plus jeune que Trendy. Pour autant, on ne lui répliquait pas. A présent qu'il s'était abandonné à la confidence, il lui semblait qu'il le connaissait depuis toujours. Il ne s'en voulait pas d'avoir débondé son cœur, il ne voulait plus quitter cet homme qui semblait droit venu d'un royaume d'enfants et disait les phrases comme on chante, avec des répétitions, des modulations de vieilles mélopées. Mais Numance n'était pas un enfant. A deux longues rides qui lui marquaient la bouche et le front, on voyait bien que la vie, très tôt, l'avait blessé.

— J'ai lu des histoires un peu semblables dans les livres, poursuivit-il au bout d'un moment.

Trendy sursauta. C'était comme une insulte, pire encore que de lui démontrer qu'il avait rêvé.

— Les livres ? Quels livres ?

— Les grands livres, continua Numance sur le même ton inspiré. Les livres de magie. A la bibliothèque, je peux lire ce que je veux. Les ouvrages les plus rares, les plus secrets. Ceux aussi qu'on a égarés. Je suis l'employé le plus ordonné de la bibliothèque. C'est fou ce qui peut s'égarer là-bas. Je furète, je finis par tout retrouver. Et souvent, après mon service, je reste pour lire.

Il sortit de sa poche une petite clef :

— Elle ouvre toutes les portes.

Il en paraissait presque aussi fier que de Bérénice.

— Ce soir, je suis rentré pour toi. D'habitude, la nuit, quand Bérénice va danser, je suis un peu triste. Alors je reste là-bas. Personne ne le sait. La bibliothèque m'appartient. Des kilomètres de rayonnages. Des années-lumière de manuscrits, de grimoires, de journaux, d'enluminures. Et tous les grands livres.

— Mais pourquoi la magie ?

— Bérénice est un peu sorcière. Chez nous, le don se transmet de mère en fille. J'accumule des centaines de choses qu'elle ignore, des tours, des recettes, des exorcismes. Je ne les note jamais, je les apprends par cœur. Sans moi pour les lui réciter, elle ne peut pas les retrouver. Je les lui donne petit à petit, l'un après l'autre, deux ou trois seulement par semaine.

— Ils marchent, tes tours de magie ?

— Je ne sais pas si elle les essaie. En tout cas, elle en redemande. Elle en réclame sans cesse. Comme ça, tu vois, elle ne me quittera jamais. J'ai déjà assez de recettes pour tenir toute la vie.

Trendy eut un mouvement de colère :

— C'est ce que tu veux m'apprendre, pour Judith ? Comment la tenir ? Comment mentir...

— Je crois à la magie, rétorqua Numance sans se départir de son calme. Je sais que ça marche. Avec des magiciens, évidemment. Je ne suis pas magicien. Bérénice, elle...

Il s'interrompit.

— Ton histoire... Une femme, un capitaine, des morts, toutes des femmes... J'ai dû déjà la lire, quelque part.

— Laisse. J'en ai assez de cette folie. Je préfère encore aller m'abrutir sous terre avec les autres.

Il mentait. Il avait encore envie d'écouter Numance, il commençait à rêver de son palais de livres, de ses nuits solitaires à se repaître des vieilles encres et des papiers jaunis. Il se reprit :

— Et tu as lu quoi, qui ressemblait à mon histoire ?

— Des magies.

— Abracadabra, envoûtements et pentacles...

Trendy eut un dernier rire, mais cette fois il était forcé. Numance retrouva son air solennel :

— Les sorcelleries de la mer. Elles sont partout les mêmes. On les trouve rarement dans les livres. L'Océan est un monde de secrets et de perfidies. C'est le véritable enfer, le vrai royaume de Satan. C'est là qu'on va signer les malédictions éternelles. On signe, on consent au règne du mal, pour un peu de vent dans la bonace, pour le calme au plus fort de la tempête. On vend son âme en échange de l'épouvante. On signe, Trendy, on accepte le pacte sans même réfléchir. Et ce n'est que bien après qu'on s'aperçoit qu'on a rencontré le Seigneur du Large.

Trendy le dévisagea d'un air sceptique.

— C'est son nom, chez moi. Son pire nom, sa pire forme. Tu verras, avec un peu de chance, en cherchant dans la bibliothèque...

Trendy se leva vers la fenêtre et l'ouvrit. Les musiques venues d'en dessous commençaient à s'essouffler. La nuit devait être bien avancée.

— Je t'emmènerai voir les grands livres, dit Numance.

Trendy referma la fenêtre. Il revoyait Anna, la voiture calcinée, le gant ourlé de strass, le petit mouchoir rose, et surtout le mot terrible de Judith à sa mère, pour lui annoncer qu'elle restait chez le Commandeur. Quels seraient ses prochains tableaux? Elle-même, aussi nue qu'il l'avait tenue, adorant cet homme qu'elle prenait pour un ange? Il aurait fait n'importe quoi pour tout oublier.

— Demain soir? demanda Numance.

— Demain soir.

Il avait chuchoté. A quoi consentait-il en ce moment, qui venait peut-être du même royaume de ténèbres? Il n'avait pas envie de savoir. Il était tellement tard, déjà, et pour tellement de choses.

CHAPITRE XVI

Les semaines qui suivirent, ces jours, ces nuits sans fin où Trendy découvrit les joies et les mystères de la bibliothèque, furent, à bien y songer, une sorte de bonheur. Numance éprouvait comme une sourde volupté à lui faire partager ce qu'il considérait comme son pays secret. Il n'eut aucune peine à l'entraîner à sa suite. De fait, les moments les plus agréables furent ceux qu'ils y passèrent ensemble après la fermeture des portes, leurs furetages silencieux dans l'ombre poussiéreuse des rayonnages, une lampe de poche à la main, à traquer les grimoires et le tourbillon des siècles. Ils ne croisaient jamais personne. Quelquefois, une ombre se profilait au détour d'un couloir. Elle s'éclipsait rapidement derrière les colonnades. Numance avait, c'était clair, ses complicités dans la place.

Quand il se fut remis de la fatigue de son voyage, Trendy avait eu un moment de méfiance. «Que veux-tu que j'aille chercher là-bas? avait-il dit à Numance, je préfère encore m'occuper de mes poissons, que veux-tu que je trouve dans tes vieux papiers, j'ai vécu une folie qui ne s'explique pas dans les livres!» Et il avait ajouté avec plus d'humeur: «Explique-moi d'abord pourquoi tu as rangé mon appartement, pourquoi au juste les autres ont décampé, qui m'a dit que tu ne les as pas jetés dehors, d'où viens-tu, et où vit Bérénice, elle ne vient jamais dormir ici le jour...»

Numance n'avait pas répondu à sa colère. Il avait eu son grand regard mélancolique, puis, après un long silence, il s'était expliqué: dès le départ de Trendy, le moment où la vogue des souterrains avait commencé, un de ses amis musiciens lui avait proposé l'appartement. Il le lui offrait pour trois fois rien, à la seule condition qu'il l'entretienne et qu'il le protège des voleurs, très nombreux dans le quartier. Numance avait aussitôt accepté. Jusque-là, il vivait avec Bérénice, mais il lui était devenu insupportable de rentrer de la bibliothèque pour la voir s'en aller se déshabiller devant les foules des *Délices* ou de *Nephtali's Follies*. Elle n'aimait pas davantage, à l'aube, s'endormir seule tandis qu'il repartait pousser son chariot de livres. Ils décidèrent de se séparer. Ils se revoyaient les dimanches, toujours chez Bérénice. C'est de ce temps-là aussi que Numance avait pris l'habitude de passer la moitié de ses nuits à la bibliothèque.

L'histoire de Numance émut Trendy. Il se reconnut une sorte de parenté avec lui, dans sa passion pour une femme lointaine. Certes, Bérénice n'avait pas quitté Numance, et ils vivaient encore en amants et en frères, cet amour même qu'il aurait voulu connaître avec Judith. Mais il y avait en Numance la terreur cachée de l'autre vie de Bérénice. Il cherchait à fuir les rêves fous qu'elle incarnait pour les autres hommes, il voulait ignorer ses danses, les figures qu'elle donnait chaque soir à son corps dévêtu. C'était une jalousie insidieuse, jamais lasse, pareille à celle qui l'avait percé, lui Trendy, le jour où, dans la maison de Cornell, il avait découvert les toiles de la fugueuse d'*Hauteclaire*. Alors, puisqu'il ne comprenait plus rien à rien, puisqu'il n'avait plus envie de travailler, que Numance le prenait sous son aile et qu'il commençait à l'aimer, il accepta de le suivre à la bibliothèque.

Le but avoué de ces escapades quotidiennes était la quête du Commandeur. « Il faut que tu le connaisses, avait répété Numance, il faut que tu saches qui il est. Là-bas, tu trouveras tout ce que tu veux, les journaux de ce temps-là, ses livres, s'il en a écrit, ceux de ses proches, le souvenir de ses amis, celui d'Iris, de Ruth, du capitaine, pourquoi pas, et peut-être le fin mot de cette diablerie, le secret du Seigneur du Large... » Lorsque Numance parlait ainsi — et Trendy continuait de s'en étonner — il passait dans sa voix les souffles de l'Océan, on croyait entendre la respiration sifflante des vagues, de sourds fracas d'écume, voir le visage des marins damnés, le spectre de leurs navires aux voiles déchirées. Ses mots sentaient toujours le lointain et l'aventure. Telle lui parut alors la bibliothèque, et il le suivit là-bas comme dans les temps anciens on s'en allait vers les nouveaux mondes.

Très vite il ne se contenta plus d'y aller la nuit. Il vint le jour, au vu et au su de tous, à la manière ordinaire, avec une carte de lecteur. Il découvrit, avant les livres, l'atmosphère recueillie des salles aux lampes vertes, la rumeur légère des pages effeuillées, à peine troublée de soupirs ou de chuchotements : parler tout haut était ici un crime, pis encore, un sacrilège, impitoyablement puni d'expulsion immédiate. Il approcha aussi quelques habitués. Si les souvenirs de la *Désirade* n'avaient été aussi frais à sa mémoire, si les extravagances de la rue ne commençaient à lui apparaître, il aurait pu prendre pour des aliénés une bonne partie des lecteurs. Il y avait un jeune homme mince et pâle qui se signait rituellement avant de commencer son exploration des fichiers. Il y avait l'habitué de la place 222, qui refusait avec la dernière énergie qu'on lui attribuât d'autre place et menaçait à haute voix de mettre le feu à la bibliothèque si, par inadvertance, un employé y avait installé quelqu'un d'autre, fût-ce un prestigieux professeur. Il y avait un centenaire qui passait tout le jour penché sur des volumes vieux de quatre siècles et hochait la tête de temps à autre en chevrotant : « C'est vrai, je me souviens de tout. » On ne savait pas s'il parlait de sa mémoire des livres, ou de celle de ces temps reculés. Il était si parcheminé qu'on n'était pas loin, en vérité, de croire qu'il en fût l'ultime survivant. Il y avait enfin un homme entre deux âges, petit et obèse, qui se constituait dès l'ouverture un énorme rempart de dictionnaires ; puis il sortait de son sac les nourritures les plus diverses, qu'il se faisait fort de consommer sans être pris, à l'abri de son mur de reliures. Avait-il acheté la complaisance des employés et celle, non moins capitale, de ses voisins d'étude ? En dépit du règlement, nul ne l'inquiétait, et il passait sa journée à faire ripaille sans être inquiété, au point qu'on pouvait se demander quelle rare perversité le poussait quotidiennement sous la coupole byzantine de la bibliothèque, s'il y venait par gourmandise des livres, ou si sa boulimie de nourritures terrestres ne pouvait s'accommoder que de l'odeur des vieux cuirs et des papiers craquelés.

Trendy se plongea donc dans l'océan des livres. Numance était un curieux mélange de rêve et d'esprit pratique. Il lui avait conseillé de commencer par étudier la magie. « Ensuite, nous irons aux périodiques, là où sont conservés les journaux, et nous chercherons qui est le Commandeur. — Mais enfin, protesta Trendy, c'est par là qu'il faut commencer, le Commandeur est un homme réel, pas un magicien, c'est tout au plus un personnage, il joue un personnage, comme au théâtre ou dans les films ! » Numance avait secoué la tête avec sa gravité coutumière : « Les personnages, comme tu dis, ont une âme de démon. Ceux qui nous les envoient les ont fabriqués pour nous tenter et nous perdre. La plus belle ruse du Diable est de nous faire croire qu'il n'existe pas. »

Trendy s'était incliné. Selon les prescriptions de Numance, il était parti à la recherche des mystères de la mer, des créatures fabuleuses tapies au fond du chaos des eaux, le royaume du Léviathan et le cortège de ses hydres. Il y croisait tous les jours d'épouvantables abîmes. Il le redoutait moins que le gouffre qui gisait en lui-même. Si elle ne parvenait pas à effacer ses souvenirs, cette immersion, pour le moins, le calmait. A se perdre ici dans les annales du monde, à se frayer un chemin dans la nécropole des mots, des hiéroglyphes parfois, des langues mortes, des signes cabalistiques, il retrouvait l'enthousiasme de ses recherches sur les poissons. Depuis *Hauteclaire*, elles étaient devenues mécaniques et sans joie. Ici, comme lorsqu'il était enfant et qu'il passait des heures à épier la vie au fond des flaques laissées par la marée, il vivait à la frontière de deux univers, le visible et l'invisible, il guettait, il traquait sans relâche ce que dissimulait la frêle écorce des choses. Patient, têtu, soutenu aussi par la foi de Numance, c'était encore la mer qu'il cherchait sur l'océan des livres.

Quelle fatalité l'y poussait, alors que presque tous dans la ville partaient s'étourdir sous terre ? Il se le demandait rarement. Il se sentait bien sous la verrière de la bibliothèque qui ternissait avec le soir, et, fût-ce une apparence, ce début de tranquillité était un luxe sans prix. Il comprenait à présent les petits bonheurs de Cornell, il comprenait son goût de la nuit, la nuit sans saison, selon le mot qu'il avait eu. Avec Numance, le soir, au long des rayonnages, lorsqu'ils soulevaient des manuscrits précieux, dénichaient des grimoires écrits à l'encre rouge comme en lettres de sang, tombaient sur des gravures de monstres plus maléfiques et plus fous que la veille, des tortues-îles, des tritons grimaçants, des algues géantes, gluantes, qui s'emmêlaient aux cordages des navires et les entraînaient vers les grands fonds, Trendy croyait voir s'ouvrir devant lui l'enfer médiéval avec sa gueule de baleine, et plus loin dans le gouffre, la terrible nuit de la Bible, celle de Jonas et des premiers démons, les grands poissons de Babylone, ses serpents annelés tapis dans les abysses. Elles étaient toutes là, endormies entre les pages des livres, les créatures carnassières et aveugles des rêves de Cornell, les dragons du déluge et d'avant le déluge, à l'affût des hommes qui les narguaient sur leurs pauvres bateaux. A chaque instant pouvaient se réveiller les entrailles de la mer, et c'étaient alors des tremblements de terre, des pluies d'étoiles, des apparitions d'armées prodigieuses, des naufrages, souvent, et d'effroyables rencontres. Jamais Léviathan n'abandonnait ses proies. A mesure que Numance tournait les pages des encyclopédies et des vieux portulans, s'arrêtant, çà et là, pour commenter un détail plus monstrueux que les autres, des Néréides aux jambes torses et couvertes d'écailles, des hydres écumantes aux nageoires hérissées de crocs, des crabes gigantesques aux mâchoires garnies d'éperons, il s'ingéniait à montrer à Trendy que toutes les figures terrestres du Diable, sylphes, satyres, gargouilles, marmousets, dérivaient d'un unique et premier serpent, Léviathan ou Seigneur du Large, né de l'eau glauque, femelle et salée, aux confins où se rejoignent la lumière et les ténèbres. « Et nous voici proches de son règne ! s'exclamait-il, le signe des Poissons, le dernier du zodiaque des siècles. A cette heure où se confondent l'histoire et le chaos, le Seigneur du Large brisera la chaîne qui le rattache encore au fond de la mer, et il se répandra parmi nous avec son cortège de fléaux. — Alors, ton île ? objectait Trendy, si la fin est si proche, pourquoi ne pars-tu pas tout de suite pour ton île ? — Je dois gagner de l'argent pour rentrer », répondait Numance avec son regard triste, et alors Trendy renonçait à comprendre.

Il dut se passer ainsi plusieurs semaines. Il ne vivait plus que dans le désir des livres. Il s'était vite aperçu que pendant la journée il était loin d'être le seul à réclamer les traités des ténèbres. Deux fois sur trois, l'ouvrage qu'il cherchait était déjà aux mains d'un autre, et tous les passe-droits de Numance étaient alors inopérants. Trendy comprit ainsi l'utilité de leurs expéditions nocturnes. Après la fermeture, la bibliothèque leur appartenait tout entière. Leur fébrilité était telle que, bien souvent, ils consultaient les manuscrits debout devant le rayon où ils les avaient trouvés. Trendy prenait très peu de notes. Il retenait tout. La passion de l'invisible le travaillait à la manière de certaines médecines, qui rusent avec le corps pour mieux le débarrasser des penchants qui le menacent. Son amour pour Judith était venu de façon incompréhensible ; du jour de leur rencontre, tout en lui s'était trouvé jeté dans le plus grand désordre. Le monde du Diable et de la mer paraissait aussi, pour l'explorateur novice qu'il était encore, le royaume de l'anarchie et de la folie des sens. Mais Numance avait vu juste : cette démence même le calmait. Ou du moins elle l'aidait à continuer de vivre.

Il ne perdait pas de vue Judith, pas plus qu'Anna, d'ailleurs, ni Ruth ou la Cruzenburg. Chercher un sens à ce qu'il avait vécu, utiliser ses forces à reconstituer le dédale où il s'était perdu, rendait la jalousie un peu plus supportable. Car il était jaloux. Que fait-elle, Judith, en ce moment, se demandait-il souvent, pourquoi est-elle partie, et Anna elle-même, elle devait l'aimer, le Commandeur, c'était lui qu'elle cherchait, pas moi, je n'étais qu'un leurre, la consolation d'un moment, une distraction, un jeu, et Ruth elle-même, peut-être autrefois, entre Ruth et le Commandeur... Alors il se jetait désespérément dans les livres. Ils lui donnaient des réponses simples et rapides : tous les démons sont nés des eaux féminines, donc Judith est une sorcière, et les autres femmes aussi. Toutes ces goules, ces sirènes, ces ondines, ces mauvaises fées des abîmes... Un autre jour, Judith était la victime innocente d'une affreuse malédiction. Le Commandeur l'avait envoûtée et enfermée dans une chambre secrète ; et ces jours-là, Trendy n'était pas loin de penser que la *Désirade* ressemblait au château de Lusignan, accessible, en apparence, mais tout entouré de l'herbe qui égare. D'autres jours enfin, refermant ces reliures usées qui regorgeaient de contes, il croyait avoir découvert le remède à ses maux : punir Judith du châtiment des reines pécheresses, la cacher, la murer, l'ensevelir à jamais dans le tombeau d'oubli.

Alors il avait besoin de la présence de Numance. Il en avait assez d'affronter seul les cartulaires, assez des alchimistes, des dragons annelés aux impitoyables mâchoires, des monstres marins avaleurs de soleil, assez de la mer bouillonnante comme un chaudron de parfumeur. Il quittait la bibliothèque. C'était souvent le soir, vers cinq heures. La nuit venait. Il retournait à l'appartement attendre l'arrivée de Numance. Ils dînaient, puis, vers neuf heures, ils repartaient se plonger dans les livres.

Ce moment de solitude, à la fin de l'après-midi, ne durait pas longtemps. Trendy retournait vers les Halles en flâneur. C'était pourtant un automne froid, une saison glaciale et cendrée qui ressemblait à l'hiver. Certains jours, le vent se levait, arrachant aux branches leurs ultimes feuilles, répandant sur toutes choses une grande lumière dorée. D'un seul coup, les trompe-l'œil qu'on avait peints, il ne savait pourquoi, sur la plupart des façades aveugles surgissaient de la brume comme autant d'apparitions, les immenses glaces des nouveaux immeubles, leurs colonnades de verre se mettaient à resplendir. Illusion du rêve ou de la mémoire, ce n'étaient cependant jamais les déferlements lumineux d'*Hauteclaire,* ses brasillements, les étincelles qu'on voyait là-bas dans l'air les lendemains de tempête, quand s'envolaient les lichens arrachés aux rochers et que le soleil enfin se libérait des nuages. Que devenait Ruth, dans cet hiver précoce, et sa maison, ses meubles, ses odeurs de cire ? Il revoyait son profil devant la vitre mouillée du salon, les reflets cuivrés du feu dans son lourd chignon blond. Sans doute fallait-il obéir à Numance et ne plus jamais y penser. Le rêveur qui avait bâti *Hauteclaire* avait affronté des années les maléfices de l'Océan ; à sa suite, les deux rêveuses qu'elle hébergeait étaient affligées des mêmes tourments. Là-bas, ainsi que dans les livres, on voyait sur les murs des poulpes monstrueux, des tritons au corps de serpent, Neptune, maître des gouffres dont ne revient pas, régnait sur la maison du capitaine, Neptune et ses figures d'enfer, autrement dit, et comme toujours, le Seigneur du Large.

Alors Trendy soupirait, et regardait la rue. Ici, dans la ville, il n'avait personne à aimer comme Judith. Echappait-il pour autant à la folie ? En regard de ce qu'il avait observé à la *Désirade*, tout ce qu'il y voyait lui paraissait banal. Les femmes qui sortaient vêtues de noir et décolletées malgré le froid, les architectures nouvelles, leurs colonnades miroitantes, les jeunes vendeurs de prédictions postés aux coins de rue, uniformément moulés dans des combinaisons de cuir rouge, c'étaient là de simples extravagances. Comme les précédentes, elles changeraient avec la saison, c'étaient des modes passagères, piquantes, certes, mais à peine surprenantes, une distraction de plus, croyait-il, pour chasser l'ennui qui ravageait les temps. Et la nuit venait, transparente, glaciale, dure comme un alcool où il faisait bon se dissoudre.

Lorsque Numance le rejoignait à l'appartement, ils échafaudaient leur plan de recherches pour la nuit. Son ami était hanté par la hiérarchie de l'Enfer. Un soir, Trendy eut à ce sujet quelques mots ironiques. Il fit remarquer à Numance que les diables dont il lui parlait avaient une société calquée point par point sur les pires usages de ce monde. Numance rétorqua avec hauteur : « Depuis toujours, nous les Noirs, vous nous avez considérés comme des diables. A cause de notre peau. — Mais tu es métis ! » opposa Trendy avec maladresse. « Tu es bien comme tout le monde, siffla Numance, tu crois donc que Bérénice est une démone ! Si je veux connaître le Diable, c'est pour vous prouver, à toi et aux autres, que notre peau n'a rien à voir avec les monstres de l'Enfer... »

Trendy s'en voulut et n'insista pas. Vers les neuf heures, comme tous les autres soirs, ils repartirent pour la bibliothèque. C'était le moment où les musiques venues des soupiraux appelaient la ville à venir s'étourdir. Des dizaines de filles vêtues de paillettes et d'argent cherchaient avec fièvre les escaliers des caves. Parfois, ralenties par la foule, elles s'arrêtaient, rajustaient leurs bas brillants sur leurs trop longues jambes, achetaient un cornet à un vendeur de marrons. Entre leurs doigts gantés, elles respiraient un bref instant l'odeur âcre de la peau brûlée, l'épluchaient, croquaient le fruit noirci. Les musiques ronflaient, triomphantes comme au premier soir. Chaque nuit, d'ailleurs, il semblait à Trendy qu'elles devenaient plus fortes, plus barbares. Il y restait indifférent. Peu lui importait la vie nocturne de la ville, il se moquait même de la beauté des filles. Rien n'égalait pour lui ce qu'il avait entendu à la *Désirade*, la voix de la Cruzenburg descendant au long de ses corridors sans fin, et le buste de Judith, au dernier soir, enserré dans son corselet de velours, le même vêtement qu'on voyait maintenant sur les pâles mannequins des vitrines. Il ne doutait pas une seconde qu'elle les eût inventés. Il avait vécu des heures magiques qui ne reviendraient jamais ; ou plutôt, pour les faire revenir, pour en rester le maître, il lui fallait un secret qui était là-bas, caché entre les pages des manuscrits et des vieux in-folio. Alors une fois de plus, silencieux, le front tout alourdi de rêves, il suivait Numance à la bibliothèque.

Lui qui jusque-là n'avait eu ni Dieu ni Diable, ni foi ni loi sinon celle du plaisir, il découvrait la volupté de mots ignorés, les noms innommables et innombrables du démon, ses figures non moins diverses, ses hautes et basses œuvres, le péché et la perdition. Ce dernier mot surtout le fascinait : on l'employait aussi bien pour les navires que pour les âmes damnées. Nuit après nuit, ses déambulations interminables au milieu des catalogues et des anthologies infernales lui apportaient quelques certitudes. Si les visages du maître de l'Empire noir ne se comptaient plus, comme le nombre de ses tours et de ses maléfices, la force première, celle de l'Ange révolté, rejeté au fond de l'Océan par son Dieu courroucé, était bel et bien unique. Le Seigneur du Large, comme avait dit Numance, régnait sur les abîmes maritimes. Seule une croyance étroitement terrienne avait répandu l'idée que son royaume était logé dans le feu de la terre. La terre était bonne et douce, un ventre chaud et rassurant, la mer était mauvaise, traîtresse, aussi perfide que désirable. Et tous les contes le disaient, de sa lointaine condition angélique, le Diable avait conservé une faiblesse : il faisait consentir ses proies. Il passait des conventions, des traités, des pactes. Navigateurs ou alchimistes, chercheurs d'or ou d'immortalité, amoureux ou conquistadores, tous, un jour ou l'autre, ils avaient signé. Et plus souvent que dans le secret des laboratoires à cornues et alambics, dans la solitude des cimetières ou des déserts balayés de sirocco, le démon aimait à offrir ses contrats en mer. Dans l'ouragan, l'Océan ouvert sur ses grottes profondes, la mort caressant de son aile la coque fragile des navires. Plus pervers encore, sur les quais des ports en attendant le bon vent, ou dans les calmes insoutenables, par la faim et la soif, sur l'eau si proche et si amère : tel était l'instant préféré du serpent multiforme, guetteur inlassable à l'horizon en feu. Dans ces terribles pactes maritimes, tout tournait autour du vent et de l'or, plus rarement de l'immortelle jeunesse, et jamais de l'amour. Enfin, comme sur terre, le plus grand régal du Diable était une innocence.

Ainsi donc, au fil des semaines, de dictionnaire en opuscule, d'almanach en livre d'heures, Trendy se laissa gagner par les obsessions de Numance. Comme lui, il ne jurait plus que par les Puissances de l'abîme, il en voyait partout la marque. Quand ils regagnaient l'appartement pour dormir, sur les graffiti qui se multipliaient dans les rues, Numance et lui s'amusaient encore — mais était-ce vraiment un jeu ? — à reconnaître la silhouette griffue et cornue qu'ils avaient traquée toute la nuit entre les parchemins. Et dans ce quartier des Halles où s'étaient succédé durant des siècles d'innombrables faiseurs d'or, conjurant les démons de leur livrer ses mystères, ce qu'ils avaient lu dans les livres continuait à les poursuivre.

Une nuit, le trouble de Trendy grandit. Au hasard d'un registre, il tomba sur le nom de Barberini. Il s'agissait bien du cardinal. Il était l'auteur d'une *Théologie du Diable*. Qu'elle fût écrite en latin ne rebuta pas Trendy. Numance et lui s'en mirent aussitôt en quête. Le traité n'était pas à sa place. Le métis n'en fut nullement découragé. « Je retrouve toujours tout, je suis un vrai chercheur, assura-t-il, s'ils ne m'avaient pas, ici... » Trendy le crut sur parole. Ce n'était pas la première fois qu'ils redécouvraient des volumes égarés. Numance n'avait pas son pareil pour se rappeler que la veille, alors qu'il servait des ouvrages de botanique, il avait vu traîner un vieux traité sur l'art de gagner à la loterie, ou pour dénicher derrière un radiateur un rarissime libelle contre la tyrannie du Grand Turc, oublié là à la dernière guerre, peut-être, ou sauvé *in extremis* de la dernière inondation. Cette fois-ci, cependant, il ne put mettre la main sur l'ouvrage de Barberini. Le lendemain, à l'étonnement général, on le vit arpenter les couloirs et les rayonnages dans la plus grande agitation. Ce désordre dura trois jours et trois nuits, au terme desquelles, la mort dans l'âme, il avoua son échec à Trendy. Etait-ce pour le rassurer, ou lui-même déjà commençait à y croire, Trendy eut ce début de phrase :

— Ne t'inquiète pas. Si tu ne le retrouves pas, justement, cela prouve...

— Cela prouve que j'avais vu juste, coupa Numance. Ils sont tous dans le coup. C'est un maléfice, une diablerie, un envoûtement du Seigneur du Large. C'est le moment de nous attaquer aux gazettes. Il faut savoir qui est le Commandeur.

— Nous aurions dû commencer par là...

— Sans connaître le Diable, tu n'aurais pas su les lire !

Et il l'entraîna sous la verrière où, depuis des dizaines et des dizaines d'années, l'on conservait dans de grands registres l'éphémère mémoire des journaux.

CHAPITRE XVII

A la vérité, Trendy en conçut du soulagement. Il continuait à douter. Ou plutôt il n'avait pas eu le temps de s'accoutumer à l'illusion. L'amour l'y préparait ; mais il n'avait pu effacer encore des habitudes installées par des années de recherche, les raisonnements nés de l'observation minutieuse et patiente de ce qu'il est convenu d'appeler, d'un mot trop vague et trop simple peut-être, la réalité. L'un des derniers de ces temps-là, Trendy demeurait épris de la vérité. Lors de ses déambulations nocturnes, il rencontrait parfois, au fond d'une salle ornée de moulures et de boiseries, la statue de Voltaire. Son ricanement figé dans le marbre ne semblait s'adresser qu'à lui seul. Que Numance se complût dans des ténèbres peuplées d'esprits soufrés, de spectres, de mystères autant que de paroles, Trendy le comprenait, il voulait bien l'admettre : c'était son affaire, il était amoureux d'une supposée magicienne, et peut-être en effet ne pouvait-il la garder qu'en lui distillant les pseudo-secrets de la bibliothèque. Pour lui, il commençait à être fatigué des livres de magie et de leurs formules indéchiffrables, lassé de l'âme cachée au cœur des choses, des sueurs froides, des crimes affreux des navigateurs maudits. Il était saturé de gouffres, rassasié de poissons fantastiques. Les anges même commençaient à l'excéder. Chaque fois qu'il exprimait tout haut sa résistance à l'Empire noir, Numance lui répondait avec le mélange d'indolence et de hauteur qui définissait sa personne : « Un amour malheureux rend très stupide ou très intelligent. Si tu veux Judith, tu n'as pas le choix. Tu dois chercher, calculer, et bien jouer. Trouver le moyen de la reconquérir. Et ensuite de la conserver. Comme moi, avec Bérénice. Le secret est ici, dans les livres. Comme tous les autres secrets. »

Au milieu de ces doutes, la raison de Trendy trouvait cependant un appui : la classification des formes démoniaques. Leurs espèces étaient presque aussi multiformes que les variétés de poissons. Il songeait à les ordonner selon la méthode qu'il avait appliquée à ses déformations vertébrales, quand Numance consentit enfin à lui ouvrir le département des périodiques. Sa curiosité avait tellement redoublé qu'en quelques nuits il eut rassemblé tout ce qu'il pouvait apprendre sur le passé du Commandeur.

Il avait commencé par explorer les annuaires mondains. Quoiqu'il fût incertain de l'orthographe de son nom — et il n'était pas le seul, semblait-il, les journalistes hésitaient toujours entre les graphies les plus fantaisistes, *Adéjji, Atgy, Hadji* — il l'y découvrit sans trop de mal. Ses notices biographiques donnaient à peu près toutes les mêmes renseignements. C'étaient aussi des merveilles d'imprécision. A l'évidence, le Commandeur les avait voulues telles. Manuel Hadji, puisque c'était son nom, avait la cinquantaine ; selon les textes, on lui attribuait cinquante-deux ou cinquante-quatre ans. Une revue récente lui en attribuait même cinquante-sept. Son lieu de naissance officiel était Paris, en contradiction avec la légende répandue dans la province. On n'évoquait jamais ses parents. Sa profession, le plus souvent, n'était pas mentionnée. L'homme n'était pas oisif, mais il devait répugner à laisser voir qu'il travaillait ; ou peut-être signifiait-il ainsi que s'il avait un métier, c'était plutôt une occupation. Son adresse n'avait jamais changé : un hôtel particulier non loin du quai d'Orsay. Aucune de ses villégiatures, sa villa du lac Majeur, sa propriété du cap d'Ail, encore moins la *Désirade* dont Trendy, quelques heures plus tard, devait retrouver la trace dans les échos des gazettes, n'apparaissait dans les articles des annuaires. La rubrique *hobby*, en revanche, était d'une constance et d'une précision étonnantes : *Tango - Collection de tarots haute époque.* Au terme de cette première exploration, plusieurs points ne laissèrent pas d'intriguer Trendy. Même dans de très anciens bottins, rien ne signalait qu'il eût été marié, rien n'associait son nom à celui d'Iris Van Braack, rien n'évoquait non plus Constance von Cruzenburg, ni sa passion pour l'opéra. On notait qu'il avait suivi des études prestigieuses, dans une école qui ouvrait d'ordinaire aux plus brillantes carrières ; cependant cette mention laissait l'impression d'être donnée par hasard, pour rappeler simplement l'appartenance à une communauté intellectuelle, comme une sorte de confrérie.

L'homme aimait le secret, c'était une affaire entendue. Il ne pouvait toutefois vivre de l'air du temps. Trendy trouva assez vite la réponse à cette question. Il n'eut pas dépouillé dix numéros de *Vogue* et de *Harper's Bazaar* qu'il s'aperçut que le Commandeur était très lié aux milieux de cinéma. Sur les nombreuses photos qu'on publiait de lui — il était de la plupart des premières, des cocktails prestigieux, des croisières de luxe, des festivités mondaines — on le voyait constamment en compagnie de très jeunes et très belles actrices. Dans tous les cas, leur succès avait été aussi immense qu'éphémère. L'une, se souvint-il, était morte dans des conditions mal élucidées, l'autre avait sombré dans l'alcool et la drogue, une troisième avait complètement disparu, une autre encore s'était donné la mort. Ces étoiles avaient traversé les écrans comme autant de météores.

Y avait-il un rapport entre leurs triomphes foudroyants et leur tragique disparition ? Trendy commença à le soupçonner ; car, à mesure qu'il compulsait les revues et remontait le temps, il découvrait quel était le véritable champ des activités du Commandeur. Il produisait des films. Ou plus exactement il les commanditait. Toujours le goût de l'ombre : sans doute préférait-il laisser le titre officiel à un autre, à un de ces hommes de paille à la vanité sans limites qui se laissent dicter leur conduite pourvu qu'ils soient, dans les mondanités, assurés de figurer en bonne place. Nul ne s'y trompait, et quoique sous les flashes, les soirs de première, le Commandeur tînt farouchement à demeurer en retrait, les légendes des photos le citaient toujours à côté de ses vedettes féminines. On aurait dit aussi que les chroniqueurs, d'ordinaire prolixes sur qui possède à la fois l'argent et la puissance, redoutaient au plus haut point de parler de lui. Ils lui consacraient de rares articles, très brefs la plupart du temps, allusifs et superficiels. Ils paraissaient éprouver à son égard une sorte de révérence religieuse, comme une timidité, un scrupule qui tenait de la peur. Ils évitaient d'écrire son nom, ils employaient pour le désigner de curieuses périphrases, *le légendaire bienfaiteur de notre cinéma, le convive de toutes les fêtes, celui sans qui nos stars ne seraient pas ce qu'elles sont.* Tandis qu'il feuilletait les revues, Trendy voyait défiler les plus talentueuses actrices, brunes ou blondes, fragiles femmes-fleurs ou capiteuses vamps, toutes aussi fugitives qu'elles avaient été ravissantes. Les films auxquels on associait le nom du Commandeur avaient connu presque tous un fabuleux succès, certains même, d'un avis unanime, étaient regardés comme d'immenses chefs-d'œuvre. Il nourrissait une prédilection pour les grandes tragédies flamboyantes et baroques. Deux ans plus tôt, son dernier triomphe avait été la magistrale mise en images de *la Femme sans ombre*, où Constance von Cruzenburg avait déchaîné l'enthousiasme. C'était donc lui, le Commandeur, l'argent caché derrière ces prodigieuses créations. Tout se passait comme s'il avait toujours su, au bon moment, ce qu'il fallait montrer aux foules. Il méprisait pourtant les divertissements ordinaires. Tout ce qu'il touchait se transformait en or. Par surcroît, il offrait la beauté.

Il était parfois d'une imprudence rare. A plusieurs reprises, comme le laissaient entendre les échos des journaux, il avait misé sur de jeunes cinéastes inconnus, qu'il avait dénichés Dieu seul savait où, au bout du monde, le plus souvent : un demi-voyou brésilien à peine sorti de sa favela. Le premier, il transcrit en images les grandes folies sud-américaines. Puis vint le tour d'un Chinois rescapé de plusieurs révolutions ; ses longs métrages épiques bouleversèrent la planète. Enfin il fut séduit par l'un des derniers descendants d'une tribu maorie qui ressuscita avec une pureté et une délicatesse inouïes les récits immémoriaux de son île perdue. Chaque fois, le Commandeur avait gagné ces paris insensés.

De nuit en nuit, Trendy reculait le moment de consulter les revues les plus anciennes, celles du temps d'Iris, de son mariage avec le Commandeur, du court moment de bonheur que connut *Hauteclaire*. Quelque chose le retenait. Il avait de la peine à imaginer que ces années, celles de son enfance, — comme toutes les enfances heureuses, exagérément calmes, faites d'attentes un peu tristes, un peu vaines —, avaient pu être pour d'autres un temps si rempli, tellement fort qu'à présent ceux qui l'avaient vécu n'en étaient pas remis. Comment se peut-il que la vie s'affadisse, se demandait-il, la jeunesse qui fuit, est-ce donc qu'on perd son feu, sa grâce, ce don singulier qui donne à certains jours une saveur qui tient du prodige, et que plus jamais on ne rencontrera? Et songeant cela, Trendy souffrait, car il se disait que ses jours prodigieux, c'était à *Hauteclaire* qu'il venait de les vivre, et peut-être sans le savoir, dans les bras d'Anna par exemple, dans la maison de la forêt, et le soir, tant de fois, seul dans le salon, à contempler sur les meubles de Ruth le reflet assourdi de ses grandes flambées.

Il fallait pourtant affronter cette seconde enfance, enfance derrière l'enfance, enfance du drame, sans doute, qui continuait d'opposer *Hauteclaire* et la *Désirade*. Depuis une heure déjà Numance avait déposé devant lui les registres des deux années fatidiques, depuis une heure il les feuilletait machinalement, il les effeuillait, plutôt, sans se résoudre à y jeter un œil. La nuit s'avançait. Il n'avait pas sommeil. Le silence de la bibliothèque redoublait ses craintes. De temps à autre il entendait, au bout du couloir, le pas lent de Numance sur les marches de marbre. Tout à l'heure, au moment de partir, comme toutes les nuits, le métis le questionnerait. Avec son regard grave et réprobateur, il répéterait : tu dois savoir, Trendy, si tu veux gagner Judith, tu dois savoir. Pour surcroît d'inquiétude, Numance lui avait annoncé que, ce soir, Bérénice viendrait les rejoindre. Elle mourait d'envie de voir la bibliothèque. Numance avait accepté, à condition qu'elle ne regarde que les revues de Trendy. Elle aussi, elle poserait des questions. Comment mentir, comment inventer ? Comment braver le grand regard de la danseuse quand elle se pencherait sur lui dans sa robe moulante ? S'il n'avait rien à répondre, ce serait plus pénible encore que de feuilleter ces vieilles revues. Alors Trendy trouva la force de chercher.

Dès qu'il eut parcouru les premiers numéros, ses appréhensions s'évanouirent. Ce fut même le début de moments magnifiques. Les revues de ce temps-là étaient somptueuses : un papier épais et glacé, des photos d'un noir et blanc superbe, des typographies raffinées. L'ensemble, certes, avait pris un côté démodé, mais cette désuétude même était agréable, elle accentuait l'impression que les personnages dont il était question, des magnats de la presse, des hommes politiques, des rois du pétrole ou des cosmétiques, leurs épouses, leurs maîtresses, mannequins, princesses, chanteuses, stars de l'écran ou du music-hall, arrivaient tout droit d'un royaume de légende, pays du Bois dormant oublié de tous, et dont il suffisait, pour le réveiller, d'étaler sous les lampes de la bibliothèque les feuillets à peine jaunis de ces journaux de luxe. A plusieurs reprises, Trendy tomba sur des photos de sa mère, aux temps de ses débuts. Il n'avait jamais imaginé qu'elle avait pu être si jeune, si éblouissante. Il se demandait pourquoi il l'avait ignorée, pourquoi aussi, en ce moment de désarroi qu'il traversait, il ne songeait jamais à elle, pourquoi, en somme, il la fuyait. Elle avait mérité, elle méritait l'amour. L'avait-elle connu ? Qu'avait-elle fait de sa vie, de son talent ? Malgré ses excentricités perpétuelles, malgré le peu d'intérêt qu'elle lui avait porté, Trendy commençait à penser qu'elle aurait pu l'aider. Elle était du même temps que la femme qu'il traquait entre ces pages, elle avait vécu la même frénésie, consumé les mêmes étés, connu les mêmes voitures décapotables lancées à folle allure sur les corniches qui menaient jusqu'au Sud, elle avait porté, sans doute, les mêmes bas de soie couturée, et sur les yeux ces résilles hypocrites qui redoublaient le désir des hommes. Enfin, comme l'autre, elle s'appelait Iris.

Iris, ma mère... Avait-elle seulement connu le Commandeur ? Il aurait pu être de ses amants. Il aurait pu être son père. Et Florimont ? Un jour — c'était il y a longtemps, il ne devait pas avoir plus de quinze ou seize ans — Trendy avait interrogé sa mère sur l'homme qui lui avait laissé son nom. Pour toute réponse, Iris Spencer avait répété ce qu'elle avait affirmé lorsqu'il était petit, que son père l'avait quittée avant sa naissance et qu'elle ne l'avait jamais revu. Elle n'avait gardé de lui aucune photo, elle ne savait pas ce qu'il était devenu. Il voulut en savoir plus. Les propos de sa mère furent très évasifs : « Oui, Florimont, il était bien beau... Tu sais, ce temps-là... Tout était possible, alors. On faisait n'importe quoi. Du *beau* n'importe quoi. Les gens allaient, venaient, on s'amusait, on brûlait la vie, les nuits. Quand le soir arrivait, on ne savait jamais avec qui on le finirait... Une bien belle époque.

Maintenant, tout le monde s'est rangé, regarde-toi, avec tes poissons, ta thèse, on s'organise, tout est pensé, planifié, tout est en ordre, les enfants, les amours et le reste, on ne vit plus, on survit... » Puis Iris Spencer avait ébouriffé ses cheveux teints, repoudré son nez, secoué sa veste de fourrure, et, dans un grand éclat de rire, elle avait repris son sujet favori, sa sempiternelle philosophie du désordre, et il avait été impossible de lui faire lâcher un mot de plus.

Et tel était le monde dont elle venait, celui de ces photos sur papier glacé, le temps de la jeunesse d'Iris et du Commandeur. Le premier écho intéressant que découvrit Trendy, à sa grande stupéfaction, ne concernait pas l'homme dont les annuaires venaient de lui révéler la richesse et la puissance. Il s'agissait d'Iris Van Braack. A vingt ans, âge des plus précoces, la sœur de Ruth avait triomphé sur la scène de Covent Garden. Elle avait remplacé au pied levé une diva confirmée, qui s'était trouvée brusquement défaillante. Elle n'avait eu que trois jours pour se préparer au rôle, l'un des plus périlleux de tout le répertoire. On lui avait prédit la catastrophe, on avait même prétendu qu'elle y laisserait sa voix. En une soirée, le *jeune oiseau des îles*, selon le surnom que lui donnèrent les échotiers en allusion à sa naissance exotique, triompha de tous les prophètes de malheur. La presse internationale se précipita. La plupart des photographies de l'époque représentaient Iris au moment où elle chantait le duo final de *Turandot*, les bras tendus vers son partenaire dans un élan passionné, et quelques minutes plus tard, dans sa loge débordante de bouquets, épuisée, recevant les hommages des personnalités de marque. A chaque fois, à côté d'elle, presque plus fier qu'elle ne l'était elle-même, se tenait un jeune homme très mince au regard aigu, que Trendy identifia aussitôt : c'était Dräken. Du reste une légende mentionnait son nom. Elle le donnait pour pianiste. Le plus étonnant n'était pas sa présence aux côtés d'Iris. D'après les récits de Cornell, d'après ce qu'il avait vu lui-même à la *Désirade*, Trendy avait soupçonné une complicité ancienne entre le chef d'orchestre et le maître des lieux, et il avait deviné que, pour être si forte, cette connivence remontait à leur jeunesse. Le plus curieux, c'était la joie qui éclatait sur le visage de Dräken. Il était aisé de reconnaître qu'il était comblé.

Comment ce jeune homme ardent avait-il pu devenir le musicien maigre et voûté qui se pliait en chien battu aux mille et un caprices de Constance von Cruzenburg ? Etait-ce seulement la mort d'Iris ? Etait-ce son mariage ? Etait-ce le Commandeur ?

Le Commandeur, précisément, entrait en scène quelques semaines plus tard. De quelle façon, rien ne le laissait entrevoir. Il apparaissait d'un seul coup. C'était sur une autre photo prise dans une loge d'Opéra, devant des amoncellements de corbeilles de fleurs. On le voyait se pencher sur les doigts endiamantés de la jeune cantatrice. Tout cela ressemblait à l'officialisation d'une idylle. De fait, dans les numéros suivants, il n'était plus question, s'agissant d'Iris Van Braack, que de sa romance avec le jeune Commandeur. Galas, soirées mondaines, on les voyait toujours ensemble ; mais l'homme que les chroniqueurs nommaient *le plus assidu de ses chevaliers servants* prenait soin de se tenir toujours au second plan, il laissait la diva s'avancer seule, princière, ses bras haut gantés tendus vers les gerbes qu'on lui présentait, son profond décolleté ruisselant de pierres. On racontait dans les reportages que le Commandeur venait de les lui offrir. Iris Van Braack était belle, incontestablement belle, avec quelque chose de plus que les canons de l'époque : grande, comme Ruth, avec le même port de tête ; mais brune, avec un teint qui semblait un peu mat, le cheveu dru, épais, ondulé. Sa grâce rappelait celle qu'on voit à certaines créoles, un soupçon de sauvagerie, une sensualité mal contenue, toutes choses que Ruth, précisément, avait passé sa vie à vouloir dissimuler. Cela même que sa nièce Judith laissait sans vergogne éclater au grand jour. Oui, Iris ressemblait à Judith, c'était indéniable, elle était, une génération plus tôt, sa réplique, sa presque jumelle. Jumelle plus sage, certes, enserrée qu'était la cantatrice dans les toilettes de ce temps-là, ceintures, guêpières, talons aiguille. Mais au bord des ruchés de tulle le décolleté qui narguait le photographe était le même : plein, généreux, et plus désirable encore, au-dessus de sa taille étranglée à faire mal.

Depuis longtemps déjà, Trendy avait calculé que sur ces photos Iris devait approcher le même âge que sa brève conquête d'*Hauteclaire*. Mais quelle était sa voix, comment donc pouvait bien chanter Iris Van Braack ? se demandait-il en dépouillant, avec une fièvre qui ne cessait plus de croître, les numéros de *Vogue* et de *Harper's Bazar*. A la vérité, même s'il avait admiré, comme tout le monde, la performance de la Cruzenburg dans le film de *la Femme sans ombre*, il ne s'était guère intéressé à la musique d'opéra. Mais la voix d'Iris... La voix d'Iris, non sur la scène, mais dans la vie de tous les jours, sa première voix du matin, pour dire qu'elle a bien dormi, pour raconter un rêve, demander s'il pleut ou s'il fait soleil, sa voix pour téléphoner, commander une robe, un thé, sa voix dans l'amour, sa voix pour avouer, pour câliner, pour expirer...

Il en arriva assez vite aux temps du mariage. L'annonce des fiançailles avait surpris jusqu'aux journalistes. Une photo prise en hiver montrait Iris, émue, descendant d'une passerelle d'avion. Malgré sa fourrure, on voyait qu'elle avait un peu maigri. Elle avait refusé beaucoup d'engagements. Etait-ce par amour ? Ou pour ménager sa voix, trop jeune, trop fragile encore pour supporter des rôles écrasants ? Derrière le Commandeur, toujours en retrait, on distinguait vaguement la silhouette de Dräken. On le nommait à présent *l'accompagnateur attitré de Mlle Van Braack*. Autant qu'on pouvait en juger sur ces clichés un peu flous, il avait aussi beaucoup maigri. Dans les revues suivantes, avec l'approche de l'été, on présenta quelques reportages sur les villégiatures du jeune Commandeur. On montra sa villa du cap d'Ail, sa propriété du lac Majeur avec ses jardins étagés à flanc de montagne, leurs fontaines, leurs statues à l'antique. Enfin, juste avant le mariage, il y eut quelques photos prises à la *Désirade*. La maison était pareille à ce que Trendy en avait connu, à l'exception des traces d'incendie. Toutes les fenêtres étaient ouvertes, le parc semblait chaud, tranquille. Il n'y avait qu'un seul cliché des jeunes fiancés. Elle, Iris, radieuse, un peu moqueuse ; le Commandeur, plus songeur maintenant, évitant peut-être son œil narquois.

Tout correspondait aux récits de Cornell. Le Commandeur n'avait jamais été beau. Il était impressionnant. Il avait une expression qui laissait entendre que toutes choses lui étaient soumises. Sa force était au-delà du don de la jeunesse, il possédait déjà cette présence puissante qui avait bouleversé Trendy dès sa première apparition. On oubliait le charme rayonnant d'Iris pour ne plus le voir que lui, un peu lointain pourtant, le front tourmenté, qui se penchait vers son épaule nue. C'était devant la mer, l'été. L'été à la *Désirade*. Une autre photo, dans une revue plus populaire, montrait Iris au milieu d'une bande d'amis. Elle descendait un petit chemin qui menait au fond d'une crique. Ses espadrilles devaient glisser sur les rochers, elle s'appuyait au bras de Dräken. Il souriait comme sur la première photo. Ils étaient tous en tenue de plage, shorts, peignoirs, maillots de bain. Plus loin, on les voyait s'amuser sur le sable avec un ballon. C'était l'anse où Trendy, lors de ses premières promenades, avait découvert le *Roi-des-Poissons*. De fait, le bateau était déjà là, à la même place, amarré à la petite cale. Une haute silhouette maigre s'y profilait. Elle était floue, un peu fantomatique : le sujet avait bougé. Mais quiconque était entré dans le salon d'*Hauteclaire* ne pouvait manquer de l'identifier : c'était la haute stature du capitaine Van Braack.

Trendy ne pouvait plus se détacher des journaux. Il examinait un à un les clichés, il tournait les pages avec soin, redoutant que d'aventure une photo, une légende aient pu lui échapper. La *Désirade* avait bel et bien existé, le capitaine aussi, le *Roi-des-Poissons*, Iris, le jeune Commandeur. Là-bas, au lieu des tempêtes, des terreurs, du désert venteux qu'il avait connus, il y avait eu des fêtes, des rires, des jeux, le mica collé à la peau en minuscules taches brillantes, la mer et le sable lancés en grandes gerbes d'étincelles, le sel de l'Océan dans le sel des baisers. Les maillots de bain de ce temps-là, avec leurs décolletés travaillés à la façon des robes, allaient bien au buste d'Iris. Cuisses longues et fines, cheveux souplement rejetés sur ses épaules graciles, elle devait ressembler à Judith jusque dans la nudité. Une petite fille se mêlait parfois aux groupes des grandes personnes. Elle était longue et blonde, d'un âge incertain, sérieuse, un peu triste, comme exclue des rêves de l'enfance mais rejetée aussi des jeux des supposés adultes. C'était Ruth, avec de longues nattes sur ses hanches naissantes. Elle jouait dans la mer avec dédain, une sorte de colère contenue.

Le moment n'allait pas tarder où Numance, s'arrachant à ses livres de magie, viendrait chercher Trendy en lui tapant sur l'épaule : « On rentre. Maintenant il faut dormir. » Souvent d'ailleurs c'était Trendy qui se fatiguait le premier. Il allait alors le chercher dans le réduit où il s'enfermait, sur la droite de la grande salle, pour lire ses traités d'envoûtement.

Il se leva à contrecœur. Il n'avait pas trouvé la force de ranger les registres. Il les avait laissés grands ouverts sur la longue table de la bibliothèque, il sortait lentement en les effleurant, il interrogeait encore les visages figés sous le papier glacé. D'un seul coup, il sentit une présence et tressaillit. Ce fut une odeur, d'ailleurs, bien avant une présence : les mêmes senteurs de vanille et de fruits exotiques qui embaumaient ses draps depuis que Numance vivait chez lui. Avant même de se retourner, Trendy sut que c'était Bérénice. Elle s'inclinait déjà sur les reliures :

— Tu as vu les robes... C'est magnifique !

Elle portait son fourreau lamé de l'autre jour, échancré sur la gorge et les cuisses. Elle avait simplement jeté sur ses épaules une fausse fourrure blanche. Il en eut froid pour elle.

— Vous devriez vous couvrir. L'hiver est rude, cette année...

— Je suis plus forte que l'hiver.

Il s'entêta, voulut lui offrir son écharpe. Elle éclata de rire :

— Non, c'est toi qui prendrais froid ! Et puis ton écharpe...

Elle eut un nouveau rire. Il eut l'impression qu'elle ressemblait de plus en plus à Numance : elle avait les mêmes éclats de joie subits, la même familiarité spontanée.

— Mon écharpe ?

— Numance m'a dit que tu ne t'en séparais jamais. Que tu en avais au moins dix toutes semblables...

— Et qu'est-ce qu'il t'a encore dit ?

Son irritation parut la surprendre. Elle laissa tomber son manteau, puis se redressa devant lui.

— Mais calme-toi... Tu es trop susceptible. Numance m'a tout dit, bien entendu.

— *Bien entendu !* Et de quel droit ?

— Tu es son ami. Et je suis son amie. Et même plus. Je suis sa magicienne.

— Sa magicienne !

Il reprit son écharpe et la redrapa sur son cou. Il était agacé que Numance l'ait laissée venir à la bibliothèque, encore plus irrité qu'il lui ait raconté son histoire. La *Désirade,* Judith, c'était une histoire d'hommes, à se raconter entre hommes. Que venait faire là-dedans cette danseuse nue qui se prenait pour une pythonisse ?

Il lui lança un regard mauvais. Elle le soutint, le désarma aussitôt. Depuis quelque temps, d'ailleurs, toutes les femmes désarmaient Trendy. Il ne s'en voulait même plus. Ce n'était pas la beauté de Bérénice. C'était sa manière d'être belle. A la vérité, elle était un peu trop maigre à son goût, trop longue, trop musclée. Mais elle se tenait très droite, le cou un peu rejeté en arrière, avec une sorte d'assurance insolente. Sa robe était légère, il voyait parfaitement, comme l'autre jour, la naissance de ses seins ; pourtant elle demeurait profondément digne, jamais il n'aurait pu imaginer qu'elle venait de passer la nuit à danser nue devant des hommes.

— Ces photos, dit-elle en se penchant à nouveau sur les revues. Tu as trouvé ce que tu voulais ?

Il soupira. D'un seul coup, la fatigue l'écrasait.

— Cette femme, la brune, là, qui est-ce ? Et celui-là ?

Numance devait être un excellent conteur, car elle avait aussitôt repéré, au bas d'une page, une photo d'Iris aux côtés du Commandeur. A regret, il s'arrondit à nouveau sur le registre.

— Je ne sais pas, fit-il sans regarder le cliché. Il est temps de rentrer. Si nous sommes pris, Numance aura des ennuis.

— Numance n'aura jamais d'ennuis. Tu penses bien qu'ici nous avons des amis. Comment crois-tu que je sois rentrée ?

— Où est Numance ?

— Il va venir. Il veut finir son livre. Il ne veut pas que je le voie. Il dit que c'est trop difficile, que j'ai la vue trop fragile. que lire la magie fait mal aux yeux, que je perdrais mes dons. Il m'a dit de l'attendre ici, avec toi. Parle-moi du Commandeur. Dis-moi ce que tu as trouvé. La brune, là...

— La brune ? Laquelle ?...

Il se pencha sur son épaule. Elle sentait bien la vanille, et autre chose, en dessous, son odeur à elle, sans doute, celle de sa peau douce et foncée.

— Là, dit Bérénice, et elle pointa sur une silhouette son index surchargé d'anneaux.

Trendy tressaillit. Cette photo lui avait échappé. Il suffisait de regarder les robes pour voir que le cliché avait été pris des années après le temps d'Iris. C'était pourtant la villa du lac Majeur, les statues, les jardins étagés, toujours les mêmes amis, tous des hommes. Ils avaient vieilli. Il crut reconnaître Sirius, Léonard, Dräken. Mais ils étaient à l'arrière-plan ; il n'en aurait pas juré. En revanche il n'eut aucun doute sur l'identité de la femme que tous ces hommes entouraient à la manière d'une garde d'honneur. C'était Anna Louvois. Elle était resplendissante, comme l'avait été Iris, souriante, capiteuse elle aussi. Combien de temps s'était-il écoulé depuis la mort de l'autre ? Dix, quinze ans peut-être. Le Commandeur se tenait derrière elle, mais ce n'était plus le même homme. La jeunesse l'avait déserté. Ses yeux s'étaient cernés, sa chevelure commençait à blanchir. Cependant ses traits étaient calmes. Il faisait soleil sur le lac et les jardins de la villa, mais il ne cherchait plus la lumière. Il avait choisi l'ombre. Il s'y tenait.

Trendy se reporta à la légende. Elle était allusive, comme les autres. Le nom d'Anna Louvois n'était pas cité. Elle était d'ailleurs absente des numéros suivants. On y retrouvait le Commandeur dans des cocktails, des galas. D'autres jeunes femmes l'accompagnaient, de ces actrices météoriques dont il avait fait des stars le temps d'une saison. Puis venaient d'autres femmes, toujours nouvelles, plus jeunes et ravissantes.

Trendy ferma les yeux et s'éloigna de la table.

— Referme les registres, dit-il à Bérénice. Il faut bientôt partir.

Comme le jour de son arrivée, il perdait pied. Il eut un geste vague vers le couloir, où résonnait déjà le pas paresseux de Numance. Bérénice ne parut pas l'entendre.

— Il était couvert de femmes, dit-elle enfin en ramenant sur sa poitrine les manches de son manteau. Et on ne le voit jamais au soleil, jamais sur la plage ni en maillot de bain !

C'était rigoureusement exact.

— ... A croire qu'il n'a pas de corps. Ou quelque chose à cacher. Des taches, des ailes. Des ailes de chauve-souris...

Pareilles à celles de Numance, ses paroles étaient une chanson, on ne pouvait les contredire. Elle partit d'un grand rire, comme à son arrivée. Puis elle devint pensive. Elle tapota la photo des fiançailles d'Iris, la seule où on pût voir les fiancés au milieu de leurs amis. Elle soupira :

— Pauvre Commandeur.

— Pauvre Commandeur ?

Trendy était heurté. L'association des deux mots le troublait. C'était comme une obscénité. Bérénice continuait à fixer le cliché, elle pointait à présent le doigt sur la chanteuse :

— Elle était belle, cette fille. Et elle avait de ces robes...

Lui, Trendy, ce n'était plus Iris qu'il voyait. C'était l'expression accablée du jeune Commandeur. Il s'étonnait de ne pas s'en être aperçu. Le Commandeur regardait Iris et elle ne le regardait pas. Elle offrait son décolleté au photographe, à l'été, au soleil. Il avait voulu la suivre dans ce geste d'allégresse, mais, au dernier moment, son bras gauche avait bougé comme s'il avait préféré, dans un ultime sursaut, sortir de la photo, à moins qu'un autre bras n'ait pesé sur le sien, celui d'un jeune homme à grosses lunettes, au visage un peu flou, qui semblait lui aussi redouter la lumière. Le visage du Commandeur était torturé, il souffrait, c'était clair, il était déchiré, tiraillé. Et ce n'était pas seulement qu'il craignait la brûlure du soleil, c'était plus profond, plus violent, comme des forces en lui qui s'affrontaient depuis des jours.

Numance était arrivé :

— Il faudrait rentrer, dit-il. Il est temps.

Bérénice restait penchée sur les revues.

— La maison, dit-elle. Elle est bizarre. On ne montre jamais comment elle est faite, par-derrière. Comment est-elle, de l'autre côté ? Tu l'as déjà vu ?

Trendy n'y avait jamais pensé. La *Désirade* n'avait jamais été pour lui qu'une façade, le décor d'un théâtre auquel il s'était cru étranger. Auquel aussi il avait voulu se mêler. Pour son malheur. Il ne serait plus jamais le même. Il ne savait même plus ce qu'il cherchait. L'autre côté de lui-même, peut-être. Comme la façade inconnue de cette maison par laquelle tout avait commencé.

— Et comment dit-on qu'elle est morte, la chanteuse ? intervint Numance. Tu l'as trouvé ?

— Il n'y a presque rien. J'ai cherché dans les quotidiens, c'est toujours la même chose. Rien de plus que ce que m'a dit Cornell. Une sorte de communiqué, toujours le même.

Il souleva un registre, leur indiqua, au bas d'un carnet mondain, un petit encart cerné de noir. Il était des plus laconiques. Rien n'y rappelait le lyrisme et les métaphores enflammées par lesquelles la presse avait salué, quelques mois plus tôt, les performances vocales du *Rossignol des îles*. On ne signalait ni le mariage, ni le voyage de noces, ni le nom du Commandeur, ni même les circonstances exactes de sa disparition. On précisait seulement qu'elle était accidentelle, avec une mention énigmatique : *à Rocaïbo, île de la Sonde dont la cantatrice était originaire.* Et c'était tout.

Il reprit son manteau. Avec son application ordinaire, Numance était parti ranger les registres sur les rayonnages. Sur la longue table ne restaient plus que quelques recueils de revues, ceux des années les plus récentes. Comme sur les journaux que Trendy avait découverts dans l'atelier de Judith, on y voyait Dräken, comme toujours, et Sirius, Léonard, puis des visages que Trendy avait croisés à la *Désirade*, Barberini, Effroy, Halphas, enfin Constance von Cruzenburg.

— Je ne l'aime pas, celle-là, dit Bérénice.

— C'est une cantatrice, fit Trendy.

— Je sais. Tout le monde le sait. Tout le monde l'adore. Pas moi.

— Mais sa voix...

— Ça m'est égal.

— Tu as tort. Je l'ai entendue. Elle est...

Elle s'entêta :

— Je sais, divine. Moi, je préférerais connaître la voix de l'autre.

— Laquelle ?

— La première femme.

Trendy se tut un long moment. Les affirmations continuelles de Bérénice, plus péremptoires encore que celles de Numance, avaient achevé de le désarçonner.

— On l'a bien enregistrée, murmura-t-il enfin.

Elle ne l'écoutait plus. Son index impérieux s'était arrêté sur un visage.

— Cette tête-là me dit quelque chose...

Elle se reporta sur-le-champ à une autre photo. Elle devait être un peu myope, elle se pencha.

— Mais oui, je le connais... C'est Crin-Crin.

Il secoua la tête sans comprendre. Elle avait désigné Dräken.

— Oui, Crin-Crin. C'est un musicien, je crois. Un malade des danseuses nues. Il vient tout le temps me voir. Il arrive très tard, à la seconde tournée, à une heure du matin. Il a ses entrées dans les coulisses, il vient souvent me parler dans ma loge. On discute. Il ne demande rien, il n'essaie jamais rien. Je l'aime bien. Il venait déjà aux *Délices*. Il continue, chez *Nephtali's*. Il m'a suivie... Ce qu'il est bavard ! C'est pour ça que je l'appelle Crin-Crin.

— C'est l'accompagnateur préféré de la Cruzenburg. Je l'ai vu, à la *Désirade*. Et il était déjà là quand Iris...

Il voulut lui montrer un des premiers registres. Il avait oublié qu'ils étaient rangés. Du reste, Numance revenait. Il saisit les derniers volumes et repartit les remettre en place. A présent tout était en ordre. Le passé et ses fantômes étaient retournés dormir sur les rayonnages, bien cachés, bien tranquilles avec leurs secrets entre les pages des livres.

— C'est Dräken, reprit Trendy. Lui, il doit avoir des enregistrements de la voix d'Iris Van Braack.

— Tu vois, dit Bérénice, toi aussi, tu voudrais l'entendre.

— Mais non ! C'est du passé. Une morte. Des morts il ne reste rien. Ou si peu... Quand il reste quelque chose, c'est même pire.

— Tu as tort. Les gens ne meurent pas. Ils vont seulement se promener.

— Tu me prends pour un gosse ?

— Non. Mais tu as trop de pensées qui te font du mal. Des idées-serpents. Des bêtes malfaisantes. Tu devrais les chasser.

Il haussa les épaules et lui tourna le dos.

— Viens chez *Nephtali's*, insista-t-elle. On demandera à Crin-Crin s'il a gardé des disques de ce temps-là. Je saurai bien le faire parler. Je suis même sûre qu'il me la fera écouter, cette chanteuse.

— Je t'ai déjà dit que...

— Mais si, mais si. Viens. Dès que je le vois chez *Nephtali's*, je t'appelle.

— Non. Jamais de la vie.

— C'est ridicule. Tu as peur de quelque chose ?

Il recommençait à s'entortiller dans son écharpe.

— Tu es trop fier, dit-elle. La fierté, c'est aussi une maladie.

— Pourquoi *aussi* ?

— Parce que tu as une manière d'être amoureux qui te rend malade. D'être amoureux de cette fille, là-bas... Il faut que tu te guérisses. Que tu apprennes à aimer autrement.

— C'est tout ce que tu as appris, dans la vie, à part danser nue sur les tables et les abracadabras de Numance ?

Elle fit front avec le plus grand calme :

— Je suis une vraie magicienne. Je peux te guérir. Je t'appellerai. On parlera avec Crin-Crin.

Numance était revenu. Ils s'engagèrent en silence dans les couloirs et les enfilades de salles. Bérénice s'était glissée sous le bras de Numance. Un moment, comme le métis tournait sa clef dans la porte discrète qui leur permettait de s'échapper de la bibliothèque, elle se retourna vers Trendy. Leurs regards se croisèrent.

— Tu viendras, chuchota-t-elle. Et lui aussi, Numance. Même si c'est dur.

Ses yeux brillaient. Et comme elle affirmait ! C'était là sans doute toute sa magie. Pourtant, comme pour la bibliothèque, Trendy fit signe qu'il acceptait.

CHAPITRE XVIII

Bérénice était très fière de danser chez *Nephtali's*. A la différence des boîtes qui s'étaient ouvertes ces derniers temps, la grande salle où elle se produisait n'était pas souterraine. C'était un immense jardin suspendu au sommet d'un édifice entièrement recouvert de glaces, comme on venait d'en construire un peu partout dans la ville. Telle était peut-être la raison de son succès, que son toit de verre fût si proche du ciel, un ciel aux étoiles fixes, la nuit froide et transparente de cet hiver-là, qui prenait dans son gel jusqu'aux constellations.

La danseuse avait appelé Trendy le lendemain même de leur rencontre. Il avait cru qu'il aurait le temps de trouver un prétexte pour éluder le rendez-vous. De toute sa raison, il s'efforçait de repousser la logique absurde de Numance, *il faut que tu gagnes, il faut que tu saches*. Savoir quoi, gagner qui ? Connaître des fantômes ? Approcher des déments ? Et lui-même, le métis, s'il était si fort avec ses magies, pourquoi était-il contraint de laisser travailler Bérénice dans une boîte de nuit, pour gagner de quoi retourner dans leur île ? Avait-elle d'ailleurs jamais existé, cette île...

Ce soir-là, comme d'un accord tacite, ils n'étaient pas retournés à la bibliothèque. Numance n'avait pas soufflé mot du projet de sa magicienne. Sans doute avait-il deviné que Trendy demeurait sous l'emprise de ses dernières découvertes. De fait, les photos des journaux s'était inscrites en lui comme ses propres souvenirs. Le peu qu'il avait lu dans leurs légendes ne cessait de le poursuivre. Fragment après fragment, il aurait voulu reconstituer l'histoire éclatée de ce séducteur et de sa bande d'amis, soumis, unis tels des conspirateurs pour détruire une à une ses incessantes conquêtes. Le visage d'Iris n'arrêtait pas de se superposer à celui de Judith. Elle aussi, radieuse, tranquille, tout à l'intérieur de sa jeunesse, elle ignorait peut-être qu'elle allait mourir.

L'appel de Bérénice coupa court à ces questions. Numance avait décroché. Elle demanda Trendy. Il lui passa l'appareil de bonne grâce.

— Crin-Crin, annonça-t-elle sans préambule. Il est venu ce soir. Il a voulu me voir tout de suite. Il est triste. Il se plaint de la chanteuse.

Elle se refusait à dire la Cruzenburg, comme tout le monde. Elle devait vraiment la détester.

— Il prépare un concert avec elle, poursuivit Bérénice. Il m'a dit que c'était très dur. Qu'heureusement il y a *Nephtali's*. Qu'heureusement je suis là. Il revient demain. J'ai tout fait pour. Il est toujours aussi bavard.

Elle eut un petit silence, une sorte de timidité soudaine, puis elle ajouta :

— Tu viens ?

Trendy ne répondit pas.

— C'est d'accord avec Numance, insista-t-elle. Vous viendrez dix minutes après le spectacle.

Puis elle ajouta, comme au premier soir :

— Tu sais, je fais un métier comme les autres.

— S'il me voit, Dräken se taira. Et puis Numance...

— Il ne doit même pas se souvenir de toi. Il ne pense qu'à lui. A sa musique, à ses histoires. Il parle devant n'importe qui. Pourvu que je l'écoute. C'est un bavard, je te l'ai dit.

Trendy hésitait encore. Numance lui arracha l'appareil des mains :

— On viendra. Dix minutes après le spectacle, c'est d'accord.

Quand il eut raccroché, Numance répéta de sa voix grave :

— Elle fait un métier comme les autres.

Il voulait surtout s'en persuader lui-même. Il était clair qu'il se faisait violence pour aller chez *Nephtali's*. Le lendemain, toutefois, il avait retrouvé sa sérénité habituelle. Il s'engouffra sans frémir dans l'ascenseur orné de fausses plantes qui menait au jardin suspendu. Tandis que la machine les emmenait au sommet de l'immeuble, ils entendaient enfler la musique de la boîte.

— Je les reconnais, fit Numance. C'est le groupe des *Clavicules de Salomon.* C'est leur soir.

Trendy dressa l'oreille. Il crut reconnaître, en effet, les mélodies sur lesquelles avaient dansé les invités de la *Désirade.* A travers les portes vitrées, il distingua une salle immense entourée d'une gigantesque serre circulaire éclairée au néon. On y avait réuni tout ce qu'il pouvait se trouver de plantes rares ou spectaculaires. Dans un angle, il distingua une collection d'orchidées. L'atmosphère, pour le reste, était la même qu'aux *Délices :* on dansait, on buvait, on jouait aux tarots. Toutes les classes s'y mêlaient, rendues indistinctes par leurs cuissardes, leurs robes lamées, les ruchés de tulle qui tombaient de leurs manches. Dans ce lieu où l'on venait pour adorer la nuit, on ne se distinguait de l'autre que par de nouveaux morceaux de bravoure vestimentaires, des tours de force inédits dans l'art de décliner le noir, les accessoires les plus inattendus, les mêmes souvent pour les hommes et pour les femmes, les jeunes ou les vieux, d'extravagants chapeaux à plumes d'autruche, des ruissellements de dentelle épinglés à l'épaule, au genou, des jupes à traînes, de grands cols raides, empesés, tuyautés à la façon des nonnes, et qui se balançaient à chaque mouvement avec la solennité des vieilles cours princières. De temps en temps, des serveurs simplement vêtus d'un collant proposaient des nourritures, les mêmes qu'à la *Désirade,* de ces morceaux marinés ou carbonisés que Sirius avait nommés *viandes noires.* Et tout était à l'avenant : on avait remplacé l'encens des *Délices* par des bougies à parfums qui diffusaient une odeur entêtante et douceâtre, sur l'estrade au centre de la salle jouait l'orchestre des *Clavicules,* dans de longues tuniques rebrodées de motifs cabalistiques et couvertes de bijoux religieux, dont l'or gris brillait faiblement sous les candélabres qui les entouraient.

Le spectacle avait pris du retard. Alors que tout semblait fini, une horde de jeunes femmes vêtues de rouge, la tête surmontée d'énormes coiffures où se mêlaient des serpents d'étoffe, des cabochons, des griffes, des entrelacs de lianes vertes ou violettes, tout l'attirail des ornements d'épouvante, entamèrent une ronde infernale et se mirent à se dénuder. A la grande surprise de Trendy, presque personne ne leur prêta attention. Il chercha Bérénice, crut la reconnaître, de dos et au centre de la ronde, dans une forme longue et souple qui se défaisait peu à peu de ses oripeaux de diablesse. Numance détourna la tête.

— Viens, souffla-t-il. La porte, ici.

Il était pressé, tout d'un coup. Il l'attirait vers le fond de la salle, derrière la serre. Trendy résista un bref instant, mais, sur son bras, la poigne de Numance se fit brusquement plus forte. Il s'exécuta. L'odeur humide de la serre les poursuivit dans les couloirs avec un sillage bizarre, celui peut-être des orchidées. De longs manteaux rouges ou noirs strassés étaient suspendus le long des murs, et des coiffures plus extravagantes encore que celles qu'ils venaient de voir, des cagoules cornues, griffues, des échafaudages de poupées nues et convulsives, offertes aux flammes de carton d'un enfer en miniature.

A n'en pas douter, Numance s'aventurait ici pour la première fois, car il eut quelques mimiques d'étonnement et il hésita à plusieurs reprises sur le chemin à suivre. Il avait oublié le numéro de la loge, ils se perdirent, se retrouvèrent à la porte de la salle de spectacle. La danse était finie. Numance ne voulait interroger personne et ils reprirent leur déambulation aveugle dans les couloirs et au milieu des costumes. Ils finirent par tomber devant une série de portes et la mémoire revint d'un seul coup à Numance : la loge de Bérénice était la quatrième. Derrière la mince cloison, on entendait une voix d'homme un peu cassée, qui enchaînait de longues phrases sans presque reprendre souffle. Ils frappèrent. L'homme s'interrompit un bref moment, ils perçurent un bruit d'étoffes froissées, et Bérénice leur ouvrit, très souriante. Elle était en peignoir, pas encore démaquillée, et les présenta sans plus de façon à son visiteur. C'était bien Dräken. Il était en frac, comme à la *Désirade*. Il avait encore maigri. Il semblait très fatigué. Il les salua distraitement et recommença aussitôt à discourir.

— Vous êtes les amis de Bérénice, vous avez bien de la chance, poursuivit-il après leur avoir accordé un bref regard. Ah ! ma petite Bérénice, vous êtes jeune, vous, jeune et heureuse ! Bien sûr, j'ai de l'argent, j'ai vécu beaucoup de choses, mais ma vie, ma pauvre vie...

— Reprends un peu de mon petit breuvage des îles, dit Bérénice en lui remplissant son verre. Il te fait toujours beaucoup de bien. Allons, bois un petit coup, trinque avec moi. Et avec mes amis.

Il ne se fit pas prier. Il avala quelques rasades du liquide offert par la danseuse. C'était un alcool sucré, fruité, il donnait presque aussitôt une sorte d'euphorie. Pour autant, il n'apaisa pas le bavardage de Dräken :

— Ma pauvre Bérénice ! Ce concert qu'il faut préparer... Je vis l'enfer depuis que nous sommes rentrés, elle me tyrannise, c'est un monstre, je vous l'ai déjà dit, ah ! Bérénice, il n'y a que vous pour me croire, les autres, ils l'adorent, ils l'adulent, ils ne savent pas. Sa méchanceté, tout en silence, sa cruauté froide...

— Qui ? hasarda Trendy, avec l'assurance que lui donnait l'alcool.

— Elle ? Mais la Cruz, bien sûr, qui voulez-vous que ce soit, la Cruz, encore elle, encore et toujours la Cruz !

Trendy en faillit renverser son verre. La violence de ses propos le laissait interdit. Mais il était encore plus stupéfait que Dräken, l'accompagnateur attitré de la cantatrice, où tous voyaient son serviteur le plus désintéressé, voire son esclave parfaitement soumis, eût osé l'inconcevable, le sacrilège, le crime de lèse-diva, abréger le nom sublime de Constance von Cruzenburg.

— Elle n'arrête pas de faire des caprices, reprit-il. Elle me tyrannise.

— Allons, allons, répéta Bérénice.

— Toutes les chanteuses sont les mêmes, je suppose, intervint Trendy.

— Mais la Cruz n'est pas une chanteuse ! tonna Dräken. C'est une diva, une vraie !

— Alors pourquoi...

— Pourquoi m'en plaindre ?

Ce qui était le plus déconcertant chez Dräken, c'était sa faculté de précéder les objections de l'interlocuteur, fût-il un inconnu, ainsi que son extrême rapidité à changer d'intonation, d'expression, et même de posture. En quelques secondes, il n'était plus le même personnage. Il se recroquevilla au fond de son fauteuil crapaud.

— Oui, fit-il d'une voix assourdie, c'est vrai, pourquoi m'en plaindre. Mais la musique, mon cher, la musique... C'est elle, ma divinité, ma vraie maîtresse...

Puis il se redressa d'un coup :

— Notez bien que la Cruz n'a jamais été ma maîtresse. Dieu m'en garde ! Cette sorcière ! Ce vampire, cette goule... Ah ! ma petite Bérénice. Comme *Nephtali's* m'a manqué, quand j'étais là-bas !

Numance vida son verre d'un trait. Il semblait de plus en plus tendu. Trendy crut qu'il allait se lever et partir. Il fallait accélérer le cours de la conversation.

— Là-bas ? Où ? questionna-t-il.

— Mais avec la Cruz, mon pauvre ami ! Toujours avec la Cruz ! Elle voulait se reposer. Elle voulait aller au bord de la mer. Le bord de la mer, en hiver, ou presque... De la folie pure. Avec toutes ces sottises, elle finira par y laisser sa voix. Ce sera bien fait. Et vous pensez bien que nous ne sommes pas passés inaperçus, dans cette province. Tous les badauds ont défilé, tous les petits-bourgeois. En fait de repos, elle a chanté pour eux. Des ignorants ou des snobs, qui de toute façon n'entendent rien à la musique... Un gâchis, ma pauvre Bérénice !

On ne l'arrêtait plus. Il ne cessait pas de se lamenter, mais il y avait plus que de l'irritation ou de l'amertume dans ses propos, on y pressentait quelque chose d'autre, de plus sournois, de plus dissimulé, quelque chose qui affleurait à de très brefs instants, quand il prenait d'un seul coup des intonations graves, presque rauques, quelque chose qui ressemblait à une soif de revanche.

— Ensuite, on s'est ennuyés, poursuivit-il. Abominablement ennuyés. L'horreur de la province ! Alors elle a décidé de rentrer. Un coup de tête, ou des gens qui ne lui plaisaient pas, ne lui plaisaient plus. Et nous avions cette création à préparer, vous savez, Bérénice, je vous en ai parlé, cette chose très belle et très difficile que j'ai écrite pour elle, *Sansinéa,* à l'Opéra, dans quinze jours. Elle y arrivera, la sorcière, comme d'habitude. Elle y arrive toujours. Ce sera un triomphe.

Il marqua un temps d'arrêt, saisit la main de la danseuse, la tapota un instant :

— A moins que je ne l'aie un jour, la Cruz. A moins que je ne la piège... N'est-ce pas, ma petite Bérénice ? Heureusement que vous êtes là pour me rendre du cœur au ventre. Donnez-moi encore de votre petit breuvage.

Il paraissait gai, tout d'un coup. Il se leva, prit le verre, le but d'un trait, se mit à fredonner un air. Quand il chantait, il avait une voix flûtée, un peu ridicule.

— Méphisto, voilà un rôle qui m'aurait plu !

Il lissa ses longs cheveux gris devant la glace de la coiffeuse et s'essaya à un air d'opéra. Il n'avait pas chanté dix mesures qu'il fut pris d'une très violente quinte de toux. Il ne s'arrêtait plus. Lorsqu'il parvint à reprendre souffle, sa voix parut plus cassée encore, et son air plus inquiet.

— Et pourtant je ne fume pas, dit-il. Je n'ai jamais fumé. A cause de la Cruz. Toujours elle. Et je suis sûr aussi...

Il se tâta fiévreusement la gorge :

— ... Je suis sûr que c'est elle qui me rend malade. Elle me jette des malédictions, elle m'envoûte !

Il partit d'un petit rire. Se moquait-il de lui-même, était-il sérieux ? C'était impossible à démêler.

— Bérénice, vous qui savez tout... Suis-je le damné ou la damnation ?

Une seconde fois, Numance fut près de sortir. Bérénice s'en aperçut :

— Elles ne sont pas toutes comme la tienne, les chanteuses, dit-elle doucement à Dräken. Tu m'as dit toi-même qu'autrefois, une autre...

Le musicien fit volte-face :

— Ah ! bon ? J'ai parlé de ça ?

— Mais oui, Crin-Crin, tu te souviens bien, c'était un soir, aux *Délices*...

Il parut légèrement surpris, puis se rassit.

— C'est bien possible. Mais enfin, Bérénice, ne mélangeons pas tout. L'autre, c'était la tendresse même. Et la sensualité. Sa voix, ah ! sa voix, mais c'était l'amour, Bérénice, tout l'amour, le clair de lune, les déclarations, les baisers, les caresses, les étreintes, tout, vous dis-je...

D'un seul coup, il s'était enflammé, comme lorsqu'il dirigeait son orchestre. Il s'adressait maintenant à Numance et Trendy :

— ... Vous n'avez pas idée de ce que c'était, vous êtes trop jeunes, vous. Et d'abord qui s'en souvient ? Ça a duré si peu de temps.

— Nous ne demandons qu'à apprendre, fit Trendy.

— Vraiment ?

Il eut une expression à la fois surprise et ravie.

— Je suis touché. Si peu de gens s'y intéressent encore.

Il fixa longuement Trendy. Il avait l'œil clair, très perçant. Trendy se sentit rougir.

— Vous êtes bien séduisant, jeune homme. Les femmes doivent vous adorer. Mais ne vous entortillez pas comme ça dans votre écharpe ! N'est-ce pas, Bérénice, qu'il est beau garçon ?

La Noire détourna la tête.

— Allons, Crin-Crin, il faut que je rentre. Je n'ai même pas eu le temps d'enlever mon maquillage.

— Vous êtes toujours pressée. Moi, je resterais la nuit à parler.

Elle posa sa main sur la sienne. Il dut, comme Trendy, être sensible à sa douceur, car il ferma les yeux et l'écouta sans plus l'interrompre.

— Alors demain, Crin-Crin, si tu veux, nous parlerons toute la nuit. Mais tu me feras entendre la voix de l'autre chanteuse, celle d'avant, Crin-Crin, celle qui chantait comme les caresses et l'amour...

Il acquiesça. Il gardait les yeux fermés.

— Tu me la feras écouter, reprit-elle. Et à mes deux amis.

Il approuva encore. On aurait pu croire que ses intonations mélodieuses avaient enfin réussi à le calmer quand il bondit de son fauteuil :

— Mais il faudrait que vous veniez chez moi ! C'est chez moi que je garde ces vieilleries !

Il s'empara de son manteau, enfonça sur sa tête le feutre dont il ne se séparait jamais pour sortir.

— C'est très ennuyeux, Bérénice, dit-il comme il poussait la porte. Ça bouleverse nos habitudes.

— Ici ou là-bas, pour parler, qu'est-ce que ça change ?

— Oui, bien entendu, chère amie... Mais... mais là-bas vous ne serez plus la même.

— Comment ?

— Comme ça... Votre petite robe de chambre. Votre maquillage. Et le reste..

Il eut un geste vague vers ses jambes qui passaient le peignoir, avec les bas de soie pailletée, leurs attaches longues et élastiques qu'on devinait sous l'étoffe, ses talons aiguille garnis de strass, des chaussures de scène, sans doute, qu'elle ne se résignait pas à enlever malgré leur inconfort.

— S'il n'y a que ça ! s'exclama Bérénice. Je ne me changerai pas, Crin-Crin, je sauterai dans un taxi et je viendrai tout de suite chez toi. Avec mes amis. Ils sont gentils, tu vois bien. Aussi gentils que je te l'avais promis. Allons, donne-moi ton adresse.

Il lui tendit aussitôt sa carte. C'était une adresse très bourgeoise, tout près de l'Opéra.

— C'est sûr ? chuchota-t-il encore dans l'oreille de Bérénice. Vous me le jurez, vous viendrez comme ça ?

— Comme ça. Juré-craché. Et avec mes amis. Tu sais, Crin-Crin, de temps en temps c'est plus drôle, de changer les habitudes...

Il n'en parut pas convaincu. Quand il l'embrassa sur la joue, il lui fit encore promettre de ne pas se changer. Et il claqua la porte de la loge. Il n'avait salué ni Trendy ni Numance. Il était sorti sans les voir.

Le lendemain, à la même heure, ils étaient en route, comme convenu, vers l'adresse qu'il avait laissée. Trendy admira le soin avec lequel Bérénice n'avait rien changé à sa mise. Elle ne s'était pas démaquillée, elle avait gardé ses hauts talons strassés, elle avait simplement passé sur son peignoir sa fausse fourrure de l'autre jour. Tandis qu'ils attendaient leur taxi à la porte de chez *Nephtali's*, personne ne manifesta le moindre signe d'étonnement. A la vérité, les tenues les plus folles se côtoyaient ici, des hommes et des femmes vêtus de velours sombre, ruisselants de chapelets de jais, portant des cagoules sous leurs chapeaux de mousquetaires, et dans tout ce noir la seule lumière de leurs bijoux anciens ou, à l'extrémité de leurs fines mitaines, des ongles d'argent qui brillaient dans la nuit. Quelques minutes plus tard, l'automobile les déposa en bas de chez Dräken. Au moment de rentrer dans l'immeuble, Trendy ne put retenir ses appréhensions. Il y eut même un instant où, n'eût été la présence de Bérénice, il eût volontiers rebroussé chemin. Pourquoi Dräken, hier, ne l'avait pas reconnu ? Ils avaient dîné côte à côte, le soir de la mort d'Anna. Trendy s'en était ouvert à Bérénice. « Ne t'inquiète pas, avait dit la danseuse. Il ne pense qu'à sa musique. Il passe son temps à écrire ou à jouer. » Et Trendy se souvint, en effet, qu'il avait paru singulièrement absent lors du dîner à la *Désirade,* et qu'il avait même griffonné des mesures sur un carnet tandis qu'on passait les plats. Mais en supposant qu'il n'ait pensé qu'à sa musique, sa seule maîtresse, comme il disait, Dräken n'avait pu être aveugle à la beauté de Judith, et surtout à sa ressemblance avec Iris, celle qu'autrefois il avait tant aimée... Cette nuit, au pied de cet immeuble inconnu, c'était avec elle qu'il avait rendez-vous. Il avait peur comme le soir où Judith l'avait entraîné au sommet d'*Hauteclaire.* Mais Iris, elle aussi, était une étrangère. Au-delà de la mort, elle demeurait la propriété d'un autre. Viendrait-il jamais un moment où les femmes qu'il aimait seraient à lui, exclusivement siennes, et pour toujours ?

Bérénice pénétra dans l'immeuble la première, entra dans l'ascenseur aux lourdes portes de métal doré, et ce fut elle encore qui sonna à la porte du musicien. Si l'on faisait abstraction de son perpétuel bavardage, le surnom de Crin-Crin était tout à fait injustifié. Dräken était pianiste. Et, pour quiconque en eût douté, un piano à queue occupait le centre de l'immense pièce presque nue où il introduisit ses visiteurs. Comme la veille, il eut à peine un salut pour Trendy et Numance. Il ne s'attacha qu'à Bérénice. Il l'examina avec sévérité.

— Parfait, lâcha-t-il au bout d'un moment. Vous avez tenu parole. Il faudrait que je vous serve à boire.

— J'ai ce qu'il faut, dit Bérénice.

Elle sortit une bouteille qu'elle avait cachée sous sa veste.

— Breuvage des îles, Crin-Crin. Tu vois, ce sera exactement comme chez *Nephtali's.*

Elle avait pensé à tout. Il laissa échapper une sorte de sourire. Quelques verres attendaient sur un plateau. Bérénice fit le service.

— Ah ! ma pauvre, s'exclama Dräken, ce que je suis agacé ! Excédé à un point... Vous n'imaginez pas !

— La Cruz ?

— La Cruz, la Cruz, toujours cette démone ! Je croyais avoir vécu l'enfer, je n'étais que dans son antichambre. C'est maintenant que je vis tous les tourments de la géhenne !

Il se retourna vers son piano et se mit à jouer. Trendy n'était guère familier de la musique contemporaine, mais le morceau lui parut particulièrement dissonant et incohérent. Du reste, Dräken n'avait pas interprété vingt mesures qu'il bondit de son tabouret :

— Vous avez entendu ? Ce vampire me tue à petit feu. Je ne me contrôle plus. Je ne sais plus ma partition. Ma musique, la chair de ma chair, un texte que j'avais écrit pour elle ! J'ai confondu la main droite et la main gauche.

— Ça ne s'est pas entendu, dit Bérénice.

Il la foudroya du regard. Elle lui remplit à nouveau son verre. Il se radoucit et reprit ses plaintes :

— Tous les jours elle invente quelque chose de nouveau. Cet après-midi, en pleine répétition, elle a décidé que la tourneuse de pages ne lui plaisait pas. Elle a exigé un homme, un seul, un vieux bossu qu'elle a connu il y a vingt ans, dans je ne sais quelle ville d'eaux hongroise. Elle prétend qu'il lui porte chance. Par bonheur, il n'était pas mort. Il a fallu le retrouver, ensuite il a fallu le subir. Le malheureux est rhumatisant, il tourne les pages avec je ne sais combien de mesures de décalage sur ma partie de piano. Ça l'amuse, elle n'arrête pas de s'arrêter pour rire, pour sourire, plutôt, vous savez, son fameux sourire, celui qui ressemble à une menace de mort...

— Tu es sûr que tu n'exagères pas, Crin-Crin ?

Il partit d'un grand rire :

— Si. Vous devinez tout, ma chère Bérénice. La Cruz a fait tous ces caprices, mais en réalité elle ne rit pas. Elle a peur. Elle a peur de ma partition. Elle est même morte de terreur !

Il se retourna vers son instrument. Il s'essaya encore à égrener quelques arpèges. Lorsqu'il jouait, il était d'une concentration extrême. De ses doigts maigres, tout en nerfs, il laissa tomber, à une allure vertigineuse, un déluge de notes.

211

Trendy et Numance auraient pu croire, comme la veille, qu'il ne les avait pas vus, quand il se retourna brusquement, comme tout à l'heure :

— Vous êtes venu pour Iris Van Braack.

Il s'adressait à Trendy. Et il n'interrogeait pas, il affirmait.

— Vous devez connaître le Commandeur.

Il déposa une partition sur son instrument :

— .Voilà ce que j'écrivais en ce temps-là.

C'était une sorte de barcarolle.

— Cela se dansait, chers amis. Une musique qui ne peut pas être dansée n'est pas une bonne musique. Maintenant, évidemment, pour faire plaisir à la Cruz...

Avec une rapidité extraordinaire, il enchaîna sur les dissonances du grand air qu'il avait composé pour elle.

— Mais c'est inouï... J'ai encore confondu la main droite et la main gauche ! Bérénice... Un peu à boire. Oui, Iris Van Braack. C'était la femme du Commandeur. Mais vous étiez chez lui, l'autre jour, vous, je vous reconnais, votre écharpe, là, tout entortillée...

Trendy n'eut pas le temps de répondre. Il enchaînait déjà :

— Il s'est entiché d'une nouvelle fille. Il l'a installée chez lui, au fond de cette province. Ou plutôt elle s'est installée chez lui. Elle va lui donner du fil à retordre. On va s'amuser, pour une fois.

A présent, sa soif de revanche devenait évidente.

— C'est justement la nièce d'Iris Van Braack. Toutes ces vieilles histoires de famille... C'est à n'y rien comprendre. Elle peint toute la journée, cette petite. Elle le peint lui, le Commandeur, ou bien sa maison. Beaux sujets, dans les deux cas. C'est ce qui a fini par ennuyer la Cruz. Nous avons plié bagage.

Sa voix s'était assourdie. Il était clair qu'il serait volontiers resté.

— La Cruz l'a mis en garde contre cette fille. Rien à faire. Il a je ne sais quelle idée en tête. Elle est au courant, mais elle n'est pas d'accord.

Il reprit de l'alcool. Sa main tremblait. Lui, si virtuose au piano, devenait subitement maladroit dès qu'il s'agissait des gestes les plus simples et les plus quotidiens. Un verre s'écrasa sur le sol.

— Un de plus, commenta-t-il simplement. Bien, nous parlions d'Iris Van Braack. Que voulez-vous savoir que tout le monde ne sache ?

Il continuait de s'adresser à Trendy. Son regard très clair fouillait le sien. Il rougit, comme la veille, et tâcha de réprimer le geste machinal qui le portait vers son écharpe. En réalité, Dräken lisait parfaitement en lui. Déjà la veille il avait dû comprendre ce que Bérénice attendait.

— Cela se résume en une phrase, poursuivit-il. Triomphe précoce, mariage très jeune, mort accidentelle. Ce dernier point est particulièrement original, elle s'est noyée au bout du monde. A l'endroit même où elle était née. Et en voyage de noces. C'est ce qu'on appelle faire une belle fin. En fait, peu de gens l'ont vraiment connue. Sauf moi. Avant tout le monde. C'est moi, mon cher, qui l'ai présentée au Commandeur.

Il en paraissait fier. Il n'avait pas l'air de le regretter. Il revendiquait, en somme, la paternité de ce destin hors ligne.

— Et sa voix, intervint Trendy, vous avez des enregistrements de sa voix ?

— La voix, c'est le secret, dit-il d'un ton pénétré.

— Que voulez-vous dire ?

— Que la voix d'Iris ne vous apprendra rien sur elle. A moins que vous ne soyez musicien. Vous aimez les cantatrices ?

— Oui, bafouilla-t-il.

— Quelle est votre diva préférée ? En dehors de cette sorcière de Cruz, bien entendu. Je vous cite des noms, en vrac...

Il énuméra une liste interminable de chanteuses de tous les temps et de toutes nationalités. Il assortissait parfois leurs noms de commentaires sur leur répertoire ou leur tessiture. On ne pouvait plus l'arrêter. L'embarras de Trendy redoubla. Mais Dräken ne lui laissa pas le temps de laisser apparaître l'étendue de son ignorance :

— Ecoutez, conclut-il, pour Iris Van Braack, il faudrait que je vous raconte sa vie. Je connais tout sur elle. Mais je n'ai pas le temps.

Il agita fébrilement ses doigts musculeux, comme pour montrer qu'il était démangé de l'envie de se remettre à son clavier.

— Il passe ses nuits à jouer, à composer, intervint Bérénice.

Il eut un petit rire satisfait :

— C'est vrai. Et, le jour, je me laisse tyranniser par la Cruz. Ma seule distraction, c'est *Nephtali's*. Et vous, chère Bérénice.

Comme la veille, elle crut qu'elle pouvait se permettre d'insister :

— Mais sa voix, Crin-Crin. Tu as bien gardé des enregistrements...

Il fut sec :

— Rien. Rien du tout.

— Mais...

Il s'était levé. Plus que jamais, il paraissait nerveux. Dans le très long moment de silence qui suivit, ses yeux restèrent fixés sur Trendy. Il sembla calculer. Puis il se retourna vers son piano, toussota et finit par lancer :

— Tous les disques que j'avais d'elle, je les ai donnés à la Cruz. Allez la voir.

Et, après un déluge de notes plus étourdissant que les autres, il déchira un coin de sa partition. Il y griffonna une date et le numéro, à l'Opéra, d'un studio de répétition.

— Ce jour-là, elle sera certainement de bonne humeur. Mais, avant, tâchez de l'apercevoir à mon propre concert. Car je prépare aussi un concert. *Mon* concert. C'est Barberini qui me l'a demandé. Oui, Barberini, vous savez bien, le cardinal. La Cruz est jalouse, évidemment. Elle déteste que je me produise seul. Cette fois-ci, j'ai passé outre. Je dirigerai des chœurs religieux de ma composition. C'est la mode, les chœurs. Dans trois jours, à la Nonciature. Tâchez d'approcher la Cruz. Vous viendrez, Bérénice ?

— Le soir, tu sais bien, je travaille, Crin-Crin.

— Eh bien, vous, séduisant jeune homme, vous viendrez. Je ferai déposer votre invitation chez *Nephtali's*. Vous savez, la Cruz, elle peut être très charmante, en privé.

— J'ai dû la voir, à la *Désirade*...

Draken l'interrompit. Il n'écoutait jamais, ou faisait semblant d'ignorer ce qu'on disait. Il eut, comme la veille, un accès de toux, puis il ajouta de sa voix cassée :

— ... La Cruz, j'en dis parfois du mal, quand je suis fatigué. Je dors si peu ! Mais c'est une grande, une magnifique diva.

214

La séduction, la féminité mêmes. Si vous savez vous y prendre, elle vous fera écouter les disques d'Iris Van Braack.

Il ignorait délibérément Numance. Bérénice se leva pour partir. Elle parla d'un seul coup d'un ton très dur, elle était devenue très distante avec Dräken, elle avait pris ostensiblement dans la sienne la main du métis. Le musicien fit celui qui ne voyait, n'entendait rien. Il réprima un nouveau début de toux, se pencha vers Trendy et lui glissa :

— Vous allez venir à mon concert. C'est toujours distrayant, ces séances musicales à la Nonciature. Et d'un chic ! Allons, il faut vous amuser. Avec tout ce qui nous menace !

— Ce qui nous menace ?

— Comment, jeune homme, mais vous ne lisez pas les journaux ?

— Non...

Trendy allait lui demander pourquoi, mais déjà Dräken refermait la porte. L'instant d'après, comme l'ascenseur les ramenait vers la rue, vers la nuit, il entendirent, qui les poursuivait, une pluie de notes cristallines. Bérénice et Numance s'embrassaient doucement. Et lui, Trendy, il imaginait, au-dessus de la musique, une voix très haute et très pure. Il voulait, dans son rêve, que ce soit celle d'Iris. Il était encore assez maître de lui-même pour savoir qu'il entendait, en fait, le célèbre vibrato de Constance von Cruzenburg.

CHAPITRE XIX

Depuis le début de l'automne, le temps où l'équinoxe n'était pas arrivée à sa date, il ne s'était pas produit, à proprement parler, de grand événement. Tout était venu peu à peu. De jour en jour, tous, insensiblement, s'étaient trouvés gagnés par une sinistre ferveur, si bien qu'à présent que s'installait l'hiver, la ville entière et le monde à sa suite, disait-on, tous s'en allaient d'une joie sombre à ce que certains se risquaient parfois à nommer le Grand Terme. Rien n'en était prouvé ; mais plus personne ne se hasardait ni à le démontrer ni à le contredire. On le pensait, on le murmurait, mais on répugnait à l'écrire ; et seule une lecture attentive des gazettes et la froideur distante que donne au chroniqueur le recul de dizaines et de dizaines d'années permettent d'en approcher l'insolite et l'infinie subtilité. Les discussions qui avaient fait les beaux soirs de l'automne avaient lassé les plus passionnés. Le temps n'était plus où les âmes chagrines s'inquiétaient de voir la mer se vider de ses poissons ; et on ne trouvait non plus personne pour renchérir en parlant de pluies de pierres, d'aurores boréales ou de soleils quadruples. Tous ou presque tenaient la chose pour acquise. On s'était installé dans la certitude de la fin.

Rien ne venait pourtant. La Comète rouge, signe indubitable de la ruine universelle, ne s'était pas montrée, au grand dam des astronomes qui n'avaient pas encore sombré dans la voyance. Les prédicateurs de toute espèce étaient en proie à l'inquiétude. Dans leur désarroi, ils s'étaient répandus en prophéties aussi variées qu'embrouillées : quoi qu'il arrive, ils pourraient toujours s'exclamer qu'ils l'avaient prédit. Par un extraordinaire retournement — et c'était peut-être d'abord cela, le renversement des choses qui se profilait — personne ne les écoutait plus. Depuis l'automne, la mode qu'ils avaient contribué à installer, cette vogue croissante de la vie nocturne et souterraine, le goût du sombre, de l'occulte, parfois du satanique, tout cela s'était retourné contre eux. Dans la plupart des capitales, avec une extraordinaire rapidité, on s'était mis à s'étourdir dans les souterrains, les caves, les tunnels, quelquefois même les catacombes. Mais, plutôt qu'un refuge, c'était une festivité d'un nouveau genre. On se plaisait à croire à la fin, on aimait l'idée qu'à force d'y croire elle finirait par arriver. La mode était au noir, Lucifer et les siens étaient devenus désirables. Alors on se grisait de nuit et de noir, on en variait à l'infini les combinaisons, ces costumes sombres et débordants d'invention qui avaient tellement étonné Trendy à la fête de la *Désirade,* et, dans une moindre mesure, à son retour dans la ville. Naguère on ne déployait de telles ressources d'imagination qu'à la veille d'un carnaval ; mais ce n'était pas, ce ne serait plus jamais carnaval, on s'apprêtait à l'ultime parade, la dernière fête, et il fallait que ces parures, leurs surenchères quotidiennes dans tous les endroits nocturnes, soient aussi magnifiques que les mots qui remplissaient les bouches, *suprême, dernier, ultime, fin,* dont tous s'étaient épris d'une incroyable folie.

Paris, bien sûr, y surpassait le monde. Sa légendaire vocation au plaisir fit de ses nuits hivernales autant d'apothéoses. La formidable excroissance du monde souterrain commençait d'y être compensée par l'engouement naissant des jardins suspendus. Dans ses boîtes où se confondaient toutes les classes sociales, prises dans une ferveur identique — était-ce celle de la fête, était-ce celle de la fin ? — on se livrait avant tout à la volupté de paraître. On jouait, en somme, à s'habiller pour la présentation au Diable. D'où ces corsages lacés qui enserraient les seins, ces guêpières de cuir, sur les fourrures ces parfums lourds qui ressemblaient à des nards, ces déluges de dentelles arborés par les hommes comme aux siècles passés, ces innombrables chapeaux, de la minuscule résille à des échafaudages de plumes, de bijoux, de boucles enchevêtrés.

Pour ces fêtes inouïes, de nouveaux lieux s'ouvraient chaque jour, avec des noms tout aussi déroutants, *Bételgeuse*, *L'Hydre Mâle*, *La Dernière Lune*. On voyait les paparazzi y guetter les têtes couronnées : elles s'y pressaient avec le même enthousiasme que les voyous. Les musiciens à la mode obtinrent sans peine l'autorisation de donner des concerts au Père-Lachaise. Ils y jouèrent des adaptations bruyantes des *Lamentations de Jérémie* et quelques *Leçons de ténèbres*. Qui aurait pu s'y opposer ? Tout était possible alors, les groupes de musiciens portaient des noms semblables à ceux des sectes qui avaient proliféré, on avait ouvert un temple d'Isis où l'on dansait, on donnait aux arènes de faux combat de gladiateurs.

Pourtant Dräken n'avait pas menti, lorsqu'il avait parlé de menace. Ce n'était pas celle de la fin. Elle était tangible, et donc plus sourde, plus inavouable. C'était la maladie. On n'avait osé encore lui donner un nom. La fièvre d'encaillement des riches et des puissants retenait encore l'expression de la peur, mais pour combien de temps ? On ignorait encore quelles proportions le mal pouvait prendre. On connaissait seulement ses signes annonciateurs : une irritation de la gorge, quelques accès de toux. Dans un délai variable, le malade devenait aphone, puis complètement muet. Après la voix, les centres du langage étaient atteints. En quelques semaines, c'était la mort assurée. Les victimes, pour l'instant, n'étaient pas nombreuses ; mais il faut souligner que le mutisme, symptôme essentiel de leur mal, était souvent attribué à d'autres origines : une mélancolie subite sous l'effet de la fatigue, d'un chagrin d'amour, d'un revers de fortune. Dans ces conditions, le décès passait aisément pour un suicide. A la vérité, le pire, dans cette maladie, était qu'on en connût parfaitement les causes : quelques années plus tôt, par un usage répandu dans toutes les classes de la société, on avait consommé une drogue nouvelle, une sorte d'électuaire qu'on prenait à toute heure du jour, et qui décuplait l'imagination en même temps que les plaisirs. L'usage de cet orviétan dont le nom s'est perdu (les générations qui suivirent préférèrent parler, très vaguement, de *l'épidémie* et effacèrent jusqu'aux syllabes dont on avait désigné ce cadeau empoisonné) n'était pas étranger à l'intense vie nocturne et aux déferlements vestimentaires qui marquèrent la fin de ces années-là. La drogue permettait le sommeil court, la parole aisée, l'imagination fertile. Il semblait même qu'avec le temps, loin de s'émousser, ses effets s'exaltaient. Cette puissance nouvelle, chez ceux qui en consommaient au-delà de la mesure, annonçait en réalité leur mort.

Encore faut-il remarquer, et c'était là sans doute son effet le plus pernicieux, que la drogue condamnait ou graciait au hasard. Bien des maniaques de cet opiat maléfique furent épargnés, quand d'autres, qui en avaient usé ni plus ni moins que le commun des mortels, furent impitoyablement condamnés. Les gouvernants furent pour beaucoup dans ce silence sur la maladie. Qui d'entre eux n'avait tiré profit du commerce de cette médecine ? Les bénéfices ne s'étaient pas seulement comptés en bel et bon argent. Grâce à elle, le jour, les peuples avaient été dociles ; la nuit, douillettement égoïstes, narcissiques et rêveurs. Mais à présent, si la maladie venait à s'étendre, il faudrait trouver des coupables. Par un commun accord, les hommes politiques choisirent de garder le silence tant que la colère publique ne se réveillerait pas. Quand elle en viendrait à réclamer des boucs émissaires, il serait encore bien temps de les désigner, et ce serait chose facile : l'Histoire en fournissait des exemples tout trouvés. Rien ne pressait, pensaient-ils, personne ne pouvait prévoir l'étendue des ravages, nul ne voulait même se risquer à les étudier, et l'opinion la plus courante chez les gouvernants était qu'il suffisait de se taire pour que la maladie disparaisse ; mutisme contre mutisme, ils tentaient de guérir le mal par le mal.

Et c'était cette ville en proie à ses terreurs cachées que Trendy avait retrouvée, sans vraiment l'observer, à son retour d'*Hauteclaire*. Une ville qui s'abandonnait à la fièvre des fêtes, où l'on s'étourdissait aussi bien dans les caves à trois sous que dans les gigantesques celliers des palaces. Une ville qui se plaisait à penser qu'elle était la nouvelle et grande Babylone, prostituée féroce aux festins prodigieux, aux musiques ronflantes, avec ses hordes d'hommes et de femmes beaux à se damner qui s'avançaient dans la nuit comme autant d'apparitions infernales. Et le monde y croyait, et l'on accourait de partout pour goûter à des plaisirs qu'on jugeait inédits, ces bœufs entiers, tel le Béhémoth de la Bible, rôtis à la broche dans la vitrine rougeoyante des restaurants de luxe, ces filles aux corps splendides recouverts d'amulettes, ses rumeurs de

220

comète, ses tangos acides chantés par des divas. C'était le Grand Jeu de la Fin, avec ses costumes, ses musiques, son folklore tout droit sorti des plus obscures démonologies médiévales. Non contents de leurs maux réels, les hommes s'en étaient forgé d'imaginaires. Mais sous ce noir frisson qui les parcourait à l'approche du moment où tournerait l'année couvait une peur plus souterraine, d'autant plus terrible qu'on n'en parlait pas ; et, à la réflexion, c'était peut-être la raison pour laquelle ils s'étaient habillés de sombre, la prémonition d'un malheur plus vrai, et qui serait le deuil du plaisir.

CHAPITRE XX

L'invitation à la Nonciature parvint ponctuellement chez Bérénice, portée par un ecclésiastique peu farouche jusqu'à sa loge de *Nephtali's*. Le concert tombait un dimanche, jour de repos de la danseuse. Les deux amoureux, trop heureux de se retrouver en tête à tête, laissèrent Trendy s'y rendre en solitaire. Toute la journée, il avait neigé ; mais, lorsqu'il partit pour la Nonciature, le ciel avait repris son aspect des nuits précédentes, étonnamment pur et transparent, avec les étoiles très nettes, et ce noir infini qui glaçait l'âme bien davantage que les créatures excentriques qui peuplaient les souterrains et les jardins suspendus. La neige avait gelé. Trendy ne connaissait pas la Nonciature, ou plutôt le palais qu'il était convenu d'appeler ainsi depuis la nomination de Barberini. Depuis très longtemps déjà, on lui prêtait des desseins fort noirs, ou, pour le moins, un tempérament machiavélique. Issu d'une famille florentine où ne se comptaient plus les princes de l'Eglise, il rêvait, disait-on, de lui apporter un honneur insigne : être le plus jeune de sa lignée à accéder au pontificat. Cardinal depuis des années, il avait été nommé ici en contravention aux usages : à son rang dans la hiérarchie vaticane, la charge de la nonciature n'était guère enviable. Lorsque Barberini était arrivé ici, on avait donc supposé que le Vatican le chargeait d'on ne savait trop quelle diplomatie occulte, dont lui seul saurait mener à bien les tractations compliquées. On chuchotait qu'il l'avait acceptée parce que de sa réussite dépendait son accession prochaine au trône de saint Pierre. Le pape n'allait pas bien. Il n'était pas apparu en public depuis plusieurs semaines ; certains le disaient mourant. La prédiction de Malachie voulait qu'il ne restât, avant la fin du monde, qu'un seul souverain pontife ; le prophète avait dit aussi qu'il devrait être de sang juif. Or on venait de découvrir dans l'arbre généalogique de la famille florentine une lointaine grand-mère apparentée à une famille d'Israël. Cela suffit à voir dans le cardinal le seul successeur possible du maître du Vatican. De fait, ses talents diplomatiques étaient exceptionnels. Il s'était rendu célèbre par les traités qu'il avait réussi à passer avec les régimes sans Dieu, où, plus d'une fois, il était parvenu à rétablir les cultes réprouvés. La légende s'était vite emparée de lui. On racontait qu'à vingt ans à peine il était entré dans l'amitié du solennel préfet des Archives, un homme aussi silencieux que chargé d'années. Il l'aurait alors aidé à classer les documents les plus secrets qui dormaient au fond des coffres-forts du Vatican. Plus tard, on avait murmuré qu'il était à l'origine de la mort prématurée d'un souverain pontife. Certains préférèrent y voir la main de son ennemi juré, le général des jésuites. A tort peut-être, l'Histoire retint cette dernière hypothèse.

Mais tout cela n'était que rumeur. Ce qui était assuré, c'était que l'homme, d'une fringante soixantaine, était passé maître dans l'art vatican par excellence, le théâtre et la jubilation du secret. Ces derniers temps, l'effervescence avait redoublé autour de Barberini, car, selon des informations confidentielles qui venaient de filtrer, et malgré les rumeurs de fin, le Saint-Siège envisageait d'organiser un concile. Il s'agissait, à la faveur du regain d'intérêt pour toutes les religions, et de l'enthousiasme renouvelé pour la catholique et romaine, de faire rentrer dans le giron de l'Eglise les sectes qui avaient pullulé depuis quelques années et de démêler, parmi tous les nouveaux prophètes, ceux qui annonçaient le vrai et le faux, autrement dit le bon grain de l'ivraie. Cette entreprise écrasante, disait-on, avait été confiée au cardinal. Il en avait pris une stature de chef d'Etat. L'homme pourtant était resté affable. A ses dons politiques, il joignait un talent particulier, hérité sans doute de sa Florence natale : l'amour des arts, fussent-ils d'avant-garde. Enfin l'excentricité ne lui déplaisait pas. Il la contenait toutefois dans des proportions ecclésiastiques : il se passionnait pour l'astronomie — certains disaient pour l'astrologie — collectionnait les télescopes, se montrait parfois (mais brièvement) dans les boîtes de nuit, et, de loin en loin, il organisait des concerts. Ces soirées étaient devenues si prisées que l'hôtel particulier où elles se déroulaient — la folie, en un siècle passé, d'une princesse russe — avait pris le nom de l'ambassade de Barberini. On ignorait délibérément son véritable siège, le lieu un peu terne d'où il menait, jour après jour, ses tortueuses intrigues, on ne voulait connaître, à son propos, que ce petit palais. On ne l'appelait plus que la Nonciature. Le cardinal avait suivi le mouvement et, sur ses invitations, à son tour, il l'avait débaptisé.

Il faut admettre que l'endroit était magnifique. C'était un bâtiment rond dans le goût italien, à hautes fenêtres oblongues, précédé d'une terrasse et ceinturé d'une colonnade. Ses marbres lisses, sa rotondité lui donnaient quelque chose d'apaisant, cette irréalité qu'on voyait parfois aux édifices des vieilles villes thermales. On supposait que Barberini, qui en avait fait l'acquisition peu après son arrivée, avait voulu retrouver ici, au milieu de ce parc ombragé de pins, quelque chose de la douceur de son pays d'origine. Même en ce soir de neige, alors que les marbres roses de son large escalier, pris sous une croûte de neige tenace, crissaient et craquaient sous les pas, la Nonciature semblait échappée d'un aimable hiver méditerranéen, où rien, en définitive, n'avait vraiment d'importance. Ainsi qu'à la *Désirade*, de grosses limousines étaient rangées au pied de ses terrasses circulaires, et comme là-bas aussi Trendy fut presque le seul à arriver à pied. Le bâtiment ruisselait de lumière. Des femmes en fourrures passaient les portes avec la dignité qu'on prend pour pénétrer dans une église, et dans le hall, au milieu des palmes, des dignitaires aux moires bruissantes — il y avait peu, le port de la soutane s'était rétabli — les recevaient avec la componction d'usage. Le palais paraissait surchauffé. On était ici à la lisière du bois, tout déjà reposait de la tension de la ville, tout paraissait tranquille, désuet et onctueux à souhait.

Le carton gravé d'or et frappé aux armes du cardinal correspondait à une place excellente, au troisième rang. Un des innombrables ecclésiastiques qui assuraient l'intendance de Barberini y emmena Trendy. Il se retrouva au milieu d'un parterre de célébrités. Assez loin de lui, il reconnut la voyante conviée à la *Désirade*, puis Halphas. Cette fois, la mélancolie du bel architecte noir ne le surprit pas. Et il ne cessait de se dire qu'il n'aurait pas été étonnant non plus de voir s'avancer, derrière les orangers et les palmiers du vestibule en rotonde, la silhouette écrasante du Commandeur.

Un moment, il la guetta. Beaucoup d'invités avaient du retard, si bien qu'il les vit se placer. Pour la plupart, ils portaient les mêmes accoutrements inquiétants que dans les rues et les boîtes, des superpositions de cuir, de velours, de dentelles noires, des fourrures sombres, des fourreaux lamés, des cascades de bijoux d'argent. Une femme s'exhiba même avec une perruque où elle avait logé un oiseau de nuit. Trendy lui aussi s'était habillé de noir, mais sans conviction. Le geste qu'il avait, sans jamais réussir à le réprimer, sa façon de s'enrouler sans cesse dans son écharpe de soie grège signalait son embarras. Il ne le savait que trop. Mais il n'avait plus envie de se sauver, comme à la *Désirade*. Il n'était plus temps de rebrousser chemin. Il irait jusqu'au bout. Il n'avait plus le choix. Il trouverait ce qui lui était devenu essentiel. Quelque chose, ou quelqu'un.

Au premier rang, deux places étaient restées vacantes. Les lumières baissèrent peu à peu. Le caquetage enfiévré qui précède les concerts s'apaisa, et le silence retomba sur la salle. Contrairement à l'usage, personne ne toussait, ne se raclait la gorge. Trendy en devina la raison. A mots couverts, Bérénice lui avait parlé de la maladie. Personne ne tenait à laisser paraître le moindre signe d'une affection de gorge, c'était là ce qui expliquait cette discrétion inhabituelle. Mais beaucoup devaient y penser : comme lui-même d'ailleurs, dans un mouvement qui semblait instinctif, ils se passaient furtivement la main sur le cou.

L'impatience renaissait, quand on entendit une légère rumeur. On se retourna vers l'allée, et l'on vit entrer Constance von Cruzenburg, hautaine et sobre comme elle l'avait toujours été. Elle était suivie du seul cardinal, et son parfum s'évapora dans l'air surchauffé.

Elle prit place au premier rang. Elle n'avait plus la même coiffure, et l'odeur qu'elle portait, semblait-il, avait changé aussi. Elle avait les cheveux plus longs, on aurait dit qu'ils

226

étaient plus gris. Elle les avait couverts d'une légère résille. Trendy était bouleversé, d'une façon qu'il ne parvenait pas à s'expliquer. La rattachait-il à Anna, au souvenir du dernier soir ? Mais comme Anna lui était lointaine, à présent, lointaine et presque étrangère... Cela seul avait de la force, cette présence à deux pas, ce parfum volatil qui se glissait jusqu'à lui. Ce parfum qui était Constance. Il l'avait à peine aperçue.

Le silence retomba. Dräken fit son entrée, suivi d'un petit chœur d'hommes. Il avait son air de chien battu. On applaudit. Trendy vit les longs bras gantés de la cantatrice se dégager de sa fourrure. D'un seul coup, son odeur fut plus forte. Elle portait une robe de velours à dos très dégagé, presque entièrement nu. Elle avait la peau très blanche. Elle se baissa vers son programme, ou son sac. Le geste fut bref. Il suffit à Trendy pour entrevoir un début de sein.

Quelques images de femmes, une fois encore, se superposèrent très rapidement à celle de la chanteuse. Il revit Judith, son profil devant la fenêtre mouillée d'*Hauteclaire,* son corps ouvert sur les draps chiffonnés, sa chair qui avait l'air de se moquer de la mort. Il parvint très vite à se reprendre. Y aurait-il donc un jour où le corps de Judith, où son visage ne seraient plus l'image la plus exacte de l'éternité, mais une scène banale, perdue au plus profond du fatras de la mémoire, et dépourvue enfin de toute irradiation ? Il fallait s'en persuader, on ne guérissait d'une femme que par une autre femme. Il s'était trompé, pour Anna. Ce n'était pas la bonne. Elle n'avait pas le pouvoir d'effacer. Mais celle-ci... Qu'un feu dévore un autre feu.

Le concert commença. Malgré la silhouette de Dräken qui s'agitait devant ses chanteurs, Trendy ne savait plus qui l'avait amené ici, ni quoi au juste il venait y chercher. Quel était le fil, dans ce labyrinthe sans fin, dans cette série de corridors où il débouchait toujours sur des visages de femmes : les femmes, comme seule vérité, à moins qu'en fin de compte, comme au palais des miroirs, tout ne fût qu'illusion. Aujourd'hui, c'était le tour de la Cruz. Non, il fallait dire Constance. C'était Dräken qui disait la Cruz. Dräken ne l'aimait pas. Ou l'aimait trop.

Il dirigeait ce soir ses premiers chœurs, disait l'invitation, c'était une création. Aucun instrument ne lui obéissait que ces

227

voix de basse à l'unisson. Elles chantaient une variation sur un verset de l'Apocalypse : *Ce que j'ai contre toi, c'est que tu as renié ton premier amour.* C'était une sombre harmonie dans le genre byzantin, une musique vibrante, grondante, avec des soubresauts, de longues respirations : un chant inexorable, venu tout droit des entrailles de la terre. Il agaça d'abord Trendy : où qu'on se dirigeât, on ne pouvait échapper à ces modes infernales. Puis il se remit à fixer la nuque de la Cruzenburg. Il repensait à la Chambre des Cartes, à la *Désirade*, il repensait au jeu, à ce moment de complicité qu'il n'avait pas su savourer. Mais Dräken se souviendrait-il seulement de son offre ? Le remettrait-il en présence de la diva ?

Son impatience grandissait. Par bonheur, le concert ne fut pas très long. Les chœurs se turent bientôt et Dräken reçut un triomphe. Le premier, le cardinal s'ébroua dans sa robe de pourpre et se tourna vers Constance. Les invités se pressèrent autour d'eux. Une fois encore, elle fut dérobée au regard de Trendy. Dans un grand salon circulaire, un buffet attendait les invités. A l'évidence, la musique religieuse n'était qu'un prétexte pour Barberini, l'occasion d'une réunion mondaine dans un lieu qui lui était cher. Faute de pouvoir s'approcher du buffet, Trendy s'engagea dans la longue galerie qui ceinturait le bâtiment. Au pied de chaque colonne était posée une vasque en forme de dauphin. Trendy n'était pas seul à déambuler. D'autres invités, découragés par l'affluence, s'étaient réfugiés sous la colonnade, des ecclésiastiques aux robes plus mouvantes que celles des femmes qui les écoutaient, et leurs propos amènes, où il était souvent question des étoiles, des prophètes, du prochain concile, résonnaient de colonne en colonne. Trendy était revenu à son point de départ lorsqu'il crut, à une porte qui s'ouvrait sur ce qui semblait un salon, reconnaître la silhouette abattue de Dräken. Il pressa le pas. On l'appela :

— Venez.

C'était une voix de femme, une voix qu'il avait très peu entendue mais qu'il reconnut dans l'instant.

— Vous me cherchiez, m'a-t-on dit.

Il se figea. Il n'avait même plus la force de se retourner.

— J'ai oublié pourquoi, poursuivait-on. Mais vous, vous devez le savoir.

La Cruzenburg était déjà à ses côtés. Elle lui tendait son bras nu. L'autre était resté ganté, son célèbre solitaire brillait sur le satin noir.

— Nous nous étions vus, ce me semble. Nous avions joué. Et gagné !

Elle eut, sur ces mots, son fameux sourire. Elle ne lui avait jamais autant parlé. Elle avait des intonations tendres. Mais le plus troublant était qu'elle fût seule.

Ils firent quelques pas côte à côte. Trendy sentit qu'on les regardait. Non, la Cruzenburg n'est pas seule, pensa-t-il, puisqu'elle est avec moi. Et cette idée, qui deux mois plus tôt l'aurait fait décamper, le remplit d'une immense fierté. Elle lui enleva aussi tous ses moyens. Il était incapable d'articuler le premier mot. La Cruzenburg eut un nouveau sourire et reprit :

— C'était une belle partie.

— Oui, fit-il dans un souffle.

Elle s'arrêta, posa la main sur une colonne et le dévisagea.

— La *Désirade,* parvint-il à dire. C'est là que je vous ai vue.

Elle dut percevoir son émotion, car son regard avait perdu sa dureté minérale ; ou, s'il était dur encore, il s'y mêlait une sorte de mélancolie. Elle caressait le marbre veiné de la colonne. Sous les flambeaux qui éclairaient la galerie, il vit bien qu'elle avait changé, c'était la fatigue, peut-être, ces grands cernes gris, et pourquoi laissait-elle pousser ses cheveux ? Pour l'opéra qu'elle préparait, pour son costume de scène ? Il s'y mêlait de grands fils blancs.

Elle retrouva d'un seul coup sa sécheresse habituelle :

— Oui, la *Désirade.* Mais j'ai un concert à préparer. Dans une semaine, à l'Opéra. Vous viendrez.

— Je vous avais entendue, là-bas, c'était superbe...

— Je sais. Un amusement de province. Je n'aurais pas dû. Mais le Commandeur est un ami. On ne refuse rien à ses amis, n'est-ce pas ?

Son gant était tombé. Il voulut le ramasser. Elle se pencha la première. Son dos était très blanc, en effet, avec de longs muscles fins. Son corps, lui, n'avait pas pris les marques du temps.

— Le Commandeur est rentré ? hasarda Trendy.

Elle éclata de rire, comme dans la Chambre des Cartes, quand elle avait compris qu'elle avait gagné.

— C'est cela que vous vouliez savoir ? Mais non, mon pauvre petit. Il s'est entiché d'une jeune fille. Vous la connaissez, je crois ? Il ne sort plus de la *Désirade*. Pour une fois, c'est une femme qui le séquestre. Enfin pour l'instant. Rien ne dure jamais avec le Commandeur.

Elle lui déroba son visage.

— Une femme qui le *séquestre ?*

Il avait appuyé sur le dernier mot, malgré tout le mal qu'il avait à parler.

— Pour les détails, demandez à Dräken.

Puis elle ajouta :

— Quand il a posé son regard sur elle, aucune femme ne se risque longtemps à braver le Commandeur.

Il y eut derrière eux un frou-frou de moire. C'était Barberini. La Cruzenburg rajusta sur sa gorge son étole de fourrure. Trendy eut pour s'éloigner un geste imperceptible. Elle le sentit. Son bras ganté le retint.

— Suivez-moi, dit-elle.

Et, comme si elle redoutait d'avoir été, trop tôt, trop cassante, elle corrigea :

— Suivez-nous.

Il salua Barberini. L'autre eut un éclair de malice, ou peut-être de malveillance. Il ne fit pas allusion à la *Désirade*. Le mot paraissait tabou. Il leur désigna la porte où avait disparu Dräken. Elle s'ouvrait sur un salon ovale, meublé dans le goût classique qui était celui de toute la Nonciature. Il n'y avait là qu'une quarantaine d'invités, les plus prestigieux, sembla-t-il à Trendy. Il le nota à peine, car dès son entrée aux côtés de la Cruzenburg, il y eut le même instant de silence que dans la galerie ; puis les conversations reprirent avec une feinte indifférence. Un petit cercle d'ambassadeurs et de dignitaires de l'Eglise se forma autour d'eux. La Cruzenburg s'appuyait à présent très ouvertement à son bras. Eût-il voulu s'en détacher qu'il n'aurait pas pu, car les franges de son écharpe s'était prises dans les minuscules boutons qui fermaient sur le côté le fourreau de la cantatrice. Barberini avait l'air de s'amuser de plus en plus. Trendy tâcha de s'intéresser autant qu'il put à la conversation. Avec la componction de mise, on parlait du renouveau extraordinaire de la puissance vaticane, on félicitait le cardinal pour sa résurrection des ordres de chevalerie et liturgies médiévales. « Le Moyen Age, la sombre grandeur du Moyen Age, merci de nous la rendre ! » s'exclamait un vieux ministre plénipotentiaire. Barberini opinait du chef avec un sourire fin. N'eût été la présence paralysante de la cantatrice, Trendy lui aurait volontiers posé quelques questions sur sa *Théologie du Diable*, curieusement disparue des rayons de la bibliothèque, quand il crut entendre quelques commentaires rapides et feutrés sur l'absence du Commandeur. La Cruzenburg haussa les épaules. Personne n'insista. On s'adressa alors directement à elle : *Sansinéa*, l'opéra qu'elle s'apprêtait à chanter, était, disait-on, d'une difficulté inouïe.

— Je vous remercie de tant de prévenances, laissa-t-elle tomber au bout d'un moment, avec un regard si coupant que le diplomate qui avait admiré son courage fut saisi d'une pâleur mortelle.

— Je ne m'inquiétais pas de votre voix, madame, s'enferra-t-il, ni de la difficile partition de notre ami Dräken. Je voulais simplement dire que le rôle prévu par le livret de Drogon...

Trendy blêmit à son tour. La Cruzenburg le lâcha brusquement et se tourna vers Barberini :

— Pardonnez-moi, monseigneur, mais il est temps que je vous quitte. Je me, dois à la musique. Je dois prendre du repos.

Elle prit congé. Trendy eut un moment d'embarras. Les fils de son écharpe étaient toujours pris dans sa robe. Elle s'en était aperçue. Elle l'avait toujours su, sans doute, peut-être même en avait-elle joué. Elle l'attira vers la porte du salon ovale. Il la suivit comme un animal en laisse. Elle attendit le seuil de la galerie pour détacher de sa robe, avec un soin exagéré, les franges de soie. Quand elle en eut fini, elle leva vers lui son grand regard gris. Il lui parut un peu mouillé, mais il craignit, une fois encore, que ce ne fût qu'une impression.

— Dans une semaine, vendredi matin, onze heures, à l'Opéra. Mon nom est inscrit sur ma loge.

Dräken avait parlé d'un studio de répétition, mais elle préférait lui donner rendez-vous à sa loge. Elle sortit un carnet de sa minuscule aumônière, puis un petit crayon :

— Vous ne connaissez pas les coulisses de l'Opéra, je suppose...

Elle griffonna quelques chiffres, une sorte de plan. Elle était gauchère. Sa main était gantée, elle était maladroite. Cela lui donnait enfin un peu d'humanité. Il en perdit la force d'évoquer les enregistrements d'Iris.

— Vendredi, onze heures, bredouilla-t-il. Mais... c'est le jour de la création de...

— Oui. Et alors ?

A cet instant, elle n'était plus que dureté, dureté et méchanceté. On aurait dit qu'il lui manquait quelque chose, quelque chose de tellement important qu'elle était prête à tout pour l'avoir. Et cette expression-là — plus ténue, plus fugace cependant — Trendy l'avait déjà vue passer sur un visage. Sur celui du Commandeur. Quelle parenté pouvait donc les unir ?

A nouveau, elle lui pressa la main. Sa douceur lui parut divine. Il oublia tout. L'instant d'après, à la porte du salon ovale, il ne restait d'elle qu'un entêtant sillage.

Il finit par se résigner à abandonner la porte, se dirigea comme un automate vers le petit buffet et se fit servir une coupe. Il avait du mal à retrouver contenance. Il perdit tout à fait pied quand il vit en face de lui le crâne chauve de Drogon.

— Je vous croyais à vos fiches, laissa tomber le professeur.

Contrairement à son habitude, il ne s'embarrassait pas de préambule.

— Je vous avais demandé pour décembre la moitié de votre thèse, poursuivit-il. Je n'ai rien vu venir.

Trendy fit face le plus bravement qu'il put :

— J'ai eu des ennuis.

— Des ennuis ! éclata Drogon. Vous voulez rire. Vous avez décampé de chez votre logeuse, voilà la vérité.

Dans un mouvement qui lui était familier, Drogon souleva ses lunettes d'acier :

— Vous, le meilleur de mes élèves. Vous que j'ai toujours protégé, choyé. Et j'ai été jusqu'à vous trouver cet endroit, ce havre de paix, pour qu'enfin...

— Cette villa n'était pas si tranquille.

232

— Pourquoi a-t-il fallu que vous vous mêliez de ces histoires ? Je vous croyais plus de fermeté d'âme. Et je vous retrouve ici, en galante compagnie...

Trendy s'empourpra. Il soutint pourtant le regard de Drogon. A la vérité, son professeur avait perdu un peu de sa prestance. Il avait grossi, cela se voyait dans son smoking, et il y avait en lui quelque chose qui sonnait faux, une sorte d'inquiétude, de terreur mal contenues. Etait-ce l'angoisse des temps, la peur de la maladie, ou qu'il ne fût tout à fait à son aise sur cette scène mondaine ? Peut-être aussi, dans l'esprit de Trendy, commençait-il à souffrir de la comparaison avec le Commandeur. En tout cas, il avait perdu la belle assurance où l'avaient conforté les honneurs et la science, son air de royauté sur les êtres et les choses. Il continuait à jouer le jeu, mais sans exactement la même conviction. Du coup, il ne paraissait plus si terrible. Trendy parvint à l'observer avec détachement. L'autre s'en aperçut :

— Nous reparlerons de tout cela dans mon bureau, fit-il avec hauteur.

Il ne perdait rien de ses manières professorales. Il saisit un agenda dans la poche de son smoking :

— La semaine prochaine, au Muséum. Vendredi, à quinze heures. Soyez ponctuel.

Il marqua un temps d'arrêt puis ajouta :

— Savez-vous que je viens d'être nommé directeur du Muséum ?

Il ne lui laissa pas le temps de le féliciter :

— Vous m'apporterez votre thèse. Enfin ce que vous m'en avez rédigé. La moitié, comme convenu. Assortie de la première ébauche de vos conclusions.

Trendy n'eut pas le temps de chercher une dérobade. Le professeur était déjà sorti. Il laissa derrière lui un parfum, le même que celui de la Cruzenburg.

Un très long moment, il ne sut que faire. Il avait l'impression d'être la proie de tous les regards. Jamais ses squelettes de poissons ne lui avaient semblé si dérisoires, presque autant que la collection de télescopes dont il entendait le prélat vanter les mérites à ses hôtes, pour éviter leurs questions sur les prophètes et le concile. Avant de partir, il voulut défriper son écharpe. Il y restait un long fil noir,

233

arraché sans doute à la robe de la diva. Il l'en détachait avec soin, quand, de derrière le rang d'orangers alignés le long des fenêtres, il vit surgir Dräken. Il se dirigeait droit sur lui. Il ne sut pourquoi, il en conçut du soulagement. Pourtant le musicien avait la démarche chancelante. Il était surexcité, il avait dû boire, à moins que ce ne fût encore l'enthousiasme du concert.

— On me dit que vous vous êtes affiché avec la Cruz ? demanda-t-il avec un petit rire.

— Affiché, non, c'est elle qui...

— Ne protestez pas, je la connais. Et je vous ai vus. Elle était très belle, ce soir. Dans le genre fatigué, bien entendu. C'est très nouveau, chez elle. De vous à moi, elle est épuisée.

Il ricana à nouveau :

— Tant mieux. Mon opéra la fatigue. Mes petits contre-ut, mes appoggiatures, mes glissandi, mon pauvre ami ! Mais il n'y a pas que les notes. Il y a le livret. Le rôle est difficile, théâtralement difficile. Seulement elle l'a voulu. Bien fait pour elle. Elle n'avait qu'à s'abstenir de le commander à Drogon.

— Vous connaissez Drogon ?

— Qui ne le connaît ? C'est notre nouveau Pic de la Mirandole. Il sait tout, connaît tout. Vous n'avez pas lu son roman ?

— Non.

Dräken eut l'air outré :

— Mais si, voyons ! *Faste fou*. Il y raconte ses aventures amoureuses. De façon transposée, évidemment. Mais pour nous tous, la Cruz, Barberini, le Commandeur, c'est très clair. Nous connaissons ses histoires. Il a beaucoup aimé Halphas, un temps. Il en a souffert. Bien entendu, il n'a pas entièrement écrit le roman. Sirius est repassé par là. Sirius sait tout faire. Dommage qu'il ne soit jamais sorti de l'ombre. Drogon et moi, nous préférons la lumière.

Il soupira :

— Le bel Halphas... Enfin tant pis pour lui. Tant pis pour Drogon, bien entendu. C'est de sa faute, après tout. Si ses goûts...

— Vous le connaissez depuis quand ? insista Trendy.

— Mais depuis toujours, voyons ! Depuis Iris, depuis les fiançailles. Il faisait partie de la bande. Il aimait beaucoup le Commandeur, en ce temps-là.

— Et le Commandeur ?

— Voyons, mon petit, il ne jurait que par Iris. L'imbécile, d'ailleurs... Mais vous avez un air consterné ! C'est la Cruz ? Qu'est-ce qu'elle vous a fait ?

— Non.

— Alors quoi ?

Il lui pressait le bras, il ne le quittait plus. Pour une fois, il avait l'air de prendre intérêt aux réponses qu'on lui faisait.

— C'est ce que vous me dites sur Drogon.

— Comment ? Vous l'ignoriez ? Vous n'allez pas me dire que pour Halphas vous n'aviez pas su, comme tout le monde...

— Non. C'est autre chose... Je ne savais pas que Drogon écrivait. Qu'il écrivait autre chose que...

— Que ses publications scientifiques ? Mais il écrit, mon cher, et de tout ! Il vient d'être nommé directeur du Muséum. En ce bas monde, il aura eu tous les honneurs ! Et cet opéra, dans une semaine... La gloire, mon cher, la gloire. Un vrai Pic de la Mirandole, vous dis-je. Il ne dort jamais. Quand il n'est pas à ses amours, quand il n'écrit pas, il est dans son laboratoire. Avec ses squelettes de poissons. C'est fou, n'est-ce pas ? Des squelettes...

— Il ne travaille pas sur les squelettes ! Il ne s'est jamais intéressé qu'au système nerveux. Il est même spécialisé dans celui des huîtres.

— Vous vous trompez, mon petit. Je suis formel. Il nous a promis, à la Cruz et à moi, une sensationnelle découverte sur ces histoires de poissons. Il tiendrait la raison pour laquelle ces malheureuses bêtes meurent les unes après les autres, une histoire de vertèbres déformées, ou de tibias, de clavicules, je ne sais plus...

— Les poissons n'ont pas de tibias. Ni de clavicules.

— Alors une histoire de sternum. Mais non, vous avez certainement raison, ils n'en ont pas. En tout cas, Drogon a fait des découvertes. Il doit les annoncer au tout début de l'année... Si toutefois nous sommes encore de ce monde. Mon pauvre, vous savez bien ce qui nous attend.

Trendy reposa sa coupe. Du cercle où Barberini continuait de pérorer sur ses télescopes, il eut l'impression que le cardinal l'observait avec une ironie grandissante.

— Pardonnez-moi, fit Trendy. Il est temps que je rentre.

— Vous n'allez pas chez *Nephtali's* ? Venez avec moi. Bérénice...

— Non. Je suis fatigué.

— Vous avez tort. Les nuits sont de plus en plus belles. Et ce qui nous attend...

— Rien ne nous attend. Rien ni personne.

— Mais si, mon cher, la nuit. Toujours la nuit. Mais au fait... Vous avez rendez-vous avec la Cruz ?

Trendy ne répondit pas. Il poussa la porte du salon ovale. L'autre le saisit par le poignet.

— Vous êtes l'ami de Bérénice, siffla-t-il. C'est pourquoi je préfère vous prévenir. La Cruz...

Trendy voulut le repousser, mais Dräken s'accrochait à sa manche avec une force inouïe :

— La Cruzenburg est une...

Il eut alors un mot obscène, qui résonna plus durement encore sous les marbres roses du palais de la Nonciature.

CHAPITRE XXI

A la première page des journaux, toute cette semaine-là, il ne fut question que du concert de la Cruzenburg. C'était d'ailleurs un trait marquant de l'époque, de transformer un fait presque insignifiant — à tout prendre, il ne concernait guère que les mélomanes avertis — en événement capital et de portée historique. Certes, depuis le début de ces temps troublés, la part de la musique n'avait cessé de grandir ; et la Cruzenburg, par la royauté sur les voix qu'elle s'était si mystérieusement conquise, était de jour en jour davantage adulée. Pourtant, disait-on, elle venait de recevoir des menaces de mort. Il n'y avait là rien de vraiment étonnant : les rumeurs incontrôlées se multipliaient. Les gouvernants, plus que jamais attentistes, s'étaient résolus à les ignorer. Ce dernier bruit, toutefois, ressemblait à un blasphème. Dès qu'ils en furent avertis, on fit entourer l'Opéra d'une double garde policière, de sorte qu'on renforça l'idée que ce qui s'y tramait était l'événement du siècle ; et l'on trouva quelques esprits pour suggérer que ce serait là, sous son chant, dans la pourpre et dans l'or, que l'on verrait venir la fin.

La fièvre avait gagné Trendy. Il avait lu toutes les gazettes. Son désir s'était accru d'autant. Cette femme en robe noire qui répétait sur la scène de l'Opéra lui avait donné rendez-vous, à lui, un inconnu, qui la veille encore se lamentait sur ses amours perdues. Comme s'il avait pu oublier ce qu'elle lui avait dit, elle l'avait écrit en tremblant sur cette page d'agenda. En tremblant, oui, il en était sûr, même si c'était inconcevable, la Cruzenburg avait tremblé en lui traçant ces mot : *Vendredi, onze heures, loge n° 5,* elle avait frissonné aussi en esquissant le plan. Il revoyait sa main gantée, le solitaire, ses cheveux enserrés dans sa résille. Tandis qu'elle s'éloignait dans le long couloir circulaire de la Nonciature, quelques épingles à cheveux s'étaient échappées de son chignon encore pauvre, et il se souvenait à présent de leur bruit métallique, quand elles étaient tombées sur le sol poli. Il n'avait pas bougé, il avait fermé les yeux, il avait cherché dans l'air le souvenir de son parfum. L'instant d'après, elle n'était plus là.

Constance, murmura-t-il plusieurs fois en relisant les articles. Constance, loge n° 5, vendredi onze heures. Cela seul apaisait sa fureur, sa révolte contre Drogon. Son professeur l'avait trahi, le trahissait depuis des années. Il n'osait imaginer ce qu'il lui aurait fait s'il n'y avait eu, miraculeux, ce rendez-vous avec la diva. Il l'aurait tué, peut-être. Par moments, quand il lisait dans les journaux le nom de Drogon, avec des indiscrétions sur le livret de *Sansinéa,* le livret qu'il avait écrit pour Constance, sa colère renaissait. Elle retombait vite. La Cruzenburg était devenue son unique horizon. Quand il se rendrait au rendez-vous du Muséum, ce serait pour régler ses comptes. Il saurait tenir tête à Drogon car deux heures plus tôt il aurait vu Constance. Il en trouverait la force, il le démasquerait, il lui dirait des mots qui le blesseraient à mort. En quelques heures, grâce à la diva, Trendy s'était cru consolé de tout.

Trois jours avant son rendez-vous avec elle, il pensa voir ses espoirs s'envoler. Le bruit s'était répandu que la cantatrice allait annuler son concert. On ne disait pas pourquoi, mais tous crurent en deviner la raison : la maladie. Un journal s'en fit l'écho, et jugea bon d'approuver la décision présumée de la chanteuse : *L'artiste est seul juge, lui seul connaît les limites et l'étendue de son pouvoir.* Le scandale fut énorme, et immédiat : s'agissant de la Cruzenburg, la phrase la plus anodine, quand elle n'était pas prononcée à son unique gloire, devenait une insulte effroyable. Drogon et Dräken, accusés d'avoir voulu piégé Constance par une partition et un livret impossibles, répliquèrent sur-le-champ par un article incendiaire : *Le pouvoir de la Cruzenburg est incommensurable, et le mot de limite n'a aucun sens pour cette voix céleste.* Des hordes d'adorateurs se ruèrent à son appartement. Ils ne l'y trouvèrent pas : elle ne vivait plus qu'au théâtre. Ils se précipitèrent à l'Opéra. Ils voulaient voir la chanteuse à toute fin, assister aux répétitions. Il y eut des échauffourées, presque une émeute, quelques blessés. Ebranlée par les objurgations du directeur du théâtre, la cantatrice, non sans irritation, consentit à paraître derrière le cordon de police. Tout enveloppée dans ses étoles de fourrures, elle poussa un contre-ut qui apaisa les esprits. Le même jour, Numance transmit à Trendy une enveloppe dont le contenu le rassura tout à fait. La nuit précédente, malgré le tracas de ses répétitions, Dräken était venu personnellement le remettre à Bérénice. C'était un laissez-passer, avec une invitation à la création de *Sansinéa*, le soir même. Par il ne savait quel miracle — Drogon, peut-être, ou Dräken lui-même, puisqu'il semblait parfaitement renseigné de tout — les deux documents étaient à son véritable nom, Mathieu Florimont. Il s'avisa alors que la Cruzenburg ne l'avait jamais appelé ni Trendy ni autre chose. Encore une fois, il prit le parti de l'ignorer. Les portes de l'Opéra, à ce jour le lieu de la ville le plus inaccessible, lui étaient ouvertes. Comme les bras de la Cruzenburg. Il se crut le plus heureux des hommes.

Il fit part de sa joie à Numance. L'autre ne répondit rien. Trendy en fut à peine étonné. Depuis quelques jours — à la réflexion, c'était depuis le concert à la Nonciature, dans son trouble, il s'était ouvert au métis de ses retrouvailles avec la cantatrice — Numance demeurait taciturne. Ils ne se voyaient guère. Trendy se réveillait tard, errait un moment dans l'appartement désert, puis descendait dans les rues, à ce moment qu'il aimait tant, l'approche du soir, quand le soleil jetait ses derniers feux sur les vitres géantes des nouveaux immeubles. Tout était glaciaire dans la ville, sur l'église épargnée par la fièvre architecturale, les arcs-boutants prenaient les formes aiguës et menaçantes des séracs, les escaliers roulants déchiraient le sol comme d'étroites crevasses, emportant les habitants vers la vie souterraine. Et Trendy les suivait vers le ventre chaud de la nuit et de la musique : lui aussi, il avait une attente à tromper, celle de Constance, celle de la fin, il ne savait plus, c'était peut-être la même chose, quelque chose de sombre et qui ressemblait au mal, mais qui pour cela en était plus désirable. Il ne remontait qu'au matin, les oreilles assourdies et, comme les autres, furtivement, se passant la main sur la gorge. Sur les immenses glaces des pilastres se dessinait une aube nouvelle, encore plus froide et qui pinçait les doigts. Numance avait déjà quitté l'appartement. A quoi bon me faire du souci pour lui, se disait Trendy en retrouvant l'ordre superbe de leurs chambres. Numance est ailleurs, refermé sur son rêve et sur sa jalousie, son attente des dimanches, son fol espoir de l'île. Et son désir de Bérénice.

Le jour où il reçut son laissez-passer pour l'Opéra, il ne put cependant retenir son enthousiasme. Numance, comme la fois précédente, demeura silencieux.

— Tu ne comprends pas, insista-t-il. Cette femme... Elle n'est pas le monstre que j'avais cru. A la Nonciature, quand elle s'est approchée de moi...

L'autre secoua doucement la tête mais ne dit mot.

— Elle est accessible, fit Trendy. Quand je l'ai vue de près...

Numance fit volte-face :

— Ce n'était pas la première fois que tu la voyais de près. Tu as joué avec elle à la maison du Commandeur...

— Non. Cette fois-ci, c'était la première. La vraie première.

Numance se redressa :

— N'y va pas.

— Tu veux rire !

Le métis lui serra le bras, comme au jour de leur rencontre, quand il lui avait tout dit de Judith et de la *Désirade*.

— N'y va pas, répéta-t-il.

Trendy le repoussa.

— Tu es jaloux !

Numance ne se troubla pas. Il saisit un cigarillo, l'alluma, s'assit sur le sol. La palabre recommençait.

— C'est une terrible chose qu'une femme qui a commerce avec le Diable, commença-t-il avec sa désarmante gravité.

— Le Diable ! Mais tu es fou...

— Le Diable, oui. C'est Bérénice qui me l'a dit.

— Vous et vos magies !

— La femme qui s'entend avec le Diable fait tourner le lait, poursuivit Numance, elle fait aigrir la crème, elle ternit les miroirs, dessèche les campagnes, engendre des serpents, rend les chiens enragés, réveille les tempêtes de la mer et déchaîne le Seigneur du Large...

— Mais la Cruzenburg, Numance ! Tu es loin de ton île, ici ! Une chanteuse ! Une diva...

— Justement.

— Des chiens enragés, des miroirs ternis... Elle n'a jamais vécu que dans des hôtels, des châteaux, des théâtres...

— Qu'en sais-tu ? Bérénice m'a dit...

— Bérénice la déteste. Elle aussi, elle est jalouse.

Numance secoua posément la cendre de son cigare.

— Cette femme chante l'opéra. C'est ce qu'il y a de plus difficile. Elle a besoin de puissance. Il faut bien qu'elle la prenne quelque part. Elle te la prendra.

— Pourquoi à moi ? Elle a les autres hommes. Tous ceux des photos, à la bibliothèque.

— Ils ne durent pas longtemps. Sur les photos, on ne les voit pas plus d'une fois. Sauf ceux de la bande du début, le chef d'orchestre, Léonard, le boiteux que tu appelles Sirius, et d'autres qu'on n'a pas bien regardés.

— Mais la Cruzenburg a Dräken. Elle en fait ce qu'elle veut !

— Oh ! non. Celui-là, s'il était vraiment sous sa coupe, il n'irait pas...

Il hésita.

— Il n'irait pas voir Bérénice ?

— Tout juste.

Trendy marqua une pause. Il s'était fait la même réflexion, le soir où ils s'étaient rendus chez *Nephtali's*.

— Et alors ? Où veux-tu en venir ?

— Regarde.

Il sortit de sa poche un petit paquet et le déposa sur le sol.

— Prends-le sur toi. Ne le quitte jamais. C'est une amulette.

— Je n'ai jamais eu peur de rien. Encore moins d'une femme.

— Tu n'as pas eu peur de Judith ?

— Qui te parle de Judith ?

Il se leva d'un bond. Il était hors de lui. Dans sa colère, il jeta son écharpe en boule.

— ... Et puis laisse-moi à mes histoires ! Je suis assez grand...

— Non.

— Et toi ? Tu te crois malin, avec Bérénice qui...

Il s'interrompit. Numance s'était levé lui aussi, avec un air de félin prêt à attaquer. Il leva la main. Trendy crut qu'il allait le frapper et fit un pas en arrière.

— C'est Bérénice, justement, qui m'a donné l'amulette. Pour toi.

Trendy eut un moment de stupeur, puis il se décida à prendre le paquet. Il déplia délicatement le papier de soie qui l'entourait. Il n'y découvrit qu'une boule de verre un peu glauque. A l'intérieur, il distingua de la poudre et quelques fils blancs et rouges parcourus de nœuds minuscules.

— Une véritable amulette, fit le métis. De la cendre de chat et de peau de serpent. Les fils noués retiennent les forces du Mal.

Une expression de vague dégoût passa sur le visage de Trendy.

— C'est Bérénice qui l'a préparée, ajouta alors Numance. Elle te supplie de la prendre. Si du moins tu t'entêtes à voir cette femme. Elle te supplie, tu entends ?

Et comme il était inconcevable qu'il ne revît pas Constance, comme il voulait encore, même si elle ne lui proposait pas son lit, effleurer sa longue main gantée, s'écorcher les lèvres à son solitaire et respirer son parfum, il s'empara de l'amulette et la fourra dans sa poche. Numance parut aussitôt soulagé. Jusqu'au vendredi, il ne lui dit plus rien du rendez-vous de l'Opéra.

Enfin le jour arriva. Il neigeait. Les journaux du matin avaient encore titré sur Constance, mais ils ne lui consacraient plus que de brefs articles, rédigés dans une prose particulièrement solennelle. On aurait dit que toute la presse s'était donné le mot : *Le jour du Soleil noir,* annonçait une manchette, et les gazettes rivales écrivaient d'une façon très voisine : *Le lever de l'Astre noir* ou *L'apogée d'une étoile sombre.* La Cruzenburg n'avait pas chanté qu'on se répandait en éloges. Au bout de quelques minutes, Trendy rejeta les journaux. Pour la première fois, il se demandait pourquoi la diva le faisait venir dans sa loge, quelques heures seulement avant un événement si important. Il commençait à douter d'elle. L'autre jour, avait-il bien compris ce qu'elle lui voulait ? Et elle connaissait nécessairement Drogon, puisqu'il avait écrit à son intention le livret de *Sansinéa*. S'il fallait en croire Dräken, le goût du professeur n'était pas celui des femmes. Quelque passion qu'on eût pour la musique et la littérature, on ne se faisait pas librettiste d'une célébrissime cantatrice sans entretenir avec la dame de vieux liens d'amitié. Et comme par hasard Drogon le convoquait au Muséum quelques heures seulement après sa rencontre avec la cantatrice.

La peur le prit. Il se surprit à serrer dans sa poche l'amulette de Bérénice. Mais aurait-il seulement le temps de voir sa crapule de professeur ? Constance pouvait le retenir, pourquoi pas ? Quel mal pouvait lui vouloir la femme si douce de la Nonciature ? Elle devait se sentir seule, comme toutes les stars. En ce matin de première, pétrie de trac, elle avait besoin de tendresse, ou même simplement d'une présence. Elle avait deviné qu'il saurait les lui donner. Enfin que pouvait-il craindre d'un directeur de Muséum qui se piquait de littérature pour se distraire de ses diplodocus et de ses baleines empaillées ?

La curiosité et le désir l'emportèrent vite sur ses terreurs. Il partit aussitôt. Il n'était pas en retard, mais il courut. Les rues de la ville étaient presque vides, comme les matins des jours fériés. Malgré la neige, il fut arrivé en un quart d'heure. Aussi extraordinaire que cela puisse paraître, Trendy n'était jamais entré à l'Opéra. Jusqu'à ce jour, il n'y avait vu qu'une grosse pâtisserie exagérément gonflée, ornée, surchargée, le chef-d'œuvre replet et mafflu d'une époque qui ne lui plaisait guère. Ce matin-là, était-ce l'effet de la neige d'où émergeaient, dans leur nudité vert et or, les innombrables Apollon et Terpsichore des toits, l'Opéra se transformait en architecture du mystère. Il se surprit à aimer son exubérance et son anachronisme. Après les immeubles dépouillés, les colonnades austères et glacées qui s'étaient multipliées dans la ville, il lui apparut comme une énorme gâterie. Les policiers qui le cernaient lui donnaient même un parfum d'aventure. Le laissez-passer agit sur eux comme une formule magique. Ils s'écartèrent sur-le-champ devant Trendy. On lui indiqua un large couloir, au bout duquel, murmura-t-on, se trouvait la loge de Constance. Il s'y engagea sans frémir. L'odeur était la même qu'à la bibliothèque, un peu âcre et poussiéreuse. Cela l'étonna, comme les couleurs grisâtres de ces coulisses interminables où s'ouvraient de tous côtés de nouveaux corridors, des escaliers, de vieux ascenseurs. Il n'osait trop les regarder, telle était sa hâte. Il pressa le pas. Le couloir se termina sur un escalier en colimaçon. Une chaise brisée y avait été jetée, sans doute pour le condamner. Il revint sur ses pas. La porte de la loge de la Cruzenburg était devant lui. Il frappa.

On ne le fit pas attendre. Le battant s'entrebâilla. Une main ferme l'attira dans la pièce. C'était Constance.

— Tu vas m'aider, dit-elle.

Elle lui désigna des dizaines de gerbes.

— Je ne veux pas de ces fleurs.

Il eut un geste d'hésitation. Elle ne l'avait tout de même pas fait venir pour faire le ménage dans sa loge.

— Dehors, répéta-t-elle.

C'était un ordre. Il s'exécuta. Les gerbes étaient lourdes et encombrantes. Elle enlevait les cartes une à une, les lisait puis les jetait.

A la quatrième gerbe, il hasarda :

— Le couloir risque d'être bouché...

— Aucune importance. J'ai donné des ordres. J'ai demandé aussi qu'on ne nous dérange pas.

A ces mots, il sortit les bouquets avec plus de vaillance. Il s'en voulait un peu, il se faisait l'effet d'avoir la même docilité que Dräken, néanmoins déjà il obéissait à Constance.

A la dernière gerbe, une brassée d'orchidées rouges et noires, elle l'interrompit :

— Laisse. Celle-là, je la garde.

Elle s'empara de la carte puis la jeta en évidence sur sa coiffeuse. Il y reconnut le nom du Commandeur. Il se crut autorisé à poser une question.

— Il... Il sera là ce soir ?

Sa voix s'étrangla dans sa gorge. Elle sourit, lui tourna le dos et disparut derrière un paravent.

Elle fut longue. Pour dissiper son impression d'être tombé dans un piège, ou du moins d'être réduit à sa merci, il se mit à observer la loge. Rien ne ressemblait à ce qu'il avait imaginé.

C'était une grande pièce grise, presque nue. Par une fenêtre et un œil-de-bœuf parvenait la lumière affaiblie de ce matin de neige. Le seul ornement de la pièce était une grande glace, face à la porte, près d'un électrophone d'un modèle ancien, posé à même le sol, et une coiffeuse méticuleusement rangée, avec quelques photos, selon l'usage, glissées entre le miroir et son cadre. Il se pencha pour les examiner. Il s'attendait à des clichés des triomphes de Constance, pris sur scène, quand elle chantait des airs particulièrement difficiles, ou qu'elle croulait sous les vivats. Il n'en était rien. A côté du programme de ce soir, Constance avait affiché une photo de ses mains ; c'était un cliché noir et blanc, où son célèbre solitaire concentrait presque toute la lumière. Etait-ce pour le diamant, ou pour montrer la perfection de sa peau ? Comme il l'avait remarqué au premier soir, ses mains étaient lisses, transparentes, sans la moindre tache, sans la moindre ride. La seconde photo représentait sa coiffeuse, dans le même ordre impeccable que celui qu'il avait sous les yeux. Au milieu des flacons trônait la fiole contournée de *Chrysopée*. Enfin une troisième photo la représentait de dos, se regardant dans une glace avec un regard, pour une fois, légèrement attendri. Rien qu'à la forme étrange du miroir, il eut la certitude que le cliché avait été pris à la *Désirade*. Et, dans le reflet, il crut apercevoir une forme frêle, à l'attitude soumise, qui semblait le corps nu d'une jeune fille.

La cantatrice l'arracha à ses investigations. Il l'entendit repousser le paravent. Il ne s'était pas retourné qu'elle était près de lui, dans un long peignoir de satin gris.

— Tu es jeune, dit-elle en lui enlevant son écharpe.

Par superstition, il avait remis la même écharpe qu'à la Nonciature. Elle la jeta sur le parquet sans le moindre ménagement. Le reste suivit. Il se laissa faire. La pièce était surchauffée. C'était très agréable. Elle l'attira jusqu'à un petit canapé. Elle le contempla un moment.

— Tu es jeune, reprit-elle. Tu as de jolis cheveux.

Elle le décoiffait à petits gestes rapides. Elle-même ne s'était pas défaite. Elle ne portait pas de parfum. Du coup, elle lui parut déjà nue. Il vit son sourire s'élargir. Elle semblait s'amuser de la situation. Un instant, il trouva ses lèvres carnassières, il eut peur de son grand regard froid. Il ne sut pourquoi, il lui rappelait certains poissons. Elle eut un geste direct. Le plaisir qu'il y prit dissipa ses appréhensions. Il ferma les yeux. Quand il les rouvrit, il vit ceux de Constance. Une brume s'y formait. Elle écarta les pans de son peignoir. Par l'œil-de-bœuf tombait la lumière d'hiver. Il neigeait encore, mais les flocons fondaient au contact des toits. Dans les cours intérieures, au long des gouttières, sur la tôle qui couvrait les greniers, de petits filets d'eau s'écoulaient à intervalles réguliers, avec un léger bruit métallique. Le corps de Constance était encore assez mince, avec un ventre légèrement bombé, l'effet de l'âge, sans doute, mais cela ne lui déplut pas. Avait-elle jamais été enfant, jeune fille ? Non, cela ne se pouvait pas. Elle n'avait jamais été que cette féminité mûre, puissante, capiteuse. Elle avait toujours eu au coin des yeux ces débuts de rides qui étaient sa seule humanité. Et ce sourire de qui connaît le dessous des cartes.

— J'ai besoin de toi, dit-elle, mais elle n'alla pas à lui comme à une source.

Elle était calme, trop calme. Il se dit qu'il avait dû se tromper, l'autre jour, quand il avait cru qu'elle tremblait. Constance s'exhibait avec la même froide autorité qu'elle chantait, elle était maîtresse dans tous les sens du terme, elle guidait sa bouche et ses mains. Elle fut lente, délicieusement lente. Enfin, d'un seul coup, elle se renversa tout entière sur le velours du canapé. La résille qui enserrait ses cheveux glissa, puis, comme dans le couloir de la Nonciature, il entendit ses épingles à cheveux tomber une à une sur le parquet. Le reste se perdit dans un sombre bouillonnement, qui fut le déferlement du plaisir.

Quand il reprit ses esprits, il fut à la fois ravi et déçu. Constance était muette dans l'amour. Il avait imaginé il ne savait quel chant du cygne, comme il s'était figuré que sa loge était une sorte de somptueux boudoir, tout rouge et tout doré. En tout cas, il l'avait possédée. Il se sentait apaisé. Une sensation très douce l'envahit, qu'il prit pour la torpeur de l'oubli. Tout est derrière moi, se dit-il, définitivement derrière moi ; et c'est si simple d'effacer un amour, j'ai pensé juste, l'autre jour à la Nonciature : détruire un feu par un autre feu.

Constance reposait près de lui. Elle avait ramené sur sa peau pâle les plis de son peignoir. Elle finit par trouver la position inconfortable et se releva. Avant de se tourner vers sa coiffeuse, elle lui adressa un sourire qu'il ne lui avait vu qu'une fois, à la *Désirade,* lors du jeu, quand elle avait su qu'elle avait vaincu Anna. Mais la proie, aujourd'hui, il lui semblait que c'était lui.

Il n'osa pas bouger. Il se sentait ridicule. Elle n'esquissa pas un geste de tendresse. Elle eut un seul mot pour le quitter, et les mêmes intonations méprisantes qu'à l'adresse d'Anna :

— Tu es jeune.

Elle avait prononcé *jeune* avec une volupté soudaine, comme si elle devait s'en repaître. Et elle alla se mirer dans sa glace avec quelque chose qui ressembla à un ricanement.

Il ne neigeait plus. Le ciel s'éclaircissait par la fenêtre ronde, il reprenait les teintes glaciaires qu'il avait eues dès le début de cet hiver précoce. En quelques instants, Trendy fut rhabillé. Devant la glace, Constance se maquillait. D'un seul coup, ses doigts chargés de fard s'arrêtèrent sur son cou. On aurait dit qu'elle avait distingué dans le miroir quelque chose d'inquiétant. Elle se retourna vers Trendy. Il était déjà à la porte. Elle se leva :

— Tu t'en vas ?

Il fit face.

— Est-ce bien le moment de rester ?

Il avait ricané, lui aussi. Elle parut surprise.

— C'est vrai, dit-elle.

— J'ai à faire, insista-t-il.

Il se faisait violence. Il ne savait pas où il en trouvait la force.

— Tu seras là, ce soir.

Elle ne questionnait pas. Elle continuait à ordonner.

— ... Tu seras là, à la place que je t'ai fait donner, et tu repenseras à ce que nous avons fait. A rien d'autre, entends-tu ? Ce que nous avons fait.

A l'écouter, il n'avait plus qu'une idée, le refaire, tout de suite. Mais le regard de Constance avait foncé, sa bouche, semblait-il, se gonflait, et ce n'était pas de gourmandise, mais d'un début de colère ou de peur, il n'aurait su dire.

Sa main effleura la sienne. Il eut un geste de recul. Il repensait à ce qu'avait dit Numance. Pourquoi moi ? se dit-il.

Je suis encore jeune, mais je ne possède rien, ni la richesse ni la puissance...

Son regard coula vers la gerbe noire et rouge offerte par le Commandeur. Elle se raidit :

— Tu ne m'écoutes pas ! Entends-tu, quand je chanterai...

Elle lui serra les poignets. Elle était de plus en plus dure, mais il sentit qu'elle tremblait.

— Oui, dit-il. Ce que nous avons fait.

— Souviens-toi, répéta-t-elle en desserrant son étreinte. De quelle façon...

— Tu as peur ? hasarda-t-il. Cette partition est vraiment si difficile ?

Elle blêmit :

— Je n'ai jamais peur.

— Tu trembles. Tu trembles comme l'autre jour...

Elle détourna son visage et s'assit devant sa coiffeuse. Elle piqua une à une ses épingles dans son chignon. A présent, c'était sa voix qui frémissait :

— Je tremble à cause de la beauté que je vais faire naître ce soir. Je n'ai jamais tremblé que pour la beauté.

Qu'elle fût émue devant lui parut à Trendy un cadeau du ciel. Il se rapprocha d'elle, posa ses mains sur ses épaules qui s'échappaient de la soie fuyante du peignoir :

— Parle-moi, dit-il. Parle-moi du chant. De ton chant.

A cet instant, elle eut vers sa gorge un geste imperceptible, puis ses yeux s'assombrirent.

— Je ne parle jamais. Je chante. Tais-toi. Va-t'en.

Puis elle reprit, plus doucement :

— Souviens-toi de notre pacte.

Le mot de pacte le fit frémir. Elle ne lui laissa pas le temps de lui en demander plus. Elle le repoussa vers la porte :

— Maintenant, va-t'en.

— Et pour te revoir ?

— Ce soir. Tu as reçu l'invitation ?

— Mais te revoir... Te revoir comme tout à l'heure...

— Je te ferai signe.

— Quand ?

Elle lui tourna le dos :

— On verra. On verra plus tard. Après.

— Après quoi ?

— Mais après le concert ! Allons, va-t'en.

Avant de refermer la porte, il distingua dans la grande glace son propre reflet. Il se trouva fatigué, amaigri. Ce n'était pas ce qui l'inquiétait le plus. Il avait le même air de chien battu qu'Anna, le soir où elle avait perdu contre la cantatrice.

Il voulut interroger une dernière fois le regard de Constance. Elle était retournée à sa coiffeuse. Il fut un peu rassuré. Elle n'avait pas l'air si victorieuse. Il referma lentement la porte. Il n'avait pas fait dix pas dans le couloir qu'il entendit, lente et solennelle, une voix qui s'élevait de la loge. Ce n'étaient pas des vocalises, c'était un lamento, un chant dont il s'étonna qu'on pût le pousser, aussi beau, aussi pur, sans aucune préparation.

Le couloir était désert. On n'avait pas encore débarrassé les gerbes. Il s'accroupit au milieu des fleurs et tendit l'oreille.

Il n'eut aucun mal à deviner ce qui se passait. La voix était maintenant accompagnée d'un violon. Elle provenait d'un disque, un microsillon ancien et qui grattait un peu. Malgré la mauvaise qualité de l'enregistrement, même pour qui ne connaissait rien à la musique, il était évident que cette voix était d'une pureté, d'une beauté incomparables. Elle modulait un air de *Turandot*. Ce ne pouvait être que celle d'Iris Van Braack. Sa voix sans vie, sans souffle, sans le frémissement de sa chair, sa voix conservée, figée dans les sillons d'un vieux disque, sa voix seule mémoire d'un temps évanoui. Elle passait la porte, inondait le couloir. Iris chantait à nouveau au cœur de l'Opéra. Elle chantait dans le temple, mais le dieu avait fui. Quel dieu ? Quel diable...

A nouveau, Trendy serra dans sa poche l'amulette de verre. Elle était bien là, et c'était surprenant, après les fougueux élans qu'il venait de subir. Je deviens superstitieux, Numance déteint sur moi, se dit-il. Et je vais être en retard à mon rendez-vous au Muséum. Il se mit à courir. Ce ne fut que dehors, dans le froid, qu'il s'aperçut qu'il avait oublié son écharpe chez la Cruzenburg, et, cette fois, il commença vraiment à avoir peur.

CHAPITRE XXII

Ce qui était agaçant dans cette histoire d'écharpe perdue, c'était que, sans elle, Trendy perdait tout son aplomb. Il ne se rappelait pas quand cette manie l'avait pris, mais il était persuadé qu'aller au Muséum sans s'envelopper dans son écharpe, c'était courir le risque d'être humilié par Drogon. Plus prosaïquement, il craignait aussi de prendre froid. Quand Bérénice lui avait parlé de la maladie, il n'y avait pas accordé beaucoup d'importance. Elle n'arriverait qu'aux autres. A présent, il n'était plus si rassuré. Il consulta sa montre. Il était en retard. Il n'avait plus le temps de repasser chez lui. Il arrêta un taxi. Dans la voiture, il repensa à Constance. Leur entrevue s'était mal terminée, mais, dans l'ensemble, le moment avait été agréable. Il ne sut pourquoi, il associa son image à celle de Ruth. D'où lui venait ce goût des femmes mûres ? Et n'avait-il pas été amoureux de la mère de Judith, un petit moment ? N'avait-il pas séduit Anna parce qu'elle était son amie ?

Il repoussa cette pensée. Il fallait tout oublier, maintenant, qu'il y avait Constance. Et Ruth était au-delà du désir. Cependant il la revoyait, avec sa manière à la fois sensuelle et délicate, son inimitable façon d'aller vers les êtres et les choses, avec douceur, application et tendresse, sa façon de parler aussi, comme si les mots étaient cassables, la parole fragile. Un moment encore, tandis que la voiture passait la Seine, et ne pouvant détacher son esprit de son souvenir, il se demanda quelle était dans sa propre histoire la part de

Ruth Van Braack. C'était Drogon qui l'avait envoyé à elle. Lui, il n'avait rien demandé. Et voilà qu'une folie l'avait pris, reconstituer un passé perdu, qui n'était même pas le sien, et tournait à présent à la pure aventure. L'aventure à l'aveuglette, car de femme en femme il ne savait plus où il allait. Où était sa propre mémoire ? Une demi-heure encore, le temps d'en finir avec Drogon, et il en serait à jamais délivré. Plus de poissons. Plus de vertèbres, déformées ou non. Plus jamais de fossiles. Et ensuite ? Il n'en savait rien. Il ferait comme tout le monde, il attendrait la fin. Il continuait à espérer, toutefois, que ce fût dans les bras de Constance.

Les rues demeuraient vides. Il fut très vite arrivé. Dès les grilles du Jardin des Plantes commençait une contrée étrange, entièrement vouée à la conservation de la vie. Comme si la nature était immuable, soupira Trendy, figée une fois pour toutes dans ses espèces multiformes... Cette vocation s'affichait sur les murs du musée comme dans les sculptures du parc, où se mélangeaient les bustes des naturalistes célèbres et la figure des animaux les plus bizarres de toute la création. A bien y réfléchir, au cœur de la ville, le Muséum constituait une sorte d'aberration. Comme étaient aberrants les diplodocus, dodos et cœlacanthes empaillés qu'il conservait tant bien que mal sous sa verrière délabrée. Au moment où il franchit les marches du pavillon du directeur, Trendy se demanda comment il ne l'avait pas compris plus tôt. Il fallait qu'il se fût entièrement replié sur ses recherches, refermé sur ses squelettes, ses fiches, ses classifications à n'en plus finir de dentitions, branchies, vertèbres et nageoires. Mais c'en était fait. Il en aurait vite fini. Et commencerait une autre vie, la vraie. Tant pis si elle ne devait pas durer longtemps. Les autres, du reste, étaient logés à la même enseigne. Ces temps de fin étaient les temps des choix. Il choisissait le désordre. Jamais il n'aurait pensé que le chaos pût le remplir d'une telle ardeur.

Quand il fut introduit dans le bureau de Drogon, son bel enthousiasme retomba. Le fauteuil du directeur était vide. Il resta un moment décontenancé. D'ordinaire, selon ce qui était devenu une sorte de cérémonial, Drogon l'attendait, le regard fixe, caressant lentement son crâne chauve et ramenant sur son front ses lunettes d'acier. Trendy repoussa le fauteuil que lui avait indiqué l'huissier et fit quelques pas dans la pièce.

Une immense cheminée ronflait derrière le bureau d'acajou. Elle jetait des lueurs rougeoyantes sur les portraits suspendus aux boiseries, ceux des professeurs qui s'étaient succédé à la direction du Muséum. Trendy nota que, malgré sa récente nomination, Drogon n'avait pas tardé à accrocher le sien. Certains de ses prédécesseurs avaient l'air débonnaire, d'autres, les plus nombreux, semblaient franchement cuistres. Drogon appartenait à cette dernière espèce. Sa vanité ne se démentait pas. Entre les oeuvres complètes de Linné et Cuvier, il avait déposé sa thèse, magnifiquement reliée de cuir rouge, et un exemplaire de son roman. Enfin, bien en évidence au milieu du bureau, il avait placé le livret de *Sansinéa*.

Trendy consulta sa montre. Drogon avait déjà dix minutes de retard. Son désir de rébellion s'exaspéra. Il songeait à partir quand, avec sa componction habituelle, Drogon fit son entrée par le fond du bureau.

Ce qui parut à Trendy le comble de l'outrecuidance, c'est qu'il était en blouse blanche. Drogon en blouse, qui peut-être n'avait pas touché un microscope depuis vingt ans, qui se contentait de signer les conclusions rédigées par ses protégés, autrement dit ses tâcherons, et lui au premier chef, Trendy, qui ne s'était pas méfié, ou s'était cru protégé par son hypocrite amitié. Trois mois plus tôt, l'eût-il appris, c'était toute sa vie qui s'écroulait. Mais Drogon le connaissait bien. Il avait prévu sa colère et le prit de court :

— Mon petit, vous n'allez pas me faire la scène du génie incompris et injustement pillé.

— Si. Justement si.

— Et en quel honneur ? Où est donc votre moitié de thèse ?

Trendy, non sans ostentation, déplia devant lui ses mains vides. L'autre souleva ses lunettes sur son front.

— Votre moitié de thèse, répéta-t-il d'une voix blanche.

— J'ai pensé que ce n'était pas le jour. Vous devez être trop préoccupé, à cause de ce soir.

— Ma vie mondaine ne vous regarde pas.

— Mais si, pardonnez-moi, puisque vous utilisez mes travaux aux fins de briller dans les salons. J'ai appris que...

— Suffit, coupa Drogon. C'est moi qui vous ai fait. Entièrement fait. Vos séjours aux Galapagos, aux Kerguelen.

Vos spécimens rarissimes. Votre laboratoire. Bénissez-la, ma vie mondaine. Jusqu'à Mme Van Braack...

— Je vous l'ai déjà dit, il était impossible de travailler là-bas.

— La vérité, c'est que vous n'avez pas l'âme d'un chercheur, Florimont. Je me suis trompé sur vous. Les vrais chercheurs vont jusqu'au bout, en dépit de tous les obstacles. Moi-même, autrefois...

Du geste qui lui était familier, il se retourna vers les livres disposés derrière lui et effleura les volumes de sa thèse.

— Mais parlons net. Où en êtes-vous ? Qu'avez-vous rédigé ? Quelles sont vos premières conclusions ?

Trendy secoua la tête :

— Rien.

— Vous êtes fou !

— Non. Je n'ai rien fait.

— Enfin, vous avez travaillé, chez Mme Van Braack !

— Je sais que cela vous déçoit. Mais je n'ai rien.

— Vous abusez de l'amitié que j'ai pour vous !

— Vous n'avez pour moi aucune amitié.

Il avait du mal à prononcer ces mots, mais il s'obstina :

— Vous avez annoncé pour janvier une importante découverte sur la raréfaction des espèces maritimes. Vous l'avez présentée comme la vôtre. Vous avez même dit que vous l'aviez fondée sur l'observation du système vertébral. C'est mon sujet. Vous ne connaissez rien aux vertèbres, encore moins à leurs déformations. Vous, en dehors de vos huîtres et de vos romans...

Il n'aurait jamais cru qu'il était capable d'aller aussi loin. Il reprit souffle et poursuivit :

— Vous vouliez me voler.

Drogon enleva ses lunettes et les replia posément sur la table.

— Vous êtes jeune, Florimont, dit-il en le fixant de ses yeux d'acier.

Vous êtes jeune. C'était la même phrase qu'avait prononcée Constance. Elle l'avait dite avec avidité, Drogon avec reproche, méchanceté. Trendy ne comprenait pas. Lui, il se trouvait vieux. Ou plus exactement vieilli. Toutes ces maisons, ces femmes bizarres, la ville, le monde qui n'étaient plus les mêmes... Et Judith. Son nom lui revenait, pour la première fois depuis quelques jours, avec son cortège de souvenirs douloureux.

Encore une fois, il réussit à se dominer. Il soutint le regard du professeur. Il y eut un long silence. Trendy se força à le dévisager avec froideur. Cela devint rapidement difficile. Ici aussi refluaient les souvenirs. Comment se le cacher, il l'avait aimé, Drogon, aveuglément aimé. Il se rappelait son premier cours. Il n'avait pas dix-huit ans. Drogon l'avait ébloui. Il était peut-être vaniteux, malhonnête, mais c'était un orateur, un extraordinaire professeur. Il avait été sa seconde révélation après celle de la mer ; et, n'eût été Judith, il n'y en aurait jamais eu d'autre, il en était certain, il serait resté son fidèle, dévoué, zélé et aveugle assistant. Il s'étonnait maintenant de ne pas avoir subi ses avances. Il y aurait peut-être succombé. Mais pour ses amours Drogon devait préférer sans doute la scène mondaine, les artistes, les gens célèbres.

Le professeur devina qu'il reprenait l'avantage.

— Vous avez vu ce bureau, ces boiseries ? reprit-il. Belle pièce, n'est-ce pas ? Immense, et si chaude. Dès que je suis arrivé ici, j'ai redonné vie à cette cheminée. J'aime le feu. Et il fait si froid... On dirait une nouvelle glaciation qui commence...

Il fit quelques pas vers la fenêtre, contempla un moment le jardin couvert de givre, puis revint vers la cheminée où il se réchauffa les mains :

— Voyez-vous, je viens de faire installer mes fichiers. Dans les placards, derrière les boiseries.

Il saisit une clef dans sa poche et fit jouer la serrure d'un placard. Il était rempli de tiroirs. Drogon en tira vers lui quelques-uns, caressa les feuillets jaunis, puis referma l'armoire et la verrouilla avec soin.

— Mes chers fichiers, reprit-il. Nulle machine ne saurait en constituer de semblables. J'ai même des fiches de style, pour mes romans. Je relève dans tout ce que je lis les expressions qui me paraissent bien tournées. Et, comme je suis très prudent, je fais établir des doubles. J'ai même une copie de vos dossiers, Florimont. Donc si jamais vous ne m'apportez pas votre thèse...

Le reste se perdit dans un bourdonnement. Trendy ne se sentait même plus capable de colère. Il était abasourdi. Ainsi, depuis des mois, Drogon avait tout prévu. Il avait fait établir une copie de ses fichiers. Et il avait confié cette tâche infâme à un besogneux qui n'avait jamais rien découvert, un flatteur au petit pied, un parasite sans talent qui hantait son laboratoire. Il aurait dû s'en méfier. Mais Trendy était tranquille, en ce temps-là, le bonheur l'avait rendu aveugle.

Drogon continuait à discourir devant sa cheminée. Il avait jeté un bref regard à Trendy pour juger de l'effet de sa menace. Le voyant confondu, il poursuivit d'un ton qu'il voulut tendre :

— ... Ce qui manque encore à ce bureau, c'est un aquarium. Ce serait beau, n'est-ce pas, un grand aquarium près de la fenêtre ? Ah ! nos poissons, nos chers poissons. Me voici directeur du Muséum... C'est merveilleux, n'est-ce pas ? Non pas inespéré, mais merveilleux. Pour vous aussi, mon petit Florimont. A nous les crédits, les laboratoires. A présent, nous mettrons tout sur les poissons. Ils le méritent. Nous leur devons tout, vous le savez bien. La vie d'abord. Ensuite la gloire...

Trendy en eut le souffle coupé. Quand il parvint à se calmer, il lui demanda d'une voix sourde :

— Pourquoi m'avez-vous envoyé chez Mme Van Braack ?

— Ruth relie mes livres depuis des années.

Il se retourna vers la cheminée, saisit les volumes de sa thèse et la déposa sur le bureau. C'était bien le travail de Ruth, inimitable de soin.

Il marqua un temps d'arrêt, chaussa ses lunettes et reprit :

— Je la connais depuis fort longtemps. Ses reliures sont de pures merveilles. Et elle a tellement besoin d'argent ! J'espère maintenant que vous allez reprendre vos travaux. Ici, bien entendu, puisque vous n'avez pas supporté la maison de Mme Van Braack. Pourtant Ruth est si calme, d'ordinaire ! Il faut que vous soyez porté sur les femmes...

— Il ne s'agit pas de femmes. La maison voisine...

— Ne protestez pas. Constance m'a tout dit. La fille de Ruth vous a tourné la tête. Et puis vous vous êtes entiché d'une provinciale, Anna je ne sais comment... Voyons, Florimont, vous méritez mieux. Il faut toujours que je sois derrière vous. Pourtant je vous l'ai dit mille fois, la Science, mon cher, ne pensez qu'à la Science. C'est notre épouse légitime et notre seule maîtresse...

— Vous n'arrêtez pas de la tromper ! L'opéra, votre roman...

Drogon haussa les épaules :

— Mais j'ai ma thèse derrière moi, pas vous ! Et, je le répète, ma vie mondaine ne vous regarde pas. Vous ai-je demandé pourquoi, l'autre soir, à la Nonciature...

Trendy l'interrompit :

— D'où connaissez-vous Constance von Cruzenburg ?

— La voix de la Cruzenburg est à mes yeux la plus pure merveille de la création. Avec le squelette de la baleine, évidemment.

Trendy faillit observer que ce qu'il avait approché de la constitution de Constance ne laissait envisager aucune comparaison possible avec le genre cétacé. Il se retint à temps.

— D'ailleurs, ajouta le professeur en se rengorgeant, je n'ai pas à rougir du livret que je lui ai dédié. Pas plus que du reste de ma littérature.

— Certainement. Vous n'en êtes pas l'auteur.

— Je ne vous comprends plus. Vous, le meilleur de mes étudiants... Nous nous connaissons depuis si longtemps. Depuis toujours, ce me semble.

Il jouait la douceur. Il était difficile de lui résister.

— Mais tout est de ma faute, reprit-il. Je n'aurais pas dû vous envoyer chez Ruth. J'avais oublié qu'elle avait une fille. Et on aurait pu me prévenir qu'on rouvrirait la *Désirade*. J'étais à l'autre bout du monde. Je n'en ai rien su. Je le regrette beaucoup. Mais que diable aussi êtes-vous allé vous mêler de ces histoires...

Il s'était accoudé à la cheminée. Le jour baissait. Sous cet éclairage affaibli, on ne voyait pas qu'il était chauve et il avait l'air brusquement rajeuni. Il lui rappelait quelqu'un d'autre, un visage qui l'avait retenu, il s'en souvenait maintenant, c'était à la bibliothèque, sur les photos, toujours aux côtés du Commandeur. Comme Drogon se baissait pour ranimer le feu, il eut la certitude que c'était lui, l'homme qui se tenait aux côtés du Commandeur sur le cliché des fiançailles. Drogon jeune, avec tous ses cheveux. C'était lui, aussi, il s'en souvenait maintenant, qui avait eu ce geste vers son bras, comme pour l'accompagner dans le mouvement qui le ramenait à l'ombre. Comme pour le détourner d'Iris.

— Vous les connaissez depuis longtemps, ces gens-là ? risqua Trendy. Ces histoires, comme vous dites. Le Commandeur...

— Qui se frottant au monde ne connaîtrait le Commandeur ?

— A vingt ans, lorsque vous disséquiez les muscles des huîtres, vous n'aviez pas le temps de vous frotter au monde.

Drogon se rassit.

— Je l'ai connu très jeune, figurez-vous. Nous fréquentions les mêmes écoles.

— Vous étiez là, du temps d'Iris Van Braack ?

Il ne répondit pas.

— Elle était belle, insista Trendy. Et quelle voix !

Drogon fit la moue et entreprit de chasser sur l'acajou du bureau une poussière imaginaire. A l'évidence, il était troublé. De question en question, Trendy sentait le courage lui revenir. L'interrogatoire commençait à lui plaire, comme l'embarras croissant de son professeur. Il se sentait l'âme d'un chasseur. Après Constance, il venait de trouver une seconde raison d'espérer. Il s'était mis en quête, le mot était fort sans doute, d'un mal originel. Il s'en rêvait le justicier. En dépit de toute logique, il se disait qu'il y avait un lien de Judith à Anna, d'Anna à Ruth, de Ruth à Iris, et au-delà, peut-être, d'Iris à une autre femme qu'il ne connaissait pas encore. Il continuait d'ignorer de quoi cette chaîne était faite, si c'était un nœud de passions amoureuses, une succession implacable de haines vipérines, ou le cheminement fatal d'une vieille malédiction. Il se refusait encore à basculer dans la déraison, mais en même temps il se disait que le vrai était peut-être à chercher dans l'invisible. Et, pour l'instant, il était sûr que Drogon avait partie liée avec l'histoire du Commandeur. Avec ce qui devenait de plus en plus l'histoire d'Iris.

Drogon releva les yeux. Ils s'étaient légèrement embués. Il reprit ses lunettes :

— Le Commandeur était un homme hors du commun.

— Il l'est toujours.

L'autre fit mine de ne pas entendre :

— ... Brillant, inventif. Tout lui était facile. Il avait déjà une telle fortune...

— Et Iris Van Braack ?

— Aucune comparaison possible. De toute façon, ça aurait mal fini. Mais je ne comprends pas votre intérêt pour tout cela. Des épisodes anciens, privés et provinciaux.

Il devenait sec. Il se leva. Trendy comprit qu'il cherchait à écourter l'entretien.

— Ces épisodes, comme vous dites, tourmentent encore Ruth Van Braack.

— On ne peut jamais tout effacer de son passé. Elle a dû souffrir.

— Iris...

— Allons, laissons cela. Le Commandeur, Iris Van Braack, ce fut un mariage stupide. Et la mort de cette petite chanteuse qui se prenait pour une diva n'est ni plus ni moins imbécile que les autres. Apparemment plus romanesque, c'est tout. Une noyade au bout du monde. Laissez là tous ces embrouillaminis autour d'une starlette du bel canto !

— Vous êtes injuste. Iris Van Braack chantait divinement !

— Mais non, voyons ! C'est une légende. Et puis elle aurait très vite cassé sa voix. Elle était ambitieuse, elle chantait trop souvent, elle s'attaquait à des partitions périlleuses.

— Je ne partage pas votre avis. Son chant...

Drogon s'arrêta dans son mouvement vers la porte et plissa les yeux sous ses lunettes. Cela ressemblait à un sourire. C'était le premier depuis le début de l'entretien :

— Où diantre avez-vous pu entendre Iris Van Braack ? A sa mort, son père a racheté et fait détruire tous ses enregistrements. Ceux qui ont échappé au carnage sont des pièces de musée. Je crois bien qu'il n'en reste que trois ou quatre. On en a enterré un au fond de l'Opéra, à côté de toutes les voix du passé. Encore le goût du romanesque. Pour les autres, personne ne se risque à les écouter, encore moins à les diffuser sur une quelconque radio. On dit que cette fille porte malheur... Vous avez dû vous tromper, mon petit Florimont. Vous avez rêvé, vous en avez entendu une autre. Il faudrait aussi que je fasse votre éducation en matière de musique. Mais nous avons pour l'instant d'autres chats à fouetter.

Trendy s'entêta :

— Je sais qu'elle avait une voix divine.

— Mais non, voyons ! Et si vous ne me croyez pas, allez le demander au Commandeur. Et posez-lui par la même occasion toutes les questions dont vous me fatiguez les oreilles !

Il le narguait. Il savait bien qu'on ne questionnait pas le Commandeur.

— Le Commandeur est à Paris, reprit Drogon. Il est revenu spécialement pour le concert de Constance. Ou bien, s'il vous fait peur, allez saluer Mme Van Braack. Elle est venue, elle aussi, avec son vieil amant. Un professeur fou d'opéra. Mais c'est vrai, vous devez le connaître. Demandez-lui, à ce Cornell, vous verrez, posez donc la question à Ruth. Et, par la même occasion, expliquez-lui pourquoi vous êtes parti de chez elle.

Il fut stupéfait. Le Commandeur était là, Ruth aussi. Et Judith ? La verrait-il, ce soir, à l'Opéra ? D'un seul coup, il était pressé de partir.

— Mme Van Braack sait parfaitement pourquoi j'ai quitté sa maison.

— Nous en reparlerons. Vous avez l'air fatigué, mon jeune ami. Revenez dans quinze jours, avec vos premières conclusions. Mais, cette fois, je n'admettrai plus la moindre dérobade. Ce sera votre thèse, ou la fin.

— Ce sera de toute façon la fin.

— Vous n'allez pas vous mettre à croire à ces fadaises. Je voulais dire la fin de votre carrière. Vous n'aurez plus qu'à repartir dans vos flaques, à étudier le lourd passé psychique de la crevette. Ou à écrire une thèse sur le naufrage de Christophe Colomb...

Comme il allait refermer la porte, il eut un dernier sursaut de vanité :

— Ah ! ce bureau, soupira-t-il en se redressant dans sa blouse blanche. Mais n'oubliez pas, Florimont, j'ai le double de vos fiches. Qu'allez-vous devenir, allons, mettez-vous à l'œuvre, ce n'est rien, vous verrez, et je vous ferai directeur du laboratoire, un jour c'est vous qui me succéderez dans ces lieux...

Comme chaque fois qu'il évoquait ses intrigues, on ne pouvait plus l'arrêter. Trendy renonça à le saluer. Il dévala l'escalier. La péroraison de Drogon le poursuivit de marche en marche. Il claqua la porte du pavillon et enfin il ne l'entendit plus.

Arrivé dehors, il eut envie, une dernière fois, de revoir le Muséum, et surtout les longues galeries où, depuis des dizaines et des dizaines d'années, on conservait les restes des plus étranges animaux, comme une immense arche de Noé, à ceci près qu'elle n'abritait que des squelettes et des bêtes empaillées. Il y fut en quelques instants. L'endroit était désert. Un jour blafard tombait par la verrière encrassée. On n'avait rien changé de l'ordonnance archaïque du musée ; et, malgré son délabrement, on n'y changerait jamais rien : on ne pourrait déplacer sans risquer de les perdre les dinosaures et les baleines. Comme égarés dans ce long boyau, les squelettes massifs des monstres oubliés semblaient tenter de remonter les millions et les millions d'années du monde dans une marche dérisoire. A côté, dans les vitrines, c'étaient des centaines de fossiles, de cartilages fragiles, les dents effroyables de certaines créatures marines, effilées comme des tranchoirs, qui ramenaient à des temps plus anciens encore, où le monde était muet, cruel et sans mémoire, l'époque de l'empire absolu des poissons.

Il sortit. Son laboratoire était tout proche, à quelques volées d'escalier, mais il n'avait pas envie d'y retourner, fûtce pour quelques instants. Dans l'entrée du musée, il rencontra des gardiens somnolents, qui ne le reconnurent pas. Ils s'apprêtaient à fermer. C'est alors que Trendy eut l'idée de sa revanche contre son professeur. Le monde pouvait bien finir, Drogon n'aurait pas ses fiches. Rien ne se terminerait qu'il ne se soit vengé. Car il avait la clef du Muséum, bien mieux encore, c'était un passe-partout. On le lui avait remis il y avait des années pour qu'il puisse rentrer à toute heure, même en pleine nuit, s'il lui venait quelque inspiration. « Honneur insigne, avait dit alors Drogon, faut-il que je vous juge le meilleur de mes poulains ! » A l'heure qu'il était, il avait certainement oublié ce détail. La clef, Trendy en était certain, ouvrait tout dans le Muséum. Même le placard aux fichiers, derrière les boiseries du bureau de Drogon.

Il tâta sa poche. Le trousseau s'y trouvait. Il y avait réuni les clefs de son appartement, celle d'*Hauteclaire* et le précieux passe-partout. Il s'arrêta un moment pour réfléchir. Les gardiens lui jetèrent un œil étonné puis retournèrent à leurs serrures. Il ne pouvait rien tenter pour l'instant. Il fallait attendre la nuit, le moment propice, celui où il serait sûr de l'absence de Drogon. Il décida que ce serait ce soir, après le concert de Constance. Il souhaita plus vivement encore que ce fût un triomphe.

Comme il sortait dans le Jardin des Plantes, il fut pris d'un irrésistible fou rire. Ce n'était pas ce qu'il tramait contre Drogon. C'était ce que son professeur lui avait confié à propos de ses *fiches de style*. L'illustrissime Drogon ne devait l'élégance de ses publications qu'à une collection patiente et indéfinie de toutes les combinaisons de langage rares, surprenantes, astucieuses ou alambiquées. Selon sa méthode de naturaliste, il devait examiner ses trouvailles sous toutes les coutures, les noter, les hiérarchiser, enfin les classer et les conserver dans un gigantesque fichier. La Muse empaillée... Il était vraisemblable qu'il ne laissait, pour une fois, cette tâche à personne d'autre.

Trendy traversa rapidement le parc. Le temps s'était éclairci, mais le vent se levait, qui accumulait la neige en légers monticules. La nuit tombait et colorait la Seine d'une lumière rosâtre. Il n'arrêtait pas de rire, et il comprenait à présent pourquoi le rire et le mal faisaient si bon ménage. Ce qu'il projetait contre Drogon était une sorte de crime, car il continuait à l'aimer. Quoi qu'il en soit, c'était décidé, il le ferait.

Il retourna chez lui d'un pas allègre. Il s'efforça de faire le vide dans son esprit, de ne plus rien remuer de ce qui l'avait tourmenté jusqu'à ce jour, le Commandeur, Ruth, et même Judith. Ils seraient peut-être tous là ce soir. Et alors ? se dit-il. La grâce de la joie, c'était aussi de vivre dans l'instant. Et il n'avait pour l'heure qu'une seule idée en tête : il voulait se faire beau pour aller à l'Opéra.

CHAPITRE XXIII

La lune s'était levée, haute et brillante, bien pleine, comme sur les gravures des vieux livres. Depuis longtemps Trendy ne s'était pas senti d'aussi bonne humeur. Malgré la courte distance qui le séparait de l'Opéra, il avait décidé de s'y rendre à moto. C'était bon signe. Depuis son retour d'*Hauteclaire,* il n'avait pas sorti sa machine. Il y vit la marque de son ardeur retrouvée. Il recommençait aussi à se trouver de l'allure, la mèche au vent, à rouler dans le froid en tenue de soirée. Il avait ressorti de ses placards un très beau costume et un manteau de fourrure taillés exprès pour lui par un de ses amis, du temps de sa double vie entre les poissons et les nuits de musique. Double vie enfin close, car il avait eu la force de se dresser contre Drogon. Il avait choisi le parti de la nuit. Du moins s'en persuadait-il. Un doute l'effleurait encore. Il aurait bien voulu s'ouvrir à Numance du petit forfait qu'il tramait contre son maître... Quand il était rentré, il avait voulu engager la conversation avec lui, mais, pour une fois, le métis était pressé. Il sortait, lui aussi. A cause de la représentation de l'Opéra, *Nepthali's* avait fermé. Bérénice était libre. Numance allait la rejoindre à une soirée, en banlieue, avec d'autres Noirs qui étaient nés aux îles. Il avait l'air très fébrile. Dans ses explications embrouillées, Trendy crut comprendre qu'il allait passer la nuit à danser. Il n'insista pas. Il n'avait pas le temps, lui non plus.

Lorsqu'il arriva devant l'Opéra, la foule était énorme. Il eut du mal à ranger sa moto. Un long moment, il resta en

263

retrait à contempler la scène. Une grande rumeur montait des marches. D'un seul coup, malgré le clair de lune, la nuit lui faisait peur. C'était une terreur presque enfantine, et à cet instant il regretta la mer. Les vagues lui manquaient, les éclaboussures et les midis marins, les grands vents, les tempêtes, les immenses lumières dont l'Océan était prodigue. Dans la mer, quels que soient ses abîmes et ses secrets, il avait toujours eu l'impression de voir clair. Ici, au débouché des venelles sombres qui filaient vers les Halles comme des rubans d'encre, qu'était-il d'autre qu'un marcheur aveugle, perdu dans l'hiver où se figeait le monde, égaré sous le Ciel, peut-être aux portes de l'Enfer, la nuit des temps et de l'univers ? A nouveau, la solitude lui pesa. Judith, que savait-elle de ce qui se préparait ? Que connaissait-elle de la mort, de la fin, de la perdition ? Tournait-elle toujours le dos à la mer ? Serait-elle ce soir à l'Opéra, dans ce théâtre où se refermait la ronde infernale de la *Désirade* ? Avait-on refermé la maison ? Vivait-elle toujours chez le Commandeur, à peindre ? L'avait-il enfermée, la retenait-il prisonnière ? Et vivait-elle encore ?

Si elle était morte, je l'aurais su, pensa-t-il. On me l'aurait dit, et Ruth n'aurait pas quitté *Hauteclaire* pour écouter un opéra. Il voyait mal ce qui avait pu pousser Ruth à venir jusqu'ici. Cornell, avec sa folie pour la Cruzenburg ? Mais à quoi bon se tourmenter ! finit-il par conclure. D'*Hauteclaire*, il ne voulait garder qu'une seule image, celle des mouettes noires qui avaient annoncé la tempête. A la bibliothèque, il avait lu que ces oiseaux descendraient sur la terre en immenses troupeaux pour annoncer la fin des choses et l'entrée dans l'ère du Verseau. Cela seul comptait, la fin. Plus de questions, jamais que le plaisir présent. Pas de futur, pas de passé non plus. Et Constance von Cruzenburg.

Il s'avança résolument vers le perron de l'Opéra. La garde policière avait été renforcée. Au vu de son invitation, on le dirigea vers un petit guichet, et il n'eut pas, comme les autres, à piétiner dans le froid. On se pressait en bas du grand escalier. Il s'enhardit. Il avait hâte de se mêler aux autres, de les copier dans leur cérémonieuse montée des marches, tandis que scintillaient sous les lustres les diamants, vrais ou faux, et les tissus lamés. Il faisait bon, et les senteurs aussi étaient agréables, celles des fourrures parfumées sur les épaules découvertes des femmes. C'était la même odeur qu'à la *Désirade*, la même aussi qu'à la Nonciature. Elle devenait son élément. Il se dit qu'elle valait toute l'écume du monde.

Du coup, il ne sentit guère l'attente, qui fut longue, avant le lever de rideau. Les quelques spectateurs qui ne pouvaient réprimer leur toux se gavaient de pastilles édulcorantes. Trendy avait été superbement placé. Autour de lui se pressaient des silhouettes célèbres. Il les détaillait l'une après l'autre. Il les trouvait toutes plus belles ou plus prestigieuses, il en était tout étourdi. Comme il s'y attendait, il aperçut Halphas, Peter Wall, Amy d'Argens, Barberini flanqué de sa voyante, et, à quelques rangs de lui, le groupe au complet des *Clavicules de Salomon*. Ils étaient restés semblables à eux-mêmes. Du reste, s'il y avait des signes à chercher, seule comptait leur présence, non plus leur apparence. Au bord d'une loge, Trendy reconnut Drogon, abîmé dans ce qui pouvait passer pour une puissante rêverie ou le trac du grand créateur. Il était si préoccupé de sa pose qu'il était clair qu'il ne voyait personne. Seul Sirius était absent.

Comme la salle était comble et que la rumeur grandissait, avec des applaudissements et des cris sporadiques, quelques personnalités de marque firent leur apparition dans les loges. L'ombre tombait sur la salle. A sa haute stature, il reconnut le Commandeur. Il était seul. Il s'était voûté.

Comme par réflexe, Trendy se mit à chercher Ruth. C'était trop tard. Déjà le rideau se levait. Devant un décor de voiles violets et rouges, une longue silhouette se déplia lentement. Un silence de mort retomba sur le théâtre. Elle s'avança et lança quelques notes dont l'aigu fit trembler les mélomanes les plus aguerris. C'était Constance. Elle chantait sans accompagnement. Puis un projecteur, dans la fosse, illumina Dräken. A son ordre, tandis que se profilait derrière les voiles la mâture d'un navire échoué, les instruments se déchaînèrent et l'on entendit pour la première fois le prologue de *Sansinéa*.

Lorsqu'on compulse les articles qui demeurent sur cette soirée, on est contraint de rejoindre, à peu de chose près, l'impression de Trendy : tout béotien qu'il fût en matière d'opéra, il trouva le livret exécrable, mais la musique était divine. Dräken avait donné là le meilleur de lui-même ; et de fait, cette œuvre seule fit passer son nom à la postérité. Elle frappa les esprits du temps, parce qu'elle était dans le goût du jour, et elle transporte encore les derniers amateurs de musiques anciennes, parce que Dräken avait tenté d'y mettre, au-delà des modes, le tréfonds de l'angoisse humaine. Le livret pourtant était des plus classiques. Sur une légende orientale, Drogon — ou Sirius — avait brodé une intrigue assez laborieuse. Autant que Trendy put comprendre, *Sansinéa* racontait l'histoire d'une pêcheuse de perles qui découvrait brusquement ses dons de magicienne. Elle faisait lever et calmer les tempêtes à volonté, échouer les navires ennemis, ressusciter les marins perdus. Elle n'usait son talent qu'à des fins bénéfiques. Le prince du pays la voulait pour épouse. Elle refusa d'abord, par coquetterie. Elle allait se résoudre à convoler, quand sa mère tomba malade. Sur son lit de mort, la malheureuse révèle à sa fille qu'elle a été la maîtresse du Diable : Sansinéa était née de leurs amours, et c'était là l'origine de ses dons fabuleux. Sansinéa lui demande alors de rencontrer son père. La mourante lui refuse la formule qui lui permettrait de l'invoquer. Les forces mauvaises contenues dans le corps de la jeune femme se déchaînent alors d'un seul coup. Elle refuse d'ensevelir le corps de sa mère, elle soulève une révolte contre le prince, elle ouvre un gouffre où elle précipite son vaisseau. L'entracte se situait·à ces premières tempêtes. On en laissait présager d'autres encore plus effroyables.

On n'avait pas lésiné sur les décors. Il y avait des mers en fureur, le naufrage d'un vaisseau, des chevaux sur la scène, puis, quand la mère de Sansinéa revivait sa rencontre avec le maître des Enfers, un cataclysme de flammes et de fausses pierres. Ce ne fut pas, ce soir-là, ce qui émut Trendy. Le spectacle ne le surprenait pas, et il lui semblait que la salle partageait ce sentiment d'évidence. Qu'aurait pu jouer la Cruzenburg, sinon ce rôle d'une noire magicienne ? Qu'aurait pu composer Dräken, sinon cette musique oscillant sans cesse du grave à l'aigu, ces mesures haletantes, tourmentées, ces longs récitatifs où il avait mis toutes les peines d'un homme amoureux, et qui ne guérirait jamais de l'amour ? Et ce qu'avait écrit Drogon — ou son nègre — était bien dans la manière du prétentieux professeur : des déclamations sans fin, des phrases compliquées, des mots trop vénéneux et trop suaves en même temps, dont l'alliance était à la mode, trop à la mode : *Leurre de la musique, des saveurs, des parfums / Mensonge de l'amour, caprice des matins / Je suis le prince des bannis / le Révolté, l'Insoumis / Seul me séduit le Mal, seule me séduit la Nuit...*

La première partie du spectacle se termina sur ce qu'il devint convenu d'appeler le *Grand Air de la Perdition*. Quelques mesures d'orchestre avaient laissé présager un morceau de bravoure, le fameux duo entre la magicienne et le prince dont toute la presse s'était fait l'écho, par le relais d'indiscrétions savamment distillées. La Cruzenburg s'y opposait à un ténor de renom. Dräken abandonna ses musiciens et bondit dans un coin de la scène, où l'attendait un piano, échoué là comme par hasard au milieu d'un décor de falaises.

Dès ses premières notes, le ténor apparut résigné à sa condition de faire-valoir. La Cruzenburg lui fit face, toute frémissante, on ne savait de quoi, de colère, ou du souffle qu'il lui fallait prendre. D'ordinaire, elle était plus calme, tout lui venait comme sans effort. La salle frissonna. Elle attendait Constance. Elle partageait sa peur, elle attendait ce que les journaux avaient annoncé et qui n'était pas encore venu, le *Lever de l'Astre noir*. Ce soir, était-ce l'enjeu de la création, la Cruzenburg semblait souffrir. Elle paraissait plus petite dans sa robe de scène de velours à lourds rehauts de passementeries lamées. Elle avait les cheveux tirés en chignon, retenus, lui sembla-t-il, dans la même résille que ce matin, et d'où ses cheveux, sur le canapé, avaient lentement glissé.

Jusqu'à ce moment, Trendy l'avait vue sur scène comme une inaccessible étrangère. Déesse, certes, mais lointaine. La Cruzenburg, en somme, les deux mots disaient tout, le monstre sacré, la terrible diva. Il n'arrivait pas à comprendre par quel miracle il avait pu la tenir dans ses bras, il ne parvenait pas à superposer les deux images qu'il avait d'elle, la chanteuse costumée et fardée qui tenait la scène avec l'autorité du métier, et l'amoureuse muette de ce matin de neige. Il doutait même de l'avoir tenue dans ses bras. Ce ne fut qu'à cet instant, au moment où, dans un registre suraigu, Constance attaqua l'air, que Trendy se rappela ce qu'elle avait dit dans la loge. Le pacte, elle avait parlé de pacte. Mais quels mots au juste avait-elle prononcés, qui l'avaient fait trembler en

267

même temps qu'elle les disait ? Il avait beau chercher, il n'y parvenait pas.

Le chant vint brusquement à son secours. *Tu te rappelleras ce que nous avons fait,* chantait Sansinéa face à son prince. *Et de quelle façon...* Mais cette chanteuse qui envoûtait la salle, était-ce bien la femme qu'il avait étreinte ? Celle qu'il avait voulue, plus qu'aimée... Il avait voulu Constance, il contemplait la Cruzenburg. Celle-ci n'était qu'une comédienne. Il avait beau faire, il ne la reconnaissait plus sous son maquillage, elle était tellement lisse, tellement *officielle,* c'était le mot juste, officielle, et cette robe aussi, ce décor. Il préférait sa maîtresse silencieuse, ou même la cruelle joueuse de la *Désirade* qui avait juré la perte d'Anna. Mais pourquoi n'aimait-il les femmes que pour leur vérité ? se demanda-t-il. Il était peut-être plus sage de les aimer pour leurs artifices...

La partition devenait de plus en plus périlleuse. Pacte ou non, Trendy ferma les yeux et se laissa aller à la musique. Autant que le chant de Constance, il écoutait le piano de Dräken. Il disait les blessures qu'aucune tendresse ne saurait panser, les malédictions de la jalousie, les instants magiques qui ne reviennent pas. Il revit la neige éphémère du matin tomber devant la fenêtre ronde, un corps se dévoiler entre les plis gris d'un peignoir, une main impérieuse guider son plaisir. Puis il s'abandonna au terrifiant déluge de sons imaginé par le vieux musicien. Son amoureuse n'était plus muette, il les entendait enfin, les cris de son amour fou, Constance l'aimait, le désirait, se tordait devant lui, se soumettait, le suppliait, expirait enfin.

Comme au matin, un déferlement de tonnerre l'arracha à son extase. C'étaient cette fois les applaudissements. Il resta un moment hagard. Puis il trouva la force de s'arracher à son siège, et il fit comme tout le monde : il sortit.

L'excitation, déjà, atteignait des sommets. On se répandait en commentaires. Ils étaient unanimes : hormis dans le *Grand Air de la Perdition,* la Cruzenburg ne s'était pas montrée au sommet de la forme. On se bousculait, on criait. L'assemblée de privilégiés à laquelle il appartenait n'était pas de reste dans ces débordements. Selon le regain de hiérarchie qui était bien dans l'esprit du temps, on dirigea les invités de marque vers l'un des foyers. Trendy suivait docilement la foule, quand il se trouva face à face avec la personne qu'il s'attendait le moins à retrouver ce soir-là : sa mère, Iris Spencer. Elle partit aussitôt d'un grand rire :

— Tu as laissé tomber tes poissons !

Puis elle lâcha le bras de son cavalier, un homme âgé d'assez belle allure, et bondit sur son fils.

— Tu n'as pas bonne mine, fit-elle quand elle l'eut embrassé. Tu as maigri. Mais tu es toujours habillé comme un prince. Dis-moi, cela fait un moment que je n'ai pas eu de tes nouvelles... Tu n'as même pas répondu à mes lettres ! Et quand je t'ai appelé, dans ton trou perdu, tu étais déjà reparti...

L'anglais cajoleur de sa mère le prenait toujours de court. Il resta sans voix. Ce qu'il avait vécu ne se résumait pas. Et ce n'était ni le lieu ni l'heure de se perdre en récits. Par bonheur, selon son habitude, Iris Spencer n'attendit pas sa réponse. Elle secoua ses épaisses mèches blondes d'un air désinvolte et le présenta à son ami, un certain Norman, un riche Américain, à ce qu'il semblait.

— Suis-je sotte, dit-elle. J'aurais dû me douter que tu serais là. Tout le monde est fou de la Cruzenburg. Tout le monde le devient, un jour ou l'autre. Nous sommes venus de New York rien que pour l'entendre.

— Je l'ai connue en meilleure forme, observa l'Américain. A Bayreuth, l'an passé... Et à Covent Garden, il y a six mois...

Il parlait avec le sérieux d'un mélomane averti, et peut-être l'était-il en effet.

— Tout de même, reprit-elle, ce grand air, tout à l'heure ! Elle a écrasé son malheureux partenaire. Et quelle beauté, quelle prestance... Sa robe doit peser des tonnes, elle est recouverte de fausses pierres, et elle la porte comme si c'était un déshabillé ! Elle qui s'habille toujours de simples tuniques noires...

L'Américain était intelligent : tout novice qu'il fût dans la vie d'Iris Spencer, il avait déjà compris qu'il ne fallait pas la contrarier.

— Attendons la suite, conclut-il philosophiquement.

Trendy marmonna une approbation. Son embarras grandissait. Il n'aurait pas su dire s'il était heureux ou non de retrouver sa mère. Elle n'avait pas changé. Elle avait gardé son habituel parfum de luxe, de palaces et d'amours éphémères.

Elle paraissait gaie, pleine d'entrain, elle était élégante, belle encore, même si sa beauté se fanait un peu. Du plus loin qu'il se souvienne, ses retrouvailles avec elle avaient toujours eu ce côté emprunté. Cependant il ne se rappelait pas d'avoir été aussi troublé. Etait-ce la présence de l'Américain, il avait envie de tourner les talons.

Il évita son regard amusé. La foule s'éclaircissait peu à peu. Il cherchait un prétexte pour s'éloigner. Il allait lui demander l'adresse de son hôtel, lorsqu'il vit, tout près de lui, passer le Commandeur. Il continuait d'être seul. Il était habillé exactement de la même façon qu'à la première soirée. Il avait choisi la même canne. Mais ses cheveux grisonnaient davantage, et il semblait que son teint — étaient-ce ses cernes qui s'étaient creusés? — s'était assombri. Il passa lentement devant l'escalier. Il avait le regard lointain, comme s'il ne voulait parler à personne. Et, de fait, sur son passage s'était creusé le vide.

La surprise de Trendy n'échappa pas à sa mère :

— Tu le connais? fit-elle. Où l'as-tu rencontré?

Il demeurait interdit.

— C'est donc vrai, ce qu'on m'a dit hier, reprit-elle d'une voix plus sourde. Le Commandeur a beaucoup baissé.

— Il est insomniaque, intervint l'Américain. Et, il y a peu, il s'est disputé avec la Cruzenburg. On dit qu'ils sont fâchés. Ils avaient commis l'erreur de prendre des vacances ensemble.

— Elle n'est certainement pas sa maîtresse, observa Iris. Il n'aime que les jeunes femmes. Elle aussi, dit-on. Et quelquefois les jeunes gens.

— Elle aime beaucoup les jeunes gens, corrigea l'Américain. Elle se nourrit du sang violent de la jeunesse! Qui pourrait lui donner tort? L'opéra est un art difficile. Il aime la force et la puissance. Il faut les prendre où ils se trouvent.

Iris Spencer sortit de son sac un petit fume-cigarette. D'un seul coup, elle parut nerveuse.

— D'où tenez-vous ces potins, Norman? fit-elle en se tournant vers son compagnon.

— Quand on est fou d'opéra, on s'intéresse aussi aux coulisses.

Elle alluma sa cigarette. Un long silence s'installa. Trendy, enfin, trouva la force de le rompre :

— Et toi, d'où le connais-tu, le Commandeur ?

Elle soupira. D'un seul coup, elle accusa son âge.

— De l'histoire ancienne. Tu n'étais pas né. C'est un homme dangereux.

Elle semblait vraiment lasse. A l'évidence, le sujet la rebutait. Elle ajouta pourtant, l'air ému, en ébouriffant ses cheveux avec un sourire nostalgique :

— Dangereux pour les jeunes filles. Seulement pour les jeunes filles... Moi, j'étais une Spencer. C'est-à-dire réaliste et délurée !

Il eut un subit accès d'humeur.

— Une folie de plus que tu romances après coup !

— La folie, mon cher enfant, c'était de résister au Commandeur. Je l'ai fait. L'une des rares !

Elle tirait de plus en plus fébrilement sur son fume-cigarette.

— Il est dans le cinéma, poursuivit-elle. Il est richissime.

— Ce n'est un secret pour personne.

Elle fit la mondaine, à ses dépens, comme d'habitude.

— Je vois que tu as lâché tes poissons ! C'est dommage. C'était amusant d'avoir un fils entouré de paperasses et de microscopes. Le Moby Dick du squelette de baleines...

— Je t'ai dit mille fois que les baleines n'étaient pas des poissons !

— Je m'en moque. Jamais je n'aurais imaginé que les poissons te mènent au Commandeur.

— Et toi, qui t'a menée à lui ?

Elle égrena ses diamants sur sa robe du soir. Elle n'avait pas changé, c'était vrai, elle était toujours aussi mince, aussi droite. Il n'y avait en elle que ce début de lassitude.

Il eut peur, soudain. De sa vie, il l'avait si peu vue ! Et tellement évitée, à cause de tous les hommes dont elle ne cessait de s'entourer. Avec ses poissons, il avait cru pouvoir l'oublier.

Iris Spencer eut un nouveau soupir.

— C'est de l'histoire ancienne. Je n'aurai pas le temps de raconter. Je déteste le passé. Quand j'en parle, j'ai l'impression d'évoquer des fantômes. Et puis est-ce bien l'endroit...

L'Américain apporta à Trendy un secours inespéré :

— Mais si, ma chère Iris. A l'Opéra rôdent toujours des fantômes. C'est l'une des demeures préférées du Diable. Et songez à toutes ces voix défuntes qui dorment au fond de ses caves, à y attendre une improbable résurrection...

Iris se tourna vers son fils. Elle souriait. A cet instant, elle ne se moquait plus de lui, mais d'elle-même.

— Nous devrions nous voir plus souvent. J'en ai, des histoires, à te raconter. Le Commandeur...

Elle secoua la cendre de sa cigarette.

— Un drôle de nom, n'est-ce pas ? En fait, son vrai titre, c'était le Commodore.

— Le Commodore ?

— Il me l'a expliqué, c'est un titre de la marine hollandaise. Il devait le tenir d'un de ses ancêtres. Sa mère était créole. Toute sa famille venait des mers, des îles. Il m'a raconté beaucoup de choses quand je l'ai rencontré. Il était très triste, à ce moment-là, il parlait beaucoup. Il avait eu un deuil. Il était veuf, je crois. Sa femme était cantatrice. Il a toujours adoré l'opéra. Elle s'est noyée quelques semaines après son mariage. Il rapprochait toujours cette mort de celle de sa mère. Il l'adorait, elle aussi. Les deux femmes devaient se ressembler. Pourtant, elle était morte quand il était tout petit et on m'a dit plus tard qu'elle était folle. Elle avait émigré en Europe avec une fortune énorme dont il a hérité. J'étais très jeune, à l'époque, cette histoire m'a beaucoup frappée. Il voulait me lancer, comme il disait, il me promettait la lune. Mais j'ai résisté. J'ai eu du mérite. Personne ne savait encore qu'il détruisait les femmes. Il commençait tout juste à s'intéresser aux actrices. Je dois t'avouer que je n'avais pas besoin de lui. J'étais déjà très connue. Et j'avais de la fortune. Plus que lui peut-être.

Un moment, elle resta pensive, passa et repassa sa main sur ses diamants :

— Je crois que je lui plaisais beaucoup. Et c'est l'un des hommes les plus séduisants que j'aie jamais rencontrés. Un beau *fin de race*.

Elle semblait aux aguets. C'était ainsi chaque fois qu'elle parlait de sa jeunesse, et elle avait toujours ce geste-là, comme pour dissimuler les premières marques de l'âge. Elle partit brusquement d'un rire de petite fille, trop cristallin pour être naturel :

— Mais nous vieillissons tous ! fit-elle en se retournant vers l'Américain. Il faut en prendre son parti. Mes rides sont des souvenirs de voyage.

A cet instant, avec sa blondeur et ses yeux bleu-vert qui riaient un peu faux, elle ressemblait à Ruth. Mais Ruth sans la lenteur, le calme, les silences. Et la gaieté en plus, la volonté de gaieté.

— Le Commandeur, dit-elle, si je m'attendais à le retrouver ce soir... Je l'ai revu de loin en loin, dans des soirées. Nous avons échangé quelques mondanités. Chaque fois j'ai béni le Ciel de lui avoir résisté. Il m'aurait rendue folle, comme toutes les autres. Des années qu'il mène ce petit jeu. C'en est devenu une légende. Il prend une fille sous sa coupe, une jeune actrice, la plupart du temps. Dès qu'elle est amoureuse, il la porte au zénith, puis il la détruit, méthodiquement. On n'a jamais compris pourquoi. C'est contre ses intérêts, puisqu'il produit des films dont elles sont les vedettes. Et avec quel talent ! Moi, j'ai préféré m'enfuir. Et pour qu'un homme me fasse fuir...

L'Américain se força à sourire. Il était vraiment très amoureux.

— J'étais trop capricieuse, enchaîna Iris Spencer. Le Commandeur a dû le sentir. Il n'a pas insisté. S'il avait insisté...

Elle se fit grave, tout d'un coup :

— Après tout, je n'ai pas de regrets. Il était incompréhensible, tortueux, il avait quelque chose de double, cet homme, comme des forces contraires qui se battaient au fond de lui. C'était fascinant, même si on savait qu'en lui cédant on courait à sa perte. En un rien de temps, comme par miracle, il pouvait tout donner à une femme. Et le retirer. Tous les coups lui semblaient permis.

Le mot était fort, dans la bouche de sa mère.

— Tout lui a réussi, observa Trendy.

Elle écrasa brusquement sa cigarette.

— Je n'aurais pas voulu de sa réussite pour un empire.

— Mais Constance von Cruzenburg...

— La Cruzenburg est une exception, intervint l'Américain. Est-elle seulement capable d'aimer ?

Iris Spencer eut une moue, secoua ses mèches blondes :

— Le Commandeur portait malheur aux femmes.

D'un seul coup, Trendy remarqua qu'elle parlait au passé :

— A t'écouter, on croirait que le Commandeur est un homme fini.

— Qu'est-ce qui n'est pas fini, en ce monde... Et puis tu as vu, il est seul... C'est bien la première fois ! Le Commandeur ne sortait jamais seul. Il avait toujours une nouvelle femme à son bras. Parfois, on aurait dit que c'était sa seule ambition. Son unique raison de vivre. Il mettra peut-être autant d'énergie à sombrer. Allons, soyons plus gais. As-tu entendu parler de cette histoire de fin du monde ? Ils en sont fous, en Amérique, bien plus fous encore qu'ici. Dans le genre sinistre, hélas ! Toutes les sectes courent les rues et annoncent les supplices de l'Enfer. A Paris, au moins, on s'amuse. Mais soyons pratiques. Cette catastrophe est prévue pour la Saint-Sylvestre, au plus tard.

— J'ai lu que c'était ce soir.

— A cause de la Cruzenburg ? intervint l'Américain. Apparemment, son contre-ut n'est pas près de décrocher le grand lustre...

— Mais peut-être le plafond va-t-il s'écrouler après l'entracte ! reprit Iris Spencer. Ce ne serait pas la fin du monde, seulement celle de l'Opéra !

— Pour nous, ce serait tout comme, repartit son compagnon.

Elle ne l'écoutait pas. Elle s'était blottie contre son fils. Elle se mit à jouer les amoureuses :

— La fin du monde, quelle jolie idée, n'est-ce pas ? Il faut que nous nous revoyions absolument avant. Pour parler de toi. Toi et moi... C'est tellement rare. Et si c'est la dernière fois, il faut absolument que je te raconte ma vie. Pour que tu passes l'enfer à écrire mes Mémoires !

Elle éclata de rire. Elle était bien la seule à plaisanter sur la question. Elle n'avait peur de rien, décidément, ou elle faisait semblant. C'était parfaitement réussi. Son Américain lui-même en restait coi.

Trendy lui donna rapidement rendez-vous pour le lendemain, à son hôtel. Il balbutiait, il tremblait de partout. Tout ce que sa mère lui avait dit du Commandeur l'avait inquiété.

274

Iris Spencer s'éloigna rapidement, mondaine à souhait, avec ses petits saluts habituels, rieurs et désinvoltes. La foule se referma sur elle. Il faisait de plus en plus chaud. Il avait besoin d'air. Il essaya de gagner l'escalier. On le bouscula. Il parvint à franchir quelques marches, puis se retrouva coincé contre la rampe. Il allait se résigner à remonter, quand il reconnut, quelques degrés plus bas, le beau visage raviné de Malcolm Cornell.

Trendy ne marqua aucun signe d'étonnement. La rencontre avec sa mère avait épuisé ses capacités de surprise. Le professeur lui apparut comme une bénédiction. Il se mit aussitôt à l'appeler. Il fallait crier. L'autre finit par l'entendre. Il se retourna et hocha la tête. Lui non plus, la présence de Trendy ne le surprenait pas.

— Venez, répéta Trendy, remontez. Il faut que je vous parle.

Non sans difficultés, ils parvinrent à se rejoindre et à se dégager de la foule. Trendy l'attira vers un petit foyer qui semblait plus calme, une pièce aux murs ornés de grandes glaces qui réfléchissaient les silhouettes à perte de vue.

— Où est Ruth ? demanda d'emblée Trendy.

— Elle est fatiguée. Au dernier moment, elle m'a dit qu'elle n'avait pas la force de venir. Elle est restée à l'hôtel.

Cornell eut un moment d'embarras. C'était peut-être son smoking, où il se sentait mal à l'aise, ou l'absence de sa pipe.

— Elle n'est pas bien, depuis quelque temps. Elle a pris sa maison en grippe. Elle est venue vivre quelques jours chez moi. Ce n'était guère mieux. Alors, comme j'avais projeté de venir écouter la Cruzenburg, que j'avais réussi parmi les premiers à obtenir des billets, j'ai pensé que c'était une occasion de la distraire. Mais vous voyez, au dernier moment...

— Constance ne doit pas lui rappeler de très bons souvenirs. Lorsque Anna Louvois...

Malgré lui, il parlait de la cantatrice comme d'une intime et d'Anna comme d'une étrangère. Il craignit que Cornell ne l'eût senti. C'était trop tard.

— Ce n'est pas la mort d'Anna, coupa-t-il.

— Alors c'est...

Il bafouillait. Le nom de Judith ne passait pas ses lèvres.

— Judith ? Mais Judith lui a écrit mille fois, à sa mère, elle lui a expliqué qu'elle a besoin d'être là-bas pour peindre, besoin pour le moment, pour un temps, et même si c'est dangereux. Je ne cesse de la défendre, de répéter à Ruth que sa fille a besoin de ce danger pour créer, qu'elle est forte, qu'elle n'a peut-être jamais aussi bien peint... La création est une passion. Comme toutes les autres, elle se nourrit de silence, elle trouve sa puissance dans la force du secret. Ruth ne veut pas l'admettre. J'ai beau tenter de la convaincre, de lui expliquer que ce n'est qu'un passage, une crise, que c'est la marque d'une véritable artiste, elle résiste à tous mes arguments. Elle n'est pas loin de penser que sa famille est victime d'un mauvais sort, d'une magie noire, d'un acharnement diabolique.

— C'est la mode. Et pourquoi pas ? La *Désirade* n'est pas très rassurante.

— Judith n'y vit pas seule avec le Commandeur. Il y a Sirius. Il n'en bouge pas.

— Souvenez-vous de la soirée là-bas. Que le Diable y ait sa part...

— Les plans du Diable sont faits de toute éternité, mais de toute éternité aussi les hommes sont libres de les refuser. Judith est partie à la *Désirade*, personne ne l'y a forcée.

— Personne non plus ne l'en a empêchée.

— Qui le pouvait ?

Trendy eut un mouvement d'agacement :

— Elle est jeune.

— Vous aussi.

— Mais le Commandeur...

— Le Commandeur n'est pas Satan, et Judith n'est pas une innocente ! Tout juste un peu voyante, un peu médium, sans doute, comme sa mère, autrefois. Remarquez que j'ai été étonné, le jour où Anna...

— Ne parlez pas d'Anna.

C'était à son tour de parler avec sécheresse, il ne pouvait plus réprimer son angoisse, une douleur aussi violente qu'elle était cachée, et qu'il fallait bien se résigner à nommer jalousie. Il revoyait passer le Commandeur, il se souvenait de son déchirement. Où était son visage rayonnant de naguère, la force flamboyante de ses photos, et ce port qu'il lui avait vu deux mois plus tôt quand il l'avait rencontré pour la première fois à la *Désirade*? La souffrance recommençait à se creuser en cet homme, un mal que Trendy reconnaissait pour l'éprouver lui-même, pour sentir revenir ce poinçon qui le torturait depuis son retour d'*Hauteclaire*. Dans la solitude du Commandeur, dans la façon distante dont il portait sa peine, il ne pouvait s'empêcher de retrouver la marque de Judith.

Dans un mouvement maladroit, Cornell crut bon de poser la main sur l'épaule de Trendy :

— Vous savez, Judith est forte. Même si elle et le Commandeur... Je me suis acharné à le démontrer à Ruth. Elle ne veut pas m'écouter. Il y a en elle quelque chose que je ne comprends pas. Comme un obstacle insurmontable. Quelque chose qu'elle s'obstine à me taire.

— Ces vieilles histoires. Ce passé dont elle ne veut pas parler.

Ce fut au tour de Cornell de paraître abattu. Il lâcha l'épaule de Trendy :

— C'est juste. Je sais maintenant que Ruth ne m'a pas tout dit. Dans n'importe quel destin, il y a toujours une cause première. Une lignée, des ancêtres, un enchaînement de causes. Les connaît-elle seulement ? Dans ces conditions, il vaut mieux tourner la page. Je vous l'ai dit, depuis votre départ, elle s'est mise à détester sa maison. Je lui ai proposé de me suivre en Amérique. Là-bas, j'ai un bateau, une villa au bord de la mer. Elle élude, elle remet, elle joue les Pénélope. En vérité...

Il détourna son visage, mais, dans le reflet de la glace, Trendy vit bien qu'il serrait les mâchoires :

— En vérité, je ne suis plus pour elle qu'un compagnon de peine. Je partage ses angoisses, mais je n'y peux rien.

Il n'osa pas dire qu'elle ne l'aimait plus. Il ajouta seulement :

— Aimer ses enfants, c'est simplement suivre sa pente. C'est ce qu'il y a de plus facile.

Il chercha machinalement sa pipe et ne la trouva pas.

— Et vous, vos poissons, Trendy ? reprit-il sur un ton plus convenu. Où en êtes-vous ? Savez-vous que votre professeur est l'auteur du livret de *Sansinéa* ?

— Je le sais.

Cornell l'observa d'un air intrigué :

— Ruth m'a dit que vous aviez laissé vos papiers à *Hauteclaire*, toutes vos notes, vos échantillons...

— Oui, justement. Dites à Ruth qu'elle ne laisse personne y toucher. Personne, entendez-vous. Même pas Drogon. Surtout pas Drogon.

— Drogon ? Mais pourquoi voulez-vous... Ruth prétendait que vous n'alliez pas tarder à revenir, qu'elle ne pouvait pas partir à cause de vous. Elle a fini par m'avouer que vous aviez gardé la clef d'*Hauteclaire*.

— C'est vrai. Mais on ne sait jamais. Jurez-moi. Prévenez Ruth.

Cornell lui jeta un regard perplexe. L'excitation soudaine de Trendy le prenait au dépourvu. Une seconde fois, il chercha sa pipe.

— Je le lui transmettrai, finit-il par lâcher. Il vaudrait mieux pourtant que vous le lui disiez vous-même. Nous sommes ici pour quelques jours. Elle vous aime beaucoup, vous savez. Venez la voir. Je suis sûr que votre visite lui rendrait un peu de joie.

Il chercha dans son portefeuille l'adresse de leur hôtel.

— Venez nous voir. Appelez-nous, un matin. Nous repartirons la semaine prochaine. Comment avez-vous trouvé la Cruzenburg, ce soir ?

Trendy avait complètement oublié la cantatrice. Les yeux de Cornell fouillaient les siens. Pour dissimuler son embarras, il eut à son tour un geste machinal. Il sortit de sa poche le trousseau où il avait réuni ses clefs. Il n'y trouva que celles de son appartement. Cornell le vit blêmir :

— Vous avez perdu quelque chose ?

— Non. Je m'assurais seulement que j'avais bien mes clefs.

— Ce soir, poursuivit le professeur, je ne reconnais pas tout à fait notre diva. A part dans le duo final. On dirait... On dirait qu'il lui manque quelque chose, ce surcroît de puissance qui a assuré sa gloire. Mais attendons la suite. L'opéra de Dräken est sublime, mais difficile. Et nous vivons une époque bien étrange. Ces rumeurs de fin...

— Vous y croyez, à présent ?

— Ruth n'arrête plus de les ressasser. Elle spécule sur les jours, sur les nombres. Elle fait comme tout le monde, en somme.

278

— Et pourquoi pas, après tout ? Vous ne croyez pas que nous avons trop fait confiance à la raison ? Il y a l'invisible, l'inexpliqué... Et cette maladie...

A ce seul mot, le visage de Cornell se ferma. Comme tous les autres, il avait du mot seul une crainte superstitieuse.

— Je crois surtout que nous nous sommes mis à croire à la fin parce que nous sommes malheureux, répondit-il. Ruth y croit parce qu'elle souffre. Parce qu'elle est persuadée de son échec. Nous sommes presque tous dans le même cas. Nous sommes devenus une civilisation malheureuse et sans force. Il est plus facile d'attendre je ne sais quel châtiment, je ne sais quelle révolution astrale, plutôt que de sortir quelque chose de notre douleur. Et voilà pourquoi nous nous remettons à croire à Satan.

Il reprenait ses sempiternelles considérations philosophiques. D'un instant à l'autre, il citerait la nuit du Moyen Age, il argumenterait sur les dieux de l'obscur, il remonterait une fois de plus aux démons de Babylone.

— Nulle part on n'échappe au Diable, poursuivait-il. Ici moins qu'ailleurs. Regardez ce plafond. C'est notre mythologie familière. Pour nous convaincre qu'il existe, si d'aventure nous nous mettions à douter.

Trendy leva les yeux vers les fresques que lui désignait Cornell.

— Des salamandres. Des oiseaux de nuit. L'univers noir des démons. Le Diable est souvent sordide, mais il sait aussi se marier avec la beauté. Pourvu que l'or et la puissance soient prévus au contrat...

Trendy ne l'écoutait plus. Il pensait à ses clefs. Il ne comprenait pas comment il avait pu les perdre. Où diantre avait-il pu les égarer ? Par quel mystère avaient-elles pu se séparer des autres ? Il s'efforça de réfléchir posément. Ce soir, lorsqu'il était rentré, Numance lui avait ouvert la porte. Il n'avait donc pas eu à les chercher. Or lorsqu'il s'était changé, il en était sûr, il avait enfoui dans sa poche, à côté de l'amulette du métis, un seul et unique trousseau.

Il comprit d'un seul coup d'où venait son erreur : il s'était persuadé qu'il avait réuni les deux jeux de clefs. En fait, quelques jours plus tôt, il y avait songé, à cause de la ressemblance des deux clefs, et surtout de l'extrême légèreté de leur métal. Elles tombaient sur le sol avec une sorte de tintement insolite, indéfinissable.

Brusquement, un éclair se fit dans son esprit : c'était le même bruit que celui des épingles à cheveux de Constance. S'il avait perdu ses clefs, ce ne pouvait être que dans sa loge, ce matin. Dans sa loge et sur son canapé.

Cornell remarqua qu'il était préoccupé. Il s'interrompit, l'observa un moment et abrégea ses considérations :

— Mais je vous ennuie, je vous fais un cours. Nous ferions mieux de regagner nos places. L'entracte a déjà beaucoup duré. Et cette foule...

Trendy ne se fit pas prier. Il était heureux d'avoir revu Cornell, mais il ne pensait plus qu'à ses clefs. Il prit aussitôt congé :

— N'oubliez pas, pour Ruth, insista-t-il. Vous m'avez juré.

Cornell acquiesça. Dès qu'ils furent sortis du foyer, la foule les sépara. Il eut seulement le temps de voir que Trendy ne regagnait pas le théâtre. Il allait en sens inverse, il prenait l'escalier, il sortait, et sa hâte était telle qu'il bousculait les dignitaires et les femmes du monde qui faisaient obstacle à sa course éperdue.

Par il ne savait quelle distraction ou quelle étrange superstition, Trendy avait gardé sur lui son laissez-passer. Il n'eut aucune peine à se faire indiquer le chemin des coulisses. La sonnerie grésillait dans tout l'Opéra. L'entracte était fini. Il arriva en peu de temps à la loge de Constance. Le couloir était désert. Il lui parut plus gris, plus sinistre que le matin. A son extrémité, la chaise cassée était toujours là, condamnant l'escalier en colimaçon. La porte de la loge était entrouverte. Il entendit des voix de femmes qui bougonnaient. Il tendit l'oreille. C'étaient deux costumières. Elles renchérissaient de plaintes au sujet de la cantatrice. « Elle, toujours si calme, si distante... On ne l'a jamais vue se mettre dans une colère pareille... Le malheureux chef d'orchestre, il en a pris autant que nous. Elle n'a voulu voir personne, même pas l'auteur du livret. Et pourquoi nous a-t-elle mises à la porte au moment où elle se maquillait... »

Il ne se souvint pas combien de temps il resta ainsi, guettant des bribes de paroles, attendant le moment propice, et désespérant qu'il arrivât jamais. Il continuait d'entendre le babillage des costumières, le bruit mat et régulier de leur fer à repasser. Parfois, par vagues, rediffusée par de petits haut-parleurs dans les couloirs et les loges, la musique enflait et couvrait tout. Cela pouvait s'éterniser sans qu'il pût jamais pénétrer chez Constance. Enfin il vit la porte s'entrebâiller.

— Il faut nous dépêcher, dit l'une des deux femmes. La robe est restée au quatrième étage. Tu es bien sûre que je me suis trompée ? Ce serait une nouvelle catastrophe...

La fin de la phrase et la réponse de sa comparse furent couvertes par une sonnerie de trompes, puis, venant de la scène, la voix de la Cruzenburg s'éleva. Les costumières se mirent à courir vers l'autre extrémité du couloir. Trendy se jeta dans la loge. Tout y était sens dessus dessous, les dernières gerbes que la diva avait reçues, le peignoir gris, ses longs gants parfumés, les faux bijoux qu'elle portait sur sa robe de scène. Les fards et les flacons étaient éparpillés sur la coiffeuse, parfois renversés. Au milieu de ce désordre, Trendy reconnut son écharpe. Elle était lacérée. Il s'en saisit. La colère s'empara de lui. Qui avait pu s'en prendre si férocement à un aussi beau tissu ?

Mes clefs, se dit-il, il me faut d'abord mes clefs. Il courut au canapé, chercha sous le meuble, souleva l'indienne légère qu'on y avait déposée, inspecta le plancher. Il ne trouvait rien. Mais il avait bien entendu ce bruit métallique. Etait-ce seulement celui des épingles à cheveux ?

Le doute le prit. Savait-il au juste ce qu'il faisait, depuis quelques jours ? Il revint à la coiffeuse. Il n'avait plus guère de temps devant lui. Les deux costumières n'allaient pas tarder à revenir. Dans sa fièvre, il se mit à ouvrir un à un les tiroirs de la coiffeuse. Ils étaient remplis de boîtes à fards, à poudre, de flacons, de boîtes bizarres. Parmi eux, il y reconnut, en grande quantité, la drogue dont la vogue avait été si grande quelques années plus tôt. En dépit de l'usage excessif que semblait en faire la cantatrice, il n'y avait là rien que de très banal. Lorsqu'il arriva au dernier tiroir, à la seule pression de ses doigts sur la poignée, il sentit qu'il était presque vide. Tout découragé qu'il fût, il l'ouvrit.

Il n'y vit d'abord que le tissu arraché à son écharpe. Il n'en restait plus que de la charpie, mais il en reconnut parfaitement la matière. Il allait refermer le tiroir, lorsqu'il s'aperçut qu'on avait noué le tissu à intervalles réguliers de fils noirs et de fils rouges. Il le souleva en tremblant. Une fine poussière, qui semblait de la cendre, tomba sur le sol. Sous l'étoffe, il découvrit ses clefs. Au moment où il les fourrait dans sa poche, un objet attira son attention, qui le fit frissonner davantage encore que le morceau d'écharpe noué et lacéré : c'était une petite lame de plomb. On y avait gravé un nom : *Judith.*

Il eut un moment de stupeur, puis l'examina de plus près. L'écriture était faite au poinçon. C'était, bien plus assurée que celle de la feuille où avait été griffonné son rendez-vous, la graphie élégante et précise de la Cruzenburg. Il secoua le tiroir. Une seconde lame, plus petite, était cachée tout au fond, à côté d'un sachet gonflé de cendres et d'une orchidée noire écrasée, celle du bouquet, sans doute, que la cantatrice avait reçu le matin. La même écriture avait commencé d'y tracer le nom du Commandeur, sous la forme du titre désuet que sa mère lui avait cité quelques minutes plus tôt, *Commodore.* En même temps que celles des cendres, il y distingua les traces du pistil jaune des orchidées.

La musique s'était tue, comme pour accompagner l'essoufflement qui le prenait. Il entendit des pas au fond du couloir. C'étaient les costumières. Sans même réfléchir à ce qu'il faisait, il vida dans sa poche le contenu du tiroir et s'élança en courant hors de la loge. Il s'engagea dans le premier corridor venu. Tout était vide. Il s'arrêta quelques instants pour retrouver son souffle. La musique reprit. Le ténor se lamentait sur la disparition de sa belle. Trendy se demanda si la Cruzenburg n'allait pas revenir à sa loge pour changer de costume. Il avait dû renverser un flacon de parfum en se sauvant, il avait l'impression d'empester *Chrysopée.* Il n'était pas sûr non plus d'avoir refermé les tiroirs de la coiffeuse. Il fut pris soudain d'une terreur panique. Il repartit à toutes jambes par les couloirs vides. Il allait au hasard, affolé, il ne cherchait même pas la sortie. Il ne pensait plus qu'à la Cruzenburg. Avec quel monstre avait-il fait l'amour ? Qui l'avait poussée vers elle ? Que voulait-elle de lui ? Il revoyait tous ses gestes, sa façon d'aimer sans aimer, gourmande et détachée tout ensemble, son autorité, son air de chercher dans le plaisir des forces mystérieuses, souterraines, et revigorantes

282

autant qu'elles étaient dangereuses. Et il se rappela alors combien ce moment l'avait étourdi.

Il se perdit. C'était quelque part du côté des cintres. Il entendait, près ou loin, il n'aurait su dire, des bruits de pas pressés. Un décor descendit lentement. Le carton-pâte représentait une sorte de gouffre sombre. La lumière changea d'un seul coup. L'abîme se mit à rougeoyer, tandis que l'orchestre déchaînait ses vents. A quelques pas de lui, dans une glace destinée à ménager quelque effet de trompe-l'œil, il vit soudain se dresser la Cruzenburg, dans des voiles violets où elle semblait encore plus pâle. A son attitude tendue, il comprit qu'elle s'apprêtait à entrer en scène. Il était très loin d'elle, sans doute, ce n'était là qu'un reflet obtenu par il n'aurait su dire quelle savante mécanique, mais la précision de l'image était étonnante. Il voyait parfaitement le visage de Constance. La lumière crue du projecteur lui révélait l'étendue de sa peur. Elle n'appartenait plus qu'à son public, elle n'était plus que ce corps, ces traits qui se composent. Non, la Cruzenburg n'était pas lisse, il le savait maintenant, et c'était sans doute un secret qu'il ne fallait pas percer. La Cruzenburg n'était ni froide ni sereine. Ses seins palpitaient avant d'entrer en scène, ses lèvres se tordaient de terreur, elle écoutait en cachette la voix d'Iris Van Braack, elle nouait de terribles sorts au fond de sa coiffeuse, à ses jeunes amants, comme les vampires du sang, elle demandait des pactes pour conjurer le trac.

Ce bref moment parut à Trendy une éternité, et tel aussi dut l'éprouver la cantatrice. A cause du remue-ménage qu'il percevait derrière lui, il n'osait plus bouger de l'endroit où il s'était posté.

Pourquoi l'ai-je voulue, se dit-il, pourquoi suis-je tombé dans son piège, à elle aussi ? Il était forcé de se l'avouer, ce matin déjà, la tenant dans ses bras, il avait pressenti qu'elle était mauvaise, qu'elle cherchait à lui prendre sa force. Et il s'était laissé faire, car il était flatté. Vanité diabolique lorsqu'elle se mêle à l'amour : car, maintenant qu'il s'était approché trop près d'elle, il risquait de s'y brûler, d'y laisser le meilleur de lui-même.

Un immense chœur s'éleva. Le brouhaha qu'il avait entendu était celui des chanteurs qui prenaient leur place sur la scène. Dans un ultime élan, la Cruzenburg rassembla ses forces et fit un pas devant le décor. Elle disparut entre les flammes de carton. Trendy jeta un œil derrière lui. La route était libre. Il se perdit à nouveau dans les couloirs.

La musique le poursuivait. Grâce à de petits haut-parleurs, elle était diffusée partout dans le théâtre. Le parfum, réel ou imaginaire, le poursuivait aussi. S'y mêlaient enfin d'innombrables échos. Ce qui était effrayant à l'Opéra, — outre qu'il était rigoureusement impossible de s'y retrouver sans plan, et sous le très pauvre éclairage des escaliers et des galeries—, c'étaient les bruits. Parfois Trendy se croyait espionné, il s'arrêtait, d'un coup, aux aguets, se dissimulait derrière un tas de costumes ou de faux boucliers. Rien ne venait. Au bout de quelques instants, il s'apercevait que le bruit arrivait en réalité d'un ou deux étages au-dessous : la ronde des pompiers, le remue-ménage des machinistes, la sortie des chœurs.

En d'autres temps, il aurait cherché, sollicité les rencontres, demandé son chemin. Ce soir, il ne voulait voir personne. Il avait l'impression d'être porteur d'un maléfice, un très contagieux maléfice. Pour fuir la voix qui le poursuivait, il grimpa d'abord d'étage en étage. En pure perte. Elle l'entourait, le retenait, l'encerclait, l'enveloppait comme les anneaux d'un gigantesque serpent. Il faisait froid. L'odeur était la même qu'à la bibliothèque, sinon qu'il se mêlait parfois à celle de la poussière des relents de cuisine chinoise : des gardiens, sans doute, qui s'étaient réchauffé leur repas avant la représentation ; car tout était vide, personne n'avait voulu rater la Cruzenburg.

De fausse porte en impasse, de corridor en escalier, il fut bientôt au toit. Un peu de neige était resté accroché sur les frises, les palmettes d'où l'or s'écaillait, les guirlandes de lauriers, les pendules arrêtées, les ailes monstrueuses des anges de bronze. Sous la pleine lune, les lyres indéfiniment répétées aux lucarnes semblaient autant de figures démoniaques. Il se pencha. Quelque chose l'attirait en bas, quelque chose d'irrésistible. La ville, peut-être, Paris et sa rumeur, ville fébrile et veillante qui ne savait plus s'abandonner au sommeil, océan de pierres envoûtées, Babylone couvant ses monstres. Il vacilla. Au dernier moment, par il ne sut quel miracle, il parvint à se retenir. Il était couvert de sueur. Ce vertige, se dit-il, était l'effet des tablettes de plomb. Il fallait s'en débarrasser au plus vite, mais comment? Il les sortait de sa poche quand l'une d'entre elles lui glissa des mains. Il la vit glisser sur un petit toit de tôle au-dessous de lui, puis elle disparut dans l'embouchure d'une gouttière. Il enfouit l'autre tablette dans sa poche. Il n'avait pas le cœur de regarder le nom qui s'y trouvait gravé. Sans presque rien connaître à la magie, il se doutait que celle-là seule qui lui restait pourrait être délivrée des envoûtements qu'elle portait. De quelle façon? Il n'en avait pas la moindre idée. Il avait bien lu des recettes dans les vieux livres de la bibliothèque, mais il ne parvenait pas à s'en souvenir. Il regretta Numance. Pourtant il fallait la faire disparaître au plus vite, et décamper de ce lieu maudit. Il avait l'impression de devenir fou. Il s'enfuit à nouveau. Il tâta dans sa poche la clef du Muséum. Elle était bien là. Il tâcha de se calmer. A présent, il fallait sortir. Dès qu'il eut quitté les toits, il reprit sa course. Il n'était pas dans les couloirs que la voix de Constance recommença à le poursuivre. Le son était si clair qu'il pouvait apprécier à sa juste valeur le texte de Drogon. Un baryton — le Diable, selon toute vraisemblance — donnait la réplique à la Cruzenburg : *Je suis le fiancé de toutes choses mortes / Viens, viens que je t'emporte / Mon âme paire, ma noire jumelle / Du fond des siècles je t'appelle / Ah! ton nom, Sansinéa / Le dernier soupir qui me reste de toi...* Ce style rappelait franchement celui de Sirius, ses phrases alambiquées, ornées de mots rares, son penchant affiché pour le frisson du bizarre. Cela n'excusait pas Drogon. Tel qu'il le connaissait, il avait dû donner des instructions très précises à son esclave littéraire, et le tyranniser jusqu'à obtenir le résultat dont il jugeait la paternité honorable.

La Cruzenburg, à présent, chantait à la perfection. Sur un solo de hautbois, sa voix ne cessait de monter et cependant quelque chose d'humain y vibrait enfin, plus qu'une inquiétude, une véritable blessure, un tourment. Dans les passages aigus, il altérait parfois sa tessiture mais la rendait plus proche aussi, plus humaine. Constance existait enfin au-delà de son personnage, elle était telle qu'il l'avait vue dans l'amour, avec cette avidité qui était sa faille, la soif de pouvoir qui était sa torture. *Je désire le feu,* suppliait-elle, et rien qu'à l'entendre on savait que de tout son être elle s'était mise à brûler. Jamais sans doute elle n'avait tenu un aussi beau rôle : la musique de *Sansinéa* avait été créée pour elle, par celui sans doute qui la connaissait le mieux, Dräken. Mais le public pourrait-il aimer sa diva dans sa plus intime vérité ? Diabolique amour, se répéta Trendy, si l'on se donne trop, si l'on se montre de trop près, toutes les illusions se dissipent, et ce n'est pas Constance que la salle veut aimer, c'est son image, son mirage, la terrible Cruzenburg.

Il revit son regard glaciaire détailler sa nudité, il se rappela que ses yeux alors s'étaient voilés d'une légère brume, seul signe apparent de son émotion. Il pensait si fort à elle qu'il s'égara une seconde fois. Dans sa course vers la sortie, il ne cessait plus de descendre. Les couloirs étaient désespérément vides. Parfois il tombait sur une salle de danse au plancher en pente, un appel d'air lui faisait croire à une issue proche, il courait, il tombait sur des battants impitoyablement clos, revenait sur ses pas, traversait d'autres salles, croisait des loges, d'interminables rangées de costumes, autant de défroques de spectacles morts ou à naître. Il traversa même un pont de verre, se vit sauvé, se perdit encore. Il n'avait jamais parcouru un pareil labyrinthe. En regard de l'Opéra, les dédales de la *Désirade* et même ceux de la bibliothèque étaient d'une simplicité évangélique. Aucune indication ne permettait de s'y retrouver. A un moment, il crut avoir trouvé son salut : c'était une affiche, au milieu d'un mur, que barraient de grandes lignes rouges. Il crut à un plan. Sa déconvenue fut grande. Ce n'était qu'une notice administrative qui proposait une normalisation des deux mille portes et des huit mille clefs que comptait l'auguste maison. Il s'entendit lâcher un juron.

Il s'enfonçait de plus en plus. Il n'entendait plus la voix. Au détour d'un couloir, entre des piliers de briques, il aperçut de l'eau. Il se souvint alors que l'Opéra était construit sur un lac, ou plutôt un réservoir aménagé sous l'édifice pour lutter contre un éventuel incendie. Non loin de là se trouvait la crypte aux voix, l'endroit où on avait enfermé les enregistrements des divas d'un autre temps. Tout à côté, bien plus tard, dans un accès de sentimentalité insolite, on avait aménagé une tombe pour les rares souvenirs du chant d'Iris Van Braack. L'eau était noire, elle clapotait à peine. Trendy s'arrêta un instant pour chercher à s'orienter. Il ne comprenait pas comment il avait pu se perdre, il éprouvait la même sensation désagréable qu'au jour de son arrivée à *Hauteclaire* : il ne s'était pas égaré, on l'avait égaré. Il désespérait de jamais pouvoir sortir quand, dans l'immense fatras qu'il avait lu à la bibliothèque, une phrase capitale lui revint brusquement : *La magie noire est une magie de feu. Pour l'éteindre, tu prendras de l'eau.* Il ne se souvenait pas du reste, ni du livre où il l'avait lu, le *Grand Albert*, à moins que ce ne soit le *Dictionnaire infernal*. Il ignorait aussi s'il y avait des formules magiques à prononcer, des poudres à répandre, des pentacles à tracer. Mais il n'avait plus le temps, il n'avait pas le choix. Un instant, il fut tenté d'examiner le nom sur la tablette de plomb qui lui restait. La lumière était faible, mais, s'il l'avait voulu, il aurait pu le lire. Il n'en eut pas le cœur. Et d'ailleurs, fallait-il vraiment croire à toute cette magie ? Fallait-il croire que la tablette plongée dans l'eau sauverait celui dont elle portait le nom, et que l'autre, perdue dans le dédale de l'Opéra, condamnerait sans appel celui qu'elle vouait à la mort ? Il était seul à savoir qu'il avait perdu une tablette. Qui pourrait, la retrouvant, poursuivre les maléfices de la Cruzenburg, sortilèges dont elle était peut-être seule au demeurant à se persuader du pouvoir ?

Il se pencha pourtant sur l'eau noire, et, d'un seul mouvement, jeta tout ce qui restait dans sa poche, la lame de plomb, l'écharpe déchirée, l'orchidée écrasée, le sachet de cendres, le programme de *Sansinéa*, et même le billet où Constance avait griffonné leur rendez-vous, ce morceau de papier froissé que, la veille encore, il n'aurait pas abandonné pour un empire. Il ne garda que son laissez-passer. Le billet de Constance surnagea un moment à la surface des eaux, puis il sombra, comme le reste. Alors Trendy fit volte-face, et il partit sans se retourner.

Il reprit sa marche dans les couloirs. Il allait plus lentement. Il était un peu triste. Il rencontra des pompiers, qui l'arrêtèrent. Le laissez-passer fit merveille. Quelques instants plus tard, il était dehors. Il retrouva le froid, sa moto. Lorsqu'il arriva au Muséum, tout était désert. Il n'eut aucun mal à ouvrir le pavillon, puis le bureau de Drogon. La clef qu'il lui avait remise et qu'il avait failli perdre était bien un passe-partout. Il n'était pas certain pour autant qu'elle ouvrît le placard aux fichiers.

Il fut agréablement surpris. Le placard était resté ouvert. Drogon avait vraiment de l'outrecuidance, à moins que ce ne fût son opéra qui lui eût fait perdre la tête. Trendy en sortit un à un les tiroirs. Le double de ses documents s'y trouvait, recopié de la main d'un des sbires du professeur. Le travail était d'une méticulosité extrême. Certains détails des déformations osseuses étaient reproduits avec un soin et une précision qui le laissèrent pantois. Il y trouva ensuite les dossiers de Drogon, ses fameuses *fiches de style*, enfin ses très anciennes observations sur le système nerveux des huîtres.

Des braises achevaient de se consumer dans la cheminée. A l'aide de quelques feuillets, Trendy les ranima. Avant de renverser les tiroirs et les dossiers dans les flammes, il eut un moment d'hésitation. Il ne dura guère. Après tout, le geste ne demandait pas plus d'effort que de jeter dans le lac de l'Opéra les objets maléfiques de Constance von Cruzenburg.

Tout fut achevé en moins d'une demi-heure. Le papier des fiches brûla bien, avec de grandes flammes jaunes. Justice est faite, pensa pompeusement Trendy lorsqu'il retrouva sa moto. Il rentra chez lui à toute allure. Il lui sembla que la lune était noire. Et, en dépit des belles phrases qu'il se racontait, il se sentait l'âme d'un homme traqué.

Chapitre XXIV

Lorsqu'il rentra dans l'appartement, il était à bout de souffle. Dans sa hâte, il n'avait pas voulu attendre l'ascenseur, un vieux modèle très lent qui semblait hoqueter à chaque étage. Il avait escaladé d'un trait les six étages qui menaient jusqu'à chez lui. Il voulait tout raconter à Numance. S'il dormait, il le réveillerait. Il n'y avait que lui qui puisse l'aider. Le guider, le rassurer. Il ne se dissimulait plus qu'il était mort de peur.

A son arrivée, il fut affreusement déçu. Numance n'était pas rentré. Trendy le chercha dans l'appartement, puis s'abattit sur son lit, où il resta un long moment sans bouger, sans pouvoir même réfléchir, comme étourdi. Il finit par se souvenir que le métis était allé danser. Il pouvait s'écouler jusqu'au matin avant qu'il ne revienne. Trendy tenta alors de se calmer. Il dut s'assoupir quelques instants, puis l'insomnie s'installa, entretenue par les bruits qui montaient de la rue. Davantage encore que toutes les autres nuits, la ville ce soir se refusait au sommeil. Du fond de ses draps, il la revoyait telle qu'il l'avait contemplée du haut de l'Opéra, derrière les Apollon aux ailes ourlées d'un mélange de suie et de neige, autant de démons parés pour un dernier bal, créatures comme surgies des cales d'un vaisseau fantôme, écailleuses et muettes, toutes à l'affût avant leur envol triomphant. Il se rappelait que leurs lyres, dans le contre-jour de la lumière lunaire, dessinaient très exactement la tête d'un diable cornu, au point qu'un instant il s'était cru environné d'une horde de démons qui l'observaient dans tous les recoins d'ombre, et il avait détalé à toutes jambes. C'était pour cela peut-être qu'il avait perdu la tablette d'envoûtement. Il ne gardait plus que le souvenir de sa peur. Hier, hier déjà, se répétait-il, tant de brisures en un seul jour, en une seule nuit tant de découvertes, de maux et de ruptures. Il basculait dans le gouffre, il le savait, et se laissait aller.

Numance n'arrivait pas. Lui seul aurait pu l'arrêter dans sa chute. Dans l'incohérence apparente de ce qu'il venait de vivre, le métis trouverait aussitôt un sens. Ne pas sombrer sans avoir compris, se répétait Trendy en guettant les bruits de l'escalier, en finir, mais savoir pourquoi. Une seule chose était assurée : la ville, les hommes, le monde étaient investis par les forces du mal. Il avait commencé à sourdre de la mer, l'équinoxe n'était pas venu à sa date, puis il y avait eu les prédictions, enfin la maladie qui chaque jour se répandait ; et maintenant, à la faveur du sentiment de fin d'année, c'était la grande fin qui semblait certaine, minutes, heures, années, tout était désormais semblable, le moment fatal approchait, pour expier quelle faute, pour assouvir quelle vengeance ? Mais par quel chemin obscur son histoire à lui, celle de Ruth, de Judith et du Commandeur, se rattachait à tout cela ? Car elle s'y rattachait, il en était sûr, et la Cruzenburg aussi, et Dräken, Iris Van Braack, Barberini, et tous les autres... Judith aussi. Il soupira. Il l'avait perdue sans doute, et l'on ne retrouve pas un amour perdu. Amour si court, au demeurant, et ce n'était plus l'amour qui l'intéressait. C'était le lien. Entre lui et Judith, malgré lui, malgré elle, s'était tissé un lien fatal et inexplicable. Il ne voulait pas sombrer sans l'avoir compris.

Il fallait un ordre à tout cela. Ce qui l'avait passionné chez les poissons, il le savait à présent, c'était qu'à les classer et les reclasser sans fin on pouvait croire que tout en ce monde obéissait à une cohérence impeccable. Dès l'enfance, avant même de rencontrer Drogon, il avait adoré les tableaux colorés, superbes d'ordre et de complication, où l'on rassemblait et distinguait à la fois les innombrables embranchements, classes et sous-classes du règne marin, selon la longueur et la forme des nageoires, la couleur des ocelles, la place des branchies, le profil d'une carène, d'un rostre, d'un museau, et où les résidus des mondes disparus, les fossiles aberrants tel le cœlacanthe, trouvaient leur justification dans leur solitude même, comme autant d'îlots de vie abandonnés là par un créateur oublieux et fantasque, ou pour témoigner de voies où il avait préféré ne pas s'obstiner, des esquisses, des possibles, des essais malheureux, des égarements, de sublimes erreurs. De même, dans la folie qu'il vivait depuis quelques semaines, Trendy se refusait à l'idée qu'elle fût dépourvue de sens. Il l'avait bien lu dans les livres, les moindres inventeurs de perlimpinpin, les plus rustres des sorciers, les plus obtus des jeteurs de sorts, les plus grossières des magiciennes des vents et des rivages avaient toujours quelque chose à expliquer, leur art était d'associer ce que les autres n'avaient pas su relier, et c'était la raison de leur pouvoir sur les choses : assembler le dissemblable, trouver, sous l'écorce têtue des apparences, la liaison essentielle, la raison profonde, la simple, nue, élémentaire vérité.

Trendy s'était couché tout habillé, ce qui ne lui arrivait jamais. Il avait pourtant de plus en plus froid. Il se leva et s'enveloppa dans son manteau. D'un seul coup, il lui vint l'envie de revoir le Commandeur. Dans les événements de la veille, un épisode revenait toujours, plus violent, plus obsédant que tous les autres. C'était le moment où il avait découvert les lames d'envoûtement. Il ne parvenait pas à s'expliquer que la cantatrice eût commencé d'y tracer le nom du Commandeur. L'homme était mauvais, c'était certain, animé des mêmes forces terribles et maléfiques qui émanaient de la Cruzenburg. S'il lui était si proche, si semblable, comment la cantatrice pouvait-elle chercher à le détruire ? Pour ce combat qui commençait à se lire sur les traits du Commandeur, cette faille qui se creusait en lui et qu'Iris Spencer lui avait désignée comme un début de déchéance ? Mais quel combat, quelle décadence ? Judith était-elle la source de ce tourment ? *Fin de race*, avait aussi commenté sa mère avec sa désinvolture habituelle. Quelle race ? Quelle fin ?

Il voulait en avoir le cœur net. Si le Commandeur souffrait plus que lui-même, le savoir constituerait déjà une sorte de victoire. Trendy était en somme abominablement jaloux. Il se souvenait parfaitement de l'adresse parisienne du Commandeur, découverte dans un des annuaires mondains exhumés des rayons de la bibliothèque. C'était un hôtel particulier en bordure de Seine. Mais qu'y apprendrait-il de plus ? Et peut-être le Commandeur était-il déjà reparti pour la *Désirade*... La *Désirade* ou ailleurs, une de ses villégiatures lointaines où il avait aimé emmener, et sans nul doute torturer, ses innombrables conquêtes amoureuses.

Trendy se pencha à la fenêtre. Les rues enfin s'étaient vidées, les bruits éteints. Le matin ne tarderait plus, ce jour dont tant de fans de la Cruzenburg s'étaient plu à croire qu'il ne se lèverait jamais. Et si la fin venait par surprise, au moment où personne ne s'y attendait plus ? Le silence, d'un coup, lui parut plus lourd.

Numance n'arrivait toujours pas. Trendy n'y tint plus. Avec ou sans Numance, il lui fallait revoir le Commandeur. Il se dirigea vers l'escalier. Au moment de franchir la porte, il eut un moment d'hésitation. La boule de verre remise par Bérénice, la même amulette qui, il en était certain maintenant, l'avait protégé des maléfices de la Cruzenburg, avait-elle aussi le pouvoir de le garder du Commandeur ? Ne pas oublier que le Diable s'incarne, se répéta-t-il, Numance et les livres me l'ont appris, ne pas oublier que le Diable a parfois deux visages. Deux visages, pour un seul mal.

L'aube se levait quand il fut à la Seine. La rivière était noire encore, seul bleuissait le ciel. Les monuments enneigés émergeaient peu à peu de leur gangue de nuit. Il n'eut pas besoin de chercher l'hôtel du Commandeur. Tout était éteint sur le front de vieilles pierres grises qui suivait la courbe du fleuve, à l'exception de trois fenêtres oblongues. Pareilles à celles de la *Désirade*, elles semblaient brasiller. Les lourdes portes de la cour étaient grandes ouvertes. Une limousine noire était garée entre les deux sphinx qui gardaient le perron. A travers les fenêtres, Trendy reconnut une serre, un enchevêtrement de plantes, le fameux jardin suspendu, sans doute, dont le Commandeur avait lancé la mode. Il distingua quelques va-et-vient dans la pénombre. Il fit glisser sa moto sur la berge du fleuve, s'arrêta, vérifia machinalement l'adresse. C'était bien là, il ne s'était pas trompé. Il s'occupait à ranger sa machine quand retentit un ronflement. Dans la chape de silence qui était retombée sur la ville, le bruit lui parut monstrueux. Il n'eut pas le temps de chercher Judith derrière les fenêtres ni parmi les ombres qui s'agitaient sur le perron.

Il se mit à trembler. Ce n'était pourtant qu'une automobile. A peine la vit-il passer. Il distingua une forme massive, la tête rejetée sur les coussins de cuir. Il sut aussitôt que c'était le Commandeur. Il était seul, comme à l'Opéra. Et il ne l'avait pas vu. La limousine avait pris la direction de l'ouest.

Trendy enfourcha sa moto et commença à le suivre. Il n'avait pas dépassé le premier pont qu'il y renonça. Quelque chose le retenait, quelque chose d'aussi puissant qu'indéfinissable. Plus tard, il pensa que c'était l'effet de l'amulette, il s'expliqua cet épisode en se disant, non sans facilité dans l'analyse, que le temps n'était pas encore venu de retrouver le Commandeur, que la magie de Bérénice l'avait empêché d'agir avant l'heure. A ce moment-là, il n'éprouva qu'une immense fatigue, une lassitude sans fond. Et il rebroussa chemin, il rentra à petite vitesse, se racontant qu'il faisait trop froid pour prendre la route, que tout était verglacé, enneigé, qu'il n'avait pas un sou en poche. Et quand bien même, conclut-il en arrivant aux abords des Halles, quand bien même je le suivrais à la *Désirade*, que pourrais-je dire au Commandeur ? Que je veux voir Judith ? Que je la veux ? Que je l'enlève ?

La seule idée d'affronter l'homme et sa maison l'épuisait. Il revoyait ses yeux ironiques et lourds de mystère, les vitraux de la *Désirade*, la Chambre des Cartes, le portrait de Léonor, il retrouvait l'odeur des vieilles tentures et celle, plus étrange encore, des fioles de parfum entrouvertes sur les commodes, tout un monde plus indéchiffrable que celui qu'il venait d'explorer dans le sillage de Constance. Tout lui pesait, il était à bout de fatigue, à bout de terreurs et de découvertes. Un curieux goût lui venait dans la bouche, comme lorsqu'on a envie de dormir : mais il était plus âcre, plus amer, et il se dit que c'était le désir de mourir.

Alors qu'il rentrait, au débouché de la venelle qui donnait sur son immeuble, il entendit un vacarme de tam-tam. Il crut à des noctambules attardés, un dernier écho de la sombre fête qui chaque nuit agitait la ville. Le matin cependant était là, et la musique joyeuse, fervente, enthousiaste. Il s'approcha. C'étaient des Noirs. Ils dansaient en cercle. Au milieu de la ronde était Numance, face à Bérénice. Sous son manteau de fausse fourrure, elle portait une longue et souple tunique

293

échancrée, la même que celle du métis. Tous deux souriaient. Ils n'avaient pas l'air d'avoir froid. Il n'avait pas vu depuis longtemps des visages aussi heureux.

Il resta en retrait. La danse ne fut pas longue. C'était une sorte d'aubade, des adieux que les invités de la fête se faisaient devant l'immeuble des amoureux. Ce devait être une *coutume des îles,* comme aurait dit Numance. Le tam-tam se tut et le groupe s'égaya sur les trottoirs en courant, peut-être pour se réchauffer, peut-être pour une autre danse, à dix rues de là, un autre adieu allègre devant une autre maison. Trendy s'engouffra dans l'entrée.

— Numance, souffla-t-il dès qu'il eut poussé la porte, et ce fut Bérénice qui se retourna.

Elle ne parut pas surprise.

— Tu n'as pas dormi, dit-elle simplement.

— Numance, répéta Trendy comme on crie au secours.

Bérénice s'interposa entre les deux hommes :

— Il est temps d'aller dormir.

Numance ne dit mot, ne bougea pas. Il continuait de fixer Bérénice, on aurait dit qu'il attendait ses ordres. Elle était toute fraîche, elle rayonnait. On n'aurait jamais cru qu'elle avait passé la nuit à danser.

— Il faut que je te raconte, insista Trendy à l'adresse de Numance.

— Plus tard, répéta Bérénice.

Une seconde fois, son bras s'était interposé entre son amant et Trendy. A son tour, il se laissa faire. Comme ils rentraient dans l'appartement, il se rapprocha de Numance et chuchota :

— Je voudrais te raconter. La Cruzenburg...

Bérénice avait entendu. Elle l'interrompit aussitôt :

— L'amulette t'a protégé, puisque tu es là ! Maintenant, oublie tout. Cette femme était mauvaise, je t'avais prévenu.

Elle parlait comme si elle avait tout su de ce qui s'était passé. Il en fut encore plus excédé. Il la repoussa et courut vers Numance qui s'était écroulé dans un fauteuil :

— Et toi, ta nuit ?

Le métis ne répondit pas.

— Il a besoin de dormir, lui aussi, intervint encore Bérénice.

— J'ai revu le Commandeur, fit alors Trendy.

A ce seul nom, Numance se redressa.

— La Cruzenburg a voulu l'envoûter. J'ai trouvé des...

Il hésita un instant. Il avait peur de Bérénice. Mais elle aussi, elle s'était dressée.

— ... Des lames de plomb dans sa coiffeuse. Avec le nom de Judith. Et celui du Commandeur.

— Tu les as ? s'écria la danseuse. Tu les as sur toi ?

Elle s'était éloignée d'un seul coup, comme s'il avait la peste.

— Non. Je les ai jetées.

— Où ?

Elle frémissait de tout son corps, Numance encore plus qu'elle, et leur regard s'était soudain durci.

— Dans l'eau, finit-il par articuler d'un air penaud. Dans l'eau du lac de l'Opéra.

Bérénice le fixa un très long instant. Ses traits si purs, d'un seul coup, lui parurent cruels. Il était persuadé d'avoir commis une énorme erreur. Pire encore, un sacrilège.

— Tant mieux. Tu n'es pas aussi bête que je croyais. Mais...

Elle s'empara de la main de Numance, plissa les yeux, pinça la bouche, comme chaque fois qu'elle réfléchissait :

— Je ne comprends pas. Le nom du Commandeur... Je le croyais si fort. La Cruz n'a aucune raison de chercher à l'envoûter. Elle devrait plutôt chercher à le mettre de son côté.

— Judith, fit Numance. Elle est jalouse de Judith.

— Mais il est mauvais, lui aussi ! Mauvais et puissant ! La Cruz ne peut rien contre lui ! Au contraire, elle devrait faire des sorts pour lui prendre un peu de sa force !

Numance à son tour parut réfléchir :

— Elle a bien chanté, la Cruzenburg ?

Trendy eut du mal à répondre. Il recommençait à entendre la voix suraiguë, surhumaine qui l'avait poursuivi du haut en bas de l'Opéra. Il revoyait aussi le visage de la chanteuse dans les jeux de miroirs du décor, tordu par l'angoisse avant d'entrer en scène ; et surtout il entendait ce que la Cruzenburg lui avait dit après l'amour, ces mots si durs, si coupants. Les avait-elle répétés, en guise d'incantation, au-dessus des lames de plomb ? Et sur quel ton, sur quelle note avait-elle bien pu prononcer les abominables formules à vouer les êtres au néant ?

— Constance a remarquablement chanté, finit-il par lâcher.

— *Remarquablement !* fit Bérénice avec un grand rire. Mais avant ce soir tu prétendais qu'elle chantait merveilleusement, divinement, qu'elle était une fée, une ensorceleuse de notes...

— Elle l'est toujours. Elle le restera. Elle est une déesse. Une immense diva. Parfaite, sans faille. Une vraie. La seule.

Il tentait de s'en persuader, mais il n'y croyait plus. Bérénice eut un œil amusé. Il rougit. Qu'elle pressentît si bien décupla son exaspération.

— Et vous disiez tous que ce serait la fin, poursuivit-elle avec un nouveau rire. La fin de la Cruz, oui ! Mais pas la fin du monde...

Numance aussi avait éclaté de rire. Trendy se retourna vers lui :

— Tu n'y crois pas ? Tu n'y crois plus ?

Il était sincèrement déçu. Numance haussa les épaules.

— Ce ne sont que des esprits mauvais qui se sont déchaînés. Maintenant je peux te le dire, nous avons dansé cette nuit pour les détourner. Pour les forcer à rentrer dans la mer. Pour les ensevelir à nouveau dans leurs gouffres.

— Tu crois qu'il suffit de danser !

— Je t'interdis, cria Bérénice. Tu n'as pas le droit de rire. Tu nous jetterais le mauvais œil ! Tu nous ferais tous mourir !

Elle bondit sur lui, le saisit par les poignets. Il résista encore :

— Et toi, tu te prives de rire, quand je parle de la Cruzenburg ?

Il avait réussi à se dégager d'elle, et c'était lui à présent qui lui serrait les poignets. Bérénice ne chercha pas à lui échapper. Elle parut se soumettre, il y eut dans son corps comme un long frisson électrique, et il sentit la pointe de ses seins qui s'enfonçait contre sa poitrine.

— Je t'ai donné une amulette, dit-elle simplement. C'est ta façon de me remercier ?

A cet instant, il eut follement envie d'elle. Il desserra lentement son étreinte. D'un seul coup, la honte le prit. Honte de sa violence, honte du désir qu'il avait d'elle, honte de la braver, honte de succomber à sa douceur, honte de tomber sous la coupe d'une fille qui, à tout prendre, n'était jamais qu'une vulgaire danseuse.

Du fond de son fauteuil, Numance avait observé la scène avec le plus grand calme.

— Bérénice est magicienne, commenta-t-il lorsqu'il l'eut lâchée. Elle sait. Il faut l'écouter.

C'était son éternel argument. Trendy n'avait plus la force de le discuter. Il se contenta de soupirer et reprit :

— J'ai vu le Commandeur. Il était à l'Opéra. Il est reparti pour la *Désirade*. Il faut que j'y aille.

— Tu dois d'abord dormir, fit Bérénice. Tu as une tête de cadavre.

— Mais Judith. Les tablettes d'envoûtement...

— Laisse-moi réfléchir. Judith était avec lui ?

— Le Commandeur était seul. Il vient de repartir.

Il agita la main vers la fenêtre, dans la direction de l'ouest.

— Il est reparti. Je voudrais le suivre. Aller là-bas. Sortir Judith de la *Désirade*. Maintenant que j'ai jeté les lames de plomb au fond du...

Bérénice ne le laissa pas finir :

— Ne bouge pas.

Il crut qu'elle avait deviné qu'il lui mentait.

— Pourquoi ?

— Méfie-toi.

— Mais le Commandeur n'est pas si mauvais, puisque la Cruzenburg a voulu l'envoûter !

— Rien n'est si simple, intervint Numance. Laisse-nous chercher.

— Mais chercher où ? Judith est là-bas, j'en suis sûr. Il la retient, l'emprisonne, il l'envoûte, la torture peut-être... S'il lui arrive la même chose qu'à Anna Louvois...

— Tu n'as rien pu empêcher, pour Anna. Et pourtant tu étais là. Laisse-nous chercher.

— Il n'y a plus rien à trouver.

— Numance cherchera dans les livres. Moi, je vais voir Crin-Crin. Il sait beaucoup de choses. Il me racontera tout, cette fois-ci. Je ferai ce qu'il faut.

Numance leva sur elle un œil inquiet. Elle ne lui laissa pas le temps de s'interroger.

— Maintenant il faut que vous dormiez, tous les deux.

— Et toi ?

— Moi, je suis une femme de la nuit. Je m'empêche de dormir quand je veux.

Elle partit aussitôt à la cuisine. Trendy s'était allongé sur le lit.

— Elle recommence à faire sa magicienne, dit-il avec humeur. J'en ai assez de ses simagrées.

— Son amulette t'a protégé, observa Numance. Bérénice a raison. Elle a toujours raison. Il faut d'abord dormir.

— Je n'ai pas sommeil. Avec tout ce qui s'est passé... Je ne t'ai pas tout raconté.

— Plus tard. Laisse-toi aller. Ne bouge pas.

De son fauteuil, Numance allongea le bras vers lui. Il ne pesait pas, il ne serrait pas. Il n'y avait que le regard du métis qui fût comme une interdiction.

— Tout de même, je voudrais bien connaître les nouvelles du monde. Cette histoire de fin...

— Laisse les nouvelles, dit Numance. Il n'y aura pas de fin. Comme tous les ans, le monde tournera au solstice d'hiver. Je ne devrais pas te le dire, mais c'est pour le solstice que nous avons dansé. Pour l'aider à venir. Le soleil peine, cette année. Les forces de l'hiver sont mauvaises.

Trendy eut un dernier sursaut de raison :

— Il n'y a même pas d'hiver dans vos îles.

— Il y a le soleil.

Il avait répondu sans sourciller, à sa manière ordinaire. Un moment encore, la vision de la limousine du Commandeur poursuivit Trendy, avec son crissement sur les pavés glacés. Que valait la *Désirade* face à ces deux Noirs qui dansaient pour exorciser les terreurs du monde ? Ils étaient sereins, paisibles, presque alanguis dans leurs certitudes. Ils n'avaient qu'une seule peur : son sort à lui, Trendy. A eux deux, ils étaient pour lui comme une famille, et, à sa plus grande surprise, il sentait son goût de la liberté céder à leur possession jalouse.

Bérénice revint de la cuisine, précédée de l'âcre odeur d'herbes qu'il avait respirée au soir de leur rencontre.

— Buvez, fit-elle en leur tendant des bols du même liquide vert et amer. Buvez tous les deux.

Elle reprenait son accent des îles, elle chantonnait, elle y ajoutait des mots, des syllabes incompréhensibles. Elle continuait à jouer les magiciennes :

— Buvez l'oubli, un peu d'oubli...

Trendy avala quelques gorgées et reposa le bol. Numance s'endormait déjà, effondré sur le lit, la tête sur le côté, avec un souffle lent.

— Bois tout, fit Bérénice, et elle se pencha vers Trendy comme au premier soir.

Ses seins avaient passé l'échancrure de sa tunique. Il vit leur pointe sombre, avec une minuscule fente rosée, leur globe dur et nettement dessiné sur son torse un peu maigre. Il avança la main. Elle ne le repoussa pas :

— Je n'ai pas peur de toi, dit-elle.

Elle avança le bol plus près de ses lèvres.

— Pour toi, je suis une mère. Bois.

Il laissa un long moment sa main sur son sein, puis finit par la retirer. Cette fois, il n'avait plus honte de l'avoir désirée. Oui, Bérénice était comme une mère. Elle en avait tous les bienfaits. Tout ce qu'il avait imaginé, depuis toujours, que dût donner une mère. Le bien-être de l'oubli, dans une douce torpeur. Il en perdait jusqu'à l'envie qu'il avait eue de son corps. Il s'anéantissait dans sa paix. Elle était la force et la douceur ensemble. Comme Ruth, mieux que Ruth. Bérénice détenait une puissance inconnue. La sérénité avec la certitude. Elle était le repos absolu. Elle le guérissait de toutes les femmes.

— Les nouvelles, dit-il encore comme il finissait le bol. J'aimerais bien avoir les nouvelles...

— Pour t'avancer à quoi ? Allons, il faut dormir.

— Mais les deux tablettes. Tu sais, les deux tablettes de plomb. Il y en a une qui...

— Allons, dors.

— La tablette qui est tombée...

Le reste de ses paroles se perdit dans un murmure. En tendant l'oreille, on aurait pu y reconnaître, curieusement associés comme sur les lames d'envoûtement gravées par la diva, le nom de Judith et celui du Commandeur.

CHAPITRE XXV

Une fois de plus, Bérénice avait raison : qu'auraient pu lui apporter les nouvelles, sinon un inutile surcroît d'angoisse et d'interrogations ? Le concert de la Cruzenburg n'avait pas amené la fin. Avec leur légèreté coutumière, il ne se trouva pas un chroniqueur pour s'en étonner, voire en rire, pas un seul non plus pour avoir l'audace d'y consacrer ne fût-ce qu'un articulet, un minuscule billet nourri d'irrévérence. A la une de toutes les gazettes, on vit la même photo de la cantatrice. Elle avait été prise au moment où Constance, dressée dans ses voiles noirs et flottants qui se reflétaient dans le métal des cuivres, entamait le dernier acte de *Sansinéa*. A ses pieds, brandissant sa baguette de chef, apparaissait Dräken, manifestement épuisé, mais le regard enflammé par l'évidence de son propre triomphe ; et de fait, à longueur de commentaires, c'était lui qu'on couvrait d'éloges. Ce n'était pas que la Cruzenburg eût été mauvaise, loin de là. A en croire les témoins, elle avait fait des miracles dans l'air fameux qui termine l'opéra, celui qui est passé à la postérité sous le nom de *Dernier Chant de l'amour maudit*, et que chante l'héroïne avant de se donner à Lucifer dans un inceste de la pire espèce.

Mais, comme l'avait pressenti Trendy, la Cruzenburg, pour la première fois de sa vie, avait servi la musique davantage qu'elle ne s'en était servie ; l'avait-elle ou non voulu, était-ce un effet de l'échec de ses sortilèges, la partition de Dräken, par ses effroyables difficultés, l'avait-elle contrainte à plus d'humilité, à l'aveu des passions qui couvaient sous son visage

301

de marbre ? Nul, dans les quelques documents qui restent sur ces lendemains, ne se laisse aller à pareille analyse. Mais Trendy avait vu juste : ce n'était pas cette beauté d'un seul coup torturée, avec sa faille humaine, que le public voulait continuer d'adorer. A cause de ses propres tourments, des convulsions dont lui-même était pris, le monde voulait se prosterner devant une beauté dure et glaciale, une impassible déesse régnant sur un univers de noirceurs et promettant des noirceurs plus épouvantables encore. L'extraordinaire faveur de la musique, et notamment celle de l'opéra, tenait alors à une conviction : la force du chant se nourrissait à des puissances occultes, une sève noire que Constance, plus que toute autre, avait le don de faire monter en elle. Mais, pour échapper aux chausse-trapes de la musique de Dräken, la Cruzenburg n'avait eu qu'un recours : le déchaînement des peurs qui couvaient au plus profond d'elle-même. Qu'elle eût rompu ses amours avec le Sombre Empire fut ressenti comme une faiblesse et le commencement d'un déclin. Pour la première fois de sa carrière, malgré la virtuosité de sa performance, qu'en d'autres temps on eût, en absolue sincérité, portée aux nues, Constance von Cruzenburg avait un peu déçu.

Certes, on l'avait acclamée. Quelques feuilles mondaines publièrent le récit de ce qui s'était passé après le concert, quand les musiciens des *Clavicules de Salomon* se ruèrent sur la scène pour être les premiers à la féliciter, et qu'ils entonnèrent avec elle, Dräken et Drogon, sur fond de piano, trompette et violoncelle, les couplets de leurs chansons fétiches, qui ces derniers mois avaient fait le tour du monde, *Sexe inaccessible, cesse tes sévices* et *Parking aux catacombes*. Cette association hardie leur avait valu un tombereau d'ovations. Néanmoins, tandis qu'ils ensevelissaient Constance sous les vivats et les gerbes de fleurs, tous savaient confusément qu'elle ne serait plus jamais la grande Cruzenburg.

Mais que signifiait au juste *plus jamais*, dans ces temps de peur et de rumeurs étranges ? Car ce qu'on vivait n'était plus un jeu, le frisson esthétique qu'on avait recherché partout ces derniers mois, en chantant à pleine gorge les plus sinistres *Dies irae*. Il y avait l'angoisse de la maladie. Pareille à la peste, elle frappait au hasard, injuste, capricieuse. Le concert de Constance avait permis de reculer l'annonce du décès de plusieurs célébrités, et les ravages du mal, on le savait depuis longtemps, ne s'arrêtaient pas aux personnalités. Tous avaient usé et abusé de la drogue, et tous pouvaient se trouver touchés. On ne tenait toujours pas de remède efficace. Les cas d'aphasie et d'angines mortelles, peut-être multipliés par la rigueur du froid, étaient devenus si nombreux, et l'impuissance des médecins d'une évidence si flagrante, que les politiciens, terrifiés par l'ampleur que pouvait prendre l'épidémie, cherchèrent à étouffer toutes les manifestations, si minces fussent-elles, du terrible fléau. Pour les malades, c'était chose facile : ils préféraient, dès qu'ils se savaient atteints, mourir discrètement et dans la solitude. La certitude de la fin du monde, la conviction que les autres ne tarderaient pas à les suivre agissaient sur eux à la façon d'une foi religieuse, et leur apportaient, dans leurs derniers moments, une sorte de consolation.

Les bien-portants, au contraire, préoccupaient les gouvernants : à quels excès pourrait les porter cette situation imprévisible ? *Si fin du monde il y a, elle doit aussi se gérer avec rigueur*, avait confié l'un des plus brillants politiciens de l'époque. *Rigueur*, en l'occurrence, signifiait silence. Les hommes politiques, pour une fois, étaient tentés de se taire ; mais se taire, c'était laisser entendre qu'on était atteint du fléau. Ils ne tenaient plus à consulter leurs voyants, les diseurs de bonne et de mauvaise aventure, qui, à force de souffler le chaud et le froid, tiraillés qu'ils étaient eux-mêmes entre l'un et l'autre, n'avaient rien vu venir de cette catastrophe, aussi réelle qu'elle était discrète. Les prédications de fin du monde étaient une chose, la terreur d'un mal bien concret en était une seconde, autrement difficile à manœuvrer. Il fallait éviter à tout prix la panique de la maladie, au besoin l'étouffer dans l'œuf. Une des premières marques de cette censure implicite — on a constaté, en tous temps, sa méticuleuse incohérence — fut de supprimer tout ce qui, de près ou de loin, pouvait évoquer une privation de parole. Nul n'aurait eu le front de proposer une minute de silence. Les opposants se mordaient la langue pour éviter de dénoncer une quelconque « conspiration du silence » autour de la maladie, les dirigeants n'osaient plus affirmer que si la parole est d'argent, le silence est d'or. Cette excommunication s'exerça jusqu'aux termes imagés. Ainsi *clouer la parole, bœuf sur la langue, langue de bois* ou même, par une curieuse extension, *gueule de bois* furent bannis du jour au lendemain de tout discours privé ou public.

Tout cela du reste alla de soi, il ne fut pas besoin de consignes ou de recommandations venues d'en haut. Seule *Bajazet,* la tragédie de Racine où il est si souvent question des muets du sérail, fut soudain frappée d'interdiction, par un arrêté laconique du *Journal officiel.* De nombreuses autres mesures furent prises dans le même sens, dont on n'a pas gardé la trace, par le peu de soin que mirent les générations suivantes à la conservation des archives, et aussi la rareté des esprits, dans le moment exceptionnel qu'ils vivaient, à noter les mille et une choses qui sont le grain d'une époque, le tissu même du passé. A la vérité, plus la maladie préoccupait, plus on cherchait à s'en étourdir. La fin de l'année, avec ses journées traditionnellement vacantes, autorisait bien des débordements. Pour montrer qu'on n'était pas malade, ou s'en persuader soi-même, on parlait très fort dans tous les lieux publics, les caves, les cryptes, les galeries souterraines, les jardins suspendus, et les politiques au premier chef, qu'on vit renchérir en conversations ininterrompues sur les sujets les plus frivoles. Dans tous les endroits à la mode où l'on allait brûler son argent et ses nuits, on s'abrutissait de paroles et musiques : en cette fin d'année, le silence était devenu le premier fléau.

Et l'on attendait. Les prophètes se turent, ou plutôt ils changèrent de conversation, attentifs qu'ils étaient comme les autres à bien montrer que la maladie ne les avait pas atteints. Ils rappelèrent simplement que, pour Lucifer et les siens, heures, minutes, années, tout se valait, que Satan se jouait des horloges comme de l'ordre des étoiles et que l'Empire noir était seul autorisé à fixer le décompte des heures et la minute fatale. Bref, ils se ménageaient une marge d'avenir. Seuls les financiers avaient gardé du recul, qui continuaient à spéculer, non sur la fin, mais sur la fièvre de la fin. Tous ceux qui avaient eu l'astuce de placer leurs intérêts dans les industries de l'apparence ou de la distraction avaient en six mois édifié des fortunes. Le seul ennui, c'est qu'on ne travaillait plus guère, ces derniers temps, et ils en étaient réduits, comme les autres, à redouter l'écroulement. Tous les termes, comme le temps, paraissaient suspendus. On n'évoquait plus les prédictions, on ne donnait plus le moindre horoscope, on avait même interrompu les prévisions météorologiques. Il est vrai que le temps s'y prêtait : comme l'été qui s'était prolongé jusqu'aux tempêtes de Toussaint, immuablement sec et chaud, il semblait qu'on ne dût plus jamais sortir de cet hiver glaciaire ; et c'était cela, sans doute, le plus terrible, cette attente sous le ciel froid, impassible, lui aussi privé de parole. Dans ces derniers mois, alors qu'à la vérité les signes avaient été illusoires ou pour le moins fort discrets, on avait disséqué les cartes du ciel, les grimoires, les hiéroglyphes, les moindres passages des textes apocalyptiques, on avait glosé sur eux à perte de vue, on avait brossé des fresques d'horreur, avec d'effroyables séismes, des pluies de météores, des Léviathan avaleurs de planètes, des raz de marée déchaînés contre de nouvelles Atlantides. A présent, pour peu qu'une catastrophe véritable et d'une réelle ampleur se fût produite ici ou là, nul n'en aurait soufflé mot. On aurait désespérément cherché, avant tout, à parler plus fort que son voisin, à dissiper en vêtements plus extravagants, en bijoux, en alcools, tout l'argent qu'on avait encore, on se serait soûlé de musique, et le matin, à l'aube, dans le froid et la solitude retrouvés, on se serait étonné une fois de plus que le soleil fût là.

CHAPITRE XXVI

Ruth repoussa les couvertures, tâtonna un moment dans l'obscurité, écarta légèrement les rideaux. Le matin était là, une aube glacée, comme la veille. Elle regarda le lit, puis revint à la fenêtre. Malcolm continuait à dormir, avec le même souffle régulier, la tête bien droite sur l'oreiller. Il ne s'apercevait jamais de ses insomnies. Elle se levait sans le moindre bruit, elle se repérait dans le noir sans la moindre difficulté. L'habitude lui venait de ses années de pension, et, plus loin encore, de ses premières années à Rocaïbo. En ce temps-là, dans l'île, l'électricité était inconnue. Dès le crépuscule, qui venait tôt, on se retrouvait dans le noir. On allumait des lampes à pétrole, des bougies, et ce fut là longtemps la seule mémoire qu'elle garda de son enfance : une curieuse odeur dans l'humidité de la nuit, où se mélangeaient la cannelle et la cire encore chaude.

Ruth avait peu de souvenirs de l'île. Ou, plus exactement, elle s'était persuadée qu'elle n'en avait pas. Quand il avait fallu répondre aux questions, elle avait toujours eu la même phrase toute prête : « Je ne sais plus, c'est si loin, j'étais si petite quand nous sommes partis... » Elle trichait. Depuis la mort d'Iris, depuis la disparition de Van Braack, elle s'était acharnée à enfouir ce passé. Elle n'aimait pas son enfance. Avec la naissance de Judith, elle avait cru que tout était à jamais effacé. Penchée sur son bébé, elle s'était convaincue que seul comptait l'avenir. Même lorsqu'elle avait retrouvé *Hauteclaire,* elle s'était entêtée dans l'illusion de l'oubli.

Rocaïbo, c'était la part la plus lointaine de sa vie, la plus obscure aussi. Tant de choses avaient dû se nouer là-bas, qu'elle avait voulu désespérément ignorer. Van Braack lui-même ne lui en avait jamais soufflé mot, pas une fois devant elle il n'avait prononcé le nom de l'île. Seule Iris, quelques jours avant son mariage, lui avait parlé de Rocaïbo. Elle était joyeuse, plus encore que de coutume : « Ruth, tu te souviens de notre maison, tu te rappelles ta nourrice, et les plages abritées où elle nous emmenait, et la mine d'or abandonnée, le volcan que les indigènes adoraient comme un dieu, et le vieux palais en ruine qui était hanté... » Ruth avait aussitôt deviné quelle était la destination de son voyage de noces. Iris pourtant en faisait grand mystère. Elle avait aussi compris qu'elle n'en reviendrait pas. Elle s'en voulait, elle se croyait jalouse, elle s'accusait, mais cela n'enlevait rien à l'évidence de son pressentiment : c'était là que s'en allait Iris, et elle n'en reviendrait pas. L'île, dans son esprit, était restée un lieu hostile. Plus tard, lorsque à son tour Ruth avait navigué, elle avait toujours évité ces parages de la Sonde. Elle, Iris, elle n'avait pas cette méfiance animale, elle était gaie, hardie, aveugle. C'était sa manière, sur scène ou en amour, et tout ainsi lui réussissait. Elle était douée pour le bonheur. De son enfance dans l'île, malgré les cyclones, les insectes, les maladies rôdeuses, sa sœur avait gardé un souvenir enchanteur ; et ce soir-là, quelques nuits avant son mariage et son départ avec le Commandeur, comme Ruth secouait la tête à chacun de ses « Tu te souviens », Iris l'avait attirée à elle, avait frotté ses joues de ses paumes si douces, et elle avait éclaté de rire : « Tu étais trop petite. Mais moi, je me souviens de tout. C'est notre berceau, là-bas. L'île était un berceau... » Ruth persista à se taire. Alors sa sœur se pencha sur elle et lui murmura à l'oreille ce que Van Braack, prétendait-elle, lui avait dit en confidence : des années avant de s'y installer comme gouverneur, le capitaine, par deux fois, avait séjourné dans l'île, si bien qu'il l'avait connue en son époque de splendeur, le temps de la mine d'or et celui du roi Manuel.

D'un seul coup, Ruth avait éclaté : « Tu me racontes des histoires ! Je ne suis plus une petite fille ! » Agacée, Iris était sortie en claquant la porte. L'instant d'après, se penchant à la fenêtre de cette chambre qui était devenue celle de Judith,

Ruth avait vu sa sœur passer la barrière d'*Hauteclaire*, et courir jusqu'à la *Désirade*, maladroite sur ses hauts talons, un châle jeté sur sa robe échancrée. Ce soir-là, Ruth l'avait détestée. Dans sa gaucherie de jeune adolescente, elle lui en voulait de sa beauté, de sa force de femme, mais elle la haïssait plus encore d'avoir voulu la ramener aux temps obscurs de son enfance, dans cette île trop chaude, trop verte, qui était aussi le tombeau d'une mère qu'elle n'avait pas connue. Sa nourrice, Concepción, l'emmenait régulièrement au cimetière. Avant d'y pénétrer, elles passaient devant la grille rouillée d'une construction abandonnée, une bâtisse baroque adossée aux premiers contreforts du volcan, infestée par les rats et noircie de moussons, le « palais hanté », comme disait Concepción en détournant les yeux. Au fond d'un parc livré à l'invasion des lianes, on voyait se dresser ses frontons contournés, toujours imposants malgré leur déchéance. « C'est le palais du roi Manuel, ajoutait rituellement Concepción. Manuel était autrefois le maître de l'île car il possédait la mine. Mais il aimait trop l'or et sa fille était trop belle, malheur sur lui, malheur sur lui et sa maison, tout est fini maintenant, malheur sur l'île et malheur sur nous... » La nourrice agitait la main vers les statues rongées de pluie éparpillées dans le parc et qu'enserraient jusqu'à les renverser des lacis inextricables de lianes, puis elle chuchotait des mots incompréhensibles et pressait le pas jusqu'au cimetière. Elle n'en disait jamais plus. Le peu qu'elle avait raconté, à vrai dire, suffisait bien à la petite Ruth. Elle courait sur les pas de Concepción et, bien qu'elle lui parût vieille et noire comme les maisons de Rocaïbo, elle s'accrochait à ses jupes et se réfugiait dans leurs plis. Elle n'avait jamais aimé avoir peur. Elle n'avait jamais aimé le mal. Elle avait toujours détesté l'île.

Et, jusqu'à ces derniers temps, tout ce qui concernait Rocaïbo était resté très flou dans son esprit, comme si des brumes tenaces enveloppaient cette part de sa mémoire, un brouillard qui jamais ne se dissipait. A *Hauteclaire*, du reste, il n'y avait rien qui rappelait l'île, aucune gravure, aucune photo, tout juste des rappels indirects qu'elle était seule à connaître, une écaille de tortue, des coquillages et les tritons de l'entrée, dont Iris avait prétendu un jour qu'ils venaient — mais peut-être était-ce encore pour se moquer d'elle — du palais du roi

Manuel. Si Van Braack n'avait pas disparu de manière si étrange, elle s'en serait peut-être séparée. Des années durant, elle n'avait pu écarter l'idée qu'il était vivant, qu'il était reparti courir les océans comme à vingt ans, libre de toute attache, avec la même ardeur, le même aveuglement, à la recherche des compagnons qu'il avait eus jadis, de ses aventures d'autrefois, de ses bonnes et ses mauvaises fortunes, reparcourant un à un, jusqu'à son dernier souffle, les mystérieux épisodes qui avaient bâti sa légende.

Mais Van Braack était déjà si vieux au moment de son départ, et sa santé si délabrée, qu'il était impossible qu'il fût encore vivant. Alors pourquoi Ruth ne cessait-elle plus de repenser à l'île ? C'était venu lentement, sournoisement, quelques semaines après le départ de Judith. Elle ne savait par quel cheminement, l'atmosphère étrange, peut-être, qui s'abattait sur les gens et les choses, elle avait retrouvé un peu de son enfance. Rien de très précis, rien qu'une atmosphère diffuse, de vagues parfums, des couleurs, des paysages voilés par l'éloignement des années. Van Braack avait le titre de gouverneur de l'île, et sa propriété était éloignée de la mer, adossée elle aussi aux pentes de la montagne, non loin, croyait-elle se rappeler, de la bâtisse du roi Manuel. Sa nourrice lui parlait espagnol, une langue qu'elle avait oubliée. Là-bas, le monde était vert et noir, vert de pluie, noir comme la pierre du volcan, les nuits étaient longues et lourdes, l'air chaud et humide, le ciel agité de nuages gris et pansus, les plantes hautes et grasses, suant l'eau et l'odeur de la terre noire, le même venin qu'exsudaient toutes choses. Seule la plage, au bout de la jungle, derrière les rizières et la mine abandonnée, laissait entrevoir ce que pouvait être la pureté du monde. Encore fallait-il se méfier de la mer, car elle était mauvaise le plus clair de l'année. On ne pouvait se baigner que dans des anses bien abritées, et même dans ces petits lagons il arrivait souvent qu'un pêcheur soit surpris par une lame étincelante qui s'abattait sur lui comme un glaive d'acier. Puis elle l'emmenait vers le large, sans qu'un seul instant il pût lui résister.

Mais de ces quelques visions Ruth n'était pas certaine. Ne les aurait-elles pas forgées des années après, par un travail obscur et souterrain, à cause de la mort d'Iris, de la disparition de son père, de la volonté d'oublier, d'effacer tout ce qui touchait au passé ? Tout ce dont elle était sûre, c'était d'une image simple : elle se voyait petite, très petite face aux pentes vertes de la montagne et à son chapeau de nuages sombres. Concepción, à ses côtés, commençait de sa voix cassée une longue histoire, et la nuit venait, la nuit avec la pluie, avec la peur ; et, comme toutes les autres nuits, elle serait longue à mourir.

Pour le reste, Ruth ne savait plus, et Van Braack avait si peu parlé. Il se fût d'ailleurs confié qu'elle n'aurait pas voulu l'entendre. Quand elle était partie naviguer avec le père de Judith, elle avait fui ce que Van Braack aurait pu lui apprendre, autant que la vie à ses côtés. Elle ne comprenait rien à ses tourments et elle avait envie de vivre.

Un jour pourtant, le capitaine avait lâché quelques phrases, lui aussi, sur le palais du roi Manuel. Elle s'apprêtait à sa première croisière avec l'homme qu'elle croyait aimer. Elle l'avait à peine écouté. Elle l'avait trouvé vraiment fou, de parler comme d'une merveille de l'univers d'une vieille bâtisse toute lézardée et mangée par la jungle, au fond d'une île perdue, tout au bout d'un océan hostile. A présent, elle n'était plus si certaine qu'il eût divagué. Mais c'était trop tard. Elle était passée à côté de son père. Un bref moment, comme des météores à la course imprévisible, ils s'étaient croisés. Elle avait eu un minuscule instant d'attention, puis elle avait repris la mer.

Ruth laissa retomber le rideau de la fenêtre. Un peu de jour passait maintenant l'étoffe. Malcolm dormait toujours. Hier soir, il était rentré tard de l'Opéra. Elle n'avait pas eu la force de l'y accompagner. Elle l'avait attendu, comme d'habitude en pensant à Judith. Elle ne s'était endormie que lorsqu'il fut couché à ses côtés, lorsqu'elle trouva dans sa chaleur un peu de réconfort. Comme il avait été injuste avec elle, ces derniers temps ! Elle l'aimait, mais il ne voulait pas la croire. Ou plutôt elle commençait à l'aimer. Elle l'avait découvert au fond de sa douleur, au fond de sa peine d'avoir perdu Judith.

Elle s'avança vers lui dans la pénombre et l'observa un long moment. La vieillesse gagnait les traits de Malcolm, mais Ruth aimait en lui jusqu'aux ravins de ses joues, jusqu'à ses cheveux gris ébouriffés qui commençaient à s'éclaircir, toute cette vie inconnue d'elle qu'il était venu lui offrir, ses nuits d'étude, ses livres, sa maison. A plusieurs reprises, ces derniers mois, il lui avait proposé de vivre avec lui, loin d'*Hauteclaire* et de la *Désirade*. Il possédait dans une île des Antilles une petite propriété, disait-il, où il pourrait y ancrer son bateau, où ils vivraient en paix entre mer et soleil. « Laisse Judith vivre sa vie, avait-il répété depuis son départ, laisse-la, oublie. Il y a plusieurs vies dans la vie, vivons-en une ensemble, Ruth, suis-moi, pour toi seule je lâcherai tout, ma machine à écrire, ma bibliothèque, viens là-bas, tu seras heureuse, ma maison est belle et nous naviguerons. » Elle avait chaque fois refusé. Un jour, il s'était fâché. Il avait eu des mots très durs, il avait menacé de partir, il lui avait dit qu'elle ne l'aimait pas, ou que dans le meilleur des cas il n'était pour elle qu'une lointaine planète, dont la trajectoire, de loin en loin, venait croiser la sienne. L'expression l'avait frappée. Elle n'avait su que soupirer. Devant son silence, il avait perdu pied à son tour. Puis, comme il refermait la barrière d'*Hauteclaire*, il avait conclu : « De toute façon, pour le temps qu'il nous reste à vivre, à tous... » Elle ne l'avait jamais connu si pessimiste. Lui aussi, les rumeurs de fin avaient fini par l'atteindre, et elles avaient eu raison de son habituel détachement. Et qui du reste aurait pu en être épargné, avec la terreur de la maladie ? Elle avait gagné jusqu'à la lointaine province, et les gens un peu partout étaient devenus comme fous. Ainsi, hier soir, on avait décrété que le monde s'arrêterait avec un concert. Avec cette Cruzenburg qui fascinait les foules. C'était à la fois dérisoire et tragique. A mourir de rire, ou à périr de désespoir.

Rien qu'à penser à la cantatrice, à revoir ses yeux se poser sur sa fille, impénétrables et glacés comme les eaux d'un lac, Ruth était soulevée d'une irrépressible colère.

Comment Judith, sa Judith, sa solitaire, sa sauvageonne, sa rebelle, avait-elle pu succomber à l'attrait de ce monde, à la fascination de cette chanteuse diabolique, à la tentation du Commandeur ? Elle avait cru lui apprendre tout ce qui l'avait aidée elle-même à vivre, la douceur, la beauté, l'amour des féeries. Elle s'était tellement sentie comblée quand on lui avait dit, lorsqu'elle avait douze ou treize ans : « Comme votre fille vous ressemble, madame Van Braack, on croirait vraiment vous voir, quand elle brode ! C'est votre portrait craché, votre jumelle, presque, elle a les mêmes expressions que vous, les mêmes gestes, quand elle s'occupe du feu, du jardin... Quand elle peint aussi, surtout quand elle peint ! — Je ne peins pas », avait objecté Ruth. « Vous ne peignez pas, avait-on répondu, mais à voir Judith, c'est tout comme... « Alors Ruth avait rougi de bonheur. Aimer sa fille. N'aimer que sa fille. La maternité avait été son seul, son vrai, son grand voyage. Allaiter Judith. Baigner Judith. Caresser Judith. Soigner Judith, jouer avec Judith, raconter des histoires à Judith, écouter Judith. Passer les mains dans les cheveux de Judith, respirer leur odeur, s'en griser comme s'ils renfermaient tous les parfums de l'Arabie... Et puis, il y a deux, trois ans, Judith s'était fermée. Elle était devenue tourmentée, presque hostile. Même ainsi, Ruth l'avait aimée. Dans la force infinie de sa passion pour elle, elle avait accepté sa rébellion, ses silences, elle avait su se taire quand il fallait se taire, écouter sans questionner quand Judith parlait, attendre quand elle partait, supporter les humeurs, les lubies, les caprices, et se répéter à elle-même, comme elle répétait aux autres, ce n'est rien qu'un moment, cela passera, une mauvaise période, pourquoi s'inquiéter, nous en avons tous, ce n'est rien, vous savez, rien du tout, cela passera...

Et Judith était partie. Partie chez le Commandeur. Ruth ne se souvenait pas d'avoir autant souffert. Même à la mort d'Iris. A cause de ses pressentiments, la disparition de sa sœur l'avait laissée distante et froide, elle avait eu la douleur muette, un peu hautaine, qu'ont souvent les enfants. Elle était seule depuis si longtemps, entre ce père incompréhensible et cette sœur trop belle, trop magnifique, trop comblée. Ce qu'elle attendait de la vie, dans le secret de son corps encore amphibie, mi-petite fille, mi-femme, c'était de devenir cet immense bienfait qu'elle n'avait pas connu : une mère, tout simplement une mère.

La vie lui avait donné Judith. Son enfance avait été la sienne, comme son adolescence. Elle aurait voulu partager sa jeunesse. Alors, comme toujours quand elle a beaucoup donné, la vie la lui avait retirée. Ou du moins Ruth le croyait-elle.

Avec le départ de sa fille, c'était comme un écroulement. Elle avait beau se forcer à écouter Malcolm, à relire et relire les billets de Judith, *Je peins, maman, je ne fais que peindre, j'ai besoin d'être là-bas*, rien n'avait plus de sens, la maison moins que tout le reste, une poignée de sable qui lui filait entre les doigts, qui allait se perdre dans l'infini des choses. Si seulement Anna avait été là... Des jours durant, elle crut entendre sonner à nouveau, comme la nuit de sa mort, la cloche du *Roi-des-Poissons*. Mais qu'aurait pu Anna ? Cela faisait longtemps que le mal l'avait prise elle aussi, le mal du Commandeur, ce même tourment qui s'était emparé de Judith. Anna aussi, il y a quinze ans, à l'apogée de sa beauté, avait voulu suivre le Commandeur, et personne, ni même elle, Ruth, sa meilleure amie, n'avait pu l'en empêcher. Lorsque Anna était rentrée, elle était brisée. Comme les autres femmes, elle avait cru le séduire, et c'était lui qui l'avait soumise à sa loi. Un jour, à l'issue de l'une de ces réunions mondaines où le Commandeur semblait passer sa vie, Anna avait compris qu'elle était remplacée. Par on ne savait quel miracle, elle avait trouvé la force de partir. Elle était revenue vivre dans sa province, mais rien vraiment n'avait pu la guérir du Commandeur. C'était plus fort qu'elle, Anna le cherchait toujours, elle savait toujours où il était, ce qu'il faisait, et, chaque fois qu'il avait rouvert la *Désirade*, elle avait réussi à être de la fête. Pauvre et belle Anna ! De sa vie, elle n'avait été qu'un feu ; et, parce qu'elle avait voulu l'offrir au Commandeur, il l'avait retourné contre elle, il l'y avait anéantie. Car c'était lui, le meurtrier. Un meurtrier tortueux et imprévisible. Un monstre. Un dévoreur d'âmes, comme son amie la Cruzenburg. Le Diable en personne.

Ruth soupira. Le Diable, non, ce n'était pas possible. Elle avait lu, comme tout le monde, des histoires d'envoûtements, d'exorcismes, de sorcellerie. Tout cela, la plupart du temps, lui avait paru sordide. Ces épingles enfoncées dans des poupées, ces sabbats sous la lune, ces pactes pour un peu d'or ou le corps d'une femme, il y avait là trop de désir brut et commun, rien qui se rapprochât avec le raffinement, la subtilité du Commandeur, la noire beauté dont il s'était entouré.

A bien y réfléchir, pourtant... D'un seul coup, Ruth eut froid, froid et peur, comme ces derniers mois dans la solitude d'*Hauteclaire*. Elle avait cherché à se distraire en sortant un peu, mais les gens de la province n'étaient pas plus gais qu'elle. Ils n'arrêtaient plus de raconter des histoires sinistres. Reprenant à leur manière les prédictions qui voulaient que le mal dût remonter de l'Océan, ils prétendaient que les rares marins qui s'aventuraient en haute mer y croisaient chaque semaine de plus en plus de dérélicts, ces épaves errantes qu'on verrait bientôt aborder la côte, avec les spectres de tous les naufragés, des conquistadores malheureux des temps passés aux scaphandriers emmêlés dans les algues des grands fonds. La mer devenait ennemie, la façade blanche d'*Hauteclaire*, dressée au bout du cap, ressemblait maintenant à un grand fantôme. Le jardin était nu et gelé, la maison sans vie, refermée sur l'hiver, sur les longues tempêtes glacées qui balayaient le rivage. A côté, derrière ses arbres pris dans le givre, la *Désirade* demeurait inchangée : une forteresse inattaquable. Comme Judith : indifférente à tout, au froid, à la peur, à la souffrance, à la mort d'Anna, à la fin de toutes choses.

Ruth se glissa sous les couvertures et se blottit à nouveau contre le corps de Malcolm. Il frémit mais ne se réveilla pas. La soirée à l'Opéra avait dû l'épuiser. Ils n'en avaient pas parlé. Avant son départ pour le concert, elle lui avait jeté tout ce qu'elle pensait de la Cruzenburg. Un démon, s'était-elle écriée, une vraie dévoreuse d'âmes. « Pourquoi alors étais-tu allée l'écouter à la *Désirade* ? — Parce que cette femme est diabolique et que j'étais tentée. Comme vous tous. » Malcolm avait haussé les épaules. Il savait tout du Diable, mais il n'y croyait pas. Pas plus qu'il n'admettait qu'on fût tourmenté par les morts. « Il ne faut plus penser à Anna, n'avait-il cessé de lui répéter de ce début d'hiver. Les morts ne nous appartiennent pas. Pas plus que les amoureux. Ils ne s'appartiennent qu'à eux-mêmes. »

Belles paroles. Comment se consoler avec des mots ? Et bien sûr, évoquant les amoureux, Malcolm avait pensé à Judith. Judith amoureuse du Commandeur, Judith reprenant le chemin d'Iris... Rien qu'à y penser, Ruth avait envie de hurler, de détruire ce qui l'entourait.

Les yeux mi-clos, elle examina le décor de la chambre. Une pièce sans âme, confortable et sans intérêt, comme toutes les chambres d'hôtel. Elle se calma peu à peu. Somme toute, elle avait bien fait de quitter sa maison. Un jour de plus là-bas, et elle aurait fini par céder à la tentation de tout briser, de tout jeter au feu, du mobilier de Judith aux porcelaines de Delft, de faire table rase de ce qui avait fait *Hauteclaire*, les gravures, les tableaux, l'atelier de reliure, et jusqu'à ce poulpe grimaçant face au portrait du capitaine. Quelle fatalité, pour poursuivre ainsi, génération après génération, les femmes de sa famille ? Où cela allait-il s'arrêter ? Où cela avait-il pu commencer ?

Car il y avait bien une raison, une clef à tout cela. C'est ainsi que jour après jour lui étaient revenus les souvenirs de Rocaïbo. Elle le devait un peu à Malcolm. Les semaines qui avaient suivi le départ de Judith, elle s'était murée dans sa souffrance, elle n'avait rien voulu lui dire, elle pensait encore qu'il y avait quelque chose à faire. Elle avait failli se rendre à la *Désirade*. Au dernier moment, elle s'était ravisée. Aller supplier le Commandeur pour mieux consacrer sa victoire ? Et Judith l'aurait-elle seulement suivie ? Elle avait vu alors, posé sur elle, le regard du Commandeur, avec son mélange terrifiant de hauteur et d'ironie. Et tout cet argent qu'elle lui devait... Il aurait été capable de lui proposer la remise de sa dette, contre Judith. Ç'aurait été plus qu'elle n'aurait pu supporter. Le temps passant, et Judith ne se manifestant à elle que par ses petits billets qui ne la rassuraient pas, Ruth avait compris que sa fille ne lui reviendrait pas de sitôt. Qu'elle ne serait plus jamais la même Judith. Sa Judith. Qu'elle était peut-être perdue à jamais. Alors elle s'écroula dans les bras de Malcolm.

Elle avait sangloté des heures. « Elle est enfermée depuis des semaines, elle est tombée sous sa coupe, comme les autres, comme Iris, elle pourrait au moins passer me voir, mais non, je n'existe plus, elle est ensorcelée, envoûtée, le malheur nous poursuit... »

Ce n'étaient pas des mots guidés par le désespoir. Elle les pensait. Elle se sentait coupable d'être revenue vivre à *Hauteclaire*, coupable d'avoir ignoré la fatalité qui liait sa maison à la *Désirade*. Et quelle sottise aussi d'avoir cru pouvoir opposer son dérisoire mur de douceur à tout le mal dont le monde était plein. Se souvenir de tout, ne rien pardonner, la haine contre la haine, telle était la seule vérité. Elle s'était engluée à force d'être tendre. Dans sa jeunesse, elle n'était pas ainsi. A force de s'oublier dans l'amour, elle s'était perdue. « Les navires sombrent aussi à cause des calmes, disait-elle alors à Malcolm. Les navires, et les marins. Et qui va regretter un imbécile qui ne sait plus avancer... »

Malcolm l'écoutait patiemment et tentait de la raisonner.

— Essaie de réfléchir, disait-il. Cet homme n'est pas surnaturel. Il y a eu quelque chose, entre vos deux familles, quelque chose qui fascine Judith, quelque chose qu'elle cherche parce qu'il y a mystère. Il suffirait de le dévoiler pour la délivrer du Commandeur. Et qui nous dit qu'il faut l'en délivrer ?

— Quelque chose, mais quoi ? opposait invariablement Ruth. Je ne sais rien de mon père. Je n'ai jamais rien su.

— Tu n'as pas cherché à savoir.

— Savoir, c'était souffrir.

— Maintenant, ce serait revivre. Cherche, Ruth, cherche le plus loin que tu peux. Dans l'île, là-bas...

— Jamais de la vie !

Il insistait :

— La source, c'est l'enfance. Dans l'île...

Elle secouait la tête, mais, dès qu'il était parti, elle partait à la recherche de Rocaïbo. D'abord, c'était l'odeur, le parfum d'une serre éternellement humide, avec la note nocturne de la cire chaude et de l'infusion de cannelle. Puis venaient les couleurs, le noir et le vert, la montagne, les nuages, le parc et ses statues renversées, la voix de Concepción comme une incantation. Et jamais rien d'autre que ces bribes.

Ce matin, toutefois, à mesure que le jour s'infiltrait dans la pièce, à mesure qu'elle se réchauffait contre le corps de Malcolm, quelque chose de nouveau lui revint. C'était à la vérité fort peu de chose. Lorsque Malcolm, non sans peine, l'avait convaincue de quitter *Hauteclaire*, elle avait, comme par une sorte de supersitition, emporté ce qu'elle avait de plus précieux : les photos de sa sœur, celles de sa fille et un document que Van Braack avait refusé de rendre au Commandeur après la mort d'Iris : leur certificat de mariage. C'était l'un des rares papiers qu'on ait trouvés après la disparition du capitaine. Des années durant, Me Léonard avait insisté à son tour pour que Ruth le lui rendît. Toujours méfiante à l'égard du notaire, et fidèle à l'obstination de son père, qui l'avait vivement frappée — elle s'attachait, à tout prendre, à un vulgaire chiffon sans plus aucune valeur légale — Ruth

317

avait refusé de le confier à qui que ce fût, et elle l'avait conservé au fond de sa coiffeuse, dans le petit secret qui abritait les photos d'Iris et de Judith. Au moment de partir, et comme si elle abandonnait *Hauteclaire* à jamais, elle avait tout emporté. Ce qui lui revenait à l'esprit, c'était une phrase que Van Braack avait griffonnée au dos. Elle la connaissait par cœur. Pourtant, ce matin, une subite inspiration lui commandait de la relire. Sans plus penser au sommeil de Malcolm, elle rejeta les couvertures, se précipita sur son sac, écarta les rideaux, étala sous la lumière froide tout ce qui lui restait d'*Hauteclaire*. Elle repoussa les photos. D'un seul coup, ce papier était devenu ce qu'elle avait de plus précieux au monde. Il était léger, transparent, parcouru de nervures. Des années durant, Van Braack avait dû le conserver dans sa poche, et, pour y déchiffrer ce qu'on y avait inscrit, il fallait le déplier avec précaution. En dépit de son adresse, il filait entre ses doigts. Un court instant, elle crut l'avoir perdu. Il avait simplement glissé sur le plancher. Elle le ramassa, l'étala sur la commode face à la fenêtre. La phrase de Van Braack était bien là, au dos du document, tracée de sa longue écriture torturée et presque illisible : *Tout s'explique ici. Et par le Roi-des-Poissons.*

Elle la relut plusieurs fois. Malgré l'habitude qu'elle avait de la graphie de son père, elle s'étonnait encore de l'irrégularité de ses caractères. On aurait cru qu'il avait voulu s'inventer une écriture indéchiffrable à tout autre que lui. Pour autant, pour qui connaissait les drames des Van Braack, la phrase était d'une évidence absolue. Tout s'expliquait, en effet, par le cadeau que le Commandeur avait offert au capitaine, le *Roi-des-Poissons*. C'était ce jour-là qu'il avait vaincu les ultimes résistances du capitaine. Il n'y avait rien à chercher au-delà.

La feuille, à nouveau, lui glissa des doigts. Elle la ramassa et l'étala à nouveau sur l'acajou de la commode. Elle s'en voulut. Pourquoi donner d'importance à des objets si dérisoires ? Visages disparus figés sous une pellicule, misérables feuilles de papier attestant un bonheur éphémère. Quand s'étaient-ils mariés, déjà, Iris et le Commandeur, combien de jours avait duré leur bonheur ?

Elle retourna l'acte de mariage. Elle ne l'avait jamais regardé de près.

*Iris Van Braack, née en l'île de Rocaïbo, Indes néerlandai-
ses, fille de Cornelius Van Braack, né à Amsterdam, Hollande,
et de Simone-Rose Carmelier, née à Charmailles, France,
décédée,*
   *Et Manuel Hadji, né au lieu-dit la Désirade, commune de
Saint-Argens, France, fils de Léonor Hadji, née à Rocaïbo,
Indes néerlandaises, et de père inconnu...*

   Pour la troisième fois, le document lui échappa des mains.
En voulant le rattraper au vol, elle renversa le vase qui ornait
la commode. Il s'écrasa à son tour sur le plancher. Malcolm
sortit du sommeil en sursaut.
   — A Rocaïbo, fut tout ce que Ruth parvint à lui souffler.
Sa mère était de Rocaïbo. Et son père, Malcolm, son père est
inconnu... J'ignorais ce détail.
   Elle ramassa la feuille et relut encore l'acte de mariage :
   — Mais ce n'est pas un détail...

CHAPITRE XXVII

Depuis le temps qu'il prenait des notes sur les habitants d'*Hauteclaire* et de la *Désirade,* Malcolm Cornell n'avait jamais eu connaissance d'un fait qui le retînt autant. Et pourtant, ces derniers temps, il avait lu et relu les dizaines de feuillets où, des mois durant, il avait patiemment réuni tout ce qu'il avait pu glaner, ici ou là, au hasard des conversations, sur le Commandeur et la famille Van Braack. A son grand désespoir, et malgré le soin maniaque qu'il avait mis à consigner leurs plus infimes détails, les versions de l'histoire étaient presque identiques. Que ce fût Anna, Ruth, Amy d'Argens ou les gens de la province, ils lui avaient tous fait le même récit : le capitaine, avant de devenir gouverneur d'une île de la Sonde, avait construit une maison au bout du cap. Puis il était reparti pour les mers du Sud. Quand il était revenu, veuf et vieilli, accompagné des deux filles qu'il avait eues là-bas, une autre maison s'était construite à côté, vite abandonnée par son jeune héritier, le fils de la folle qui l'avait bâtie, une femme extravagante arrivée d'on ne savait où. Elle était morte quelques années après son installation dans sa sinistre demeure. Puis, tout aussi invariablement, on enchaînait sur le premier retour du Commandeur, sa beauté, ses folies, ses fêtes flamboyantes, la passion tragique qui l'avait uni à sa jeune voisine. A ce moment-là du récit, tous se taisaient ; et le plus étonnant, c'était la façon dont on faisait silence : autant que les bouches, les visages se fermaient, les yeux se détournaient, on agitait fébrilement les mains, comme pour dissiper le mal que les mots auraient pu réveiller, le passage d'un mauvais esprit, d'un émissaire de malheur, l'aile, peut-être, d'un ange noir.

Pourquoi cette version unique, s'était maintes fois demandé Malcolm, pourquoi cette histoire officielle ? Rompu depuis des années à recueillir des contes, à se mettre à l'écoute de la mémoire des terroirs — fussent-ils, comme celui-ci, parmi les plus fermés, pour le peu de goût des marins à se confier à l'étranger — il n'avait jamais observé qu'on pût, même sur un événement récent, donner, au mot près, une relation qui ressemblât à l'autre. Il en avait conclu que le capitaine était devenu une figure mythologique, que sa curieuse disparition l'avait fait entrer dans les légendes de la côte, qu'il s'y était comme figé, et, par une superstition commune chez les gens de mer, personne ne tenait plus à éclaircir son mystère. Il y avait aussi une autre explication : que tous dans le pays aient ignoré le fond de l'histoire ; et, comme la *Désirade*, et surtout le Commandeur, avaient réveillé de très anciennes terreurs, tout le monde préférait s'en tenir à un même récit simple et tragique. On ne parlait que des malheurs du capitaine Van Braack, et le silence, à la fin de l'histoire, était autant un aveu d'ignorance que la certitude aveugle que la série noire était loin d'être close.

Que la mère du Commandeur fût née à Rocaïbo, voilà qui changeait tout. Voilà aussi qui plaisait à Malcolm. Entre les deux maisons, c'était enfin un lien concret. On sortait du récit légendaire, lourd de mystères et de fatalités inexplicables, pour entrer dans le domaine rassurant des effets et des causes. Il s'assit dans son lit, se cala sur l'oreiller, et, comme chaque fois qu'il avait besoin de réfléchir, Malcolm tendit la main vers sa tabatière et sa pipe. Ruth ne disait plus rien ; elle restait adossée à la commode, un peu pâle, et elle le fixait d'un air égaré.

— D'où t'arrivent ces révélations ? questionna-t-il le plus posément qu'il put.

Elle lui tendit le document :

— L'acte de mariage, balbutia-t-elle. Celui d'Iris et du Commandeur. Je ne l'avais jamais regardé de près.

Malcolm examina longuement le papier puis le replia.

— Tu n'as jamais su que la mère du Commandeur était née à Rocaïbo ? Van Braack ne t'a jamais rien dit ?

— Je te l'ai dit mille fois, il ne parlait pas. Jamais !

Elle se retourna vers la fenêtre, repoussa les rideaux, puis reprit plus doucement :

— Ou bien, quand il parlait, je préférais ne pas l'entendre...

Malcolm se dit qu'elle allait mieux. Un jour plus tôt, elle aurait refusé d'en convenir. Elle tiraillait les guipures du rideau, elle n'osait pas se retourner encore, affronter son regard. La lumière montait doucement, allumait dans sa chevelure des reflets d'ambre gris. Elle avait un peu vieilli, ces derniers temps. Elle n'en était que plus touchante.

A son tour, Malcolm ne savait plus que dire. C'était bien une idée de Ruth, de traîner des vieux papiers au fond de ses valises, même pour un simple séjour de huit jours, claquemurée dans une chambre d'hôtel. Elle s'acharnait à vivre en regardant en arrière, il le lui avait dit et répété, à aimer ce qui lui filait entre les doigts. Mais il était à bout de conseils. Pour se donner contenance, il reprit en main le vieux certificat. Il remarqua alors la phrase griffonnée par Van Braack.

— C'est curieux. Il y a une phrase manuscrite au dos de l'acte.

— Je sais.

Il déchiffra sans difficulté l'écriture du capitaine :

— *Tout s'explique ici. Et dans le Roi-des-Poissons.*

Ruth corrigea sur-le-champ :

— Non, tu lis mal. *Par* le *Roi-des-Poissons.* Mon père avait une écriture effroyable.

Malcolm s'entêta :

— Non. Il a écrit *dans.* Je suis habitué à lire des manuscrits.

— Je connais son écriture mieux que...

La voix de Ruth s'altéra, elle ne finit pas sa phrase. Elle se détacha brusquement de la fenêtre :

— Montre.

Elle s'assit à ses côtés. Elle avait d'un seul coup les joues roses.

— *Dans le Roi-des-Poissons...* Tu as raison. Je croyais pourtant la connaître par cœur, cette phrase. Qu'est-ce qu'il a voulu dire ?

— Il a peut-être caché quelque chose dans son bateau.

— J'ai cherché partout. Mon père n'a jamais rien laissé, rien écrit.

— Mais tu disais qu'avant sa mort il n'arrêtait pas de noircir des pages !

— C'est Josepha qui le prétend. On n'a jamais rien trouvé, ni dans le bateau, ni ailleurs. Il a dû tout brûler. De lui, je n'ai jamais connu que ce mot. Je croyais le savoir par cœur. Qu'est-ce qu'il a pu vouloir dire ?

— Il parle peut-être d'un bateau qu'il a eu dans son île, autrefois. D'un autre bateau qui portait le même nom. Ou d'un navire qui a sombré. Comment deviner ? Ce qui est sûr, en revanche, c'est que la mère du Commandeur, quand elle a construit la *Désirade*, n'est pas venue s'installer dans la région au hasard. Pour venir de si loin, c'est qu'elle connaissait le capitaine. Elle savait où était sa maison. Elle l'avait suivi, peut-être...

— Quand on a bâti la *Désirade*, mon père n'était pas là. Il était absent depuis des années. Et il est revenu en Europe quand j'avais six ans. Autant dire des siècles plus tard. Nous vivions à Londres, nous ne venions que pour les vacances. La *Désirade* était toujours fermée. Si la mère du Commandeur venait de Rocaïbo, et qu'elle avait connu mon père, dans l'île, ils s'étaient peut-être seulement croisés, un peu fréquentés... Il lui aurait parlé de sa maison en Europe. Quand elle a quitté l'île, elle aurait eu envie de la connaître, puis de construire à côté sa propre villa... C'est vraisemblable, non ? Une vague relation. Sinon le Commandeur et mon père, au temps du mariage d'Iris...

— Tu dis toi-même que tu étais trop petite. Qu'on ne t'a jamais rien dit. On n'allait pas t'expliquer toutes ces histoires de grandes personnes. De sordides histoires, selon toute évidence.

— Tu penses... Tu penses au Commandeur ? A ce père inconnu ?

Il acquiesça.

— Et ce père, Malcolm, tu crois que...

— Comment affirmer, avec si peu de choses ?

— Iris et le Commandeur, alors... Et le Commandeur le savait ? Et mon père aurait laissé faire ? Pour le *Roi-des-Poissons* ? Pour un bateau, un simple bateau ? Demi-frère, demi-sœur... Un inceste ?

324

Le mot auquel il avait pensé dès qu'il avait lu l'acte de mariage avait passé les lèvres de Ruth. Elle avait grimacé. Il crut qu'elle allait éclater en sanglots. Il voulut la prendre par les épaules et l'attirer à lui. Elle s'arracha à son étreinte, comme aux lendemains du départ de sa fille, mais sa froideur subite le désarçonna. Elle repartit vers la fenêtre et lui désigna le petit jardin sur lequel donnait la chambre :

— La neige fond, on dirait. Il doit faire meilleur qu'hier.

Elle avait parlé durement. Il ne répondit rien. Elle était trop calme. Cela pouvait présager le pire. A moins qu'elle ne soit à bout de colère. A bout de haine contre le Commandeur.

— C'était dans l'île, la première histoire, reprit-elle plus bas. J'aurais dû m'en douter. Là-bas, tout au bout des mers, dans cet endroit infect. Ils ont tous voulu y retourner, Iris, mon père, le Commandeur...

— Pas toi.

— J'ai toujours détesté cette île.

— Tu n'aimes pas te faire du mal. Tu as la force de l'instinct. Dans ton cas, c'est une bonne pente.

— Iris aussi l'avait.

— Mais elle s'aimait trop, Iris. Comme tous les artistes. Toi, tu as autre chose à offrir que toi-même. Tu donnes au-delà de toi.

Contre toute attente, elle sourit. Elle ramena sur sa nuque ses mèches éparses :

— Il faudrait prévenir Judith.

— Elle sait tout, peut-être, depuis longtemps. Et la prévenir de quoi ? Nous sommes en pleine hypothèse.

Elle réunit dans sa main ses épingles à cheveux. D'un geste gracieux et calme qu'il ne lui avait pas vu depuis longtemps, elle les enfonçait une à une à l'intérieur de son chignon.

— Nous ne pouvons pas continuer comme çà, dit-elle.

Enfin elle le reconnaissait. Mais qu'allait-elle lui proposer ? Il retint sur ses lèvres ses éternelles récriminations, il s'empêcha de lui dire qu'elle passait à côté du bonheur, que c'en était assez, de souffrir à cause des autres, qu'il fallait un peu penser à elle, à lui, qu'une autre maison, un autre bateau l'attendaient de l'autre côté de la mer, cette propriété dont il lui avait tant parlé, sur les pans d'une colline, à la Barbade, au milieu des cannes à sucre, dans un village nommé Bathseba. Mais il fallait se taire. Il fallait attendre. C'était leur dernière chance. Et si Ruth venait à dire : Malcolm, séparons-nous, à cet ultime instant il faudrait se soumettre.

— Je ne peux pas partir sans avoir essayé une dernière chose.

Il n'entendit que le début de la phrase. Ruth avait dit *partir*. Elle n'avait pas dit *repartir*. Il n'arrivait pas à y croire.

— Je vais essayer de voir Trendy, poursuivit Ruth. S'il est ici, à Paris...

— Il est là. Je l'ai vu hier à l'Opéra. Il m'a dit que tu gardes sous clef ses dossiers et ses squelettes.

— C'est déjà fait.

Elle déposa ses mains sur les siennes et ajouta :

— Entre lui et Judith, il y avait eu quelque chose de si fort !

— De si bref, aussi. Mais il l'aimait. Je suis sûr qu'il s'en est mal remis.

A la vérité, à cet instant-là, Malcolm se moquait bien des chagrins d'amour du dernier amant de Judith. Il s'en souvenait à peine. Ruth avait dit qu'elle le suivrait. Il avait envie de rire. Tout était magnifique. Il était jeune. Il n'avait plus de bibliothèque, ni de machine à écrire. Les poissons dormants et les diables n'avaient jamais existé, ni les gnomes, ni les légions sataniques. Il n'y avait plus que Ruth au monde, son corps épanoui et souple, sa chevelure blonde avec quelques fils gris, ses yeux où il se perdait comme dans les eaux d'*Hauteclaire*. La fin du monde pouvait venir. Il était tranquille. Il serait avec Ruth.

— Je vais suivre ma pente, reprit-elle. Je vais voir Trendy. Ensuite...

Une dernière seconde, il eut très peur. Elle dut le sentir frémir :

— Ensuite, je te suivrai.

Leurs regards se croisèrent. Le temps de ces mots qui sonnaient comme un serment, il lut dans ses yeux qu'elle disait vrai. Sa douleur s'était consumée dans sa propre démesure, et Ruth commençait un autre amour, un rêve où il était enfin, avec d'autres vents, d'autres vagues.

326

Malcolm avait vu juste. Se retournant vers les arbres d'où peu à peu se détachait la neige, Ruth commençait d'entrevoir son second bonheur. Il avait la forme d'une maison, sa maison sous le tropique, face à la mer, à Bathseba. Et elle aussi se dit que le monde pouvait mourir. Rien n'avait plus d'importance. Il lui suffisait de revoir Judith. Judith, comme Eurydice. Un seul instant, fût-ce à la porte des Enfers.

CHAPITRE XXVIII

L'ennui, c'est qu'elle ne se souvenait pas de l'adresse de Trendy. Elle ne pouvait non plus se rappeler son véritable nom, si bien qu'elle n'avait même pas la ressource de le chercher dans l'annuaire. Au bout de quelques instants, Malcolm eut une idée : c'était simple, il suffisait de retrouver Drogon. Ils l'appelèrent chez lui. Il était absent. Le domestique qui répondit assura qu'il ne saurait tarder, mais que le plus simple était d'attendre le début de la semaine, où ils le joindraient sans difficulté au Muséum. Ils laissèrent donc passer jusqu'au lundi, ce qui ressembla à un moment d'accalmie. Il faisait un peu moins froid, mais ils ne mirent pas le nez dehors. Les heures passant, rassurée par Malcolm et les murs sans mémoire de la chambre d'hôtel, Ruth s'accoutumait à l'idée d'abandonner *Hauteclaire*. Elle se persuadait qu'elle avait pris le bon chemin, et son rêve aussi prenait forme. A la suite de Malcolm, l'idée ne la quittait plus que la chaîne de fatalités dans laquelle elle s'était prise était aussi le piège du silence. Elle remettrait à flot le rêve échoué de Van Braack, elle rouvrirait *Hauteclaire*, mais pas pour elle. Cette maison, il fallait la rendre, comme au temps d'Iris, à la jeunesse, à l'avenir, au soleil. Pour cela, il fallait retrouver Trendy. Quel courant les avait séparés, après les avoir tous réunis ? Il avait dérivé loin de sa fille, comme elle.

Lui, il pouvait peut-être faire revenir Judith. Ruth se ferait violence, elle se contraindrait à parler. Elle expliquerait tout de ce qu'elle avait caché, enfoui. Elle chercherait au plus profond d'elle-même ce qu'elle s'était dissimulé pour pouvoir, tant bien que mal, continuer à vivre. Elle lui ferait même ce pire aveu, sa folle passion de mère. Il la comprendrait. Quoi qu'il se soit passé entre lui et sa fille, Ruth savait qu'il y pensait encore, qu'il ne pouvait l'avoir oublié. Pour Trendy, le plus important n'était pas d'aimer Judith. C'était l'infirmité de n'avoir pas aimé, avant Judith. Et pour cette raison, où qu'il fût, Ruth avait deviné qu'il ne l'oubliait pas.

L'idée de la maladie l'effleura. Elle réussit à la repousser. Pourtant, le lundi matin, quand elle apprit, à la porte du Muséum, la terrible fin de Drogon, elle n'eut qu'une seule pensée : et si Trendy, lui aussi, devait succomber au fléau... Du coup, malgré l'ancienneté de ses relations avec celui qu'elle appelait souvent le docteur, et qui était aussi l'un de ses meilleurs clients, elle demeura presque indifférente au sinistre récit que lui fit l'employé qui avait découvert le drame. Aux lendemains de la soirée à l'Opéra, Drogon avait très mal pris que tous les éloges soient allés à la Cruzenburg et à la musique de Dräken. Personne n'avait eu un mot pour saluer son livret. Il s'était si bien convaincu qu'il en était l'auteur qu'il commença à tempêter, et, dans un lieu mondain où il était invité, il insulta un chroniqueur qui avait eu le tort de laisser entendre que son œuvre n'était pas à la hauteur de la partition de Dräken. Malice fortuite ou volontaire, le critique ajouta qu'il préférait croire que ce misérable texte n'était pas de sa plume. Drogon prit aussitôt feu et flamme et quitta l'assemblée pour se rendre à son bureau, où, clama-t-il, il gardait toutes les preuves de la paternité de son texte, et bien d'autres œuvres encore, dont le génie universel n'était plus à prouver. Que s'était-il passé au Muséum, attaque foudroyante, suicide ou crime, personne ne le savait au juste et on n'avait guère envie d'en parler, car la démence subite était l'une des formes rares, mais possibles, de la terrible maladie. On avait retrouvé le corps de Drogon effondré devant le placard où il rangeait ses dossiers et ses fiches. « Toute une vie de travail, conclut le gardien, une vie entière passée dans les recherches, et qu'il avait jetée au feu. Il a dû devenir fou... » Et, pour preuve de ce qu'il avançait, il désigna à Ruth, au fond de son bureau, les fragments calcinés des dossiers de Drogon.

Elle ne perdit pas son sang-froid. Elle ne venait pas pour le docteur, dit-elle, simplement pour son assistant, un homme jeune encore, et qui travaillait sur les squelettes de poissons. Le gardien eut l'air un peu surpris, remarqua qu'on ne l'avait guère vu ces derniers temps, mais l'identifia sans peine. Quelques minutes plus tard, Ruth avait obtenu son adresse. Elle quitta le Muséum sans un mot de regret pour Drogon. Une demi-heure plus tard, Malcolm et elle étaient à la porte de Trendy. Ils durent rapidement déchanter : Trendy n'était pas là, l'immeuble était presque vide, et personne n'avait la moindre idée de l'endroit où il pouvait se trouver. Elle revint le soir, sans plus de succès. Le lendemain, elle ne fut pas plus heureuse. Et elle commença à désespérer de jamais le retrouver.

Trendy était absent, en effet. Mais il n'était pas loin. Sur les conseils de Bérénice, Numance et lui étaient retournés passer leurs nuits à la bibliothèque. A l'approche de la fin d'année, elle était fermée au public, si bien qu'ils pouvaient y rester jour et nuit. Ils ne s'en privaient pas, et ne rentraient à l'appartement que lorsqu'ils étaient vraiment fatigués de ses rayonnages poussiéreux. La danseuse, chaque soir, espérait revoir Dräken dans sa loge. Mais lui aussi, il avait disparu. Chaque nuit, Bérénice les rejoignait après le spectacle. Rien qu'à son pas traînant sous les galeries de marbre, Trendy devinait que le musicien n'était pas venu. Il n'y faisait plus attention. Il s'était replongé dans la mer des livres.

Il s'abandonnait à la volupté de croire. Il se repaissait de chimères. Il succombait aux charmes de l'erreur, de l'horreur. Il avait l'impression de franchir le pont qui mène à l'autre monde, où il s'avançait à la suite des alchimistes, des possédés, des sorciers, des fous, de tous les magiciens, tous les sectateurs de la terre. Il se grisait de leurs démences, de leurs sabbats, de l'attirail de leurs mises en scène : épées clouées, gargouilles, fantômes errants, pactes écrits en lettres de sang. Devant les innombrables apparences du Diable, son exubérance de formes analogue à celle des poissons, sa nature de collectionneur se réveillait, il les voulait tous, ogres et croque-mitaines, vampires, sylphes, ondins et goules, monstres anonymes et démons dûment répertoriés, classifiés et hiérarchisés dans l'ordre impeccable et terrifiant de l'Enfer qui engendrait sans cesse des créatures plus traîtresses, de nouveaux suppôts, de nouveaux séducteurs, des démons de midi, des démons familiers, tout un peuple noir et pervers qui remontait des profondeurs pour assaillir le monde avec son cortège d'animaux maléfiques, crapauds, chats-huants, basilics, hippogriffes.

Parfois, bien sûr, Trendy croisait des anges, des représentants de l'univers céleste. Mais il ne les aimait pas ; dans son désespoir, il préférait le mal, il préférait la nuit, ou bien alors il lui fallait les émissaires des grands fléaux, les anges de la peste, l'Ange exterminateur. Moins il comprenait et plus tout cela lui paraissait cohérent, plus il y trouvait un ajustement parfait avec sa propre histoire. Sur un carnet dont il ne se séparait plus, il notait ses spéculations sur les nombres, sur les lettres, les signes cachés au cœur des signes, et il arrivait toujours à la même conclusion : le Diable et ses sbires avaient commencé à envahir le monde. Les femmes, Anna ou Judith, étaient leur régal préféré, la Cruzenburg, leur souveraine ambassadrice, elle qui ne trouvait son éclat que dans la noirceur, son habituel repaire d'ombres. Barberini, c'était Barbier, grand président des Enfers, pourvoyeur des grandes maladies et maître des choses cachées. Drogon était sous ses ordres, souverain du mensonge et de l'illusion. Léonard était le démon du même nom, grand maître des sabbats et inspecteur général des sorcelleries en tous genres. Halphas lui aussi avait gardé son patronyme de là-bas, c'était un hobereau de l'empire infernal, bâtisseur de villes comme son incarnation terrestre, et affecté de cette gravité superbe qu'on ne voyait qu'à lui. Il n'était pas jusqu'à des rencontres insignifiantes, d'Argens, Peter Wall ou même son coiffeur, où Trendy ne voulût voir, dans cette crédulité qui était un plaisir, les conquérants masqués de son royaume noir. Avec l'acharnement du désespoir, il y cherchait une clef, la clef de la *Désirade* et celle de Judith. Et sur ces légions infernales, bien sûr, régnait le Commandeur, forme achevée de l'esprit séducteur, Diable flamboyant et ténébreux tout ensemble, à qui tous les coups étaient permis. Il aurait lu qu'il faisait sortir à volonté son âme de son corps qu'il n'en aurait pas été autrement surpris. Sa canne était sa baguette magique, son teint étrange lui venait de séjours prolongés dans l'autre monde, il avait la voix grave de tous les possédés et sa cicatrice sur la joue était le sceau qui consacrait sa puissance. De Lucifer, le Commandeur avait la force, la prestance, le goût des miroirs, et cette mélancolie qui frappe souvent les suppôts du Mal. Peut-être même, comme l'avait suggéré Bérénice devant ses photos, cachait-il sous ses costumes des ailes hideuses de chauve-souris. Mais il n'alambiquait pas la sueur du soleil et les humeurs de lune, les femmes étaient son alchimie préférée, ce plomb qu'il transformait avant de les détruire, l'or de sa nuit, l'or de toutes les nuits.

Numance, quand il lui en parlait, ne le contredisait pas. Il se contentait de hocher la tête et continuait de chercher des magies pour Bérénice. Il retrouva ainsi derrière un rayon le livre de Barberini, cette *Théologie du Diable* qu'il avait crue irrémédiablement disparue quelques semaines plus tôt. Au grand regret de Trendy, elle ne contenait pas de secrets effroyables. C'était un opuscule résumant les dogmes de l'Eglise catholique au sujet de l'Enfer. Qu'importe, dit-il, le titre n'avait pu être choisi au hasard, et le cardinal ne pouvait être que ce que Trendy avait décidé qu'il fût, un des envoyés sur terre du Maître des ténèbres. Et il continua ses recherches.

Une nuit, était-ce la troisième ou la quatrième, il fut arraché à ses grimoires par le pas pressé de Bérénice. Il sursauta. La danseuse était déjà là, tout essoufflée par sa course au long des couloirs.

— Crin-Crin, dit-elle. Il est malade.

Il ne l'écoutait pas, il ne voyait qu'elle, il ne comprenait pas sa fièvre. Contrairement à son habitude, elle n'était pas passée voir Numance dans le petit réduit où il lisait ses livres, et elle avait dû quitter précipitamment sa loge de *Nephtali's*. Sous sa fausse fourrure elle avait gardé une robe fluide et ses bijoux de scène, une débauche de colliers de nomade ou de femme-girafe, mêlant le bois de rose, le cuivre ou la corne ; tout d'un coup, avec elle, c'était comme un vent brûlant qui soufflait sur les livres, l'odeur d'une pluie sur la terre assoiffée, tous les sortilèges d'une Afrique lointaine.

— Crin-Crin ? répéta Trendy sans comprendre.

Il ne se souvenait plus du surnom qu'elle avait donné à Dräken. Elle en fut agacée. Elle agita ses colliers et reprit avec le même débit pressé :

— Il m'a fait déposer un message à ma loge. J'étais inquiète. Il ne va pas bien. Il me demande si tu peux lui rendre les enregistrements d'Iris Van Braack.

Trendy eut un nouveau moment de stupeur :

— Les disques d'Iris ?

— Il m'a dit que la Cruzenburg te les a prêtés.

— Jamais de la vie.

— Mais tu l'as bien vue, avant l'opéra ! En tout cas, Crin-Crin veut te voir, très vite. Il est pressé. Il est malade.

Il bafouilla.

— Ce n'est pas tout, poursuivit Bérénice avec la même précipitation. Je suis passée à l'appartement. Il y avait un mot épinglé à la porte. Un mot pour toi.

Elle lui tendit une enveloppe qui semblait griffonnée à la hâte :

— On m'a dit qu'une femme est venue te voir. Une femme blonde.

Elle prit d'un seul coup une expression hostile. Il crut à une visite de la Cruzenburg et s'empara de la lettre. C'était une écriture inconnue. Il en respira de soulagement.

— Ruth Van Braack, dit-il quand il eut fini de lire. Elle me cherche depuis trois jours...

Au seul énoncé de son nom, il crut retrouver un peu de sa blondeur, de sa paix. L'Enfer en perdit beaucoup de ses prestiges. Il n'eut plus qu'une idée en tête : quitter ses livres et la revoir. N'eût été Bérénice, qui lui rebattait les oreilles du vieux musicien et des enregistrements d'Iris, il l'aurait appelée sur-le-champ au numéro qu'elle lui indiquait dans sa lettre. Et, comme il prévoyait qu'il n'en dormirait pas de la nuit, il accepta sans peine ce que proposait la danseuse, rendre visite aussitôt à Dräken, dont le message, disait-elle, ressemblait étrangement à un appel au secours.

CHAPITRE XXIX

Ils allèrent chercher Numance. Au moment de sortir, ils perçurent quelques bruits, comme une ronde de nuit qu'ils avaient dérangée, et ils crurent même entendre, alors qu'ils franchissaient la porte, des cris qu'on étouffait. Ils se précipitèrent dans la rue et arrêtèrent le premier taxi. Numance était inquiet : Bérénice ne lui avait pas laissé le temps de ranger les livres sur les rayonnages et il commençait à se demander si leurs expéditions nocturnes n'avait pas alerté quelque nouveau gardien. Bérénice lui imposa silence. Quelques minutes plus tard, ils étaient à la porte de Dräken.

Il jouait du piano, comme à l'accoutumée. Ils durent sonner plusieurs fois. Lorsqu'il vint enfin ouvrir, Trendy comprit qu'il était fatigué. Il s'était encore amaigri et paraissait plus voûté. Mais son regard brillait. On y lisait une assurance toute neuve, comme si le succès de son opéra, unanimement salué par le public et la critique, l'avait soudain libéré de ses vieux fantômes. En tout cas, ce n'était pas l'homme malade et traqué que Bérénice lui avait décrit à la bibliothèque. Un peu interloqué, Trendy se retourna vers la danseuse. Dräken prévint son geste :

— Je sais que vous n'avez pas les enregistrements d'Iris, dit-il aussitôt à son adresse. Je voulais vous voir. Le temps presse.

Il désigna son métronome, sur le piano, de sorte qu'on ne sut pas s'il voulait parler des nécessités impérieuses de sa création ou du terme que tous redoutaient. Il leur offrit quelques sièges au centre de la pièce.

— Vous savez maintenant ce que vaut la Cruz, dit-il comme Bérénice leur servait de sa liqueur des îles.

Trendy ne sut que répondre. Contrairement à son habitude, Dräken l'observait avec une attention soutenue. Il devina son embarras et reprit aussitôt :

— Elle avait tellement insisté pour que je vous fasse tomber dans ses filets ! Avant les concerts, ce sont toujours les mêmes caprices. Il lui faut des jeunes gens. Elle prétend que c'est bon pour sa voix. Mais je ne crois pas que vous l'ayez beaucoup aidée. Pour une fois, elle a montré son côté faible. Je crains qu'on ne commence à la voir comme elle est.

Il soupira :

— Et puis quelle importance... On finira par se lasser de ces modes diaboliques.

Il rêva un moment puis se mit à pianoter sur le rebord de son fauteuil, comme si une musique lui démangeait les doigts.

— Le temps presse, répéta-t-il. C'était Iris que vous cherchiez, n'est-ce pas ? La grande histoire d'amour du Commandeur. Vous aussi, vous voudriez bien y comprendre quelque chose... A cause de votre amie, sa nièce, la petite Judith.

Trendy eut un début de phrase pour le contredire. Dräken l'interrompit :

— Ne protestez pas. J'ai bien vu. J'ai tout vu. Personne ne se méfie de moi, mais je vois tout. C'est bien moi, d'ailleurs, de voir ou de savoir les choses, et de ne rien dire. Ce que je sais, ce que je vois, je le passe d'ordinaire dans ma musique. La musique me console de tout. Mais maintenant il est temps.

Il eut un nouveau mouvement dans la direction du métronome. A l'évidence, il brûlait de se remettre au piano.

— Le Commandeur est tombé fou amoureux, vous savez. Ce qui l'a enflammé, c'est que Judith passe son temps à les peindre, lui et sa maison. Elle peint aussi sa mère, d'après des photos, et Iris, et des paysages de l'île. Oui, vous savez, l'île, Rocaïbo, là où sont nées Iris et Ruth Van Braack, et Léonor aussi, la mère du Commandeur. La petite peint jour et nuit, même à la lumière électrique. Elle résiste à tout, à cette maison, au Commandeur. Enfin pour l'instant. La Cruz la déteste. A se demander si ce n'est pas pour cette raison qu'elle avait jeté son dévolu sur vous, avant le concert...

Il soupira encore, mais cette fois on voyait bien que c'était de peur de ne pas arriver à tout dire :

— Curieuse histoire, n'est-ce pas ? Mais elle est plus simple que vous ne l'imaginez.

Il le regarda de côté avec un début de sourire :

— Bérénice m'a dit que vous passiez vos nuits à la bibliothèque. Les livres font rêver. La réalité est beaucoup plus sordide. Quoique l'histoire d'Iris...

Il disait son prénom comme on savoure un fruit. Le plus étonnant n'était pas là. Pour une fois, il s'adressait à lui, Trendy, et pas seulement à Bérénice. Et si les mots se pressaient à nouveau dans sa bouche, ce n'était pas seulement l'effet de l'alcool. Il était pressé de se délivrer de quelque chose.

— Une histoire dans laquelle je n'ai jamais été qu'un témoin, reprit-il. Un témoin impuissant. Que faire contre le Commandeur ? Pour votre histoire aussi je n'ai été qu'un témoin. Mais j'aimerais tout de même que vous sachiez, avant de...

Il commençait à s'agiter, sa voix s'éraillait dans sa gorge. Bérénice déposa sur ses épaules ses mains chargées de bijoux.

— Calme-toi, Crin-Crin.

Il ferma les yeux un moment, s'abandonna sans doute à la douceur de sa peau. Trendy craignit que Numance n'eût un mouvement d'humeur. Mais lui aussi, il était à bout de curiosité et d'attente.

— Iris, répéta Dräken. Je l'avais rencontrée à vingt ans. Nous étions très jeunes, tous les deux. C'était à Londres, elle prenait des cours de chant. Ses professeurs disaient qu'elle serait une diva. Tout a commencé entre nous très simplement. Je l'accompagnais de temps à autre, puis, de fil en aiguille... Nous sommes devenus amants. Elle était la gaieté même. Elle m'a presque aussitôt présenté à son père. Lui aussi, il m'aimait. Et puis, très vite, est arrivé le Commandeur. Iris avait remplacé je ne sais qui, dans *Turandot*. Sa prestation avait enflammé la salle. On ne parlait plus que d'elle. Elle était jeune, belle, talentueuse. C'était assez pour faire courir les foules. Et puis elle avait ce passé exotique, cette enfance à Rocaïbo...

Il s'était levé vers son piano, mais ce soir il le referma. A l'évidence, il n'avait plus le cœur à jouer.

— ... Déjà, à ce moment-là, j'ai pensé que l'île était l'origine de tout. Ce qui a d'abord attiré le Commandeur, c'était qu'Iris avait vécu dans cet endroit du bout du monde. Il a dû croire que c'était un signe. Le reste de l'affaire, il l'a compris bien plus tard. Trop tard. A cause de la mort de sa mère, le Commandeur avait été privé d'enfance. En dehors de ses sottises de spiritisme et d'occultisme, tout ce que Léonor avait pu lui apprendre, c'était l'île, Rocaïbo, cette île où était son mari, disait-elle, ce mari riche et puissant dont elle affirmait tenir son incroyable fortune. Elle était déjà à moitié folle. Assez sans doute, comme le pensait Van Braack, pour enflammer l'imagination de son fils. Dès sa naissance, elle lui avait donné comme surnom le titre de son père à elle, un titre tombé en désuétude depuis des années, même là-bas, et qui remontait à la conquête de l'île par les Hollandais. Le Commodore, dès sa naissance elle l'appelait le Commodore... Avec cela qu'elle le faisait vivre, à la *Désirade,* dans cette folie du Diable et de l'occulte. Elle avait engagé un jeune secrétaire qui était comme tout le monde, si ce n'est qu'il boitait. Elle l'a débaptisé et appelé Sirius. Lui aussi, il était versé dans la magie noire. A la mort de Léonor, il a reçu tout pouvoir pour élever l'enfant. Le Commandeur était très brillant, très intelligent, il a dû faire peur à Sirius, sans doute, ce qui lui a ôté l'envie de détourner sa fortune. Dès sa majorité, il a monté des affaires incroyables, surtout dans le cinéma. Il a fait illusion. En fait, il était toujours poursuivi par son enfance, par les histoires de sa mère. Il n'a jamais pu oublier ce temps-là. Sauf à un moment. L'époque d'Iris, précisément. Un vrai bonheur...

— Pas pour vous, intervint Trendy.

— Ce n'est pas si simple. Je perdais Iris, mais elle était tellement heureuse ! Un seul mot, un seul sourire d'elle, et le monde s'illuminait. Vous ne pouvez pas imaginer ce que c'était. Van Braack et moi éprouvions la même chose. C'est ce qui nous a unis. Le souvenir d'une époque folle. Ce temps-là n'est jamais revenu, pour personne. Des jours filés d'or et de soie, comme on dit. Iris avait le bonheur contagieux.

Il abandonna le piano, ouvrit un placard presque vide et en sortit, avec des gestes précautionneux, presque dévots, un vieil électrophone, puis un paquet méticuleusement ficelé.

— Mais je parle trop. Ecoutez, vous comprendrez. Il faut que vous compreniez.

Il sortit du paquet un disque de ces années-là. Sur la pochette, on voyait le visage d'Iris photographié dans le goût du temps, devant une brassée de fleurs, en noir et blanc, sous une lumière artificielle.

— Ecoutez, répéta Dräken.

Il mit l'appareil en marche. La voix d'Iris s'éleva dans la grande pièce vide. Elle était plus pure, sembla-t-il à Trendy, que lorsqu'il l'avait écoutée derrière la porte de la Cruzenburg. Elle chantait l'air de la *Casta diva*, dans *Norma*.

— Comprenez-moi, dit Dräken lorsque l'air fut fini. Iris n'était pas faite pour Salomé, ni pour lady Macbeth, pour aucun de ces grands rôles noirs qu'on voulait trop tôt lui faire chanter. Iris, c'était Manon. Ou Mimi, dans *la Bohème*. Des filles douces et un peu frivoles. Elle était comme ça, vous savez. D'ailleurs, elle n'a jamais été aussi bonne que dans les valses. Iris chantant une valse...

Il examina à nouveau la pochette du disque :

— Il y en a une, sur ce disque. Un enregistrement rarissime. Mon préféré. Vous pensez bien que je ne l'aurais jamais prêté à la Cruz !

Il eut son petit rire sec, comme chaque fois qu'il parlait de la diva. Puis, quand l'aiguille recommença à crisser sur le microsillon, il se figea dans un silence religieux.

L'enregistrement, en effet, devait être des plus rares. La valse que chantait Iris était une musique un peu facile, avec des paroles sucrées, trop amoureuses et trop suaves.

— Elle était trop jeune pour la violence, poursuivit Dräken. Si on lui avait laissé le temps...

Il arrêta brusquement l'aiguille de l'électrophone. Il redevenait nerveux.

— *On,* le Commandeur, bien sûr. Tout ce que je vais vous dire, je l'ai vu. Ou je le tiens de Van Braack. Après la mort d'Iris, le capitaine s'est mis à écrire. Il me confiait ses souvenirs. Nous étions très proches, même sans nous voir. L'amour d'Iris nous avait unis à jamais. Il m'envoyait régulièrement des dizaines de feuillets et je les transcrivais sur ma machine à écrire. J'étais le seul à comprendre ses gribouillis. Un lien de plus entre nous. Ensuite, je les lui renvoyais avec ce que j'avais transcrit.

— Il les a gardés ? interrompit Trendy.

— Je n'en sais rien. Ruth les a peut-être détruits. Van Braack me demandait souvent : « Ruth... Est-ce qu'il faut qu'elle sache ? » Je lui répondais toujours : « Non, il vaut mieux qu'elle vive. » Quelle importance, après tout ? Il y a tant de choses qui se perdent. Mais je me souviens de toutes les histoires du capitaine. C'était un homme fascinant. Il parlait peu, mais il écrivait très bien. Je me souviens de presque tout. C'est pourquoi, quand je vous dis que tout a commencé dans l'île...

Et il commença son récit. Au début, Trendy écouta mal, il continuait à se demander pourquoi le musicien avait tellement tenu à cette confession, lui qui les autres fois avait semblé le voir à peine, et l'avait jeté dans les bras de la Cruz pour se débarrasser de ses caprices. Il se fit la réflexion qu'il était peut-être malade ; et peut-être aussi, de façon plus dissimulée, éprouvait-il le sentiment de lui devoir son succès, quelques soirs plus tôt, puisque la Cruz, à la stupéfaction générale, s'était effacée devant sa partition. Et ainsi il se laissa prendre à sa voix fatiguée et de plus en plus faible, au charme étrange de son long récit. Dräken évoquait un passé derrière un autre passé, une histoire de femmes derrière d'autres femmes, Iris derrière Judith, Léonor derrière Iris. Rien qu'à l'écouter, on était ramené si loin qu'on se croyait arrivé aux origines du monde, dans un univers tranquille et sans détours où brusquement s'était nouée la malédiction, la tragédie qui continuait encore. Parfois il s'arrêtait, il se servait un verre de liqueur, puis il reprenait son récit là où il l'avait laissé, les doigts toujours fébriles, comme si l'histoire se transcrivait à mesure dans une autre part de lui-même, celle qui aboutissait à ses longues mains de pianiste, cela même qui sans doute l'avait sauvé du désespoir, cette part de lui qui se nommait la musique.

Tout ce qu'il racontait, disait-il, il le tenait de Van Braack. Mais, pour l'époque d'Iris, il ajoutait des remarques dont on voyait bien qu'elles n'étaient pas d'un père ; et pour le reste, l'île, ce qui s'était passé à Rocaïbo bien avant la naissance de

Ruth et de sa sœur, il avait parfois des trous de mémoire, des lacunes qu'il tâchait de combler en se resservant de l'alcool, et qui faisaient bouillonner Trendy. « Le manuscrit de Van Braack, pensait-il alors, les écritures du vieux, si seulement il savait où elles ont pu passer... » Car il était de plus en plus sûr que le capitaine ne les avait pas détruites.

Cela tenait à l'histoire même. Il n'était pas possible que Van Braack fût mort en emportant un tel secret. Et un tel doute. Le capitaine, à vingt ans, avait quitté Amsterdam. Il n'aimait pas sa famille, qui le lui rendait bien. Une dynastie d'armateurs dont il était le seul héritier, des marchands de produits coloniaux pour qui la vie, puisqu'il n'y avait plus de conquêtes à faire, d'ultimes terres à découvrir, s'arrêtait au cours du coprah et du café sur les bords des canaux. Van Braack ne s'y résignait pas. Il voulait naviguer, faire le tour du monde. Il s'engagea comme mousse sur un cargo. Une première fois, le destin le mena à Rocaïbo. Un typhon força le navire à y faire relâche, dans l'unique baie protégée des vents qui lui avait valu, aux siècles précédents, d'abriter les flottes des Espagnols ou de leurs rivaux hollandais. L'île était assez prospère, mais perdue au bout de l'archipel. Sur les pentes de sa montagne dont les indigènes pensaient qu'elle abritait des dieux jaloux, on récoltait la même chose qu'ailleurs dans les îles de la Sonde, du coprah, du manioc, du tabac. Un siècle plus tôt, on y avait aussi découvert un peu d'or. Le maître de la mine était un vieux notable, une sorte d'*alcade mayor* qui dirigeait l'île. Il s'appelait Manuel Hadji, il était métissé d'espagnol et d'arabe, d'indigène aussi, murmuraient les méchantes langues. Plus simplement, on le nommait le roi Manuel, à cause de son pouvoir dans l'île, et de l'étrange maison qu'il s'était fait construire, une sorte de grande bâtisse d'ailleurs plutôt qu'un palais. On ne sait pourquoi, on la nommait *Désirada*, peut-être du surnom de sa fille Léonor, la seule après trois garçons. Le roi Manuel avait hérité d'une kyrielle de vieux titres qui remontaient à ses ancêtres et aux puissances qui avaient occupé successivement Rocaïbo et l'avaient presque aussi vite abandonnée, pour son isolement et la difficulté de son climat. Au moment où Van Braack aborda la première fois dans l'île, la mine d'or — à la vérité, ce n'avait jamais été qu'un très petit filon — était presque

341

abandonnée. Le roi Manuel n'en continuait pas moins de régner sur son petit territoire, assuré qu'il se croyait, par l'éloignement de Rocaïbo, de n'être jamais tracassé par les fonctionnaires de Java. Il n'avait qu'un seul souci : marier sa fille.

Comme les rois de légende — et c'était d'ailleurs à se demander s'ils ne vivaient pas tous, dans cette île, comme des personnages de légende — il se sentait inquiet parce que ses fils étaient morts très jeunes, de malaria ou d'autre chose, qu'il n'avait plus qu'elle, Léonor, et qu'il se sentait vieux. Il l'avait enfermée dans sa maison, elle n'en sortait que pour la messe et les fêtes carillonnées, derrière les processions de flagellants et de pénitents en cagoule. Sa fierté et sa solitude avaient fait tourner les têtes, si bien qu'on ne savait plus qui se nommait Désirada, d'elle ou de la demeure où elle vivait le plus clair de son temps. Léonor n'était pas vraiment belle, elle était davantage, elle était ardente. Lors de la fête que Manuel donna chez lui en l'honneur des marins rescapés de la tempête, Van Braack la remarqua aussitôt. Enflammée qu'elle était par la semi-réclusion où la tenait son père, elle ne le quitta plus des yeux.

Ce fut sans doute à ce moment-là que Van Braack se promit, un jour, de revenir dans l'île. Ou qu'il le promit à Léonor.

— Sur cet épisode, ajouta Dräken, le capitaine ne fut jamais très clair. Peut-être avait-il cherché dès ce moment-là à pousser plus loin l'affaire, peut-être est-ce elle qui l'avait provoqué, fatiguée qu'elle était de vivre dans cette maison sinistre, avec pour seul horizon l'église où l'on conservait les momies des vieux missionnaires dans des cercueils de verre, et de loin en loin, des fêtes comme celles-là, pour des fonctionnaires en visite ou des marins en bordée.

» En tout cas, reprit-il, Van Braack repartit. Il navigua quelques années. Ses parents moururent à peu de temps d'intervalle, il fut contraint de rentrer à Amsterdam. Il se rendit compte aussitôt que ce n'était pas sa famille qu'il avait détesté, mais la ville. Il me confia souvent qu'il avait l'impression qu'elle l'enserrait, qu'elle l'étranglait. C'était une image qu'il avait souvent, mais il l'aimait pourtant, cette ville et ses canaux, il était fier de descendre des plus anciens marins. En fait, il aimait et il détestait Amsterdam comme on peut à la fois aimer et détester sa famille : l'aimer parce qu'elle est un berceau, la haïr parce qu'on a besoin d'autres horizons. Son horizon, quand il revint empocher sa fortune, c'était désormais Rocaïbo.

Dräken toussota. Il semblait de plus en plus nerveux. Bérénice avait oublié de lui remplir son verre et il se resservit lui-même. Il effleura le bois de son piano, puis il se tourna vers ses hôtes :

— Il n'osait pas encore partir. Peut-être avait-il l'impression que quelque chose l'attendait là-bas, comme un destin auquel il ne pouvait échapper. Ou bien il avait fait une promesse à Léonor, une promesse qu'il ne pouvait pas tenir. Il ne retourna pas tout de suite dans les mers du Sud. Il cessa de naviguer. Mais il se promenait toujours au bord des côtes. Un jour, il découvrit un endroit qui lui plaisait, le cap désolé où il bâtit *Hauteclaire*. Pourquoi cette envie de maison, tout d'un coup ? Il ne s'en est jamais expliqué. Mais, vous l'avez sans doute remarqué, sa maison ressemblait à un bateau. Il y transporta tout ce qu'il avait gardé de sa famille. Un jour qu'il était revenu à Amsterdam pour régler ses dernières affaires, il rencontra un marin sur les quais. Il avait à peu près le même âge que lui. Il était immense, une sorte de géant des mers. Et beau, divinement beau. Van Braack me disait toujours : « Je ne sais plus comment tout cela s'est fait. Il y avait ce marin, sur le quai, qui jouait avec des oiseaux des îles enfermés dans une cage. Au bout de quelques instants, je n'ai plus vu les oiseaux, ni le quai, ni les bateaux, je n'ai plus vu que lui, Adams. Nous avons passé une nuit à boire ensemble, à parler. Et nous ne nous sommes plus quittés. » Voilà comment tout a commencé.

— Ils sont allés dans l'île, intervint Bérénice.

— Tout juste. Van Braack n'attendait qu'une occasion pour repartir, quelqu'un qui le pousse un peu, quelqu'un à qui il puisse parler, quelqu'un à aimer, en somme, quelqu'un à qui se confier. Il n'eut pas plus tôt parlé de la mine qu'Adams, qui prétendait avoir travaillé dans les mines d'or d'Afrique du Sud, lui proposa un marché : il l'aiderait, pour la mine. Ils partageraient tout, les terres, les maisons, les femmes. Van

Braack accepta, un peu étourdiment. Il n'attendait que l'occasion de partir. Ce n'était pas Léonor qui le préoccupait. C'était la mine. Son rêve, c'était de prendre la place du roi Manuel. Régner seul sur une île comme sur un grand bateau. Et il aimait les mers du Sud. Rien ne lui faisait peur, là-bas, ni les insectes, ni la malaria, ni les typhons. Il aimait cette île, tout simplement. Mais il n'avait pas la force d'être seul.

» Quinze jours plus tard, ils étaient en route sur un nouveau cargo pour les îles de la Sonde. Quand ils arrivèrent à Rocaïbo, la situation avait changé. Le roi Manuel était malade, sa fille, disait-on, n'allait pas bien non plus. Elle vit revenir Van Braack comme une bénédiction. Ce n'était pas prévu dans les plans du bel Adams. Il était fou de jalousie. Le vieux métis leur avait accordé sans difficulté la concession de la mine, à charge pour eux de la remettre en état et de lui verser la moitié des bénéfices. Ce n'était pas assez pour Adams. Il voulut Léonor. Elle refusa d'abord, mais son père, qui voyait là un moyen de tenir sous sa coupe les deux étrangers, força sa fille à accepter. Van Braack ne venait plus à *Désirada*. Il ne pensait plus qu'à l'or. Au fil des semaines, toutefois, il s'aperçut que les compétences d'Adams n'étaient pas aussi étendues qu'il l'avait laissé croire. Ils avaient repéré un second filon, mais il était étroit, le sous-sol était mauvais, il y eut des accidents puis une épidémie parmi les ouvriers. En fait, il comprit assez vite qu'il n'atteindrait jamais la fortune amassée par le roi Manuel. Tout ce qu'il pouvait espérer, c'était de jouer les orpailleurs dans les petits torrents qui dévalaient les collines. Il broyait du noir, il commença à boire. Léonor le sut. Elle alla le voir, elle le fit revenir à *Désirada*. Que se passa-t-il alors dans leur tête, à tous les deux... La date de son mariage avec Adams était déjà arrêtée. Pour mieux la tenir, Adams en avait déjà fait sa maîtresse, et il fallut qu'elle se jette dans les bras de Van Braack... Elle devait déjà être folle !

— Non, dit Numance. C'était sûrement un sortilège. Une magie du Seigneur du Large.

Trendy réprima, non sans peine, un geste d'agacement. A son grand soulagement, son observation n'arrêta pas Dräken :

— Adams était beau, dit-il, mais réaliste... Il voulait la fille et l'or. Non l'or de la mine, mais celui qu'en cinquante ans le roi Manuel avait amassé dans ses caves. Adams avait tout fait pour décourager Van Braack et le forcer à repartir. Quand il l'a découvert dans le lit de Léonor, il est devenu comme fou. Il avait pris Van Braack pour un imbécile et c'était lui qui était blousé. Tout son plan s'effondrait. Il n'eut même pas le temps de songer à tuer Van Braack. Léonor, qui était une forte femme, le mit aussitôt à la porte. Elle l'a frappé, jeté dehors, elle a prévenu tout le monde qu'il voulait le trésor de son père, elle l'a fait poursuivre par la police de l'île. Il n'a pas demandé son reste. Il s'est embarqué sur le premier bateau. Ce qu'elle n'avait pas prévu, c'était que Van Braack le suivrait et qu'il ne voulait pas d'elle. Et elle ne savait pas encore qu'elle était enceinte.

— De qui ? souffla Bérénice.

— Voilà toute l'histoire, dit Dräken.

Cette fois, sa fièvre était devenue telle qu'il était entièrement parcouru de frissons.

— Le doute, ma petite Bérénice, le doute. La pire des tortures. Van Braack n'en fut jamais délivré.

Il se retourna vers son piano, fit tomber d'un seul coup une cascade de sons cristallins.

— La suite, vous la connaissez, dit-il. Nous la connaissons tous.

— Non, dit alors Bérénice. Moi, je ne la connais pas. Raconte, Crin-Crin, raconte.

Il haussa les épaules :

— A quoi bon ?

— Ça te fera du bien. Et à nous aussi.

En disant *nous*, elle s'était inclinée vers Trendy. Les doigts de Dräken se détachèrent du clavier :

— Du bien, vous croyez, ma petite Bérénice ! Le seul bien que j'aie tiré de ce passé, c'est ma musique. La beauté noire de la souffrance...

Comme s'il en avait trop dit, il eut alors un petit rire, pour se moquer de lui-même, peut-être, ou pour reprendre des forces. Bérénice sentit qu'elle gagnait du terrain. Comme tout à l'heure, elle posa ses mains sur ses épaules. Il referma doucement le clavier du piano.

— La suite, dit-il en fixant une partition griffonnée de sa main, vous pourriez la deviner. Van Braack, je vous l'ai dit, adorait Adams. Lorsqu'il l'a vu partir, il a voulu le suivre.

345

Malgré la mer qui était mauvaise, Adams s'était déjà embarqué. Van Braack a laissé passer la tempête et il a quitté à son tour Rocaïbo. Il s'est acheté un petit boutre et, des mois durant, il a navigué à sa recherche d'un bout à l'autre des mers du Sud. Il interrogeait tout le monde, les capitaines des cargos, les petits pêcheurs sur leurs jonques, les douaniers, les stewards des paquebots. Il n'a jamais retrouvé sa trace. Alors il a tâché d'oublier. Il s'est marié un peu comme on se suicide, avec une femme qui, comme lui, avait beaucoup vécu. Elle était prête à faire une fin à n'importe quel prix. Elle accepta tout de lui, ses humeurs, ses silences, et la vie qu'il lui imposa. Il ne voulait plus quitter les îles, il était devenu fonctionnaire colonial. Mais Rocaïbo le poursuivait toujours. Il avait su que le roi Manuel était mort, il avait appris que sa fille, juste après son départ, avait abandonné le palais, emporté le trésor de son père et quitté l'île à son tour. Il était assuré qu'elle ne reviendrait pas. A présent, on avait besoin là-bas d'un gouverneur. Van Braack se proposa. On s'est un peu étonné, on jugeait qu'il méritait mieux, mais il a eu le poste. Il est resté là-bas des années. Il y serait peut-être encore si sa femme n'était pas morte à la naissance de Ruth. Il pensait revenir un jour en Europe, mais il reculait le moment, comme s'il avait eu peur de quelque chose, comme s'il avait craint de retrouver Adams sur un quai, comme la première fois. Mais jamais il n'avait imaginé que Léonor était partie sur ses traces, qu'elle était allée jusqu'en Europe, qu'elle avait retrouvé *Hauteclaire*, dont il avait eu le malheur de lui parler, qu'elle s'était installée tout à côté, comme pour le poursuivre d'un remords éternel. Elle avait emporté le trésor de son père ; elle qui n'avait jamais quitté Rocaïbo, qui six mois plus tôt n'était qu'une de ces filles condamnées à vieillir entre leur chambre et l'église, elle a pris le paquebot, elle est allée en Europe, elle a retrouvé *Hauteclaire*, acheté un terrain, construit la *Désirade*. Entre-temps, elle avait accouché. Cette maison qu'elle faisait construire, était-ce une vengeance, était-ce une immense preuve d'amour ? Van Braack penchait pour la vengeance. Il disait qu'elle était déjà folle à Rocaïbo, folle avant même qu'il ne vienne pour la première fois, que la folie était dans l'air de l'île, qu'on la suçait avec le lait des nourrices, que l'autre *Désirade*, là-bas, était déjà une maison de malheur...

— Alors, s'il le savait, s'il avait tous ces doutes, pourquoi le capitaine a-t-il laissé sa fille épouser le Commandeur ? Quelque chose le poussait, quelque chose au-delà de lui...

C'était encore Numance. Comme tout à l'heure, il revenait au Seigneur du Large. Dräken ne répondit pas. Numance insista :

— Et le Commandeur, pourquoi voulait-il Iris ? Il ne savait rien des habitants de la maison voisine ? Sa mère ne lui avait rien dit ? Et Sirius, lui, il le savait, non, il aurait pu le lui dire ?

— Personne n'a jamais rien dit parce que personne ne savait rien. Il y avait un doute, je vous le répète, que personne n'éclaircira jamais. Le Diable se greffe peut-être sur le doute, je n'en sais rien. Je crois plutôt que le doute est un démon assez vigoureux pour détruire toute une vie.

— Quand il a vu arriver le jeune Commandeur, Van Braack aurait pu parler à sa fille. Le Commandeur ne s'est pas caché, quand il a commencé à courtiser Iris...

— Pas le moins du monde. Le Commandeur n'a même pas dissimulé son nom. Il l'a prononcé dès la première fois, je m'en souviens bien, j'étais dans loge d'Iris, c'était après la troisième ou quatrième représentation de *Turandot*, c'était une vraie bousculade. Quand il est arrivé, si majestueux, si élégant, tout le monde s'est tu, le vide s'est fait autour de lui, et pourtant à l'époque il n'était pas connu. Je l'entends encore quand il s'est adressé à Iris : « C'est extraordinaire. Je suis votre voisin, je ne vous ai jamais vue. J'ai appris dans les journaux que votre famille possédait une villa à deux pas de chez moi et que vous projetez d'y passer votre été. » Et ils ont aussitôt parlé d'*Hauteclaire*. Iris était subjuguée. Il faut dire que le Commandeur était un homme magnifique. Il n'était pas beau, mais tous ses gestes, tous ses mots avaient une telle puissance... Rien n'était banal en lui, et il y avait aussi son regard, avec cet œil plus clair que l'autre. C'est ce qui fit parfois dire à Van Braack, des années après, que le Commandeur ne pouvait pas être son fils. Il était grand, comme lui, il avait la peau mate de Léonor et ses cheveux sombres, mais il avait la prestance d'Adams, sa force un peu sauvage, son air de grand félin. Cet œil plus clair que l'autre, me disait-il ces jours-là, c'était la marque d'Adams, sa marque indubitable. Je me demande quelquefois si Van Braack n'était pas autant séduit par le jeune Commandeur qu'il l'avait été autrefois par son père.

— Vous pensez qu'Adams était son père ? coupa Trendy.

Dräken parut méditer un moment, ce qui n'était pas dans ses habitudes. Il avait d'un seul coup un visage calme, son regard devenait lointain. Au bout de ses doigts, il n'y avait plus qu'un frémissement presque imperceptible.

— Je préfère me ranger à cette idée, finit-il par lâcher. Oui, je préfère.

— La plus belle ruse du Diable est de nous faire croire qu'il n'existe pas, s'écria Numance.

— Ou plutôt d'apporter l'oubli, rétorqua Dräken. Autour du Commandeur, personne, pas même Van Braack, ne se posait la question de savoir si ce qu'il faisait était bien ou mal. On voyait qu'il était amoureux, c'était tout. Il était en chair et en os. Il payait comptant. Il voulait épouser Iris, il avait mis sa fortune à ses pieds, il ne se nourrissait pas d'amour et d'eau fraîche. Pour avoir Iris, le Commandeur aurait accompli n'importe quelle bassesse. J'ai même cru, un moment, qu'Iris l'aimait pour ses bassesses. Cela peut arriver à une femme, vous savez.

— Alors elle, dit Bérénice, elle ne l'aimait pas vraiment ?

— Allez savoir ! Mais finissons-en. Au milieu de ses gerbes de fleurs, de ses journalistes qui lui posaient des dizaines de questions stupides, le Commandeur s'était distingué des autres, de tous les autres. De moi-même. Elle le revit, très vite, le lendemain peut-être. En quelques heures, j'avais été réduit à ce qu'était très exactement ma fonction, pianiste accompagnateur. Ils en furent rapidement au point que j'avais atteint : celui des petits secrets. Elle les partageait désormais avec un autre.

Il se tourna vers Trendy, comme s'il n'y avait que lui qui pût, à cet instant, comprendre exactement ce qu'était sa souffrance :

— ... Et cela, mon jeune ami, c'était plus dur que tout le reste. Partager un corps, c'est si peu. Mais partager les secrets...

Il était peut-être un peu ivre, à présent, les mots se bousculaient dans sa bouche.

— ... Entre autres secrets, il y avait Rocaïbo. Je vous l'ai dit, le Commandeur avait été privé d'enfance. Iris lui offrit la sienne. Comment au juste Rocaïbo les liait, cela sans doute on ne le saura jamais. Ce qui est certain, en revanche, c'est que le Commandeur ne tenait pas à y retourner. Iris continuait à chanter, à travailler inlassablement sa voix. Elle ne voulait pas abandonner la scène, le Commandeur la suivait partout, et à mon tour je les suivais. J'étais devenu l'intermédiaire entre le Commandeur et son père. Son professeur comme Van Braack étaient opposés à l'idée d'un mariage, et surtout d'un enfant. Je négociais. Moi aussi, j'aimais le Commandeur. Comme elle, comme Van Braack. Il n'y avait peut-être que la petite Ruth... Mais revenons à notre histoire. Pour Iris, le Commandeur multipliait les fêtes. Il y eut deux étés à la *Désirade*, deux étés avant lesquels elle m'avait dit : « Je retourne à *Hauteclaire*, il faut que je me repose. » Elle ne se reposait jamais. On rouvrait les deux maisons, et c'étaient des pique-niques, des garden-parties, des croisières le long de la côte, avec toute la bande de parasites dont le Commandeur se plaît encore à s'entourer, Mᵉ Léonard, d'Argens, le peintre Effroy, Barberini, qui était alors à peine sorti de son séminaire, mais dont on voyait déjà qu'il avait les dents longues,...

— Et la Cruz ? hasarda Bérénice.

— Non, elle était trop jeune. Et inconnue. Elle n'est venue que bien plus tard, quand, sous l'influence de Sirius, le Commandeur a fini par succomber à ses histoires de magie noire. Après sa liaison avec Anna Louvois, il a eu d'un seul coup envie de mal, de mystère. Ou plutôt de la mise en scène du mystère. Mais, au moment de ses fiançailles, le Commandeur se jouait bien de tout ça. Il aimait le décor de la *Désirade*, il savait qu'il surprenait, que toutes ces architectures inventées par Léonor ajoutaient à son personnage. Mais davantage que lui-même il aimait alors Iris. Comme nous tous. Et c'est elle encore qui, des années après, nous unit toujours. Sauf la Cruz. Parce qu'elle est venue plus tard. Elle n'y comprend rien, à Iris. Elle est jalouse de sa voix. Du culte que nous avons d'elle et du souvenir de sa voix. Le seul empire que la Cruz ait sur le Commandeur, ce sont ses histoires de magie. Et encore... Vous avez bien vu, pour Judith.

C'était la seconde fois qu'il prononçait son nom. Preuve, s'il en fallait, qu'il voyait, entendait tout, qu'il n'oubliait jamais rien. D'un seul coup, Trendy se souvint de la tablette à son nom, dans la coiffeuse de la Cruz. Etait-ce bien elle qu'il avait jetée dans le lac ? Il l'avait bien vue, cette tablette, avec les nœuds noirs et rouges qui liaient le mauvais sort. Un dernier sort, au bout de toute une chaîne de malheurs. Et que pouvait-il faire pour s'y opposer ?

— Vous avez peut-être du mal à me suivre, reprit le musicien après un moment de silence. C'est difficile de comprendre ce qui s'est passé entre ces deux-là, Iris et le Commandeur. Ils avaient un tel prestige, une beauté tellement foudroyante ! Et puis n'oubliez pas Van Braack, l'amour fou qu'il avait pour sa fille. Ne croyez pas pourtant qu'il n'aimait pas Ruth. Mais la petite était tellement sauvage, tellement silencieuse ! A ces moments-là, elle nous faisait peur. Elle nous regardait d'un œil si noir que nous en avions honte. Elle lui ressemblait trop, au capitaine. Il ne savait pas comment lui parler. Judith aussi lui ressemble. Je l'ai bien observée, à la *Désirade*. C'est une rebelle, une solitaire, une risque-tout, comme Van Braack. Par bonheur, c'est une fille. Si elle a des enfants...

Il ne termina pas sa phrase. Avec la facilité extraordinaire qu'il avait à changer de conversation, il revint au capitaine :

— Comprenez-le, ce pauvre Van Braack. Il adorait sa fille. Il avait l'obsession de l'inceste. Mais d'un autre côté il était séduit par le Commandeur. Il l'aimait, comme nous tous. Iris avait décidé de l'épouser. Alors, pour le décider à son tour, le Commandeur a su quoi lui offrir. A croire qu'il était vraiment le fils d'Adams. Van Braack avait épuisé sa fortune, il commençait à avoir des dettes, mais ce n'était plus l'or qui l'intéressait. Il rêvait d'un bateau. Le Commandeur l'a appris ; ou il l'a deviné, comme il faisait souvent. Un jour, le capitaine a trouvé un yacht dans la petite cale derrière sa maison. Une petite merveille, surtout à l'intérieur. J'étais chargé de lui faire comprendre que ce bateau était pour lui. Je ne l'ai jamais vu si heureux. Il s'est laissé faire. Il s'est laissé tenter.

— Vous voyez, dit Numance. C'est vous-même qui parlez de tentation !

— Tentation ou pas, il se serait opposé à ce mariage que rien n'aurait été changé. Iris se serait fâchée, elle aurait quitté sa famille, elle aurait épousé celui qu'elle aimait. Et elle serait peut-être allée mourir de la même façon à Rocaïbo. Van

Braack a donc accepté le bateau, il l'a baptisé le *Roi-des-Poissons*, du nom du cargo qui l'avait amené dans son île pour la première fois. Et il s'est remis à naviguer. C'étaient de petites croisières. Il était vieux, et il ne voulait pas trop s'éloigner d'Iris. Le mariage était proche. A la surprise générale, le Commandeur ne voulut pas de fête. Tout se fit dans la discrétion, presque à la sauvette. Il y avait seulement Sirius et Léonard, comme témoins. Van Braack était là, mais je ne sais même pas si Ruth était présente. Depuis quelques jours, tout cela ressemblait à un deuil. Le Commandeur lui-même s'était assombri. Il n'y avait qu'Iris pour être gaie, trop gaie peut-être. On aurait dit qu'elle s'apprêtait à de grandes batailles. Le Commandeur voulait qu'elle arrête le chant le temps d'avoir un enfant, son professeur y était opposé, il la trouvait trop jeune, il craignait que toutes les facilités dont le Commandeur l'entourait ne finissent par les gâcher définitivement, elle et sa voix. Mais comment savoir ? Entre Iris et le Commandeur, il y avait tant de secrets ! On aurait dit une forteresse, oui, c'était cela, leur amour, cela, un rempart de secrets contre le monde entier. Et entre autres mystères celui-ci, que le Commandeur fut bien contraint d'avouer à son retour : elle avait voulu que, pendant leur voyage de noces autour du monde, ils fassent un détour par Rocaïbo. A partir de là, on ne sait plus rien au juste. Après le drame, le capitaine s'est fâché avec son gendre. Il n'a même jamais voulu reprendre les cendres d'Iris...

Il se retourna vers la danseuse :

— Encore de ta liqueur, petite Bérénice.

Il disait toujours *petit*, ou *petite*, aux gens qu'il aimait. La bouteille était presque vide. Les yeux du musicien s'étaient embués, on ne savait si c'était ce qu'il racontait ou l'émotion qui le poussait à boire.

— Van Braack et moi, nous avons reconstitué ce qui s'est passé comme nous avons pu, à partir des documents officiels et des rapports de l'ambassade. L'île était devenue indépendante, le palais du roi Manuel avait croulé en ruine, et la maison même où avaient vécu les Van Braack avait été détruite. Iris et le Commandeur étaient terriblement déçus. Pour se distraire, elle voulut se baigner, comme autrefois, dit-elle. La mer était mauvaise, elle ne voulut écouter personne.

Elle n'était pas dans les rouleaux depuis cinq minutes qu'elle se noya. On retrouva son corps le lendemain, déchiqueté sur un récif. Le Commandeur le fit aussitôt incinérer par les indigènes. Puis il disparut. Peut-être alla-t-il se terrer dans les ruines de l'ancienne maison de sa mère, eut-il de l'amnésie, que sais-je ? Quand on le retrouva, il n'avait plus d'âge. Et il était ailleurs, définitivement étrange et lointain. La suite, tout le monde la connaît, ses succès, sa légende de séducteur, sa collection d'actrices et de tarots, son goût des magies noires, son amitié avec la Cruzenburg, ces femmes qu'ils se plaisaient tous les deux à envoûter puis à détruire... La diva et lui étaient semblables, l'un et l'autre. Deux fins de race. Ils ne partageaient aucune des décadences ordinaires. Ni aucun plaisir banal.

Il parlait au passé. Trendy allait lui en demander la raison, mais Numance le précéda :

— On ne touche pas à la magie pour s'amuser, monsieur Dräken. Ou bien elle se retourne contre celui qui a voulu s'en moquer.

— C'est vrai, intervint Trendy. Dans les livres que Numance m'a montrés...

— Vous passez trop de temps dans les livres, mon petit, rétorqua Dräken. Vous courez après les mensonges et les mensonges finissent par vous rattraper. Vous êtes comme tout le monde, en ce moment. Vous nagez dans la folie. La folie du faux. Il n'y a qu'une seule magie au monde. Elle seule console de tout. La musique.

Il marqua une petite pause :

— Ou bien écrire, comme l'a fait Van Braack. Ou peindre, comme votre petite Judith.

La colère s'empara de Trendy. Il s'aperçut qu'il n'avait pas éprouvé pareille violence depuis longtemps. Tout d'un coup, il se sentit mieux. C'était comme une force neuve. Comme s'il redevenait lui-même.

— De quoi voulez-vous que Judith ait besoin d'être consolée ?

— Elle devine tout. L'autre soir, pour Anna Louvois, cette folle qui s'obstinait à poursuivre le Commandeur...

Trendy se leva :

— Je ne vous permets pas, lâcha-t-il d'une voix blanche. Respectez le souvenir d'Anna.

Bérénice le força à se rasseoir. D'un seul geste, une fois de plus, la danseuse avait réussi à désarmer sa colère.

— Vous aussi, vous l'avez remarqué, observa alors gravement Numance. Judith est médium.

— Médium... Tous les artistes le sont un peu.

Dräken était retourné à son piano avec des petits mouvements désinvoltes et il commençait des gammes, comme s'il se contraignait à feindre la plus totale indifférence. Il dut sentir que personne n'était dupe de sa comédie, car il s'arrêta d'un coup.

— Vous n'avez pas tout à fait tort. Judith avait prévu cette mort avec des précisions étonnantes. Mais enfin, convenez-en, Anna était folle ! Et elle était dangereuse au volant d'une voiture, elle conduisait vite, elle conduisait mal. Ce qui l'attendait n'était guère difficile à deviner. La petite a dit tout haut ce que nous redoutions tout bas. Ou espérions tout bas, comme la Cruz. Et peut-être comme le Commandeur. Anna Louvois ne s'était jamais résignée à la rupture. Elle n'arrêtait pas de le poursuivre. Peu avant sa mort, elle avait été la maîtresse de Léonard. Le notaire avait eu la faiblesse de lui confier ce qu'il savait du passé des Hadji et du capitaine.

Les phrases de Dräken s'étaient faites brusquement très coupantes. Malgré leur mépris, ce fut le moment que choisit Trendy pour oser la question qui le tourmentait depuis des semaines :

— Et les deux autres, Dräken, les deux femmes qui avaient disparu il y a sept ans lors d'une fête ?

— Ah ! fit-il seulement. Vous savez donc cela...

Il soupira.

— Hélas ! fit-il. C'était Sirius. Sirius qui depuis des années répète au Commandeur qu'il a partie liée avec le Diable et que seul un médium peut lui permettre de retrouver Iris au-delà de la mort. Voilà pourquoi il a sombré avec la Cruz dans ce fatras de magie noire. Sirius et la Cruz animent une sorte de secte mondaine, vous savez, une de ces choses à la mode qui rapportent beaucoup d'argent. Le Commandeur n'y croit qu'à moitié. Ce qui l'amuse, ce sont toutes les jeunes filles qu'ils lui ramènent de la sorte, mais elle, la Cruz, par moments, je me demande si elle n'est pas sincère. Elle est persuadée que sa voix se maintient grâce à ces sornettes. Il suffisait de la voir chanter, l'autre soir, le stupide livret de l'infortuné Drogon...

— Infortuné ? coupa Trendy.

Dräken éluda avec un geste d'impatience :

— En tout cas, reprit-il, plusieurs de ces conquêtes y ont laissé des plumes. Les deux femmes dont vous me parlez étaient des provinciales. Elles n'ont pas supporté leur cérémonial, je ne sais quelle mise en scène morbide tout droit sortie de l'imagination de la Cruz. Il y a eu un début d'incendie, elles ont pris peur, elle se sont jetées par la fenêtre. C'est du moins ce qu'on m'a dit. Moi, ce soir-là, j'étais à ma musique, comme d'habitude. Ensuite ils ont fait disparaître les corps, et tout le monde s'est sauvé. Je crois qu'ils n'ont jamais dû recommencer. Entre nous, il y a une difficulté majeure dans cette histoire de médium : si le médium, par ses transes, donne le moyen de retrouver les morts, ses transes elles-mêmes sont mortelles. Si le Commandeur voulait retrouver Iris grâce à Judith, il faudrait d'abord qu'il la perde, la petite.

— Qui vous dit qu'il n'y est pas prêt ?

C'était encore Numance. Cette fois, pourtant, le musicien n'osa pas le contredire.

— Comment savoir, avec le Commandeur... Depuis Iris, il n'a jamais aimé personne. Et de quoi serait-il capable face à une fille qui lui résiste !

— Vous les avez vus ensemble à la *Désirade*, parvint à articuler Trendy, vous les avez observés pendant des jours et des jours, avec votre air de ne jamais rien voir. Vous, vous savez...

— Savoir quoi ? Les petits secrets ? Si elle vous aime, c'est à vous qu'elle les dira, Judith. Allez donc la chercher.

— La chercher ? Retourner là-bas ?

— Vous la croyez inaccessible parce que vous l'aimez. Mais personne n'est inaccessible. Même Judith. Allez frapper à la porte de la *Désirade,* si vous n'avez pas peur de la vérité. Allez la chercher, vous verrez. C'est une fille comme les autres. Une artiste, bien sûr, un peu plus difficile.

— Mais le Commandeur ?

— Le Commandeur, c'est une autre affaire. Cela fait des années qu'il s'est éloigné de nous. Lui, évitez-le. Il vous endormirait de paroles. Il essaierait de vous posséder, comme la Cruz. N'oubliez pas ce qui le poursuit. Il a été un enfant sans père.

— Moi aussi !

C'était la première fois que Trendy se laissait aller à pareille confidence. Numance et Bérénice levèrent un regard étonné.

— Moi aussi, répéta-t-il. Ce n'est pas le père absent qui compte. C'est l'amour de la mère.

Dräken à son tour parut surpris.

— Si vous voulez, dit-il. Mais un jour ou l'autre il faut bien oublier son enfance. Le Commandeur n'y est jamais parvenu et il n'y parviendra jamais. Il vit dans la hantise de ce père inconnu qui coule dans son sang. De ce père dont Léonor lui a répété qu'il a reçu la force. La petite Judith, en revanche... Elle est jeune. Vous pourriez être sa chance. A condition, bien sûr, qu'elle et le Commandeur...

Sa voix s'assourdit. On ne pouvait savoir si c'était d'avoir trop bu ou d'avoir tant parlé. Comme pour signifier qu'il ne dirait plus rien, il eut un mouvement machinal, un geste de chef d'orchestre qui d'un seul coup de baguette fait taire ses musiciens. Dans son désarroi, Trendy se tourna vers Numance. Pour une fois, le métis approuvait Dräken et ne cessait plus de hocher la tête. Et ce fut Bérénice, cette fois, qui prit la parole :

— Essaie, Trendy. Essaie d'avoir la force. Maintenant que tu sais.

Dräken s'était levé. Malgré sa fatigue, il se jeta sur son piano et commença à jouer. D'un seul coup, il paraissait, non plus jeune, mais sans âge, lui aussi, comme le Commandeur, transfiguré par la musique qui sortait de ses doigts, sa musique, les mélodies tourmentées et voluptueuses qu'il avait en prédilection, avec leurs thèmes entremêlés qui racontaient inlassablement une seule histoire, la sienne, sa passion toujours vivante pour Iris Van Braack, et l'impuissante magie des sons à la faire revenir en ce monde. Et à le voir ainsi habité, hanté par une femme disparue, à voir frémir au bout de ses doigts leurs impossibles rencontres, à entendre s'élever des sons qui suggéraient une voix, une danse, l'impalpable sillage d'un parfum, Trendy comprit comment, l'espace dérisoire de quelques minutes, la musique pouvait offrir une illusion sans prix, croire, croire le plus fort possible qu'elle consolait de tout.

Les mains blanches et torturées de Dräken firent tomber une ultime pluie d'aigus, puis s'immobilisèrent sur le bord du clavier. Bérénice s'avança vers lui et lui déposa un baiser sur le front.

— Tu devrais aller dormir, Crin-Crin.

Il lui prit la main, caressa longuement ses bracelets de corne. En un seul instant il était redevenu l'homme épuisé qui, quelques heures plus tôt, leur avait ouvert la porte. Il eut un geste vague vers la fenêtre :

— Demain est un autre jour.

Trendy ne chercha pas à comprendre. Il ne pensait plus qu'à Judith. Quelle conspiration se nouait autour de lui pour le ramener à la *Désirade* ? Avoir la force, avait dit Bérénice. La force de quoi ? D'affronter le Commandeur ? De risquer un refus de Judith ? Ou le courage de s'enfoncer encore plus avant dans ce labyrinthe qui était lui-même ?

Les bras fantomatiques de Dräken s'avancèrent dans la pénombre pour leur montrer la sortie. Déjà ils étaient arrivés dans l'entrée, et Bérénice à nouveau, dans un mouvement qui fit cliqueter tous ses lourds bijoux, serra longuement contre elle le visage du musicien. L'instant d'après, sans qu'il y ait eu un mot de plus, l'ascenseur silencieux les ramenait à la rue, à la nuit. Avant qu'ils ne sortent, Numance à son tour répéta à Trendy :

— Aie la force. Laisse les livres. Va la chercher.

— Et si elle était...

— Va la chercher. Va la chercher de toute façon.

Il n'osa pas répondre. Ce qu'il redoutait, ce n'étaient pas les diableries, la puissance quasiment magique dont tous, sauf peut-être Dräken, avaient crédité le Commandeur. C'était ce que le musicien avait dit de son amour, cette forteresse à deux qu'il avait construite avec Iris. Car que pourrait-il, lui, Trendy, pour Judith, si à son tour elle avait bâti avec cet homme un rempart de secrets ?

CHAPITRE XXX

Il ne se coucha pas. Le matin n'était pas levé qu'il téléphona à Ruth. Elle ne fut pas surprise. Dès qu'il lui eut annoncé son nom, il y eut au bout du fil un silence interminable. Mais ce n'était pas un silence comme les autres, c'était un silence vivant, pour une fois, un silence qui le happait, où il croyait déjà entendre sa respiration, son cœur peut-être, tout ce qui faisait Ruth. Elle se mit à parler. Il entendait à peine ce qu'elle disait. Avec les modulations de ses mots, de ses phrases, il retrouvait déjà un peu de sa maison, il croyait revoir ses cheveux, cuivrés par les reflets changeants de son feu, et sa main posée sur ses meubles polis, son regard errant sur le bord des grisailles, des marines, sa fatigue du soir, ses sourires aussi subits que ses mélancolies. Elle prononça enfin le nom de Judith. Il ne l'arrêta pas. Puis elle en arriva à celui d'Iris. « Je sais, dit-il alors, je sais tout cela. » Elle se tut à nouveau, et le silence fut tel, à ce moment-là, qu'il craignit qu'elle n'eût raccroché. Il demeura un instant interdit, redoutant d'avoir eu un mot malheureux, mais ce fut elle qui reprit : « Il faudrait venir, balbutia-t-elle, il faudrait rentrer. Je crois que vous avez laissé vos dossiers et vos squelettes à *Hauteclaire*... » Elle ne disait plus « chez moi », elle disait *« Hauteclaire »*, comme si elle s'apprêtait à partir. Il l'interrompit dans ses prétextes. « Donnez-moi rendez-vous, dit-il, je vous rejoins quand vous voulez. »

Le surlendemain, il était en route. Il avait voulu repartir à moto. Ruth et Malcolm l'avaient précédé dans leur vieille automobile. Le temps s'adoucissait. Dès que le rivage fut en vue, Trendy ralentit l'allure. Malgré toute sa fatigue, il voulait sentir monter en lui l'odeur qui promettait la mer, cet air plus vif, l'annonce du sel, des algues échouées, des sables fatigués de vagues et de marées. Sans se l'avouer, il retardait aussi le moment où il s'engagerait dans l'allée du Phare comme en ce jour d'automne où le soleil ressemblait si fort à celui de l'été, ce jour où il avait commencé sa dérive, son voyage étrange sous l'écorce des choses.

Allée du Phare. Il eut beau ralentir, il y fut très vite. Si le soleil était plus pâle, les villas n'avaient pas changé. Toujours les mêmes constructions aux plaques désuètes ou prétentieuses, les mêmes grilles fermées sur des étés qui avaient fui, des jardins à l'abandon et figés par l'hiver. A mesure que s'approchait le càp s'arrondissait un mur hostile. Maintenant qu'il avait entendu le récit de Dräken, il avait l'impression d'y avoir vécu trois vies : la sienne, celle d'Iris, enfin celle de Léonor, avec son désir fou de retrouver un amour perdu. Retrouve-t-on jamais un amour perdu... La *Désirade* n'était plus un mystère, mais la maison d'un malheur. Il en connaissait trop bien le décor : les galeries à vitraux, le parc aux cèdres noirs, l'étang, la pierre tombale, et la grille bientôt, cette grille qui abritait — ou retenait — Judith.

Il ne voulut rien voir de la *Désirade.* Il la dépassa à toute allure. Ce ne fut qu'à la barrière d'*Hauteclaire,* toute blanche comme au premier jour devant le ciel qui se dégageait, qu'il s'aperçut qu'une fois de plus il avait perdu son écharpe.

Comme au premier jour, tous les volets étaient ouverts, y compris l'étage de Judith. Un moment, il resta ébloui devant la façade qui réfléchissait le soleil échappé des nuages. La mer moutonnait au loin, des fragments de lichen tourbillonnaient dans l'air. L'odeur du sel se mélangeait avec les senteurs du jardin, un parfum de terre qui transpire, de plantes à peine délivrées de leur gangue de gel. Çà et là, on reconnaissait des plantations rases, des racines racornies, des bulbes, ces iris sans doute dont Ruth lui avait dit qu'ils fleuriraient au printemps sur toute la pelouse. Il leva à nouveau les yeux vers son étage à lui, son perchoir, comme il disait quand il vivait ici, une époque qui lui semblait distante d'une éternité. Il avait de la peine à superposer ses souvenirs à ce qu'il voyait, des vitres brillantes, sans plus. S'était-il vraiment passé derrière elles des choses aussi fortes ? Il se dit qu'il n'y demeurait que des fantômes d'amour, impalpables à d'autres qu'à lui seul, rêveur égaré au bord de ce rivage. Et si jamais demain il était foudroyé, que resterait-il de ce qui faisait de cette maison la plus irremplaçable maison, de cette fenêtre muette la plus irremplaçable fenêtre ?

Il entra. Avant de sonner à la porte, il ne se retourna pas du côté de la *Désirade*. Et quand la porte se fut ouverte, davantage encore que Ruth, ce fut la maison qui l'accueillit, avec ses clairs-obscurs, ses fougères dans les cuivres, et le feu, dans le fond, le feu qui flambait clair ainsi qu'au premier jour.

Ils parlèrent. Combien de temps, il ne se souvint pas. Malcolm était retourné à sa maison des dunes. Il ne reviendrait pas, dit Ruth, avant le soir. L'après-midi commençait, avec de grandes échappées de soleil. Il y eut une brève averse, une sorte de giboulée qui argenta les vitres d'une myriade de gouttelettes. Ils étaient assis devant le feu, libres et tranquilles comme jamais ils ne l'avaient été. Dans leurs mots se coulait peu à peu le passé, il se dissolvait, rien n'avait plus de poids, à présent, rien que cette minute où ils étaient face à face. Trendy n'avait pas voulu retrouver sa chambre, il n'avait pas cherché non plus à revoir ses squelettes. C'était un passé fossile et mort, comme tout le reste. Ruth le sentit et ne chercha pas à lui apprendre la disparition de Drogon. Très vite, elle parla de Judith, et lui demanda s'il avait une idée pour la revoir, sinon un moyen de la faire revenir. Mais, chaque fois qu'ils commençaient d'entrevoir une solution, ils butaient sur le Commandeur.

— Mon père lui-même avait peur de lui, observa Ruth. Même au temps des fiançailles, il s'en tenait éloigné. Et c'est vrai, je m'en souviens maintenant, Dräken venait souvent ici. Je n'aurais jamais cru que c'était du Commandeur qu'ils parlaient. J'ai toujours pensé qu'il était un musicien insignifiant. Une sorte de parasite, comme les autres.

— Ce que je ne comprends pas, poursuivit Trendy, c'est qu'au moment de sa disparition Van Braack ne vous ait pas laissé de signe. Un signe qui vous permette de vous retrouver dans toute cette histoire. Qu'il se soit ou non suicidé, il devait bien se douter que vous reviendriez ici, que l'histoire pouvait recommencer. Que le Commandeur, sa vie durant, serait pour vous une menace. Ne serait-ce qu'à cause de vos dettes.

Elle soupira :

— Je sais. J'y ai pensé, moi aussi. Mais, je vous le répète, il ne m'a laissé que ceci, dit-elle en désignant à nouveau l'acte de mariage de sa sœur. Ces quelques mots que je viens de vous montrer. J'avais toujours lu : *Tout s'explique par le Roi-des-Poissons*. Malcolm prétend maintenant qu'il faut lire *dans le Roi des Poissons*. Il a sans doute raison, mais cela ne m'avance à rien. J'ai déjà fouillé le bateau mille fois. Je n'ai jamais rien trouvé.

Il s'obstina :

— Le capitaine aurait dû vous laisser un signe.

— Croyez-vous que les gens laissent des signes, avant de mourir ?

Elle avait eu la même réponse que Malcolm, sur la plage.

— Vous faites fausse route, reprit-elle. Les dalles des cimetières ne sont pas refermées sur des morts. Elles tiennent enfermés des secrets. Des secrets que personne ne pourra plus percer.

Trendy eut un instant d'hésitation, mais il finit par lâcher ce qui lui brûlait les lèvres :

— Votre père n'est pas mort. Il a disparu.

Elle ne se laissa pas désarmer :

— Mort ou disparu, où est la différence ? Un mot plus élégant qu'un autre...

Elle semblait à nouveau amère, accablée, d'un seul coup. Elle se pencha vers le feu, y agita le tisonnier, puis, comme si son geste avait aussi ranimé son ardeur, elle se leva et déclara :

— Je m'occupe des vivants, moi. Je voudrais... Je voudrais Judith.

— Moi aussi.

Ils étaient à présent debout l'un devant l'autre, à bout de fatigue et de colère. Mais Ruth n'était plus la femme rencontrée à l'automne. Elle s'était durcie, semblait-il. Et elle était plus tendue, plus distante à l'égard de tout ce qui faisait sa maison. Elle avait l'air de quelqu'un de passage. Pire encore, en partance. Trendy rompit le silence :

— J'irai à la *Désirade*. Mais avant, je voudrais voir le *Roi-des-Poissons*.

Il avait parlé sur le ton d'un enfant, comme pour exiger un dernier caprice. Elle eut du mal à dissimuler son agacement :

— Si vous y tenez.

Il vit passer dans son regard gris-vert quelque chose d'inattendu. Cela ressemblait à du mépris.

— Vous reculez pour mieux sauter, dit-elle.

Elle disparut un moment dans sa chambre. Quand elle revint, elle avait passé un lourd chandail de laine et caché ses cheveux sous un petit fichu. Ils traversèrent en silence le jardin d'*Hauteclaire*.

— Il fait très doux, lâcha-t-elle enfin comme ils arrivaient à la rangée de cyprès.

Elle écarta les branches d'un arbuste et s'arrêta au bord des rochers.

— La mer se calme, ajouta-t-elle. Le vent tombe. Une sorte de printemps en hiver. Ça arrive souvent à cette époque de l'année. Mon père l'appelait le calme des alcyons. Un nom bizarre, une fois de plus. Tous ces marins... Des fous.

Elle avait prononcé ces derniers mots d'une voix étouffée, comme pour elle-même, comme si rien ne comptait plus, sinon régler ses comptes avec son passé. Elle semblait pressée, elle sautait de rocher en rocher avec une agilité surprenante.

Lorsqu'ils furent sur la crique abandonnée par la marée, elle s'arrêta pour reprendre souffle. Elle se pencha sur un fragment d'algue, l'observa dans le soleil puis le rejeta. D'un seul coup, elle devenait indolente. Elle tournait le dos à la cale où se balançait le bateau. Mais lui, il le voyait bien, le *Roi-des-Poissons*, ce n'était pas un rêve. Il voyait sa coque vernie, sa cloche de cuivre qui brillait dans le soleil, cette même cloche qu'il avait entendue sonner la nuit de la mort d'Anna. De l'objet de malheur qu'elle lui était alors apparue, elle semblait maintenant une chose comme les autres, soumise au hasard et à la volonté des hommes plutôt qu'à un implacable destin. Sa volonté à lui, à cet instant précis, c'était de savoir ce qu'avait écrit Van Braack. Sans pouvoir se l'expliquer, il se disait que, s'il retrouvait son manuscrit, il découvrirait une clef qui lui ouvrirait la *Désirade,* qui lui donnerait la force d'affronter le Commandeur, de détruire la fascination qu'il exerçait sur tous les êtres. Et lui rendrait Judith.

Ruth évitait toujours de regarder le yacht. Elle désigna l'extrémité de la crique :

— Vous voyez, là-bas, le petit escalier à flanc de rocher ? C'est par là qu'on venait se baigner quand on arrivait de la *Désirade*. Etait-ce parce que j'étais enfant, était-ce parce que le reste de l'année nous vivions à Londres ? Tous ces étés-là arrivaient comme un miracle. J'ai l'impression qu'il faisait tellement plus beau, en ce temps-là, tellement plus chaud. Mais rien n'est jamais pareil. Même pas la mer.

Et, comme pour retarder encore le moment où il faudrait aller dans le *Roi-des-Poissons*, elle s'assit sur un rocher. Elle écrasa entre ses doigts un brin de lavande de mer, respira sur ses doigts l'odeur qu'elle y avait laissée. A quoi pensait-elle ? A la même chose que Dräken lui avait racontée, la magie de ces étés-là, ses élans vers les vagues, les paillettes de mica qui collaient à la peau, le retour à *Hauteclaire* quand le vent fraîchissait, la lumière orangée qui envahissait la maison tandis que fumait la théière, le sel qui restait sur les lèvres et se mélangeait au sucre des pâtisseries, l'été qu'on croyait éternel, jusqu'à la première tempête, qui rendait la mer à sa solitude et, en quelques rafales, rompait le sortilège.

— C'est fini, dit-elle. Fini et bien fini. Allons.

De petites mèches s'étaient échappées de son fichu. Elle les ramassa fébrilement sous l'étoffe et se dirigea vers l'extrémité de la crique où se balançait, comme au jour de son arrivée, la fine silhouette du *Roi-des-Poissons*.

Dès qu'ils furent sur le yacht, elle ne dit plus un mot. Elle n'était plus la même femme. Toute douceur l'avait désertée, ses gestes se faisaient énergiques, presque violents. A plusieurs reprises, elle manqua de glisser, et, si dans l'escalier qui menait au carré Trendy ne l'avait pas retenue, elle serait sans doute allée rouler jusqu'à la dernière marche. Avec la même fièvre, elle alluma une lampe tempête et commença à la promener sur les parois du navire.

— Voilà, dit-elle. C'est très beau, et ça ne sert à rien.

C'était magnifique, en effet. Dans la lumière mouvante et jaune de la lampe, Trendy ne vit d'abord que la beauté du bois : de fines lames de teck, de pin, d'acajou verni. A mesure que ses yeux s'accoutumaient à la pénombre, à mesure aussi qu'il s'habituait à l'odeur du carré, où se mélangeaient l'humidité et le parfum un peu âcre des bois vernissés, il découvrait les détails qui faisaient de ce bateau une sorte d'objet rare : des frises de carreaux de Delft, des solives ouvragées de monstres marins, des tritons, comme à *Hauteclaire,* mais sculptés ici dans l'acajou pour former une rampe, enfin les mêmes lampes de cuivre, les mêmes tableaux fixés entre les lames de bois précieux. Mais ici le capitaine était plus présent qu'à *Hauteclaire.* Tous les détails de son organisation maritime, beaux et pratiques à la fois, son horloge, sa table à cartes, son sextant, entretenus avec un soin méticuleux et dérisoire, laissaient l'impression qu'il venait de quitter les lieux, qu'il était sur le pont, peut-être, à vérifier des agrès, à tâter le vent, à suivre les courants, la marée, la course des nuages.

— Ce bateau, soupira Ruth. Je pourrais le vendre. Il vaut une fortune. Quant à l'entretien...

— Il ne navigue plus ?

— Mon marin, Béchard, le sort de temps à autre. Il ne s'éloigne jamais de la côte.

— Il a peur ?

— Peut-être. Le bateau d'un disparu... Tout le monde ne partage pas ces superstitions, je suis certaine que je trouverais un acquéreur, mais... C'est difficile à expliquer. Jusqu'à maintenant, j'ai toujours pensé que le *Roi-des-Poissons* était la tombe de mon père. Il n'avait laissé qu'une seule disposition testamentaire : qu'on le coule, ou qu'on le garde. Comme s'il avait su, déjà, qu'il disparaîtrait sans lui. On ne vend pas une tombe, Trendy.

Ces derniers mots, elle les avait dits avec force, comme pour s'en convaincre elle-même. Son fichu glissa à nouveau de ses cheveux. Elle chercha l'escalier. Elle tremblait. Trendy s'empara de la lampe.

— N'insistez pas, dit-elle. J'ai cherché des dizaines de fois. Je vous l'ai dit, j'ai même soulevé les cadres des tableaux. J'ai examiné un à un tous les rouleaux de cartes, j'ai ouvert les coussins des fauteuils... C'est petit, un bateau, il n'y a pas mille cachettes.

— Et là, vous avez regardé ?

Trendy avait dirigé la lampe vers un recoin qu'elle n'avait pas montré.

— Dans la cheminée ? Bien sûr.

Elle eut un petit rire :

— C'était bien une idée de mon père, cette cheminée ! Une idée de Hollandais. Il lui en fallait partout. Il a beaucoup insisté pour faire construire celle-ci. Elle n'existait pas à l'origine.

Trendy s'en approcha. Elle était étroite, avec un entourage de bois plus sombre, et surmontée d'un mur de carreaux de Delft. La plaque de bronze qui la fermait était un peu humide.

— Après tout, ironisa Ruth, c'est peut-être ici qu'il a brûlé ses écritures.

Trendy ne l'écoutait pas. Il souleva la plaque. Il savait bien que Ruth n'approuvait pas son geste. Elle était venue ici à contrecœur, partagée entre l'exaspération et l'invasion de ses souvenirs. Et lui, Trendy, alors même qu'il s'acharnait contre cette plaque dont il n'aurait jamais imaginé qu'elle fût si lourde, il se reprochait aussi sa curiosité.

Il finit par la détacher. Il la déposa délicatement et se pencha vers le conduit.

— Vous avez raison, laissa-t-il tomber. Il n'y a rien.

— Vous voyez bien. Eteignez la lampe.

Elle reprenait déjà l'escalier qui menait au pont. Trendy resta un moment immobile devant la cheminée. Il se sentait ridicule et naïf, comme un enfant pris en faute. Il saisit la lampe, puis, dans un ultime moment de curiosité, il voulut passer la main dans le conduit de la cheminée. Il allait abandonner, quand ses doigts heurtèrent un long cylindre qui lui sembla métallique. Il était coincé dans la partie la plus profonde du conduit. Il s'y ajustait si exactement qu'il était presque invisible. Il le sortit sans difficulté et l'approcha de la lampe. C'était un rouleau vert, un étui à cartes, selon toute vraisemblance. Avant de l'ouvrir, il voulut appeler Ruth. Il n'aurait su expliquer pourquoi, il avait la sensation qu'il n'était pas le premier à le toucher. Quelqu'un d'autre l'avait déjà découvert, il en aurait mis sa main au feu.

Ruth était déjà sur le pont. Elle ne l'entendit pas.

— Ruth ! répéta-t-il, et cette fois il cria si fort qu'elle apparut en haut de l'escalier. Regardez ! Dans la cheminée...

Il vit ses mains se refermer sur le triton qui formait la rampe, comme si elle cherchait à dissimuler l'émotion qui déferlait sur elle. Elle descendit deux marches et s'arrêta. Sous la lumière orangée des bois éclairés par la lampe, il ne put savoir si elle avait pâli, mais ses traits s'était figés.

— C'est un rouleau à cartes, lâcha-t-elle enfin. Un rouleau comme j'en ai trouvé des dizaines. Les autres sont rangés sous la table.

— Il était dans la cheminée, insista Trendy.

— Dans la cheminée... Mais j'ai déjà cherché !

Elle s'empara de l'étui. Ses doigts glissèrent sur le métal humide.

— Un rouleau à cartes, répéta Ruth comme elle le débouchait.

Une seconde fois, Trendy eut l'impression qu'on y avait touché avant eux, qu'il n'était pas resté caché pendant toutes ces années.

— Du papier, dit-elle.

Ce fut tout ce qu'elle put articuler, et elle fit glisser du rouleau une soixantaine de feuillets humides mais parfaitement dactylographiés. Elle les déroula. Ils ne portaient aucun titre, pas la moindre mention d'un destinataire. Elle lut d'une voix blanche le début de la première page : *Pour décrire l'enfer, on a inventé mille tourments, mille machines à torturer plus affreuses les unes que les autres*, commençait le texte sans autre préambule, *mais l'enfer se vit sur terre, et la torture la plus raffinée du diable, c'est le doute. Le doute ressemble à une pieuvre, vous repoussez un tentacule, il en revient un autre, vous le croyez vaincu, caché au fond de son antre, le poulpe en resurgit, il fond à nouveau sur vous et il déroule un à un ses serpents armés de ventouses, qui vous enserreront lentement, impitoyablement, jusqu'au jour fixé pour l'étranglement final...*

— Le manuscrit de mon père... Mon père et son obsession de l'étouffement.

Elle remonta quelques degrés, hésita un instant puis se retourna.

— Lisez-le tout seul, dit-elle. Je préfère ne pas savoir. Lisez-le et faites au mieux.

Ce *faites au mieux*, Trendy n'en fut pas dupe, signifiait *N'oubliez pas Judith*. Il l'entendit à peine qui courait sur le pont, comme on s'enfuit. Il était déjà plongé dans le manuscrit.

CHAPITRE XXXI

Dräken avait dit vrai, Van Braack écrivait bien. A côté de tournures un peu désuètes, dans le goût des hommes de sa génération, il avait des phrases d'un tombé presque parfait, chaque fois qu'il évoquait son île, et surtout le destin d'Iris. Il ne s'était jamais guéri de sa mort. Pour décrire Roçaïbo, ses verdures grasses à flanc de volcan, ses pierres usées de pluies, ses frontons baroques, la foule colorée des indigènes, les mers du Sud hérissées de récifs, le soleil qui tue et la mousson qui pourrit, il devenait parfois lyrique : il était clair qu'il avait aimé ce pays d'une folle passion, avant même d'aimer toute femme. Ou plutôt, comme il le disait lui-même, il avait confondu l'amour d'une île avec celui d'une femme. Puis Adams était venu. Il aurait pu le détourner à jamais de son île. Il lui avait offert davantage : Rocaïbo, avec lui. Et avec l'or. *Comment ai-je pu vouloir le mal avec cette stupéfiante volonté*, écrivait Van Braack, *comment et pourquoi n'ai-je plus vu que l'or et la beauté d'Adams, que s'est-il passé sur ce quai d'Amsterdam, quand je me suis arrêté pour le regarder s'amuser avec un couple de perruches ?*

Son récit concordait avec celui de Dräken. Il semblait même qu'il y ait eu, entre le capitaine et son confident, une complicité si forte que le musicien, au-delà des années, avait répété au mot près certaines de ses phrases. Ce qui était nouveau, c'était plutôt le ton de Van Braack, sa présence. On croyait entendre sa voix lasse et cassée. Dans la marge du manuscrit, il avait ajouté quelques précisions. Ces phrases difficiles à déchiffrer évoquaient toujours Iris et le Commandeur, comme si l'épisode de leurs fiançailles représentait la faute entre toutes les fautes. *L'amour est une immense erreur*, écrivait-il, *comment ai-je pu me laisser prendre une seconde fois, moi qui avais eu tant de peine à me guérir de la première ? Et comment ma fille, à son tour, a-t-elle pu tomber dans le piège, elle à qui pourtant j'avais appris les illusions qui vont avec l'amour ? Ce n'étaient que des mots, hélas ! des généralités, des phrases pauvres comme en ont tous les pères. Et quand l'amour est arrivé, il était, lui, bien au-delà des mots, au-delà du bien, au delà du mal. Pourquoi aurais-je parlé ? Pourquoi aurais-je semé le doute dans un cœur qui était en paix ? Pour autant, je n'aurais pas été déchargé de mes tourments. Il fallait laisser vivre Iris, il fallait l'abandonner aux joies de l'illusion. Et le Commandeur avait droit lui aussi à sa part d'innocence. S'il était mon fils... Nous avons tous notre part de mal, notre part de bien, nous sommes tous doubles. Je voyais le Commandeur, je l'écoutais, je me souvenais de sa mère, j'avais peur, j'avais mal, et tout recommençait comme sur le quai d'Amsterdam, devant Adams et ses perruches. Toutes les raisons pour lesquelles je n'aurais pas dû céder étaient celles-là même pour lesquelles je cédais. La réalité est toujours à deux faces, et lui aussi, le Commandeur, possédait deux faces. Laquelle était la mienne ? Il avait la figure de mon doute et il m'offrait la tentation.*

Il parlait aussi de Léonor. Là où Dräken s'était fait allusif, le capitaine avait des mots précis, violents. *Léonor avait la beauté des métisses, un parfum fort, un reflet bleu dans ses cheveux crépelés. Elle avait la sauvagerie de cette île qui se croyait le nombril du monde et qui s'accommodait de tout, de la malaria, de la lèpre, des araignées venimeuses, de la nourriture infecte, de tout, sauf de la mesure. Même au plus fort de l'amour, Léonor semblait parler à des puissances invisibles. Sous ses crucifix, ses vêtements de deuil, ses dentelles empesées, elle brûlait comme on ne sait brûler que dans cette île, comme le soleil et les pierres du volcan, et ce n'était pas seulement son corps qui brûlait, c'était sa tête aussi, sa tête qui dictait à son corps les gestes les plus fous, à sa bouche les mots les plus surprenants ou les plus imbéciles. Je n'ai jamais rien compris à cette femme. Ni d'ailleurs à Rocaïbo. Mais j'aimais l'île. Je l'aimais pour sa solitude tout au bout des mers et pour sa terre si grasse, son ventre que je croyais gorgé d'or.*

Vers la fin du manuscrit, Van Braack évoquait rapidement la *Désirade* : *Pourquoi Léonor avait-elle tenu à me poursuivre ici ? Pourquoi avait-elle cherché à se construire une maison qui se rapprochât autant du palais du roi Manuel, avec les mêmes tourelles, le même invraisemblable bric-à-brac, les mêmes vitraux violets ?*

Van Braack expliquait alors qu'il avait deviné la triste fin de Léonor quand il avait découvert les frises de faïence qui ornaient la façade de sa maison : *A Rocaïbo, le palais du roi Manuel était tout orné d'azulejos dans le goût fin de siècle, avec d'innombrables symboles des gloires maritimes espagnoles, des galères, des vaisseaux sous le vent, des arquebuses, des blasons de fantaisie. Dans la nouvelle Désirade, Léonor les remplaça par les images des cartes à jouer et les figures des tarots. Je compris alors qu'elle avait succombé à ce goût de l'occulte qui la poursuivait depuis toujours. En construisant cette maison, en la décorant de tout ce qu'elle avait pu trouver de baroque et d'extravagant, elle voulait conjurer sur ce cap je ne sais quelles forces inconnues. De ses deux amants j'avais été le plus fragile : j'avais des attaches, des amarres, une maison dont elle connaissait le lieu, et où elle savait bien que je reviendrais un jour. Adams était un vrai marin, un voyou qui arrivait de nulle part, et qui disparaissait dès que ses affaires tournaient mal. Léonor avait compris qu'elle l'avait perdu pour toujours mais que moi, je reviendrais à Hauteclaire. Venir ici, construire cette maison à deux pas de la mienne, dans un pays qu'elle ne connaissait pas, c'était bien de Léonor, de ce feu qui la consumait jour et nuit. Cette violence noire a fini par la tuer, mais elle a voulu en poursuivre ma famille... Je me demande même si, le peu qu'elle a vécu, elle n'a pas élevé son fils dans l'unique espoir qu'il la vengerait.*

Les derniers feuillets concernaient uniquement le Commandeur, ou plutôt la vie qu'il menait depuis la mort d'Iris et son retour de l'île. Van Braack en parlait sans rancune apparente, et ses mots parfois laissaient entrevoir une sorte de sollicitude et de lucidité paternelles : *Lui aussi, Rocaïbo l'a changé,* écrivait-il, *ce voyage l'a changé comme rien d'autre n'aurait pu le faire. Le peu d'humanité qu'il avait, le Commandeur l'a perdu. Tout ce que je souhaite, c'est que cet enchaînement de malheurs épargne Ruth, ma seule réussite en ce monde, une vraie navigatrice, une fille qui sait qu'en dépit des tempêtes le bateau doit traverser la mer. Ruth et son enfant que je n'ai jamais vu, cette petite Judith qui est née en plein Océan, comme les Van Braack de nos temps héroïques.* Et quelques lignes plus loin il enchaînait encore sur son doute : *Comme moi-même à son âge, le Commandeur a le goût de l'or. Il transforme en or tout ce qu'il touche, jusqu'à la pellicule de ses films. Au prix, bien sûr, de terribles destructions. C'est un genre d'alchimiste. De qui tient-il ce don ? Mais ni l'or ni l'art ne le combleront jamais. Seul un nouvel amour, un amour sans violence pourrait réveiller enfin sa partie humaine, le sauver de l'héritage de sa mère, cette force noire qu'elle-même tenait du vieux Commandeur, le roi Manuel, seul maître de son île. Ces gens-là bâtissaient leurs maisons comme des forteresses, et concevaient l'amour comme une prison. Au début de sa liaison avec le jeune Commandeur, le prestige et la beauté foudroyante de son désir avaient laissé à ma fille l'illusion qu'il la protégerait de tout, même des pires embûches de sa vie de chanteuse. Elle dut finir par comprendre que la démesure de sa passion la conduirait elle aussi aux portes de la folie. Depuis aussi loin qu'ils régnaient sur l'île, les Hadji avaient eu le goût des maisons étranges. Leurs demeures avaient la forme démesurée de leur désir. Dès qu'on passait le seuil, on avait envie de s'enfuir. On entrait pourtant, on vous accueillait. Et si par malheur on s'attardait, le piège de la passion se refermait sur vous. A son tour, le jeune Commandeur avait fait d'Iris une prisonnière. Peut-être le savait-elle. Peut-être s'est-elle suicidée, à Rocaïbo. Elle connaissait si bien les traîtrises du rivage, et on m'a dit que dans les vagues, avant de disparaître, elle n'a pas eu un seul cri. Qu'elle ait voulu mourir, je le comprendrais, je l'accepterais. Moi aussi, de plus en plus souvent, j'ai envie que la mer me prenne.*

C'étaient les derniers mots du capitaine Van Braack. Trendy soupira. Il avait trouvé le manuscrit, de belles phrases, quelques explications, mais pas la formule magique, le secret qui jetât miraculeusement le Commandeur à sa merci. Il replaça la liasse humide dans le rouleau à cartes. Un seul mot l'avait frappé, qu'il se répéta à mi-voix. *Forteresse.* C'était très exactement le mot qu'avait employé Dräken. Il déposa le cylindre dans sa cache de la cheminée, sortit sur le pont, sauta sur la cale et rejoignit la plage. Il vacillait. Il ne savait pas si c'était le tangage du bateau qui le poursuivait, ou les mots qu'il venait de lire, la voix de Van Braack qu'il avait cru entendre, voix d'homme brisé, de vaincu, replié sur ses souvenirs et sa terrible solitude. La mer montait. Le vent se réveillait, les vagues s'écrasaient avec un ressac doux, un éclatement discret de bulles et de soupirs, eau tenace et calme, lourde de vie pourtant, qui laissait dans les sables des vallées en miniature où roulaient des milliers de minuscules débris, déchirures de varech, éclats de coquillages, poussière de rouille arrachée aux anneaux de la cale. Autant de restes d'histoires sans histoire, mêlés à l'infini du monde, perdus bientôt dans le néant de la mer.

Trendy leva les yeux et contempla le large. Où étaient les jours de soleil des premiers temps de son séjour, quand Ruth lui parlait des villes païennes englouties sous les flots ? L'Océan n'était plus le même, elle avait été la première à le dire. Où était l'eau vive de ce temps-là, la fontaine de sa jeunesse ? Où était Judith ? Et si le Commandeur, elle aussi, l'avait tarie, détruite ? A l'extrémité du cap, un banc de brouillard commençait à rôder. La nuit ne tarderait pas à se glisser dans le jour, la nuit salée qui battait comme un cœur. Il se retourna vers le rivage et se dirigea vers l'escalier qui menait à la *Désirade.* La maison apparut derrière les cèdres. Elle était de trois quarts. Quelques pas de plus et il verrait enfin sa façade inconnue, il serait aux portes de ce que Van Braack avait appelé la forteresse. Il ne pouvait plus bouger. Car ce qu'il entendait à présent, indéfiniment répété comme le son du ressac, c'était l'une des phrases du manuscrit de Van Braack : *Le doute est une terrible chose, mais le pire, avec le Commandeur, serait peut-être de savoir.*

Il se retourna vers la mer. Les eaux claires montaient avec la même patience, souples et tranquilles, dans leur robe d'étincelles mouvantes. Et il eut alors, comme le capitaine, et sans non plus pouvoir se l'expliquer, l'irrésistible envie de s'y noyer.

CHAPITRE XXXII

Judith soupira, essuya son pinceau, le rinça avec son soin habituel, puis le reposa à côté de sa palette. Elle se sentait lasse, tout d'un coup. Elle n'avait plus envie de regarder sa toile. Elle ne parvenait pas à la finir. C'était, sur une série de sept tableaux, son troisième portrait du Commandeur. Le dernier. Elle était persuadée qu'elle n'arriverait plus à rien. Elle avait décidé de l'appeler *le Prince au cœur noir*. Le Commandeur, quant à lui, préférait *le Prince des ténèbres*. C'était bien dans sa manière précieuse. Elle le lui avait dit. Comme chaque fois qu'elle le contrariait, il s'était fâché : « Et ta peinture, elle n'est pas maniérée ? Des choses léchées, des pastiches des petits maîtres de la Renaissance ! » Elle avait éclaté de rire : « Alors, pourquoi te laisses-tu portraiturer par une barbouilleuse ? » Il avait eu sa réponse coutumière : « Parce que tu ressembles à Iris. Je me moque de ta peinture. Tu ressembles à Iris et pour toi j'ai baissé le masque. Comme je l'ai fait pour elle. Mais n'oublie pas, Judith, je t'attends. » Elle se força à l'indifférence : « Cesse de bouger, reprends la pose. » Tandis qu'il essayait de retouver les gestes qu'elle lui avait assignés, Judith évitait de le regarder. Elle ne riait plus. Elle fronçait les sourcils, elle s'appliquait à des détails minuscules, un reflet sur les perles noires qui fermaient ses manchettes et la goutte d'opale qu'il portait à son cou. Ou bien, une fois de plus, elle se penchait sur ses couleurs, à la recherche de la teinte exacte qu'il fallait pour l'œil du Commandeur, son œil gauche, celui qui était plus sombre que l'autre et dont la nuance bizarre était si difficile à rendre.

Judith l'avait découvert ces dernières semaines, c'était là l'origine du trouble presque universel que suscitait le Commandeur : un regard qui brûlait, qui donnait la sensation d'une alliance établie entre la noirceur et la lumière. Pour un peintre, ce regard hors du commun représentait une difficulté majeure. Judith s'en était déjà aperçue sur les clichés du Commandeur qu'elle avait collectionnés depuis qu'elle l'avait entrevu, toute petite encore, lors de la première fête à la *Désirade*. La photographie ne rendait jamais le rayonnement de sa présence ; et le Commandeur sans doute en était conscient, qui se plaçait toujours en retrait des objectifs, comme si le photographe dût lui arracher tout ce qui faisait son essence. Au cours de leurs interminables conversations de ces dernières semaines, il lui avait avoué que les autres artistes l'avaient remarqué. Mais personne jusqu'ici, même le célèbre Effroy, qu'il connaissait depuis sa jeunesse, ne s'était risqué à entreprendre un seul portrait de lui. Et il avait ajouté que sa mère, la belle Léonor dont la figure ornait la Chambre des Cartes, avait dans les yeux le même terrible feu. Personne davantage n'avait pu en restituer l'éclat, mais le Commandeur prétendait qu'il ne l'avait jamais oublié. Il prétendait aussi que c'était le souvenir le plus intense qu'il eût gardé de sa mère. « Je sais que je lui ressemble, concluait-il sur un ton faussement désinvolte, à ceci près que ses deux yeux étaient semblables, tandis que moi, vois-tu, j'ai un peu de nord dans l'œil droit, un peu de ce nord maritime et glacé qui me rapproche de toi, belle et jeune Judith Van Braack... » Et il faisait sonner son nom comme un roulement de tonnerre.

Ce qui n'effrayait pas Judith, à son grand agacement. Elle peignait. Assidue, appliquée, inlassable, elle peignait. Combien de temps avait-elle passé à la *Désirade* depuis la nuit de la mort d'Anna ? Elle ne le savait même plus. Mais ce soir, tout d'un coup, se penchant à la fenêtre et observant le parc, elle se dit que c'en était assez. Une brume commençait à rôder. Le temps n'était plus si froid et elle pouvait déjà deviner quelles odeurs ce soir envahiraient la maison : senteur de mousse, de bois humide, et, comme chaque fois que le vent recommençait à venir de la mer, un fond d'embruns et de poussière de sable. Elle avait envie de grand vent, d'un seul coup. Mais déjà, tout au long des couloirs, les pendules une à une sonnaient quatre heures, le moment où le Commandeur la rejoignait dans son atelier. Il était en retard. C'était exceptionnel. D'ordinaire, il entrait, solennel et glacial, suivi de ses domestiques asiatiques qui apportaient le thé, les gâteaux, les vins sucrés dont il raffolait. Et il commençait à parler, tandis qu'elle peignait.

Qu'il fût en retard était mauvais signe. La veille, devant ses silences, il l'avait presque menacée. Judith se détacha de la vitre, tenta de reprendre son pinceau, de fignoler encore un détail du tableau. Elle le lâcha presque aussitôt. Pourquoi se le cacher ? Elle n'était pas seulement lasse de la *Désirade*. Elle commençait aussi à en avoir peur. Et, pour la première fois depuis de longues semaines, elle se demanda ce qu'elle avait pu y chercher.

Elle se souvenait seulement que, le soir de son arrivée, elle avait éprouvé le sentiment d'une urgence. D'une nécessité à laquelle elle ne pouvait échapper et qu'il était vain de vouloir justifier. Elle était partie, non pas pour dîner mais pour peindre, en laissant tout derrière elle, *Hauteclaire*, sa mère, tout le reste, un reste sur lequel elle continuait à refuser de s'interroger. Elle s'était jetée dans la peinture comme elle ne l'avait jamais fait, peut-être comme on prend la mer, comme son grand-père, autrefois, s'était embarqué. Elle avait mesuré le risque. Elle savait qu'elle partait en terrain ennemi. Elle connaissait parfaitement l'histoire de sa famille, depuis qu'elle avait découvert dans le *Roi-des-Poissons* la confession du capitaine. Tout le temps de son enfance, elle avait rêvé de la *Désirade* comme d'une maison interdite. Il lui suffisait de voir comment se fermait le visage de sa mère dès qu'elle prononçait son nom. La rumeur du pays en avait épaissi le mystère et décuplé l'attrait. Et elle se rappelait aussi comme Ruth, d'ordinaire si douce, était devenue nerveuse le jour où elle l'avait enfin emmenée à la maison d'en face. Ce fut un éblouissement, dont elle se souvenait encore avec une précision étonnante. Elle n'avait jamais vu des objets si étranges, tout semblait sortir d'un conte, et les invités aussi paraissaient issus d'une fantasmagorie, avec leurs vêtements si riches et si extravagants. Et comme ils se montraient déférents devant le maître des lieux, cet homme au regard curieux qui l'avait si longuement détaillée, elle, une simple petite fille. Aussi hardiment que lui, Judith l'avait regardé bien en face, et elle avait vu passer sur ses traits quelque chose qui ressemblait à de l'inquiétude. D'emblée, elle l'avait détesté, et elle savait pourquoi : on le lui avait dit, Anna Louvois aimait cet homme, et lui ne l'aimait pas. On avait ajouté qu'il l'avait blessée d'une façon dont elle ne pouvait se remettre. Ruth avait très vite quitté la fête, ce qui avait redoublé le prestige de la maison interdite. Mais le peu qu'elle avait vu à la *Désirade*, Judith l'avait inscrit à jamais dans sa mémoire ; et elle s'était juré qu'elle y reviendrait.

En grandissant, elle l'avait un peu écartée. Elle ne songeait plus qu'à sa peinture, et elle avait tant de choses à apprendre ! L'oubli était facile. Sur le passé, sa mère n'était pas bavarde. Un seul fait l'avait intriguée. Chaque fois qu'on s'apprêtait à nettoyer le *Roi-des-Poissons*, ce yacht dont il paraissait convenu qu'il ne quitterait plus sa cale, elle voyait Ruth le remuer de fond en comble. Elle semblait chercher quelque chose qu'elle ne trouvait jamais. Un après-midi où sa mère était absente, Judith lâcha ses esquisses et descendit au fond du bateau. Elle trouva presque aussitôt ce que sa mère avait cherché en vain, une sorte de livre qu'avait écrit son grand-père, une confession qu'il avait sans doute rédigée avant d'aller se noyer au large de l'île qui s'étendait face à la maison de Malcolm. De l'histoire de sa famille, Judith ne connaissait que des bribes. Elle savait que sa tante était morte très jeune, ce qui avait précocement brisé sa carrière de chanteuse. Elle ignorait qu'elle avait été mariée, et qu'elle avait épousé le propriétaire de la *Désirade*. Sur le passé du capitaine, Ruth avait été plus précise. Elle lui avait dit qu'il avait vécu longtemps dans les mers du Sud, où elle était née, comme Iris.

Ce que Judith découvrit dans le manuscrit de Van Braack ne l'étonna pas outre mesure. Elle avait longtemps rêvé devant le portrait du capitaine et lui avait prêté des aventures encore plus cruelles et romanesques que celles qu'il racontait dans sa confession. Tout le temps que dura sa lecture, elle n'en fut pas émue. Ce fut au moment où elle replaça le rouleau dans sa cache qu'elle comprit qu'elle avait touché à un secret, et qu'on ne touche pas un secret sans s'en trouver changé.

De fait, elle ne fut plus la même. Elle eut envie de fuir *Hauteclaire*, et déjà elle évitait sa mère, ses regards, ses conversations, sa douceur même. Elle voyait bien que Ruth était inquiète et qu'elle redoutait de l'avoir irritée par ses nouvelles amours, ce professeur américain qui venait désormais passer l'hiver tout près d'elle. Judith ne le détestait pas, loin de là. Si elle avait dû se confier à quelqu'un, c'était lui qu'elle aurait choisi. Mais comment faire ? Ce qu'elle avait appris, elle était persuadée d'être seule à le connaître, c'était un poison qui s'était insinué dans sa vie, et on ne partage pas un poison. Elle ne peignait plus de la même façon. Ce qu'elle portait en elle lui faisait si peur qu'elle avait demandé à Malcolm une pièce de sa maison de pêcheurs, pour que personne ne voie ses toiles, pour être seule devant la mer avec ce qu'elle prenait pour de la folie, pour ne pas en souiller le calme d'*Hauteclaire*. Personne ne peut comprendre, se répétait-elle à longueur de journée, personne ni même un amant.

Au fil des mois, elle multiplia ce que les autres prirent pour des caprices. A cause du Commandeur, à cause de ce qu'elle avait lu de lui dans le récit de Van Braack, à cause surtout du fantôme d'Adams, l'homme aux perruches sur le quai d'Amsterdam, elle s'était mise à détester les hommes. Elle les recherchait, les séduisait et les quittait sur-le-champ. Ou les méprisait, les humiliait, comme Peter Wall ou les autres jeunes compagnons d'Argens. Pourtant le Commandeur, par son absence, par toutes les noirceurs qu'il semblait réunir, continuait d'exercer sur elle sa fascination. En peu de temps, elle l'annexa à ses plus anciens rêves, à ses fantaisies sur la maison interdite, la *Désirade*, son vieux palais d'enfance. Elle la dessinait et la peignait sans fin, elle y inventait des ombres, des diables, des génies. De plus en plus souvent, sans même qu'elle l'ait cherché, ces créatures de fantaisie prenaient la figure du Commandeur. Quand elle s'en aperçut, elle jugea que ses portraits n'étaient pas ressemblants. Elle chercha des photos de lui, les collectionna, et commença à traquer le secret de son étrange regard, ce qu'elle n'appelait plus que *la lumière noire*.

Elle était seule, désespérément seule. A qui remettre ce fardeau ? Parfois, des jours très brefs, elle trouvait la force de tourner le dos à son enfance. Elle partait, comme au début de l'automne, pour une quelconque école d'art. Cela ne durait guère. Elle revenait toujours. C'était plus fort qu'elle, il lui fallait *Hauteclaire*, mais plus encore il lui fallait la *Désirade*. Et les autres continuaient à ne rien comprendre, qui appelaient tout cela des lubies, et sa mère elle-même se mettait à la sermonner, à lui parler d'une autre vie qui l'attendait, disait-elle, une vie plus forte où il y avait de grandes causes, des passions, des serments, enfin des enfants. Judith ne prenait pas la peine de répondre. Elle connaissait d'autres urgences. La vraie nécessité, c'était la *Désirade*.

Ainsi donc elle était partie. Quand elle avait appris que le Commandeur avait rouvert sa villa, elle avait d'abord hésité, puis elle était revenue. Elle n'avait jamais douté qu'elle y fût invitée. Le Commandeur l'aurait-il ignorée qu'elle serait allée frapper à sa porte. Malgré le danger, et sans chercher à se l'expliquer. C'était ainsi. C'était écrit. Comme il était écrit qu'Anna Louvois dût se tuer en voiture.

Sur cet épisode, la curieuse prescience que Judith avait eue de sa mort, et qu'elle-même ne s'expliquait pas, le Commandeur n'avait pas posé de questions. Ou il s'était dit que cette étrangeté servait la sienne. Le désir qu'il avait de Judith était l'évidence même. D'emblée, elle l'avait tutoyé, au mépris de la prudence la plus élémentaire. En homme sensible aux conventions, il avait pris cette familiarité immédiate pour l'assurance que Judith partageait son trouble ; elle semblait annuler entre eux toute distance. Les autres hôtes de la *Désirade* la prirent de la même façon. D'Argens, Léonard, Peter Wall, les derniers parasites qui restaient encore sous le toit du Commandeur, s'éclipsèrent presque aussitôt. Ici aussi, Judith faisait le vide autour d'elle.

En quelques jours, il ne resta donc à leurs côtés que Sirius, la cantatrice et son fidèle Dräken. Le musicien semblait s'ennuyer à mourir. La diva, pour sa part, s'était réfugiée dans un mutisme glacial. Quand elle ne venait pas l'épier derrière la porte de son atelier — qu'y avait-il à espionner, Judith ne cessait de peindre, et ici au moins elle ne se cachait pas — c'était Sirius qui venait rôder, qu'elle entendait arriver de loin, à cause de sa lourde claudication sur les carreaux de marbre. Le Commandeur quittait de plus en plus fréquemment ses invités pour s'installer dans la pièce qu'elle avait choisie pour son atelier, un grand salon à l'arrière de la *Désirade*. Il donnait sur les terres, et cela lui plaisait. C'était comme un repos, de tourner le dos à la mer. Elle l'avait entièrement débarrassée de ses lampes torses, de ses fauteuils à capitons, et même de sa pièce maîtresse, un immense canapé vert surmonté d'une gerbe de plumes de paon. Quand le Commandeur arrivait, elle continuait de peindre, et ils parlaient. Leurs conversations duraient des heures. Ils s'arrêtaient à peine pour le dîner et reprenaient les *palabres*, selon le mot de Judith. Elles se prolongeaient très avant dans la nuit. Il était insomniaque, elle le devint. A la vérité, c'était surtout le Commandeur qui parlait. Sans préambule, il avait deviné qu'elle connaissait presque tout de son passé. Très vite, il lui avait parlé d'Iris, de sa mère, de sa douleur dans l'île lorsque Iris s'était noyée. Il était aussi torturé d'un doute, celui d'ignorer si sa jeune épouse avait été victime de sa folle imprudence, ou si elle avait voulu se suicider. Leur familiarité verbale n'eut qu'une limite : malgré son souhait, elle refusait de l'appeler par son prénom. Quand elle devait le nommer, elle l'appelait toujours *Commandeur*. Il en paraissait blessé mais ne lui en gardait pas rancune. Tout ce qu'il avait sur le cœur depuis des années, il le confiait à Judith. De soir en soir, il l'aimait davantage. La Cruzenburg fut vite à bout de nerfs. Il y eut une scène.

Au terme d'une journée épuisante, Judith avait enfin réuni, parmi l'invraisemblable bric-à-brac de la *Désirade*, un assemblage d'objets qui lui paraissait harmonieux. Son idée, à ce moment-là, c'était de rendre le mystère et la prestance du Commandeur par l'étrangeté de ce qui l'entourait, et de suggérer sa *lumière noire* par un éclairage extérieur, un demi-jour dans le fond de son portrait, quelque chose d'indéfinissable qui pût suggérer sa voix rauque, sa façon de s'avancer dans les pièces comme le représentant d'un autre monde, avec son poids de souvenirs et de visions impénétrables. Dans la Chambre des Cartes, juste au-dessus de la dame de cœur qui figurait Léonor, elle avait réuni des flacons en verre de Bohême, allumé plusieurs des grands candélabres contournés qu'on trouvait un peu partout dans la villa. Elle y avait planté les chandelles de cire bleue et verte pour lesquelles le Commandeur avait tant de goût. Elles jetaient des reflets aux coloris très rares sur le verre des fioles à parfum. Le

Commandeur s'était beaucoup amusé de cette mise en scène, et surtout du désordre que Judith, à la grande indignation de Sirius, avait jeté dans la maison. Sans doute aussi le Commandeur s'en était-il trouvé troublé, d'une façon qui n'avait pas échappé à la diva. Alors que Judith se reculait pour juger de l'effet d'un jeté de velours qu'elle venait de déposer au pied des candélabres, elle sentit d'un seul coup une présence derrière elle.

Elle ne se retourna pas, elle ne sursauta même pas. Ce n'était pas qu'elle eût, comme tout autre, reconnu la Cruzenburg à son parfum. Elle savait qu'elle viendrait, tout comme elle avait pressenti, au point de désespoir où l'avait jetée le Commandeur, qu'Anna Louvois se tuerait en voiture. Elle n'avait pas prévu, en revanche, la colère qui allait suivre. Elle entendit s'éloigner le bruit de sa robe crissante, puis ses escarpins résonnèrent sur le marbre des corridors. A leur rythme précipité, elle devina que la Cruzenburg courait. Ce n'était pas dans sa manière. Un instant encore, Judith s'appliqua sur les plis de son velours, puis, sous l'effet d'une inspiration qu'elle ne chercha pas à comprendre, elle courut sur les pas de la cantatrice. L'architecture de la *Désirade* lui était devenue familière, elle ne se cognait plus aux meubles dans le noir, elle connaissait des raccourcis, des petits escaliers que personne ne prenait, et elle était légère, elle sautait sans un bruit de marche en marche. Elle fut bientôt à la porte de la bibliothèque. C'était là qu'avant le dîner se tenait le Commandeur. Dans un rituel immuable, et par elle ne savait quelle complaisance envers la Cruzenburg, car il les connaissait par cœur, il y écoutait les enregistrements des morceaux qui avaient fait ses beaux soirs. Par la porte restée entrebâillée, Judith vit la cantatrice s'approcher du maître de maison. D'un geste sec, elle coupa la musique. Le Commandeur eut un léger mouvement de surprise, tout comme Dräken, qui tuait son ennui, à son habitude, en noircissant une partition sur le bord d'une console. Judith et lui ne se parlaient jamais, mais il lui semblait qu'il l'aimait, et pour cela elle avait pensé le représenter dans un autoportrait qu'elle projetait. Il y symboliserait son démon familier, l'inspiration fébrile qui hantait ses nuits.

La voix de la Cruzenburg résonna dans la pièce. Elle avait perdu sa douceur ordinaire :

380

— Vous n'avez pas le droit ! s'écria-t-elle.

Le Commandeur s'empara sur les rayonnages d'une vieille reliure et se mit à la feuilleter.

— Vous vous reniez, insista-t-elle.

A cet instant, Sirius sortit de l'ombre où il aimait à rester. Son œil s'était allumé, comme pour encourager la Cruzenburg. Dräken leva le nez de sa partition, et le Commandeur lui-même finit par abandonner son livre.

— Je ne me renie pas, dit-il enfin. Judith sera la seconde.

De sa cachette, Judith eut d'abord du mal à suivre ce qui se disait. Elle entendait parfaitement, mais cela ressemblait à une conversation reprise où on l'avait laissée, et il lui manquait ce qui avait précédé.

— Vous prétendiez qu'elle ne vous intéressait que pour sa ressemblance avec Iris Van Braack. Pour le reste, vous la trouviez fade, trop gamine, trop brouillonne.

— J'ai changé d'avis, voilà tout. Judith ne ressemble qu'à elle-même.

La Cruzenburg eut un moment de stupeur, puis elle ajouta, apparemment radoucie :

— Vous avez bien changé, mon pauvre Manuel.

Il s'appuya à la cheminée, dans une pose qu'il prenait souvent.

— C'est possible.

— Vous l'aimez ?

— Pourquoi pas ?

— Vous m'aviez toujours dit que vous resteriez fidèle au souvenir d'Iris.

Le Commandeur eut alors une de ses phrases théâtrales et énigmatiques :

— Quelle est la différence entre l'amour et le souvenir de l'amour ?

Elle tint tête.

— Et nos projets ?

— Votre magie noire m'ennuie de plus en plus, ma chère Constance. Sottises et billevesées. Je l'ai déjà dit à Sirius. Allez vous amuser où vous voulez avec vos poudres de chauve-souris et vos envoûtements, mais plus ici. J'ai d'autres projets pour la *Désirade*.

A ce moment-là, de l'entrebâillement de la porte où elle se tenait, Judith vit que la Cruzenburg avait blêmi, et elle pensa qu'elle allait éclater. Sirius lui fit à nouveau signe du regard, et la chanteuse se maîtrisa. Elle s'approcha du Commandeur. Avec le soin et la lenteur qu'il y mettait toujours, il s'alluma un cigare.

— Vous l'aimez, vous aussi, laissa-t-il enfin tomber. Vous l'aimez comme vous n'en avez jamais aimé une autre. Les autres filles, vous n'avez jamais fait que les désirer.

La Cruzenburg fit encore un pas vers lui. Elle s'efforçait de jouer les tendres, un jeu qui lui allait mal. A force de se contenir, elle était devenue livide.

— Etait-ce un mal ? rétorqua-t-elle. Nous étions bien semblables, ce me semble. Et autant que vos petites conquêtes, j'ai désiré aussi bien des hommes. Sauf vous, Manuel. Vous n'êtes pas désirable. La petite l'a bien vu. Et c'est elle qui vous perdra.

Dräken n'écrivait plus. La scène paraissait l'amuser.

Le Commandeur tira quelques bouffées de son cigare et reprit sa reliure.

— Vous parlez au passé, Constance. Vous avez raison. Cela fait déjà quelques jours que cette maison vous est insupportable.

A la façon dédaigneuse dont il avait laissé tomber sa dernière phrase, au regard qu'il eut, à la fin, pour juger de son effet, la Cruzenburg comprit qu'elle était chassée. Elle eut un moment de désarroi, mais, une fois de plus, elle parvint à se reprendre. Elle s'approcha encore de lui. Elle le touchait presque. Il eut un mouvement de recul. Elle feignit de ne pas le remarquer et renouvela sa question sur le ton le plus suave :

— Vous l'aimez donc ?

Il ne répondit rien. Elle répéta sa question. Il continua de feuilleter son livre. Elle ne se décidait pas à sortir. Il eut alors un dernier mot :

— J'irai quand même vous écouter à l'Opéra.

Ce *quand même* fut plus qu'elle ne put supporter. Elle éclata.

— Et vous allez rester ici, hurla-t-elle, ici seul avec cette fille ! Elle ne vous aimera jamais, mon pauvre Manuel, elle est jeune, et quel âge avez-vous ? Enfin vous vous reniez...

382

— Renier quoi ? Je n'ai rien d'autre à renier que mon premier amour. Iris est morte et j'ai souffert des années. J'ai enfin trouvé celle qui le guérira. Judith sera la seconde.

— Vous reniez surtout ce qu'il y a eu entre vous et moi. C'est moi qui vous ai guéri. Je vous ai sauvé de vous-même.

— Nous n'étions jamais que des complices. Nous n'avons pas été amants.

Elle eut son rire flûté, celui qu'elle réservait à ceux qu'elle voulait humilier :

— C'est une éventualité que je n'ai jamais envisagée !

Il ne se laissa pas entamer :

— Toutes nos conquêtes, bien sûr... Mais si vous et moi cherchions à dominer, si nous aimions la comédie de l'amour, nous avions des rêves, des raisons, des visions différentes. Vous, Constance, vous n'aimez que vous-même. Vous n'aimez que votre voix, votre image sur scène ou dans les yeux de ceux, hommes ou femmes, que vous séduisez, que vous réduisez, pour pouvoir chanter. Je concède que notre association a donné lieu à des moments agréables. Et, pourquoi le nier, à quelques instants de beauté. Mais vous n'aimez que votre désir, Constance, ou le désir qu'on a de vous.

— Vous aussi.

— Non, Constance. Vous faites fausse route.

Il semblait brusquement moins hautain, moins cassant. Sur le seuil de la pièce, la Cruzenburg eut une seconde d'hésitation. Ce fut le moment qu'il choisit pour porter le coup final :

— Il faut que vous le sachiez, je n'ai plus besoin d'être sauvé. J'ai retrouvé la magie de l'époque d'Iris. La vraie magie. Blanche et humaine. Judith est blanche et humaine.

— Humaine ! Mais voyons, vous êtes fou ! Cette petite se moque bien de vous. Elle est venue ici pour sa peinture, seulement pour sa peinture. Vous n'êtes qu'un modèle, et votre maison un décor ! Cette fille vous détruira, vous vous trompez sur elle. Et à votre âge, mon pauvre Manuel, on n'a plus le droit de se tromper !

— A mon âge, on n'a plus d'âge. C'est-à-dire qu'on a tous les droits. Même celui de l'erreur.

Il avait parlé comme s'il avait mille ans, et à ce moment-là en effet son visage était si sombre qu'il semblait échappé d'un autre temps, accouché d'une montagne de siècles.

— Vous ne l'emporterez pas en paradis, siffla la Cruzenburg.

Le Commandeur ne fut pas désarmé :

— L'Enfer peut attendre, madame. Il a tout son temps, vous le savez mieux que personne.

Elle fit aussitôt volte-face. Judith entendit sa robe qui bruissait sur les lames du parquet. Le Commandeur répéta : « J'irai quand même vous écouter à l'Opéra ! » et l'instant d'après la Cruzenburg passait la porte, souveraine et raidie dans sa robe de faille.

Elle découvrit Judith. Elle n'eut pas un mot. Elle se contenta de hausser les épaules. Mais, comme Dräken à son tour allait passer le seuil, la chanteuse eut dans le noir un minuscule mouvement. Elle remonta une marche et tendit sans la regarder sa main vers la sienne. Ce n'était pas un salut. Elle lui pressait les doigts avec une force inexprimable. Judith eut si mal qu'elle laissa passer un cri. Alors la Cruzenburg haussa à nouveau les épaules et disparut. Elle entendit longtemps ses escarpins résonner dans les corridors, une marche furieuse, impérieuse, irrégulière. Ce soir-là, Judith ne voulut pas dîner. Elle ne retourna pas non plus à son atelier. Elle alla s'effondrer sur son lit, dans la chambre de Léonor que le Commandeur lui avait offerte, au grand scandale de Sirius — honneur insigne dont il lui apprit ensuite qu'Iris elle-même, le peu qu'elle avait vécu à la *Désirade*, n'y avait jamais eu droit. Et là, sous les torchères dorées et le baldaquin tendu de noir où s'était éteinte la belle Léonor, au fond de cette chambre immense qui sentait à la fois les épices et le renfermé, Judith pleura pendant des heures. Personne ne vint la consoler. Elle était seule, pour la première fois de sa vie, seule et comme prisonnière. Mais elle l'avait voulu. Le lendemain matin, elle était retournée à ses toiles.

La vie reprit son cours. Mais pouvait-on appeler vie ce qui se passait à la *Désirade* ? C'était le feu, la fièvre. Judith était toujours en quête de la lumière noire. Le Commandeur, en apparence, la laissait faire à sa guise. La maison interdite était devenue sienne, et, comme toutes les autres demeures devenues familières, elle lui offrit sa part d'émerveillements, d'habitudes et de déceptions. Judith furetait partout, déménageait ce qu'elle voulait pour le décor de ses tableaux, déjeunait et dînait à son heure. A mesure que les jours passaient, la *Désirade* devenait ce que la Cruzenburg avait prédit : simple décor. Elle avait choisi pour son atelier le côté des terres, l'arrière de la maison, cette autre face qui toute son enfance lui avait paru si mystérieuse, si inaccessible, dissimulée qu'elle était par le rideau des arbres et le long mur, tel un rempart, qui ceinturait la propriété. La seule fois qu'elle descendit dans le parc pour voir à quoi ressemblait l'autre façade de la demeure, elle fut affreusement déçue. Elle avait imaginé quelque chose de somptueux, d'alambiqué et grandiose à la fois. Elle n'avait rien trouvé que de plat, commun, banal. De dos, la *Désirade* ressemblait à toutes les autres villas du cap. On n'avait déployé d'efforts que pour les murs qui donnaient sur l'allée du Phare, ceux qui semblaient continuer leur menace sur *Hauteclaire*. Son architecture avait été conçue pour une démonstration publique, celle de la rancune, peut-être, ou celle de la vengeance. Judith avait aussitôt abandonné sa promenade. Elle s'était claquemurée dans la maison et n'en était plus sortie. A présent, elle avait l'impression d'avoir fait le tour de son mystère. Et Judith se disait aussi qu'il en allait de même pour le Commandeur : une belle façade, un personnage bien au point, dans le genre étrange. Et qui s'effritait à mesure qu'il s'était épris d'elle.

Mais les dédales de la maison, tel un piège, l'avaient très longtemps retenue. Les premières semaines, elle l'avait prise pour une malle au trésor, et elle avait pensé qu'elle ne parviendrait jamais à l'épuiser. Toutes ses curiosités, cependant, ne l'attiraient pas de la même façon. L'automate qui gardait la salle de bal, par exemple, et quoiqu'il l'eût tellement effrayée lors de sa première visite, quand elle était petite, ne l'avait pas intéressée. Dans la grande salle de bal, la monumentale statue d'obsidienne la laissa d'une indifférence égale, malgré les dizaines de gouttes d'eau qu'on voyait poindre sur la pierre où elle était taillée, sous l'effet de la lente combustion des bois rares qu'on faisait brûler dans toutes les cheminées. Dans le grenier, elle avait retrouvé les fausses perspectives peintes par Effroy pour chaque fête à la *Désirade*. Rien qu'à leur facture, on devinait que la plupart de ces décors remontaient à des dizaines d'années, le temps d'Iris, comme aurait dit le Commandeur, souvenirs dérisoires de festivités révolues. Mais cet étrange-là lui paraissait facile, trop apparent, trop près de la surface des choses. Ce qu'elle cherchait sans relâche, c'était à quoi tenait l'éclairage si particulier de la villa. Avait-il quelque influence sur l'aura du Commandeur ? A force d'examiner les meubles, les bibelots dont la maison était pleine, Judith comprit que cela tenait à de minuscules détails, ou plutôt à une accumulation de détails infimes qui se répondaient les uns aux autres. C'étaient souvent des reflets. Au détour d'une galerie, des voiles épais s'écartaient sur un laque de Chine ; sur la commode qui lui faisait face, une lampe constamment allumée révélait une figure grimaçante, qui d'un seul coup reprenait vie. Sous tout autre éclairage elle serait passée inaperçue. Ou bien c'était, dans un clair-obscur, la rampe serpentine d'un petit escalier ; son ombre sur le mur blanc semblait enrouler ses anneaux autour du visiteur. Il n'était pas jusqu'aux lambris, aux moulures des portes qui n'aient abrité çà et là quelque figure d'horreur, prête à surgir, comme ranimée en sursaut de son profond sommeil, sous le premier chandelier qu'on tendrait. Les dizaines de miroirs en réfléchissaient l'image à l'infini, donnaient naissance, selon l'heure du jour ou de la nuit, à d'autres reflets diaphanes, d'autres couleurs, d'autres formes : l'ombre d'un marmouset concentrée dans le prisme violet d'un flacon à parfum, la figure implacable d'une carte de tarot indéfiniment répétée sur une collection de glaces piquetées. Un cadre rare, en somme, un décor raffiné et pervers qui donnait le vertige, un vertige propice à la peinture de Judith. Mais il demeurait encore un mystère que la *Désirade*, à ce jour, continuait de lui refuser : celui de la lumière noire. A l'évidence, il fallait le chercher chez le Commandeur lui-même, non dans sa maison. Mais comment l'approcher, pour s'en approprier l'éclat ? Fallait-il vraiment, comme il ne cessait plus de le lui demander, partager son lit, devenir celle qu'il appelait, certains jours, *ma sœur*, et d'autres *mon âme paire ?* Elle avait cru d'abord qu'il suffisait de le laisser parler. Et il avait parlé, en effet, durant des nuits et des nuits. Quand elle était lasse de peindre, ils s'installaient dans un petit salon qu'il avait aménagé à cet effet. Un des domestiques y projetait ses films sur un écran tendu devant une cheminée désaffectée. Elle demandait toujours qu'on laisse une lampe allumée à ses pieds : autant que les chefs-d'œuvre qui se déroulaient sur l'écran, elle ne voulait rien perdre des nuances qui traversaient alors le visage du Commandeur.

Presque indifférente aux visions qui agitaient la pellicule, elle crayonnait de temps à autre, traçait dans la pénombre ses images à elle. Nuits fébriles, nuits courtes. Elle finissait par aller s'effondrer sur le lit de Léonor, où elle s'endormait pour quelques heures d'un sommeil agité : les fantasmagories de la veille la poursuivaient dans ses rêves, et le lendemain matin elle tâchait de les transcrire devant son chevalet. A quatre heures précises, le Commandeur lui rendait visite dans son atelier, avec pour commencer ses palabres la même phrase rituelle : « As-tu bien avancé ? » Elle lui montrait sa toile sans la moindre honte. Elle avait annoncé une série de sept toiles. « Tant que je ne les aurai pas finies... » Il avait si peur de l'entendre dire qu'elle partirait quand la série serait achevée qu'il l'interrompait aussitôt : « Travaille bien, Judith Van Braack. La jeunesse n'a qu'un temps. » Et il reprenait ses interminables récits.

Il n'avait que trois sujets de conversation : Iris, l'île et les films qu'il avait produits. Quand il évoquait ses films, curieusement — étaient-ce les bruits de fin qui agitaient le monde ? — il en parlait toujours comme d'un temps magnifique et révolu : « Avec mon or, j'ai donné naissance aux plus belles images de ce temps, Judith. J'ai été débusquer la beauté partout où elle était cachée. J'étais un mineur, comme le vieux roi Manuel, un mineur de beauté. Comme lui, à Rocaïbo, j'ai été un maître absolu. J'ai eu le pouvoir de créer, le pouvoir de détruire. J'avais besoin de puissance, comprends-tu, je ne me guérissais pas de la mort d'Iris. Dans l'île, moi aussi, j'ai approché la folie. Vois cette cicatrice... » Et il lui désignait le long filet pâle qui parcourait sa joue droite. « Une chute, sur les pentes du volcan. C'est là qu'on m'a retrouvé. Je ne me souviens de rien d'autre que de cette chute... » Et il reprenait son éloge des voluptés de la puissance : « Dans mes rêves les plus insensés, je me disais qu'avec tant d'or, de beauté, de succès, je pourrais peut-être forcer les chemins de la mort. Devenir Orphée, en somme, et retrouver Iris... » Judith alors l'interrompait, elle lui demandait des photos de la morte, elle réclamait d'entendre comment elle chantait, et le Commandeur, aussitôt, allait chercher dans sa chambre, au fond d'un coffre-fort, de vieux enregistrements qu'il déposait sur un appareil antique, et la voix d'Iris Van Braack s'élevait comme autrefois sous les plafonds caissonnés, pénétrait les couloirs, s'enroulait dans les escaliers. Et Judith peignait. Elle peignait Iris, et l'île, et Léonor, dont elle avait aussi obtenu des photos. Enfin elle peignait le Commandeur. Elle ne se lassait pas de peindre. Cette série de sept tableaux était une gageure, même si, de l'avis de tous ses professeurs, elle avait toujours eu le pinceau rapide, précis et fin. Tout ici était difficile, les sujets, les décors, les coloris, et surtout l'impalpable et sombre aura du Commandeur, qu'elle désespérait d'emprisonner dans la lumière de ses toiles.

Ils furent bientôt presque seuls. Sirius avait été plus patient que la Cruzenburg. Il avait pensé que Judith s'en irait très vite, ou qu'elle céderait au Commandeur. Mais, comme il ne voyait rien changer dans leur étrange amitié, que le Commandeur s'entêtait à poursuivre ses conversations nocturnes dans l'atelier de l'intruse, qu'elle ne s'en fatiguait pas, bien au contraire, mais s'enfiévrait à mesure qu'elle peignait, au septième tableau, il quitta les lieux sans un mot, sans un adieu, suivi du fidèle valet du Commandeur. Dans la *Désirade* où ne résonnait plus sa lente claudication, il ne resta désormais que le couple d'Asiatiques, silencieux, efficaces, presque invisibles. Le Commandeur apprit à Judith que c'étaient des jumeaux. Il les avait ramenés de Rocaïbo.

— Là-bas, la naissance de jumeaux est le signe d'une malédiction, surtout si c'est un fils et une fille, comme ceux-ci. Leurs parents sont exclus du village et les enfants sont maltraités. Je les ai recueillis. Moi aussi, j'étais maudit. Plus maudit qu'eux, car j'avais perdu ma sœur.

— Ta sœur ? s'exclama Judith. Mais tu ne vas pas croire, comme le capitaine...

— Je n'ai jamais su, Judith, je ne l'ai jamais su, pas plus que le capitaine. Ma mère ne m'avait rien dit. Mais, quand j'ai commencé à courtiser Iris, Sirius m'a averti. Lui, il était persuadé que j'étais le fils de Van Braack. Ma mère, prétendait-il, le lui avait confié sur son lit de mort. Mais comment savoir ? Léonor était folle.

Il lui désigna son œil droit, celui qui était plus clair :

— Le grand inconnu de notre histoire, c'est le mousse Adams. Avait-il dans les yeux le même nord que le capitaine ? Le même nord clair et glacé que toi, Judith Van Braack...

Il s'arrêta un instant, posa son front contre les vitraux de la fenêtre et reprit :

— Dans l'île, j'ai voulu tout dire à Iris. J'ai pensé qu'elle m'aimait assez pour partager mon doute. Pour m'aider à le porter. Tout le temps de mon récit, elle n'a pas sourcillé. A son habitude, elle a joué les désinvoltes, les gaies, les indifférentes. Et elle a voulu se baigner. « La mer lave de tout », m'a-t-elle lancé. Elle savait bien pourtant que les vagues étaient mauvaises. Avant qu'elle ne s'y jette, je lui ai chuchoté dans l'oreille : « Même si ce n'est pas vrai par le sang, c'est vrai par l'âme, Iris, tu es ma sœur. » Elle n'a rien répondu. Dix minutes plus tard elle s'était noyée.

Il soupira. Elle s'empara de son fusain. A ces instants-là, il fallait se dépêcher de crayonner, car c'était comme une grande et fugace ténèbre qui passait sur ses traits.

— Tu devrais comprendre cela, Judith. Notre union n'était ni platonique ni purement sensuelle. C'était un état mitoyen entre l'amitié et l'union des corps, ce dont le commun des mortels n'a généralement aucune idée. Mais avec toi, Judith... Avec toi ce miracle peut recommencer.

Il s'approcha. Elle sentait déjà le parfum de son éternelle scabieuse. Elle s'appliqua davantage à sa toile.

— Je suis patient, dit-il. Je prends ces longues semaines d'attente pour de longues fiançailles. J'attendrai, mais le moment viendra.

Et il fit sonner ces derniers mots d'une telle façon qu'elle sut que ce serait lui qui déciderait du jour où il n'attendrait plus. Ce jour-là, il ne la chasserait pas, comme la Cruzenburg. Il ne l'abandonnerait pas non plus. Elle serait tombée, comme les autres, sous sa coupe. Elle aurait succombé à la lumière noire.

Les jours passèrent. Judith ne trouvait toujours pas ce qu'elle cherchait. Les six tableaux qu'elle avait achevés la désespéraient, elle les avait retournés contre un mur, et le septième ne s'annonçait pas beaucoup mieux. Elle avait changé, elle le savait. A peindre dans une telle ferveur, l'enfance la désertait, elle se sentait pauvre et nue, pauvre de ce qu'elle n'avait pas réussi à mettre dans ses toiles, et nue car un à un s'épuisaient ses vieux rêves. Elle continuait pourtant, dans cette villa qui chaque jour ressemblait davantage à une prison. Elle aurait pu partir, elle ne le faisait pas. Les deux domestiques chauffaient à blanc la *Désirade,* et elle s'apercevait à peine du terrible hiver qui régnait au-dehors.

Un jour le Commandeur partit pour Paris. Comme convenu, il allait à l'Opéra écouter la Cruzenburg. Il voulut l'emmener. Elle refusa. Elle prit comme argument la maladie qui sévissait là-bas et dont Dräken lui avait parlé à mots couverts avant son départ. Le Commandeur craignit qu'elle ne profite de son absence pour s'en aller. Il voulut la faire jurer qu'elle resterait à la *Désirade.* Elle refusa encore : « Il n'y a pas de promesses entre nous. Il n'y en aura jamais. — Ce qui signifie ? — Que tu es libre, et moi aussi. Ma seule prison, c'est la peinture. » Elle se mentait à elle-même et elle le savait. C'était le Commandeur qui devenait sa prison, le Commandeur et sa lumière noire. Le temps qu'il fut absent, elle alla rôder dans les salons qui donnaient sur la route. Elle aperçut *Hauteclaire* à travers les arbres. La villa était fermée. Elle avait donc achevé de désespérer sa mère. Mais Judith aurait-elle seulement pris le chemin qui la ramenait à elle, si jamais elle avait vu la maison ouverte ?

Toute la nuit, elle guetta, derrière le carillon régulier des pendules, le ronronnement doux de la limousine du Commandeur. Elle ne l'entendit qu'à midi, et elle en fut alors presque joyeuse. Il vint la voir, selon leur rituel, sur le coup de quatre heures. Elle s'aperçut alors qu'il avait changé. Jour après jour, pourtant, elle avait été à l'affût des plus discrètes fissures qui commençaient de griffer son visage, lui arrachaient son air sans âge, le rendaient jour après jour plus fragile, plus proche, plus humain. Jusqu'ici, ces signes imperceptibles qu'elle guettait sans relâche, elle avait voulu ignorer qu'elle en était l'origine. Elle se disait que le visage du Commandeur se défaisait comme tous les autres, c'était le moment qui changeait, sa richesse, sa puissance, son aura ténébreuse l'avaient longtemps protégé des attaques du temps, mais il finissait par prendre le tournant de la vieillesse, et c'était à ce moment-là, un peu par hasard, qu'elle était venue à lui.

Il reprit ses palabres. Leur vie devenait de plus en plus chaotique. Ils mangeaient à peine. Le Commandeur semblait impatient. Il parlait à petites phrases pressées, sa voix devenait grave et de plus en plus rauque. Elle se demanda s'il n'était pas malade. Elle dormait aussi peu que lui. Elle dessinait, elle crayonnait, elle peignait à longueur de jour et de nuit. Elle voulait saisir, les moindres cheminements de l'âge sur ses traits, ses ravines toutes neuves sur ses joues, ses cernes qui se creusaient encore, ces nouvelles taches sur ses longues mains, lorsque enfin il se débarrassait de ses gants de chamois parfumé. Il demeurait élégant, il était toujours habillé comme s'il se rendait à une fête. Et dans le soin extrême qu'il mettait à sa toilette avant d'arriver chez elle, Judith commençait à se demander s'il ne fallait pas soupçonner un autre doute, plus affreux que celui qui entourait sa naissance : le Commandeur avait l'air de détester son corps.

Elle-même, Judith, elle avait oublié le sien. Malgré les reproches du Commandeur qui voulait qu'elle reprît les vêtements qu'elle portait au premier dîner, son corselet noir lacé et sa jupe à gros plis, elle ne pouvait plus passer son temps autrement que dans sa blouse de peintre, de jour en jour de plus en plus tachée. Elle n'était plus qu'un regard, deux yeux à l'affût d'un autre regard et de sa violence incompréhensible. Même après son départ, le Commandeur la poursuivait.

Jusqu'aux petites heures de l'aube, alors qu'elle s'était abattue, épuisée, sur le lit de Léonor, qu'elle avait soigneusement fermé le verrou de la chambre et qu'elle attendait vainement le sommeil, elle continuait de le voir fixé sur elle, elle continuait de braver son mystère. Certains matins, lorsqu'elle descendait par les corridors pour se restaurer un peu, elle se regardait à la sauvette dans les reflets sans fin des miroirs de Bohême, elle s'apercevait qu'elle avait maigri, qu'elle avait pâli, qu'elle avait peut-être, elle aussi, vieilli. Ses cheveux avaient beaucoup poussé, qui allongeaient encore ses traits. Elle se voyait passer de l'âge des foucades à celui du désir durable ; et, chaque fois que, penchée sur sa toile, elle se surprenait à y repenser, c'était toujours la même vision qui lui revenait, celle du corps nu d'un homme jeune et brun. Il la prenait comme on traverse un feu.

Alors elle s'arrêtait de peindre, elle saisissait une feuille, jetait un regard au vitrail et traçait une esquisse. C'était une neige légère qui tombait sur le parc, une échappée de mer à travers les grands cèdres, des brouillards rampants sur la tombe et l'étang, des matins de gel où le temps semblait, comme les branches, se figer sous le givre. Et, comme ce soir, elle se disait qu'elle était à jamais prisonnière, parce qu'elle n'avait plus la force de partir.

Mais aujourd'hui le Commandeur n'arrivait pas. La demie de quatre heures était sonnée depuis longtemps, elle n'entendait toujours rien dans l'escalier, ni le glissement de ses gants sur la rampe vernie, ni son pas lourd, sa démarche puissante. Pour tromper son inquiétude, Judith retourna à la fenêtre. Comme elle l'avait prévu, le temps changeait. Le vent s'était mis à forcir, des goélands survolaient les cèdres avec de grands cris, signe que la tempête approchait. Comme d'habitude, elle prendrait *Hauteclaire* de plein fouet. Elle regretta d'un seul coup de ne pas être là-bas pour la voir attendre le vent, frémir de haut en bas dans ses plus intimes membrures. Elle se détacha de la vitre. Sa respiration y avait laissé une buée, une buée rose et verte, comme les vitraux. Elle secoua sa blouse, mais ne chercha pas le reflet du miroir. Elle se savait décoiffée, les traits tirés. Elle n'avait pas envie de se faire belle. Elle se remit à son chevalet, et désespéra à nouveau de ce qu'elle y traçait.

Comme les pendules sonnaient cinq heures et que la nuit s'approchait avec un cortège de rafales, le Commandeur poussa la porte.

— Et aujourd'hui, dit-il, où en es-tu de ta dernière toile ?

Ce n'était plus la même phrase, il avait changé son rituel. Brusquement, elle eut envie de s'enfuir.

— J'ai continué.

Elle désigna le portrait qu'elle venait d'abandonner.

— C'est fini ?

— Non.

Il s'approcha de la toile. Il eut un rictus imperceptible. Il avait du mal à supporter l'image que lui renvoyait le tableau. Judith ne représentait plus l'homme flamboyant de ses précédents portraits, mais le Commandeur de ces dernières semaines, amaigri, un peu voûté, avec un teint étrange, comme s'il s'assombrissait de l'intérieur. Ainsi que sur la première toile qu'elle lui avait consacrée, elle lui avait fait des ailes, mais des ailes repliées, comme lasses elles aussi. Et ce Lucifer foudroyé, deux fois déchu, regardait ses mains, des mains semblables aux siennes, la gauche gantée de chamois, les mêmes longs doigts avec les mêmes perles noires. Ses cheveux s'étaient éclaircis, et à sa boutonnière la scabieuse bleue s'était fanée. Ce qu'il y avait d'extraordinaire dans cette toile — tous les experts s'accordèrent d'ailleurs sur ce point, lors de la dispersion de la collection — c'était qu'en dépit de cette facture lisse, précise, d'une minutie presque puérile qui était la manière de Judith Van Braack, elle laissait apparaître le fond de l'âme de son modèle : la faille, que tous ses amis avaient remarquée sur son visage, cette fissure qui s'ouvrait sur un gouffre, une sorte de fatalisme oriental qui lui soufflait désormais la vanité de toutes les batailles, la folie qui se cachait sous l'or, la puissance et la séduction triomphante. Dans ce portrait, le Commandeur était enfin une force inouïe alliée au désespoir le plus inexplicable ; et cela ne tenait ni à sa calvitie naissante, ni même à ses rides, ni à la fraîche voussure de ses épaules — il n'avait pas vieilli si vite, à tout prendre. Non, c'était plus intime, et plus indescriptible, d'autant plus indescriptible que cela semblait venir du dedans du portrait, un secret de la toile, un rayon obscur qui faisait scintiller ses recoins les plus sombres.

— Je n'aime plus ce que tu peins, dit-il.

Il semblait enroué, fatigué.

— Ce que je peins, c'est toi. Ce que tu es devenu. Ce que tu es.

Il haussa les épaules.

— Ce que je suis devenu ? Quelqu'un qui passe son hiver avec toi, seul dans cette maison, au fond d'une province, presque sans domestiques. Quelqu'un qui cède à tous tes caprices.

La colère le reprenait tôt, ce soir. Elle avait de plus en plus peur. Elle choisit de se taire.

— Et comment vas-tu le nommer, celui-là ?

Elle ne répondit pas davantage.

— Tu n'as plus d'inspiration, Judith Van Braack. Tu te fatigues, tu t'épuises... Et tu es mal coiffée. Tu es négligée. Tu n'es plus très belle. Le jour où tu étais venue...

Elle s'efforçait de ne pas l'écouter, mais sa voix, comme le vent, avait forci, elle aurait voulu se boucher les oreilles, mais l'eût-elle fait que son regard l'aurait poursuivie.

Les domestiques ne venaient pas apporter le thé et les alcools, ce qui accrut son inquiétude. Pour lui cacher sa peur, elle regarda par la fenêtre. Des nuages s'amoncelaient, poussés par des rafales de plus en plus serrées.

Il se remit à examiner le tableau :

— Tu te crois plus forte que tout le monde mais tu ne sais faire que des petites choses léchées, appliquées, scolaires. Tu n'es qu'une petite sucrée de province. Tu n'as aucun avenir.

Elle continuait de fixer la fenêtre. En réalité, le Commandeur enrageait de son silence, il ne regardait plus le tableau, il était suspendu à ses lèvres. Rien ne vint.

— Rappelle-moi le titre de ton barbouillage, dit alors le Commandeur.

Elle se retourna aussitôt et lâcha de sa voix presque enfantine :

— *Qu'as-tu fait de ton talent ?*

Il fut parcouru d'un frisson.

— C'est un titre ? Tu m'avais dit autre chose.

Il hésita :

— *Le Prince des ténèbres.*

— *Le Prince au cœur noir*, corrigea-t-elle. Mais ça ne me plaît plus. Celui-ci te convient mieux. Tu connais la parabole.

Il eut un geste évasif.

— Des sermons, à présent ! Ma pauvre enfant, tu es d'un démodé...

Il tenta de rire. Elle secoua ses cheveux, reprit ses pinceaux et s'enferma dans son silence. C'en fut trop. Il éclata :

— Ce que j'ai fait de mon talent, mais tu le sais ! De l'or et des films. Des films et de l'or. Tous ces chefs-d'œuvre...

— Je sais. Tu ne m'en as pas épargné un seul. Mais tu n'as fait que donner ton or, Commandeur.

— Appelle-moi Manuel.

Elle s'entêta :

— Tu n'as rien créé, Commandeur. Tu n'as construit que des collections. Tu as accumulé des jeux de cartes et des suites de femmes. Tu as peur de toi. Tu as peur de la mort. Et même s'il y a quelque chose, après, je suis sûre que tu as peur de retrouver Iris.

— Ma vie a été plus vraie que toutes les autres, Judith. Plus âpre, plus nue et peut-être plus fatale.

— Je connais par cœur toutes tes grandes phrases. Tu m'as tout raconté. Mais je le savais déjà. Et je n'aime pas ton passé glorieux, construit sur des femmes assassinées.

— Je ne les ai jamais assassinées que moralement. Et elles étaient consentantes !

— Alors je suis la prochaine victime ?

— Si tu le veux. La dernière. Mais je ne te veux pas de mal, Judith. Je veux simplement... que tu sois ma sœur, comme Iris.

La pluie venait, elle giflait déjà les fenêtres. Il s'approcha à son tour du vitrail. Un bref moment, le soleil couchant apparut entre les nuages et ses teintes se mélangèrent curieusement aux couleurs de la vitre, puis jetèrent une lueur rougeâtre sur l'œil du Commandeur.

Judith s'éloigna vers la toile.

— Ne t'en va pas, dit-il.

Elle ne l'entendit pas. Elle le tenait enfin, ce fameux rayon opaque. D'ailleurs il était déjà dans sa toile. Il n'y manquait plus qu'un infime et sourd scintillement.

Elle dut rester penchée quelques minutes sur son chevalet. Quand elle leva les yeux, il faisait presque nuit. Le Commandeur n'avait pas bougé de la fenêtre.

— Il ne fait plus si froid, dit-il comme on s'excuse.

— Il ne fait plus si froid, répéta Judith.

Elle revint à sa toile, continua de s'appliquer sur ce minuscule reflet dans son œil gauche. Un petit bout de langue passait ses lèvres, comme souvent aux élèves studieuses. Le soir baissait de minute en minute. Elle voulut allumer une lampe. Il arrêta son bras. Jusqu'à ce jour, il n'avait pas osé la toucher, et elle n'avait jamais pensé que ce fût possible.

— Judith, dit simplement le Commandeur, et sa voix soudain s'était éclaircie.

Elle leva les yeux vers lui. Elle ne le reconnaissait plus. Ainsi, il était presque beau. Etait-ce la lumière, était-ce de l'avoir si exactement représenté sur la toile, était-ce la magie du moment ? Elle n'avait plus peur de lui. La voix du Commandeur chuchotait à présent, elle s'étouffait de désir ou d'angoisse, elle ne savait plus, et c'était son désir à elle, et c'était son angoisse, comme le soir où il lui avait dit : « Tu viendras à moi, Judith, tu viendras à moi comme Iris est venue, tu lui ressembles mais tu es différente, ton nom même est différent, elle avait un nom qui éclatait dans la bouche comme un fruit juteux et toi ton nom à toi, Judith, c'est un grand éclair qui foudroie, un grand éclair bleu dans ma vie si sombre... »

Pourtant elle n'avait pas envie de sa bouche, elle n'avait pas envie de son bras. Il serrait fort, de plus en plus fort, et elle s'étonnait qu'il lui restât encore tant de puissance.

— Je n'aime pas ton désir, trouva-t-elle la force de souffler.

— Tais-toi, dit le Commandeur. J'ai passé l'âge de la folie des femmes.

Elle se cabra, elle se raidit de toutes ses forces contre la fenêtre, mais le bras du Commandeur se refermait comme un étau.

Il relâcha d'un seul coup son étreinte et la regarda, pantelante, effarée, qui ne savait plus que faire. Et ce fut pire encore, ce regard sur sa blouse entrouverte, son œil plus clair qui se fixait sur le bout de peau qui passait le tissu.

— Le jour où tu es venue, Judith, dans ta jupe à grands plis et ton corselet noir... Ne me dis pas que tu ne cherchais pas à me séduire. Je te vouvoyais, et tu me tutoyais. J'avais l'impression que tu te mettais nue.

Il avait brusquement des accents presque juvéniles, une ferveur qui donnait le frisson, comme la promesse d'un plaisir.

— Et moi qui te parlais d'Iris. Moi qui ne te voulais pas encore pour toi-même...

— Tais-toi.

— Iris est un amour perdu, Judith. Avec toi je me guéris d'elle.

— On ne guérit pas d'un amour perdu.

En disant ces mots, elle pensait au seul souvenir qu'elle eût emporté d'*Hauteclaire,* un morceau d'étoffe grège au fond d'un sac, et elle ne sut trop pourquoi, elle eut envie de pleurer. Mais il avait à présent posé sa main sur son sein, sa main gauche gantée de chamois, celle qu'il ne découvrait jamais, et c'était une bien étrange sensation, cette peau animale et parfumée qui suivait les contours de son corps.

— Laisse-moi, Commandeur, dit-elle une seconde fois.

Sa main se referma plus étroitement sur sa gorge :

— Maintenant, tu me donneras mon vrai nom. Tu m'appelleras Manuel.

C'étaient maintenant ses deux mains qui parcouraient son corps, et elle sentait sur sa respiration un souffle profond, une force sombre qui cherchait à se mêler à la sienne, et elle eut l'impression qu'il aspirait sa vie. Le pire était que ce fût délicieux.

Une dernière fois, elle eut un mouvement de recul et se pencha à la fenêtre.

Elle vit alors, accroché aux branches les plus basses d'un cèdre, un objet si inattendu qu'il lui arracha un rire.

— Non, dit-elle au Commandeur, et cette fois elle le repoussa avec violence.

— Je suis à bout de patience, Judith, méfie-toi...

Elle ne le laissa pas finir.

— Garde les toiles, s'écria-t-elle.

L'instant d'après elle dévalait l'escalier, elle courait à bout de souffle dans les couloirs sans fin, elle se précipitait dans le parc, elle s'emparait de l'étoffe grège accrochée aux branches du cèdre, et elle se sauvait par la porte de derrière, la petite barrière qui donnait sur la plage. Et ce fut là, en haut de ces marches glissantes qu'il n'osait pas franchir, transi de froid, mais n'osant pas non plus revenir à *Hauteclaire* affronter le regard de Ruth, presque à moitié noyé déjà, et de pluie et de larmes, que Trendy vit venir à lui Judith, qui brandissait en riant son écharpe souillée.

EPILOGUE

Achevant la chronique de cette époque étrange, et si brève à la vérité, associée qu'elle était à une mode éphémère, l'envie qui avait pris le monde, l'espace de quelques mois, de se jouer la comédie de la fin, l'historien solitaire et protégé par le recul des ans continue de se demander quelles connexions étroites peuvent à ce point enchaîner les destinées individuelles et les grandes folies collectives. Insatisfait, inquiet, lorsqu'il reprend pour un dernier examen les documents qui lui ont permis de reconstituer la vie de Mathieu Florimont et de sa compagne Judith Van Braack, lorsqu'il revoit, dans un ultime scrupule, les films du Commandeur, qu'il se penche encore sur la presse de l'époque, le journal du capitaine, la montagne de notes accumulée par Cornell sur les habitants d'*Hauteclaire* et ceux de la *Désirade*, le chroniqueur, à son tour, et quoiqu'il ne puisse plus rien reprendre à ce qu'il a écrit, est à la fois saisi d'un vertige et d'un doute.

Avec le début de l'année, les choses avaient repris leur cours. Il y eut un printemps, il y eut un été ; et d'autres hivers, d'autres printemps calmes, et des automnes venteux, et des étés radieux. Il n'y eut pas de fin du monde, et l'âge d'or ne vint pas davantage. La banalité retrouva ses droits. Chassé de la bibliothèque pour détournement d'ouvrages, Numance retourna dans son île avec Bérénice. Malcolm et Ruth partirent vivre à la Barbade. Tout le temps qu'ils ne naviguèrent pas, le professeur le passa à réunir ce qu'il put sur le passé des maisons ennemies et à recueillir les confidences des derniers protagonistes. Quand il estima qu'il en avait fini, en bon universitaire, il fit déposer ces énormes archives dans le coffre d'une banque où il les savait à l'abri, en demandant qu'elles ne soient consultées qu'au bout d'un délai parmi les plus longs. Ces archives, dépouillées avec le plus grand soin pour la rédaction du présent ouvrage, sont constituées de façon remarquable. Cornell ne fit pas le voyage de Rocaïbo, mais chaque fois qu'il revit Trendy et Judith, il les interrogea minutieusement et prit des notes tout aussi précises. Délivrée enfin qu'elle était d'*Hauteclaire* et de sa propre histoire, Ruth parfois devint prolixe et elle retrouva souvent des souvenirs anciens, très précieux pour qui à son tour voudrait reprendre ce récit.

Et le monde continua d'aller son train avec ses soubresauts ordinaires. Comme prévu, le cardinal Barberini devint souverain pontife.Il avait rompu depuis longtemps avec les sectateurs versés dans le noir et l'occulte. A la faveur du regain extraordinaire de la religion, il rendit au Vatican ses fastes et son opulence et se posa en mécène de toutes les sciences exactes.

Il protégea particulièrement les recherches sur l'épidémie. Quelques années encore, le mal continua de préoccuper les esprits. Il y eut des morts en assez grand nombre, puis on apprit à se prémunir du fléau. Il cessa peu à peu, comme il était venu. On fit des discours officiels pour célébrer le retour aux joies de la libre parole, on put à nouveau prononcer sans frémir les mots interdits et jouir quand on le voulait des plaisirs du silence ; enfin, pour faire bonne mesure, on distribua des médailles à ceux qui, étant atteints, avaient eu la chance de ne pas succomber.

Dräken fut du lot. De l'avis des musicologues, la fièvre, la solitude, le silence où il fut réduit décuplèrent ses facultés d'invention. Et de fait, ce furent dans ces mois-là, où tous le crurent perdu, qu'il écrivit ses oeuvres majeures, son oratorio, ses préludes, ses deux sonates, enfin sa *Grande Symphonie des Rayons et des Ombres*, qui, avec *Sansinéa* , le fit passer à la postérité.

Le destin — ou le Diable, qu'elle avait si souvent sollicité — fut beaucoup plus cruel envers la Cruzenburg. En quelques années, elle passa de mode, elle fut éclipsée, on l'oublia. Du

400

règne du noir, on passa en quelques mois à celui du clair. Hors le scintillement, le rayonnement et la blancheur, il n'était désormais point de salut. Tel était le soulagement qu'on fût entré en d'autres temps qu'en dépit de tous ses efforts, Constance von Cruzenburg fut bientôt réduite à une telle obscurité qu'à ce jour on ignore quand et comment se termina sa vie.

Le naufrage du Commandeur fut encore plus rapide. A la réflexion, il est très surprenant qu'un homme qui n'avait fait que commanditer des films, ait pu prendre sur ses contemporains un pareil ascendant. La rumeur voulut qu'il se soit retiré dans sa villa du lac Majeur et qu'il y soit mort très vite, dans des circonstances mal élucidées. Comment pouvait-il en aller autrement, au sujet d' un homme que tous s'étaient plu à prendre pour une puissance de l'ombre, et qui avait eu un sens si aiguisé des choses en leur déclin ? On mit sa disparition au compte de l'acharnement de la maladie à frapper ce qui se trouvait de plus brillant au monde, tels Halphas ou Effroy, disparus eux aussi à quelques mois d'intervalle. Par un curieux retournement, alors que sa vie durant on n'avait pas eu assez de mots pour exalter la hauteur, la force, l'invulnérabilité du Commandeur, on souligna combien furent pitoyables les derniers moments de ce génie noir fracassé. Et il n'y eut personne, en effet, sinon les marins requis à cet office, pour accompagner en mer son urne funéraire.

En revanche, on se bouscula pour la dispersion de ses collections, dont une série de sept petits tableaux non signés, de facture très récente, qui suscitèrent la curiosité des amateurs éclairés. Au moment de leur acquisition, des années plus tard, par un musée hollandais, on finit par en découvrir l'auteur, Judith van Braack, plus connue pour ses grandes fresques maritimes. Il se trouve encore des érudits pour faire le voyage d'Amsterdam aux seules fins de les étudier, d'autant que les grands noms de ce temps-là sont présents dans le fond de ses toiles, Effroy, Halphas, Dräken, tous les représentants les plus éclatants de cette Haute ou Basse Epoque, comme on veut, à côté de visages anonymes, une chanteuse brune et gaie, une ardente métisse, une femme mûre et tourmentée devant son automobile, une autre, blonde et douce, penchée sur les flammes de sa cheminée, enfin un jeune homme brun qui

401

se profilait toujours au plus profond des tableaux, dans l'entrebaillement d'une minuscule porte. Mais la lumière étrange des toiles de Judith van Braack résiste encore à leurs savantes analyses ; sous l'effet d'une pudeur inexplicable, l'artiste se refusa toujours à en livrer le secret.

Lors de la succession du Commandeur, personne ne voulut acheter la *Désirade*. Débarrassée de ses meubles, la villa gardait beaucoup de charme, elle était en excellent état. Mais sa mauvaise réputation s'était accrue avec les sombres semaines du dernier séjour du Commandeur. On abandonna donc la *Désirade* à sa solitude. La maison était résistante ; et il paraît qu'il fallut des dizaines et des dizaines d'années avant qu'elle ne commence à tomber en ruine, et finir comme sa jumelle d'au-delà des mers, la *Désirada* de l'île de Rocaîbo.

Hauteclaire fut rouverte et donnée, selon le souhait de Ruth, à Trendy et Judith. Dès le retour de la fugueuse, Trendy reprit ses recherches sur les déformations vertébrales dont les conclusions, comme chacun sait, jetèrent les bases de nouvelles découvertes et contribuèrent à faire comprendre aux générations suivantes ce qui se passait dans le mystère des mers. L'annonce de la mort de Drogon n'affecta guère Trendy. En brûlant ses fiches, il l'avait déjà rayé de sa mémoire et il n'avait plus assez de rancune pour s'en réjouir. Tous les démons étaient rentrés sous terre, les poissons aux abysses. Il ne restait peut-être, pour continuer de nourrir les folies et les rêves des hommes, que l'éternel Grand Poisson Dormant. Trendy attendait donc le printemps et la conclusion de ses recherches. Judith vivait à présent à ses côtés, au dernier étage d'Hauteclaire. Avec les premiers soleils, il la vit souvent descendre à la plage du côté du *Roi-des-Poissons*, qu'ils ressortaient de temps à autre. Alors, comme à l'automne, il abandonnait ses fiches, ses squelettes, il la regardait se défaire de son peignoir, offrir sa peau aux nouveaux rayons, s'allonger sur les sables abandonnés par la marée, ou dans le jardin de Ruth tout fleuri de jeunes iris. Parfois alors s'infiltrait en lui le fiel de la jalousie et il cherchait, sur ce corps devenu familier, la marque, le sceau du Commandeur. Il ne le trouvait pas, et c'était pire encore. Il serrait fort dans sa poche l'amulette de Bérénice, il se souvenait de sa course dans l'Opéra, de toutes les femmes qu'il avait poursuivies, dans le désespoir d'avoir perdu Judith. Le souvenir qu'il avait gardé d'elle était celui d'un plaisir ravageur. Elle lui faisait encore un peu peur, mais cela s'estompait ; car il avait retrouvé une femme plutôt qu'une jeune fille, une femme adoucie et tendre, qui ne peignait plus et voulait un enfant.

Il le lui donna. Et lorsqu'il ne travaillait pas, ce lointain printemps-là, il passa des heures à épier Judith des fenêtres d'*Hauteclaire*. Dans la grande lumière de la mer, il pouvait observer les moindres détails de son corps, l'aréole brunie et gonflée de ses seins, la courbe adoucie de son ventre où montait, flux plus fécond, plus obstiné que n'importe quelle marée, cette mémoire silencieuse qui passe d'un corps à un autre, noire, sourde, muette et têtue, aveugle, ignorante des doutes et des combats du monde, puisée au plus profond de siècles inconnus.

Cet ouvrage a été réalisé sur
Système Cameron
par la SOCIÉTÉ NOUVELLE FIRMIN-DIDOT
Mesnil-sur-l'Estrée
pour le compte de France Loisirs
le 10 décembre 1986

Imprimé en France
Dépôt légal : décembre 1986
N° d'édition : 12062 – N° d'impression : 5763